LE CHÂTEAU DES SECRETS

***

MARIE-BERNADETTE

DUPUY

LE CHÂTEAU DES SECRETS

Les Cœurs apaisés

***

CALMANN LEVY

CALMANN LÉVY
ÉDITEUR DEPUIS 1836

COUVERTURE
Conception graphique : Constance Clavel
Photographies : Paysage © David / Adobe Stock
Personnage : © Ildiko Neer / Arcangel Images

ISBN 978-2-7021-6886-8

Je tiens à dédier cette nouvelle série à mon éditeur et ami,
monsieur Philippe Robinet, très attaché à son terroir natal,
la Bourgogne, une belle région au riche patrimoine,
que j'ai voulu mettre à l'honneur au fil de ces trois ouvrages.

Je dédie cette saga à mes enfants chéris,
Isabelle, Yann, Louis-Gaspard et Augustin qui m'entourent
de tout leur AMOUR et me soutiennent fidèlement.

Merci à tous !

Note de l'auteure

Chères amies lectrices, chers amis lecteurs

Au fil de ces pages, je suis ravie de vous proposer le dénouement de cette saga placée sous le signe de la danse classique, mais qui évoque aussi les penchants les plus sombres de certains êtres humains.

J'ai voulu également, au-delà du suspense toujours apprécié, rendre un poignant hommage à toutes les victimes de crimes odieux, qui, hélas, ne sont pas l'apanage de notre siècle.

Passionnée d'histoire, j'ai lu des témoignages d'exactions atroces commises depuis l'aube de la civilisation.

Disparitions, abus sexuels, harcèlements, ce sont des termes qui font mal au cœur de tous.

Mon héroïne, Victoire, a eu de la chance, malgré les épreuves qu'elle a endurées, et j'ai voulu faire de cette jeune femme un exemple de volonté et de courage.

Je vous laisse à présent découvrir la clef de l'énigme, en vous souhaitant une agréable lecture.

Je redirai également, comme dans chacun de mes livres, que toute ressemblance avec des personnes existantes ou ayant existé serait fortuite et indépendante de ma volonté, et que les événements sont fictifs, hormis ceux signalés comme authentiques par une note en bas de page.

Marie-Bernadette Dupuy

1

L'ombre de la mort

Forêt de Châtillon, jeudi 6 septembre 2018

La poitrine en feu, Romane courait entre les arbres. Elle ne pensait pas pouvoir courir aussi vite un jour, mais c'était une lutte désespérée pour survivre, ce qui décuplait son énergie. Deux chiens avaient été lâchés sur ses traces, dont les grognements résonnaient dans cette aube grise succédant à une nuit d'épouvante.

— Ils ne m'auront pas, se répétait-elle tout bas, haletante. Je ne veux pas mourir comme les autres !

Son esprit lui redonnait pêle-mêle les recommandations que lui faisaient ses parents, à cause de toutes ces jeunes filles que l'on avait violées et tuées : « Ne te laisse pas tenter par des annonces de travail trop alléchantes », disait son père. « Tu ne devrais pas mettre autant de photos de toi sur Internet, avec tout ce qui s'est passé dans le pays », lui serinait sa mère.

C'était la suite logique des conseils reçus lorsqu'elle était enfant, comme celui de ne pas parler à des inconnus. Romane avait grandi avec la crainte d'être enlevée à sa famille et de connaître le sort abominable des adolescentes disparues.

Pourtant elle était devenue une victime à son tour.

— Les salauds, les salauds, marmonna-t-elle avant d'inspirer profondément.

Adepte d'athlétisme, notamment d'endurance, Romane réussissait pour l'instant à semer les dobermans et ceux qui la traquaient. Son instinct survolté la poussait à adopter des ruses propres au gibier, à ces bêtes pourchassées au sein des forêts. Chacune avait ses méthodes ataviques afin de semer ses poursuivants.

«J'ai traversé un ruisseau, j'ai sauté un fossé», se souvenait-elle en pensée, soucieuse de contrôler son souffle.

Par une chance inouïe, Romane avait pu garder ses tennis, qui facilitaient sa course folle. Les yeux fixés vers l'est, où le soleil apparaîtrait, elle misait sur le lever du jour pour atteindre une route.

— Je les ai peut-être semés, se dit-elle.

Poussée par ce fragile espoir, la jeune fille continua à courir sur le sol tapissé de feuilles mortes, de pans de mousses et de branchages. Elle avait la volonté farouche d'échapper à ses bourreaux et surtout de pouvoir témoigner. Pour s'exhorter au courage, elle se lança dans un monologue intérieur, où sa colère et sa peur s'exprimaient:

«Je raconterai comment ils m'ont emmenée de force jusqu'à une voiture aux vitres teintées, alors que je sortais la première du cours d'aïkido, et que j'allais monter sur mon vélo. C'étaient deux colosses, je n'ai rien pu faire... Ils m'ont assise sur la banquette arrière, ils m'ont mis du Scotch sur la bouche et autour des poignets. Il y en a un qui m'a bandé les yeux et, comme je me débattais, il m'a frappée...»

La rudesse du coup, porté en plein visage, lui avait fait comprendre qu'elle était condamnée à plus ou moins brève échéance. Trois mots l'obsédaient: «comme les autres». Romane était bien informée sur le sujet, ayant lu tout ce qu'elle pouvait trouver sur les crimes commis dans sa région ces dernières années. Elle avait même participé à la marche blanche organisée en mémoire de Vanessa Guillet, quatre ans plus tôt.

— Oh non!

Le cri de révolte avait jailli de sa bouche contre son gré, car un des chiens l'avait rattrapée et la talonnait déjà en grognant. Romane s'arrêta pour lui faire face. Surpris, l'animal se figea lui aussi.

— Va-t'en, sale cabot ! Fiche le camp !

Avisant une solide branche de sapin à ses pieds, elle s'en empara d'un geste vif et, sans réfléchir, elle l'abattit de toutes ses forces sur le crâne du doberman. Quand il s'effondra avec une plainte, elle cogna encore.

Elle crut percevoir des voix sous le couvert des grands arbres, ainsi qu'un aboiement sourd.

Romane s'élança droit dans la direction du soleil qui émergeait de l'horizon, réduit à une demi-sphère orangée. Elle avait l'impression confuse de toucher à peine le sol, survoltée par l'adrénaline. Insensible à la fraîcheur matinale et aux égratignures qui zébraient ses jambes nues, elle croyait à chaque foulée avoir gagné la partie.

— Ils ne m'auront pas, balbutia-t-elle. Ils n'ont même pas eu le temps de me droguer, ni de me violer.

Dans la voiture de ses ravisseurs, elle avait simulé un malaise, la tête renversée en arrière. L'homme assis à ses côtés s'était permis de la caresser entre les cuisses, mais le conducteur l'avait tancé durement.

— Pas touche, c'est pas pour toi, Steph !

— Le client n'en saura rien, je peux tâter la marchandise !

— Tu le paierais cher, pauvre idiot.

Ce dialogue avait terrifié Romane, pas assez néanmoins pour lui faire perdre ses moyens. Refusant de céder à la panique, elle avait décidé de feindre l'inertie et d'essayer de fuir à la moindre occasion. Elle sut ainsi où on la conduisait.

— On a toujours rendez-vous près de la grotte de la Grande Baume, vers Balot ? avait demandé celui qui la surveillait de très près.

— Oui, mais on change de véhicule en forêt. Faut préparer la fille pour la partie de chasse, le type a payé assez cher. On le fera dans le camping-car. J'ai les clefs, je sais où il est garé.

Il s'était ensuite écoulé plusieurs heures, selon Romane. La voiture était à l'arrêt, le moteur éteint. Elle n'avait pas pu contenir des sanglots de peur et d'impuissance, mais elle avait fini par réussir à faire semblant de dormir. Les deux hommes fumaient et discutaient tout bas, devenus indifférents à sa présence. Elle avait appris ainsi que le client était en retard, cependant après un appel, ses agresseurs avaient enfin quitté le véhicule, en l'obligeant à sortir.

— Cette fois, on doit se dépêcher, avait maugréé l'un. Fais-la monter dans le camping-car, bon sang.

Ils lui avaient laissé le bandeau sur les yeux, mais ils s'étaient empressés d'ôter les Scotchs qui liaient ses poignets et fermaient ses lèvres. Rassurés par sa docilité, qu'ils avaient dû attribuer à la frayeur paralysante des proies face à leur prédateur, ils s'étaient partagés avec des rires égrillards la tâche de la déshabiller.

Tout s'était alors passé à une rapidité fulgurante. Romane avait senti qu'ils avaient pris son sac à dos pour le jeter sur le sol du camping-car, pas très loin de ses pieds.

Alors qu'ils s'apprêtaient à lui retirer sa petite culotte, la jeune fille avait fait glisser le bandeau qui l'aveuglait et s'était ruée sur son sac. Elle avait saisi la bombe lacrymogène qu'elle gardait dans une pochette extérieure, la tendant à bout de bras. Sidérés par sa réaction, les hommes avaient perdu quelques secondes et elle avait profité de leur hésitation pour les asperger en plein visage.

En revoyant la scène, Romane eut un sourire de triomphe, mais celui-ci s'estompa vite. Si elle avait pu prendre la fuite, son avance était réduite et des renforts étaient très vite arrivés avec les chiens.

Il lui sembla alors distinguer une clairière sur sa gauche, où jaunissaient de hautes fougères et où poussaient des ronciers démesurés. Elle fonça dans cette direction, et bientôt une joie infinie lui redonna courage.

— Il y a une route !

Elle fit appel à ses dernières forces pour traverser la clairière, ayant aperçu une vieille camionnette verte qui approchait.

Maurice Desgranges était maraîcher depuis des années, et, s'il avait pris sa retraite, il vendait encore ses légumes sur de modestes marchés de village. Ce matin-là, il roulait à bonne allure afin de ne pas perdre son emplacement habituel, devant l'église de Nod-sur-Seine.

Comme toujours, il avait mis la radio et sifflotait dès qu'une chanson lui plaisait. Quand son téléphone portable sonna, il lança un juron, son épouse ayant la manie de l'appeler, même en le sachant au volant.

— Oh, qu'est-ce que tu me veux encore, Nicole ? ronchonna-t-il en sortant l'appareil de la poche de sa veste.

Il quitta la route des yeux quelques secondes pour décrocher, à l'instant où une jeune fille vêtue seulement d'une petite culotte surgissait du talus. Échevelée, elle agitait les bras. Maurice eut beau freiner, le choc était inévitable, et il en éprouva le heurt sourd au tréfonds de son âme.

— Mon Dieu, pauvre gosse, gémit-il en coupant le moteur.

Romane avait été projetée à trois mètres de la camionnette. Elle gisait sur le goudron, couchée sur le côté. Du sang suintait de sa bouche, mais son regard clair s'attacha tout de suite à celui du retraité.

— Je suis désolé, c'est ma faute, oui, ma faute, je ne t'ai pas vue, petite, bégaya-t-il, à genoux près d'elle.

— Monsieur, emmenez-moi à l'hôpital, mais d'abord appelez la police, vite, implora-t-elle.

— Bien sûr que je vais prévenir les gendarmes, mais je ne dois pas te déplacer, ce serait dangereux, répliqua-t-il d'une voix tremblante. Mais, avant cela, je vais te couvrir.

Il ôta sa veste qu'il posa sur le torse de Romane. Elle en profita pour lui saisir la main.

— Je ne veux pas rester là, ayez pitié, s'ils arrivent, ils nous tueront tous les deux ! Ils étaient armés !

— De qui parles-tu ?

— Les assassins, ceux qui violent et tuent, ils m'ont enlevée hier soir… Ils ont parlé d'une partie de chasse, payée par un client. C'était sûrement moi le gibier, monsieur. Et quand je me suis enfuie, des chiens m'ont suivie. Pitié, emmenez-moi !

Maurice Desgranges hésitait, mais Romane lui serra les doigts très fort.

— Je leur ai échappé, monsieur, articula-t-elle péniblement. Il faudra dire à la police… un des hommes… il s'appelle Steph… J'ai blessé un des chiens… ah oui… la grotte de la Grande Baume…

Affolé, le retraité se décida enfin. Il souleva la jeune fille et la hissa péniblement sur la banquette de la camionnette.

— Bon, je démarre, indiqua Maurice dès qu'il se remit au volant. Comment tu te sens, petite ?

— Fatiguée, monsieur, tellement fatiguée. Fermez les portes à clef, je vous en prie, fermez.

— Là, ça y est, je préviens les gendarmes. Après, je te conduis à l'hôpital.

Désespérément, Romane s'accrochait à l'étincelle de vie qui parcourait encore son jeune corps épuisé.

— Monsieur, vous direz à mes parents que je me suis battue jusqu'au bout… Ils ne m'ont pas touchée… Je ne finirai pas comme les autres.

— Ne te fatigue pas davantage, on va te soigner, d'accord ? lui affirma Maurice d'un ton chaleureux.

— N'oubliez pas… ce que j'ai dit.

— Je te le promets.

Château Desmarets, le lendemain,
vendredi 7 septembre 2018

Victoire venait d'entrer dans sa salle de danse, où elle se rendait chaque jour pour se détendre, appréciant un peu d'isolement. Coppélia, qui avait presque sa taille adulte, la suivait fidèlement. La chatte siamoise libérait toute son énergie dans cet espace que n'encombrait aucun meuble et s'autorisait des bonds et des galopades sur le parquet.

— Si je pouvais être aussi leste que toi, soupira la jeune femme. Mais qui peut égaler un chat en souplesse et en sauts aériens ? Ce ne sera pas moi, surtout aujourd'hui, où je ne me sens vraiment pas bien.

Depuis le repas de midi, où elle n'avait presque rien mangé, Victoire était oppressée et inquiète, ayant eu de légères contractions.

« Mais qu'est-ce que j'ai ? se demanda-t-elle. Mamie a peut-être raison, le bébé grossit et il prend de plus en plus de place. »

Amusée, Victoire posa ses paumes de chaque côté de son ventre rond, qui tendait sa robe en cotonnade fleurie.

— Tu auras huit mois la semaine prochaine, bébé, dit-elle en souriant. J'ai hâte de te voir…

Elle avait renoncé à savoir le sexe de son enfant, à la grande déception de sa grand-mère et d'Anna.

Mise au courant de sa décision, Janine Nevers avait tricoté uniquement des brassières en laine blanche, toute contente de confectionner ces petits vêtements. Elle et son frère Jeannot recevaient une fois par semaine la future maman. Victoire leur avait annoncé qu'Emmanuel serait le parrain, ce qui les avait réjouis.

— Tu seras choyé, bébé, beaucoup de gens veilleront sur toi, chantonna Victoire.

Elle chercha parmi ses CD celui de *La Belle au bois dormant*, de son compositeur favori, Tchaïkovski.

— Voilà, nous allons danser un peu, bébé.

Soucieuse d'être une mère exemplaire, elle s'était renseignée sur la meilleure manière de mener une grossesse bénéfique à son enfant. Elle lui parlait beaucoup, marchait tous les matins en plein air et écoutait beaucoup de musique.

— J'espère que tu entends cet air merveilleux !

Emportée par la mélodie, Victoire esquissa une petite figure au ralenti. Enfin, la tête penchée de côté, elle ferma les yeux pour s'imaginer en tutu et pointes, comme l'interprète idéale de tous ses ballets préférés. Ce fut à ce moment précis qu'une violente douleur lui vrilla le bas du ventre. Peu après un liquide tiède coula le long de ses cuisses.

— Oh non, je perds les eaux, c'est trop tôt ! s'affola-t-elle.

Mais en soulevant le bas de sa robe, elle vit que c'était du sang. Il souillait déjà ses chevilles, et un autre flux macula le parquet de chêne.

— J'ai mal, j'ai si mal...

Soudain ses jambes se mirent à trembler sous elle. Prise d'un étourdissement, Victoire tomba à genoux, la vision brouillée et les oreilles bourdonnantes. Son dernier regard fut pour son téléphone, posé près de la chaîne hi-fi. Terrassée par une syncope, elle ne perçut même pas la sonnerie indiquant un appel ni le signal qui suivit et qui annonçait l'arrivée d'un message. Personne ne pouvait lire les mots d'Anna, envoyés en toute hâte :

Romane est morte, elle était au lycée avec nous. Tu te souviens ? Il paraît qu'elle avait disparu mercredi soir, c'est ma mère qui m'a appris la mauvaise nouvelle. Je suis sous le choc. Appelle-moi dès que tu peux.

Chez Janine et Jeannot Nevers, même jour, même heure

Emmanuel s'était accordé un week-end de trois jours. Tout content de revoir sa mère et son oncle Jeannot, il venait de leur offrir des chocolats et des confiseries.

— Ce n'est pas très bon pour votre santé, mais en petite quantité, ça ne vous fera pas grand mal, déclara-t-il en riant. La prochaine fois, je vous apporterai des légumes de mon potager. Les tomates promettent d'être excellentes.

— Les miennes aussi sont superbes ! répliqua Jeannot d'un air de défi. Tout à l'heure, je te montrerai mon jardin, tu seras bien épaté. D'ailleurs, j'y retourne de ce pas. Je connais ma sœur, elle préfère se retrouver en tête-à-tête avec son fiston.

Amusée et touchée, Janine haussa discrètement les épaules, quand son frère sortit, coiffé d'un vieux chapeau de paille.

— Comment vas-tu, ma petite maman ? demanda Emmanuel. Tu ne regrettes pas de t'être installée ici ?

— Il serait temps de t'en soucier, le taquina-t-elle. Mais non, je ne pouvais pas être mieux qu'avec Jeannot. On ne s'ennuie pas en sa compagnie. Et toi ? Est-ce qu'il y a du nouveau côté cœur ? Au mois de juillet, tu m'as parlé d'une gentille collègue qui travaillait sur le même secteur que toi.

— Nous avons sympathisé, mais sans plus, maman, trancha-t-il. Je n'ai guère envie de nouer une relation sérieuse. Et puis l'éloignement ne m'empêche pas de penser à Emma. Le vrai responsable de sa mort court toujours, à mon avis.

— Je te comprends, mon grand, seulement tu ne dois pas gâcher ta jeunesse à cause de ça. Ta sœur ne l'aurait pas voulu.

Comme chaque fois qu'on évoquait sa fille assassinée, Janine se raidit tout entière, la gorge nouée.

— Pardon, maman, soupira le jeune ingénieur. Je t'ai encore fait de la peine.

Janine baissa la tête. Petite et menue, ses cheveux gris roulés en chignon, elle était toujours vêtue de noir.

— Je suppose aussi que tu ne peux pas oublier Victoire, dit-elle tout bas.

Du bout des doigts, Emmanuel rejeta en arrière une mèche blonde qui effleurait son front. Il s'écarta un peu de sa mère pour poser son regard sombre sur une panière couverte d'un tissu à fleurs.

— Je n'ai pas à l'oublier, nous sommes les meilleurs amis du monde, répliqua-t-il. Vicky et moi, nous nous envoyons des messages une ou deux fois par semaine. Si je ne rencontre personne à Fontainebleau, c'est en partie à cause de mon poste qui s'avère très accaparant. Le soir, je me couche éreinté. Dis-moi, qu'est-ce qu'il y a dans cette jolie panière ?

— De la layette, précisa Janine en faisant glisser le tissu. J'ai tricoté des brassières pour le bébé. Victoire me rend visite régulièrement, maintenant qu'elle a son permis de conduire. Quand Anna l'accompagne, nous les invitons à déjeuner. Ton oncle est enchanté, il fait le beau et il leur raconte des blagues.

— Sacré Jeannot, marmonna Emmanuel.

Il avait pris une des brassières et la contemplait d'un air songeur. Tout à coup il tressaillit nerveusement et sa mère le vit devenir d'une pâleur alarmante.

— Qu'est-ce que tu as, mon grand ?

— Je me sens mal, maman ! J'ai le cœur serré. Il se passe quelque chose, j'en suis sûr. C'est Vicky...

— Comment ça ? s'étonna Janine.

— Je dois téléphoner au château, maman, pour savoir si tout va bien. Je ne peux pas t'expliquer, c'est comme une sorte de pressentiment, comme si Vicky était en danger...

Château Desmarets, trois quarts d'heure plus tard

L'ambulance du SMUR descendait l'allée à vive allure. Après avoir franchi le portail, le conducteur accéléra pour s'engager sur la route. Lorsque le véhicule disparut, Colette se signa d'un geste tremblant.

— Notre pauvre demoiselle, murmura-t-elle.

— Oui, quand le patron saura ça, marmonna Karl.

Sous le choc, Guy Quinot et son fils Arthur demeurèrent silencieux. Ils avaient assisté au transport de Victoire sur une civière et l'image les obsédait, comme le symbole d'une cruelle fatalité s'acharnant sur leur famille.

— Papa, j'ai rappelé Emmanuel, maintenant il faut vite prévenir Catherine, suggéra Arthur, son visage poupin devenu livide sous ses courtes boucles d'un blond foncé.

— Oui, bien sûr. Essaie de la joindre, je vais sortir la voiture pour aller à l'hôpital. Je dois soutenir ta grand-mère, qui était dans tous ses états.

L'expression était faible, car au même moment Élodie Quinot, assise près de sa petite-fille, éprouvait une terreur affreuse. Elle lui tenait la main sans la quitter des yeux.

— Qu'est-ce que j'ai, mamie ? murmura Victoire.

Le médecin urgentiste présent à leurs côtés surveillait la perfusion qu'il avait mise en place dans la salle de danse.

— Je soupçonne un cas de placenta prævia, mademoiselle, déclara-t-il d'un ton sobre. De quand date votre dernière échographie ?

— C'était fin juin, et je dois en passer une dans huit jours.

Le docteur approuva d'un air soucieux, sans rien ajouter. Victoire avait repris connaissance assez rapidement après sa syncope, pour découvrir son cousin accroupi près d'elle, tandis que Colette et Karl se tenaient un peu à l'écart. Sa grand-mère aussi était présente, complètement affolée, et elle crut bon d'insister sur ce point.

— Seigneur, quelle frayeur nous avons eue en te trouvant inanimée avec tout ce sang sous toi, Vicky. J'ai failli faire un malaise.

— Moi aussi j'ai eu très peur, mamie, mais pour le bébé… Docteur, est-ce que je vais accoucher ? C'est trop tôt, je ne suis pas encore à mon terme !

— Calmez-vous, mademoiselle. Pour l'instant, votre enfant n'est pas en souffrance. Nous serons bientôt à l'hôpital et vous serez prise en charge.

— Oui, tout ira bien, ma chérie, affirma Élodie à mi-voix. Mais heureusement qu'Emmanuel nous a téléphoné !

Le beau regard bleu de Victoire reprit de l'éclat. Elle serra plus fort les doigts menus noués avec les siens.

— Que veux-tu dire, mamie ?

— Il a eu un pressentiment qui te concernait, Vicky, cela lui est venu d'un coup. Il était sûr que tu étais en danger, alors il m'a appelée afin de savoir où tu te trouvais… J'ai tout de suite alerté Arthur. Par chance, il savait que tu étais montée dans la salle de danse. Peut-être qu'Emmanuel t'a sauvé la vie encore une fois, ma chérie.

Le médecin avait tout entendu, cependant il se contenta d'esquisser une moue perplexe, surtout préoccupé par son diagnostic, qui engageait la survie du bébé et de sa mère.

Emmanuel se trouvait déjà à l'accueil des urgences lorsque les ambulanciers apparurent, en poussant la civière où gisait Victoire. Elle était d'une pâleur morbide, les lèvres décolorées. Il put s'approcher pour lui effleurer le front du dos de la main.

— Courage, Vicky, ça va aller, murmura-t-il.

— Tu es là, balbutia-t-elle. Occupe-toi de mamie, s'il te plaît.

— Mais oui, sois tranquille.

Il se tourna vers Élodie, presque aussi livide que sa petite-fille. D'un élan affectueux, il la prit par les épaules pour la mener jusqu'à une chaise.

— Restez assise, je vous apporte de l'eau, madame.

— Merci, Emmanuel, merci pour tout. J'espère que mon fils ne tardera pas.

— De toute façon, je reste ici pour savoir ce qui se passe, précisa-t-il en lui adressant un sourire sans joie.

Guy Quinot arriva une quinzaine de minutes plus tard. Il serra fébrilement la main du jeune ingénieur, en le remerciant à son tour.

— Cathy est prévenue, leur annonça-t-il. Elle et Mongenot rentrent par le premier avion. Ils seront là demain. Comment va Vicky ?

— Nous attendons des nouvelles, répondit Emmanuel.

Au bout d'une longue heure d'angoisse, une interne vint leur donner des explications.

— Mlle Desmarets a été transférée en obstétrique. Il faut procéder de toute urgence à une césarienne, car le bébé est en grande souffrance.

— Et ma petite-fille ? Elle a perdu beaucoup de sang, dit Élodie d'une voix tremblante.

— Son état est stabilisé, madame, mais il est impérieux de procéder à l'opération. Vous pouvez monter dans le service où elle aura sa chambre.

Sur ces mots, l'interne les laissa. Très ému, Guy se frotta le visage, puis il prit sa mère dans ses bras.

— Le bébé va naître, leur dit Emmanuel. Je suppose que Victoire avait préparé sa valise. Il faudrait aller la chercher.

— Évidemment, tout était prêt. Maman, je repars pour le château, décida Guy. Tiens-moi au courant, surtout.

Une demi-heure plus tard, Anna déboula en pleine panique au CHU. Après s'être renseignée à l'accueil, elle retrouva Élodie et Emmanuel, guidée aussi par le jeune homme à qui elle avait téléphoné auparavant.

— Alors ? Dis-moi, je t'en prie ! s'écria-t-elle.

— Victoire est au bloc opératoire, nous avons pu lui parler un peu, sa grand-mère et moi. Le problème qui se posait rendait une césarienne obligatoire, vitale même.

Bouleversée, Anna s'assit pour assimiler ces informations. Elle sortit une petite bouteille d'eau de son sac et but avidement.

— Quelle sale journée, marmonna-t-elle. J'ai essayé de joindre Vicky en début d'après-midi, elle ne m'a pas répondu. Ça m'a inquiétée. Et j'ai enfin su ce qui se passait grâce à Arthur.

Le minois félin d'Anna se crispa, pour contenir son envie de pleurer. Elle secoua ses cheveux noirs, raides et coupés au carré, avant de lancer un coup d'œil à Emmanuel.

— Tu n'as pas écouté les infos ? lui demanda-t-elle.

— Non, pas depuis hier… Pourquoi ?

— Sans doute qu'ils n'en ont pas encore parlé…

— À quoi fais-tu allusion, Anna ? s'impatienta Élodie. Je n'ai pas envie de jouer aux devinettes aujourd'hui, je suis bien assez anxieuse.

— Excusez-moi, madame. Une de nos camarades du lycée vient de mourir. Romane, une fille adorable qui habitait Châtillon. Son père est ami avec le mien.

— Seigneur ! Je suis désolée, se ravisa tout de suite Élodie.

— Que lui est-il arrivé ? interrogea Emmanuel, alerté par l'expression tragique d'Anna.

— Mercredi soir, Romane allait à un cours d'aïkido, et elle devait passer la nuit chez son copain. Ses parents ne se sont pas inquiétés, ni lui, parce qu'il s'était endormi en l'attendant. Mais elle a été enlevée, la pauvre. D'après ce que je sais, Romane a réussi à s'enfuir, en tennis et petite culotte… Une camionnette l'a renversée sur une route, en forêt. Elle a pu dire des choses à l'homme qui l'a heurtée et secourue.

Élodie en demeura muette, les yeux agrandis par l'horreur. Quant à Emmanuel, il s'éloigna de quelques pas.

— Voilà, ça continue, dit-il tout bas.

Il n'y avait aucun doute pour lui. Il supposa que le commandant Terrier était forcément au courant, ainsi que

Karen. Il revint vers Anna et se pencha un peu pour capter son regard.

— Tu le sais, car les parents de Romane se sont confiés aux tiens ? dit-il avec douceur.

— Oui, Sacha, son copain, leur a téléphoné à 7 heures du matin, pour savoir où était Romane. Ils ont appelé chez nous, au cas où leur fille serait venue me voir. Je suis révoltée et écœurée ! Emmanuel, si le conducteur de la camionnette avait freiné à temps, Romane aurait été sauvée et elle aurait pu témoigner.

À bout de nerfs, Anna finit par éclater en sanglots dans les bras d'Élodie.

— Et en plus, Vicky a failli mourir, gémit-elle.

— Ne crains rien, Vicky est entre de bonnes mains, la rassura-t-il. Moi aussi je suis révolté par le décès injuste de cette jeune fille, mais elle mérite notre respect et toute notre admiration pour avoir su se battre et réussir à leur échapper. Allons, ne pleure plus, bientôt tu verras le bébé, ce sera une douce consolation.

— Je n'aurais pas dit mieux, concéda Élodie, au bord des larmes.

Gendarmerie de Gevrey-Chambertin, même jour, même heure

Le commandant Louis Terrier s'installa à son bureau avec un soupir d'exaspération. Il lissa du plat de la main une mèche rebelle de ses cheveux d'un châtain foncé, tandis qu'un éclat de colère brillait au fond de ses yeux bruns. Il rangea son arme de service dans le tiroir habituel d'un geste las. Assise en face de lui, Karen avait le même air sombre. Ses frisettes blondes auréolaient son visage au teint mat. La jolie métisse, originaire de l'île de La Réunion, fixait son supérieur de ses prunelles vertes.

— Comment va M. Desgranges ? s'enquit-il.

— Toujours très choqué. Je reviens de chez lui, son docteur lui a prescrit des anxiolytiques. Son épouse est dévastée également.

— Il faut qu'on écoute encore une fois la déposition de cet homme, Karen. Quand je pense à cette pauvre gosse qui a eu le courage de courir sur des kilomètres, après avoir échappé aux griffes de ces salauds ! Tout ça pour mourir des suites d'un accident.

— Et sur le terrain, les collègues n'ont rien trouvé de concluant ?

— La scientifique a effectué des prélèvements à l'entrée de la grotte de la Grande Baume, avec prudence, puisqu'il s'agit d'un site préhistorique protégé. Ils ont découvert des traces de pneus au départ d'une piste forestière, mais le sol est très sec, à la fin de l'été. Karen, le manoir de Blancarçay se situe à proximité et le corps d'Ingrid Keller était enterré dans cette zone.

Les circonstances de la mort de la jeune femme, qui fréquentait Florian Mongenot deux ans auparavant, n'avaient pas encore été élucidées.

— Il y aurait de quoi en déduire qu'Ingrid Keller était aussi une victime de ces prédateurs sexuels, maugréa-t-il.

— Au moins, Romane n'a pas été violée, répliqua Karen. Elle l'a dit à M. Desgranges. Hélas, nous ne saurons jamais comment elle s'est défendue et par quel miracle elle a pu s'enfuir.

— J'étais avec son père ce matin, il m'a dit qu'il lui avait acheté une bombe lacrymogène. Elle a pu s'en servir, hasarda le commandant. Si tu savais combien je me sentais mal, face à ce couple qui restait digne, malgré la tragédie qui les frappait. Ils m'ont confié combien ils redoutaient de perdre leur fille, à l'instar de tant d'autres malheureuses.

— Est-ce que le procureur va évoquer l'affaire devant la presse ?

— Sans doute, afin de susciter encore plus de vigilance de la part des familles et de lancer des appels à témoin.

Le téléphone de Terrier sonna. Il décrocha vite, les traits tendus. Karen le vit acquiescer deux fois de suite, avant de se lever précipitamment.

— Le brigadier Fort vient de découvrir le chien que Romane disait avoir blessé. L'animal est encore vivant, il s'était réfugié sous un arbre déraciné. J'y vais.

— Je vous accompagne, commandant ?

— Oui, tu relaieras Fort, qui est là-bas depuis ce matin.

Louis Terrier bondit de son siège, en dépliant sa robuste silhouette d'athlète, puis il reprit son arme et se rua dans le couloir, suivi de près par Karen, aussi exaltée que lui.

CHU de Dijon, une heure plus tard

Victoire aurait voulu se réveiller, mais elle évoluait au sein d'un univers cotonneux. Parfois il lui semblait distinguer des silhouettes autour de son corps privé de toute réaction ordinaire. Cependant son esprit aspirait à retrouver sa lucidité, afin de savoir si son enfant était vivant. L'idée du bébé l'obsédait. Elle se disait qu'il aurait dû crier vigoureusement pour annoncer sa venue au monde, et soudain un chagrin atroce la submergea. Il n'y avait pas de nouveau-né et plus d'amour à offrir.

— Maman, où es-tu ? Maman !

Elle croyait prononcer ces mots et même les hurler, mais aucun son ne franchissait ses lèvres. Renonçant à voir sa mère apparaître à ses côtés, la jeune femme appela Florian, celui qui aurait dû se trouver là et lui tenir la main. Enfin des voix lui furent perceptibles.

— La mère se réveille, occupez-vous d'elle.

— On conduit le bébé en réanimation… Faites vite.

Au prix d'une volonté farouche, Victoire put ouvrir les yeux. Éblouie par une lumière blanche, elle tourna la tête et se trouva confrontée au visage inquiet d'une infirmière.

— Mon bébé, articula-t-elle avec peine.

— On l'a emmené en néonatologie, mademoiselle. Ne vous agitez pas, vous êtes encore très faible et on vous a placée sous transfusion.

— Je veux voir mon bébé…

— Plus tard, quand vous irez mieux. Reposez-vous.

Une intolérable sensation de solitude accabla Victoire qui observait la salle d'opération, dont le décor aseptisé lui parut froid et même hostile.

— Dites-moi, c'est une fille ou un garçon, chuchota-t-elle.

— Une jolie petite fille de deux kilos, mademoiselle.

— Merci, vous êtes gentille.

Désespérée de ne pas pouvoir tenir son bébé contre son cœur, presque certaine que l'enfant n'avait pas survécu, elle referma les yeux pour pleurer sans bruit.

2

Prières

CHU de Dijon, samedi 8 septembre 2018

Emmanuel était assis au chevet de Victoire, dont le beau visage reflétait une poignante détresse. Elle fixait avec obstination le bouquet de roses que lui avait apporté le jeune homme.

— Je les ai cueillies dans le jardin de mon oncle, dit-il tout bas. Elles sentent tellement bon.

— Les infirmières prétendent qu'il ne faut pas trop de fleurs dans les chambres, répliqua-t-elle d'une voix morne. Et surtout pas de plantes en pot.

— À cause des possibles bactéries dans la terre, expliqua-t-il. Vicky, je suis sincèrement désolé pour toi.

— J'ai eu vingt ans au mois de mai et, si j'y réfléchis, ma vie semble vouée à une suite d'échecs.

— Ne dis pas ça, tu as toujours été courageuse. Ce ne sont pas des échecs, mais des épreuves que tu surmontes à chaque fois.

Des larmes perlèrent au coin des yeux de Victoire. Elle tendit la main vers Emmanuel.

— Je suis là, affirma-t-il en étreignant ses doigts menus. Si j'avais pu, je serais resté à tes côtés pendant l'opération et juste après. Il paraît que tu as beaucoup pleuré.

— Et je risque de pleurer encore longtemps si je perds mon bébé. Pourquoi je ne peux pas la voir ? C'est un vrai supplice de l'imaginer toute seule dans une couveuse, avec une perfusion et intubée. Ils ne sont pas sûrs de la sauver et ça me rend folle de chagrin.

— Nous pourrions prier ensemble, en silence. Ta grand-mère et Anna sont allées à la chapelle, mais Dieu est partout, il me semble.

— C'est toi qui dis ça, alors que tu n'as plus la foi?

— Je sais... Je n'ai plus cru en rien après avoir découvert le corps de ma sœur maculé de sang. On me confrontait brutalement à la mort d'un être adoré. Vicky j'avais onze ans et j'en fais encore des cauchemars. Mais toi, tu crois en Dieu, tu m'as confié lui avoir demandé de guérir, quand tu étais à Vézelay.

— Je m'en souviens! À peine entrée dans la basilique Sainte-Marie-Madeleine, j'ai éprouvé une sensation de sécurité et de paix infinie. Si Dieu m'a exaucée, tu as grandement contribué toi aussi à ma guérison. Et tu m'as sauvé la vie deux fois.

Embarrassé, Emmanuel détourna son regard noir, afin de dissimuler l'amour qui le faisait évoluer entre bonheur et douleur, dès qu'il était en présence de Victoire.

— C'était peut-être mon rôle, une part de mon destin, insinua-t-il. Je prétends ne pas croire en Dieu, mais très souvent je pense qu'Emma me protège et veille sur maman et moi.

Ils échangèrent un sourire plein de tristesse, conscients tous les deux de partager l'amertume du deuil.

— Ce dont j'ai rêvé dans le coma était très troublant, ajouta-t-elle. En fait, depuis j'accepte beaucoup de choses impossibles à expliquer sur le plan scientifique. Hier, tu as su que j'étais en danger de mort, mon bébé aussi, il y a de quoi s'émerveiller, même si Maïa est condamnée.

— Maïa?

— Le prénom que j'ai choisi pour ma fille. Tu es le premier à l'apprendre, car j'avais gardé le secret.

La gorge nouée, Victoire refoula un sanglot, en serrant plus fort la main d'Emmanuel.

— Mamie a pu la voir à travers une vitre, pourquoi on ne m'emmène pas en néonatologie ? s'insurgea-t-elle. On devrait me la confier, je préférerais qu'elle s'éteigne dans mes bras. Et on ne me donne aucune nouvelle.

— Vicky, j'insiste, nous allons prier ensemble.

— D'accord, pour Maïa.

— Oui, pour Maïa.

Dans une autre aile de l'immense hôpital, Élodie et Anna priaient également, sous la voûte de la chapelle de Bon Espoir. La plus âgée se concentrait sur la survie de son arrière-petite-fille, la plus jeune mêlait dans ses invocations sa précieuse amie Vicky, le bébé et Romane, la dernière victime de ceux qu'elle surnommait les monstres.

— Nous devrions remonter auprès de Victoire, à présent, souffla Élodie en se signant.

— J'aimerais rester encore un peu, madame.

— Bien sûr, tu es bouleversée, ma petite Anna. Mais je t'en prie, il vaut mieux de rien dire à Vicky pour votre camarade du lycée. Ce serait un choc trop pénible pour elle, alors qu'il faut la ménager. Ce matin, le médecin a dit qu'elle était très affaiblie.

— Je sais, madame.

— Bien, je te laisse. Cathy devrait arriver très tard dans la soirée, revoir sa maman réconfortera notre chérie.

Si Anna approuva d'un signe de tête, elle n'en était guère convaincue.

« Vicky a juste besoin de tenir son bébé sur son cœur, se dit-elle tout bas. On la prive de ça, c'est vraiment stupide. Mon Dieu, aidez mon amie, je vous en prie… »

Gendarmerie de Gevrey-Chambertin,
même jour, une heure plus tard

Le commandant Terrier fut surpris de voir Karen entrer dans son bureau, après avoir frappé deux petits coups presque timides. Vêtue d'une robe sans manches et chaussée de sandales, la lieutenante Mathis avait une expression navrée.

— Qu'est-ce que tu fais ici ? Tu n'es pas de service aujourd'hui, s'étonna-t-il. Tu n'avais pas une sortie prévue avec ton amoureux ?

— Si, mais j'ai annulé, rétorqua-t-elle. Je n'aurais pas apprécié mon week-end, de toute façon. Christophe l'a très bien compris, c'est un homme tout à fait charmant et à l'écoute.

— Je m'en doute, l'inspecteur Morisson a la réputation d'être quelqu'un de très humain. Karen, il y a un souci ?

Elle prit place en face de lui, auréolée par la masse frisée de ses cheveux châtain clair, qu'elle attachait le plus souvent.

— Commandant, Emmanuel m'a téléphoné tôt ce matin. Il était à l'hôpital, car Victoire a subi une césarienne hier, en toute urgence. Son cas est assez rare, un sur deux cents environ.

— Sois plus précise !

— Un cas de placenta praevia, qui peut s'avérer mortel pour le bébé et la maman. Victoire est sauvée, mais le pronostic vital de l'enfant est engagé. Commandant, j'ai été jalouse de cette jeune femme, j'ai voulu la haïr, je n'ai jamais pu et là, je suis tellement triste pour elle ! Même si elle était entourée par sa famille, elle a attendu ce bébé sans le futur père à ses côtés, et maintenant elle va encore souffrir le martyre, alors qu'elle marchait de nouveau.

— Je comprends que tu sois émue, Karen, mais pourquoi Nevers t'a-t-il raconté ça ?

— À votre avis ? Il tient à protéger Victoire, ce qui signifie ne pas l'informer de la mort d'une de ses camarades, Romane.

— Le procureur va diffuser l'affaire, la presse et les médias en feront état, indiqua Terrier. À quoi bon lui cacher ? Elle le saura tôt ou tard.

— Sûrement, mais peut-être aussi qu'Emmanuel éprouvait la nécessité d'en parler. Nous sommes toujours en bons termes.

— Les Desmarets et les Mongenot sont vraiment marqués par la fatalité. Sinon, Karen, puisque tu es là, veux-tu connaître le rapport du véto qui a examiné le chien ?

— Oui, ça m'intéresserait beaucoup, commandant, et ça me changerait les idées.

— L'animal n'était ni tatoué ni pucé, le contraire aurait été surprenant. C'est un doberman d'à peu près sept ans, ce qui peut correspondre au témoignage de Nevers.

— En effet, la nuit où il a retrouvé Victoire, il disait en avoir aperçu plusieurs dans une cage, à l'arrière d'un 4 × 4. Quand je pense à cette jeune fille, Romane, j'ai mal au cœur. Elle a dû vivre une nuit épouvantable ! Quel incroyable courage !

— Oui, il lui en fallait beaucoup pour réussir à assommer un doberman. D'après le véto, les coups portés au chien auraient pu le tuer. Mais un point m'intrigue, avoua Terrier. J'ai scrupuleusement relu les rapports d'autopsie de plusieurs victimes, aucune ne portait des traces de morsure au niveau des jambes. Pourtant Romane a parlé d'une partie de chasse à M. Desgranges. Les chiens devaient être dressés pour terrifier les malheureuses et rattraper celles qui parvenaient à s'enfuir. Mais sans les mordre. Les ravisseurs voyaient sans doute les jeunes victimes comme une marchandise trop valeureuse pour prendre le risque de l'abîmer...

Karen prit le temps de réfléchir, tout en se représentant une scène telle que la dépeignait le commandant.

— Ce sont des pratiques ignobles, digne d'un cerveau malade, décréta-t-elle. Au fait, que va devenir le doberman ?

— D'abord on le soigne, puis un dresseur va le tester. Karen, l'histoire de Romane doit nous aider à résoudre une bonne fois pour toutes cette enquête. Ceux qui l'ont enlevée ne doivent pas être aussi expérimentés qu'un type comme Régis Garin. Ils peuvent commettre une autre erreur.

— Personnellement, je serais d'avis de retourner au manoir de Blancarçay et d'effectuer de nouvelles fouilles. Un détail d'importance a pu nous échapper.

— Tu as raison, nous irons lundi matin. La forêt de Châtillon est très vaste, cependant on dirait que ces assassins y sont à leur aise et la connaissent bien. Après ces mois d'accalmie, l'organisation criminelle se manifeste à nouveau et j'en suis malade, Karen.

— Moi aussi, commandant.

— Je sais que tu es très impliquée. À présent, tu devrais rejoindre l'inspecteur Morisson et profiter de ton samedi. C'est un ordre, plaisanta Terrier.

— Alors j'obéis, mais je serai là demain, répliqua-t-elle en se levant. Détendez-vous un peu vous aussi.

— Je dîne avec Aurélia, rien de tel comme bouffée d'air frais. À ce propos, est-ce que je peux lui dire pour Victoire ?

— Je l'ignore ; à votre place, j'éviterais. Emmanuel ne m'a pas donné de consignes particulières, mais si vous lui annoncez ce qui se passe, Mme Novak va s'inquiéter pour Victoire.

— C'est vrai qu'elles sont assez proches, admit Terrier. Néanmoins, si je me tais, Aurélia risque de m'en vouloir quand elle sera au courant.

Le dilemme fut de courte durée, interrompu par la sonnerie du téléphone du commandant qui décrocha aussitôt et raccrocha au bout de trois minutes, après une suite de « oui » et de « non ».

— Bon sang, je vais au CHU, annonça-t-il à Karen. Maurice Desgranges a fait une tentative de suicide. C'était son épouse, elle m'a dit que son mari ne pouvait pas se pardonner d'avoir provoqué la mort de Romane.

— Pauvre homme ! Je vous accompagne.

CHU de Dijon, même jour, même heure

Victoire quitta son lit et sa chambre sous les regards émus de sa grand-mère, d'Anna et d'Emmanuel. Tout heureuse, elle aurait embrassé la jeune infirmière qui venait de l'installer avec précaution dans un fauteuil roulant, afin de l'emmener voir son bébé pour la première fois.

— Je vous ai reconnue tout de suite, murmura celle-ci en la poussant le long du couloir. Il y a deux ans, j'étais dans le service où vous étiez hospitalisée.

— Votre visage ne me dit rien, j'en suis désolée.

— Vous ne m'avez jamais vue, vous étiez dans le coma. Je me suis beaucoup occupée de vous. Je n'ai pas assisté à votre période de réveil, car on m'avait transférée en néonatologie. Et je n'ai pas bougé depuis. Je me plais en compagnie des nouveau-nés et de leurs mères.

— Je suppose que c'est plus agréable, sauf quand il y a de graves problèmes, déclara Victoire.

— C'est assez rare, je vous assure. Nous y voici. Mettez le masque que je vous ai donné, par mesure de prudence, même s'il n'y a pas de grands prématurés dans cette salle.

L'infirmière ouvrit une double porte vitrée et dirigea le fauteuil vers une des couveuses. Le cœur cognant à se rompre, Victoire découvrit enfin son enfant à travers le matériau transparent. Rendue muette par l'émotion, elle observa avec passion le petit être endormi.

— Maïa, tu es si belle, on dirait une fleur, d'un rose délicat. Mais que tu es menue, et tu as l'air si fragile !

— Soyez tranquille, votre fille va mieux. Elle respire bien et ce soir, nous lui ôterons la perfusion qui l'alimente. Vous pourrez la prendre dans vos bras et l'allaiter.

— Ce soir, vraiment ? J'ai tellement hâte ! Alors elle n'est plus en danger ?

— Non, et je peux même vous dire que ce bout de chou a de la voix quand elle se manifeste. Je crois que c'est une battante, comme vous. Je vous ramène dans votre chambre ?

— Je voudrais rester encore quelques minutes, je vous prie.

— D'accord, je vous laisse un peu seule. J'ai deux autres bébés à surveiller.

— Merci, dit Victoire d'un ton très doux.

Elle se replongea dans la contemplation de sa fille, qui s'agitait un peu.

— Maïa, bienvenue dans notre monde, mon ange ! Mon Dieu, je t'aime tant déjà. Tu es le plus cadeau que m'a fait la vie. Je voudrais te parler de ton papa. Il serait fou de joie s'il était là, près de toi. Toutes les deux, nous ne l'oublierons pas, et peut-être qu'il te protégera de là où il est. Et moi, ta maman, je serai à tes côtés, pour que tu n'aies jamais peur.

Envahie d'un amour incommensurable dont elle n'aurait pas osé concevoir l'existence, Victoire sut à cet instant que rien ne serait plus important désormais que son enfant.

Élodie était seule dans la chambre lorsque l'infirmière ramena une jeune maman radieuse. Dès que sa petite-fille fut recouchée, elle s'assit à son chevet.

— Je devine à ta mine rayonnante que ton bébé va mieux.

— Oui, mamie, et je pourrai la prendre dans mes bras en fin de journée, la toucher, l'embrasser. Ce sera le paradis ! Tu ne seras pas obligée de passer la nuit ici.

— Ce soir, tu auras sûrement la visite de ta mère et de Jean-Charles. J'ai eu des nouvelles, leur avion atterrit à Paris vers 17 heures. Cathy compte louer une voiture, le temps de faire la route et ils seront là.

— Si tu leur proposais de patienter jusqu'à demain matin, mamie ? Au fond, je préférerais me reposer.

— Je peux toujours essayer, Vicky, mais ta mère va être déçue. Enfin, maintenant que tu es hors de danger et le bébé aussi, ils accepteront peut-être.

Infiniment soulagée par l'issue heureuse de cette naissance à risque, Élodie aurait consenti à n'importe quelle exigence de la part de Victoire.

— Où sont Anna et Emmanuel ? lui demanda la jeune femme. Je croyais qu'ils m'attendraient.

— Ils sont descendus à la cafétéria s'acheter de quoi grignoter et ils doivent me rapporter un thé, ma chérie. Si tu me confiais pourquoi tu as prénommé ta fille Maïa.

— Mamie, tu devrais le savoir ! C'est en hommage à une *prima ballerina assoluta*, Maïa Plissetskaïa[1]. Elle fait partie de mes idoles. Je te montrerai des photos d'elle quand nous serons rentrés au château. Mais ça ne signifie pas que je voudrais faire de ma fille une danseuse. Je souhaite seulement la rendre heureuse et la choyer.

Victoire se glissa entre les draps, bien calée sur ses oreillers. Avec sa longue chevelure brune divisée en deux nattes, elle avait l'air très jeune.

— Je vais dormir un peu, mamie, comme ça, je serai bien reposée quand Maïa arrivera.

Sur ces mots murmurés, elle ferma ses grands yeux bleus, avec un ineffable sourire plein de tendresse.

Dans un autre service du CHU, la lieutenante Mathis et le commandant Terrier se tenaient chacun d'un côté

1. Maïa Plissetskaïa, née en 1925 à Moscou et morte en 2015 à Munich, est une danseuse russe, considérée comme l'une des plus grandes ballerines et surnommée la « Diva de la danse ».

du lit où était allongé Maurice Desgranges, dont l'épaule gauche portait un large pansement, tandis qu'une attelle immobilisait son bras. Larmoyant, le retraité fixait avec obstination le plafond blanc, afin d'éviter le regard des deux gendarmes.

— Pourquoi avez-vous tenté de mettre fin à vos jours ? lui demanda gentiment Karen.

— Comme si vous ne le saviez pas, marmonna-t-il. J'ai causé la mort de cette pauvre gosse, qui avait pu échapper à une bande de saligauds.

— Vous avez été surpris de la voir surgir sur la route, c'était un accident, le rassura-t-elle.

— Si je n'avais pas voulu répondre à ma femme, qui a la sale manie de me téléphoner alors qu'elle sait que je suis au volant, cette jolie petite serait encore vivante, avoua-t-il dans un sanglot.

— Vous avez omis de le déclarer dans votre déposition, fit remarquer Terrier.

— J'avais trop honte... Je revois tout le temps cette jeune fille couchée sur le goudron et puis j'entends sa voix, quand elle me donnait un message pour ses parents. Je n'ai pas pu dormir depuis hier, alors oui, j'ai voulu en finir. Mais je m'suis raté, toujours à cause de ma femme. Il paraît qu'elle se doutait de quelque chose et comme j'étais allé dans le garage, là où je range mon fusil de chasse, elle est venue voir ce que je fabriquais... Je comptais me tirer une balle dans la bouche, et la voilà qui hurle de toutes ses forces. J'ai baissé l'arme au moment où j'appuyais sur la gâchette. Du coup, je m'suis esquinté comme il faut.

Karen et Terrier échangèrent un coup d'œil consterné. Mais le commandant crut bon d'insister, envahi d'un doute.

— Monsieur Desgranges, vous ne regardiez pas la route au moment où Romane Remond a surgi devant votre camionnette. Mais peut-être avez-vous noté autre chose, comme des bruits dans la forêt ou dans les broussailles ? Ou des voix, des aboiements ?

— Non, je vous assure ! Je ne pensais qu'à aider la gamine. Elle avait si peur qu'on la rattrape, j'ai fait à son idée, moi. Personne ne veut me dire de quoi elle est morte…

— Une hémorragie interne, provoquée par le heurt très violent avec l'avant de votre véhicule, précisa Karen. Mais elle était consciente, et elle a pu vous parler. C'est une consolation pour ses parents de savoir combien Romane a été courageuse et qu'elle a pensé à eux, même grièvement blessée.

— Les pauvres gens, je les plains de tout cœur, et je n'oserai jamais me présenter devant eux, balbutia le retraité. C'est moi l'assassin de leur fille.

— Ils tiennent pourtant à vous rencontrer, monsieur Desgranges. Faites en sorte de rester en vie, au moins pour leur exprimer vos regrets, qui sont sincères, décréta Terrier. Vous devez avoir besoin de repos, nous vous laissons.

— Du repos, je n'en aurai plus jamais, commandant.

Sur cet aveu poignant, il se remit à pleurer. En quittant la chambre, Karen s'écarta de son supérieur afin d'étudier le plan du CHU, affiché près de l'ascenseur.

— Toi, je parie que tu cherches où se trouve la maternité, lui dit Terrier qui s'approchait.

— Oui, mais je n'irai pas rendre visite à Victoire aujourd'hui. J'ai eu un message d'Emmanuel, la maman et le bébé sont tirés d'affaire. Je reviendrai avec un petit cadeau.

— Bleu ou rose ?

— Rose ou blanc, c'est une petite fille. La vie nous joue des tours, commandant. Je rêvais d'avoir au moins quatre enfants, mais depuis que je travaille avec vous sur cette enquête, je ne m'en sens plus capable, car je serais en permanence angoissée à la perspective d'un malheur.

— Si tout le monde raisonnait ainsi, la planète se dépeuplerait assez vite, ironisa-t-il. Cette fois, Karen, tu ferais mieux de courir retrouver l'inspecteur Morisson.

C'était gentil à toi de m'accompagner. J'étais obligé de venir voir Desgranges, même s'il ne m'a rien appris. À présent, je retourne chez le véto en charge du doberman. J'ai envie d'étudier ce chien de plus près.

— D'accord, je vous dis à demain, commandant.

Clinique vétérinaire de Chenôve, même jour, même heure

Louis Terrier observait d'un air pensif le doberman enfermé dans une grande cage. Le chien, remis de sa blessure, était assis contre le grillage.

— Que comptez-vous faire de cet animal, commandant ? interrogea le vétérinaire.

— Je n'en sais rien ! Les prélèvements effectués entre ses coussinets et sur ses griffes n'ont rien donné, il y avait de la terre et des débris végétaux provenant de la forêt de Châtillon, là où on l'a trouvé. Est-ce qu'il s'est montré agressif ?

— C'est dur à déterminer, les premiers jours, je l'ai sédaté pour l'examiner, faire des radios et le soigner. Je ne peux plus le garder, commandant. Il faut le confier à un refuge. Comme il n'est pas tatoué et qu'il n'avait pas de puce d'identification, ce sera fait en vue d'une adoption. Ou alors…

— Ou alors quoi ?

— On peut envisager l'euthanasie, précisa le vétérinaire. Ce chien était lancé à la poursuite d'une jeune fille enlevée à des fins criminelles, pourquoi le laisser vivre ? S'il a été dressé à l'attaque, il pourrait se révéler dangereux et je m'estimerais responsable. À mon avis, ce serait la meilleure solution.

— Accordez-moi encore deux ou trois jours, je vais réfléchir, trancha Terrier.

CHU de Dijon, dimanche 9 septembre 2018

Son bébé endormi contre sa poitrine, Victoire éprouvait un bien-être extraordinaire. Elle ne s'était presque pas séparée de sa fille, excepté pendant les soins qu'on lui prodiguait. Au comble du bonheur, tout lui était indifférent, de la légère douleur causée par la cicatrice de la césarienne à la montée de lait qui la rendait fiévreuse.

— Tu têtes bien, Maïa, chuchota-t-elle avant de déposer un baiser sur le crâne tout rond du nouveau-né, couvert de mèches brunes.

Sa chevelure tout aussi brune réunie en une seule natte sur l'épaule droite, la jeune femme s'était maquillée et portait une chemise de nuit en broderie anglaise, en prévision des visites qu'elle recevrait à l'heure autorisée.

— Aujourd'hui, ta grand-mère Catherine va venir, ajouta Victoire tout bas. Elle était très contrariée de devoir patienter, mais j'avais envie de passer quelques heures en tête à tête avec toi, Maïa, mon petit ange. Et ce soir, ta marraine Anna viendra, avec ton parrain Emmanuel. Il n'y a encore rien d'officiel, cependant d'ici un mois, tu seras baptisée et nous ferons une jolie fête au château... J'ai oublié de te parler de ton grand-père, Jean-Charles. Il a eu très peur pour nous deux, et maintenant il a hâte de faire ta connaissance.

Ses pensées allèrent soudain vers Florian. Au fil des mois, Victoire avait peu à peu occulté sa mort violente, concentrée sur sa faculté de marcher à nouveau et sur l'enfant niché au creux de son ventre.

— Tu n'auras pas de papa et j'en suis désolée, Maïa, dit-elle à mi-voix. Pour toi, j'ai voulu effacer de mon esprit et de mon cœur la moindre peur, le moindre chagrin. Comprends-tu, on me conseillait de longues balades dans le parc, afin de profiter du bel été que nous avons eu. Je dormais et je mangeais bien, pour toi, mon bébé. Parfois, j'avais l'impression que tu n'étais qu'à moi seule, conçue par miracle.

La gorge serrée, Victoire osa évoquer les traits virils de Florian, son grand corps d'athlète, et surtout ses baisers qui la troublaient tant.

— Je dois te parler de ton papa, Maïa. Il était beau, très beau, passionné aussi, tellement passionné ! Mais il m'aimait et il t'aurait adorée. Peut-être de la même manière, avec excès. J'espère qu'il ne te manquera pas trop, car je vais te dire un secret, mon père me manque toujours beaucoup.

Une infirmière frappa à la porte entrebâillée et se présenta, toute souriante.

— Je n'en aurai pas pour longtemps, je viens vérifier si tout se passe bien pour vous et le bébé, dit-elle gentiment. Nous allons coucher votre petite Maïa quelques minutes dans son berceau.

— Il ne faut pas la réveiller, elle vient de téter et elle dort bien.

— Ne vous inquiétez pas, mademoiselle, je dois m'occuper de vous et dans cinq minutes, une aide-soignante viendra refaire votre lit.

— Je sais, soupira Victoire qui laissa l'infirmière prendre sa fille.

— J'ai eu deux enfants, commenta celle-ci. Pour le premier, j'étais comme vous, mais à la naissance du second, j'étais plus détendue. Ceci dit, je vous comprends, on veut toutes protéger nos petits, davantage encore quand ils sont plus grands. Surtout ces temps-ci, avec toutes les horreurs que l'on voit à la télévision.

Victoire se demanda alors si cette femme était au courant de son histoire, ce qui ne l'aurait pas étonnée. Mais il s'agissait d'autre chose et elle l'apprit l'instant suivant.

— Je suppose que vous ne regardez pas les informations, ajouta l'infirmière. Ces criminels dont on a tant parlé dans les médias ont recommencé.

Tout bas, en procédant à la toilette de sa patiente, elle relata l'affaire de Romane Remond, que le procureur avait décidé de rendre publique. D'abord Victoire demeura silencieuse, le cœur serré, se souvenant de sa camarade de lycée. Anna et elle l'aimaient beaucoup.

— C'est affreux, je la connaissais bien, avoua-t-elle à mi-voix. Romane était sportive, droite, toujours gaie et modeste. Mon Dieu, elle a pu leur échapper, mais elle n'a pas survécu à cet accident… C'est tellement injuste.

Des larmes tièdes roulèrent sur ses joues, qu'elle essuya du dos de la main. Confuse, l'infirmière lui tendit un mouchoir en papier.

— Je suis navrée, j'aurais mieux fait de me taire, soupira-t-elle. Vous étiez tout heureuse avec votre bébé et je vous fais pleurer.

— Pourquoi on ne m'a rien dit ? Je suis sûre que mon amie Anna le savait, ma grand-mère et Emmanuel également. Ils ont voulu me ménager, mais je ne suis pas en sucre !

Une colère mêlée de révolte s'était emparée de Victoire, qui venait de la projeter hors de la bulle de sérénité où elle s'enfermait depuis des heures avec Maïa.

— J'avais raison, rien n'était terminé, déclara-t-elle. Madame, quand pourrai-je rentrer chez moi ?

— Il faudra interroger un médecin…

— Très bien, je le ferai ce soir. Pouvez-vous me redonner ma fille, s'il vous plaît. J'ai besoin de la sentir contre moi.

Catherine et Élodie entrèrent dans la chambre à 15 heures. Un charmant tableau les attendait, car Victoire s'était endormie, le bébé niché au creux de son bras droit.

— Mon Dieu, qu'elles sont belles toutes les deux ! Tu te rends compte, Cathy, me voici arrière-grand-mère.

— Comme Maïa est menue, j'avais oublié qu'un nouveau-né pouvait être aussi petit.

— Elle est née à huit mois, mais elle faisait déjà deux kilos, précisa Élodie.

Elles avaient beau discuter tout bas, Victoire ouvrit les yeux et leur adressa un léger sourire.

— Bonjour, ma chérie, dit Catherine. Je ne t'ai pas vue depuis longtemps et je te retrouve en jeune maman.

Elle s'approcha du lit pour déposer un baiser sur le front de sa fille et admirer de près le bébé.

— Jean-Charles ne t'a pas accompagnée ? murmura Victoire.

— Si, bien sûr, mais je lui ai demandé de patienter à la cafétéria, pour être un peu seule avec toi.

— Je peux sortir, plaisanta Élodie. Vicky, Maïa a déjà changé depuis hier soir. Elle est adorable.

— Une merveille ! s'extasia Catherine. Je vous ai acheté des cadeaux, à New York.

— Le plus cadeau de ma vie, il est là, près de moi, maman. J'ignorais qu'on ressentait un tel amour pour son enfant, dès sa naissance. Je ne pensais même pas cela possible.

— Ce n'est pas une règle absolue, Vicky, décréta sa mère. Certaines femmes sont dépourvues d'instinct maternel.

— Et toi, tu étais dans quelle catégorie ?

— Quelle question ! J'étais ravie d'avoir une jolie petite fille, mais je ne tenais pas à t'allaiter, et tu as eu des nurses jusqu'à tes cinq ans. Moi-même, j'ai été élevée ainsi. À ce propos, ma chérie, tu ne devrais pas habituer Maïa à dormir près de toi. Tu serais plus à l'aise si tu la couchais dans son berceau. C'est un conseil que je te donne, il paraît que les enfants deviennent très capricieux par la suite.

Victoire défia sa mère d'un regard froid, avant de solliciter l'avis d'Élodie.

— Qu'en penses-tu, mamie ?

— Je répondrai simplement que Madeleine ne serait peut-être pas morte si je ne l'avais pas laissée seule dans une chambre du premier étage. À l'époque, il n'y avait pas de baby phone, et on isolait parfois un nouveau-né s'il pleurait trop fort.

Impressionnée, Catherine garda le silence, puis elle caressa la joue de Victoire.

— Je n'ai pas à te dire ce qu'il faut faire, ma chérie. De toute évidence, tu feras au mieux pour ton bébé. Si tu es d'accord, je vais chercher Jean-Charles.

— Oui, tu peux y aller, maman.

Dès qu'elle fut en tête à tête avec sa grand-mère, Victoire lui fit signe d'approcher.

— Qu'est-ce qu'il y a, Vicky ? Tu as l'air bizarre...

— L'infirmière de service ce matin m'a raconté comment est morte Romane, que nous connaissions bien, Anna et moi.

— Quel dommage ! Tu as dû être choquée de l'apprendre de cette façon. Avec Anna et Emmanuel, nous avions décidé de te préserver. Hélas, nous ne pouvions pas avertir le personnel.

— Au début, j'étais en colère, ensuite j'ai compris pourquoi vous ne m'avez rien dit et ça partait en effet d'une bonne intention. En as-tu parlé à maman et à Jean-Charles ?

— Évidemment, comment leur cacher une telle tragédie ? Et même si je l'avais voulu, les médias en font leurs gros titres, en écrivant les plus folles suppositions. Ma chérie, tentons d'oublier tout ceci, du moins pendant quelques jours. Tu tiens à nourrir Maïa au sein, or les émotions et les contrariétés sont mauvaises en cas d'allaitement.

Songeuse, Victoire approuva distraitement, se remémorant les paroles de sa mère. Elle se promit de chérir sa fille, d'être à son écoute et ne jamais la mettre à l'écart de sa vie.

— Parfois, je m'interroge, mamie. Je suis certaine que papa m'adorait, mais maman était souvent distante et peu encline à la tendresse.

— Tu te trompes, Catherine t'a toujours aimée, cependant elle ne savait pas te le montrer.

On toqua à la porte. Jean-Charles Mongenot apparut, un bouquet de roses à la main. Le teint hâlé, ses cheveux ras un peu plus argentés, il portait un costume en lin beige et une chemise blanche au col entrouvert, sans arborer de cravate.

— Bonjour, ma chère Victoire, dit-il aussitôt. Pardonne ma tenue, mais j'ai adopté un style plus décontracté pendant notre séjour en Amérique.

Sa voix grave et bien timbrée fit sursauter le nouveau-né qui lança un cri tremblant, comme pour protester.

— Pauvre bout de chou, son grand-père la réveille, dit le viticulteur d'un ton attendri.

Il alla se pencher sur l'enfant vêtue de blanc, dont les fins cheveux bruns dépassaient d'un minuscule bonnet.

— Toutes mes félicitations, Victoire, tu as mis au monde une aussi jolie princesse que toi. Il ne vous arrivera jamais rien de mal, j'en fais le serment.

— Je vous remercie, répondit-elle avec douceur. Je tenais à vous dire que je veux donner un second prénom à Maïa et j'ai choisi Floriane, en mémoire de son papa… de votre fils qui devrait être là et savourer son bonheur.

— J'en suis très touché, affirma Jean-Charles. Tu as un cœur en or, Victoire, et c'est une bénédiction pour moi de vous avoir, Maïa et toi. Cathy n'a sûrement pas pu te l'annoncer, mais Bastien s'est enfui de l'hôpital psychiatrique où il était soigné. Selon la police new-yorkaise, mon fils serait revenu en France par ses propres moyens.

— Oui, nous nous demandons comment il a pu payer son billet d'avion, après avoir réussi à récupérer son passeport, ajouta Catherine.

— J'espère qu'il rentrera chez nous, marmonna Mongenot.

— Je vous le souhaite, répliqua Victoire. Regardez, Maïa agite ses menottes et elle a bâillé. Je devrai bientôt la faire téter.

Jean-Charles déposa le bouquet de roses sur la table de chevet, puis il contempla encore le bébé, sans même oser l'effleurer du bout des doigts.

— Nous ne te dérangerons pas plus longtemps, ma chérie, dit sa mère en l'embrassant de nouveau sur le front. Ce soir, nous dînons en ville, mais pour l'heure, nous avons beaucoup de gens à voir au sujet de Bastien.

— Quand pourras-tu quitter l'hôpital, Victoire ? demande Mongenot

— Si ça ne tenait qu'à moi, je m'en irais dès demain. J'en discuterai avec le docteur qui me suit et avec la pédiatre.

— Je reste un peu avec toi, Vicky, indiqua Élodie. Et avant toute chose, je m'occupe de ces roses, il leur faut de l'eau.

Catherine et Jean-Charles s'en allèrent presque sur la pointe des pieds, ce qui fit sourire Victoire, secrètement soulagée par leur départ. Comme Maïa commençait à pleurer, elle la berça en chantonnant, sans pouvoir chasser de son esprit les circonstances tragiques du décès de Romane.

— Mamie, appela-t-elle dans un souffle.

— Oui, Vicky ?

— Est-ce que tu veux bien prier avec moi ? Pour l'âme de Romane, qui a été si courageuse et si forte !

— Bien sûr, ma chérie, nous allons prier pour elle…

3

Nouvelles menaces

CHU de Dijon, dimanche 9 septembre 2018,
même jour, le soir

Après le départ de sa grand-mère, Victoire s'était préparée à recevoir Anna et Emmanuel. Le jeune ingénieur servait de chauffeur à son amie, ce qui évitait à celle-ci des allers et retours en scooter sur la quatre voies reliant Gevrey-Chambertin à Dijon.

— Tu as bien tété, j'espère que tu vas dormir au moins deux heures, couchée près de moi, murmura-t-elle à sa fille.

Lorsqu'on frappa discrètement à la porte de sa chambre, Victoire arrangea sa natte, puis elle vérifia si sa veste de pyjama était bien reboutonnée. Mais ce fut Karen Mathis qui entra, une pochette cadeau à la main.

— Bonsoir, Victoire, je suis passée te voir avant de prendre mon service. Cela ne te dérange pas ? Tu as l'air surprise, j'aurais peut-être dû t'envoyer un message avant !

— Il n'y a aucun souci, Karen. Approche, je garde Maïa avec moi, comme ça, elle est au chaud et mon contact la rassure.

— Tu as raison, ma mère faisait ainsi avec mon frère et moi, sans tenir compte des protestations d'une partie de la famille.

— J'avoue que ma mère a vite montré sa désapprobation.

Karen se pencha sur l'enfant endormie et la contempla un moment en silence.

— Qu'elle est mignonne ! Certains nouveau-nés sont un peu marqués, mais pas ton bébé.

— Pourtant elle a souffert avant la naissance et même après, mais c'est vrai, on ne le dirait pas.

— Tiens, je ne sais pas si ça te plaira, dit Karen en lui tendant la pochette. J'ai pris du six mois, tu dois avoir ce qu'il faut pour le tout premier âge.

— C'est vraiment ravissant, merci beaucoup, dit Victoire après avoir admiré une petite robe blanche en lainage, ornée à l'encolure d'un liseré rose. Et toi, voudrais-tu des enfants ?

— Plus maintenant, je suis d'un tempérament inquiet, j'aurais trop peur pour eux, avoua Karen.

— Il faut peut-être courir le risque. Même si l'on s'angoisse à leur sujet, ils vous donnent tant de bonheur. En deux jours, Maïa a changé ma vie. Je me sens comme une louve ou une tigresse, prête à la défendre contre le moindre danger. Les parents de Romane ont sans doute ressenti ça, quand elle est venue au monde.

Très gênée par cette remarque, la lieutenante Mathis baissa la tête afin d'éviter le regard bleu de Victoire.

— Je croyais que tu n'étais pas au courant, soupira-t-elle.

— Une infirmière m'en a parlé. J'admets que j'aurais préféré l'apprendre un peu plus tard. Je connaissais bien Romane et le choc a été terrible. Mais s'il y avait une fille de mon âge capable d'une telle volonté et d'un tel courage, c'était bien elle. Avez-vous des indices valables, cette fois ?

— Je ne peux rien te dire.

— Évidemment, excuse-moi d'avoir posé la question. Il faudrait organiser une autre marche blanche. La mère d'Anna est une amie de celle de Romane, je vais leur suggérer.

— C'est une excellente idée, cependant ce serait mieux de la faire à Châtillon cette fois, insinua Karen.

Il est temps que je parte. Au revoir, Victoire, je suis contente que tu ailles bien et ta petite aussi. Tu sais sûrement qu'Emmanuel m'a tenue au courant de tout depuis vendredi…

— Oui, il me l'a dit. Encore une fois, j'ai eu beaucoup de chance. Dans l'ambulance qui m'amenait ici, ma plus grande frayeur était d'accoucher d'un enfant mort-né. Si Maïa n'avait pas survécu, j'y aurais vu la preuve que le malheur me poursuivrait toujours. Hélas, ma joie d'être maman a été brisée net quand j'ai su pour Romane. Après ces mois d'été si paisibles, j'avais pourtant osé rêver que tout était fini, qu'il n'y aurait plus de victimes…

Bouleversée par cet aveu, Karen caressa la joue de Victoire.

— J'ai ressenti la même chose et le commandant aussi. Pourtant il restait sur ses gardes et, de son propre aveu, il étudiait sans cesse chaque dossier en rapport avec les affaires précédentes. Il est allé à la prison interroger l'ancien capitaine Mesnard, qui persiste dans ses déclarations, en prétendant ne rien savoir de plus.

— Mais ces monstres ont réussi à enlever Romane. J'ai la conviction qu'ils ont commis d'autres crimes, soigneusement dissimulés.

— C'est fort possible, néanmoins souhaitons que ce ne soit pas le cas, Victoire. Je te laisse, sinon je serai en retard.

— Au revoir, Karen, encore merci pour ton cadeau. Tu pourras me rendre visite au château, je sortirai bientôt.

— D'accord, j'en serai enchantée.

Dix minutes plus tard, Anna et Emmanuel arrivèrent, eux aussi encombrés de sacs en papier kraft. Ils avaient acheté de quoi dîner en compagnie de Victoire, comme elle le désirait.

— Bonsoir, Vicky ! Oh, bébé dort bien, dit tout bas Anna en l'embrassant sur la joue. Nous avons croisé Karen Mathis sur le parking. Elle est venue te voir ?

— Oui, et elle a offert une jolie robe à Maïa. Je lui mettrai à la fin de l'hiver.

Si Emmanuel salua Victoire lui aussi d'un chaleureux « bonsoir », il demeura un peu à l'écart.

— Ma mère aimerait te rendre visite et par la même occasion, t'apporter la layette qu'elle a confectionnée, déclara-t-il. Si tu es fatiguée et que tu ne veux pas de visite, elle comprendra.

— Pourquoi je refuserais de voir ta maman ? Je serai très heureuse de lui présenter Maïa ! Emmanuel, je vous considère tous les deux comme ma famille.

— Je l'amènerai demain en début d'après-midi, ensuite je repartirai pour Fontainebleau. Quand tu sauras la date du baptême, tu m'enverras un message, que je me libère.

— Bien sûr. À présent, je voudrais discuter de la mort de Romane. Vous avez voulu me protéger et je vous en remercie, mais je sais ce qui s'est passé, enfin l'essentiel. Anna, as-tu eu plus d'informations ? Ta mère a dû appeler ses parents…

— Maman s'est même rendue chez eux, Vicky. Il paraît que Mme et M. Remond font preuve d'un grand courage. Ils n'en veulent pas à l'homme qui a renversé Romane avec sa camionnette. C'est un maraîcher à la retraite. Il ne se pardonnait pas d'avoir causé la mort d'une jeune fille, alors il a tenté de se suicider.

— Il doit être hospitalisé ici, hasarda Victoire. Comment s'appelle-t-il ?

— Maurice Desgranges, ils ont montré une photo de lui aux infos, précisa Anna.

— J'aimerais bien le rencontrer. J'imagine à quel point il se sent coupable. Si je savais dans quel service il se trouve, j'irais lui parler.

— Je te le déconseille, Vicky. Tu as subi une intervention avant-hier, et tu es encore faible ! s'insurgea Emmanuel. Pense en priorité à te reposer.

— Ne crains rien, j'ai déjà récupéré et je peux me déplacer en fauteuil roulant, si on m'en prête un. Je suis incapable de vous expliquer pourquoi, mais c'est important pour moi. Je vous en prie, il faut m'aider.

— Nous verrons demain, il n'y a pas d'urgence, insista Anna. Ce serait plus correct de lui téléphoner avant, si nous avons son numéro de chambre.

Au même instant, une aide-soignante entra avec le plateau du repas. Victoire se rangea à l'avis de ses amis.

— Nous ferions mieux de dîner, annonça-t-elle en leur souriant. Si Maïa se réveillait, je n'aurais rien mangé et mon lait ne la nourrirait pas assez.

Soulagés, Anna et Emmanuel s'installèrent de chaque côté du lit, bien déterminés à surveiller Victoire jusqu'à l'heure où ils seraient obligés de partir.

Château Mongenot, même jour, même heure

Durant leur séjour d'environ quatre mois aux États-Unis, Catherine pensait avoir définitivement renforcé son emprise sur Jean-Charles. Elle avait su le combler sexuellement au-delà de ses espérances d'amant assez exigeant, tout en réussissant à l'influencer sur le plan moral. Ce soir-là, certaine de sa toute-puissance, elle aborda un sujet qui la préoccupait depuis le début de leur liaison.

— Jean-Charles, tu te souviens de notre discussion dans l'avion, à propos de ta gouvernante ? insinua-t-elle.

— Pendant le vol aller ou au retour ? la taquina-t-il.

Ils dînaient en tête à tête dans la salle à manger au décor austère qui déplaisait tant à Catherine.

— Au retour, bien sûr, ne plaisante pas ! Nous avons prévu de nous marier en décembre, d'ici là je voudrais aménager notre intérieur à mon idée, et par-dessus tout, ne plus croiser Nadine dès que je fais un pas dans le manoir.

— En quoi Nadine te dérange-t-elle, Cathy ? Et cherches-tu à m'agacer en insistant sur le terme « manoir » ?

Tout le monde dans la région considère cet édifice comme un château et mon grand-père le nommait ainsi.

— Peu importe que j'appelle ce lieu un manoir ou un château, la différence est moindre, Jean-Charles !

— Pourtant les Desmarets ont souvent affirmé le contraire ! rétorqua-t-il d'un ton sec.

— Ne me fais pas regretter amèrement le bonheur que nous partagions en Amérique, se désola Catherine. Revenons-en à ta gouvernante. Nadine me méprise et elle ne perd pas une occasion de me le montrer. Tu devrais la congédier ! Je serai franche, cette femme me met mal à l'aise. Si je touche un bibelot, elle se hâte de l'essuyer avec son chiffon à poussière. Elle l'a fait encore tout à l'heure, comme si j'avais les mains sales.

— Nom d'un chien, Cathy ! Ne gâche pas ce repas pour ce genre de broutilles. Bastien a disparu, j'ignore où il est et je suis très inquiet. Je te rappellerai également que Victoire et son enfant auraient pu mourir. Alors je me fiche des détails domestiques ! Mais pour t'être agréable, je vais ordonner à Nadine de te témoigner du respect et de t'obéir en toute chose. Elle le fera, afin de garder sa place.

— Je l'espère. Excuse-moi de t'avoir contrarié. Jean-Charles, je suis prête à te consacrer le reste de mon existence, aussi je croyais que tu serais disposé à certaines concessions.

Le viticulteur but une gorgée de vin, puis il s'essuya les lèvres d'un geste mesuré, du coin de sa serviette de table.

— Cathy, ce soir je suis épuisé, n'en parlons plus.

Au même instant ils entendirent des coups violents, frappés à la porte principale.

— Je m'en occupe, Monsieur, cria la gouvernante depuis le hall.

Catherine comprit aussitôt que Nadine avait dû écouter leur discussion et en fut d'autant plus irritée.

— Non, attends, j'y vais ! s'exclama Mongenot en se levant.

Pendant qu'il déverrouillait les serrures supplémentaires posées après la mort de Florian, il perçut des plaintes étouffées en provenance du perron.

— Qui est là ? hurla-t-il. Répondez !

— Papa, ouvre vite.

Jean-Charles reconnut la voix de Bastien et s'empressa d'écarter un des battants. Son fils lui apparut, titubant, le visage et les vêtements maculés de sang. Il l'attrapa à bras-le-corps pour le faire entrer.

— Qu'est-ce qui t'est arrivé ? demanda-t-il.

— À boire, donne-moi à boire, gémit le jeune homme.

Nadine se rua dans la salle à manger pour s'emparer d'un verre et d'une carafe d'eau.

— Que se passe-t-il ? s'enquit Catherine.

— Notre jeune Monsieur est blessé, il a soif ! Ne vous en mêlez pas, je l'ai quasiment élevé, notre Bastien.

La gouvernante sortit de la pièce au pas de course. Elle rejoignit Jean-Charles qui avait installé son fils sur un des canapés du salon.

— Qui t'a frappé ? Dis-le moi, questionnait le viticulteur tout en examinant le jeune homme.

Furieuse d'avoir été encore une fois rabrouée par Nadine, Catherine déboula à son tour, mais en découvrant dans quel état se trouvait son futur beau-fils, elle poussa un petit cri de frayeur.

— Nous devons l'emmener aux urgences, Jean-Charles !

— Oui, ce serait plus prudent, il pourrait avoir des lésions internes. Il vient de m'avouer qu'on l'avait roué de coups de pied dans les côtes.

— Mais qui l'a agressé ?

— Ce sont eux, balbutia Bastien. Ces salauds qui ont tué toutes ces filles, et sûrement Blandine et sa mère.

— Quoi ? Je croyais que tu avais reçu une correction d'un de tes dealers ! vociféra Mongenot.

— Tant qu'on a du fric, les revendeurs sont conciliants, papa. Et si tu veux me soigner, appelle un docteur. Je n'irai pas à l'hôpital, ça jamais.

— Monsieur, je ferais bien de téléphoner à votre médecin, intervint Nadine. Il viendra au plus vite.

— D'accord, fais-le, répliqua Jean-Charles. Bastien, je vais t'emmener dans ta chambre et te déshabiller pour voir l'ampleur des dégâts. Tu jures que tu me dis la vérité ?

— Je te le promets.

— Tu vas tout me raconter. Cathy, aide-moi à le relever, il tient à peine debout.

Malgré la colère et l'angoisse qui l'envahissaient, elle prit le jeune homme par un bras, mais il lança un cri rauque.

— Vous me faites mal, j'ai peut-être une fracture, expliqua-t-il en haletant. Madame Desmarets, puisque vous êtes là, vous devriez vous soucier de votre fille et de ma nièce.

— Ta nièce ! Comment sais-tu que Victoire a accouché ? s'alarma-t-elle.

— Réponds, Bastien ! Tu n'étais pas censé être au courant, Catherine a raison, renchérit Jean-Charles

— Ce sont eux qui me l'ont dit, papa ! Les trois types me tabassaient en m'annonçant leur projet, détruire à jamais la famille Desmarets et la nôtre ! Mais ce bébé, c'est celui de mon frère ! Alors dépêche-toi de les protéger toutes les deux, Vicky et sa fille.

— Seigneur ! Ils les ont menacées ? Mais parle donc ! s'égosilla Catherine, folle de terreur.

— Ils ont prévu de les faire souffrir, et vous madame, et toi aussi, papa, marmonna Bastien. J'ai eu une sacrée chance, ils ont dû s'enfuir à cause d'une voiture qui s'est garée et nous a éclairés en pleins phares. Je me suis sauvé et j'ai couru pour demander de l'aide à l'homme qui était au volant. C'était un brave gars, il m'a ramené ici. Je n'invente rien, il m'a laissé son numéro au cas où il devrait témoigner.

— Jean-Charles, veille sur ton fils, je pars pour le CHU, décréta Catherine, toute tremblante. En route, je préviendrai Victoire. Nous signerons une décharge pour hâter sa sortie.

— Très bien, je vous envoie Karl et Emilio pour assurer votre sécurité. Une fois au château, enfermez-vous et attendez mes consignes.

Finalement, ce fut Nadine qui prêta main-forte à Mongenot pour monter Bastien jusqu'à sa chambre. Elle afficha sans gêne sa satisfaction devant la mine égarée de Catherine. À ses yeux, cette jolie femme était une rivale et osait de surcroît remplacer la défunte Frédérique Mongenot dans le cœur de son maître absolu.

CHU de Dijon, même soir, même heure

Maurice Desgranges observait la jeune femme qui venait d'entrer dans sa chambre. Elle s'était déplacée en fauteuil roulant et tenait un nouveau-né contre sa poitrine. L'enfant était enveloppé d'un joli lainage d'un jaune pâle.

— Bonsoir, monsieur, lui dit l'inconnue en souriant. Je me présente, Victoire Desmarets. Des amis m'attendent dans le couloir, je ne serai pas longue.

— Qu'est-ce que vous voulez ?

— J'étais au lycée avec Romane Remond. Je l'appréciais beaucoup.

Immédiatement, le retraité se recroquevilla sur lui-même en gémissant. D'une voix éraillée, il chercha à se défendre :

— Je comprends, vous venez me traiter d'assassin, c'est ça ? Vous croyez que je ne m'en veux pas assez d'avoir causé la mort de cette pauvre jeune fille ?

— Non, monsieur, vous vous trompez ! J'ai su par une amie de la famille de Romane que vous aviez voulu mourir et cela m'a fait de la peine pour vous. S'il vous plaît, écoutez-moi. Mon nom ne vous dit rien, car mon histoire n'est pas tombée entre les mains des médias. Mais je suis une victime de ceux qui poursuivaient Romane dans la forêt. Ce n'étaient peut-être pas les mêmes monstres, cependant ils appartenaient sans aucun doute à la même organisation criminelle.

— Ah bon, vraiment? Vous aussi, vous avez réussi à leur échapper?

— Oui, grâce à mon grand-père, qui a été tué ce soir-là. Monsieur, je voudrais vous dire une chose très importante. À mon avis, Romane a pu s'éteindre dans la dignité grâce à vous, en transmettant un message à ses parents. On n'a pas pu la droguer ni la violer, ce qui m'est arrivé quand j'avais quinze ans... Alors je suis certaine qu'elle en a été heureuse.

Maurice Desgranges éclata en sanglots, le teint cramoisi par l'émotion.

— C'est ce qu'elle m'a dit, cette petite! Elle voulait que ses parents sachent qu'on ne l'avait pas touchée, qu'elle s'était montrée courageuse, bredouilla le retraité.

— J'aurais aimé pouvoir affirmer ça, à l'époque, monsieur.

— Je l'ai expliqué au commandant Terrier! Si je n'avais pas voulu répondre au téléphone, je ne l'aurais pas renversée. Elle serait vite montée dans ma camionnette et on aurait alerté les gendarmes. Je ne m'en remettrai jamais, alors autant en finir. Romane avait vingt ans.

— Monsieur, je vous en conjure, restez en vie! Vous avez sûrement de la famille.

— Pardi, j'ai deux fils et quatre petits-enfants! Comment ils auraient envie de me voir, après ce que j'ai fait?

— C'était un accident, un tragique accident, rien d'autre, et au moins, Romane aura droit à des obsèques convenables. Il y a eu tellement de victimes jetées dans un étang ou enterrées dans un bois. Je vous en supplie, souvenez-vous de ce que je viens de vous dire.

— Est-ce que vous reviendrez?

— Si vous le souhaitez, monsieur, oui je vous rendrai encore visite.

— C'est quoi déjà votre nom ?

— Victoire Desmarets.

— Une minute, votre grand-père, ce n'était quand même pas Gilles Desmarets, de Gevrey-Chambertin ?

— Si, bien sûr. Vous le connaissiez ?

— Ah ça alors, c'est une drôle de coïncidence. J'ai travaillé sur votre domaine, bien avant de me marier et de m'établir à Châtillon. Sa mort en 2013 m'a beaucoup attristé. Il était bel homme dans sa jeunesse, Gilles Desmarets.

— Il faudra me raconter vos souvenirs, monsieur. Je vous dis à demain, mon bébé s'est réveillé et je dois le nourrir.

— Un garçon ?

— Non, une adorable petite princesse, précisa Victoire d'un ton rêveur.

Au même instant, Catherine entrait dans la chambre de sa fille et la trouvait déserte. Seule une veilleuse était allumée au-dessus du lit défait et du berceau vide.

— Oh non, Seigneur, pas ça !

Épouvantée, elle ne prêta aucune attention au sac d'Anna, ni aux sacs en papier posés sur la table roulante.

— Vicky, Maïa, mes chéries, se lamenta-t-elle en jetant des regards affolés par la baie vitrée.

Les lumières de la ville aux cent clochers semblaient la défier, sous un ciel d'un bleu profond. Catherine en était persuadée, les criminels avaient emmené Victoire et le bébé.

— Je ne les reverrai jamais, murmura-t-elle en sanglotant de terreur.

L'arrivée d'une aide-soignante, qui alluma les néons au-dessus du lit, la tira de son abattement.

— Madame, êtes-vous souffrante ? demanda celle-ci.

— On a enlevé ma fille et son bébé, il faut appeler la police, balbutia Catherine.

— Mais non ! Vous vous faites des idées ! Mlle Desmarets a emprunté un fauteuil roulant pour se rendre dans un autre service. Elle a emmené sa petite et ses amis l'ont accompagnée.

— Vraiment ?

— Je crois qu'ils sont de retour, écoutez…

Hébétée, Catherine entendit des voix dans le couloir, dont celle flûtée d'Anna que couvrirent vite les pleurs vigoureux d'un nouveau-né.

— Maïa est affamée, déclara Victoire sur le seuil de la pièce.

— Vicky ! Mon Dieu, tu es là !

— Maman ! Mais tu ne devais pas venir ce soir, s'étonna la jeune femme.

Ivre de soulagement, sa mère se pencha pour l'enlacer et l'embrasser sur les joues et le front.

— J'ai eu si peur, ma chérie ! Seigneur, si tu savais…

L'aide-soignante jugea bon s'en aller, après avoir débarrassé la table du plateau-repas.

— Nous vous laissons, madame, dit alors Emmanuel après avoir échangé un regard avec Anna.

— Oh non, restez peu avec nous, protesta Catherine. Karl et Emilio ne vont pas tarder, ils nous conduiront au château. Vicky, vous êtes en danger, le bébé et toi.

— Je ne peux pas quitter la maternité ainsi, maman ! Le pédiatre vient demain matin pour examiner Maïa. Là, le plus urgent est de la faire téter et je préférerais être seule, se rebella Victoire.

— Je n'en ai pas pour longtemps, Vicky. Anna et Emmanuel doivent être informés eux aussi.

Sans attendre, Catherine exposa de façon concise ce qu'avait révélé Bastien.

— Si vous l'aviez vu ! Il ne tenait plus sur ses jambes, le visage en sang, couvert d'ecchymoses, précisa-t-elle. On s'en est sûrement pris à lui en guise d'avertissement, et surtout afin qu'il transmette les menaces proférées envers nous tous. On te veut du mal, ma chérie, à toi et à Maïa. S'il vous arrivait quelque chose à toutes les deux, Jean-Charles et moi serions blessés à mort.

— Calme-toi, maman, supplia Victoire, car sa mère semblait suffoquer.

Très pâles, Anna et Emmanuel assimilaient péniblement ce qu'ils venaient d'apprendre. Des bruits de pas dans le couloir les firent sursauter, puis il y eut des coups discrets à la porte.

— Je suppose que ce sont Karl et Emilio, souffla Catherine.

Emmanuel entrouvrit et se trouva nez à nez avec les deux gardes du corps qu'il salua d'un signe de tête et d'un sourire, car devant leurs mines inquiètes, il voulait les rassurer.

— Merci d'être là, dit-il tout bas. Mais je crois que nous devons rester dans le couloir. Le bébé doit téter.

Catherine et Anna demeurèrent dans la chambre, après avoir aidé Victoire à se remettre au lit. Dès que Maïa fut au sein, ses cris véhéments cessèrent.

— Je refuse de céder à la panique, ce serait mauvais pour mon lait, confia la jeune femme d'une voix douce.

— Mon Dieu, comment fais-tu pour prendre les choses avec autant de courage ? répondit sa mère. J'étais comme folle, tout à l'heure. J'imaginais le pire, Vicky, toi et ta petite entre les mains de ces assassins.

— Chut, ne dis rien, maman. Sois positive, Karl et Emilio ne laisseront personne entrer. Je te promets de faire en sorte de quitter l'hôpital demain, mais avec l'accord d'un médecin. Tu peux dormir ici, si tu veux.

— J'en avais l'intention, ma chérie.

— Moi je dois partir, Vicky, annonça Anna. Madame, est-ce que je pourrais passer quelques jours au château ? Corentin s'est absenté pour deux semaines, et puis les cours n'ont pas débuté à la fac.

— Volontiers, Anna, plus nous serons nombreux à faire front, à veiller sur ma fille et le bébé, plus je me sentirai forte.

— Je viendrai dès que vous me le direz, madame, je vous remercie. Vicky, tu es d'accord toi aussi ?

— Bien sûr ! Dis au revoir à Emmanuel de ma part et comme sa maman veut me rendre visite, il vaut mieux que ce soit en début d'après-midi, avant mon départ.

Soudain lasse, Victoire se pelotonna autour de son enfant et ferma les yeux. Elle se promit de protéger Maïa contre les ombres malfaisantes qui les menaçaient, mais également de ne plus jamais en avoir peur, à l'instar de Romane qui avait su les défier.

Pour cette raison, à la faveur d'une courte absence de Catherine, elle envoya un message au commandant Terrier, le priant de venir au plus tôt le lendemain matin.

CHU de Dijon, lundi 10 septembre 2018

Catherine se sentit flattée lorsque Victoire lui demanda de veiller sur Maïa, qui s'était endormie après avoir tété. Rassurée par la présence de leurs gardes du corps dans le couloir, elle promit à sa fille d'être une grand-mère attentive et vigilante.

— Mais où comptes-tu aller, ma chérie ? s'enquit-elle d'un ton intrigué.

— Je descends au secrétariat régler certaines formalités, maman. Ce ne sera pas long, ensuite je dois m'entretenir avec le médecin qui me suit.

— On te donnerait seize ans, habillée et coiffée ainsi, nota sa mère en souriant.

En jogging noir, ses cheveux nattés, Victoire dirigea le fauteuil roulant qu'on lui avait laissé la veille vers la porte. Elle adressa un dernier regard à son bébé couché dans le berceau et sortit.

— Est-ce que je vous accompagne, mademoiselle ? s'inquiéta Karl aussitôt.

— Je prends l'ascenseur, vous pouvez me suivre des yeux, répliqua-t-elle. Une fois au rez-de-chaussée, il y aura le commandant de gendarmerie et la lieutenante Mathis, alors je ne cours aucun risque. Soyez gentil, Karl, ne dites rien à ma mère, je lui expliquerai à mon retour.

— Oui, mademoiselle, et si j'ai bien compris, je ne préviens pas non plus le patron.

Le terme s'appliquait bien sûr à Jean-Charles Mongenot, qui employait les deux hommes et les rémunérait très bien.

— Moi, je pense qu'on doit le mettre au courant, insista Emilio, en lançant un coup d'œil soucieux à son acolyte.

— Faites ce que vous estimez juste, Emilio, mais accordez-moi une petite demi-heure.

— Pas de souci, mademoiselle, déclara Karl, qui s'était beaucoup attaché à Victoire.

— Merci…

Karen eut un léger pincement au cœur en revoyant Victoire en fauteuil roulant, même si cette dernière l'avait prévenue des consignes instaurées par le chirurgien ayant procédé à sa césarienne. Quant à Louis Terrier, il avait surtout hâte de savoir pourquoi la jeune femme souhaitait leur parler de toute urgence.

— Bonjour, dit Victoire avec un adorable sourire. C'est gentil d'être venus si vite, je voulais vous parler sans témoin, car en principe, je serai chez moi en milieu d'après-midi.

— Déjà ? Ce n'est pas un peu tôt ? Ta fille est née à huit mois, remarqua Karen.

— Sans doute, cependant je n'ai pas le choix, si toutefois Bastien Mongenot dit la vérité.

— Tiens, il n'est plus aux États-Unis ? s'étonna Terrier.

— Non, il serait même rentré avant ma mère et Jean-Charles, murmura Victoire en regardant autour d'eux d'un air méfiant. Nous serions mieux à l'extérieur, conseilla-t-elle. Ici il y a trop de passage.

Ils sortirent tous les trois pour discuter près d'un massif fleuri. C'était une matinée ensoleillée, agrémentée par un vent aux senteurs bucoliques.

— J'espère que je pourrai profiter de la fin de l'été, quand je serai au château, dit Victoire en guise de préambule. Voici ce que je sais, sans réussir à y croire. Hier soir, Bastien aurait été violemment molesté par trois hommes qui ont proféré des menaces de mort envers moi et mon bébé. Il aurait été sauvé de justesse par l'arrivée d'une voiture qui s'est garée et les a éclairés, faisant ainsi fuir ses agresseurs. Le conducteur l'a ramené chez son père, mais sans se présenter, puisque selon maman, Bastien était seul lorsqu'il a frappé à la porte du manoir. Je suis désolée, cette histoire me semble bizarre et, à mon humble avis, si elle ne comportait aucune zone d'ombre, Jean-Charles Mongenot vous aurait déjà avertis de ce qui s'est passé. Ce qu'il n'a pas fait, n'est-ce pas ?

— Pas à ma connaissance, admit le commandant.

— Si M. Mongenot avait appelé hier soir ou très tôt aujourd'hui, on nous l'aurait signalé, ajouta Karen.

— Je commence à bien le connaître, il essaiera de gérer seul la situation et ma mère n'osera pas s'opposer à lui, déclara Victoire. Il a envoyé ses gardes du corps ici. Karl et Emilio ont passé la nuit devant la porte de ma chambre. Alors j'ai décidé de tout vous raconter, et de vous avouer mes doutes quant au récit tragique de Bastien.

— Pour ce qui est de Mongenot, je suis d'accord avec vous, il y a de fortes chances qu'il nous tienne dans l'ignorance, répondit Terrier. Mais qu'est-ce qui vous pousse à soupçonner Bastien d'avoir menti ? Les menaces qu'il a transmises à son père et à votre mère sont à prendre très au sérieux. Mademoiselle Desmarets, j'ai l'impression de plus en plus nette que vous et votre famille jouez un rôle central dans toute cette affaire.

Ulcérée, Victoire toisa le commandant de son regard bleu durci par l'indignation.

— Comment osez-vous dire ça? se révolta-t-elle. Un rôle central? Vous pensez que ma famille est impliquée dans toutes ces horreurs? Vous oubliez que je suis moi-même une victime...

— Je vous en prie, vous vous méprenez sur mes paroles, rétorqua-t-il. Écoutez-moi sans faire d'esclandre. Je voulais dire qu'à force d'étudier les dossiers de l'enquête, j'ai acquis la certitude que les Desmarets sont ceux qui ont le plus souffert des exactions de ces gens. Vous le savez également, Victoire.

C'était la première fois que Louis Terrier usait de son prénom et elle en fut ébranlée, comme en présence d'une figure paternelle.

— Il y a eu de nombreux décès suspects chez les vôtres, vous y avez fréquemment fait allusion. Dois-je récapituler? Votre tante Corinne Quinot, fauchée en VTT par un chauffard, votre grand-père Gilles, et avant lui, son épouse Béatrice tuée dans un accident de voiture, causé par un autre chauffard que l'on n'a jamais retrouvé. Ensuite votre père et vous...

— S'il vous plaît, arrêtez, commandant! protesta Karen. N'imposez pas ça à Victoire, qui vient d'accoucher dans des conditions risquées. Vous ne voyez pas comme elle tremble?

— Ce n'est rien, je dois être forte désormais, mais tu es gentille de vouloir me préserver, Karen.

— Je n'ai guère le choix si je veux y voir clair dans ce micmac! s'enflamma Terrier. Et à l'avenir, lieutenante Mathis, il faudrait éviter de me donner des ordres ou des conseils.

— Je suis désolée, commandant, excusez-moi.

— Reprenons! trancha-t-il sans daigner répondre à Karen. Pourquoi soupçonner Bastien Mongenot d'inventer tout ceci ? Selon vous, il aurait aussi mis en scène son agression ?

— On a pu l'obliger à jouer ce rôle, hasarda Victoire.

— Dans quel but ?

— Peut-être pour nous faire vivre dans la peur et l'angoisse, tous enfermés entre les murs du château, ajouta-t-elle. Et puis franchement je suis incapable d'avoir confiance en Bastien. À New York, il consommait des drogues dures et même si son père l'a fait soigner, il a pu replonger. Vous avez désormais les mêmes informations que moi, à présent, je dois remonter dans ma chambre. Je vous dis au revoir et merci d'être venus si vite.

Ils regagnèrent l'intérieur de l'hôpital. Victoire dirigea son fauteuil vers les ascenseurs. Elle se retourna cependant pour leur adresser un léger sourire.

— Eh bien, nous n'avons plus qu'à foncer chez Mongenot, marmonna Terrier.

— Quelle jeune femme formidable, nota Karen. Je l'admire vraiment, après avoir été si jalouse.

— Tes états d'âme m'importent peu, maugréa son supérieur. Ton attitude a été déplorable.

— Je suis navrée, c'était plus fort que moi, commandant. Je vous présente encore une fois toutes mes excuses.

Il s'éloigna avec un haussement d'épaules significatif. Elle le suivit, prête à passer une journée difficile, comme chaque fois que Louis Terrier était de mauvaise humeur.

Une demi-heure plus tard, sans avoir échangé un mot du trajet, ils arrivaient au château Mongenot.

4

Pour Maïa

Château Mongenot, lundi 10 septembre 2018

Jean-Charles Mongenot reçut les deux gendarmes dans son bureau, où la gouvernante les avait accompagnés.

— Bonjour, leur dit-il sobrement après les avoir salués d'une discrète inclinaison de la tête. J'ignore l'objet de votre visite, mais je suis pressé, j'espère que vous ne m'en voudrez pas.

— Tout dépend de la façon dont vous répondrez à mes questions, rétorqua le commandant sèchement.

— Faisons vite, dans ce cas ! Je vous écoute.

— Votre fils Bastien, censé être toujours aux États-Unis, a été victime d'une agression hier soir, or vous n'avez pas jugé bon de nous appeler ni même de nous en rendre compte ce matin. Pourquoi ?

Le viticulteur accusa le coup et devint blême de surprise. Il fronça les sourcils, comme s'il cherchait une explication.

— Je ne m'abaisserai pas à nier, soupira-t-il. Je suppose que Catherine n'a pas pu se taire, d'où votre intrusion.

— Pas tout à fait. Disons que votre compagne s'est confiée à sa fille, ce qui me paraît légitime, et Victoire Desmarets nous a demandé de venir au CHU pour nous en informer. Je précise que cette jeune femme, fort sensée, était certaine que vous n'en feriez rien, décréta Terrier avec une mimique ironique.

— Victoire se trompait, j'attendais le réveil de mon fils pour vous contacter, répliqua Mongenot. Notre médecin, qui a examiné et soigné Bastien hier soir, préconisait une bonne nuit de sommeil, si bien qu'il lui a administré un sédatif. Mais je vous conduis à sa chambre, il sera peut-être en état de répondre à vos questions, commandant.

Devant le sourire mondain de Jean-Charles, Karen songea que cet homme avait acquis l'art de dissimuler ses émotions. Dans le hall en demi-lune, au carrelage noir et blanc, elle jeta un regard de dégoût sur les trophées de chasse, dont les yeux en verre semblaient la fixer. À l'instar de Catherine, la décoration austère du manoir lui déplaisait au plus haut point.

— Imaginez ma surprise, commandant, je croyais Bastien à New York et je le découvre sur le perron, en piteux état et terrifié, disait le viticulteur, tandis qu'ils s'engageaient dans l'escalier. Je suis impatient de savoir comment il est rentré en France, et ce qui a pu lui arriver hier.

— Selon lui, ses agresseurs ont proféré des menaces de mort à l'encontre des Desmarets et de votre famille, nota Terrier.

— Ma famille ? Je n'ai plus que Bastien !

— Et votre petite-fille Maïa ! s'indigna Karen.

— En effet, lieutenante, si bien que je prends ces odieuses menaces très au sérieux. À ce propos, savez-vous si Cathy a prévenu les siens ? Karl et Emilio sont au CHU, donc Mme Quinot, Guy et le jeune Arthur ne sont pas vraiment en sécurité. Le château peut devenir la cible de ces fous furieux. Ils ont déjà utilisé une bombe, celle qui a tué Florian.

Cette fois, Mongenot avait haussé le ton, les traits crispés par une rage intérieure.

— Il vaut mieux vérifier tout de suite, argua le commandant. Karen, appelle d'abord Mme Quinot et recommande-lui la plus grande prudence.

— Entendu.

Elle demeura seule dans un couloir lambrissé de panneaux de chêne sombre, après avoir vu les deux hommes pénétrer dans une chambre. Tout en faisant les cent pas, elle tenta en vain de joindre Élodie Quinot, puis elle appela son fils Guy et même Arthur, ayant leurs coordonnées à tous les trois.

— J'essaie la ligne fixe du château, il y a des combinés dans le salon, la cuisine et un à l'étage, se remémora-t-elle.

Mais là encore, personne ne décrocha. Anxieuse, elle décida d'appeler Catherine Desmarets.

Au cours de sa carrière, le commandant Terrier avait été confronté à plusieurs cadavres, mais aussi à des victimes ayant été violemment molestées. En observant Bastien Mongenot endormi, il sut qu'il ne s'agissait pas d'une mascarade. Ceux qui avaient agressé le jeune homme étaient de véritables brutes.

— Sans l'intervention d'un honnête citoyen, mon fils serait peut-être mort sous les coups, décréta Jean-Charles. Notre docteur m'a conseillé de lui faire passer des radios aujourd'hui même.

— Pourquoi ne l'avez-vous pas emmené immédiatement aux urgences ? s'étonna Terrier. Des examens s'imposaient.

— Je n'ai pas voulu lui imposer un nouveau déplacement, j'ai préféré faire venir notre médecin. Bastien était confus, à bout de forces, mais il a pu nous dire que Victoire et son enfant étaient en danger. Quant au reste, j'attends qu'il soit vraiment lucide pour obtenir des explications.

— Votre fils vous a-t-il donné l'identité de l'homme qui l'a sauvé et ramené ici ? s'enquit le commandant. D'après Victoire, il n'a pas escorté Bastien jusqu'au seuil du manoir. C'est un peu bizarre comme comportement, non ?

— Je vous l'accorde, mais il lui a laissé sa carte, soupira Mongenot. Tenez, faites-en bon usage.

— J'espère que ce M. Guérin pourra témoigner très vite. Tout honnête citoyen qu'il est, il n'a pas alerté la police.

— Papa, gémit soudain Bastien.

— Je suis là, mon garçon. Le commandant voudrait t'interroger, si tu t'en sens capable.

— Pas encore, demain, j'ai trop mal à la tête.

— Allons, un peu de courage, j'ai des questions également, insista son père. Dis-nous comment tu as payé ton billet d'avion pour rentrer en France avant Cathy et moi.

Le visage tuméfié et marbré d'ecchymoses, la lèvre supérieure fendue, Bastien hésita à parler. Ses yeux bruns exprimaient une frayeur de bête traquée.

— Ce sont eux, papa ! Ils sont venus me chercher...

De son côté, Karen écoutait sonner le portable de Catherine Desmarets. Exaspérée de ne pouvoir joindre aucun membre de la famille, elle laissa un message et raccrocha au moment où elle recevait enfin un appel d'Élodie Quinot.

— Madame, c'est la lieutenante Mathis ! s'écria-t-elle. Est-ce que tout va bien ?

— Oui, cependant je me suis inquiétée en rallumant mon portable, car vous avez essayé de m'appeler trois fois !

— Où êtes-vous, madame ? Et votre fils, votre petit-fils ?

— Je suis au château, enfin je viens d'y entrer. J'ai fait une promenade dans le parc, sans emporter mon téléphone. Quant à Guy et Arthur, ils font un tennis à Gevrey.

— J'ai également appelé sur la ligne fixe, Colette n'a pas décroché, insista Karen.

— C'est normal, je l'ai envoyée dans la salle de danse, qu'elle doit nettoyer à fond avec l'aide de la femme de ménage, en prévision du retour de Vicky. Ma petite-fille devra se rétablir avant d'en profiter, mais je tenais à ce que le lieu soit impeccable. Vous savez, de là-haut, on n'entend guère ce qui se passe dans les autres parties du château. Mais vous me faites peur, lieutenante ! Est-ce qu'il y aurait un souci ?

— En fait, de nouvelles menaces pèsent sur votre famille, madame. Je vous recommande d'être vigilante et de vous enfermer.

— Seigneur ! J'aurais dû me douter qu'il se tramait quelque chose de grave quand Karl et Emilio sont partis sans daigner nous dire où ils allaient, répliqua Élodie.

— M. Mongenot les a envoyés au CHU, où votre fille Catherine a dormi cette nuit, auprès de Victoire. Surtout, ne paniquez pas, mais soyez prudente.

— J'ai rarement cédé à la panique, lieutenante. Je vais suivre vos consignes, mais les vendanges, qui sont précoces cette année, ont commencé. Il y a donc beaucoup de monde et de nombreuses allées et venues sur le domaine. Ce pourrait être rassurant ou bien source d'angoisse, n'est-ce pas ?

— Je répondrai que c'est plutôt rassurant, madame.

— Merci, lieutenante. Je m'efforcerai d'être sur mes gardes.

Satisfaite de son aplomb, Élodie verrouilla la double porte du hall et se rendit dans le salon. Avec regret, elle ferma les hautes fenêtres ouvertes sur la cour d'honneur.

— Mon Dieu, ça ne finira donc jamais, dit-elle à mi-voix. Qui peut bien orchestrer cet affreux jeu de massacre…

CHU de Dijon, même jour, 15 heures

Victoire avait été autorisée par le chirurgien à faire quelques pas dans sa chambre. Le médecin, contrarié de la voir quitter déjà la maternité, hocha la tête d'un air soucieux.

— Reposez-vous beaucoup, une fois chez vous, préconisa-t-il. Et souvenez-vous, pas d'activité physique durant deux mois. Un accouchement par césarienne est plus éprouvant que par la voie basse.

— Soyez tranquille, docteur, ma fille aura une infirmière à domicile, que nous avons employée au début de l'année et en qui nous avons toute confiance, précisa Catherine.

— Et j'ai gardé mon fauteuil roulant, je m'en servirai si je suis fatiguée, renchérit Victoire avec un sourire.

— Je n'ai plus qu'à vous souhaiter un bon rétablissement, mais nous nous revoyons bientôt. Mon secrétariat va vous donner un rendez-vous. J'en profite pour vous dire combien j'ai été heureux en apprenant votre guérison.

— Pour ma part, pouvoir marcher de nouveau était une sorte de miracle, docteur, avoua la jeune femme.

Le chirurgien sortit en souriant lui aussi. Catherine, qui tenait Maïa dans ses bras, se leva précautionneusement.

— Es-tu prête, Vicky ? Tu n'as rien oublié dans la salle de bains ?

— Non, maman. Nous pouvons partir.

— Nous rentrons au château en taxi médicalisé, mais Karl et Emilio nous précéderont. Quand même, quel malheur d'être obligées de vivre ainsi, en ayant toujours peur !

— N'y pensons pas trop. Je suis contente, moi. Janine a pu me rendre visite ici et m'apporter la magnifique layette qu'elle a tricotée pour Maïa. Tous ces adorables petits vêtements rangés soigneusement dans une valise en osier, et emballés de papier de soie rose. C'est un beau cadeau.

— J'admets que cette pauvre femme a travaillé dur, j'en aurais été incapable, je n'ai jamais aimé le tricot.

— Janine Nevers n'est pas une pauvre femme, maman ! Tu n'en as pas assez de mépriser tous ceux qui ne sont pas aussi fortunés que toi et Jean-Charles ? Après tous les malheurs qui nous ont frappés, tu devrais te montrer plus humaine.

— Oh, excuse-moi, ma chérie, je sais combien tu apprécies la mère d'Emmanuel ! Tu n'as pas songé une seconde que je l'ai peut-être désignée ainsi parce qu'elle a perdu son mari et sa fille ?

— Au moins, Janine n'a pas envisagé de se remarier dans les mois qui ont suivi le décès de M. Nevers.

— Tu n'as pas honte de me décocher cette pique pleine de venin, Vicky ? Jean-Charles nous a sauvées de la ruine. Au début de notre relation, j'éprouvais de la gratitude pour lui, mais à présent je l'aime sincèrement.

Sans daigner répondre, Victoire reprit sa fille et l'installa dans la coque destinée à un transport en voiture. Karl était allé l'acheter en urgence dans une grande surface voisine du CHU.

— Tu dors bien, mon ange, murmura-t-elle au bébé. Ta maman et ta grand-mère ont eu tort de se quereller.

— N'en faisons pas un drame, Vicky, il y a de quoi être sur les nerfs toutes les deux. Entre Bastien qui réapparaît en nous annonçant des horreurs, les vendanges qui battent leur plein et toi, ma chérie, sujette à un cas de placenta je ne sais plus quoi, lança Catherine avec véhémence.

— Un placenta praevia, maman ! Une des infirmières t'a expliqué ce que c'était. Et zut, j'allais oublier de dire au revoir à M. Desgranges. Tu veux bien m'accompagner ?

— Le retraité dont tu m'as parlé cette nuit ? Non, nous n'avons pas le temps. Vicky, cet homme est responsable du décès de ta camarade de classe !

— C'était un accident. Il s'en voulait tellement qu'il a décidé de mourir. Et puis je ne te l'ai pas dit, mais il a travaillé pour grand-père Gilles, il y a des années. J'aimerais qu'il me raconte ses souvenirs de l'époque où il était employé dans nos vignes.

— Si tu as l'intention de discuter une heure avec lui, renonce immédiatement. Au mieux, va lui annoncer que tu pars, je peux garder Maïa cinq minutes. Mais attention, prends le fauteuil roulant.

— Je ne suis pas sotte, maman ! J'ai hâte d'être rétablie, de pouvoir conduire et danser, alors j'obéirai au médecin. Je t'en prie, ne bouge pas d'ici ! Emilio est dans le couloir, je le préviens que je m'absente.

Le cœur serré de s'éloigner de sa fille même peu de temps, Victoire se dirigea vers l'ascenseur le plus proche. Lorsque les portes s'ouvrirent doucement, elle se trouva en face de Karen et du commandant Terrier.

— Ah, vous êtes encore là, déclara ce dernier. Très bien, ça nous évitera de nous rendre au château, où j'ai envoyé le brigadier Fort.

— Où allais-tu, Victoire ? demanda Karen.

— Je voulais juste dire au revoir à quelqu'un, mais il n'y a rien d'urgent, répliqua-t-elle. Retournons dans ma chambre, ma mère garde Maïa.

— Je préférerais vous parler ici, trancha Terrier.

— Pourquoi ? Toute notre famille est concernée.

— Oui, d'une certaine façon. Mais Bastien Mongenot a été formel, vous êtes la plus en danger, ainsi que votre enfant. Remis du choc de l'agression qu'il a subie, ce jeune homme a pu être plus précis en relatant certains faits.

Le commandant échangea un coup d'œil avec Karen qui prit le relais en couvant Victoire d'un regard affectueux.

— Je suis vraiment désolée que l'on continue à te menacer, dit-elle assez bas. Nous en avons discuté avec Jean-Charles Mongenot et nous avons trouvé la meilleure solution pour vous protéger, toi et Maïa.

— Le risque zéro n'existe pas, cependant si nous parvenons à duper ceux qui vous en veulent, Victoire, nous aurons aussi une chance de les arrêter, vous sachant à l'abri, ajouta Terrier.

— Dites-moi ce que je dois faire, commandant. Ensuite, je serai tenue de l'expliquer à ma mère, si j'ai bien compris.

— Tout à fait, soupira Karen. À mon avis, cela lui déplaira fortement.

Château Desmarets, même jour, 19 heures

Victoire avait rassemblé sa famille et ses amis dans le salon du château. Après son arrivée, elle s'était allongée avec Maïa sur le lit toujours en place dans la bibliothèque, où elle se plaisait, son ancienne chambre du premier étage lui paraissant désormais peu familière. Vers 17 heures, sa fille ayant tété, elle avait rendu visite à Colette.

— Pourrais-tu nous préparer une sorte de buffet froid, avec du bon vin, un blanc sec pour maman et mon oncle Guy, du rouge pour mamie ? J'ai une annonce à faire et il faudrait que tout le monde soit détendu, avait-elle confié à leur employée.

— Ne vous tracassez pas, j'ai ce qu'il faut, mademoiselle ! Comment va votre adorable poupée ?

Colette était sur un petit nuage depuis que Victoire lui avait présenté le bébé. Si le mot « poupée » avait rendu la jeune maman perplexe, elle s'était abstenue de le dire. À présent, assise dans le confortable fauteuil en cuir que son père affectionnait de son vivant, elle souriait à ceux qui l'entouraient. Il y avait là sa grand-mère, sa mère, son oncle et son cousin Arthur, mais aussi Anna et Corentin, le beau Brésilien étant revenu plus tôt que prévu de Paris. Quant à Emmanuel, il avait retardé son départ pour être présent. Personne ne le savait, cependant il était le seul au courant du plan établi par le commandant Terrier.

— Très bien, vous avez tous un verre à la main, et un sourire un peu forcé, commença Victoire. Jean-Charles ne viendra pas, car il devait rester au chevet de son fils.

— Et je le rejoindrai dès que tu en auras fini avec cette réunion imprévue, ma chérie, déclara Catherine.

— Excuse-moi, maman, mais en arrivant de la maternité, j'étais vraiment fatiguée et je n'ai pas eu le courage de vous parler à ce moment-là. Pourtant c'est très important. Voilà, Bastien Mongenot a été agressé hier soir par trois hommes qui auraient proféré des menaces nous concernant, Maïa et moi.

— Seigneur, quelle horreur ! s'exclama Élodie.

— Je sais, mamie, et j'aurais dû être la plus terrifiée, mais curieusement, je ne parviens pas à croire tout ce qu'a raconté Bastien. Une chose est vraie, on l'a frappé avec violence…

— Enfin, Vicky, si tu le voyais, ce pauvre garçon n'a plus figure humaine ! protesta sa mère. Il fait pitié et il ne pense qu'à protéger sa nièce, ta petite Maïa.

— Ne m'interromps pas, maman, puisque tu es pressée ! J'ai le droit de me méfier des propos de Bastien, si je me base sur ses antécédents. Cela dit, je lui accorde le bénéfice du doute. Il se pourrait aussi qu'on l'ait forcé à nous faire peur, en proférant ces menaces. Mais le commandant Terrier, à qui j'ai exposé mon point de vue, refuse de me faire courir le moindre danger, d'un commun accord avec Jean-Charles.

— Qu'ont-ils décidé, ces deux-là ? bougonna son oncle Guy. Nous avons déjà deux gardes du corps armés, et toi Vicky, tu es obligée de n'avoir aucune activité physique pendant plusieurs semaines. Si tu es menacée, il te suffira de rester ici, de te reposer au maximum sans sortir du château.

— Je viendrai te tenir compagnie, proposa Anna. Même si je prends des risques.

— Dans ce cas, je t'escorterai, mon cœur, souffla Corentin à son oreille.

Toujours très calme, Victoire but une gorgée de jus de fruit en posant sur sa fidèle amie un regard attendri.

— Les vendanges dureront encore une semaine ou deux, dit-elle ensuite. Il y a beaucoup de monde sur le domaine, les employés permanents, mais aussi les nombreuses personnes engagées pendant cette période.

— Où veux-tu en venir, Vicky ? s'impatienta Élodie.

— Selon le commandant Terrier, ce serait le moment idéal pour organiser mon départ sans attirer l'attention. Ceux qui nous ont choisies pour cible, Maïa et moi, penseront que je suis enfermée ici, et ils pourraient commettre une erreur afin de me nuire. Je n'ai pas tous les détails, mais il y aura des caméras de surveillance bien cachées et un agent en civil qui assistera Karl et Emilio.

— Franchement, c'est bizarre ! s'insurgea Arthur. Est-ce que nous devrons rester cloîtrés nous aussi ?

— Karen viendra demain matin nous fournir toutes les précisions nécessaires. Je n'ai pas accepté tout de suite de m'exiler quelques semaines, mais je ferai n'importe quoi pour Maïa. Ma fille est devenue ma priorité absolue, et celle de Jean-Charles, maman.

— On aurait quand même pu me concerter ! se récria Catherine. Et où iras-tu, Vicky ?

— Je serai tenue au secret, et c'est ton futur mari qui se charge de trouver un refuge où je ferai ma convalescence.

— Seule avec un nouveau-né fragile, sans aucune aide ? s'indigna Élodie.

— Jean-Charles compte engager quelqu'un pour le ménage et la cuisine. Et Mamie, je saurai m'occuper de mon bébé.

Il se produisit alors ce que Victoire souhaitait secrètement de tout son cœur. Sa grand-mère se redressa, une expression déterminée sur le visage.

— Suis-je autorisée à m'exiler avec toi, ma chérie ? s'enquit-elle d'une voix douce.

— J'en rêvais, mamie. Sans vouloir te vexer, ton absence est celle qui passera la plus inaperçue, si nos mystérieux ennemis surveillent le château.

— Je songeais à la même chose, Vicky. Quand partons-nous ?

Vexée, Catherine dissimula sa déconvenue. Jean-Charles n'avait jugé bon de l'informer et elle se sentait détrônée par sa propre mère auprès de Victoire et de sa petite-fille.

— De toute évidence, je n'aurai pas le droit de vous rendre visite, se plaignit-elle. À ton retour, Maïa aura déjà changé et elle ne me connaîtra pas.

— Je t'en prie, maman, même si je t'avais offert de venir, tu aurais refusé pour ne pas quitter Jean-Charles. Il aura besoin de toi pour le seconder et le réconforter. Le plus important c'est de sauver Maïa. Si ces criminels sont enfin arrêtés, tu auras tout le temps voulu pour renouer des liens avec ta petite-fille.

La discussion continua, chacun donnant son opinion. Ce fut Emmanuel qui prononça les mots de la fin :

— Ce sera un douloureux sacrifice d'être séparés de Vicky et de Maïa, mais un sacrifice indispensable, pour qu'elles soient épargnées et continuent à ensoleiller nos vies.

Château Mongenot, une heure plus tard

Jean-Charles attendait sa gouvernante en bas du large escalier en pierre blanche. Il portait un costume trois-pièces gris, sur une chemise blanche.

— Monsieur, comptez-vous sortir ? demanda Nadine en le voyant habillé ainsi.

— Je n'en sais encore rien, mais Catherine me rejoint ce soir, et à ce sujet, je te prierai de te comporter de manière correcte et même respectueuse avec ma future épouse. J'ai bien compris que cela te déplaît, sans doute par fidélité à la mémoire de Frédérique, cependant j'ai le droit de me remarier et toi tu as le devoir de rester à ta place. C'est un avertissement, Nadine, si tu ne changes pas d'attitude, je me verrai obligé de te congédier.

— Navrée de vous donner mon avis, Monsieur, mais ce genre de mise en garde aurait fait beaucoup de peine à Madame Frédérique, la meilleure personne que la terre ait portée.

Sidéré, le viticulteur demeura muet quelques secondes.

— Évite de prononcer le prénom de ma femme à l'avenir, car je n'ai jamais cru à ta dévotion envers elle. Si tu l'avais vénérée, aurais-tu déniaisé Florian dans la chambre proche de la nôtre, pour te jeter à mon cou six mois plus tard, nue comme un ver ?

— Vous ne m'avez pas repoussée, Monsieur, ni ce jour-là ni les suivants, répliqua-t-elle en le défiant d'un regard ironique.

— Je l'admets, tu as su te rendre utile, Nadine, et si je te verse des gages fort généreux, sans t'avoir mise dehors, c'est un peu de la gratitude pour tes bons et loyaux services… au lit. Maintenant c'est différent, Catherine me comble. Oh ne fais pas cette mine, tu couches avec le jardinier, il me semble !

— Rien ne me l'interdit, Monsieur.

— En effet, tant que tu fais ton travail.

Une voiture remontait l'allée. Jean-Charles vérifia par la double porte entrouverte qu'il s'agissait bien de sa compagne.

— Voilà Cathy ! Comment va Bastien, tu lui as commandé un bon repas ?

— Oui, Monsieur, j'ai suivi vos ordres. Ne vous inquiétez pas, votre fils va mieux, affirma Nadine. Est-ce que je servirai le dîner dans la salle à manger ou vous préférez le salon ? J'ai allumé un feu, il fait un peu frais à la tombée de la nuit.

— Retourne à l'office, j'aviserai tout à l'heure.

Nadine lui tourna le dos et s'éloigna d'un pas tranquille. Encore une fois, en lui décochant un coup d'œil dédaigneux, Jean-Charles regretta d'avoir eu une brève liaison avec cette femme dont le seul attrait était une libido débridée. Il s'empressa d'aller accueillir Catherine qui était déjà sortie de sa voiture.

— Je craignais que tu ne viennes pas, lui dit-il après l'avoir enlacée.

— Pour être honnête, j'ai failli te faire faux bond tellement j'étais furieuse.

Elle se dégagea de son étreinte pour gravir d'un pas rapide les marches du perron. Sans l'attendre, elle pénétra dans le hall et jeta son sac sur la console en marbre où trônait une statue en bronze de Diane chasseresse. Mongenot l'avait suivie et saisie par le coude.

— Mais lâche-moi ! Tu complotes avec le commandant Terrier sans penser à me tenir au courant ! s'enflamma-t-elle. De quel droit agis-tu comme si Victoire était ta fille ?

Jean-Charles la foudroya d'un regard furibond, puis il la reprit dans ses bras et la fit taire d'un baiser passionné. Elle tenta vainement de se libérer, pendant qu'il l'entraînait ainsi dans son bureau.

— Tu deviens fou, ma parole, dit-elle, les lèvres meurtries.

Haletante, Catherine le vit fermer la porte à clef.

— Moins fort, je t'en prie, mieux encore, tais-toi, chuchota-t-il à son oreille.

Il plaqua alors sa main droite sur sa bouche. Affolée, elle le fixa d'un air de totale incompréhension.

— Cathy, nous devons être prudents, dit-il encore tout bas. Je t'emmène dîner en ville, nous pourrons discuter sans crainte. Nous devons protéger Victoire et Maïa, alors fais-moi confiance. On ne doit parler de rien ici.

Elle acquiesça d'un signe de tête. Jean-Charles l'embrassa à nouveau, beaucoup plus tendrement.

Le couple avait demandé une table en terrasse, malgré le petit vent qui rafraîchissait l'air tiède de cette fin d'été. Ils avaient déjà commandé un apéritif, assis face à face.

Durant le trajet jusqu'à Dijon, Jean-Charles n'avait pas dit un mot, perdu dans ses pensées. Quant à Catherine, intriguée par son silence et sa mine sombre, elle avait ressassé ses griefs, bien décidée à faire valoir ses droits en ce qui concernait sa fille et sa petite-fille.

— Ne haussons pas le ton, même ici, loin de chez moi, lui recommanda Mongenot.

— Tu cèdes à la paranoïa, soupira-t-elle. Personne ne va nous prêter attention, d'autant plus que nous sommes les seuls à dîner en extérieur.

— Cathy, je ne peux pas me fier entièrement à Bastien. Notre médecin, hier soir, m'a indiqué que mon fils prenait toujours des drogues dures. Il n'est pas guéri et il pourrait être capable de n'importe quoi pour obtenir de quoi acheter ses doses.

— Pourtant il a vraiment été molesté hier soir. Tu m'as dit au téléphone qu'il avait deux côtes cassées.

— C'était l'avis du docteur, mais les radios qu'il a passées cet après-midi ont juste révélé des fêlures et de fortes contusions, donc rien de vraiment grave. Bastien a pu se prêter à une mascarade en échange d'une forte somme. Il y a aussi le problème posé par cet homme qui aurait fait fuir ses agresseurs. Le numéro de téléphone qui figure sur sa carte de visite n'est pas attribué et il doit s'agir d'un faux nom. Le commandant Terrier a évoqué un complice qui serait intervenu à l'instant voulu.

Troublée, Catherine but presque d'un trait son cocktail. Elle dévisagea ensuite Jean-Charles de ses prunelles vertes, à l'éclat humide.

— Alors cela ne finira jamais ? gémit-elle. Je dois laisser partir Vicky et son bébé, à cause de ces fous qui nous persécutent !

— Je t'en conjure, quand tu es chez moi, ne dis pas un mot sur le départ de Victoire ni sur l'endroit où elle ira. Imagine qu'on fasse pression sur Bastien, en l'utilisant comme indicateur, cela ferait échouer notre plan.

— Votre plan, à Terrier et à toi, rectifia-t-elle. Mais je ne suis plus en colère… Maïa est ta petite-fille et je suis touchée par ta volonté de la protéger.

Le serveur approchait de leur table avec un aimable sourire. Ils commandèrent un plat de poissons à la carte et du vin blanc.

— Jean-Charles, je suis vraiment navrée de ce que tu endures, murmura Catherine. Tu soupçonnes Bastien et ce doit être douloureux. Pourtant il semblait inquiet pour Victoire et le bébé. Il m'a fait de la peine quand il a dit que sa nièce était tout ce qui lui restait de son frère.

— Peut-être était-il sincère, j'aimerais le croire. Cathy, pour la première fois de ma vie, je crains de perdre le contrôle. Je me berçais d'illusions en m'estimant plus fort que ces gens qui s'acharnent à nous nuire. Et même si je reste discret sur le sujet, je ne suis pas remis du décès de Florian.

Touchée de l'entendre avouer ses doutes, elle lui caressa la joue, consciente d'aimer et de chérir à présent cet homme en acier dont l'armure se fendillait.

— Courage, je ne t'abandonnerai jamais, affirma-t-elle. Sais-tu que Victoire suspecte elle aussi Bastien, en raison de ses antécédents ?

— Le commandant Terrier me l'a avoué. Cathy, j'admire ta fille pour son cran, sa beauté et son intelligence.

— Vicky commence aussi à t'apprécier, nous finirons sans doute par reformer une famille.

Ils se turent pendant qu'on les servait. Jean-Charles goûta le vin, un cru élaboré dans un de ses vignobles.

— Il est parfait, se félicita-t-il.

— Je t'en prie, nous sommes de nouveau seuls sur la terrasse. Si tu me confiais où tu veux envoyer Victoire et Maïa ?… Au fait, je t'annonce que ma mère tient à s'exiler également.

— J'en étais sûr, tant mieux. Elles se tiendront compagnie. Cathy, c'est préférable que tu ne saches rien. Si on s'en prenait à toi afin d'obtenir l'adresse de ta fille, tu craquerais.

— Seigneur, nous ne sommes plus à l'époque de la Gestapo ! s'étonna-t-elle tout bas.

— Non, je te l'accorde, mais nous avons affaire à des ennemis impitoyables.

Exaspérée, Catherine posa ses couverts et sa serviette de table. Elle n'avait plus aucun appétit.

— Réfléchis un peu, si on s'en prend à moi pour m'extorquer des renseignements, que je parle ou non, on m'exécutera de toute façon. Donc je ne parlerai pas.

— Très bien, tu as gagné, Cathy, chuchota-t-il. J'ai loué une villa un peu isolée en Provence, avec une piscine couverte, un mur d'enceinte et un portail à code.

— Merci, mon amour, et comme tu t'es arrangé pour ne pas citer de département ni de nom de village, je vais vite oublier ce que tu viens de me dire.

Jean-Charles avait sursauté sous le coup de la surprise. Il s'empara de la main gauche de sa compagne, où brillait la bague ornée d'une émeraude qu'il lui avait offerte.

— Peux-tu répéter, Cathy ? J'ai du mal entendre… Tu m'as appelé « mon amour » ! Mais qu'est-ce qui t'arrive ? Je n'avais encore jamais eu droit à ces mots-là.

— C'était spontané, un cri du cœur en quelque sorte, avoua-t-elle en souriant.

— Si tu savais combien j'en suis heureux. Maintenant je trouverai la force nécessaire pour nous sauver tous…

Château Desmarets, même soir, deux heures plus tard

Alors qu'il s'apprêtait à quitter le château, Victoire invita Emmanuel à boire une tisane dans la bibliothèque. Ils étaient demeurés seuls dans le salon après le départ d'Anna et de Corentin Colombet.

— J'ai dû épuiser tout le monde, plaisanta-t-elle. Mamie est montée la première, mon oncle et Arthur l'ont suivie. Je suis sûre qu'ils discutent encore là-haut, dans une de leur chambre.

— Et toi, tu n'es pas trop fatiguée, Vicky ? s'inquiéta le jeune ingénieur.

— Un peu, mais Maïa vient de s'endormir et j'ai envie que nous parlions tous les deux. Tu seras à Fontainebleau demain, et moi, je préparerai mes bagages pour une destination que j'ignore. Je ne sais qu'une chose, nous roulerons de nuit.

— C'est Karl qui vous emmène ?

— Certainement. Bon, si nous voulons prendre une infusion, il faut s'en occuper, Colette a dû se coucher.

— Je m'en charge, va t'allonger et attends-moi, tu es toute pâle. Je connais le chemin.

Elle obtempéra avec un sourire mélancolique. La grande pièce où étaient rangées des centaines de livres lui paraissait toujours le lieu le plus accueillant du château. Renonçant à se déplacer en fauteuil, elle se leva et marcha prudemment jusqu'au berceau de Maïa.

— Comme tu dors bien, mon ange, dit-elle à mi-voix. Quand tu seras plus grande, je te raconterai pourquoi c'était ma chambre ici. J'ai beaucoup pleuré entre ces murs, et beaucoup rêvé. Ton papa venait me voir. Il m'a donné de la joie, Maïa, et surtout il m'a fait ce cadeau unique et merveilleux, toi, ma petite fée.

Victoire se redressa, attristée à la perspective de s'exiler loin de son château des secrets, de sa terre de Bourgogne.

— Nous reviendrons avant Noël, Maïa.

De retour, Emmanuel avait entendu. Il disposa les tasses sur la table, ainsi que la tisanière en porcelaine.

— J'ai apporté du miel aussi, Vicky. Dis-moi, tu comptes vraiment revenir pour Noël ? Même si on vous menace encore, ta fille et toi ?

— Oui, car j'ai l'espoir que tout sera résolu. Si ce n'est pas le cas, tant pis. Je ferai baptiser Maïa à la mi-décembre. Tu es son parrain, libère-toi à cette période.

— Je m'y engage solennellement, répliqua-t-il. Vicky, crois-tu qu'on pourra communiquer par texto ?

— Bien sûr, j'ai l'accord du commandant Terrier ! Ce serait insupportable de ne pas avoir de tes nouvelles.

— Pas les miennes en particulier, c'est pareil pour ta mère et Anna, ou Arthur.

— Emmanuel, tes messages me sont devenus indispensables. Tu es plus qu'un ami, je te considère comme mon frère. Sans oublier que tu m'as sauvé deux fois la vie, en sauvant aussi celle de Maïa. Je peux bien te le dire, être maman me donne une énergie inouïe et un bonheur immense. Et je sais que même à distance, tu veilles sur moi.

— Je me souviendrai de ces paroles pendant ton absence. Tu m'es très précieuse, Vicky.

— Surtout ne l'avoue pas aux femmes que tu rencontres, elles pourraient être jalouses.

Amusé, Emmanuel servit l'infusion de tilleul. Il sucra au miel leurs deux tasses.

— Il n'y a aucun danger, en forêt je croise en priorité des cerfs, des biches, des sangliers et des renards.

— Et les randonneuses, alors ? le taquina-t-elle.

— Goliath les met en fuite en grognant.

Ils éclatèrent de rire, sachant au fond d'eux qu'ils avaient cette discussion légère afin de ne pas penser aux menaces qui planaient sur le château.

— Nous devons encore nous séparer, murmura Victoire. Je vais me cacher environ deux mois avec ma fille et mamie. Madame Aurélia souhaitait venir voir Maïa, elle sera déçue. Ta maman aussi.

— Le plus important, je le répète, c'est votre sécurité, à ta petite princesse et à toi, mon beau cygne qui a retrouvé ses ailes.

La voix d'Emmanuel avait vibré d'une ardente tendresse, au point de bouleverser Victoire. Elle baissa la tête, attentive aux battements soudain accélérés de son cœur.

— Tu es tellement gentil, dit-elle tout bas.

Lorsque le jeune ingénieur prit congé une demi-heure plus tard, elle lui étreignit les mains, le visage levé vers lui.

— Sois prudent, toi aussi et je t'en prie, harcèle-moi de messages. On s'embrasse ?

— Bien sûr...

Il déposa un baiser sur son front et elle effleura sa joue du bout des lèvres.

— Au revoir, Vicky, prends soin de toi.

Une fois seule, sans bien comprendre pourquoi, elle eut envie de pleurer.

5

En explorant le passé

Arrière-pays niçois, vendredi 12 octobre 2018

Des rideaux en voilage orange dispensaient dans la grande pièce une chaude luminosité qui plaisait beaucoup à Victoire.

— Il y a un mois que nous sommes installées ici, fit remarquer Élodie. Tu as meilleure mine qu'à notre arrivée.

— Grâce à cette clarté toute méridionale, mamie, et à la délicieuse cuisine d'Arlette.

— Sur ce point, tu dis vrai, cette femme est un cordon-bleu, doublée d'une bonne ménagère. Mais je t'ai vue qui l'aidait, Vicky, alors que tu es censée avoir le minimum d'activité physique.

— Je trouve normal de m'occuper moi-même de la lessive et puis j'adore étendre le linge dans le jardin. Il y a tellement de vent, les petites affaires de Maïa sèchent en une heure. Dans ce décor provençal, j'ai envie d'être une maman comme les autres.

Les cheveux relevés en chignon, en tunique blanche et salopette en jean, Victoire étalait des feuilles blanches sur la longue table rectangulaire.

— Tu veux te lancer dans le dessin ? s'intéressa Élodie de la méridienne où elle était allongée, un livre entre les mains.

— Non, mamie, j'ai un autre projet. Les premiers jours, je me suis vraiment reposée en profitant de mon bébé à chaque instant. C'était très agréable, je me sentais en totale sécurité et le soir, nous passions de bons moments toutes les deux. Mais j'ai aussi réfléchi à ce qui s'est passé depuis cinq ans.

Intriguée, Élodie se redressa et ôta ses lunettes de vue. Elle constata l'expression déterminée de sa petite-fille, qui, équipée d'une règle plate et d'un stylo, était en train de tracer des traits sur une des feuilles.

— Vas-tu me dire ton fameux projet, Vicky ?

— Sois patiente, mamie, et je te préviens, j'aurai besoin de toi et de ton excellente mémoire, parfois sélective, hélas !

Un pleur de nourrisson affamé s'éleva au même instant de la chambre voisine.

— Maïa veut encore téter, j'y vais. Tu peux continuer à lire, mamie.

— Ce serait moins contraignant de passer au biberon, ma chérie, ou de laisser ta fille attendre un peu, soupira Élodie.

— Pour qu'elle se fasse les poumons, comme disait une des infirmières ! Jamais je n'adhérerai à ces idées stupides, trancha Victoire.

De facture ancienne, le mas isolé dans la garrigue où elles logeaient ne comportait pas d'étage. Rénové avec goût, il disposait de trois belles chambres dont les fenêtres donnaient sur le parc planté de cyprès, d'ifs, de laurier-rose et de chênes verts.

— Je suis là, mon ange, murmura la jeune femme en prenant Maïa dans ses bras. Tu es si mignonne.

Elle s'étendit sur son lit pour allaiter l'enfant, heureuse de ces moments d'extrême intimité avec son bébé.

— Tu es ma joie et ma fierté, souffla-t-elle. J'adore te voir sourire et agiter tes menottes. Demain, j'enverrai des photos de toi à ta marraine et à ton parrain. Et à ta grand-mère Cathy, qui les montrera à ton grand-père Jean-Charles.

Couchée sur le côté, un bras replié sous la tête, Victoire songea à son château des secrets, puis aux dernières nouvelles qu'elle avait eues du commandant Terrier.

— Il ne se passe rien chez nous, en Bourgogne, mon ange, chuchota-t-elle. Les vendanges sont terminées depuis plus de deux semaines. Aucun intrus n'a rôdé autour du domaine.

Victoire se tut, refusant d'évoquer l'unique événement notable. Les parents de Romane Remond avaient organisé une marche blanche dans les rues de Châtillon et il y avait eu une foule impressionnante. Chaque participant portait une rose, excepté la mère de la victime qui tenait un panneau où figurait le portrait de sa fille.

— Nous avons vu des images, mamie et moi, à la télévision, se dit-elle tout bas. La France entière découvre tous les crimes commis dans notre région. J'aurais dû être là-bas, avec Anna et nos anciennes camarades du lycée. Mais je vais me battre de mon côté, pour ne pas avoir honte d'être bien à l'abri ici, dans une jolie maison, avec toi mon ange.

Maïa s'était endormie, une goutte de lait au coin de la bouche. Victoire la fit glisser au milieu du lit, entourée par un coussin en demi-lune.

— Tant que tu ne gigotes pas trop, tu ne risques rien. Et nous en sommes loin, tu es si petite.

— Détrompe-toi, ma chérie, les bébés ont vite fait de se retourner sur le ventre pour ramper, déclara Élodie qui venait d'entrebâiller la porte de la chambre.

— Maïa est née il y a un mois, mamie, elle n'est pas près d'accomplir une telle prouesse.

— Si ta fille tient de toi, sois prudente. Tu m'as causé une grosse peur, un jour où je te gardais. Tu avais à peine huit semaines et tu as failli tomber de la table à langer, le temps que je prenne du talc derrière moi. J'ai cru que mon cœur ne retrouverait pas un rythme normal... à cause de Madeleine. Je m'en voudrai jusqu'à mon dernier souffle d'avoir laissé mon bébé tout seul à l'étage. Ensuite pour Guy et Catherine, j'ai engagé des nurses qualifiées. J'exigeais même qu'elles dorment dans la chambre du nouveau-né.

Soudain inquiète, Victoire jeta un regard passionné sur son enfant. Elle concevait à présent la souffrance qui avait ravagé sa grand-mère, lorsque sa petite Madeleine de huit jours était morte.

— Tu as dû vivre un enfer, mamie. Je deviendrais folle si je perdais Maïa. Je suis désolée, je t'oblige à évoquer de pénibles événements, mais j'ai besoin de parler du passé de notre famille.

Lorsqu'elles furent de nouveau dans le salon, des nuages avaient caché le soleil. Victoire tira les voilages orange pour donner plus de clarté à la pièce. Elle prit place à la table, tandis que sa grand-mère leur préparait une infusion de tilleul, dans le coin cuisine équipé de tout le nécessaire.

— Que voudrais-tu savoir, ma chérie ? demanda Élodie.

— Je passe beaucoup de temps à ordonner tout ce que j'ai appris depuis ce soir du mois d'août 2013, où l'on m'a attirée chez Gérard Colombet. Et ça m'amène à me souvenir de certains moments particulièrement douloureux, comme le jour où maman est venue chez toi, à Dijon, parce que tu lui avais dit que j'étais enceinte.

— Oui, bien sûr ! Cathy était furieuse et elle t'a giflée à plusieurs reprises. Je revois la scène, admit sa grand-mère.

— Il s'agit d'autre chose. Comme elle t'accusait d'avoir été influencée par le docteur Ferriol, qui croyait à mon histoire, tu as protesté, en lui disant ceci : « Ne m'oblige pas à remuer un passé douloureux que nous avons voulu oublier. » Quand j'ai demandé « quel passé », ni toi ni maman ne m'avez répondu.

Victoire scruta les traits délicats d'Élodie, afin d'observer sa réaction.

— Je devais être bouleversée par la situation, Vicky, et je faisais sans doute allusion à tous les incidents déplorables qui jalonnent la vie d'une famille.

— Les incidents ou les accidents, mamie ?
— Mais les deux ! Que vas-tu chercher encore ?...
— Juste la vérité ou au moins quelques précisions. Sur cette feuille, j'ai déjà noté le nom des personnes qui sont mortes dans des conditions suspectes. Si tu fais un effort de mémoire, ma chère petite mamie, je peux découvrir un détail important.
— Inutile de me flatter, je suis prête à t'aider, si tu as envie de jouer les détectives.

Le ton pointu d'Élodie indiqua à Victoire qu'elle touchait un point sensible et qu'on lui avait sûrement dissimulé des éléments significatifs.

— Ta réaction me prouve que le château des secrets porte bien son nom, rétorqua-t-elle.
— C'est toi, Vicky, qui lui a attribué ce surnom ridicule. Enfin, tu dois manquer de distractions ici, alors allons-y. Interroge-moi.

Sa grand-mère s'assit à ses côtés, après avoir déposé deux tasses fumantes non loin de la feuille de papier.

— Merci, mamie. Commençons par mon oncle Damien, victime d'un accident de la route avant ma naissance. C'était en quelle année ? Papa parlait rarement de son frère aîné. Une fois, il m'a emmenée sur sa tombe, mais j'étais fillette et j'ai oublié la date de son décès.
— C'était en hiver 1992, Damien a dérapé sur une plaque de verglas et son break s'est encastré dans un pylône en ciment. Il conduisait trop vite selon le rapport des gendarmes.
— Il n'y avait pas quelqu'un d'autre en cause ?
— Pas à ma connaissance, Vicky. J'ai assisté aux obsèques, puisque c'était le beau-frère de Catherine, mais à cette époque, Herbert luttait contre un premier cancer et je me consacrais à lui. J'adorais mon mari.

Attendrie, Victoire caressa la main diaphane de sa grand-mère dont la voix avait tremblé douloureusement.

— Maintenant, ma grand-mère Béatrice, dit-elle après avoir noté sous le nom de Damien Desmarets les renseignements obtenus. J'avais trois ans quand elle est morte, elle aussi dans un accident de voiture, donc en 2001. Cette fois, il y a eu un témoin, qui a affirmé qu'un chauffard était responsable, pour lui avoir grillé la priorité à une allure insensée. Il faut classer ce décès comme suspect.

— Il n'y avait pas de preuve d'une volonté de tuer Béatrice, mais le délit de fuite avéré a été retenu par la police. C'est une attitude honteuse, hélas assez courante. Après cette tragédie, Gilles Desmarets n'a plus jamais été le même. Il a quitté le château pour s'isoler et ressasser son chagrin. Tu étais la seule à pouvoir le faire sourire quand tu dansais… Je crois qu'il sortait de son refuge uniquement pour passer une heure avec toi. Et il a eu cette idée d'aménager une salle dans le grenier, afin d'encourager ta passion.

La gorge nouée, Victoire approuva d'un signe de tête. Elle songeait que son grand-père avait fait tout ceci en vain, car il l'estimait promise à une brillante carrière et que son rêve ne se réaliserait jamais.

— Une passion à laquelle j'ai dû renoncer. C'est ainsi, je n'y peux rien. Passons à ma tante Corinne, mamie. C'était ta belle-fille, tu es peut-être à même de te souvenir de quelque chose.

— Peut-être, soupira Élodie.

Château Mongenot, même jour, même heure

Nadine avait reçu l'ordre d'aider Catherine à changer toute la décoration du salon. Jean-Charles lui avait donné carte blanche, sachant que sa compagne devait s'occuper l'esprit et les mains durant l'absence de sa fille.

Alangui sur l'un des canapés en cuir noir, Bastien suivait ce réaménagement d'un œil morose.

— Avoue que la nouvelle teinte des murs, du jaune sable, égaye cette pièce qui était sinistre, lui dit la future maîtresse du manoir, d'un ton autoritaire.

— Je m'en fiche, mais j'aimais bien le papier peint d'avant, marmonna le jeune homme. Il datait des années 1950 et il a dû coûter cher, à l'époque.

— Au bout de plus d'un demi-siècle, il était surtout défraîchi, répliqua Catherine.

— Si vous le dites, belle-maman, ironisa Bastien.

— Ne te moque pas de moi ! Quel plaisir tires-tu à être aussi désagréable ?

Le jardinier avait apporté des caisses en bois, garnies de paille, destinées à être remisées dans le grenier, lorsque les statuettes regroupées sur une table ronde y seraient rangées.

— Nadine, ne restez pas les bras croisés ! s'impatienta-t-elle. Débarrassez-moi de ces horreurs ! Il suffit de les emballer dans du papier journal et de les mettre dans une des caisses.

— À son retour, Monsieur pourrait se plaindre de ne plus les voir à leur place, se rebella la gouvernante. Il vous a permis de faire repeindre les murs et les lambris, je ne l'ai pas entendu parler de ces statuettes en bronze.

— J'en discuterai avec lui dès ce soir. Souvenez-vous que « Monsieur » vous a ordonné de me montrer du respect et une totale obéissance, Nadine.

— Mais c'était la collection de son défunt père, insista celle-ci. Vous avez fait enlever les trophées de chasse du hall, ça ne vous suffit pas ?

— Non ! Ce n'est que le début, annonça Catherine en décochant un regard triomphant à Bastien qui s'était esclaffé.

— Vous avez encore beaucoup de travail, persifla-t-il. La salle à manger, le bureau de mon père et les étages ! Les Mongenot seront ruinés à ce compte-là.

— Un conseil, Bastien, tu devrais remonter dans ta chambre et t'accorder la sieste habituelle, riposta-t-elle.

Tu végètes depuis un mois, alors que tu aurais pu seconder Jean-Charles à la fin des vendanges, où il y avait beaucoup à faire.

— Je ne pouvais pas, j'avais deux côtes fêlées, belle-maman. Et le docteur me recommande encore la prudence.

Stoïque, Catherine lui tourna le dos sans répondre. Elle déplia les rideaux en mousseline beige qui allaient orner les fenêtres du salon, dotées de volets intérieurs. Tôt le matin, le jardinier lui avait installé les tringles en bois clair.

— Nadine, il me faudrait un escabeau, dit-elle.

— Nous n'en avons pas, Madame, affirma la gouvernante. Quand je fais les vitres, je grimpe sur une chaise.

— Ah vraiment ! Vu la hauteur des fenêtres, je doute que vous puissiez nettoyer les carreaux les plus hauts. Allez immédiatement me chercher un escabeau, Nadine.

— Je ne dois plus emballer les statuettes ?

Elle agita le sanglier en bronze qu'elle tenait entre ses doigts, un mauvais sourire sur ses lèvres minces.

— Oh, j'en ai assez, assez ! s'écria Catherine. Monsieur sera informé de votre conduite et cette fois, vous prendrez la porte !

Goguenard, Bastien s'étira avant de se lever. À peine debout il fit mine de se plier en deux, avec une grimace de douleur. Nadine se précipita pour le soutenir.

— Le plus urgent est d'aider ce jeune Monsieur à regagner sa chambre, Madame !

Le « madame » avait claqué à l'instar d'un coup de fouet.

— C'est ça, oui, disparaissez tous les deux, vous vous êtes ligués contre moi et je te préviens, Bastien, ton père sera furieux.

Dès qu'elle fut enfin seule, Catherine étouffa un sanglot nerveux. Jean-Charles était parti pour quarante-huit heures à une foire aux vins, et il lui avait demandé de veiller sur son fils, alors qu'elle souhaitait rentrer au château Desmarets.

— Je n'aurais jamais dû accepter, gémit-elle.

Dépitée, elle sortit à son tour du salon afin de se promener dans le parc, où la végétation déployait ses derniers feux avant la grisaille de novembre. Soudain des souvenirs l'assaillirent, en apercevant l'endroit où avait été dressé un grand dais en toile blanche, un soir du mois d'août, deux ans auparavant.

— Mon Dieu, nous étions si heureux, Jacques et moi, dit-elle tout bas. Il y avait un orchestre, nous avons valsé. C'était une merveilleuse nuit étoilée, où la mort a frappé.

Sur sa gauche, le jardinier ratissait d'un geste paisible les feuilles pourpres d'une rangée de sycomores. Il la salua d'un sourire, en soulevant sa casquette. Catherine marcha vers lui, en quête d'un peu d'amabilité.

— C'est presque dommage de brûler ces feuillages qui sont encore si beaux, vous n'êtes pas de mon avis, Armand ? hasarda-t-elle gentiment.

— Je me dis la même chose chaque automne, Madame. Avez-vous pu accrocher vos rideaux ?

— Non, Nadine a prétendu qu'il n'y avait pas d'escabeau. Cette femme continue à me défier, malgré les consignes que lui a données monsieur. Tant pis, elle sera congédiée au plus vite, et ce sera un soulagement.

Le jardinier, âgé d'une cinquantaine d'années, haussa ses larges épaules comme si le sort de la gouvernante lui était indifférent.

— Ne faites pas attention à elle, prôna-t-il après un silence.

— C'est difficile, car je ne peux pas faire un pas dans le manoir sans la croiser. Armand, si vous pouviez m'aider, pour les rideaux. S'ils étaient posés, je ferai la surprise à monsieur ce soir, même s'il rentre tard.

— Je récupère l'escabeau dans le garage et j'arrive, Madame.

— Merci beaucoup. Je vous attends dans le salon.

Ce jour-là, en prévision de ses activités de décoratrice, Catherine avait mis des chaussures plates et un pantalon.

Elle s'éloigna d'une démarche alerte, ses boucles brunes retenues par un bandeau. Le jardinier la suivit des yeux, d'un regard froid et lourd de mépris.

Arrière-pays niçois, même jour, même heure

Victoire avait écrit le prénom Corinne sur la feuille blanche où s'alignaient des colonnes tracées par ses soins.

— Je t'écoute, mamie. Tu m'as dit que tu te souviendrais peut-être de quelque chose. Pour ma part, je suis sûre que Mélinda a joué un rôle dans la mort de ma tante Corinne. J'avais neuf ans quand papa m'a appris son décès et c'était un choc terrible. Je n'ai pas pu m'empêcher de pleurer pendant des heures, jusqu'à l'irruption de maman dans ma chambre. Elle m'a priée de me comporter dignement, en prétendant que les larmes ne servaient à rien.

Attristée, Élodie hocha la tête, consciente de la dureté de caractère de sa fille.

— Cathy s'est adoucie, mais il a fallu tous nos malheurs pour lui faire découvrir l'importance de la tendresse et de la bonté. Mais revenons à cette chère Corinne, que j'aimais tant. Elle me faisait songer à un ange, toute blonde et si douce.

— C'est vrai, soupira Victoire. Hélas Mélinda s'est arrangée pour devenir la maîtresse de mon oncle du vivant de Corinne, qu'elle a décidé d'éliminer afin d'entrer dans notre famille.

— Nous n'en avons aucune preuve, cependant je pense comme toi, se désola Élodie.

— Mélinda appartenait à l'organisation criminelle, et à mon avis, on l'a tuée pour qu'elle ne passe pas aux aveux si elle était arrêtée.

— Tu as sans doute raison. Mais si tu m'expliquais ce que tu cherches à établir ?

— J'essaie de trouver un indice capital, en ayant tous les éléments sous les yeux. Fais un effort, tante Corinne ne t'avait rien dit de particulier ? Avant le jour de sa mort, elle n'a pas eu un comportement inhabituel ?

Les pleurs véhéments de Maïa mirent fin à ces premières investigations.

— Je t'en prie, réfléchis, mamie, le moindre détail peut se révéler important, insista Victoire en se précipitant dans la chambre voisine.

Élodie fut surprise de la voir revenir cinq minutes plus tard avec un doux sourire.

— Maïa avait besoin d'être changée, elle s'est rendormie aussitôt, un vrai petit ange. Alors, mamie, à propos de ma tante Corinne ?

— Comme tu le sais, à l'époque de ce terrible accident, Corinne et Guy habitaient leur propriété de Cluny. Ils me rendaient visite à Dijon, et nous allions déjeuner dans un restaurant, en plein cœur des anciens quartiers, dont le cachet médiéval plaisant tant à Corinne. Elle était férue d'histoire et surnommait la ville l'ancienne capitale des Ducs de Bourgogne. Après le repas, nous nous promenions, et ta tante prenait souvent des photos des plus belles maisons à colombages. Non, je suis navrée, à l'époque je n'ai jamais rien remarqué d'anormal.

— Pourtant mon oncle trompait sa merveilleuse épouse, qui adepte de VTT, a été tuée par un chauffard sur une piste forestière. S'il n'y avait pas de témoin, comment a-t-on su qu'une voiture était en cause ?

— Les gendarmes ont relevé des traces de pneus sur la terre un peu humide et le vélo de Corinne était très endommagé. La presse en a fait des gros titres, allant jusqu'à inventer une liaison à ta malheureuse tante, ou bien un violent règlement de compte entre viticulteurs fortunés.

Après avoir pris des notes, Victoire poussa un soupir agacé. Elle posa son stylo en fixant sa grand-mère.

— Toujours des suppositions ! Bizarrement je ne crois pas en ces théories de luttes meurtrières pour des vignobles.

— Mais ma chérie, certaines familles, dont la tienne, ont bâti leur fortune grâce à des cépages prestigieux, protesta Élodie. Des rivalités sont inévitables. Si nous en restions là pour aujourd'hui ? Quand ta petite sera réveillée, nous ferions mieux de nous promener dans le jardin. Il fait tellement bon dehors. Ce serait dommage de ne pas profiter du climat méditerranéen…

Une sourde révolte grondait dans le cœur de Victoire. Elle avait déjà éprouvé ce sentiment d'impuissance face aux silences des uns et des autres.

— S'il te plaît, mamie ! Je suis certaine que tu refuses de me révéler un ou plusieurs secrets. J'ai assez souffert en découvrant, grâce à Anna, qu'on faisait chanter papa, et quand maman m'a avoué qu'elle avait confié ces fameux contrats virtuels à Jean-Charles, qui s'est emparé ensuite du domaine Desmarets, soi-disant pour l'exploiter. Je me demande toujours comment il a pu régler le problème.

— Il n'y a pas de quoi en faire un drame, Vicky ! se récria sa grand-mère. Cathy va se marier avec Mongenot, tout rentrera dans l'ordre et tu ne seras pas lésée, encore moins ta fille, si tu crains cette éventualité. Tu oublies un peu vite que Florian a payé de sa vie les efforts de son père pour nous sauver de la ruine.

— Ah, tu fais allusion au chantage que l'on a exercé sur Jean-Charles et dont il ne nous avait rien dit. Crois-moi, mamie, je ne suis pas près d'effacer de ma mémoire et de mon cœur la mort atroce du papa de Maïa. Même si je ne l'aimais pas assez, Florian m'a offert la merveilleuse joie d'être maman.

Élodie approuva en silence, confuse d'avoir peiné sa petite-fille. Elle lui caressa la main.

— Pardonne-moi, Vicky ! Nous sommes toutes les deux sur les nerfs. Et une bonne fois pour toutes, je te le redis, je n'ai aucun secret à te dévoiler. Le seul que je gardais comme une épine dans ma chair, c'était le décès précoce de ma petite Madeleine. Maintenant je vais me reposer, je suis fatiguée.

— Je suis désolée, mamie.

— Je ne t'en veux pas, ma chérie, seulement je pense que le commandant Terrier et ses collègues ont déjà tout analysé, et avec plus de moyens que toi.

Très digne, Élodie se leva et passa dans le couloir qui desservait les trois chambres. Victoire considéra d'un regard amer les noms inscrits sur la feuille.

— Il manque mon grand-père Gilles, et mon cher papa, dit-elle d'une voix tremblante.

Château Mongenot, même jour, le soir

Lorsque Catherine accueillit Jean-Charles sur le seuil du salon, elle arborait une expression d'intense satisfaction. Harassé, le viticulteur déposa un léger baiser sur ses lèvres soigneusement fardées.

— Tu es en beauté, la complimenta-t-il. J'adore cette robe noire au décolleté plongeant. En quel honneur es-tu aussi élégante ?

— C'est pour toi seul ! Une femme doit prouver qu'elle peut faire des travaux pénibles durant deux jours et se montrer séduisante le soir.

— Ah je n'y pensais plus ! Tu avais prévu de réaménager ce sinistre manoir ! J'ai remarqué tout de suite la disparition des trophées de chasse dans le hall.

— Que j'ai remplacés par des tableaux superbes qui dormaient sous les combles. À présent, viens admirer les changements effectués dans le salon ! J'y ai passé des heures, mais j'ai terminé avant ton retour.

Jean-Charles ôta sa veste de costume et dénoua sa cravate. Il lança un regard d'envie vers la porte de son bureau, derrière lui, en songeant au whisky qu'il aurait volontiers dégusté, une fois assis dans son fauteuil en cuir.

— J'espère que cela te plaira, murmura Catherine, sûre de son succès. Nous dînerons près de la cheminée, j'ai préparé un repas froid.

— Tu es adorable, mais je rêvais d'un bon potage de légumes. Depuis quarante-huit heures, je n'ai mangé que des amuse-gueules et du fromage, le tout beaucoup trop arrosé de nos célèbres vins.

Elle le fit taire d'un baiser beaucoup plus ardent que celui qu'il lui avait donné en arrivant. Enfin elle l'entraîna dans la grande pièce illuminée, après avoir pris sa main.

— Qu'en dis-tu, mon amour ?

Sur ces mots censés le combler, Catherine désigna d'un geste les murs couleur crème, les rideaux en mousseline beige au drapé harmonieux.

— Très joli, très gai, très féminin, marmonna-t-il. Où sont passées les statuettes d'animaux en bronze ?

— Ne crains rien ! J'ai veillé à ranger avec précaution la collection de ton père. Tout est emballé et entouré de paille. Les caisses sont stockées dans une des anciennes chambres de bonne, au second étage. Le jardinier les a montées, elles pesaient lourd. Comme tu le vois, afin de combler le vide sur la cheminée et la commode bordelaise, j'ai acheté des bibelots anglais d'un style plus gracieux. Et j'ai aussi fait livrer des bouquets de fleurs.

La réaction de son compagnon étonna Catherine, qui avait appréhendé des reproches polis. Il l'enlaça en souriant.

— Bon débarras, depuis le temps que je supportais la vue de ces bestioles dans leur posture d'agonie, lui souffla-t-il à l'oreille. Merci, Cathy.

— Mais si tu ne les appréciais pas, pourquoi tu les laissais là ? Rien ne t'y obligeait. Et je doute que Frédérique les aimait…

— Ma femme n'osait rien toucher ici, par respect pour son beau-père. Même quand il est mort, elle n'a pas imposé ses goûts, proches des tiens.

Touchée par cet aveu, Catherine étreignit Jean-Charles avec tendresse.

— Je n'ai pas souvent eu l'occasion de côtoyer Frédérique, mais on sentait en la voyant, en lui parlant, que c'était une personne sensible et charmante.

— Une sainte en puissance, que je n'ai pas su rendre heureuse, soupira-t-il.

Ils s'installèrent autour d'une petite table ronde nappée de blanc où étaient présentées des assiettes garnies de salade et de viande froide. Radieuse, Catherine leur servit du vin.

— Et Bastien, comment va-t-il? s'enquit Mongenot.

— Ton fils est descendu vers 14 heures, en peignoir et chaussons. Il m'a accablée de quelques réflexions acerbes, puis il est remonté, soutenu par Nadine. Ne t'inquiète pas, cette gouvernante si dévouée a veillé sur lui presque toute la journée.

— Où est-elle maintenant?

— Je lui ai accordé sa soirée, elle doit siroter de la liqueur de cassis dans son studio. Jean-Charles, je tenais à te le dire, Nadine a encore été odieuse et irrespectueuse avec moi.

— Nous en discuterons demain, répliqua-t-il en ponctuant sa suggestion d'un geste apaisant.

— Tu as raison, nous sommes enfin tous les deux. J'avais hâte que tu sois de retour, affirma-t-elle.

— Je suis là, Cathy, et je ne te quitte pas avant longtemps. Si je dois m'absenter, je t'emmènerai. Au fait, as-tu des nouvelles de Victoire et du bébé?

— Oui, nous avons communiqué par texto. Tout va bien là-bas. Ma fille pouponne à loisir et ma mère s'extasie devant Maïa qui est une enfant facile. Je n'imaginais pas que Vicky serait une maman aussi attentive et presque fusionnelle. Moi, je n'avais guère l'instinct maternel. Regarde, j'ai même reçu une photo du bébé.

En contemplant l'image de Maïa aux yeux bien ouverts, d'un bleu laiteux, Jean-Charles fut au bord des larmes.

— Ce bout de chou fera ce qu'il voudra de son grand-père, murmura-t-il. On me traitait d'homme en acier, je vais perdre ce surnom très vite. Je trouve que ma petite-fille a hérité du grand front de Florian et de ses cheveux noirs.

— Peut-être, cependant Vicky est très brune aussi.

Leur discussion éveilla la curiosité de Catherine qui jeta un coup d'œil sur les cadres protégeant des clichés de la famille Mongenot.

— Je viens de m'apercevoir qu'il y a des portraits de ton épouse et de tes fils, mais aucun de tes parents, dit-elle.

— Tu fais erreur, une belle photographie de ma mère à seize ans est accrochée dans mon bureau, précisa-t-il.

— Mon Dieu, j'ignorais qu'il s'agissait de ta maman ! Je l'ai rencontrée le jour de nos fiançailles, elle était plus âgée.

— Cathy, à quoi bon se pencher sur le passé ? Nous avons été fiancés, hélas tu as préféré Jacques...

— Ce devait être le destin qui se jouait de nous, puisqu'il nous a réunis des années plus tard, hasarda-t-elle à mi-voix.

— En effet, néanmoins tu as toujours dit que Jacques était ton grand amour, un homme exceptionnel.

— Certes, et je le pense encore, surtout ne te vexe pas. Mais toi et moi, nous n'avons pas eu de chance. J'étais très jeune lorsque nos deux familles ont décidé que nous devions nous marier. J'obéissais à mes parents, alors que je te connaissais mal. Ciel, quel scandale j'ai provoqué en rompant nos fiançailles ! Ton père était furieux.

— Je rectifie, il était fou de rage. Tu as eu la chance de ne pas assister aux scènes qui ont suivi... De mon côté, Cathy, même si j'ai eu une vive affection pour Frédérique, tu étais et tu resteras mon grand amour. Tant pis si tes sentiments sont moins forts que les miens, puisque tu es là à présent et que tu acceptes de m'épouser.

— Jean-Charles, je suis heureuse de devenir ta femme et je t'aime vraiment. Tu es mon refuge et je n'ai plus peur de rien quand je suis dans tes bras. Désormais je ne pourrais plus vivre sans toi.

L'entrée de Bastien mit un terme à leur conversation. Le jeune homme tenait une bouteille de bière à la main. Il but au goulot une longue rasade avant de les regarder.

— Je vous dérange peut-être ? balbutia-t-il.

— C'est le moins qu'on puisse dire, rétorqua Catherine.

— Tu es ivre ! s'emporta aussitôt son père. Nous avions un pacte tous les deux, plus d'alcool, plus de drogue ! Quand tu seras capable d'être sobre sur tous les plans, tu auras un poste bien rémunéré dans l'exploitation.

Titubant, Bastien s'allongea sur le canapé le plus proche de lui. Les cheveux sales et emmêlés, les yeux cernés et le teint livide, il avait une triste apparence.

— Papa, je ne suis pas remis de l'agression que j'ai subie, déclara-t-il d'une voix pâteuse. J'en fais des cauchemars, où je revois ces trois sales brutes me cognant dessus. J'ai cru qu'ils allaient me tuer. Sans mon sauveur…

Excédée, Catherine décida de faire la mise au point qui s'imposait.

— Désolée de t'interrompre, Bastien, ton prétendu sauveur est introuvable. La carte qu'il t'a remise indique un numéro de téléphone non attribué et selon le commandant Terrier, il s'agit d'une fausse identité. En plus, tu n'as pas pu fournir une description précise de cet individu.

— Je n'y voyais presque plus, le sang coulait de mon front, et il faisait sombre dans sa voiture, se défendit le jeune homme.

— Ce serait un complice de tes agresseurs, même si c'est pratiquement impossible de le prouver, renchérit Jean-Charles. Ces saligauds t'ont manipulé.

— Bien sûr, je suis stupide, tu me l'as assez répété quand j'étais gosse. N'importe qui peut me berner, comme Blandine. Elle a joué les amoureuses pour parvenir à ses fins.

— Cette fille a payé ses actes le prix fort, elle est morte, lui rappela son père. On lui avait attribué un rôle.

— Papa, peut-être que je suis en danger ! s'affola soudain Bastien. Tu t'es arrangé pour protéger Victoire et le bébé, mais moi tu t'en fiches ! Pourquoi je ne les rejoindrais pas ? Je n'ai même pas vu l'enfant de mon frère.

— Tu es en sécurité ici, trancha Mongenot. Notamment si tu t'alimentes bien, sans boire ni tenter de te droguer. De toute façon, le personnel est averti, Nadine la première, on ne doit pas te fournir de médicaments sans mon contrôle, encore moins du vin ou de la bière. À ce propos, comment as-tu eu cette bouteille ?

— Dans le frigo du garage, où ce bon vieux jardinier les stocke. J'en suis à la troisième, il faudra lui en acheter d'autres.

Une expression de grande lassitude sur ses traits altiers, le viticulteur se leva. Il obligea son fils à faire de même, en le saisissant par un coude.

— Viens, je t'accompagne jusqu'à ta chambre, Bastien. Une discussion s'impose. Excuse-moi, Cathy.

— Non, papa, je ne monterai pas ! vociféra le jeune homme. J'en crève d'être enfermé du matin au soir, de sursauter au moindre bruit la nuit. Envoie-moi là où vous planquez Victoire et le bébé ! Si j'avais l'adresse, j'irais et je veillerais sur ma nièce.

— Je l'ignore et même si je le savais, je ne te dirai rien, ce sont les consignes du commandant. La semaine dernière, tu as vu une photo de Maïa sur le téléphone de ta belle-mère. C'est suffisant.

— Ma belle-mère, cette bonne femme avec ses mines supérieures ? Mais elle n'en veut qu'à ton fric ! J'espère qu'elle se fera tuer avant la noce !

Bastien avait hurlé en repoussant son père avec violence. D'un bond il se rua vers la commode où s'alignaient les bibelots blancs achetés par Catherine. Il les balaya de son bras droit, avant de jeter un vase et ses fleurs contre une des fenêtres.

— Voilà, c'est mieux comme ça ! cria-t-il. Qu'est-ce que tu attends, papa, cogne donc, tu ne t'es jamais gêné pour nous punir, Florian et moi, quand on n'avait pas la force de se défendre. Tu crois que j'ai oublié toutes les corrections qu'on a reçues ? C'était toi ou grand-père, ce tyran !

Effarée par la scène dont elle était témoin, Catherine osait à peine respirer. Les poings serrés, Jean-Charles contenait sa rage et son indignation. Cependant il tourna le dos à son fils.

— Présente immédiatement des excuses à ma future femme, ensuite disparais de ma vue, Bastien, dit-il d'un ton glacial.

Arrière-pays niçois, même soir

Victoire s'était assoupie depuis deux heures, après avoir allaité sa fille. Elle se réveilla brusquement, le cœur battant à un rythme anormal. Son premier réflexe fut de s'assurer que son bébé dormait bien, le second de consulter sa montre, posée sur la table de chevet.

— Il n'est même pas minuit. Et toi, mon petit ange, tu respires et tu as même un léger sourire, chuchota-t-elle.

Malgré les protestations affectueuses de sa grand-mère, elle gardait Maïa dans son lit chaque nuit, terrifiée par le spectre de la mort subite du nourrisson, sur laquelle elle s'était renseignée.

— Je ne te perdrai pas, tu ne t'éteindras pas seule dans une chambre, comme c'est arrivé à ma tante Madeleine, dit-elle encore.

Tranquillisée, Victoire se demanda ce qui avait pu la tirer si soudainement d'un profond sommeil. Enfin le cri plaintif d'un oiseau nocturne s'éleva dans le jardin.

— Ce doit être la chouette hulotte que j'ai aperçue hier soir.

Elle se leva pour regarder par la fenêtre. Un quartier de lune luisait sur le ciel d'un bleu sombre, juste au-dessus de la cime d'un pin parasol.

— Comme tout est calme, ici, mais j'aimerais me retrouver par magie au château des secrets, chez moi.

Au même instant, Victoire se souvint du rêve qu'elle venait de faire. Tout de suite bouleversée, elle but un verre d'eau, en essayant d'ordonner les scènes qui lui étaient apparues.

— Je voyais des accidents, j'entendais des bruits affreux... Le choc des carrosseries contre un poteau ou un mur, et aussi les crissements des freins, marmonna-t-elle. Ce doit être à cause des notes que j'ai prises cet après-midi. Mais dans mon rêve, quelqu'un a crié le prénom Damien. Mon oncle qui s'est tué en voiture, lui aussi.

Troublée, la jeune femme alla sur la pointe des pieds dans la grande pièce à vivre. Elle consulta la feuille de papier, après l'avoir dépliée.

— Il y a une erreur, au sujet de Damien. Mamie m'a raconté qu'il avait dérapé sur du verglas, donc c'était en hiver. Mais je viens de m'en souvenir, papa, lui, m'avait dit que son frère avait succombé à une crise cardiaque, pendant les vendanges.

S'il n'avait pas été aussi tard, Victoire aurait toqué à la porte de sa grand-mère ou bien elle aurait téléphoné à sa mère, mais elle renonça, en se promettant d'éclaircir les choses dès le lendemain.

— Qui a menti, mamie ou papa? se demanda-t-elle.

Songeuse, elle reprit son stylo et traça un gros point d'interrogation à côté du prénom Damien, mort à vingt-huit ans sans descendance.

6

Encore un secret…

Château Mongenot, samedi 13 octobre 2018

Sa tête brune nichée au creux de l'épaule de Jean-Charles, Catherine écoutait le chant des oiseaux qui célébraient les premiers rayons du soleil. Elle aurait voulu se rendormir, mais l'incident de la veille la tourmentait. Nerveuse, elle préféra se lever et prendre une douche.

— Où vas-tu ? lui demanda son compagnon en la retenant par le poignet.

— Oh, je t'ai réveillé ! Je suis désolée, tu étais si fatigué hier soir, tu as sombré dans le sommeil à peine allongé.

— Maintenant j'ai récupéré et j'ai envie de toi, Cathy. Viens te recoucher.

— Je ne suis pas d'humeur ce matin, soupira-t-elle. Je pense sans cesse à ce qui s'est passé hier soir.

— Pourquoi ? Le problème est réglé, Bastien a fini par te présenter des excuses. Je mets son comportement ridicule sur le compte de l'alcool.

— Il a quand même souhaité ma mort, Jean-Charles. Mais au fond je m'en moque. Tu dois m'écouter, je t'en prie. Ton fils avait sûrement bu autre chose que de la bière, ou alors il était sous l'influence d'une drogue. Soit il en a dissimulé ici, soit on lui en fournit.

— Qui donc ?

— Nadine lui est très dévouée, au point de rester souvent plus d'une heure dans sa chambre. Avant-hier, elle est allée en ville, prétextant que c'était son après-midi de congé.

Résigné, Jean-Charles se redressa et boutonna d'un air morose sa veste de pyjama.

— Peut-être, cependant je n'imagine pas Nadine entrant en contact avec des dealers, lâcha-t-il. D'où sortirait-elle l'argent nécessaire ? Tu fais fausse route.

— Si tu le dis ! Hélas, il y a plus grave. J'ai eu l'impression que Bastien essayait à tout prix de savoir où se trouvaient Victoire et son bébé. Tu as remarqué combien il insistait ? Et si Victoire avait raison ? On le manipule peut-être pour obtenir des renseignements.

Catherine s'était exprimée avec véhémence, en fixant le viticulteur de son regard vert.

— Dans ce cas, Bastien serait très maladroit ! Non, je suis certain qu'il était sincère, répliqua-t-il.

— Que j'aie tort ou raison, cela m'a donné une idée et je vais la confier au commandant Terrier.

— Ne fais rien sans m'en informer, Cathy. Surtout, laisse la police se charger des suppositions et des déductions.

Elle bondit du lit en guise de réponse. Vêtue d'une nuisette en soie noire, elle s'étira avec un sourire, avant d'entrer dans la salle de bains. Jean-Charles admira le dessin de ses jambes et la courbure de ses reins.

— Ne prends pas ta douche sans m'expliquer ta fameuse idée, protesta-t-il.

— Pour que tu me rabroues encore ?

— Je te donnerai honnêtement mon opinion, je m'y engage, Cathy. Et ainsi je profiterai quelques minutes de plus de ton joli corps, ce corps qui me rend fou de désir.

Elle revint près de lui en souriant. Il la prit par la taille pour la forcer à s'asseoir, puis il l'embrassa sur la bouche, à sa manière rude et avide.

— Tu ne me feras pas taire avec un baiser, Jean-Charles, se rebiffa-t-elle en reprenant son souffle. Voilà mon idée. Après en avoir parlé avec le commandant, nous confions l'adresse de Vicky à Bastien, puisque nous la connaissons tous les deux.

— Continue...

— Auparavant nous aurons averti ma fille et ma mère. Elles quitteront leur refuge avec le bébé pour se réfugier dans un hôtel. Il suffira d'établir une surveillance là-bas et si des individus vont rôder autour du mas, les gendarmes pourront les prendre en flagrant délit.

Très fière de son plan, elle attendit le verdict de Mongenot. Celui-ci, les sourcils froncés, secoua la tête d'un air navré.

— Cathy, n'expose pas ce genre de sottises à Terrier ni à un de ses collègues, tu subirais une sérieuse déconvenue. As-tu réfléchi au moins ? Nous avons affaire à de redoutables assassins, bien organisés et puissants. Jusqu'à présent, ils ont commis très peu d'erreurs.

— Je le sais aussi bien que toi ! rétorqua-t-elle.

— De surcroît tu incrimines encore mon fils, dont l'état de confusion m'inquiète beaucoup. J'ai l'intime conviction que Bastien est une victime et qu'il ne ferait jamais rien contre Victoire et Maïa. Cathy, si nous savourions l'instant, toi et moi, seuls... Le soleil filtre à travers les persiennes, tu es presque nue et la soie noire fait paraître ta peau plus nacrée.

— Non et non, je suis vexée ! Tu me considères comme une idiote, juste bonne à faire l'amour ou à parader à ton bras !

Le regard d'acier de Jean Charles s'assombrit, tandis qu'il empêchait Catherine de se relever. Elle se débattit un peu, prête à lui céder, car le désir précipitait la course de son sang et l'alanguissait, dans une dualité de sensations qui la grisait.

— Fais tout ce que tu veux, souffla-t-elle.

Il obtempéra avec un gémissement rauque, sans songer à la ménager. En amant expérimenté, il prenait son plaisir tout en excellant à lui en donner. Une vingtaine de minutes plus tard, ils gisaient côte à côte, étourdis par la jouissance qu'ils avaient éprouvée.

— Je t'aime tant, Cathy, chuchota-t-il en l'attirant contre lui.

— Moi aussi je t'aime, même si tu es un affreux macho, plaisanta-t-elle.

La sonnerie d'un téléphone perturba ces moments où la tendresse succédait à une étreinte fiévreuse.

— C'est ton portable, indiqua-t-il.

Catherine se redressa et consulta l'écran lumineux où s'affichait le numéro de Victoire. Elle décrocha vite, tout de suite affolée.

— Ma chérie, il n'y a rien de grave ? Tu ne m'appelles jamais de si bonne heure !

— N'aie pas peur, maman, j'ai juste une question à te poser.

Arrière-pays niçois, même jour, même heure

En peignoir de satin bleu, ses cheveux répandus en vagues souples sur ses épaules, Victoire avait parlé tout bas à sa mère. Elle voulait éviter de réveiller sa grand-mère, tant que Maïa dormait, afin d'avoir au moins un quart d'heure sans être dérangée.

— Quelle question, ma chérie ? demanda Catherine d'un ton inquiet. Tu es sûre que tout va bien ?

— Je te le promets, maman. Je suis matinale depuis que je me couche très tôt.

— Bon, d'accord, de quoi s'agit-il, Vicky ? Je suis chez Jean-Charles, mais tu le savais...

Avant de répondre par l'affirmative, Victoire se représenta l'austère manoir des Mongenot, où elle n'était jamais retournée depuis la fatidique soirée qui avait coûté la vie à son père, en la rendant infirme pour de longs mois.

— C'est au sujet de Damien, le frère de papa, dit-elle d'une voix tendue.

— Mais je ne l'ai pas connu, puisqu'il est mort avant que je rencontre Jacques. Pourquoi t'intéresses-tu à lui ?

— Nous évoquions le passé, hier soir avec mamie, et elle m'a dit que Damien était mort dans un accident de voiture, en hiver, à cause du verglas. Par la suite, je me suis souvenue d'une autre version, celle de papa, selon laquelle son frère avait eu une crise cardiaque, un jour où il vendangeait. Quelle est la vérité, maman ?

D'abord Catherine demeura silencieuse, ce qui permit à Victoire d'entendre Mongenot marmonner quelques mots.

— Jean-Charles va prendre sa douche, dit-elle enfin. Pour être franche, ma chérie, j'ai toujours cru à cette histoire d'arrêt du cœur, entre deux rangs de vigne. Ta grand-mère a pu confondre avec un autre accident, celui de Béatrice.

— Mais non, il y a presque dix ans d'écart entre les deux décès.

— Eh bien, ton père a voulu te ménager en parlant d'un problème cardiaque, je n'en sais rien et ce n'est pas d'une importance capitale !

— Comment oses-tu dire ça, maman ? On a tenté de vous tuer mamie et toi en provoquant un accident, tu n'as pas pu oublier, c'était à la fin de l'année dernière ! Et on a saboté les freins du pick-up d'Emmanuel, sûrement ceux de Gérard Colombet aussi. Si mon oncle Damien est mort sur la route, je compte une personne de plus, dans notre famille, que l'on a réussi à supprimer.

— Vicky, que cherches-tu au juste ? soupira Catherine.

— Je voudrais comprendre pourquoi on nous veut autant de mal, maman. Je dois protéger Maïa, lui offrir une enfance paisible. Si tu gardes un secret, parce que tu avais promis à papa de ne pas le révéler, aie le courage de me l'avouer.

— Je suis désolée, tu connais tous mes secrets. C'est normal que tu doutes de moi, car je t'ai caché des choses, mais c'est terminé. À mon avis, ta grand-mère doit se tromper à propos de Damien. Les Desmarets sont des notables, il y a forcément eu des articles dans la presse, à l'époque. Si je demandais à Jean-Charles ? Je te le passe, il vient de me rejoindre. Je te rappellerai plus tard.

En d'autres circonstances, la jeune femme aurait été gênée ou bien elle aurait protesté poliment, mais un sentiment d'urgence la poussait à démêler le vrai du faux.

— Bonjour, Victoire, j'espère que tu te rétablis dans un cadre agréable, dit Mongenot d'un ton chaleureux.

— Bonjour, je suis navrée d'avoir appelé si tôt.

À la fois impatiente et anxieuse, elle exposa immédiatement ce qui lui posait problème.

— Ah oui, la mort tragique de Damien Desmarets, murmura Jean-Charles. Ta grand-mère a raison, c'était un accident de voiture. J'ignore pourquoi Jacques t'a parlé d'une crise cardiaque.

— Disons que la loi du silence et du secret régnait chez nous, répliqua-t-elle. Même à quinze ans, je ne savais pas que des monstres violaient et assassinaient des jeunes filles dans toute la Bourgogne. Maman m'a expliqué que papa et elle tenaient à me protéger. De mon côté, je suis fautive aussi, car seule la danse me passionnait, au point d'être indifférente au reste du monde.

— La réalité t'a rattrapée de façon cruelle ce soir du mois d'août 2013, n'est-ce pas ? répliqua Jean-Charles.

— En effet, et j'en ai beaucoup souffert. Jamais je n'élèverai Maïa en l'isolant et en la privant de liberté, malgré les peurs légitimes que j'aurai au fur et à mesure qu'elle grandira.

— Tu seras une merveilleuse maman, Victoire.

— Merci, c'est gentil !

Elle s'étonna d'être aussi à l'aise avec cet homme dont elle s'était méfiée durant des mois.

— Vous et mamie, vous confirmez la version de l'accident, alors j'en conclus que papa a préféré parler à maman et moi d'une crise cardiaque. Comme pour mon grand-père ! On a cru qu'il était mort ainsi, après une chute dans un escalier en pierre, mais il avait été frappé auparavant.

— Victoire, Gilles Desmarets avait le cœur fragile, il ne s'en cachait pas. Je me souviens d'une conversation à une foire aux vins, c'était après le décès de son épouse. Nous étions derrière mon stand, avec ce malheureux Gérard Colombet. Ton grand-père nous disait qu'il avait enduré trop de deuils et s'en trouvait affaibli. Ce jour-là, il nous a confié avoir perdu un fils, un petit garçon de cinq ans et demi, quand Jacques avait quelques mois et Damien trois ans et demi environ.

— Non, c'est impossible ! s'effara Victoire. Personne dans ma famille n'a évoqué cet enfant ! Encore un secret… L'avez-vous dit à maman ?

— Cathy m'écoutait, elle vient de l'apprendre. Gilles nous avait priés de ne jamais en parler à quiconque. J'ai respecté sa volonté, cependant j'imagine que ton grand-père et Gérard Colombet, étant très amis, ont dû en discuter à nouveau.

L'émotion submergea Victoire. La bouche sèche, elle fut incapable de prononcer un mot.

— Tu trouveras assurément le prénom de ce garçon à l'état civil, ou sur le livret de famille de Gilles et de Béatrice.

— Jean-Charles, savez-vous de quoi est mort cet enfant ? balbutia-t-elle.

— Pas du tout. Victoire, je dois m'occuper de Bastien, qui ne va pas très bien, je te passe Cathy. Elle m'a l'air aussi choquée que toi. Mais si tes grands-parents ont dissimulé cette affreuse perte, c'était sans aucun doute pour en étouffer la douleur et ne pas l'imposer à Damien et à Jacques. Moi-même, je vis en essayant d'occulter la mort de mon fils. Pourtant Florian me manque, il doit te manquer à toi aussi.

— Beaucoup, et la pensée qu'il ne verra jamais sa fille me désespère. Merci, Jean-Charles, d'avoir été honnête avec moi.

Catherine prit le relais avec des intonations exaltées. Elle semblait sincèrement bouleversée.

— Ma chérie, je te promets que je n'étais pas au courant pour cet enfant. Jacques non plus, ou bien il avait reçu l'ordre de ne pas ébruiter ce terrible drame. Vicky, nous ferions mieux de nous tourner vers l'avenir.

— Sur ces bases instables et ces secrets? Maman, qu'allons-nous apprendre encore? Peut-être que le passé pourrait tout expliquer? Je voudrais tellement rentrer au château! Ici, c'est un petit paradis, mais ce n'est pas ma terre natale.

— Tiens bon, Vicky, au moins tu es en sécurité, avec ton bébé. Si tu veux, j'irai à la mairie de Gevrey et je consulterai l'état civil, mais ce ne sera pas avant lundi.

— Oui, fais-le pour moi, s'il te plaît. Je comptais te le demander, certaine que tu me conseillerais de rester là. Maïa pleure, je te laisse, maman.

Oppressée, Victoire coupa la communication. Elle se servit un verre d'eau avant de courir prendre son bébé dans ses bras.

— Mon petit ange, pourvu qu'on ne te fasse jamais de mal, dit-elle en effleurant de ses lèvres le front rond et tiède de sa fille. Je t'aime tant, Maïa...

Dijon, chez Aurélia Novak, même jour, le soir

Louis Terrier s'était accordé une journée de congé, à la grande joie d'Aurélia Novak. L'ancienne professeure de danse de Victoire logeait toujours dans son petit appartement haut perché. On y accédait par un escalier étroit et d'une des fenêtres, on surplombait la verrière qui éclairait la salle de cours.

— Tu n'aurais pas envie de vivre dans une vraie maison, Aurélia ? demanda-t-il tout en mettant le couvert sur une petite table ronde.

— Non, je me plais ici ! Je n'ai pas besoin de voiture ni des transports en commun pour aller travailler, répliqua-t-elle, sa silhouette mince moulée dans une robe en lainage noire. Et tu es assez drôle dans ton genre ! Tu habites un studio à cent mètres de la gendarmerie.

— Si nous décidions de vivre ensemble, nous pourrions louer un pavillon flanqué d'un jardin, décréta-t-il.

— Louis, je redoute le quotidien d'un couple, notre relation telle qu'elle est me convient à merveille.

Elle portait un turban noir sur ses cheveux auburn, coupés au carré. De sa démarche légère, elle s'approcha d'un placard d'angle.

— J'ai acheté un fabuleux vin rouge, du domaine Desmarets, bien sûr, précisa-t-elle.

— Comment sais-tu qu'il est bon ? la taquina-t-il.

— Il suffit d'avoir deux bouteilles, monsieur le commandant, plaisanta-t-elle. Ainsi je l'ai goûté hier soir, toute seule, et ce qui restait m'a servi pour te préparer du coq au vin.

En chemise blanche et jean noir, Louis Terrier se détendait enfin, heureux à la perspective d'une bonne soirée en compagnie de la femme qu'il aimait. Il s'était promis de ne pas songer un instant à l'interminable enquête qui le rongeait à petit feu.

— As-tu des nouvelles de Victoire ? murmura Aurélia.

— Oui, elle m'a téléphoné aujourd'hui, vers midi. Je serai bref, tout va bien. Sa convalescence se poursuit dans un lieu tranquille.

— Je n'insiste pas, comme tu m'en dis le moins possible depuis un mois. Je regrette tant de ne pas avoir vu son bébé. En plus, je lui avais acheté un cadeau, un adorable pyjama.

— Sois patiente, tu pourras lui rendre visite en décembre.

— Oui, quand le pyjama n'ira plus à Maïa. Ceci dit, je suis ravie que cette petite fille se prénomme ainsi, en hommage à une *prima ballerina assoluta* que j'admirais beaucoup. Victoire aurait pu faire une brillante carrière elle aussi, sans cet épouvantable accident.

— Aurélia, si nous changions de sujet? proposa Louis Terrier. Tout ce qui touche à Victoire Desmarets me ramène à mes investigations présentes, ainsi qu'à la mort tellement injuste de Romane Remond.

— C'est vrai, excuse-moi. Mais je te remercie encore une fois de m'avoir accompagnée à Châtillon pour suivre la marche blanche que sa famille avait organisée. Plus un mot qui nous attristerait tous les deux... Comment trouves-tu le vin ?

— Fruité et délicieux, néanmoins je ne suis pas connaisseur. En tout cas, ça sent très bon et j'ai une faim de loup, admit-il.

Ils dînèrent en échangeant des banalités, sans pouvoir se débarrasser de leurs arrière-pensées. Aurélia revoyait de fascinantes images de Victoire, sa meilleure élève, le plus souvent en train de multiplier sauts aériens et arabesques, mais aussi en fauteuil roulant, son jeune corps modelé par la danse condamné à ne plus servir leur passion commune.

— Tu es sûre de toi? l'interrogea soudain le commandant. Je veux dire, pour la vie de couple ! Je serais fréquemment absent et je ne nuirais pas à ton besoin d'indépendance. J'irais jusqu'au mariage, Aurélia.

— Louis, tu es sérieux? s'écria-t-elle. Tu as sans doute trop bu, pourtant je voulais déboucher une demie de champagne, afin d'accompagner le dessert.

— Je tente ma chance, puisque le destin nous a remis en présence, répondit-il en lui prenant la main. Nous sommes dans la cinquantaine, pourquoi se condamner à la solitude ?

Elle se leva vivement et alla ouvrir son réfrigérateur, d'où elle rapporta des tartelettes meringuées.

— À la rigueur, je pourrais habiter avec toi, Louis, mais c'est inutile de passer devant monsieur le maire, dit-elle tout bas. Je n'ai pas le sens de la famille.

— Très bien, oublions donc ma proposition dont je voyais également les avantages sur le plan administratif. Aurélia, je t'aime et je ferai à ton idée. Si tu me parlais enfin de ton passé, ce soir où nous avons tout notre temps… Moi, je t'ai dit que mon père était remarié et vivait dans le Sud avec sa seconde épouse. Tu sais aussi pour ma sœur Agnès, une autre de tes anciennes élèves, qui vit à la Guadeloupe désormais. De toi j'ignore tout, mais si c'est ton choix, je comprends…

Les yeux bruns d'Aurélia eurent une expression nostalgique tandis qu'elle vidait d'un trait son verre de vin. Après avoir hésité un court instant, elle se confia à mi-voix :

— Il y a si peu à raconter, Louis. J'ai des origines polonaises et je n'ai jamais connu mes parents. Une tante m'a élevée, la sœur de ma mère. Nous habitions Strasbourg, c'est là-bas que j'ai suivi des cours de danse classique.

— Est-ce que ta tante avait un bon travail ?

— C'était une pro des économies, j'en ai assez souffert, et elle me disait disposer d'un petit héritage. Pour ne pas l'écorner, elle acceptait tous les emplois, femme de ménage, cantinière. Ensuite j'ai obtenu une bourse, ce qui m'a permis d'intégrer une école plus prestigieuse, avant d'être engagée par le corps de ballet de l'Opéra national du Rhin. Hélas, je me suis blessée vraiment bêtement, une chute à vélo. Une fois guérie, je ne pouvais plus prétendre à gravir les échelons, alors je suis venue à Dijon où j'ai pu ouvrir mon propre cours.

— En fait, c'est un cheminement un peu similaire à celui de Victoire, nota Louis.

— On peut le voir ainsi, car toutes les deux, nous n'avons pas pu atteindre le statut envié de danseuse étoile. Voilà, tu sais tout. Avant que tu me poses la question, je le précise, non, je n'ai pas d'autre famille à part ma tante.

Il hocha la tête, puis il mangea sa pâtisserie en silence. Aurélia lissa ses mèches rousses, sans toucher à sa tartelette.

— Est-elle toujours en vie ? marmonna-t-il.

— Bien sûr, dans l'appartement de la Petite France où j'ai grandi, au cœur des anciens quartiers de la ville. Je lui rends visite une fois par mois.

— Quel âge a-t-elle ?

— Oh, j'ai l'impression de subir un interrogatoire, soupira Aurélia. Ma tante a fêté ses quatre-vingt-deux ans au mois d'août et une aide ménagère vient chez elle deux heures par semaine, es-tu satisfait, Louis ?

Désorienté par la colère manifeste de sa compagne, il la dévisagea attentivement.

— Ne sois pas fâchée, je m'intéresse à toi, rien d'autre.

— Je déteste évoquer ma jeunesse, alors revenons à l'instant présent. Je boirais volontiers une coupe de champagne. Peux-tu ouvrir la bouteille, je te prie ? Et je lis dans tes yeux ce que tu brûles d'envie de me demander, sûrement par déformation professionnelle.

— Vas-y, je t'écoute, on verra si tu es perspicace, la défia-t-il d'un air attendri.

— Je réponds tout de suite ! Alors non, je n'ai pas fait de recherches sur mes parents ni sur mes ancêtres. Je vis au jour le jour, sans avoir jamais eu envie de savoir ce qui est arrivé au reste de ma famille. Je doute vraiment d'être plus épanouie en apprenant la vérité.

— Sur ce point, Victoire est très différente de toi. Cette charmante jeune femme n'aura de cesse de découvrir les responsables de ses malheurs. Je ferais peut-être la même chose à sa place. Les Desmarets et les Mongenot sont très forts dans l'art de cacher des secrets empoisonnés.

Aurélia haussa les épaules. Le champagne l'avait détendue et elle eut un sourire sensuel en le fixant.

— L'heure approche de ne plus songer à rien, d'être toute nue dans tes bras, dit-elle. Viens, Louis.

Le logement, à l'architecture fantaisiste, était très modeste dans ses proportions. Le couple n'eut que trois marches à monter pour atteindre le lit où ils avaient déjà partagé maintes étreintes amoureuses. Bientôt la robe en lainage noir tomba sur le parquet, suivie par de délicates pièces de lingerie ornées de dentelle. Ils s'embrassèrent longuement, avant de céder au désir qui les rendait fébriles.

Une heure plus tard, comblé et un peu las, le commandant Terrier pensa de nouveau à la révélation que lui avait faite Victoire au téléphone.

« Gilles Desmarets a perdu un fils de cinq ans, mais il n'en a jamais parlé à ses autres enfants, se disait-il. Comment ce petit garçon est-il mort, et pourquoi le condamner à un total oubli ? »

Aurélia, quant à elle, se remémorait cet après-midi du mois de juillet où Victoire l'avait invitée au château Desmarets. Accueillie par Anna, qui avait eu un franc succès dans le spectacle de fin d'année de son cours, elle avait dû gravir tout de suite les trois étages de l'édifice, pour entrer dans la salle de danse aménagée sous les combles. Le lieu était idéal pour s'entraîner et même mettre en scène un ballet.

« Victoire m'attendait debout, les bras tendus, sur la musique de *Petrouchka*, se souvint-elle. Elle portait un tutu sublime, rose et or, au bustier garni de sequins brillants. Son ventre se voyait à peine. Il y avait un chat, baptisé Coppélia, qui effectuait des acrobaties et parfois se regardait dans le grand miroir. Et nous avons bu le thé là-haut, avec des tranches de pain d'épice. »

Un soupir échappa à Aurélia, qui trahissait sa joie d'alors, de revoir son ancienne élève capable d'esquisser une mazurka, mais aussi une poignante mélancolie.

Arrière-pays niçois, lundi 15 octobre 2018

Une pluie fine ruisselait sur le paysage provençal, en cette fin de journée. Le ciel gris conférait à la garrigue une atmosphère nouvelle, à laquelle Victoire était très sensible. Elle s'était promenée dans le jardin entièrement ceint d'un mur, pour cueillir du romarin et du thym.

— Est-ce que Maïa a pleuré, mamie ? demanda-t-elle à Élodie en entrant dans la grande pièce silencieuse.

Sa grand-mère avait décidé de se remettre au tricot, ce qui l'aidait à s'occuper les mains.

— Non, ta petite dort comme un ange.

— J'avais emporté mon portable, mais maman ne m'appelle pas. Pourtant à l'heure qu'il est, elle a dû aller à la mairie.

— Sois un peu patiente, Vicky. Seigneur, je suis encore toute désemparée par cette histoire. J'ai fini par me souvenir de cet accident, dont le quotidien régional avait fait mention, mais à l'époque j'étais encore désespérée par la perte de Madeleine. J'avais oublié, ce doit être l'âge, hasarda Élodie en soupirant. Il faut dire qu'à la date où cet enfant serait décédé, Herbert et moi nous ne fréquentions guère les Desmarets.

— Vous aviez quand même une vie mondaine ?

— Naturellement, nous nous croisions lors de certaines soirées, soit après les vendanges, soit aux foires au vin. Après le mariage de tes parents, j'ai eu l'occasion de rencontrer à plusieurs reprises ta grand-mère Béatrice. C'était une jolie personne, très douce.

— Vous auriez pu devenir amies, hasarda Victoire.

Sa longue chevelure brune relevée en chignon, vêtue d'un pantalon de toile et d'un pull à col roulé, la jeune femme avait entrepris d'émincer des légumes pour le potage du dîner. Mais son téléphone portable vibra au fond de sa poche, si bien qu'elle abandonna son travail immédiatement.

— C'est maman, enfin !

— Je suis désolée, Vicky, je n'ai pas pu te joindre plus tôt, plaida Catherine.

— Où es-tu ? Chez Jean-Charles ?

— Oh non, je vais dormir au château, chez nous. Ce matin, nous nous sommes encore querellés à propos de Nadine, son odieuse gouvernante, et de Bastien. Ces deux-là ont décidé de me rendre la vie impossible.

— Alors tu n'as pas pu faire les recherches à la mairie ?

— Mais si, j'y viens, ma chérie.

— Dis-moi vite, Maïa va se réveiller.

— Tu as vérifié qu'elle respirait ? s'affola Catherine.

— Maman, Maïa est sous mes yeux, je l'ai couchée dans un lit de bébé pliant, installé près de mamie.

— Excuse-moi, je suis sur les nerfs ! C'est sûrement ce qu'on récolte en se penchant sur le passé. Damien qui s'est tué en voiture et cet enfant dont Gilles n'a jamais dit un mot. Il est né en 1963 et mort en 1969, à cinq ans et demi. Il s'appelait Thibault. Sur le registre, il n'y a aucune indication quant aux causes du décès, mais j'ai questionné la secrétaire de mairie, car elle s'approche de la retraite et a pris son poste seulement quelques années après le drame. J'imagine ta réaction, quand je te dirai ce qui s'est passé.

— Cette dame s'en souvenait ?

— Oh oui ! Ce pauvre petit garçon a été fauché par une voiture, alors qu'il faisait du vélo sur la vicinale qui part de notre portail, sur la droite.

— Encore un accident ! Mais on ne laisse pas un enfant de cet âge se promener seul sur une route, et qui oserait s'en prendre à un innocent ? s'indigna Victoire.

— Une nurse anglaise le surveillait, elle n'a rien pu faire. Elle a été blessée également. Bien sûr, le chauffard ne s'est pas arrêté et il n'a jamais été identifié, soupira sa mère.

— Et Colette ? Colette doit se souvenir de ce drame. Elle m'a dit avoir suivi Béatrice au château, étant déjà à son service auparavant, à Cluny. Maman, il faut l'interroger.

Des pleurs vigoureux retentirent alors dans la pièce. Élodie se fit un plaisir de prendre le bébé, qu'elle berça au creux de ses bras.

— Maïa doit téter, à plus tard et va vite parler à Colette.

Tremblante d'émotion, Victoire posa son téléphone sur la table. Élodie lui remit Maïa avec précaution.

— Il s'appelait Thibault, mamie !

— J'avais aussi oublié son prénom, pauvre petit ! Tu es très pâle, ma chérie. J'ai deviné, en t'écoutant, mais je t'en prie, ne fais pas d'amalgame.

— Mais mamie, on ne peut pas continuer à se voiler la face ! Tout se tient, des monstres insaisissables s'en prennent à notre famille depuis trop longtemps. Ce petit garçon, Thibault, a été tué et c'était voulu, ensuite il y a eu Damien, ma grand-mère Béatrice. Je suis certaine que la solution remonte à ces années 1960 où ont eu lieu les premiers crimes sexuels.

— Calme-toi, c'est mauvais pour ton lait !

Au bord des larmes, Victoire déposa un baiser sur le front de sa fille. Un projet insensé prit vie à cet instant dans son esprit torturé, dont elle n'informerait que le commandant Terrier et Karen Mathis.

— Je vais dans ma chambre, mamie. Je préfère m'allonger pour allaiter Maïa.

— Repose-toi, je me charge du repas.

Catherine rappela au bout de deux heures. Au son exalté de sa voix, Victoire sut tout de suite que Colette avait dû lui fournir des renseignements.

— Maman, je mets le haut-parleur, comme ça mamie pourra écouter. Alors ?

— Si tu savais l'obstination de Colette à ne rien lâcher, déclara sa mère en préambule. J'ai dû la menacer d'un renvoi. Même si elle ne me croyait pas, cela l'a inquiétée.

— Mais pourquoi refusait-elle de t'en parler ? s'étonna la jeune femme.

— Afin de tenir la promesse faite à Béatrice et à Gilles. Ils lui avaient demandé de ne jamais évoquer le petit Thibault, pour protéger l'enfance de Damien et de Jacques.

— Quelle sottise ! se récria Élodie.

— Pourtant tu as fait exactement la même chose en nous cachant la brève existence de notre sœur Madeleine, rétorqua Catherine. Tu es donc mal placée pour les juger.

— Sur ce point, maman a raison, commenta Victoire.

Vexée, sa grand-mère fit la moue, en croisant les bras sur sa poitrine. Elle s'apprêtait à se défendre, mais Catherine reprit aussitôt la parole :

— La mort brutale de leur premier enfant a dévasté mes beaux-parents. Ils ont exigé la plus stricte intimité pour les obsèques, ayant eu l'autorisation d'inhumer leur fils à Cluny, dans le parc d'une propriété appartenant à la famille de Béatrice. Ils ont fait ce choix sans doute pour mieux cacher ce décès. Toujours selon Colette, Gilles a sombré dans une grave dépression. En résumé, ma chérie, plus rien n'a jamais été comme auparavant. Voilà tout ce que je sais.

— C'est totalement incompréhensible, se désola Victoire. Je voudrais rentrer chez nous et me rendre à Cluny, sur la tombe de Thibault. Et aussi affronter ces monstres qui pourraient s'en prendre à Maïa.

— Ce serait de la folie !... J'ai un appel de Jean-Charles, à demain, ma chérie. Et surtout reste à l'abri, je t'en supplie.

— Oui, bien sûr.

La gorge nouée, Victoire raccrocha et commença à faire les cent pas dans la pièce, sous le regard soucieux d'Élodie. Soudain elle s'arrêta net, comme traversée par une vision.

— Emmanuel ! Je dois l'appeler, mamie. Il y a plus d'une semaine que je n'ai pas entendu sa voix. J'ai besoin de lui, il est le seul à pouvoir m'aider...

Victoire s'isola sur la terrasse, sous l'auvent dont les piliers s'ornaient d'exubérantes plantes grimpantes, au feuillage jaunissant. L'air nocturne embaumait la terre humide et un discret parfum de lavande. Elle appréhenda un instant de ne pas pouvoir joindre Emmanuel, mais il lui répondit aussitôt.

— J'étais sûr que tu allais m'appeler, Vicky, dit-il d'un ton joyeux. Je n'avais pas de nouvelles depuis huit jours. Dis-moi comment tu vas ! Et ta grand-mère, la petite Maïa ?

— Nous menons une vie tranquille, un peu monotone, mais je ne vais pas m'en plaindre. La campagne est jolie, ici, très différente de chez nous. En fait, j'ai le mal du pays, Emmanuel. J'ai beau me raisonner, je rêve de revoir les étendues de vignes, le château et ses toitures bariolées, le parc. Coppélia me manque, je regrette de l'avoir laissée, même si Arthur s'en occupe bien.

— Les chats sont indépendants et opportunistes, Vicky, je suis certain que Coppélia passe ses journées à dormir sur le lit le plus confortable et que ton cousin la câline.

— Toi aussi tu me manques beaucoup, avoua-t-elle. Tu vis à Fontainebleau et je te voyais rarement, juste quelques week-ends, mais au moins tu venais me rendre visite, ou bien ta maman m'invitait à déjeuner.

— Vicky, ne sois pas triste et ne déprime pas. Tu es partie il y a un mois, ce n'est rien. La dernière fois que nous avons discuté, tu semblais heureuse de te consacrer à ta fille.

— Je le suis toujours, cependant j'aurais tant de choses à faire si je pouvais revenir à Gevrey. Emmanuel, j'ai découvert un autre secret qui concerne mes grands-parents Desmarets.

Intrigué, le jeune ingénieur écouta sans l'interrompre le récit de Victoire. Assis au coin de sa cheminée, où flambait un bon feu, il regardait avec plaisir le décor familier de sa maison de la forêt.

— Qu'en penses-tu ? demanda-t-elle après lui avoir tout raconté sur ses oncles, Thibault et Damien.

— Je comprends pourquoi tu es troublée, peut-être même en colère. Vicky, reste le temps prévu dans ce lieu où tu es en sécurité. Quand tu reviendras, je t'aiderai, c'est promis.

— Tu ne pourras pas être là souvent et c'est dommage, se désola-t-elle.

— Si, je serai près de toi, Vicky ! J'ai quitté mon poste de Fontainebleau pour m'accorder une année sabbatique, où je vivrai sur mes économies. Ensuite je retravaillerai ici, en Côte d'Or. Ainsi Maïa aura son parrain à disposition, je pourrai être ton chauffeur, ta nounou, enfin ce qui t'arrangera. Les grands frères doivent se rendre utiles…

Envahie par une joie incrédule, Victoire ne répondit pas tout de suite. Elle songeait aux heures qu'ils passeraient tous les deux, à leurs conversations de vive voix, à leurs balades en voiture, ainsi qu'aux repas partagés, au château ou ailleurs.

— C'est merveilleux, tellement inespéré, dit-elle enfin. Tu m'as redonné le moral. Maintenant je patienterai sagement jusqu'au jour où on se retrouvera.

— Moi aussi, Vicky !

— Au fait, Emmanuel, je préfère être franche. Tu seras le parrain de Maïa, mais tu n'es plus le mien, et tu n'es pas un grand frère non plus. C'était un jeu.

— D'accord ! Qu'est-ce que je suis à présent ?

— Mon ami, un ami formidable pour qui j'éprouve une immense affection, murmura-t-elle.

— J'en suis heureux, répliqua-t-il d'un ton ému.

Le cœur survolté, Victoire demeura silencieuse, perdue au sein d'un tourbillon de sentiments confus.

— À bientôt, Emmanuel, surtout attends-moi, dit-elle très vite.

Il n'osa pas répondre qu'il l'attendait depuis longtemps et se savait prêt à l'attendre des années encore.

7

Le poids de l'inacceptable

Château Mongenot, vendredi 19 octobre 2018

Un profond silence régnait dans le manoir où Catherine s'affairait depuis le début de la matinée. Malgré ses efforts pour égayer et moderniser les différentes pièces du rez-de-chaussée, elle n'était jamais vraiment à l'aise dans le fief des Mongenot.

Elle avait eu l'accord de Jean-Charles pour changer un peu la décoration de son bureau, à la condition de ne pas faire peindre les lambris en chêne qui recouvraient les murs. Seule dans ce véritable sanctuaire dédié aux vignobles de la famille, elle éprouvait un réel découragement.

— Il n'y a rien à faire, se désola-t-elle, prête à renoncer.

Ses yeux d'un vert très clair se posèrent tour à tour sur les cadres qui protégeaient des certificats d'excellence acquis par les Mongenot au fil des années, puis sur un meuble colossal à vitrine, rempli d'ouvrages reliés en cuir. Enfin ils fixèrent un long moment une statue en bronze représentant une jeune vendangeuse, courbée sous le poids de sa hotte débordant de raisins.

— Quelle œuvre remarquable, admit Catherine.

On frappa à la double porte au même instant. Elle espéra qu'il s'agissait d'Audrey, une jeune femme de chambre engagée deux semaines auparavant et qui lui était sympathique. Mais lorsqu'elle ouvrit, ce fut pour se trouver en face de Nadine.

— Madame, je viens prendre vos ordres pour les repas de ce jour, annonça la gouvernante d'un ton obséquieux.

— Faites à votre idée, selon votre habitude, rétorqua-t-elle. Je vous avais demandé de ne pas me déranger, Nadine, et bien sûr, vous me désobéissez une heure plus tard ! Monsieur est vraiment trop bon de vous garder à son service.

Un vague sourire sur ses lèvres minces, la gouvernante jeta des regards curieux dans le bureau.

— Je pensais que vous voudriez choisir les menus, Madame.

— Non, vous êtes venue pour assouvir votre curiosité, au cas où je déplacerais un objet ici, s'enflamma Catherine.

— Vous vous trompez sur mon compte, Madame. Je tenais à vous être agréable, comme je souhaite garder mon emploi. Et en parlant de curiosité, j'estimais nécessaire de vous dire que la nouvelle femme de chambre ne s'est pas encore présentée à l'office.

— Audrey ?

— Qui d'autre, Madame ? Je m'interroge sur son absence non justifiée, ce qui mériterait son renvoi.

— Ce n'est pas à vous d'en juger. Lui avez-vous téléphoné ?

— Sans résultat, je tombe sur un répondeur et je lui ai laissé des messages afin d'exprimer mon mécontentement, car je suis quand même responsable de tout le personnel.

Agacée, Catherine scruta les traits émaciés de Nadine qui avait la posture d'un soldat au garde-à-vous.

— Vous pouvez disposer, lui dit-elle d'un ton sec. Audrey a dû avoir un empêchement ou bien elle est souffrante.

— Qui fera son travail, Madame ? Monsieur Bastien désire des draps propres et ses chemises et son costume gris doivent être envoyés à la blanchisserie.

— Il n'y a rien d'urgent, trancha-t-elle.

Quand la gouvernante s'éloigna après l'avoir saluée d'un signe de tête, Catherine ferma le verrou et alla s'asseoir dans le fauteuil en cuir de Jean-Charles.

— Je ne me ferai jamais à cet endroit, s'avoua-t-elle tout bas.

D'un geste machinal, elle lissa le sous-main en feutrine verte du bout des doigts, puis sans réfléchir elle ouvrit un à un les tiroirs du secrétaire Empire. Dans le plus bas sur sa gauche, elle aperçut des sous-verre anciens, comme l'attestait le papier délavé qui servait de cadre. Il s'agissait de vieilles photos qui avaient dû être décrochées des murs.

Les clichés en noir et blanc étaient ceux d'un jeune homme dont la ressemblance avec Jean-Charles la renseigna très vite.

— Édouard Mongenot, tel père, tel fils, murmura-t-elle. Il devait avoir une vingtaine d'années à cette époque.

Catherine chercha ce qui les différenciait, notamment le dessin des sourcils et l'implantation des cheveux, mais le menton volontaire et l'ossature du visage étaient les mêmes.

— C'était un personnage impressionnant, qui m'intimidait beaucoup, se souvint-elle. Je serais devenue sa belle-fille, si je n'avais pas rencontré Jacques. Et il est mort quelques années après notre mariage.

Elle découvrit peu après une photographie couleur sépia, où figurait un militaire aux traits durs, à l'expression hautaine. Son uniforme arborait plusieurs médailles. Au dos de l'image étaient inscrits un nom et une date : « Pierre-Jean Mongenot, octobre 1918 ».

— Et voilà le terrible grand-père de Jean-Charles, réputé pour sa violence et sa méchanceté.

Songeuse, elle sursauta en entendant des coups frappés à la porte. Elle rangea vite les sous-verre et le dernier cliché.

— Qui est-ce ?

— Bastien !

Catherine quitta le refuge que lui offrait le bureau. Une fois dans le couloir elle toisa Bastien dont l'air furieux l'inquiéta un peu.

— Que se passe-t-il encore ? questionna-t-elle.

— Nadine a dû nettoyer ma chambre, faire mon lit ! Où est mon père ? Je lui dirai que vous ne prenez pas du tout soin de moi et de mon confort. Audrey aurait dû s'en occuper. Si une employée nous fait défaut, il faut en engager une autre sur-le-champ et c'est à vous de gérer ça !

— Vraiment ? Parce qu'il y a une demi-heure à peine, la gouvernante m'a affirmé être responsable du personnel. Si tu veux mon opinion, Bastien, tu es rétabli, donc tout à fait capable de faire ton ménage, ce qui consiste à ramasser ton linge sale, à changer tes draps, sans oublier d'aérer, comme tu fumes à longueur de temps. Quant à ton père, il rentrera en fin d'après-midi. Tu te plaindras à ce moment-là.

Elle lui tourna résolument le dos pour marcher jusqu'au hall où elle enfila sa veste de tailleur et prit son sac à main. Sa première idée était de se promener dans le parc, afin d'apaiser ses nerfs, mais la perspective de supporter Nadine et Bastien une majeure partie de la journée lui parut soudain trop pénible.

« Je vais appeler Jean-Charles et le rejoindre à Dijon, se dit-elle. S'il n'est pas libre, j'irai déjeuner au château, chez nous. »

Le « chez nous » lui réchauffa le cœur, déjà meurtri par l'absence d'Élodie, de Victoire et du bébé. Réconfortée par sa décision, Catherine se mit bientôt au volant de sa voiture, garée à proximité du perron.

« Du courage ! » s'exhorta-t-elle.

Depuis l'accident dont sa mère et elle avaient été victimes en décembre de l'année passée, il lui était de plus en plus difficile de conduire sans céder à une peur sournoise, qui la poussait à redouter soit un sabotage, soit la pose d'une bombe ou l'attaque directe d'un prétendu chauffard.

« Je dois me raisonner, le jardinier est chargé de vérifier chaque véhicule le matin, comme l'a ordonné Jean-Charles. »

Elle démarra avant de manœuvrer pour descendre l'allée bordée de buis. Bizarrement, dès qu'elle fut sur la route, ses pensées se concentrèrent sur le petit Thibault Desmarets. Son imagination lui envoya une scène tragique, celle d'un garçonnet de cinq ans et demi, tout content de faire du vélo et fauché par la mort à l'aube de sa vie.

— Mon Dieu, si c'est vraiment un crime, quelle atrocité ! murmura-t-elle. Au fond, je comprends mes beaux-parents d'avoir dissimulé ce drame épouvantable. Mais Victoire voit juste, il y a sans doute des photographies de cet enfant... Vicky, ma chérie, j'ai tellement envie de vous serrer dans mes bras, toi et ta petite Maïa.

Catherine avait à peine parcouru deux kilomètres à une vitesse très modérée lorsqu'elle distingua sur le talus une bicyclette d'un gris métallisé, gisant sur l'herbe. Au panier en osier fixé sur le porte-bagages, ainsi qu'aux poignées roses du guidon, elle reconnut le modèle vintage qui appartenait à Audrey. La jeune femme lui avait même confié l'avoir acheté à bas prix, dans un vide-greniers.

Elle s'arrêta un peu plus loin, à l'entrée d'un chemin, sans même couper le moteur, et elle courut inspecter le vélo abandonné. Le téléphone portable d'Audrey, muni d'une coque, était tombé du panier, sur l'herbe rase.

« À tous les coups, elle a dû faire une chute et quelqu'un l'aura conduite à l'hôpital ou chez un médecin. »

Angoissée, Catherine ramassa le portable. Les vignobles des Mongenot s'étendaient autour d'elle, sans âme qui vive. Elle se hâta de remonter dans sa voiture.

« Tant pis, j'appelle le commandant Terrier, se dit-elle. Il obtiendra plus vite que moi des informations si Audrey a été emmenée au CHU. Mais je n'ai entendu ni les pompiers ni une sirène d'ambulance. Il y a forcément une explication... »

Gendarmerie de Gevrey-Chambertin,
même jour, même heure

Karen et Louis Terrier discutaient de l'enquête lorsque le téléphone du commandant sonna.

— Tiens, madame Desmarets, marmonna-t-il.

La voix de Catherine trahissait une réelle inquiétude, si bien qu'il envisagea tout de suite un sérieux problème au château, pourtant placé sous surveillance. Il fut vite détrompé.

— Je m'affole peut-être à tort, commandant, mais une jeune femme engagée très récemment chez les Mongenot ne s'est pas présentée ce matin. La gouvernante m'a signalé son absence, elle était contrariée parce qu'Audrey ne l'avait pas appelée pour se justifier. J'ai pris sa défense, en me disant qu'elle était souffrante. À présent, je crains un accident…

Terrier avait mis le haut-parleur dès les premiers mots de Catherine. Il adressa un coup d'œil alarmé à Karen.

— Oui, un accident sur la route, commandant, car j'ai aperçu la bicyclette d'Audrey gisant sur le bas-côté, et son téléphone était dans le panier qu'elle laisse toujours sur le porte-bagages. Je voulais appeler l'hôpital, mais si vous le faites, vous aurez plus facilement des renseignements.

— Quel est le nom de famille de cette personne, madame ?

— Je l'ignore, Nadine s'occupe des contrats de travail. Je vais lui demander, et je vous l'envoie dans un message. J'ai préféré vous avertir, à cause de l'enlèvement de cette pauvre petite Romane et de ses tristes conséquences. Audrey est jolie et elle a une vingtaine d'années. On ne sait jamais…

— Vous avez eu tout à fait raison, madame Desmarets, je vous remercie. Tentez d'en savoir plus sur cette jeune femme, c'est important.

Louis Terrier tendit ses traits burinés vers le ciel gris où volaient des corneilles. Il doutait de l'existence de Dieu, mais une prière muette traversa son esprit.

« Pourvu qu'il s'agisse d'une simple chute, et que quelqu'un de bien intentionné se soit chargé d'emmener Audrey chez un docteur, oui, pourvu qu'on ait vite des nouvelles. »

— Commandant, ça va ? s'enquit Karen, étonnée de le voir aussi recueilli.

— Oui, contacte le CHU, ensuite le médecin le plus proche du domaine Mongenot ! On va sur place.

Château Mongenot, dix minutes plus tard

Bien à contrecœur, Catherine se retrouva dans le hall du manoir. Elle posa ses clefs et son sac, puis elle longea le couloir menant à l'office, d'où s'élevaient des éclats de voix ponctués d'insultes. De toute évidence, Nadine et Armand, le jardinier, se querellaient. Au lieu d'entrer et de les surprendre, intriguée, elle s'arrêta près de la porte restée entrouverte.

— T'es prévenue, si tu continues à me tromper avec ce dégénéré, je te ferai virer, braillait Armand. La Desmarets, elle m'a à la bonne, si je me plains de toi, tu ficheras vite le camp.

— Essaie toujours, crétin ! Le patron me défendra, répliqua la gouvernante.

— Ah, tu crois ça ? Si je lui raconte que tu couches avec son fils, il ne voudra plus de toi ici.

— Mais le jeune Monsieur a besoin de réconfort, avant c'était Monsieur Florian et même le patron, se vanta Nadine avec un rire dédaigneux. Tu devrais être flatté d'avoir droit à mes faveurs, imbécile. Avoue que ça te plaît ?

Soudain ce fut le silence absolu dans les cuisines. Pétrifiée par ce qu'elle venait d'entendre, Catherine retenait son souffle en reculant le plus discrètement possible. Il lui parvint alors des gémissements rauques, ainsi qu'un léger bruit saccadé. Elle devina sans peine à quoi s'adonnait le couple.

— Je dois mettre fin à ça, se dit-elle, de retour dans le hall.

Furieuse et surtout révulsée, elle refit une entrée, cette fois beaucoup plus bruyante, tout en appelant Nadine d'un ton impérieux. La gouvernante arriva au bout de quelques minutes, une expression narquoise sur le visage.

— Ah, c'est vous, Madame ! Armand m'a dit que vous étiez partie en voiture. Vous avez oublié quelque chose ?

— Non, mais je veux que vous me remettiez immédiatement le contrat de travail d'Audrey.

— Je ne sais pas où je l'ai rangé. Est-ce important ?

— Donnez-le-moi tout de suite, Nadine ! hurla Catherine. Je me demande comment M. Mongenot peut tolérer vos vices et votre insolence à mon égard ! Peut-être qu'il ignore certains aspects de vous... Filez doux, sinon il sera au courant ce soir même.

Prudente, Nadine jugea opportun de feindre la docilité. Elle se précipita vers l'office, d'où elle revint à vive allure.

— Voilà, Madame, en fait le contrat était dans un tiroir avec celui de Paula Calder, la cuisinière que vous avez engagée à votre retour des États-Unis. Dites, est-ce qu'il y a un souci avec Audrey ? Vous allez la renvoyer ?

— Je voudrais juste être sûre qu'elle n'ait pas d'ennuis, et si je dois renvoyer quelqu'un, ce ne sera pas cette charmante jeune femme.

Sur ces mots, Catherine s'isola dans le bureau de Jean-Charles. Après avoir consulté le document que lui avait remis la gouvernante, elle rappela le commandant Terrier.

— Ah, madame Desmarets, il n'y a eu aucune admission aux urgences et la secrétaire du cabinet médical le plus proche du château Mongenot est formelle, on ne leur a pas amené de blessée, indiqua-t-il d'emblée.

— C'est vraiment inquiétant, répondit-elle. Enfin, j'ai son nom de famille et son adresse, Audrey Gendron, à Saint-Philibert, chez Mme Chaussoy, place de l'église.

— Nous sommes à côté de ce village, nous irons interroger cette dame tout à l'heure, précisa Terrier. Je vous signale que nous embarquons le vélo, au cas où ce serait plus grave. Je deviens pessimiste, ces temps-ci. Bien sûr, si Audrey Gendron se manifestait, prévenez-moi aussitôt.

— Oui, commandant, et je souhaite de tout mon cœur qu'il ne lui soit rien arrivé, affirma-t-elle, secouée d'un frisson nerveux.

Catherine demeura assise dans le fauteuil de Jean-Charles, son regard clair rivé sur les frondaisons roussies des arbres du parc. Elle perdit la notion du temps, n'ayant ni faim ni soif, mais obsédée par la disparition de la jeune employée. Parfois, elle pensait à l'ignoble Nadine, comprenant enfin pourquoi la gouvernante, quinquagénaire, s'attardait chaque soir dans la chambre de Bastien, qui avait vingt-trois ans.

— Ce sont tous des êtres abjects. Jamais je ne vivrai ici, tant qu'ils seront entre ces murs, se promit-elle.

Saint-Philibert, même jour, même heure

Le village comptait environ cinq cents habitants et dépendait de la communauté de communes de Gevrey-Chambertin et de Nuits-Saint-Georges. Karen dut frapper à trois portes avant de se trouver face aux œillades méfiantes de Mme Chaussoy, une vieille femme aux cheveux blancs et frisés.

— Qu'est-ce que vous me voulez ? s'écria-t-elle en toisant les deux gendarmes.

— Bonjour. Lieutenante Mathis et voici le commandant Terrier. Excusez-nous de vous déranger, madame, lui dit poliment Karen. Mlle Audrey Gendron loge bien ici ?

— Oui, mais elle rentrera seulement ce soir. Elle travaille chez les Mongenot depuis une quinzaine de jours. Qu'est-ce qu'elle a fait ? Moi je lui loue une chambre à un petit prix, en échange du ménage et des commissions.

Karen se chargea de relater à la vieille dame la disparition inexpliquée d'Audrey.

— Votre locataire n'est pas arrivée au château Mongenot, madame. Savez-vous qui sont ses parents ? Nous voudrions les contacter.

— Ses parents ? Audrey n'en a plus. Elle a été élevée par un grand-oncle, en région parisienne, et ce monsieur est mort l'an dernier.

— Pourquoi venir en Bourgogne ? s'enquit Terrier.

— Pardi, pour les vendanges ! s'esclaffa Mme Chaussoy. Il y a en beaucoup des jeunes qui viennent se faire embaucher. La gamine se plaisait dans le pays, alors elle a pris cette place chez les Mongenot.

Il était prématuré de demander à voir la chambre d'Audrey, cependant sur un signe du commandant, Karen sollicita l'accord de la propriétaire.

— Montez, c'est au premier à droite, dit-elle en haussant les épaules. Commandant, vous croyez qu'on l'a enlevée, comme la petite Romane Remond ? Pensez donc, j'ai suivi la marche blanche à la télé. Mon Dieu, il y en a eu des victimes dans la région. Du coup, mon mari et moi, on était même contents de ne pas avoir eu d'enfants. Figurez-vous que j'avais dix-huit ans quand un fermier a découvert le cadavre d'une fille, dans la forêt de Marsannay-la-Côte. Oui, c'était en 1962, et mon père avait lu dans le journal que la pauvre gosse avait été violée.

Très attentif, Louis Terrier approuva sans faire de commentaires. Il songea qu'auparavant, jamais il n'avait écouté un témoignage datant de cette époque.

— Eh oui, j'étais terrorisée, commandant. Les soirs de bal, on y allait à plusieurs, avec des garçons pour nous défendre…

De la chambre d'Audrey, Karen percevait la voix éraillée de Mme Chaussoy, qui parlait sans s'arrêter. Elle fouilla la pièce méthodiquement, affligée par son dénuement.

— Ce n'est pas gai, pour quelqu'un de si jeune, marmonna-t-elle. Pas un poster, pas une photo ! Elle a laissé le crucifix au-dessus du lit. Et la tapisserie est affreuse.

Par réflexe professionnel, elle passa la main sous le matelas. Ses doigts frôlèrent un objet, livre ou cahier, qu'elle ramena à la lumière. En le feuilletant, elle devina tout de suite.

— Un journal intime. Audrey devait le cacher, sinon sa logeuse l'aurait lu.

Karen chercha la date du jour. Son cœur fit un bond dans sa poitrine lorsqu'elle lut les lignes écrites au stylo rouge : « Hier, Bastien Mongenot m'a violée. Je lui ai dit que j'allais porter plainte, alors il m'a proposé de l'argent. Je ne sais pas quoi faire. J'ai envie de le dire à Catherine Desmarets, qui est très gentille avec moi. »

— Quel petit salaud ! lâcha-t-elle.

Terrier, qui écoutait sagement les souvenirs de la propriétaire, vit débouler sa lieutenante, le teint vif et le regard brillant de colère.

— Lisez ça, commandant, murmura Karen.

Château Mongenot, même jour, une heure plus tard

Catherine s'était résignée à sortir du bureau, ayant très envie d'un café bien sucré. Elle n'avait pas appelé Jean-Charles, le sachant en compagnie de clients étrangers. Certains crus du domaine se vendaient à un prix exorbitant et elle refusait de le déranger.

Le couloir était désert, et tout le manoir silencieux. Elle se rendit à l'office, où Paula, la cuisinière, concoctait une sauce aux cèpes.

— Bonjour, Madame ! Vous désirez quelque chose ?

— Du café, mais je le ferai moi-même, Paula. Dites-moi, où étiez-vous en milieu de matinée ?

— Aux Halles de Dijon, pour acheter de la viande et des légumes, Madame. J'y vais un jour sur deux. Monsieur exige des produits frais, locaux de préférence.

— Je sais, oui, répliqua Catherine qui étudiait la cafetière italienne. Comment fonctionne cet appareil, Paula ?

— Laissez, Madame, je m'en occupe. Il faut avoir l'habitude. Au fait, Monsieur Bastien a déjeuné dans sa chambre, Nadine lui a monté un plateau. Moi aussi j'ai pris mon repas, mais vous devez être affamée...

L'amabilité souriante de Paula rappela à Catherine le fidèle dévouement de la brave Colette. Toutes deux avaient l'accent bourguignon et sans doute le même âge.

— Si cela ne vous dérange pas, nous pourrions boire le café ensemble, proposa-t-elle. Je suis un peu déprimée aujourd'hui.

— Ce n'est pas de refus, Madame. Vous devez vous faire du souci à cause d'Audrey, hasarda la cuisinière. C'est bizarre qu'elle ne soit pas venue ce matin !

— Oui, je ne suis pas tranquille, vous vous doutez pourquoi. Il y a eu tellement de jeunes femmes assassinées dans le pays. Mais j'y pense, Paula, quand vous êtes rentrée de Dijon, vous avez dû voir la bicyclette d'Audrey, à deux kilomètres environ d'ici, dans la direction de Gevrey.

— Je suis désolée, j'arrivais par l'autre côté, alors non, je n'ai rien vu.

— Je comprends. J'ai alerté les gendarmes, maintenant il faut attendre la suite des événements.

Non loin de là, sur le parvis de l'église de Saint-Philibert, Karen fixait son supérieur d'un regard anxieux.

— Qu'allons-nous faire à présent, commandant ? demanda-t-elle d'un ton exaspéré. Nous devons absolument retrouver Audrey Gendron vivante ! Elle a dû être enlevée au bord de la route. Jamais nous n'avons été prévenus aussi vite. Il faut en profiter pour la sauver.

— Nous ferons le maximum, mais le plus urgent est de se rendre chez Mongenot et d'interroger Bastien. Je préconise la prudence, car nous n'avons que ces lignes pour l'accuser. Nous devons vérifier si tout ceci est vrai.

— Audrey n'avait aucune raison valable d'écrire ça, et comme par hasard, elle disparaît le lendemain.

— Ce n'est pas forcément lié et je l'espère, sinon Bastien Mongenot nous aura bernés en jouant les innocents. Appelle le brigadier Fort, qu'il nous rejoigne au manoir.

Catherine venait de quitter l'office, après avoir bu deux tasses de café, lorsqu'elle entendit un bruit de moteur, puis des claquements de portière. Elle s'aventura sur le perron pour voir approcher Karen Mathis et le commandant Terrier. Ils eurent la même expression grave et soucieuse, en la regardant.

— Avez-vous des nouvelles d'Audrey ? s'enquit-elle aussitôt, avant de les faire entrer.

— Non, madame Desmarets, répondit Karen. Mais nous voulons voir Bastien. Est-ce qu'il est là ?

— Bien sûr, il reste dans sa chambre du matin au soir et il y prend ses repas, quand son père n'est pas là. Si on l'écoute, ce jeune homme prétend ne pas être encore rétabli. Je l'ai vu deux minutes ce matin, toujours d'une humeur exécrable. Ensuite, j'avoue m'être enfermée dans le bureau de Jean-Charles, où j'ai passé beaucoup de temps.

— Pourquoi ? questionna Terrier.

— Afin d'éviter Nadine, la gouvernante, qui me fait sentir combien je ne suis pas la bienvenue ici. Heureusement la cuisinière, Paula, est très gentille et Audrey apportait un peu d'air frais, de jeunesse !

Karen acquiesça d'un sourire, tandis que le commandant se dirigeait vers le grand escalier en pierre.

— Pouvons-nous monter, madame Desmarets ? Je sais où se trouve la chambre de Bastien, dit-il poliment.

— Je vous accompagne, Nadine est partie en ville, je l'ai su il y a quelques instants par la cuisinière.

— M. Mongenot est absent lui aussi ? demanda Karen.

— Jean-Charles avait un déjeuner d'affaires très important, il devrait rentrer en fin d'après-midi, répliqua Catherine.

— Dans ce cas, conseillez-lui de revenir plus tôt que prévu, décréta Terrier, lorsqu'ils furent tous les trois sur le palier du premier étage.

— Je vais lui envoyer un message, mais si vous m'expliquiez ce qui se passe ! J'ai l'impression que vous savez quelque chose de terrible…

Angoissée, Catherine se tourna vers Karen. Celle-ci, sur un signe de tête de son supérieur, prit le journal d'Audrey.

— Madame Desmarets nous avons rendu visite à la personne chez qui logeait votre employée et en fouillant sa chambre, voici ce que j'ai découvert, murmura la lieutenante. Tenez, vous n'avez qu'à lire… C'est la date d'hier.

— Mon Dieu, comment a-t-il osé ? chuchota Catherine après avoir parcouru les trois lignes en gros, à l'encre rouge. En même temps, cela ne me surprend guère. Bastien a depuis l'adolescence des mœurs déplorables, et souvenez-vous du témoignage d'Anna, soupira Catherine. Il s'était montré violent avec elle, quand elle avait refusé de céder à ses avances sexuelles. Pauvre Audrey ! Je l'apprécie beaucoup et telle que je la connais, elle n'a aucune raison de mentir sur ce point. Et cette bassesse de lui proposer de l'argent pour son silence, c'est significatif.

— En effet, cela ne plaide pas en sa faveur, admit Karen.

— Très bien, allons interroger Bastien, déclara Terrier.

Ils eurent une mauvaise surprise en pénétrant dans la chambre du jeune homme. Elle était vide, ainsi que la penderie et l'armoire. Le désordre qui régnait là attestait d'un départ précipité.

— Il a dû partir par une des portes donnant sur l'arrière du manoir, hasarda Catherine. Je suis certaine que Nadine l'a aidé à s'enfuir. Je n'ai rien à vous cacher, alors écoutez-moi. Ce matin j'ai surpris une querelle entre Armand, le jardinier, et elle. Cette horrible femme accorde ses faveurs à n'importe qui, dont Bastien.

Le commandant approuva avec une mimique consternée, tout en inspectant la pièce.

— Karen, il faut le matériel pour relever les empreintes, dit-il ensuite.

— Je vais le chercher dans le break.

— Merci ! Madame Desmarets, espérons que la gouvernante réapparaîtra rapidement et qu'elle pourra justifier de son emploi du temps.

— Et pour Audrey, commandant ? murmura Catherine.

— Si nous la retrouvons vivante et qu'elle témoigne, nous pourrons inculper Bastien Mongenot pour viol.

— Jean-Charles va être dévasté par ce nouveau coup du sort. Il s'inquiétait pour Bastien, qui était très instable. Je l'avais mis en garde très récemment, car j'étais persuadé que son fils consommait encore de la drogue.

— J'en prends note, trancha Terrier. Auriez-vous une photo d'Audrey ?

— Oui. En début de semaine, je choisissais des tissus de couleur, pour réaménager la salle à manger. J'ai demandé à cette jeune femme de tenir trois échantillons, près de la fenêtre, afin de les envoyer par texto à Jean Charles. Ah, voilà l'image.

Accablé, le commandant observa le doux visage de la disparue, aux cheveux châtain clair coupés au carré et au sourire un peu enfantin. Il pensait à toutes ces autres jeunes filles qui avaient été sacrifiées à la perversité de ces monstres humains, cela depuis bientôt soixante ans.

Les poings noués, il avait envie de crier son impuissance, en exprimant aussi l'amère révolte qui le ravageait.

Une demi-heure plus tard, Karen avait terminé de relever les empreintes dans la chambre de Bastien. Elle descendit au rez-de-chaussée, chargée d'un sac-poubelle rebondi. Catherine et Terrier discutaient sur le seuil du salon. Son supérieur l'interrogea du regard.

— J'ai pris l'initiative d'embarquer les draps, il y avait des traces suspectes. La gouvernante n'est pas revenue, commandant ?

— Non, et Mme Desmarets ne parvient pas à la joindre sur son portable. Ah, j'entends une voiture.

Catherine se rua sur la porte principale qu'elle entrouvrit.

— C'est Jean-Charles, il a eu mon message, mais je lui ai juste dit que c'était urgent.

Le viticulteur pénétra dans le hall au pas de course. En découvrant les gendarmes qui le saluaient d'un signe de tête, il posa une main apaisante sur l'épaule de sa compagne.

— Qu'est-ce qu'il y a, Cathy ? Tu aurais dû me donner des précisions dans ton message. Ta voix était tellement affolée que j'ai imaginé le pire. S'il s'agit de Bastien, dis-moi vite s'il va bien ? Et vous, commandant, que faites-vous ici ? Je n'ai pas vu votre break devant le château...

— Nous nous sommes garés à l'arrière, du côté réservé aux livraisons, précisa Karen.

— Jean-Charles, c'est très grave, murmura Catherine.

D'ordinaire toujours maître de lui, Mongenot devint d'une pâleur morbide.

— Bastien s'est suicidé, c'est ça ? dit-il à mi-voix. Allez-y, parlez tout de suite, je préfère savoir. Cathy, je veux la vérité.

— Ton fils est parti, il a emporté ses affaires.

— Quoi ? Mais comment il aurait fait dans son état ? Il souffrait encore de ses côtes cassées.

— Pas suffisamment, puisqu'il est soupçonné d'avoir abusé de Mlle Audrey Gendron, lui assena le commandant. Et nous sommes là en premier lieu à cause de la disparition préoccupante de cette jeune femme, qui était employée chez vous depuis quinze jours.

— C'est Mme Desmarets qui nous a avertis, ayant retrouvé son vélo et son téléphone au bord de la route, à deux kilomètres de l'entrée de votre propriété, ajouta Karen. Grâce au contrat de travail d'Audrey Gendron, nous avons rendu visite à une Mme Chaussoy, de Saint Philibert. C'est une personne âgée qui lui louait une chambre, où j'ai trouvé ce journal intime dans lequel il est question du viol commis par votre fils.

Jean-Charles respira à fond, le teint cireux. Il s'appuya au mur le plus proche, tandis que Catherine le prenait par le bras pour le réconforter.

— Je n'en peux plus, balbutia-t-il. Il faut croire que nous sommes maudits.

— Donc, monsieur Mongenot, vous ne mettez pas en doute l'accusation de cette jeune femme, décréta Terrier.

Il était désorienté par la détresse évidente de cet homme qu'il avait souvent estimé fait d'acier et doté d'un sang-froid à toute épreuve.

— Hélas, je connais assez mon fils cadet pour savoir qu'il a eu très jeune une sexualité débridée, doublée d'un net penchant pour le vice. Commandant, faites ce que vous avez à faire, je vous aiderai dans la mesure du possible.

— Jean-Charles, remets-toi, je t'en prie, souffla Catherine en l'enlaçant. Tu devrais t'asseoir.

— Non, ne crains rien, c'est fini. J'ai des comptes à régler ! Où est Nadine ?

— Votre gouvernante a disparu également, nous pensons qu'elle a favorisé la fuite de Bastien, répondit Karen. Mais le plus urgent, c'est de retrouver Audrey, bien vivante.

Un silence pesant suivit ces derniers mots, troublé peu après par les sanglots de Catherine, à bout de nerfs.

8

Entre douleur et douceur

Gendarmerie de Gevrey-Chambertin,
samedi 20 octobre 2018

Le commandant Terrier avait convoqué la gouvernante des Mongenot afin de l'interroger, en présence de Karen. Tous deux faisaient face à Nadine, assise de l'autre côté de la table. Vêtue d'un imperméable gris, elle se tenait très droite, les mains posées sur ses genoux. Coiffée de courtes boucles d'un blond grisonnant, elle avait l'air d'une femme respectable.

— Madame Meigneux, nous voulons connaître votre emploi du temps de la journée d'hier, déclara Terrier. Selon votre employeur, M. Mongenot, vous êtes rentrée tard, vers 22 heures.

— De quoi m'accuse-t-on exactement? demanda Nadine en guise de réponse.

— Ce n'est pas à vous de poser des questions, lui signifia Karen d'un ton sec. Dites-nous ce que vous avez fait hier.

— Si vous comptez me mettre sur le dos le départ soudain de Monsieur Bastien, vous faites erreur. Je n'ai pas à surveiller la famille pour qui je travaille depuis plus de vingt ans.

— J'attends votre emploi du temps, insista Terrier en la regardant droit dans les yeux. Nous savons par la cuisinière du manoir que vous avez monté un plateau à

Bastien Mongenot vers 13 heures. Cela laisse supposer qu'il était encore là !

— En effet, le jeune Monsieur se disait même sans appétit. Je suis descendue aussitôt, car j'avais rendez-vous chez ma coiffeuse, à Dijon. Je prends souvent mes vendredis après-midi.

— Le nom de votre salon de coiffure ? demanda Karen.

— Oh, vous pouvez vérifier, je suis une fidèle cliente.

La gouvernante fournit le renseignement d'une voix nette, en penchant un peu la tête, comme pour leur montrer la brillance de ses cheveux et sa mise en pli.

— Ensuite ?

— J'ai fait quelques achats personnels dans une boutique de produits biologiques, avant de me rendre au cimetière, sur la tombe de mon mari. Vous devez savoir que je suis veuve, les gendarmes sont toujours les mieux informés.

— Il me faut l'adresse et l'enseigne de cette boutique, indiqua Karen.

Une fois encore, Nadine s'exécuta avec un fin sourire. Le commandant Terrier, agacé par ses mimiques, avait du mal à rester patient.

— Je suppose que vous avez un témoin de votre visite au cimetière, ironisa-t-il. Votre mari est enterré à celui des Péjoces ou du métropolitain Dijon Mirande ?

— Mon époux repose aux Péjoces. Le gardien m'a saluée lorsque je suis entrée, il est très aimable. Je portais un bouquet d'asters, ces petites marguerites de couleur mauve que l'on surnomme les vendangeuses. J'ai perdu mon époux toute jeune, à trente-deux ans. Presque sans ressources, j'ai dû chercher un emploi et par bonheur, j'ai été engagée par M. Jean-Charles Mongenot.

— Vous avez donc connu Florian et Bastien enfants, insinua Karen en lançant un coup d'œil à son supérieur.

— Oui, cependant ils avaient une nurse et je ne m'occupais pas d'eux.

— Qu'avez-vous fait après le cimetière, jusqu'à 22 heures, madame Meigneux ? s'enquit Terrier froidement.

Nadine s'agita un peu sur sa chaise, les lèvres pincées. Elle semblait peser le pour et le contre de son aveu.

— Je n'ai pas le choix, soupira-t-elle. Commandant, j'étais déjà au manoir, enfin plutôt dans l'ancien pavillon de chasse, où loge Armand, le jardinier. Nous avons une liaison, dans la plus grande discrétion, bien sûr. J'avais de quoi dîner avec lui, une bonne bouteille de vin… Vous devinez la suite, ou je dois donner des détails ?

— Ce sera inutile, marmonna-t-il entre ses dents.

— Je dirai aussi que nous avons beaucoup discuté d'Audrey, dont la disparition nous tracasse. Armand a émis une idée qui m'a paru intéressante. Il pense que Monsieur Bastien est parti avec cette jeune femme, car ils couchaient ensemble.

— Qu'est-ce qui vous incite à le croire ? questionna Karen.

— Oh vous savez, Monsieur Bastien est un séducteur, et joli garçon, alors Audrey a dû succomber à son charme. Ceci dit, je n'ai pas de preuves, seulement des doutes.

Louis Terrier passa une main lasse sur son front, en cessant de scruter les traits anguleux de la gouvernante. La veille, il avait prié Catherine et Jean-Charles de ne pas parler à Nadine du journal intime d'Audrey et de l'accusation de viol qu'il contenait. C'était une méthode pour aborder le problème sous un autre angle, afin de démêler le vrai du faux.

— Certes, cela arrangerait tout le monde, la théorie d'un jeune couple d'amoureux qui prend la fuite, dit-il d'un ton dur. Mais comment expliquer la bicyclette d'Audrey gisant sur le bas-côté de la route non loin du manoir ? Pourquoi a-t-elle laissé son portable dans le panier fixé sur le porte-bagages ?… Les analyses effectuées nous en diront davantage, surtout la messagerie du téléphone.

Nadine n'eut aucune réaction particulière, toujours d'une étrange impassibilité. Karen commença à comprendre les propos de Catherine Desmarets au sujet de cette femme, dont les regards froids avaient quelque chose de troublant.

— Bon, ça suffit, madame Meigneux ! s'écria Terrier. Audrey voulait porter plainte contre Bastien Mongenot pour viol et il lui aurait proposé de l'argent pour l'en dissuader. D'après deux témoins dignes de confiance, vous passiez beaucoup de temps dans sa chambre et vous auriez eu aussi des relations sexuelles avec lui. Vous êtes donc bien placée pour savoir ce qui s'est réellement produit !

— Ce sont d'odieuses calomnies ! s'indigna la gouvernante. Je suis sûre que vos témoins, ce sont Armand et Paula. L'un est d'une jalousie ridicule, la seconde est une vieille fille aigrie et voit le mal partout. Comment osez-vous me soupçonner d'une telle conduite ?

— Enfin vous sortez de vos gonds, rétorqua-t-il. Maintenant répondez ! Étiez-vous au courant de ce viol ?

— Non, absolument pas ! se défendit Nadine. Cette fille a tout inventé, parce qu'elle a cru pouvoir obtenir de l'argent.

— Et comme par hasard, elle disparaît avant même d'avoir touché le pactole promis.

— Qu'en savez-vous, commandant ? Il s'agit sans doute d'une machination contre ce pauvre Monsieur Bastien, ce qui explique pourquoi il est parti précipitamment, à mon humble avis. Vous feriez mieux de le retrouver, lui, car Audrey doit être loin.

Karen remarqua la nervosité croissante de la gouvernante, dont le débit de paroles s'était accéléré, tandis qu'au fond de ses yeux bruns luisait un éclat de panique.

— Là, vous vous contredisez, madame Meigneux, lui dit-elle. Maintenant nous devons chercher Bastien, qui serait seul, sans Audrey, livrée de son côté à son propre sort, sans téléphone ?

— J'en ai assez, c'est vous la police, faites votre travail ! se récria Nadine. Est-ce que je peux m'en aller ?

— Oui, mais d'abord le brigadier Fort va prendre vos empreintes. Par la suite, restez à notre disposition, et ne quittez pas la région, répliqua Terrier.

Dès qu'elle sortit de la salle réservée aux interrogatoires, le commandant employa la ligne fixe pour appeler le château Mongenot.

— Il n'y a pas une minute à perdre, on doit savoir si cette femme a vraiment passé la soirée avec le jardinier. Ce type peut mentir, mais s'il n'a pas eu le temps de se préparer, je le sentirai. Karen, tu contactes les commerçants dont elle nous a donné les noms. Après ça, tu iras au cimetière des Péjoces.

— Mais c'est immense, j'ai lu que c'était un des plus grands de France, trente hectares de superficie, commandant.

— Il faut juste que tu parles au gardien, ce n'est pas la peine de te rendre sur la tombe de son mari, du moins, pas encore.

Une quinzaine de minutes plus tard, ils échangeaient un regard perplexe. S'ils se fiaient aux renseignements obtenus, la gouvernante leur avait dit la vérité en toute chose.

Celle-ci, une fois à bonne distance de la gendarmerie, prit au fond de son sac à main un petit portable prépayé, caché dans la doublure. Son correspondant décrocha aussitôt.

— Soyez tranquille, Monsieur, tout va très bien, ils n'ont rien contre moi. Oui, je vous tiendrai informé…

Quelque part en Côte d'Or, même jour, une heure plus tard

En larmes, affamée et assoiffée, Audrey Gendron était recroquevillée sur un lit, les poignets liés derrière le dos et les chevilles attachées par ce large Scotch beige avec lequel on emballait les colis. Il faisait noir dans la pièce où on l'avait enfermée.

— Je vais mourir, on va me tuer, marmonna-t-elle, malgré le bâillon qui sciait la commissure de ses lèvres.

Terrifiée, elle se savait la prochaine victime d'une série de crimes sexuels, dont on lui avait abondamment parlé pendant les vendanges du domaine Mongenot. Le cœur survolté, elle se revoyait entre les rangs de vigne, une casquette sur la tête, penchée sur les grappes de raisin.

Le travail était répétitif, si bien que le soir, avant de s'endormir, elle avait la vision des feuilles, des fruits, comme si son esprit avait enregistré des dizaines d'images et lui restituait.

— De l'eau, donnez-moi de l'eau, geignit-elle.

Sans cesse, pareil à un film obsédant, Audrey revivait l'instant où sa vie avait basculé dans l'horreur et une peur indicible. Elle pédalait en direction du manoir, déterminée à solliciter un entretien auprès de Catherine Desmarets.

En quinze jours, elles avaient souvent discuté ensemble, vite unies par leur aversion profonde pour la gouvernante. De plus, la compagne de Jean-Charles Mongenot était une mère en manque de sa fille Victoire, et de sa petite-fille Maïa, née au début du mois de septembre.

Certaine d'éveiller la compassion de Catherine, juchée sur sa bicyclette, Audrey ressassait son profond dégoût, en évoquant en pensée le viol qu'elle avait subi, lorsqu'elle avait été brutalement enlevée. À présent, n'ayant aucune notion du temps qui s'était écoulé, Audrey redoutait l'issue fatale de son enlèvement.

— Au secours, supplia-t-elle tout bas, d'un son de gorge, gênée par le tissu humide dont le contact la rendait nauséeuse.

Soudain elle perçut le bruit d'un loquet qu'on tirait, assorti du tintement d'une chaîne en métal. Quelqu'un entra, en provenance d'un endroit obscur, mais aussitôt il y eut le faisceau blanc et aveuglant d'une lampe torche.

— Non, non, dit-elle à travers son bâillon, en clignant des yeux tant la lumière la blessait.

— Ne fais pas l'idiote, décréta une voix féminine. Je suis là pour te donner à boire avant de te faire une autre injection de calmant. Plus tard, j'ôterai tes liens et tu pourras te laver. De toute façon, je t'assure que tu ne peux pas t'enfuir d'ici.

Des mains habiles la débarrassèrent du tissu imbibé de sa salive. Elle sentit le contact d'un goulot de bouteille en plastique et enfin elle put se désaltérer.

— Nous devons te garder trois semaines, précisa l'inconnue, dont la silhouette était indiscernable dans le noir. Un conseil, si des hommes viennent, montre-toi docile. Quelques-uns de nos clients perdent tout contrôle si on leur résiste.

— Madame, pitié, laissez-moi partir, je vous en prie.

— C'est impossible. Ne t'épuise pas à crier, personne ne t'entendra.

Ces mots furent ponctués par une piqûre en haut du bras. La lampe s'éteignit et d'un pas feutré, la visiteuse s'en alla, ayant soin de bien verrouiller la porte. Audrey lutta contre la léthargie qui l'envahissait.

— Pourquoi, mais pourquoi ? sanglota-t-elle. Qui est cette sale bonne femme, avec son histoire de clients…

Tout à coup elle songea à Romane Remond, cette jeune fille qui avait lutté jusqu'au bout pour échapper à ceux qui l'avaient enlevée.

— Quand la camionnette du maraîcher l'a heurtée, Romane n'avait qu'une petite culotte et des chaussures de sport, chuchota-t-elle. Dans les articles que j'ai lus, ils disent qu'elle n'avait pas été droguée et qu'elle a pu courir dans la forêt.

Ses idées se bousculaient, un peu confuses. Elle se demanda si Bastien Mongenot avait un lien avec sa situation présente, ce qui la ramena à ces moments de brutalité sadique où il abusait d'elle, dans un état proche du délire.

— Mon téléphone, ils l'ont peut-être ramassé s'il est tombé sur le talus, articula-t-elle encore avec peine. Mais non, je ne crois pas, ils n'ont pas dû le voir… dans mon panier…

Audrey se tut, terrassée par le sédatif qui se répandait dans son sang.

Arrière-pays niçois, mercredi 31 octobre

Le crépuscule d'automne bleuissait les fenêtres de la pièce à vivre du mas provençal. Victoire avait allumé un feu dans la cheminée, pour le plaisir de contempler la danse des flammes.

— C'est plus gai, n'est-ce pas, mamie ?

— Oui, je te l'accorde, mais le chauffage central suffisait. Le bois que tu as pris dans la remise craque beaucoup et il envoie des étincelles.

— Je trouve ça joli. As-tu remarqué comme Maïa dort bien en ce moment ? Elle ne s'est pas réveillée pour téter, pourtant il est tard. J'ai fermé les contrevents de notre chambre, le mistral soufflait.

— Encore une raison pour ne pas trop garnir ton feu. Le vent entre par le conduit, s'inquiéta Élodie.

— Il n'y a pas de danger, mamie. Nous sommes en sécurité, les gens qui habitaient là jadis se chauffaient ainsi. Je me plais ici, cependant nous sommes trop loin de chez nous, c'est le seul problème, avoua Victoire. Maman m'a dit hier au téléphone que Bastien Mongenot demeure introuvable malgré les efforts des gendarmes. Le commandant Terrier le soupçonne d'être impliqué dans la disparition d'Audrey Gendron.

Élodie prit place en vis-à-vis de sa petite-fille, son ouvrage de tricot sur les genoux.

— Quel malheur ! Ce garçon n'aurait quand même pas osé la tuer, au risque de finir ses jours en prison ! Non, on a enlevé cette pauvre jeune fille, comme toutes les autres. Cathy en est malade. Elle évite de se plaindre, mais lorsqu'elle m'a parlé, j'ai senti combien elle était triste, murmura-t-elle.

— C'est évident, mamie ! Nous lui manquons beaucoup trop. En plus Jean-Charles est très occupé et ils se voient rarement. Nous devrions rentrer le plus vite possible.

L'intonation de Victoire avait quelque chose de fébrile, ce qui désorienta Élodie.

— Qu'est-ce que tu as en tête, ma chérie ? Il est hors de question de partir ! Et puis même si nous en décidions, comment ferions-nous... ?

— Il y a toujours des solutions, nous en discuterons demain matin, mamie. J'entends Maïa pleurer, je vais la chercher. Je suis sûre qu'elle sera fascinée par son premier feu de bois.

Elle se leva et courut presque jusqu'à sa chambre, avec son aisance aérienne d'avant l'accident. Sa grand-mère songea à sa carrière de danseuse, brisée net, tout en se demandant s'il n'y avait vraiment plus d'espoir.

« Vicky ne devrait pas renoncer », se dit-elle.

Élodie aurait été bien surprise si elle avait pu lire dans les pensées de la jeune femme, qui se penchait au même instant sur son bébé.

— Il faut changer ta couche, Maïa ! Tu as dormi longtemps et maintenant tu as envie de gigoter, mon ange... Que tu es belle, avec tes mèches brunes et tes yeux bleus ! Au château, je regarderai des photos de moi bébé, on doit se ressembler. En plus, tu es si sage, tu fais déjà tes nuits.

Lorsque Victoire revint s'asseoir au coin de la cheminée, elle mit sa fille au sein, à l'abri d'un foulard en soie, une habitude qu'elle avait prise par pudeur.

— Tu n'es pas obligée de voiler ce charmant spectacle, se moqua Élodie. Nous sommes toutes les deux, tu ne choqueras personne.

— Je fais à mon idée, mamie. On ne sait jamais, si nous avions de la visite...

— Comment quelqu'un entrerait dans cette pièce ? Il faut s'annoncer à l'interphone et c'est nous qui activons le code pour ouvrir le portail. Et flûte, tu me fais peur à présent. Le mur d'enceinte n'est pas très haut, il serait facile à escalader. Tu vas me gâcher la soirée.

— Ne te fâche pas, s'il te plaît, je plaisantais.

En dépit de cette affirmation, Victoire baissa la tête d'un air gêné. Elle fit semblant de se concentrer sur Maïa, qui avait arrêté de téter et la fixait de ses prunelles d'azur. Par chance, Élodie s'était tournée vers les flammes dorées, la mine grave.

— Vicky, si nous abordions un sujet moins stressant ! Tu devrais t'exercer davantage à danser. Je suis lucide, tu ne peux plus prétendre à intégrer un corps de ballet réputé, néanmoins je suis sûre que tu pourrais te produire dans la région, avec le soutien de Mme Novak. Ta professeure organise encore des galas. En travaillant dur, tu pourrais remonter sur scène.

— J'ai d'autres projets plus importants, mamie. Anna et moi, nous avons déjà imaginé ouvrir un cours de danse, mais tu dois comprendre que je ne peux rien prévoir, tant que ces crimes continuent, tant que j'ignore qui a tué papa et causé la mort de Florian. Sans oublier Vanessa, Romane, et Audrey.

— Dans ce cas, de quels projets parles-tu ?

— Tu verras bien, ne t'inquiète pas. Je serai très prudente et surtout je ne serai pas seule.

— De mieux en mieux, s'alarma Élodie.

Dehors, le vent soufflait plus fort. Elles distinguèrent le bruissement des arbres dont la ramure se pliait sous le mistral, mais Victoire entendit aussi une sorte de sifflement peu naturel. Vite, elle confia Maïa à sa grand-mère.

— Berce-la un peu ! Tu as vu, notre petit ange regarde le feu. Je recule ton fauteuil, sinon elle aurait trop chaud.

— Mais où vas-tu ? Le dîner est prêt.

— Je sors cinq minutes, j'adore cette ambiance de tempête !

— Fais attention, Vicky, si des branches cassaient.

La jeune femme promit tout bas, en enfilant une veste en laine et des bottes fourrées. Enfin elle sortit sous l'auvent, après avoir refermé la porte. Tout de suite, une silhouette masculine s'approcha. Sans aucune crainte, elle se jeta à son cou et l'étreignit.

— Emmanuel, merci d'être venu. Tu es à l'heure, il me reste à expliquer ta présence à mamie, qui est de mauvaise humeur.

— Oui, je suis là, Vicky, répondit-il sans oser l'enlacer. J'ai découvert le pays au coucher du soleil et c'était superbe.

Elle s'écarta brusquement, troublée d'être si près de lui. Il fit de même, en désignant le mur derrière eux.

— Tu m'obliges à faire des acrobaties, dit-il. Ce n'était pas plus simple de m'ouvrir le portail ?

— Je le ferai tout à l'heure et tu rentreras ta voiture. Comme ça, on pourra charger nos bagages très tôt. Et Goliath ?

— Ma mère le garde, il aurait pris trop de place, même si j'ai loué un véhicule plus spacieux que mon pick-up, où vous serez à l'aise.

— Je suis si contente, Emmanuel ! Tu vas nous ramener chez nous, en Bourgogne, au château des secrets...

Lorsqu'Élodie vit entrer Victoire suivie du jeune ingénieur, la surprise et l'indignation se lurent sur son visage dont le teint clair se colora de rose. La bouche pincée, elle adressa un regard furibond à sa petite-fille.

— Qu'est-ce que ça signifie ? s'écria-t-elle.

— J'ai demandé à Emmanuel de venir nous chercher, mamie.

— Bonsoir, madame, je suis désolé de vous causer une telle émotion, plaida celui-ci.

— Bonsoir, jeune homme, bougonna-t-elle. Vicky, j'exige des explications.

— Tu as sans doute compris que je veux partir d'ici. Maman a besoin de moi et j'ai des projets, je te l'ai déjà dit.

— Reprends Maïa, elle s'est endormie dans mes bras, ordonna Élodie.

Victoire s'exécuta aussitôt, avec délicatesse. Son enfant blotti contre sa poitrine, elle s'approcha d'Emmanuel.

— Tu peux admirer ta filleule, lui dit-elle en souriant.

— Comme elle a changé ! s'extasia-t-il. Je suppose qu'elle a toujours les yeux bleus, comme toi.

— Oui, mais peut-être que ce n'est pas définitif. La pédiatre m'a prévenue. Je vais la coucher, ensuite nous dînerons. Il y a du riz et une fondue de légumes...

Une fois seule avec Emmanuel, Élodie poussa un soupir exagéré, la tête tournée obstinément vers le feu. Elle avait du mal à contenir sa colère et finit par éclater en reproches.

— Pourquoi avez-vous cédé aux caprices de Vicky ? dit-elle à mi-voix en toisant sans aménité leur visiteur. Les consignes du commandant Terrier étaient pourtant claires, nous devions rester là jusqu'au début du mois de décembre.

— Je le sais, mais il faut avoir confiance, madame. Le château est surveillé, et les deux gardes du corps engagés par M. Mongenot y sont toujours. De plus, les propos alarmistes de Bastien sont devenus suspects comme il s'est enfui le jour même de la disparition d'Audrey Gendron.

— Peut-être que cet olibrius dégénéré a menti, cependant c'est encore d'une réelle imprudence ! s'exclama Élodie. De surcroît, je redoute les idées folles qui poussent ma petite-fille à vouloir se retrouver chez nous. De quoi s'agit-il ? Vous êtes sûrement au courant.

— Pas vraiment, madame ! En fait, je n'ai pas pu refuser ce service à Vicky, car elle prévoyait de louer une voiture au plus vite et de faire le trajet elle-même. Par l'autoroute, il y a environ six cents kilomètres, or elle n'a jamais conduit sur une telle distance. Alors je me suis proposé comme chauffeur.

Un peu calmée, Élodie approuva d'un signe de tête résigné. D'un tempérament conciliant, elle admit la gentillesse du geste d'Emmanuel.

— Vous voulez me faire comprendre que rien n'aurait arrêté Victoire, n'est-ce pas? murmura-t-elle. Autant fillette, elle était discrète, sage, obéissante, autant elle témoigne désormais d'un caractère bien trempé et d'une volonté farouche.

— Les épreuves peuvent nous détruire ou nous rendre plus forts, répliqua-t-il.

— Et qu'en est-il de vous?

— Peu à peu, j'ai acquis une certaine dose de courage. Mais je partage la détermination de Vicky pour réussir à faire cesser les crimes répugnants qui endeuillent notre région depuis longtemps. Je suis comme elle, je me sens incapable de vivre pleinement tant que les coupables continuent à nuire.

— Donc vous comptez l'aider! Comment ferez-vous? Car vous travaillez à Fontainebleau, il me semble.

— C'est fini, je me suis accordé une année sabbatique et j'ai repris mes quartiers dans la forêt de Marsannay-la-Côte.

— Tout s'explique, vous serez entièrement disponible pour Vicky, marmonna Élodie. Très bien, n'en discutons plus. Si vous m'aidiez déjà à mettre le couvert.

— Volontiers, madame.

— Au fond, je ne suis pas mécontente de revoir Cathy et Guy, de reprendre ma place au château, lui avoua-t-elle tout bas au moment où Victoire réapparaissait.

— Que disais-tu, mamie? s'enquit la jeune femme.

— Rien d'important! Dépêchons-nous de goûter à ton plat, ensuite il faut rassembler nos affaires et boucler nos valises.

— D'abord, Emmanuel doit rentrer la voiture et la garer près de la terrasse, annonça Victoire. Je t'accompagne, ce ne sera pas long…

Durant leur absence, Élodie Quinot se remémora comment elle avait connu la famille Nevers. C'était lors des obsèques de Paulin, le père d'Emmanuel, qui avait fait une chute mortelle dans un des chais du domaine Desmarets.

— Jacques était bouleversé, il a tenu à payer tous les frais. Mon pauvre gendre, il avait le cœur sur la main. Mais je m'en souviens à présent, il m'avait confié être redevable à Paulin Nevers, qui l'avait sorti d'un véhicule en feu, peu après son mariage avec Catherine.

La vieille dame murmurait, la gorge nouée, à cause d'une image oubliée qui lui était revenue.

— Je suis allée aux obsèques et Emma Nevers m'avait paru d'une rare beauté, avec ses cheveux blonds, toute vêtue de noir. Elle tenait son petit frère par l'épaule. Emmanuel pleurait sans bruit et leur mère priait du bout des lèvres. Un an plus tard, c'était sa fille que Janine Nevers enterrait. Il faudra que j'en parle à Vicky quand nous serons seules.

Élodie jeta un coup d'œil soucieux vers le buffet où était rangée la feuille de papier sur laquelle Victoire avait noté chaque décès suspect.

— Sans le père d'Emmanuel, Jacques aussi se serait tué dans un accident de voiture, se dit-elle. Seigneur, protégez Maïa et ma Vicky chérie…

Château Desmarets, jeudi 1er novembre 2018,
en fin d'après-midi

D'une des fenêtres du salon, Catherine guettait l'arrivée du fleuriste qui devait livrer des chrysanthèmes, dont elle avait choisi la couleur et la variété.

— Arthur souhaite nous accompagner au cimetière demain matin, lui dit son frère, qui sirotait un thé au lait.

— Pourquoi pas, Guy ! Mon neveu fait de gros efforts pour m'être agréable, mais j'aurais aimé y aller avec

Vicky, rien que toutes les deux. C'est la Toussaint, alors tout le monde a dû s'y précipiter, mais le 2 novembre est la véritable date, le jour des morts, et il y a moins de gens.

— Nous avons beaucoup de défunts à honorer, admit-il. Hier, afin de respecter l'esprit chrétien qui prône le pardon des offenses, je suis allé déposer un bouquet de roses sur la tombe de Mélinda.

— Je m'en doutais, c'est admirable de ta part, Guy.

— Si on y pense, cette femme a payé pour ses crimes. À ce propos, as-tu eu des nouvelles du commandant Terrier ?

— Non, le mystère plane, comme on dit ! Bastien s'est volatilisé on ne sait où, et cette charmante jeune fille, Audrey, doit être morte à l'heure actuelle.

— Ne sois pas si pessimiste, Cathy !

— Excuse-moi, il y a de quoi l'être. On a dû enlever Audrey, de la manière dont Romane Remond l'a été. Et nous sommes là, impuissants, condamnés à une attente intolérable, pendant que ces assassins doivent s'en donner à cœur joie. Pour ajouter au tableau, Jean-Charles est d'une humeur exécrable. Il a même refusé de dîner et de dormir ici ce soir. Je le reconnais à peine… Il ne bouge plus du manoir dans l'espoir de voir rentrer son fils. Mais Bastien est loin, à mon avis.

Son frère abandonna le confort du canapé afin de la consoler, en lui entourant les épaules d'un geste câlin.

— Du courage, sœurette, chuchota-t-il à son oreille.

— Mon Dieu, tu ne m'avais pas appelée ainsi depuis des lustres. Ah, une camionnette blanche remonte l'allée, ce sont les fleurs. Je sors pour vérifier qu'ils ne se sont pas trompés.

— Cathy, patiente un peu ! Il n'y a pas de logo sur le côté de ce véhicule, nota Guy. Où sont Karl et Emilio ?

— Dehors, ils font le tour des chais. Mais c'est Emmanuel qui est au volant, et notre mère sur le siège passager ! s'écria-t-elle. Je ne rêve pas ?

— Pas du tout, j'aperçois Victoire à l'arrière. Viens vite. J'ignore pourquoi elles sont de retour, mais peu importe, il faut les accueillir.

Au comble de la joie et de l'incrédulité, Catherine arriva la première en bas du perron, talonnée par son frère. Emmanuel se gara à quelques mètres de la porte-fenêtre des cuisines, d'où surgit Colette, en tablier et l'air ébahi. Elle put assister ainsi aux retrouvailles.

— Vicky, ma chérie !

— Maman, je n'en pouvais plus d'être aussi loin, déclara Victoire dès qu'elle posa le pied sur sa terre de Bourgogne.

— Que je suis heureuse, Vicky ! Dans mes bras, petite folle, sanglota Catherine. Tu me manquais tant !

Elles s'étreignirent en riant et pleurant, sous le regard attendri d'Élodie, de Guy et d'Emmanuel.

— As-tu averti le commandant Terrier, Vicky ? s'inquiéta son oncle.

— Bien sûr, en cours de route ! Il estime que le danger est moindre, surtout si Bastien a débité des mensonges. Mais il nous recommande une extrême vigilance.

— Une fois bien barricadés dans notre château, que risquons-nous ? s'écria Catherine. Oh, ma chérie, tu as eu raison de rentrer. Quelle belle surprise ! Où est Maïa ?

— Dans sa coque, bien attachée et profondément endormie, répondit Victoire.

Catherine se tourna enfin vers Emmanuel, qui aidait Élodie à descendre de la banquette avant.

— Si j'ai bien compris, ton ami s'est chargé de vous ramener.

— Oui, maman. J'avais hâte d'être à nouveau au château, de contempler les vignes, les chais, les arbres du parc. Le climat est très différent, là-bas.

— Nous étions vraiment isolées, ajouta Élodie, tout en embrassant Catherine et Guy. Colette, puisque vous êtes sortie de vos fourneaux, je prendrais bien du thé, avec des biscuits.

— Tout de suite, Madame Élodie. Pardi, ça fait plaisir de vous revoir, et Mademoiselle aussi !

Silencieux, Emmanuel regardait surtout Victoire, dont le sourire radieux trahissait son bonheur d'être de retour. Il était obsédé par l'instant merveilleux où il l'avait revue la veille, quand elle avait couru pour se jeter à son cou. Il croyait sentir encore son parfum et le contact de ses bras autour de lui.

On le tira soudain de sa songerie romantique. Catherine s'était approchée pour lui serrer la main.

— Je vous remercie, monsieur Nevers, et je tiens à vous dédommager de vos frais. Vous avez sûrement loué ce genre de véhicule flambant neuf et puis il y a le carburant.

— C'est tout à fait inutile, j'ai les moyens d'assumer ces dépenses, madame, rétorqua-t-il. Et puisque je vais me charger des bagages, évitez de me donner un pourboire !

— Ne vous vexez pas, je voulais être quitte, rien d'autre.

— Maman, tu t'es montrée blessante ! protesta Victoire. Et tu appelais Emmanuel par son prénom, avant.

— J'ai la tête à l'envers, se justifia Catherine.

Arthur eut la brillante initiative de débouler au même moment, enchanté de retrouver sa grand-mère et sa cousine.

— J'ai tout entendu, parce que j'étais dans le hall. Trêve de disputes, c'est un jour de fête. Je vais t'aider, Emmanuel ! Eh, Vicky, jette un coup d'œil sur les marches du perron, on t'observe !

— Coppélia, se réjouit la jeune femme. Mais elle a grossi, tu l'as trop nourrie, Arthur.

La chatte siamoise dardait ses prunelles bleues sur celle qui avait disparu de sa paisible existence pendant des semaines. Elle poussa un bref miaulement, avant de ronronner dès que Victoire la prit contre sa poitrine.

— Ma belle petite Coppélia, toi aussi tu m'as manqué. Je suis là maintenant, et je ne m'en irai plus.

Quelque part en Côte d'Or, même soir, même heure

Audrey bénéficiait dorénavant d'une veilleuse électrique en forme de galet ovale, qui dispensait une lumière tamisée. Elle n'était plus attachée et pouvait se laver et se soulager dans un cabinet de toilette adjacent à la petite pièce où elle était retenue prisonnière. Il n'y avait aucune fenêtre, seulement un système d'aération au plafond.

— Il y a environ douze jours que je suis enfermée ici, se dit-elle ce soir-là, ayant pris l'habitude de parler tout bas, afin de rompre le silence oppressant.

Pour compter le temps écoulé, elle traçait avec l'ongle de son index une marque sur le plâtre peint des murs. Mais le plus pénible était de ne pas savoir s'il faisait nuit ou non. Au début, elle avait beaucoup dormi, à cause des piqûres qu'on lui faisait, à présent, elle souffrait d'insomnies.

— Douze jours et je n'ai pas eu à subir de clients, comme m'avait annoncé cette affreuse bonne femme.

Chaque fois que la porte s'ouvrait, Audrey se tétanisait, dans la peur panique de voir entrer un homme.

— Peut-être que ça n'arrivera pas ? se demanda-t-elle, envahie d'un espoir insensé. Ou alors, comme j'étais indisposée, ils n'ont envoyé personne.

Celle qu'elle surnommait la gardienne, en son for intérieur, lui apportait une quantité de nourriture et d'eau qui devait tenir lieu de trois repas. Bizarrement, la captive rêvait d'un bon café au lait, bien en vain.

Assise en tailleur sur le lit, Audrey se décida à manger une pomme. Encore une fois, elle calcula le délai qu'on lui avait accordé.

— La gardienne a dit que je resterais là trois semaines, soit vingt et un jours. Il en reste neuf. Et si on me libérait, après… ?

Elle retint son souffle, car quelqu'un tirait le loquet et tournait le verrou. Dans la pénombre ambiante, elle discerna une haute silhouette masculine…

9

Un étrange petit miracle

Cimetière de Gevrey-Chambertin, vendredi 2 novembre 2018

Comme elle l'avait espéré, Catherine entra dans le cimetière aux côtés de Victoire, qui poussait le landau de Maïa. C'était un modèle datant d'une vingtaine d'années, de marque anglaise, assez haut et doté de grandes roues.

— Je suis tout émue que ma petite-fille se promène dans ta voiture d'enfant, ma chérie, dit-elle d'un air rêveur. Elle est comme neuve, Colette l'avait rangée dans la buanderie, sous un plastique. Vicky, as-tu fait exprès de rentrer à temps pour fleurir nos chers disparus ?

— Non, maman, je n'y pensais même pas, j'éprouvais juste la nécessité absolue de revenir chez nous, mais je suis heureuse de t'accompagner.

Arthur les suivait, chargé de deux pots de chrysanthèmes, et il devait retourner à leur voiture en chercher trois autres. Les Desmarets possédaient un mausolée orienté à l'est, qui se dressait contre le mur d'enceinte.

— Nous y sommes, soupira Catherine. Les fleurs roses sont pour ta grand-mère Béatrice, les blanches pour Gilles et ton père.

Le cœur serré, Victoire regardait les plaques noires, où des lettres dorées indiquaient le nom des défunts.

— C'est bizarre, maman, on dirait que mon oncle Damien n'a pas été inhumé dans le caveau familial, remarqua-t-elle. Pourtant papa m'a amenée sur sa tombe, je m'en souviens, même si j'étais fillette.

D'un geste rapide, Catherine lui désigna un carré de cuivre, où des lettres étaient gravées en brun et que dissimulait en partie une composition florale en perles de verre.

— Damien a été incinéré et son urne déposée dans la tombe de ton arrière-grand-père Léonard. Jacques me l'avait expliqué la première fois que nous sommes venus là. Ma chérie, j'ai compris que tu t'intéressais beaucoup au passé de la famille Desmarets, mais tu devrais avant tout songer à l'avenir.

— Maman, si la réponse à tous ces deuils, à tous ces crimes se trouvait dans le passé ? hasarda Victoire. Le commandant Terrier avait raison, ce sont les Desmarets qui sont visés.

— Dans ce cas, pourquoi le décès de Corinne, ma chère belle-sœur, serait un meurtre ?

— C'est simple, Mélinda a rejoint ceux qui nous en voulaient et elle l'a éliminée pour épouser oncle Guy.

— De quoi parliez-vous ? leur demanda Arthur qui revenait avec les trois derniers chrysanthèmes.

— Nous évoquions les manigances de Mélinda, mais ce n'est guère le lieu idéal, répliqua Catherine. Es-tu allé fleurir la tombe de ta maman ?

— Oui, hier, avec mon père. Nous lui avons apporté un magnifique bouquet de roses rouges, précisa-t-il.

Ils se recueillirent de longues minutes devant le caveau, et Victoire fixa avec tendresse le portrait de Jacques Desmarets, qui le représentait en pleine jeunesse, très souriant. C'était la photo de lui qu'elle préférait.

— Tu me manques tellement, mon petit papa, dit-elle tout bas d'une voix faible. Je suis venue cet été, pour te montrer que je marchais de nouveau. Aujourd'hui, je suis avec ma fille Maïa. Veille sur nous, je t'en prie.

Afin de ne pas pleurer, elle recula et s'éloigna, les mains crispées sur la barre du landau. La vue de son bébé endormi la consola un peu du chagrin qui la suffoquait. Elle s'engageait dans une allée voisine lorsque des bruits de pas rapides firent crisser les gravillons tapissant le sol.

— Vicky ? J'hallucine, tu es là !

Anna venait d'apparaître, la mine stupéfaite, d'une élégance inhabituelle. Elle s'était arrêtée pour mieux dévisager son amie qu'elle croyait à des centaines de kilomètres. Victoire mit le frein au landau et se précipita vers elle.

— Anna, je suis désolée, je ne t'ai pas annoncé mon retour. Je te promets que j'allais le faire.

— Toi alors ! Je comptais les jours jusqu'au début décembre et tu es là ! Vite, un câlin !

Elles s'étreignirent en échangeant des baisers sur les joues et en riant de joie. Corentin arriva à son tour, en costume gris foncé, et arborant une cravate. Il s'étonna lui aussi, de manière plus discrète.

— Je suis rentrée hier, en fin de journée, leur expliqua-t-elle. Emmanuel est venu nous chercher dans l'arrière-pays niçois. Je peux le dire à présent, ça n'a plus d'importance.

— Tu étais en Provence ? Je t'imaginais en Suisse, en pleine montagne, avoua Anna. Je suppose que tu as suivi l'actualité, de ton refuge au milieu des oliviers !

— Oui, nous avions la télévision et Internet, sans oublier maman qui me téléphonait souvent. Elle aimait beaucoup Audrey.

— Il y a une chose que les médias n'ont pas mentionnée, et que j'ai sue par ta mère, soupira Anna. Bastien aurait violé Audrey. Ce type est un vrai malade.

— Nous en reparlerons plus tard, maman et mon cousin ne sont pas loin. Nous sommes venus fleurir le mausolée des Desmarets.

— Moi j'ai accompagné mon fiancé sur la tombe de ses parents adoptifs. Nous avons apporté de la bruyère, c'était la plante préférée de Mme Colombet.

— Oui, et j'en ai acheté trois pots, ajouta Corentin. Cela ne m'empêche pas de culpabiliser, car j'étais parti au Brésil pour un deuxième séjour quand maman Marie est morte d'un cancer foudroyant. J'avais dix-neuf ans à l'époque et je n'ai pas pu lui dire adieu... Elle m'avait suggéré de l'appeler ainsi dès qu'elle a pu retrouver ma véritable famille.

— Je suis désolée pour toi, lui dit gentiment Victoire. Devant le portrait de mon père, j'ai éprouvé un terrible chagrin, alors je me suis presque enfuie. Mais évitons les sujets qui rendent tristes. Qu'avez-vous prévu ensuite, pour être aussi chic ?

— Tu ne devines vraiment pas ? répliqua Anna en tendant sa main gauche vers elle, dont l'annulaire s'ornait d'une superbe bague.

Victoire l'admira de bon cœur, certaine qu'il s'agissait d'un bijou que son amie avait emprunté à sa mère.

— Tu as vu, Vicky ? C'est un rubis taillé en ovale, et entouré de petits brillants... Cette pierre précieuse symbolise l'amour passionné. Je suis fiancée !

— Anna, mais tu aurais pu me prévenir, m'envoyer un message ! J'ignorais que c'était officiel.

— Ne te vexe pas, Victoire, c'est un peu ma faute, et c'est très récent, ça remonte à midi, expliqua Corentin. J'ai invité Anna dans un des restaurants de Gevrey et je lui ai offert la bague. Elle avait la ferme intention de t'envoyer un texto et une photo tout à l'heure.

— Mais oui, Vicky ! Je suis tombée des nues, mais j'ai accepté en deux secondes. C'était une merveilleuse surprise. J'annoncerai la nouvelle à mes parents ce soir. Je pense qu'ils seront contents, ils semblent apprécier Corentin.

— Moi, je le dirai à ma famille brésilienne seulement d'ici quelques jours, sinon on me suppliera de prendre le premier avion et de fêter l'événement là-bas.

Amusée et attendrie par leur complicité, Victoire les félicita. Cependant elle insista sur un point :

— Alors, si je résume, vous vous êtes fiancés à l'heure du déjeuner, ensuite vous venez au cimetière. Au fond, ce n'est pas très logique.

— Quel rabat-joie ! se défendit Anna. Corentin voulait parler de nous et de nos projets à ses parents.

— Je suis très croyant, précisa le beau Brésilien. Pour moi, les défunts sont dans la lumière divine, mais je suis certain qu'ils veillent sur nous, du Ciel.

— Peut-être, je l'espère, concéda Victoire.

— Changeons de sujet, supplia Anna, penchée sur le landau. Laisse-moi contempler l'adorable frimousse de ma future filleule.

Elle poussa un soupir de ravissement, charmée par la vue du bébé bien emmitouflé dans un nid d'ange en lainage blanc, protégé de surcroît par un drap brodé et une couverture.

— Quel amour, comme elle a changé ! As-tu fixé une date pour le baptême, Vicky ?

— Ce sera le plus tôt possible. Je dois prendre rendez-vous avec le prêtre de la paroisse.

Catherine et Arthur s'approchaient, en discutant à mi-voix. Ce furent les habituelles salutations d'usage, assorties de compliments sur Maïa.

— Si nous convions tes amis à dîner ce soir, Vicky ? proposa sa mère d'un ton mondain. Le château était trop vide et trop silencieux, ces dernières semaines.

— Avec plaisir, madame, c'est très aimable, répondit vite Anna. Nous sommes libres comme l'air, mon fiancé et moi.

— Ce serait mieux demain soir, maman. Emmanuel vient me chercher à 18 heures pour me conduire chez son oncle Jeannot. Janine m'a invitée et elle nous prépare un bon plat. Je sais qu'elle a hâte de revoir Maïa.

— Vicky, tu es juste de retour. Pourquoi te préoccuper de Mme Nevers ? protesta Catherine. Il n'y a rien d'urgent. Si tu y tiens, reporte à la semaine prochaine.

Un silence embarrassé suivit, aussitôt rompu par Arthur, soucieux de rétablir un semblant de bonne humeur.

— Je m'absente également ce soir, tante Cathy, déclara-t-il. Et puis un dîner, c'est mieux le samedi.

Colette aura tout loisir de concocter un de ses chefs-d'œuvre culinaires.

— Très bien, faisons ainsi, concéda-t-elle.

— Ce sera parfait, renchérit Anna. On s'appelle plus tard, d'accord ?

— Oui, bien sûr, murmura Victoire.

Ils se séparèrent à l'extérieur du cimetière, sous un ciel gris présageant de la pluie, mais une tempête d'un tout autre genre éclata dans la voiture, une confortable berline beige, achetée récemment par Jean-Charles Mongenot.

À peine assise au volant, Catherine éclata en récriminations, tout en jetant des regards amers à sa fille par le biais du rétroviseur.

— Je suis très déçue, Vicky ! Tu as le droit de fréquenter les Nevers, néanmoins tu pouvais patienter. Cette femme n'est rien pour Maïa, moi je suis sa grand-mère. Je me réjouissais de passer du temps avec toi et le bébé, mais tu t'en vas sans même me concerter. Je serai franche, je déplore que tu te sois attachée à ces gens. Emmanuel, surtout, qui ne me témoigne aucune considération ! Il me hérisse avec sa fierté mal placée.

— Qu'est-ce que tu racontes, maman ? Jamais je n'ai connu un homme aussi gentil, aussi dévoué.

— Florian était beaucoup plus attentionné et il te couvrait de cadeaux, insista Catherine. Il aurait fait un excellent mari, si seulement…

— Je sais ce que tu allais dire, s'il n'était pas mort. Merci de me le rappeler. Hélas, tu te fies trop aux apparences, il y a des choses que tu ignores, sur Florian et sur Emmanuel.

Arthur se débattait avec le montant du landau qu'il devait ranger dans le coffre. Peu adroit de ses mains, il ne parvenait pas à replier l'assemblage en métal.

— Vous allez finir par réveiller le bébé, leur dit-il.

— Dépêche-toi donc ! s'exaspéra sa tante.

— Je vais l'aider, il commence à pleuvoir, décida Victoire.

— Non, reste à l'abri avec ta petite. Arthur va y arriver, s'il se creuse la cervelle. Alors, que dois-je savoir sur Florian et ton ingénieur ?

— Arrête maman, c'est un métier honorable, et Emmanuel n'appartient à personne, pas à moi en tous les cas. Et voilà, tu as réveillé Maïa, en parlant aussi fort. Je te le dirai un autre jour. En plus, tu as un appel, ton téléphone a vibré.

— Je m'en moque, Vicky !

— Réponds, c'est peut-être important.

Au même moment, Arthur ferma le coffre et se rua sur le siège avant. Excédée, au bord des larmes, Catherine se résigna à décrocher.

— C'est Karen Mathis, souffla-t-elle. Ne faites pas de bruit.

C'était sans compter sur un nourrisson de deux mois qui réclamait sa tétée. Victoire n'eut pas le choix, elle mit sa fille au sein.

— Oui, Karen, je vous écoute, disait sa mère d'un ton radouci. Quoi ? Vraiment ! Seigneur... D'accord, vous me tenez au courant, merci. Je raccroche, encore merci de m'avoir prévenue.

— Qu'est-ce qui se passe, maman ?

— Je ne peux pas le croire, c'est un petit miracle, Vicky. Ils ont retrouvé Audrey vivante, tu entends, vivante...

Il n'était plus question de se quereller et la fabuleuse nouvelle les rendit tous les trois euphoriques.

— C'est formidable, déclara Arthur. Tu as des détails, tante Cathy ?

— Oui, dis-nous vite, maman, insista Victoire. Je suis si heureuse pour elle.

— La lieutenante m'a confié le minimum, lâcha Catherine avec un sanglot nerveux. Un couple a vu Audrey au bord de la quatre voies, vers Chenôve. Elle titubait, comme ivre. Ils ont eu peur pour elle à cause de la circulation, et ils se sont garés pour la faire monter dans leur voiture. Ensuite ils ont alerté les pompiers et la gendarmerie. Je pense qu'on l'a emmenée au CHU. Dieu soit loué, elle est sauvée.

CHU de Dijon, même jour, deux heures plus tard

Karen et Louis Terrier considéraient la jeune femme allongée dans un lit de l'hôpital à l'instar d'une miraculée. Audrey Gendron leur paraissait en bonne santé, ses cheveux châtains luisaient de propreté sous la clarté de la lampe murale. Seul son regard anxieux témoignait d'une terreur rétrospective.

— Bonjour, mademoiselle, je suis commandant de gendarmerie et voici la lieutenante Mathis. On nous a autorisés à vous interroger. Est-ce que vous vous sentez capable de répondre à nos questions ?

— Oui, monsieur. En principe, on ne sera pas dérangés, une infirmière m'a déjà fait une prise de sang. Je vais bien, enfin pas trop mal.

Audrey activa la manette qui lui permettait de relever le haut du lit. Un peu pâle, elle avait la même expression très douce que sur la photographie prise par Catherine.

— Nous sommes sincèrement très heureux de vous voir, mademoiselle, surtout en vie, avoua Karen.

— Moi aussi, je suis heureuse d'être vivante, car pendant tous ces jours, j'ai vraiment cru que j'allais mourir. Si vous saviez ! J'étais rongée par la peur.

Le commandant Terrier sortit son téléphone portable et le montra à la jeune femme.

— Je vous enregistre, cela vous évitera de faire une autre déposition à votre sortie d'ici, précisa-t-il.

— D'accord, monsieur. Je commence par mon enlèvement ?

— Si vous préférez, mais ensuite il faudra nous parler du viol commis sur votre personne par Bastien Mongenot.

Tout de suite, Audrey s'assit en croisant les bras sur sa poitrine, dans un geste instinctif de protection.

— Comment le savez-vous ? demanda-t-elle tout bas. Je n'ai eu le temps d'en parler à personne. J'avais prévu de tout raconter à Mme Desmarets.

— C'est justement elle qui a retrouvé votre bicyclette au bord de la route et nous a contactés, répondit Karen. Nous sommes donc allés chez votre logeuse, où j'ai découvert votre journal intime.

— Alors tout le monde est au courant maintenant ? s'affola Audrey. Je veux dire chez les Mongenot…

Elle baissa la tête, avant de se mettre à pleurer sans bruit, en se tordant les mains, comme si elle était honteuse.

— Mademoiselle Gendron, vous vouliez confier ce qui vous était arrivé à Catherine Desmarets et elle vous aurait conseillé de porter plainte. Le viol est un crime passible des assises, insista le commandant. Respirez, détendez-vous, tout ira bien, et revenons au matin du vendredi 19 octobre.

— Oui, monsieur, excusez-moi.

À cet instant-là, Louis Terrier éprouva une poignante compassion pour la jeune femme. Il ne put s'empêcher aussi de songer à Emma Nevers, qu'il avait tant aimée et que l'on avait massacrée.

— J'étais à vélo, je pédalais vite pour ne pas être en retard, commença Audrey. J'ai croisé une voiture noire, je l'ai remarquée, parce qu'il y a peu de circulation sur cette route à travers les vignes. Mais le conducteur a fait demi-tour et à ma hauteur, il s'est rabattu sur moi. J'ai freiné et ensuite tout s'est passé très vite. Un homme a ouvert la portière arrière, il m'a attrapée à bras-le-corps, en poussant mon vélo d'un coup de pied, ensuite il m'a fait une piqûre, avant d'ouvrir le coffre et de me forcer à m'y coucher. J'étais terrorisée, je ne pouvais même pas crier. Après je ne sais plus bien, tout est devenu flou.

— La méthode habituelle, murmura Karen.

— Je me suis réveillée dans une pièce où il faisait noir, avec un bâillon.

D'une voix monocorde, Audrey raconta qu'au début, on lui avait attaché les poignets et les chevilles.

— Une femme continuait à m'injecter des calmants. Je l'ai surnommée la gardienne. Elle m'a mise en garde, comme quoi si des clients venaient, je ferais mieux de ne pas me débattre, car ils seraient encore plus dangereux. Enfin c'est ce que j'ai cru comprendre.

Les deux gendarmes concevaient l'infini désespoir d'Audrey, prisonnière et promise à des viols monnayés.

— Le temps passait, aucun homme ne venait. J'avais droit à une veilleuse, et je pouvais marcher dans la pièce, utiliser le cabinet de toilette.

— Audrey, pourriez-vous me donner la marque et le modèle de la voiture noire ? demanda Terrier. Ensuite me décrire cette gardienne ?

— C'était une grosse berline aux vitres teintées, monsieur. Je ne peux rien dire d'autre, je n'y connais rien. Et je ne pourrais pas vous faire de description précise de la femme. Chaque fois qu'elle m'apportait mon repas, je devais rester assise au milieu du lit, et j'étais aveuglée par la lampe torche qu'elle braquait sur mes yeux. Pour sortir, elle reculait sans jamais me tourner le dos, mais j'ai fini par deviner sa silhouette. Je dirais qu'elle est un peu plus grande que moi, mince, les cheveux courts ou attachés en chignon.

— Et sa voix ? Vous l'avez entendue souvent, s'enquit Karen. Vous n'auriez rien remarqué de spécial ? Un accent ?

— Oh ça non, la gardienne parlait bien, comme quelqu'un d'instruit. Je l'ai suppliée plusieurs fois de me libérer, en jurant de ne rien dire à la police. Elle répondait toujours que c'était impossible. J'avais si peur de mourir… Quand elle venait, je répétais ça, « je ne veux pas mourir ». Alors elle me promettait que je ne sentirais rien.

— Évidemment, si vous bien étiez captive de ceux qui violent et assassinent les jeunes filles de notre région, ils vous auraient d'abord droguée, jusqu'à l'overdose, indiqua le commandant.

— Comment avez-vous réussi à leur échapper ? Grâce à la gardienne ? demanda Karen d'un ton plein de sympathie.

Les joues soudain colorées, Audrey se servit un verre d'eau qu'elle but lentement, les paupières mi-closes. Terrier perçut son malaise, cependant il refusa de la brusquer.

— Prenez tout votre temps, si c'est pénible de nous avouer les circonstances de votre fuite, lui dit-il.

— Non, pénible n'est pas le mot, c'était bizarre, très bizarre. Hier, quelqu'un est entré dans la pièce. J'avais déjà pris mon dernier repas, aussi il devait faire nuit dehors. Grâce à la veilleuse, j'ai vu tout de suite que c'était un homme.

Audrey se tut, secouée par un gros sanglot. Karen n'y tint plus et alla s'asseoir au bord du lit, pour lui tapoter l'épaule en guise d'encouragement.

— J'étais horrifiée, je regrettais même de ne pas avoir essayé de me suicider, balbutia-t-elle. Je me suis recroquevillée contre le mur, en me souvenant de la brutalité de Bastien Mongenot quand il m'a violée. Mais c'était lui !

— Lui qui ? s'écria Terrier, interloqué.

— Bastien Mongenot. Oui, c'était lui et je me suis mise à prier et à pleurer…

Karen s'apprêtait à réagir à cette révélation stupéfiante lorsqu'une aide-soignante frappa et poussa du coude la porte entrebâillée. Elle lança une œillade perplexe aux deux gendarmes en uniforme.

— Votre repas, mademoiselle, annonça-t-elle. Bon appétit !

Après l'avoir remerciée, Audrey observa le ciel derrière la baie vitrée. Le soleil couchant nimbait les nuages de reflets d'or, sur un ciel presque mauve.

— On sert à dîner très tôt à l'hôpital, commenta Karen.

— Oui, mais je n'ai pas faim pour le moment, je préfère admirer le paysage, les clochers de la ville, les oiseaux.

— Audrey, que s'est-il passé avec Bastien Mongenot? questionna le commandant à mi-voix.

— Eh bien, il a encore abusé de moi, en étant moins brute, et après ça, il m'a dit à l'oreille qu'il allait me sauver la vie…

Sidéré, Louis Terrier pesa le poids de ces mots énoncés par la jeune femme dans un souffle. Si le fils cadet de Mongenot était un élément de l'organisation criminelle qu'il traquait en vain, cela devait être assez récent.

— Continuez, je vous prie, nous avons besoin de connaître le moindre détail, insista-t-il. Et ne craignez rien, Audrey, vous bénéficierez d'une solide protection, même ici, au CHU, je m'en porte garant.

Chez Janine et Jean Nevers, même jour, une heure plus tard

Victoire fut accueillie à bras ouverts par Janine, à peine avait-elle franchi le portillon blanc donnant sur le jardin. Maïa dormait contre elle, nichée dans un porte-bébé en tissu.

— Je suis si contente de te revoir, Vicky ! s'écria la mère d'Emmanuel en l'embrassant. Et voilà ton petit ange qui dort comme une bienheureuse.

— Je suis une vraie maman poule, Janine, j'adore la sentir contre moi. Mais Emmanuel monte le landau sur ses roues, je la poserai pendant le repas.

— Vous allez vous régaler, j'ai cuisiné du brochet, comme mon frère en avait pêché un beau ! Et en dessert, j'ai fait une charlotte aux poires. Entre vite, il y a du vent ce soir.

La cuisine où elles s'installèrent enchantait Victoire à chacune de ses visites. Ayant grandi dans un château, l'allure pittoresque de la pièce lui faisait chaud au cœur.

— Je me sens tellement bien ici, avoua-t-elle.

Son regard bleu se posa tour à tour sur le manteau de la cheminée en pierre ornée d'un court rideau rouge, sur les bibelots bon marché qui y trônaient, puis il caressa la table ovale couverte d'une toile cirée, les chaises dépareillées et le vieux buffet où l'oncle d'Emmanuel entassait des objets hétéroclites.

— Tu en as un beau sourire ! s'exclama celui-ci, occupé à tisonner les braises de l'âtre. C'est à cause de cette jeune fille qui a disparu et qu'on a retrouvée vivante, je parie. Ils en causaient à la télé.

— Tout à fait, Jeannot, j'en aurais chanté de joie. Après tant de victimes, Audrey a survécu. J'ignore encore ce qu'elle a enduré et comment elle a pu s'enfuir, mais elle est vivante et c'est déjà formidable. Ma mère souhaite l'installer au château quand elle quittera l'hôpital. Notre demeure prend des allures de forteresse, ces temps-ci.

Victoire vit Janine s'essuyer les yeux, après avoir jeté un rapide coup d'œil sur la photographie encadrée d'Emma, accrochée au mur près d'une horloge.

— Si seulement on avait sauvé ma princesse, murmura la douce femme en hochant la tête.

L'irruption d'Emmanuel, escorté par son leonberg, permit à sa mère de dominer le chagrin dont elle ne guérissait pas.

— Bonsoir, fiston, j'ai des restes de viande pour Goliath, annonça-t-elle d'une voix raffermie.

— Merci, maman. Vicky, j'ai rangé le landau dans le couloir, tu me diras quand tu en auras besoin.

— Oui, bien sûr, pour l'instant je garde Maïa dans mes bras, dit-elle en s'asseyant au coin du feu.

Le grand chien se coucha à ses pieds. Pendant le trajet, il avait manifesté un intérêt respectueux au bébé.

— J'ai l'impression que Goliath veille sur vous deux, hasarda le jeune ingénieur en riant.

— Dis donc, toi aussi tu as un sourire jusqu'aux oreilles, le taquina son oncle.

— Pour la même raison que moi, précisa Victoire. Et j'ai un cadeau pour Janine et vous.

— Ne bouge pas, je cours le chercher, proposa Emmanuel.

— Mazette, on dirait un gentil petit couple, vous deux, insinua Jeannot avec malice.

— Veux-tu te taire ! s'indigna sa sœur. N'écoute pas ce vieux grigou, Vicky.

— Mais ça ne me choque pas, nous sommes un couple d'amis, les meilleurs amis du monde, admit-elle.

Emmanuel n'avait rien entendu. Il revint une bouteille de vin à la main, qu'il remit à Jeannot.

— J'ai choisi un excellent cru Desmarets, un millésime qui a eu beaucoup de succès, expliqua Victoire.

— Mon Dieu, il ne fallait pas ! s'affola Janine. Je suis sûre que ce vin coûte une petite fortune.

— Si, ça me faisait plaisir.

— Alors merci bien, ma mignonne, mon frère en perd la parole, c'est déjà ça… Hein, Jeannot, tu ne t'y attendais pas ! Maintenant, je sers la soupe, du bouillon et du vermicelle.

— Si vous pouvez patienter, Janine, j'ai un appel de Karen. Je dois lui répondre. Voulez-vous tenir un peu Maïa ? Elle se réveille.

— Plutôt deux fois qu'une, s'extasia celle-ci.

Victoire s'isola dans le couloir, impatiente de savoir pourquoi Karen lui téléphonait. Elle espérait qu'il s'agissait d'Audrey Gendron et c'était le cas.

— J'ai le feu vert du commandant pour t'informer, Victoire, déclara d'emblée la lieutenante. Il se charge de prévenir Jean-Charles Mongenot de vive voix.

— Et maman ? Elle voulait tant avoir des nouvelles.

— Je viens de lui en donner. Quand elle m'a dit où tu étais, j'ai tenu à t'appeler. En fait, par vos liens avec les Mongenot, vous devez être averties toutes les deux.

— D'accord, c'est si grave que ça ? Tu m'angoisses, là !

— Je serai brève. Audrey n'a aucune idée du lieu où elle était enfermée, mais c'est Bastien qui l'a aidée. Après avoir abusé d'elle, il lui a mis une cagoule noire sur la tête et ils sont sortis de la pièce où elle a passé quatorze jours, malade de peur et certaine de mourir. Elle se souvient qu'il l'a guidée dans un dédale de couloirs, avant de la forcer à avaler des cachets. Une chose est sûre, il y avait un autre homme, celui qui a conduit la voiture où Bastien l'a fait monter. Ils ont dû la déposer dans un bois, à proximité de la quatre voies entre Dijon et Gevrey. Quand elle a repris conscience, il lui a été difficile de se relever, puis de marcher. À un moment, elle a fait un malaise et elle est restée couchée sur le sol. Cela explique sa présence deux heures plus tard, sur la bande d'arrêt d'urgence de la route, dans un état de faiblesse et de confusion.

D'abord muette de stupeur, Victoire en tira la conclusion qui s'imposait.

— Karen, le comportement de Bastien est incompréhensible. Qu'il éprouve de la pitié ou le besoin de la sauver, on peut y croire, mais il l'a fait sans cacher son visage ! Maintenant il ne pourra plus revenir en arrière, donc il va être obligé de fuir à l'étranger.

— Tu tiens le même raisonnement que le commandant, à un détail près : cette fois l'affaire va déclencher un dispositif d'envergure. Bastien aura beaucoup de mal à prendre un avion ou à franchir une frontière. Selon nous, il va se planquer là où se trouvait Audrey, dans un endroit sûr, que nous devons localiser au plus vite. Je plains Jean-Charles Mongenot. Ta mère est allée le rejoindre pour le soutenir. Je te rappellerai.

— Je te remercie, Karen.

Victoire raccrocha, toute sa belle humeur envolée. Elle s'adossa à la cloison quelques instants, perdue dans de tristes pensées. Décidée à ne rien montrer de son anxiété, elle regagna la cuisine. Janine berçait Maïa tendrement, en chantonnant, sous les yeux sombres d'Emmanuel.

Rieur, Jeannot lui désigna d'un mouvement du menton la bouteille de vin qu'il avait placée au milieu du buffet, entre un bocal de cornichons et un vase garni de fleurs séchées.

— Il n'y avait rien de particulier, leur dit Victoire. Audrey est très fatiguée, elle doit se reposer. Avec Karen, nous avons surtout parlé de son hébergement au château Desmarets.

Elle était navrée de mentir, cependant elle estimait que c'était préférable, afin de ne pas gâcher la paisible atmosphère qui présidait à ce dîner.

Deux heures plus tard, quand Emmanuel reprit le volant pour la ramener, Victoire lui exposa toute la situation.

— J'ai senti que tu improvisais, lorsque tu es revenue à table, avoua-t-il. C'était mieux pour maman et mon oncle, ils étaient si fiers et heureux de te recevoir.

— Je savais que tu comprendrais ! J'ai du mal à définir ce que je ressens, mais je ne crains jamais tes réactions, comme si tu me connaissais vraiment et que tu me pardonnais tout. Ou bien tu es trop indulgent envers moi.

— Et toi, tu penses toujours aux autres, à les ménager, à ne pas les blesser, ce qui m'incite à avoir entière confiance en ma petite Vicky.

— Je suis flattée, répliqua-t-elle pensivement. Mais je dois être de plus en plus gourmande, car ça ne m'a pas empêché de savourer le repas. Le poisson était délicieux et la charlotte aux poires aussi.

Emmanuel roulait au ralenti, peu pressé de rompre leur tête-à-tête.

— Vicky, ma mère n'avait pas fait ce gâteau depuis des années, lui confia-t-il. C'était le dessert favori de ma sœur. Emma réclamait une charlotte aux fruits ou au chocolat à chacun de ses anniversaires et le soir de Noël.

— Pourquoi en a-t-elle préparé une, alors ?

— Sans doute parce que tu as trouvé une place dans son tendre cœur de maman. Sans oublier Maïa. Je suis certain que dès demain, elle lui tricotera un gilet ou un bonnet.

Touchée, Victoire se retourna pour s'assurer du sommeil de sa fille. Goliath, assis à côté de la coque, semblait prêt à défendre la fragile créature humaine endormie près de lui.

— Quel bon chien, murmura-t-elle. Emmanuel, qu'est-ce que tu penses du comportement de Bastien ?

— Nous savons qu'il est capable de violer une femme. Mais même vicieux et pervers, il a pu être effrayé à l'idée de participer à un meurtre, d'où son geste. En tout cas, Karen disait vrai, vu son âge, il n'a pas pu être impliqué dans les crimes commis des années auparavant.

— Mais pour Ingrid Keller ? Et Romane ? Il est revenu au manoir peu de temps après.

— Comment savoir ! Vicky, nous sommes presque arrivés chez toi. Tu devais me parler de ton projet le plus important.

— Tu as raison, concéda-t-elle. Gare-toi près du portail et coupe le moteur, je n'ai pas envie de te quitter.

Les mots lui avaient échappé. Elle les ponctua d'un rire gêné.

— Enfin, nous avons à discuter et tant que Maïa dort bien, il vaut mieux en profiter.

— Je t'écoute sagement, plaisanta Emmanuel, qui résistait à la tentation de lui prendre la main.

— Je voudrais aller fouiller la maison où mon grand-père Gilles a vécu après le décès de son épouse Béatrice, dont je n'ai aucun souvenir. Il refusait de rester au château, sous le prétexte de ne pas déranger mes parents, qui étaient jeunes mariés.

— Personne n'y habite actuellement ?

— Non, ce n'est ni loué ni vendu, mais je sais où sont les clefs. Papa m'emmenait parfois rendre visite à mon grand-père. C'était une jolie villa de la Belle Époque, entourée d'un jardin. Quelque chose d'indéfinissable me pousse vers cet endroit où je ne suis jamais retournée.

— Qu'espères-tu trouver là-bas ?

— Des photographies de Thibault, le premier fils de Gilles et de Béatrice, dont je t'ai parlé pendant le voyage, ou de mon oncle Damien. Si tu pouvais m'accompagner là-bas, Emmanuel… Je veux faire ça en toute discrétion, tu comprends ?

— Donc, pas question de demander à Karl ou à ton cousin Arthur ! Bien sûr, Vicky, je suis à ta disposition. Tu as un jour de prédilection ?

— Disons lundi ou mardi. Je me consacrerai à ma famille tout ce week-end. Merci d'accepter, tu es le plus gentil de la terre.

Fébrile et ravie, Victoire s'avança pour l'embrasser, en le prenant par l'épaule. Emmanuel reçut trois baisers sur les joues, mais un quatrième effleura ses lèvres.

— Pardon, chuchota-t-elle.

— Ce n'est pas grave, répondit-il en lui souriant.

Intimement bouleversé, il redémarra pour remonter l'allée qui menait droit au château des secrets.

10

Le géant brisé

Château Desmarets, samedi 3 novembre 2018

Ce matin-là, à peine réveillée, Victoire songea que Jean-Charles Mongenot était là, sous le toit du château. Karl lui avait annoncé lors de son retour tardif, après sa soirée chez les Nevers.

— Le patron ne va pas fort, votre mère l'a ramené ici, ils sont déjà couchés, avait-il marmonné.

Elle s'étira avec une grâce féline, avant de contempler Maïa, qui dormait dans son lit, du côté du mur, dont la protégeait un gros traversin.

— Que tu es jolie, mon ange… Bientôt je vais t'emmener chez ton arrière-grand-père Gilles, un homme que j'admirais beaucoup.

Après une bonne nuit de sommeil, Victoire essayait de penser de façon plus sereine à ce que Karen lui avait appris. Certes, Audrey ne pourrait jamais totalement oublier le traumatisme engendré par les viols subis. Mais Victoire était la preuve vivante qu'avec le temps et en étant bien entourée, il était possible d'en guérir et de retrouver le bonheur et une vie normale.

« Elle est vivante, c'est ça le plus important. Quand elle sera là, parmi nous, je pourrai l'aider à se remettre. »

Pleine de bonnes résolutions, elle se leva et alla se doucher. On frappa à la porte de la bibliothèque lorsqu'elle revenait près de son lit, en peignoir de bain.

— C'est toi, Colette ? Entre ! Je n'ai pas fermé à clef.

Mais ce fut Catherine qui apparut, en robe d'intérieur, un bandeau retenant en arrière ses boucles brunes.

— Maman, tu es matinale !

— J'ai passé une nuit affreuse, ma chérie. Jean-Charles s'est agité jusqu'à l'aube. Il poussait des plaintes et il chuchotait des paroles incompréhensibles. J'ai voulu lui faire avaler un cachet de somnifères avant de se coucher, mais il a refusé. Je suis sur les nerfs ! Si on prenait le petit déjeuner toutes les deux... ?

— Bien sûr. Je m'habille et je te rejoins dans la salle à manger avec Maïa. Je la mettrai dans le porte-bébé.

— Vicky, pourquoi tu n'en fais qu'à ta tête ? Tenir son enfant ainsi contre soi n'est pas indispensable, argumenta Catherine. Pour commencer, tu pourrais retourner dans ta chambre de l'étage, au lieu de t'obstiner à loger ici, au milieu des livres et derrière un paravent !

— Je t'en prie, laisse-moi le choix. J'aime la bibliothèque, où j'ai beaucoup d'espace et une salle de bains très pratique. Et je me souviens combien papa se plaisait là, assis dans son vieux fauteuil en cuir rouge.

— D'accord, si tu y tiens, mais au moins arrête d'emmener Maïa partout avec toi dans un porte-bébé. Il faudrait engager une nounou, pour que tu aies du temps libre, ajouta sa mère.

Agacée, Victoire ouvrit un des tiroirs de la commode où elle rangeait sa lingerie.

— Maman, je ferai à mon idée et je suis navrée si cela te dérange autant. Mon enfant compte plus que tout et je tiens à m'en occuper moi-même, avec tendresse et douceur.

— En sous-entendu, ce qui n'a pas été ton cas, dis-le, Vicky ! Je t'écoute si tu comptes me reprocher la façon dont tu as été élevée. Je n'en suis plus à ça près. Je suis déjà si triste.

— Maman, à quoi bon se quereller ? Hier, tu étais très gaie, car Audrey était sauvée. Qu'est-ce qui ne va pas ?

— Je devrais renoncer à épouser Jean-Charles, alors que je l'aime et qu'il me rend heureuse ! Même s'il n'est pas concerné par les agissements de Bastien, il en subira les conséquences.

Victoire lui caressa la joue, puis elle la prit dans ses bras.

— Le mariage n'est pas une obligation, tu peux partager sa vie comme tu le fais depuis un an. Il y a toujours des solutions si l'on a foi en l'autre.

— C'est bien le problème, à présent je le considère comme un possible suspect, avoua Catherine, les larmes aux yeux.

Quelqu'un toqua de nouveau à la porte. La voix de Colette s'éleva de l'autre côté du battant.

— Le petit déjeuner est servi, Madame. M. Mongenot s'est déjà installé.

— Nous arrivons, Colette !

Toute tremblante, Catherine se dégagea de la chaleureuse étreinte de sa fille. Elle sortit après lui avoir adressé un faible sourire de gratitude.

— Courage, maman…

Victoire avait fait vite et elle entra dans la salle à manger vêtue d'un jogging noir, Maïa blottie sur sa poitrine, dans le fameux porte-bébé qui déplaisait tant à Catherine. Une tasse de café à la main, Jean-Charles la salua d'un signe de tête.

— Bonjour, lui dit-elle avec gentillesse.

— Bonjour…

Surprise par les traits affaissés d'un des hommes les plus puissants du pays, la jeune femme l'étudia discrètement. Celui que l'on disait en acier bien trempé était devenu l'ombre de lui-même. Son regard gris, si souvent froid et autoritaire, semblait éteint, souligné de cernes bruns. Ses lèvres moins colorées que d'ordinaire avaient un pli amer.

— Il y a des tartines grillées, ma chérie, des œufs coque et du jus d'orange, indiqua Catherine.

— C'est très appétissant, maman.

Taciturne, le viticulteur se contenta d'une deuxième tasse de café. Il ne prêta aucune attention à Maïa qui suçait son pouce, ses prunelles bleues fixées sur lui.

— Votre petite-fille vous observe attentivement, Jean-Charles, fit remarquer Victoire. Est-ce que vous voulez la tenir un peu ?

— Non, c'est louable de ta part, mais je préfère ne pas m'attacher à cette enfant. J'ignore ce que me réserve l'avenir, aussi je me prépare au pire. Je suis convoqué ce matin par le commandant Terrier, il m'attend à 9 heures.

— Je peux t'accompagner, ce sera sans doute pénible pour toi, proposa Catherine.

— C'est hors de question, personne n'est tenu de subir ma descente aux enfers. À ce propos, j'estime nécessaire de mettre fin à notre relation, Cathy. Je t'en parle devant Victoire, qui a le droit de le savoir. J'ai bien réfléchi et j'ai pris cette décision pour vous deux. Qui voudrait être affublé du nom de Mongenot, quand les médias auront étalé les crimes de mon fils cadet, après avoir déjà tiré des gros titres de la mort atroce de Florian ? Après être allé à la gendarmerie, je rentrerai chez moi. J'ai prévu de confier la gestion entière du domaine à mon maître de chai.

— Jean-Charles, tu me fais peur à parler ainsi et à baisser les bras, toi qui m'as toujours paru fort comme un roc, soupira Catherine. Que feras-tu seul au manoir, entre Nadine et le jardinier ? Et tu es cruel de rompre tout à coup, devant Vicky.

— J'écoute la voix de la raison, trancha-t-il en se levant. Ne vous inquiétez pas, je continuerai à verser leurs gages à Karl et à Emilio. Désormais, vous êtes toutes trois ce que j'ai de plus précieux, vous avez besoin d'eux.

Embarrassée d'assister à la scène, Victoire n'osait pas manger une bouchée. Elle étudia l'expression de sa mère et fut consternée de la voir acquiescer en silence, ce qui la poussa à intervenir.

— Jean-Charles, ne vous conduisez pas en coupable ! Pour l'instant, c'est Bastien qui devrait être sur la sellette, déclara-t-elle. Certes, je condamne sévèrement ses actes, cependant s'il est arrêté et jugé, il aura besoin de vous, son père. Je suppose qu'on l'a entraîné sur une très mauvaise pente, car il est facile à influencer. Je retiens aussi un fait essentiel : votre fils a sauvé la vie d'Audrey Gendron. Pour une fois, une des victimes de ces monstres en réchappe, et c'est grâce à Bastien.

Bouleversé, Mongenot dut se rasseoir. Il dévisagea la jeune femme d'un air singulier, un peu comme s'il la voyait pour la première fois.

— Je ne te remercierai jamais assez, Victoire. Ce que tu viens de dire me redonne un peu de courage.

— Alors vous aurez bien celui de prendre votre petite-fille, cette fois. Maïa est devenue ma lumière, ma joie sur terre. Elle aura besoin de son seul grand-père, alors ne perdez pas espoir.

Sans attendre sa réponse, elle défit les attaches du porte-bébé et lui tendit l'enfant. Mongenot la cala au creux de son bras gauche, avant de la contempler avec passion. Victoire lança un regard insistant à sa mère.

— Ma fille a raison, Jean-Charles, sache que je lutterai à tes côtés et que je refuse de te quitter, déclara Catherine. Je monte m'habiller et nous irons ensemble à la gendarmerie.

Victoire assista au départ de sa mère et de Jean-Charles depuis le perron en compagnie de son cousin, qui venait de se lever. Une pluie fine vernissait le toit des chais, en perlant le feuillage des arbustes d'ornement de la cour d'honneur.

— Qu'as-tu fait de Maïa ? s'étonna Arthur.

— Je l'ai confiée à Colette pour me permettre de sortir un peu. J'aime bien ce temps gris, l'odeur de la terre humide.

— Moi, je retourne au chaud, il y a trop de vent et je suis affamé. Sais-tu que pour être utile, j'ai proposé à ma tante de préparer la chambre d'Audrey ? La femme de ménage vient aujourd'hui, elle saura me conseiller.

— Il faudra des fleurs et de jolis draps. Je pense qu'elle quittera le CHU lundi, mais je ne serai pas là.

— Où vas-tu encore, cousine ? Chez les Nevers ?

— Peut-être, ou bien ailleurs. Tu es trop curieux.

Ils entrèrent ensemble dans le hall, où Karl nettoyait son revolver, assis sur la dernière marche de l'escalier.

— Mademoiselle, prévenez-moi si vous comptez ressortir, lui dit le garde du corps d'un ton soucieux. J'ai envoyé Emilio faire le tour du parc, on a aperçu un type derrière la haie de lauriers.

Tout de suite inquiète, Victoire courut jusqu'à la cuisine où Colette, en extase, berçait Maïa dans ses robustes bras.

— Votre petiote commence à pleurer, je crois qu'elle veut téter. Dites, mademoiselle, ce sera une beauté, comme vous.

— Merci, Colette. C'est gentil de l'avoir gardée, je retourne dans ma chambre. Karl m'a signalé un rôdeur.

— Ah, c'est bizarre ! Il ne s'est rien passé pendant votre absence… Tirez vos doubles-rideaux, surtout, comme ça, on ne vous verra pas du dehors. Au fait, Madame m'a parlé d'un dîner ce soir, peut-être que c'est annulé ?

— Non, mais ne vous ennuyez pas, préparez un repas tout simple. Il y aura juste Anna et son fiancé.

Son bébé blotti contre sa poitrine, Victoire avait réussi à dominer son anxiété. Elle se réfugia avec soulagement dans la bibliothèque, où elle s'enferma à clef.

Gendarmerie de Gevrey-Chambertin,
même jour, une heure plus tard

Jean-Charles avait conseillé à Catherine de l'attendre dans sa voiture, pendant son entretien avec le commandant Terrier. Mais elle s'était entêtée à le suivre, en lui affirmant qu'elle patienterait à l'accueil.

Ils attendaient tous les deux à présent, silencieux, en se tenant par la main. Enfin Karen apparut, un vague sourire sur son visage au teint doré.

— Suivez-moi, monsieur Mongenot, vous aussi madame Desmarets, leur dit-elle.

— Je peux venir ? Pourquoi ?

— Nous avons aussi des questions à vous poser. Vous auriez été convoquée dans l'après-midi, puisque vous êtes là, nous gagnerons du temps.

— C'est parfait, admit Catherine, satisfaite de son initiative.

Louis Terrier les reçut avec une expression impénétrable. Il leur fit signe de s'asseoir en marmonnant un bonjour.

— Monsieur Mongenot, il me faudrait des indications plus précises sur vos faits et gestes du vendredi 19 octobre, date à laquelle vous avez déclaré être à Beaune, en compagnie de votre maître de chai et d'autres viticulteurs.

— Tout à fait, nous devions préparer le planning de la Fête des Grands vins de Bourgogne, qui a lieu le troisième week-end de novembre[1]. C'est une manifestation très importante à laquelle je participe depuis des années. Commandant, vous me demandez un alibi ? Du matin au soir, j'étais entouré d'une dizaine de personnes me connaissant bien qui pourront en témoigner.

— Ils n'étaient pas avec vous dans votre chambre d'hôtel, rétorqua Terrier. Il y a une trentaine de kilomètres de Beaune à votre manoir. Votre fils a pu vous appeler

1. Véridique

à l'aide après s'être rendu coupable du viol de votre jeune employée. Vous l'avez dit vous-même, il n'avait pas d'argent et il ne sait pas conduire. Nul ne peut certifier que vous avez passé la nuit à l'hôtel. Si vous savez où se cache Bastien, dans son intérêt même, dites-le-moi.

— Je l'ignore, commandant ! Je valide votre hypothèse, hélas je n'ai reçu aucun appel de mon fils. L'établissement où je logeais doit disposer de caméras de surveillance. Vous pourrez vérifier que ma voiture n'a pas bougé du parking.

— Nous le ferons, cependant vous avez pu en emprunter une autre, ou en louer une, avança Karen.

— Je n'ai qu'une parole, je suis resté à Beaune.

— Très bien, dans ce cas, qui a aidé Bastien à s'enfuir ? insista la lieutenante.

— Excusez-moi, la gouvernante s'est souvent vantée d'avoir de solides économies et elle possède une voiture, intervint Catherine. Elle a joué un rôle, j'en suis certaine.

— C'est possible, madame, mais nous n'en avons aucune preuve, répondit le commandant. Nadine Meigneux a été interrogée et elle n'a pas menti sur ses activités de ce jour-là. Je n'ai donc pas d'éléments permettant de la placer en garde à vue. J'ajouterai que ce genre de femme ne parlera pas si elle est mêlée à la fuite de Bastien.

— Pourtant ce serait sûrement intéressant, surtout quand on sait qu'elle avait des relations physiques avec ce garçon, décréta Catherine.

Soudain livide, Jean-Charles Mongenot baissa la tête. Il fixa ses mains patriciennes qu'il avait croisées sur ses genoux.

— Il peut s'agir de ragots de cuisine, murmura-t-il. Sois prudente, Cathy, tu as entendu le jardinier l'insinuer lors d'une dispute, mais Armand a pu se tromper. S'il est l'amant de Nadine, il aura pris ombrage de son dévouement pour mon fils, convalescent de surcroît.

— Monsieur Mongenot, convalescent ou non, Bastien était assez rétabli pour violer Audrey Gendron.

— De toute façon, votre jugement est fait, vous n'accordez pas le bénéfice du doute à mon fils, s'emporta le viticulteur. Et si cette fille avait couché avec lui afin de le dénoncer ensuite ? Comment savoir si Bastien lui a vraiment offert de l'argent pour la faire taire ou bien si c'est elle qui en a exigé ?

Affolée, Catherine le secoua par l'épaule. Elle voyait bien qu'il perdait le contrôle de ses nerfs et qu'il niait l'évidence.

— Tais-toi, tu te ridiculises, Jean-Charles ! s'insurgea-t-elle. Audrey est une jeune femme sérieuse. Elle n'a plus de famille, aussi elle travaillait dur pour se payer le permis de conduire. J'ai lu son CV, elle a cumulé plusieurs emplois pendant deux ans.

— Justement, elle a pu obtenir de l'argent d'une manière moins pénible, balbutia-t-il d'un air égaré, de plus en plus pâle.

— Vous vous sentez bien, monsieur ? Voulez-vous un verre d'eau ? s'inquiéta Karen.

— Je suis épuisé. La douleur que je ressens là, dans mon cœur, me détruit, dit Mongenot en se frappant le haut de la poitrine. Florian est mort en pleine jeunesse, déchiqueté par une bombe. Je voudrais retrouver Bastien… S'il confesse ses crimes, là je le croirai et j'accepterai qu'il soit puni.

Le commandant approuva en crispant les mâchoires. Troublé par le désespoir sincère du viticulteur, il savait aussi qu'il approchait de son but.

— Monsieur, si c'est vraiment ce que vous souhaitez, aidez-nous. Le témoignage d'Audrey ne peut pas prêter à confusion. Ceux qui l'ont enlevée et retenue prisonnière font partie des assassins que je traque en vain. Le mode opératoire le confirme, des berlines noires aux vitres teintées, une action en plein jour, rapide et efficace, les injections de drogue pour rendre les victimes plus dociles. Les analyses effectuées au CHU attestent de ce dernier point. Il était aussi question de clients qui viendraient abuser de cette jeune fille. Or Bastien se trouvait dans cette planque. Il devait même jouir d'un statut privilégié, sinon il n'aurait pas pu libérer Audrey.

— Non, non et non, mon fils ne peut pas faire partie de cette clique de salauds ! hurla Jean-Charles en bondissant de son siège.

— Du calme et veuillez vous rasseoir, je n'ai pas terminé ! vociféra Terrier à son tour. Monsieur Mongenot, parmi les propriétés de votre famille, il n'y en aurait pas une susceptible d'abriter des membres de cette organisation criminelle ?

— Il faudrait nous fournir leur liste, et leurs adresses, insista Karen.

— Je pourrais, mais ce serait inutile, car j'ai vendu tous mes biens immobiliers ces deux dernières années, avoua-t-il d'une voix rauque. J'avais besoin de capitaux importants en raison des frais que je devais assumer.

Soudain confuse, Catherine aurait bien voulu s'éclipser. Sans avoir besoin de calculer, elle eut une vision globale des dépenses considérables qu'avait faites Jean-Charles en jouant les grands seigneurs pour Victoire et sa famille.

— Mon Dieu, tu aurais dû me le dire, murmura-t-elle.

— Cela me concernait, moi et moi seul, décréta-t-il. Toujours est-il que je possède uniquement le manoir et ses vignobles, commandant.

— Dommage, bougonna celui-ci. Bien, restons-en là pour aujourd'hui, mais tenez-vous à notre disposition et ne quittez pas la région. À vous, madame Desmarets…

— Je ferai tout pour aider la justice, affirma Catherine. Je vous écoute…

— C'est au sujet d'Audrey Gendron. Hier, par téléphone, vous m'avez dit vouloir héberger cette jeune femme au château Desmarets. Je n'y vois pas d'objection, si elle accepte. Mais pourquoi portez-vous autant d'intérêt à une employée qui a travaillé juste deux semaines au manoir Mongenot ?

D'abord surprise par la question, Catherine réfléchit quelques instants avant de répondre.

— Je pensais que vous aviez compris mes raisons, dit-elle avec un sourire poli. Audrey était un vrai rayon de soleil, et quinze jours suffisent parfois à cerner une personne. Je vous avouerai que je déprimais, privée de Victoire et de son bébé, de ma mère aussi. Jean-Charles ayant de nombreuses obligations professionnelles, j'avais décidé de changer la décoration du manoir. Audrey m'a assistée, elle était gaie, soigneuse, très attachante. Alors quand j'ai trouvé sa bicyclette, son téléphone, j'ai eu très peur...

Catherine se tut, la gorge nouée, comme si elle revivait ces minutes d'angoisse et d'incompréhension. Karen et Terrier respectèrent son émotion.

— Ensuite, vous m'avez montré son journal, où elle avait noté ce grand malheur qui lui était arrivé. Que voulez-vous, j'ai songé à ma fille, à toutes les autres victimes ! Je me suis promis, si on retrouvait Audrey vivante, de prendre soin d'elle. Victoire s'en réjouit, je vous assure.

— Je vous remercie, madame, dit le commandant. Vous pouvez partir, monsieur Mongenot également.

Catherine se mit à pleurer sur le parking de la gendarmerie, sous le regard morose de Jean-Charles. Il ouvrit la voiture et s'installa au volant, sans lui accorder un geste de tendresse.

— Monte vite, inutile de te donner en spectacle ! lâcha-t-il enfin, comme elle demeurait figée sur place, secouée par des sanglots irrépressibles.

Elle lui obéit, mais une fois assise à ses côtés, elle voulut se réfugier dans ses bras. Il la repoussa un peu rudement.

— Je vais te ramener chez toi, Cathy, après tout sera fini entre nous. Je ne reviendrai pas sur ma décision. Je t'ai laissée m'accompagner, mais je préfère être seul dorénavant.

— Non, je veux te surveiller, car je te sens capable de faire une terrible sottise, protesta-t-elle. Ce n'est qu'une épreuve de plus, mon amour, reprends-toi. Et je suis tellement désolée, à cause de la fortune que tu as dilapidée pour moi et Vicky. Mais je peux t'aider, j'ai placé de l'argent sur la vente de mes terres de Cluny et du manoir dont j'avais hérité. S'il le faut, j'hypothéquerai le château.

Mongenot démarra sans lui répondre. Désespérée par son mutisme et sa mine austère, Catherine passa du chagrin à la révolte.

— Dis quelque chose au moins ! Tu m'as entendue ? Je te rembourserai les sommes que tu as dépensées. Même la bague en émeraude, je m'en séparerai. Elle vaut une petite fortune, je n'aurais jamais dû l'accepter.

— Bon sang, Cathy, ce n'est pas le problème. Je suis blessé dans ma fierté et mon orgueil par l'abominable conduite de Bastien. Je croyais avoir transmis des valeurs morales à mes deux enfants, je me suis trompé. Dès que les médias vont s'emparer de l'affaire Audrey Gendron, mon nom sera sali, plus personne ne me fera confiance dans la région, et ma clientèle étrangère suivra le mouvement. Qui voudra acheter à prix d'or les cuvées du père d'un violeur ? Ici, dans ce pays où tant de malheureuses ont été abusées et tuées…

— Pour l'instant, rien n'a filtré dans la presse, tenta-t-elle de le rassurer. Les infos d'hier soir annonçaient qu'on avait retrouvé Audrey vivante, mais dans un état de grande confusion. Les journalistes n'en savent pas davantage. Allons au CHU, Jean-Charles, pour discuter avec elle. Nous pourrions lui demander de ne pas révéler l'identité de Bastien. Après tout, il l'a sauvée.

— Tu as raison, une visite à l'hôpital s'impose, admit-il. Ce sera l'occasion que je lui demande pardon pour avoir engendré un individu perclus de vices. Mais n'imagine pas une seconde que j'oserais la supplier de taire le nom de son bourreau.

— C'était une simple suggestion, murmura Catherine.

Mongenot s'engagea sur la quatre voies menant à Dijon. Il accéléra aussitôt, les mains crispées sur le volant.

— Je ne m'étais jamais ridiculisé avant ce matin, déclara-t-il soudain d'un ton amer.

— Pourquoi dis-tu ça ?

— Parce que j'ai défendu mon fils au lieu de le renier et de le condamner sans l'ombre d'un doute. Cathy, je ne sais plus où j'en suis, je n'y comprends rien.

— Tu as réagi en père, c'est normal. Je ne t'ai jamais raconté notre réaction, à Jacques et moi, lorsque nous avons appris la grossesse de Vicky. Notre fille unique de quinze ans était enceinte et il nous a fallu plusieurs jours pour lui apporter notre soutien et notre affection. Je l'ai même giflée, certaine qu'elle nous mentait en prétendant n'avoir aucun souvenir d'une relation sexuelle. J'en ai encore honte, car à l'époque, le plus important à mes yeux était notre réputation. Il fallait éviter un scandale, et nous ne songions pas à l'immense détresse de Victoire. Toi au moins, tu as eu foi en ton enfant durant quelques instants.

— Je me berçais d'une vaine illusion, Cathy. Ceci dit, depuis quelques mois déjà, je m'interrogeais sur les alarmantes dérives de Bastien. Après le décès de sa mère, je ne me suis guère soucié de ses états d'âme, ni de ceux de Florian. Je les considérais comme des adultes qui devaient assumer leurs choix de vie. Ensuite il s'est produit ce tragique accident, où Jacques est mort et auquel ta fille a survécu grâce au sacrifice de son père. À dater de cette nuit atroce, je me suis consacré à toi. Tu souffrais tant…

Bouleversée par ce dernier aveu, Catherine posa sa main sur l'épaule de Jean-Charles.

— Je t'ai toujours aimée follement, ajouta-t-il. Les mauvais esprits ont sans doute conclu que je profitais du décès de ton mari pour te reconquérir, c'est faux. J'ai surtout essayé de te soutenir, pendant une période épouvantable pour toi.

— Et tu as réussi, sans toi j'aurais sombré dans l'alcool et la dépression, soupira-t-elle. Puisque tu m'aimes si fort, ne me rejette pas, je t'en prie. Même si tu renonces à m'épouser, je veux être près de toi et t'aider, comme tu l'as fait.

— Si tu agis par charité ou pitié, je ne le supporterai pas, marmonna-t-il.

— Je n'éprouve ni l'un ni l'autre de ses sentiments, Jean-Charles. Je suis sincère, tu dois me croire, j'agis par amour…

Château Desmarets, lundi 5 novembre 2018

Catherine venait d'entrer dans la bibliothèque, après avoir toqué deux légers coups à la porte. Victoire, encore en pyjama, était en train de changer sa fille.

— Bonjour, maman ! Alors c'est le grand jour… ?

— Ne te moque pas, Vicky. Tout le monde semble surpris que j'accueille Audrey ici.

— Non, pas moi, je suis même ravie de ton initiative. Et pour te le prouver, j'ai reporté à demain la sortie que j'avais prévue.

— Ta grande promenade avec Janine et Emmanuel ?

— Tout à fait, je préfère rencontrer notre invitée.

— Elle te plaira, Vicky ! Après l'épreuve traumatisante qu'elle vient de subir, Audrey fait preuve d'un courage admirable. Lorsque nous lui avons rendu visite samedi, Jean-Charles et moi, après ce pénible épisode à la gendarmerie, si tu avais vu son sourire ! J'ai cru qu'elle allait fondre en larmes quand je lui ai offert mon bouquet de roses.

— Maman, sais-tu que tu me l'as raconté au moins trois fois ?

Attendrie, Victoire souleva Maïa de la table à langer pour la coucher dans une jolie bercelonnette en osier, garnie de broderie anglaise d'un blanc pur. Des roulettes permettaient de la déplacer.

— Est-ce que ta petite s'habitue à dormir ailleurs que blottie contre toi ? la taquina Catherine.

— Cela dépend des moments, mais la nuit, je la garde dans mon lit.

— Le petit déjeuner est prêt, ma chérie. J'ai demandé à Colette de le servir au salon, ainsi tu entendras si ce petit ange pleure.

Hésitante, Victoire observa Maïa qui gigotait en fixant la hampe ornée de tulle.

— C'est gentil, cependant j'ai du mal à la laisser seule dans une pièce. Samedi, Emilio n'a pas pu rattraper le rôdeur qu'il avait vu derrière la haie de lauriers.

— Il ne faut pas s'affoler, cet homme pouvait se promener et s'être égaré, hasarda sa mère.

— En temps normal, je penserais comme toi, mais je ne peux plus me le permettre. Ceci dit, j'ai voulu rentrer ici en sachant qu'il y avait des risques, alors j'assume mon choix.

— Encore une fois, tu n'aurais pas les mêmes craintes si tu t'installais dans ton ancienne chambre, à l'étage.

— Je vais y réfléchir, maman, tu as peut-être raison.

— Vicky, je suis tellement heureuse que tu sois là ! Ne fais pas attention à mes sautes d'humeur. Tu me manquais tant.

Sur ces mots, Catherine l'enlaça et la cajola en l'embrassant sur le front. Victoire la sentit trembler d'émotion et l'étreignit à son tour.

— Je te demande pardon, ma chérie, pour la façon dont je t'ai éduquée, pour les nurses, les sermons dès que tu étais trop gaie ou si tu avais une mauvaise note, ajouta Catherine. Ton père me jugeait d'une sévérité abusive, cependant il n'osait pas me contredire.

— C'est du passé, je t'aime comme tu es, répliqua la jeune femme en souriant. En tout cas, tu as meilleure mine ce matin qu'hier soir. J'ai eu peur d'un nouveau drame, car tu étais très blanche et les yeux cernés.

— C'est simple, cette nuit, j'ai bien dormi pour la première fois depuis des jours. Au manoir, je me sens oppressée. Jean-Charles s'en est aperçu, et il m'a conseillé de revenir ici.

— Est-ce qu'il va mieux ? demanda Victoire en poussant la bercelonnette vers le salon.

— Non, il s'efforce de donner le change, mais son état m'inquiète. Je le crois capable du pire.

— C'est impossible, pas lui ! Tu aurais dû rester à ses côtés ou l'obliger à s'installer chez nous ! s'écria Victoire.

— Il refuse de se trouver sous le même toit qu'Audrey, par respect pour elle. Et comme il approuve mon geste, il va se cloîtrer là-bas, en compagnie de Nadine et du jardinier.

Une tasse de café à la main, Élodie les écoutait, assise à la table ovale où Colette avait disposé un copieux petit déjeuner.

— On ne me tient au courant de rien, comme bien souvent, se plaignit-elle. D'après ce que je viens d'entendre, le terrible Mongenot culpabilise enfin ? Tu devrais en profiter pour rompre, Cathy !

— Mamie, ne sois pas aussi intransigeante, lui reprocha Victoire. Nous n'avons pas pu te dire ce qui se passait, tu étais partie avec oncle Guy je ne sais où…

— Nous étions conviés chez des amis, du côté de Cluny, et cela m'a divertie. Par chance, Karl est bavard, j'ai appris il y a dix minutes que nous attendions cette pauvre jeune fille, torturée par Bastien.

Catherine se contenta d'acquiescer en silence. Elle aurait aimé pouvoir se consacrer à Audrey, mais aussi à Jean-Charles. Songeuse, elle se servait du thé, quand son neveu fit irruption. Il lui apparut comme une éventuelle solution à son dilemme.

— Arthur, je voudrais te parler avant l'arrivée d'Audrey, lui dit-elle d'une voix douce. Mais prends une brioche et du café, et rejoins-moi sur la terrasse. Nous avons un peu de soleil…

Quelques minutes plus tard, seule avec Victoire, Élodie poussa un soupir exagéré, avant de se lancer dans un bref discours, véhément quoique marmonné.

— Je m'interroge sur l'idée qui a germé dans l'esprit de ta mère, Vicky. Je connais Catherine, elle va se délester de sa responsabilité envers Audrey Gendron sur toi, Arthur et moi. Je ne critique pas sa décision fort louable, mais je ne tiens pas à y être mêlée.

— Mamie, tu es pourtant croyante et charitable, pourquoi dis-tu ça ? Nous allons héberger une jeune victime de ces monstres. Moi j'ai hâte de la rencontrer, de la réconforter, de m'en faire une amie.

— Je te fais confiance sur ce point, tu y arriveras. Mais ce sera une personne marquée par ce qu'elle a subi, et dans ce cas, je me sentirai obligée de la prendre en considération, alors que je suis fatiguée, très fatiguée ! Vous semblez tous oublier mon âge, or j'ai plus de soixante-seize ans. Vivre depuis des mois dans l'angoisse permanente m'a épuisée. Aussi j'ai décidé de partir jusqu'au printemps. Une de mes amies m'a proposé de passer l'hiver avec elle dans sa villa près de Menton, au bord de la Méditerranée. Mais je ne manquerai pas le baptême de mon arrière-petite-fille, du moins s'il a lieu bientôt.

— Je suis navrée, je n'ai pas encore fixé de date, répondit Victoire. Donc tu abandonnes le navire, mamie. Tu as tenu bon jusqu'à présent et tout à coup, tu déclares forfait.

— Ne m'en veux pas, ma chérie. Peut-être que j'ai pris goût au climat méridional. Peu importe, je ne changerai pas d'avis.

Comme Maïa s'était réveillée et pleurait, Victoire la prit contre elle et alla s'enfermer dans la bibliothèque, le cœur serré à la perspective du départ de sa grand-mère.

— La vie est bien compliquée, mon ange, souffla-t-elle au bébé, avant de déposer un baiser sur sa joue veloutée, d'un rose délicat.

Audrey découvrit le château Desmarets un peu plus tard, à 11 heures du matin. Karen et son collègue le brigadier Fort avaient été chargés de la conduire à bon port, avec un des breaks de la gendarmerie.

— C'est magnifique, je vais vraiment habiter là, lieutenante ? demanda-t-elle tout bas.

— Oui, si vous le désirez, mais vous avez un peu l'habitude des demeures de ce genre, puisque vous étiez employée au manoir des Mongenot.

— Ce n'était pas pareil, car je rentrais dormir tous les soirs à Saint-Philibert. Vous avez remarqué ? Mme Chaussoy avait l'air triste que je récupère mes affaires.

— Ne vous inquiétez pas, votre logeuse trouvera une autre locataire. Voici votre comité d'accueil, indiqua Karen en se garant au milieu de la cour d'honneur.

Catherine, Victoire, Guy et Arthur se tenaient sur la terrasse ensoleillée. Une femme sortit par une porte-fenêtre, robuste, grisonnante et flanquée d'un tablier.

— Je fais les présentations, murmura la jolie métisse. Vous connaissez Mme Desmarets… La très jolie brune à ses côtés, c'est sa fille unique, dont elle a dû vous parler. Il y a M. Quinot, le frère de Mme Desmarets, et le jeune homme blond, assez grand, est le fils de ce dernier.

— Et la dame en tablier, ce doit être Colette, avança Audrey qui avait entendu parler de la cuisinière par Catherine Desmaret. J'espère que je ne vais pas déranger tous ces gens.

— Pas du tout ! Vous serez en sécurité. Des gardes du corps engagés par M. Mongenot sont présents et nous patrouillons régulièrement autour de la propriété.

Intimidée, Audrey n'osait pas descendre de voiture. Ses pensées se bousculaient, assorties d'images qui lui restituaient, intact, le cauchemar de sa captivité.

— Lieutenante Mathis, vous êtes sûre que le commandant Terrier ne citera pas de noms, s'il parle aux journalistes ? dit-elle à mi-voix.

— Je vous le répète, le procureur a validé sa requête. Par prudence, on ne dévoilera pas l'identité de votre agresseur ni les abus dont vous avez souffert. C'est dans notre intérêt, afin de tranquilliser Bastien Mongenot et qu'il ne s'enfuit pas. Grâce à vous, Audrey, nous avons l'espoir de mettre un terme aux crimes qui ont endeuillé la région. Soyez courageuse, ne flanchez pas.

— Je vous le promets, lieutenante.

— Bien, je vous fais confiance. Maintenant à vous la vie de château, répliqua Karen.

11

La vie de château

Château Desmarets, même jour, lundi 5 novembre 2018

Audrey Gendron admirait en silence la chambre qui lui avait été attribuée. Tout l'émerveillait : les doubles-rideaux en chintz fleuri, le lit aux montants sculptés, le mobilier élégant et la tapisserie vert amande aux motifs damassés.

Elle avait posé ses deux sacs de voyage sur le parquet ciré pour joindre les mains à hauteur de sa bouche.

— J'espère que vous vous plairez ici, avança gentiment Victoire. Vous avez votre salle de bains personnelle, avec tout le nécessaire. Et mon cousin a fait livrer des roses pour égayer la pièce.

— Je n'ai jamais dormi dans un si bel endroit, mademoiselle Desmarets. Je suis tellement intimidée…

Tout de suite attendrie par cet aveu marmonné, Victoire ouvrit la colossale armoire de style Louis-Philippe, dont une partie abritait une penderie. C'était un moyen de dissimuler son émotion devant la jeune femme, qui lui faisait songer à une enfant perdue.

— Vous avez le temps de ranger vos affaires avant le déjeuner, Audrey.

— Est-ce qu'il y aura beaucoup de monde à table ? Peut-être que je devrais manger à la cuisine, avec Colette.

— Mais non, il n'en est pas question. Ne vous inquiétez pas, il y aura ma grand-mère, ma mère que vous connaissez bien, mon oncle Guy et son fils Arthur. Nous ne sommes pas très nombreux.

— D'accord, merci, mademoiselle.

— Il faut m'appeler Victoire ou Vicky ! Nous avons le même âge, Audrey. Et on devrait se tutoyer, ce serait plus simple.

— Oh non, ça, je n'oserais pas.

— Il suffit de commencer, ensuite le pli est pris. Je commence ! Installe-toi, je te laisse seule, Arthur viendra te chercher à l'heure du repas.

Victoire ponctua cet essai d'un sourire chaleureux, dans l'espoir de persuader Audrey de l'imiter.

— Vous êtes vraiment aimable, mademoiselle, mais je n'y arriverai pas, enfin pas si vite.

— Ce n'est pas grave, prends ton temps si cela te gêne. À plus tard.

Arthur attendait sa cousine dans le couloir. Il l'entraîna aussitôt par le coude vers le palier, en arborant une mine de conspirateur.

— Je ne la croyais pas aussi mignonne, souffla-t-il, le regard exalté. La mission que m'a confiée ta mère va être finalement très agréable.

— Quelle mission ?

— Il me revient de divertir notre invitée, de prendre soin d'elle et d'atténuer son chagrin. Et c'est rémunéré, tante Cathy m'a proposé un dédommagement intéressant.

— Tu n'aurais pas dû accepter d'être payé, Arthur. Nous devons tous veiller sur Audrey par sympathie et compassion.

Contrariée, Victoire le dévisagea d'un air réprobateur. Il balaya son objection d'un geste de la main.

— Je suis fauché, dit-il en haussant les épaules. Mes études sont au point mort et je ne travaille pas. Quant à mon père, même s'il a vendu sa maison un bon prix, il a préféré placer son capital. Je n'allais pas refuser ce job.

— Tu ne changeras donc jamais, lui assena-t-elle. Il y a cinq ans, pour de l'argent facile, tu m'as envoyée dans un piège aux conséquences tragiques pour moi et ma famille. Sois honnête, Arthur, est-ce que tu te serais dévouée pour Audrey sans la promesse de ce fameux dédommagement ?

Du rouge monta aux joues de son cousin. Il lui tourna le dos et battit en retraite, en direction de sa chambre.

— C'est désolant, mamie veut partir tout l'hiver et maman achète les services d'Arthur, murmura-t-elle.

De plus en plus agacée, Victoire descendit l'escalier en se tenant bien à la rampe. Elle avait récupéré toute sa mobilité, mais la perspective des marches en large spirale lui causait une sorte de vertige.

Dès qu'elle entra dans le salon, Catherine lui annonça que Maïa réclamait sa tétée. Elle berçait le bébé dans ses bras, manifestement comblée de pouvoir la tenir.

— Dépêche-toi, Vicky, nous passerons bientôt à table. Après le café, je partirai voir Jean-Charles. Je lui ai téléphoné, il est toujours déprimé. Je dois l'aider à classer des documents.

— Oui, je fais au plus vite, répliqua Victoire en prenant sa fille. Au fait, maman, je suis au courant pour ton arrangement avec Arthur et ça me déplaît beaucoup. Ceci dit, je suppose que tu avais tes raisons.

— En effet, je souhaitais susciter le dévouement chez ton cousin, qui a gardé un fond d'égoïsme déplorable à mes yeux.

— Oncle Guy valide ce genre de choses, maman ?

— Bien sûr, je lui en ai parlé et il m'a approuvée.

— Donc je n'ai rien à dire. Sois tranquille, je ne ferai plus de remarques sur ce point, trancha Victoire avant de s'enfermer dans la bibliothèque. Mais je m'absente demain, et tu devrais consacrer un peu de ton temps à Audrey. Elle a besoin de toi, parce que tu la connais mieux que nous.

Colette venait d'apporter les hors-d'œuvre aux six convives assis à la grande table de la salle à manger. Elle avait jeté un coup d'œil intrigué du côté d'Audrey, dont l'embarras évident était perceptible à tous. La jeune femme, qui avait Arthur en face d'elle, fixait obstinément son assiette.

— Prends du pain, voyons, lui conseilla Catherine qui s'était placée à ses côtés.

— Un peu de vin ? lui proposa Guy, son voisin de gauche.

— Non, merci monsieur, je ne bois pas d'alcool, répondit celle-ci tout bas.

Imperturbable, Élodie dégustait sa part de concombre à la crème. Elle ressassait les réactions indignées de sa fille et de sa petite-fille, en apprenant son prochain départ pour la Côte d'Azur. Il lui vint une envie de semer le trouble.

— Je vous plains, Audrey, ma pauvre enfant, déclara-t-elle. Vous êtes mal à l'aise et c'est compréhensible. Cathy joue les bonnes âmes, sans tenir compte de la situation qu'elle vous impose ! Répondez-moi en toute franchise, vous aimeriez mieux déjeuner dans la cuisine, en compagnie de Colette et de nos gardes du corps, j'en suis sûre !

— Oh oui, madame... C'est ce que je voulais.

— Mais enfin, Audrey, je refuse de te traiter en employée, tu es mon invitée, protesta Catherine. Comme je l'ai dit à Karen Mathis, je souhaitais que tu te sentes en sécurité. Tu n'as aucune raison d'être gênée, ou bien si c'est le cas, j'en suis navrée. Et toi, maman, tu n'as pas à l'apostropher ainsi, devant nous tous. C'est un manque de tact déplorable.

— Je suis d'accord avec ma sœur, tu aurais pu attendre la fin du repas, renchérit Guy.

— J'ai eu pitié de cette malheureuse petite, qui ne sent pas à sa place !

— Ne vous querellez pas, je déteste ça ! s'insurgea Victoire.

— C'est ma faute, je vous dérange, gémit Audrey.

Soudain très pâle, elle se mit à pleurer sans bruit, le visage à moitié enfoui dans sa serviette.

Alertée par leurs éclats de voix, Colette décida d'intervenir. Elle fit lever la jeune femme en pleurs et l'emmena d'autorité dans la cuisine.

— Je m'occupe de votre invitée, Madame, dit-elle avec son accent rocailleux.

Le silence s'instaura autour de la table. Arthur poussa un soupir exagéré, puis il termina son assiette.

— Il en faudrait plus pour me couper l'appétit, lança-t-il sur le ton de la plaisanterie.

— Ce n'est pas mon cas, bougonna son père.

— Vraiment, j'accumule les maladresses, soupira Catherine.

Après s'être levée pour vérifier que Maïa dormait bien, nichée dans sa bercelonnette, Victoire se rendit dans la cuisine. Ils l'entendirent discuter avec Karl, sans se douter une seconde de ce qui se tramait.

Elle réapparut au bout de quelques minutes, précédant un groupe hétéroclite composé des gardes du corps et d'Audrey, suivis de près par Colette.

— Voici la meilleure solution pour apaiser les tensions, dit-elle en souriant. Désormais, nous prendrons tous les repas ensemble, dans cette pièce ou à la cuisine. J'en ai assez des prétendues différences sociales et des convenances.

— Madame Desmarets, moi je reste sur mes positions, précisa Colette, rouge de confusion. Ceci dit, mademoiselle n'a pas tort, c'est aussi simple comme ça.

À la surprise générale, Catherine éclata d'un rire nerveux, provoqué par la mine effarée de sa mère. Guy et Arthur s'esclaffèrent eux aussi, en indiquant où s'asseoir aux trois nouveaux convives.

— Eh bien, qu'il en soit ainsi, décréta Élodie haut et fort. De toute évidence, Vicky a pris le commandement du château…

En ce début d'après-midi, le pâle soleil de novembre jetait une note de lumière dans la chambre d'Audrey. Désireuse de la réconforter, Victoire l'avait accompagnée.

— Je suis désolée pour l'incident du déjeuner, ce devait être déplaisant pour vous, enfin pour toi. Mais finalement tu as mangé de bon appétit.

— Oui, j'étais affamée, alors j'ai fait en sorte de ne penser à rien et de ne pas regarder autour de moi. Mais j'étais quand même très gênée. Jamais une chose pareille ne serait arrivée chez les Mongenot, Nadine en aurait eu des vapeurs ! Si vous saviez à quel point cette femme est méchante... Elle défiait sans arrêt Mme Desmarets ou bien elle lui cherchait des ennuis. Mais j'ai essayé de protéger votre maman.

Pour la première fois, Victoire remarqua une touche de fermeté dans la voix fluette de leur invitée.

— Je t'en remercie, et c'est sûrement pour ça qu'elle t'aime beaucoup.

— Peut-être ! Au manoir, on se disait qu'on faisait front toutes les deux contre Nadine. Hélas, il y a eu ce malheur.

Toute tremblante, Audrey se posta près de la fenêtre. Elle avait vu une psychologue à l'hôpital, sans pouvoir lui livrer son chagrin et sa honte.

— Le viol que tu as subi, murmura Victoire.

— Je n'ai pas pu me défendre, c'était affreux.

— Tu peux m'en parler. Est-ce que ma mère t'a raconté ce qui m'est arrivé à quinze ans ?

— Non, Mme Desmarets m'a juste dit que vous aviez été handicapée pendant plusieurs mois, à cause d'un accident, et que vous étiez guérie. Votre maman m'a surtout parlé de la danse. Je sais que vous pouviez faire une brillante carrière à l'Opéra de Paris, devenir une étoile. Elle m'a même montré des photos de vous en tutu, sur son téléphone.

Victoire hocha la tête en silence. Comme elle s'était assise au bord du lit, Audrey l'imita.

— Mon rêve d'être une célèbre ballerine a été brisé, et j'en ai terriblement souffert, mais bien avant, à quinze ans donc, un homme m'a violée. J'étais droguée, dans l'impossibilité de me débattre. Je considère comme une chance d'avoir tout oublié la nuit même. La mémoire m'est revenue bien plus tard, quand j'ai revu mon agresseur. Je tenais à te le dire, pour que tu n'aies pas honte de te confier si tu en as envie.

Sidérée par cette révélation, Audrey scruta le beau visage de Victoire, dont le regard bleu s'était embué de larmes.

— Je suis désolée pour vous, mademoiselle. J'ai encore du mal à parler de tout ça mais je vais essayer. Je me méfiais de Monsieur Bastien, qui cherchait toujours à me toucher ou à m'embrasser. Un matin, il m'a attrapée par la taille et il m'a jetée sur son lit. J'étais terrorisée, parce qu'il avait un couteau, alors je n'ai pas osé crier ni appeler au secours. Votre maman était partie à Dijon acheter des tissus et Nadine ne serait pas venue m'aider, de toute façon.

Audrey se tut, la gorge nouée en revivant ces instants de pure détresse. Victoire lui prit la main, traversée par un doute affreux.

— Tu crois qu'elle était complice ? demanda-t-elle.

— J'en suis certaine, mademoiselle. C'est Nadine qui m'a ordonné de porter le petit déjeuner à Monsieur Bastien, et elle avait un drôle d'air. Quand je suis redescendue, je pleurais encore, alors elle m'a dit de ne pas faire de simagrées. Et elle m'a menacée d'être renvoyée, si je me plaignais de quoi que ce soit.

— Est-ce que tu as relaté ça au commandant Terrier, ou à la lieutenante Mathis ? s'enquit Victoire.

— Je n'ai pas pu, j'avais trop peur de m'être trompée au sujet de Nadine et de l'accuser à tort. En plus, pendant les jours où j'étais enfermée, malgré la drogue qu'on m'injectait, j'ai pu réfléchir. J'en suis venue à penser que Nadine ne savait rien, pour le viol, et qu'elle m'avait juste sermonnée. Avec elle, il fallait se tenir convenablement, sans montrer d'émotion.

— Je comprends, calme-toi, Audrey.

Mais c'était au tour de Victoire d'avoir des frissons dans le dos, persuadée de l'évidente complicité de la gouvernante. Elle décida d'envoyer au plus vite un message à Karen.

— Tu devrais te reposer un peu, ajouta-t-elle.

— Dites, mademoiselle, je pourrais visiter votre salle de danse un jour ? Il paraît que c'est un endroit presque magique, d'après votre maman.

— Allons-y maintenant, si ça te fait plaisir. J'ai confié Maïa à ma grand-mère, nous avons un bon quart d'heure avant la prochaine tétée.

— C'est gentil, merci beaucoup. Vous savez, j'adore la danse classique. J'ai vu un ballet à la télévision, quand j'étais placée en foyer. C'était tellement beau, la musique, les costumes...

— Tu te souviens du nom du ballet ?

— Oh oui, je ne l'ai jamais oublié, c'était *Le Lac des cygnes*. Après, si j'étais toute seule, j'essayais de faire les mêmes mouvements. Je sautillais, les bras tendus, je devais être ridicule, mais tant pis, je rêvais que j'étais sur une scène.

Bouleversée, Victoire prit conscience avec une poignante acuité des privilèges dont elle avait bénéficié dès l'enfance. Si elle était née dans une famille ayant peu de moyens financiers, jamais elle n'aurait pu étudier la danse de manière intensive ni postuler dans le corps de ballet de l'Opéra de Paris.

— Viens, Audrey, je t'emmène jusqu'à mon petit paradis, dit-elle en lui tendant la main. J'ai plusieurs tenues, tu pourras essayer celle qui te plaira. Tu fais la même taille que moi.

— Vraiment, mademoiselle ?

— Bien sûr, je suis très sérieuse.

Ce fut en montant l'escalier qu'un nouveau projet prit naissance dans l'esprit de Victoire.

Quelque part en Côte d'Or, même jour, même heure

Hébété, Bastien Mongenot comprit très vite qu'il comparaissait dans une sorte de tribunal, hors des formalités administratives du monde ordinaire. S'il manquait la salle d'audience éclairée, le public, les policiers en faction et les magistrats, il était bel et bien l'accusé, confronté à un juge.

— Tu as enfreint mes ordres, déclara celui-ci d'un ton dur. Garde la tête et les yeux baissés, si tu veux rester en vie.

L'homme était assis en surplomb, sur une estrade où il disposait d'un siège d'allure confortable. Derrière lui, des spots diffusaient une lumière blanche aveuglante, si bien que Bastien ne voyait de lui qu'une silhouette sombre, en contre-jour.

Après trois jours passés dans la pénombre, privé de nourriture et de tout contact humain, Bastien se sentait misérable et très faible.

— Que tu aies cédé à la pitié ou à la compassion, j'aurais pu te le pardonner, mais tu as montré ton visage à cette fille. Cela signifie que les recherches vont s'orienter sur toi et sur tes mensonges.

La voix résonnait dans la grande pièce voûtée, une voix nette et tranchante, d'une froideur effrayante.

— C'était une lourde erreur, qui aura des conséquences néfastes pour toi, ajouta l'inconnu. Tu t'étais engagé à obéir, comme l'avaient fait d'autres avant toi. Ils ont payé leur indiscipline très cher, le prix du sang. Tu ne vaux rien, Bastien, et je devrais te faire exécuter immédiatement. On retrouvera ton corps dénudé, au bord d'un étang ou au pied d'un arbre.

— Non, pas ça, je suis désolé, balbutia-t-il. Je ne sais pas ce qui m'a pris, je ne recommencerai jamais.

— En effet, les morts ne trahissent pas. Néanmoins tu as le droit de justifier ta désobéissance. Je t'écoute avec intérêt.

Bastien tenait à peine sur ses jambes. Les deux colosses qui l'entouraient le saisirent par les coudes. Malgré la pénombre, il reconnut ses prétendus agresseurs, qu'il avait déjà côtoyés durant la captivité d'Audrey.

— Je n'ai jamais tué personne, monsieur, dit-il d'un ton plaintif. Cette pauvre fille, elle était gentille, toute douce. Je ne pouvais pas accepter ce qui l'attendait. En plus, j'ai pensé à Romane, une camarade du lycée. Je ne sais pas pourquoi vous faites tout ça, mais ça m'a semblé injuste et horrible.

— Injuste et horrible, répéta l'homme avec ironie. Il y a tant d'événements que l'on peut qualifier ainsi, sur cette terre. Si je résume, tu as été victime de bons sentiments, et tu as refusé d'être impliqué dans nos actes, pourtant hautement rentables. On t'avait offert une somme faramineuse si tu réussissais à dépasser ta veulerie congénitale. Si je me souviens bien, avec cet argent, tu avais prévu de t'exiler à l'autre bout du monde, sans espoir de retour.

— Je sais, mais je n'ai pas pu faire ce qu'on me demandait, répondit Bastien en claquant des dents.

— Donc tu accepteras ma sentence ?

— Non, je vous en prie, je ne veux pas mourir.

Sur ce cri du cœur, Bastien perdit connaissance. Ceux qui le maintenaient debout le lâchèrent et il s'effondra sur le sol.

— Quelle lavette, ce garçon, maugréa l'homme d'une voix sifflante. Nadège, ramenez-le dans sa chambre et nourrissez-le cette fois. Je dois trouver à quoi il pourrait m'être utile…

— Oui, monsieur, répondit une femme vêtue de noir.

Sa chevelure argentée était relevée en chignon et elle s'inclina respectueusement devant celui à qui elle se dévouait corps et âme depuis des années.

Château Desmarets, même jour, même heure

Audrey contemplait son reflet dans un des miroirs tapissant les murs du grenier. Gilles Desmarets en avait fait installer six, qui une fois assemblés, paraissaient n'en faire qu'un et doublaient les dimensions de la salle de danse.

— Tu es charmante habillée en Coppélia, lui dit Victoire. Le costume te va à merveille. L'histoire du ballet est un peu étrange, il est question d'une poupée grandeur nature, une sorte de marionnette, à l'image d'une jolie paysanne du village.

— Alors vous avez appelé votre chat du même nom, nota Audrey, qui n'en finissait pas d'effleurer le tutu du bout des doigts.

— J'étais très malheureuse quand Emmanuel m'a offert un tout petit chaton, de race siamoise. Je croyais rester infirme toute ma vie. Je me trompais et marcher de nouveau a été un grand bonheur, ensuite j'ai eu mon bébé, encore un bonheur immense. Assez parlé de moi… Audrey, aimerais-tu que je te donne des cours de danse classique ? Tu m'as l'air sportive et, un atout important, tu es très gracieuse.

— Ce serait trop bien, mais je ne pourrai pas payer !

— Excuse-moi, je rectifie, des cours gratuits. Je t'assure que ça me plaira aussi. Je ne me lasserai jamais d'écouter des musiques de ballet, ni de danser dans la mesure de mes moyens. Je ne suis plus capable des performances d'il y a cinq ans, cependant je peux interpréter certains rôles, en me ménageant. Mes arabesques sont moins spectaculaires, mes sauts également.

— Vous feriez ça, mademoiselle ? s'écria Audrey, ses yeux bruns étincelant d'une joie incrédule.

— Mais oui ! J'inviterai mon amie Anna à faire les exercices avec toi. Elle est encore élève chez Mme Aurélia Novak, une professeure formidable.

— En vrai, vous devez être un ange…

Victoire fit non de la tête en riant tout bas. Elle avait réussi à envoyer un message à Karen Mathis, pendant la séance d'essayage qui avait tant amusé Audrey.

La porte de la salle s'ouvrit sans bruit sur la robuste silhouette de Colette.

— Mademoiselle, votre petiote s'agite, elle doit avoir faim. Madame Élodie m'a demandé de grimper jusqu'ici, je m'en serais passée, je suis tout essoufflée.

— Arthur aurait pu monter à ta place ! s'indigna Victoire. Quel paresseux, celui-là !

— Pardi, il jouait aux échecs avec son père. Vous pensez bien que je n'ai pas voulu les interrompre.

— La prochaine fois, Colette, dis à mamie de me téléphoner.

— Entendu, mademoiselle. Je descends.

— J'arrive tout de suite, Colette.

Victoire conseilla à Audrey de prendre son temps pour se changer et de faire une sieste avant l'heure du thé.

— Tu auras ton premier cours demain matin, ajouta-t-elle. Ce soir, je te donnerai des chaussons, un justaucorps et des collants. Si tu t'ennuies dans ta chambre, tu peux me rendre visite dans la mienne, c'est la bibliothèque, où tu n'es pas encore entrée.

— D'accord, mademoiselle.

Karen rappela Victoire tandis qu'elle changeait sa fille, après l'avoir allaitée. Audrey ne s'était pas manifestée, mais elle pouvait frapper à tout moment.

— Bonjour, Karen, je suis à vous dans une minute, je tourne le verrou, pour vous expliquer ce qui me préoccupe sans être dérangées.

— Vous avez un souci au château ? s'inquiéta la lieutenante.

— Non, il n'y a pas de problème particulier chez nous. Il s'agit de Nadine, la gouvernante des Mongenot. J'ai appris quelque chose d'assez inquiétant.

À voix basse, Victoire relata ce que lui avait confié Audrey, mais la réaction de Karen la déçut.

— Ce n'est pas suffisant pour la convoquer et l'interroger. Nadine Meigneux, en tant que responsable du personnel, était en droit de faire ces remarques à une nouvelle employée. Cette femme est extrêmement antipathique, ceci dit on ne peut pas suspecter quelqu'un sur de simples ressentis.

— Et si elle était complice du viol, Karen ? En le favorisant ou en fermant les yeux, elle couvrait le crime de Bastien…

— Je vais quand même informer le commandant, il jugera de la conduite à tenir. Merci de t'investir autant, Victoire. Sinon, est-ce qu'Audrey s'adapte à la vie de château ?

— Je pense que cela prendra du temps, mais je l'aiderai. C'est une jeune femme charmante et très attachante.

— Tu peux ajouter d'une rare honnêteté, pour s'être tue sur le comportement de Nadine Meigneux par crainte de l'accuser à tort. Je te tiens au courant, au revoir.

— Au revoir, Karen.

Dépitée, Victoire coupa la communication. Elle résista à l'envie de téléphoner à Emmanuel, mais elle renonça.

« Il vient me chercher demain midi, je dois patienter, mais il me manque… »

Entre Gevrey-Chambertin et Corcelles-les-Monts,
mardi 6 novembre 2018

Emmanuel roulait prudemment sur la route départementale qui traversait une zone de forêt. Victoire avait mis son manteau blanc à capuche, en laine angora, et sa longue chevelure était réunie en une épaisse natte sombre qui reposait sur son épaule droite.

— Maïa se plaît dans sa coque et elle s'endort tout de suite dès qu'elle est en voiture, fit-elle remarquer. Comme l'autre soir, ton chien la surveille de près.

— J'ai préféré emmener Goliath, je n'aime pas le laisser seul chez moi, et maman a parfois du mal à le faire obéir.

— Tu as eu raison. Emmanuel, tu as encore peur qu'on s'en prenne à toi ?

— Je me méfie, rien d'autre. Mais je crois que je n'intéresse plus ces criminels. À mon avis, les médias relaient tellement l'histoire tragique de Romane qu'ils sont sans doute moins téméraires.

— Ils ont quand même enlevé Audrey en plein jour, non loin du manoir des Mongenot, rectifia Victoire.

— C'est vrai… Au fait, sois tranquille, je n'ai rien dit à maman ni à mon oncle.

— Je n'étais pas du tout inquiète, Emmanuel. Malgré les consignes du commandant Terrier, je devais te raconter tout ce que je savais. Le poids était trop lourd à porter.

— J'espère que Bastien Mongenot ne s'en tirera pas, cette fois. Il est coupable de deux viols et de toute évidence, il avait intégré cette clique de prédateurs. Certes, il a sauvé la vie de sa victime en la relâchant, mais ça n'allège pas l'horreur de ses actes. Dis-moi, Vicky, comment va Audrey ?

Elle prit quelques secondes avant de répondre, afin d'être la plus sincère possible.

— On dirait parfois qu'elle a tout oublié, ou bien elle donne le change par pudeur. Demain maman la conduit au CHU pour un rendez-vous avec la psychologue qui m'a suivie, après ma période dans le coma. Mais, de mon côté, j'ai eu l'idée d'une thérapie par la magie !

— Tu peux préciser, Vicky ?

— La magie de la danse… Fillette, Audrey rêvait de l'univers des ballets. Ce matin, elle a eu son premier cours, en musique. Nous étions toutes les deux en tenue et je lui ai montré les exercices d'échauffement, avant de passer aux positions. Si tu l'avais vue, elle était radieuse.

— Tu dois être une bonne professeure, affirma Emmanuel.

— J'improvise un peu, en me basant sur mon expérience d'élève. Ralentis, s'il te plaît, nous sommes presque arrivés à Corcelles-les-Monts.

— Tu te souviens où est située la maison de ton grand-père ?

— Vaguement, mais je crains de me tromper. Il vaut mieux se garer et consulter ton GPS. C'était à l'écart du village. Je ne suis pas venue depuis une dizaine d'années…

— Vicky, tu aurais dû le dire à ta mère, elle savait sûrement l'adresse exacte. Pourquoi lui caches-tu tant de choses ? Elle ignore notamment que tu es seule avec moi, et si c'est un problème, je voudrais comprendre.

Le jeune ingénieur se gara sur la place de l'église, l'édifice le plus facile à repérer.

— Ma mère n'aurait pas apprécié, aussi je lui ai menti. Je ne veux pas te vexer, mais elle m'a suggéré de ne plus te voir et d'espacer nos rencontres. Alors officiellement, Janine nous accompagne, ainsi la bienséance est respectée. Admets que ces principes datent du XIXe siècle.

— Comme le rôle du chaperon qui incomberait à maman. C'est fort démodé, cependant on l'utilise peut-être encore dans ta famille très conservatrice…

Il la dévisageait avec un sourire malicieux, son regard noir brillant de gaîté. Troublée, Victoire se détourna pour vérifier si Maïa dormait toujours.

— Au fond, je ne serais pas étonnée que ma mère et Jean-Charles me cherchent un riche viticulteur à épouser, du moins le fils d'un notable du pays, hasarda-t-elle.

— Dans ce cas, est-ce que je représenterais un danger pour leurs plans ?

— Qui sait ? répliqua-t-elle, bizarrement exaltée. Mais je les rassurerai vite, en leur précisant que tu n'es pas amoureux de moi, car tu me considères comme ta sœur !

— Tout peut évoluer dans la vie, répondit-il. Changeons de sujet, Vicky, nous devons en premier lieu dénicher la maison où Gilles Desmarets s'était réfugié.

— Pour fuir le château des secrets, plaisanta Victoire, mal à l'aise derrière son air impassible. Il y a une épicerie, je vais me renseigner, je te confie ta filleule.

Emmanuel l'observa tandis qu'elle traversait la place sous une pluie fine. Il avait l'impression d'avoir raté une parfaite occasion d'avouer ses sentiments à Victoire.

— Une autre fois, murmura-t-il. Si je lui dis la vérité, elle sera peut-être contrariée ou embarrassée.

Perdu dans ses pensées, il patienta, avant d'estimer que la jeune femme mettait longtemps pour poser une simple question. Elle sortit de la boutique au même instant, chargée d'un panier qui semblait assez lourd.

— J'ai acheté de quoi goûter chez grand-père, annonça-t-elle en riant. Les placards sont forcément vides.

Elle s'installa sur le siège avant et posa le panier à ses pieds, tout en examinant le contenu d'un air réjoui.

— Il nous fallait du thé, du café, des biscuits, du pain d'épices et des clémentines.

— Tu as aussi acheté le panier ?

— Oui, je le trouvais joli. Je m'en servirai au château, pour cueillir des roses ou ramasser des châtaignes.

— Et la maison ?

— L'épicier connaissait bien mon grand-père, il m'a indiqué le chemin.

Château Mongenot, même jour, même heure

Plus unis que jamais après une nuit passionnée, Catherine et Jean-Charles déjeunaient en tête à tête. La rupture n'était plus d'actualité, ce dont ils discutaient tendrement.

Lorsqu'on tambourina à la porte principale, Nadine courut ouvrir. Elle se crispa tout entière en voyant le commandant Terrier, escorté par le brigadier Fort. Les gendarmes entrèrent d'autorité, ce qui obligea la gouvernante à reculer.

— Je préviens Monsieur de votre visite, dit-elle à mi-voix. Il est à table, avec Mme Desmarets.

— Peu importe, c'est vous que je veux interroger, et sans témoin, rétorqua Terrier sèchement. Le bureau de votre patron fera l'affaire.

— Mais je dois demander la permission à Monsieur, se récria Nadine.

Alerté par l'écho de la discussion, Mongenot les rejoignit dans le hall.

— Que se passe-t-il, commandant? s'enquit-il. Auriez-vous des nouvelles de mon fils?

— Aucune, monsieur! Il se pourrait que j'en obtienne vite, si je peux m'entretenir avec votre gouvernante dans une pièce isolée.

Catherine surgit à son tour de la salle à manger. Elle avait saisi les derniers mots de Terrier et un frisson de satisfaction la secoua.

— Attendez un peu, vous soupçonnez Nadine d'être mêlée à la disparition de Bastien? s'exclama Jean-Charles.

— Monsieur Mongenot, ne me faites pas perdre mon temps, je vous prie, trancha le commandant.

— Très bien, allez dans mon bureau. Cathy et moi, nous serons dans le salon.

— Actuellement, est-ce qu'il y a d'autres employés dans le manoir? questionna le brigadier Fort.

— Paula la cuisinière et Armand le jardinier qui mange tous les midis à l'office, répondit Catherine. Ah oui, il y a aussi une jeune fille engagée hier matin par Nadine. Elle remplace Audrey.

— Dites-leur de ne pas bouger, ils seront interrogés tout à l'heure, décréta Terrier.

Il fit signe à la gouvernante de le précéder dans le bureau, dont il referma la porte, quand son collègue fut entré.

— Je n'ai rien fait de mal, se défendit Nadine aussitôt.

— Laissez-moi en décider, madame Meigneux. Vous nous avez fourni en détail votre emploi du temps du vendredi 19 octobre, maintenant dites-nous ce que vous faisiez la veille, soit le jeudi 18, tôt le matin, ordonna le commandant.

— Mais comme d'habitude, je supervisais le travail de Paula, qui prépare le petit déjeuner et ensuite me soumet les menus du jour.

— À propos de petit déjeuner, qui a monté celui destiné à Bastien ?

— Je ne sais plus trop, marmonna Nadine.

— C'est pourtant l'occasion de combler les désirs de ce jeune homme, insinua Terrier.

— Vous allez encore débiter des ragots de bas étage ?

— Non, je vous rafraîchirai plutôt la mémoire. Ce jeudi matin, vous avez chargé Audrey de servir Bastien dans sa chambre. Il paraît même que cela semblait vous amuser de l'expédier là-haut. Elle n'est pas descendue tout de suite, mais à son retour à l'office, elle pleurait.

— Peut-être, oui, cette fille avait la larme facile.

— Donc vous vous en souvenez ? Vous lui avez dit alors de ne pas faire de simagrées, en ajoutant qu'elle serait congédiée si elle se plaignait, insista Terrier, les traits durcis par la colère.

— Bien sûr, pour garder une place ici, il faut de la retenue et savoir sourire en toutes circonstances, précisa Nadine.

— Même si on vient d'être violée sous la menace d'un couteau ?

— Je ne pouvais pas le deviner, commandant, je pensais que le jeune Monsieur l'avait un peu touchée et embrassée. Pas de quoi pleurnicher et jouer les martyres !

Furieux et révolté, Louis Terrier noua les poings en évitant de regarder la gouvernante. Il se dominait pour ne pas la secouer par les épaules comme une bête malfaisante qui refusait de cracher son venin. Il savait aussi qu'il devait être prudent, car rien n'avait filtré des circonstances réelles de la libération d'Audrey. Néanmoins, il attaqua de front, en fixant cette fois Nadine, afin d'observer sa réaction.

— Où se cache Bastien, madame Meigneux ? Je pourrais vous arrêter pour complicité de viol aggravé, alors parlez !

— À mon humble avis, commandant, ce pauvre garçon est en enfer, déclara-t-elle d'un ton navré.

12

Des éclats de verre

Château Mongenot, mardi 6 novembre 2018,
même jour, même heure

La réponse que lui avait faite Nadine Meigneux résonnait sinistrement dans l'esprit torturé du commandant Terrier. Si la gouvernante pensait Bastien Mongenot en enfer, pour sa part il endurait un supplice, certain d'être confronté à une femme dénuée de scrupules et d'une rare perversité.

— Je ne me contenterai pas de vos fadaises, lui assena-t-il en la foudroyant d'un regard hargneux. L'enfer est sur Terre, à cause des criminels et des gens pourris de l'intérieur. Alors je répète ma question, où est votre « jeune monsieur », comme vous le surnommez avec une complaisance odieuse ?

— Si je le savais, j'aurais donné l'adresse en priorité à mon patron, qui s'inquiète tant pour son fils ! répliqua Nadine. Et j'ai parlé de l'enfer, car ceux coupables de mauvaises actions y vont et brûlent éternellement.

— Arrêtez vos sornettes ! s'insurgea Terrier.

Il constata qu'elle avait repris de l'assurance, après s'être montrée nerveuse, voire angoissée.

— Bastien a abusé d'Audrey Gendron jeudi 18 octobre vers 9 heures du matin, déclara-t-il. Il aurait quitté le manoir vendredi en début d'après-midi, puisque Mme Desmarets l'a croisé et qu'il s'est plaint à elle à propos du ménage de sa chambre et de ses draps qu'il fallait changer. Dites-moi ce qu'il a fait la journée de jeudi ? S'il a proposé de l'argent à Audrey, pour qu'elle ne porte pas plainte, il a dû se procurer une certaine somme. Vous êtes sans doute au courant, vous lui rendiez souvent visite.

— Je ne sais rien de cette histoire de viol, commandant. Quant aux faits et gestes de notre jeune Monsieur, je peux juste dire qu'il n'était pas toujours à l'étage, il venait de temps en temps au salon et il allait se promener dans le parc. Comme Mme Desmarets mettait les pièces du rez-de-chaussée sens dessus dessous, en tant que fils du maître des lieux, il surveillait les aménagements parfois douteux qu'elle se permettait, décréta Nadine en haussant les épaules.

Exaspéré, Terrier détourna la tête pour ne plus voir le visage émacié de la gouvernante. Il l'aurait volontiers placée en garde à vue, mais il lui manquait au moins une preuve de sa complicité dans le viol d'Audrey.

— Vous prétendez tout ignorer de la manière dont Bastien a pris le large, vendredi 19 octobre, pourtant il lui fallait de l'argent et une voiture. Qui l'a aidé ?

— Interrogez Paula et Armand, commandant, moi j'étais en congé. Vous avez dû vérifier mes alibis. Si j'avais été là, je suis sûre que le jeune Monsieur m'aurait dit au revoir, car il me témoignait beaucoup d'affection.

— Évidemment, marmonna Terrier. C'est bon, vous pouvez sortir, envoyez-moi la cuisinière et le jardinier. Brigadier, allez avec elle.

Très droite, Nadine quitta le bureau de sa démarche un peu raide. Jean-Charles en profita pour y faire irruption.

— Alors, commandant, est-ce qu'elle sait quelque chose ? demanda-t-il à voix basse.

— Je l'espérais, mais je n'ai rien pu en tirer. Soit elle ment à la perfection, soit sur ce point-là au moins, elle dit vrai.

— Ces derniers mots laissent supposer que Nadine tente de nous duper quand même ! s'irrita le viticulteur. Avec moi, elle n'osera pas, je vais la faire avouer !

— Pas de violence, monsieur, ordonna Terrier tout bas. Et rappelez-vous, votre gouvernante ignore le rôle de Bastien dans la libération d'Audrey.

— Autant lui expliquer, répondit Mongenot. À quoi riment ces précautions ? Si c'est un de vos stratagèmes, je n'en vois pas la finalité.

— Ne vous plaignez pas, le nom de votre fils associé à une clique de meurtriers ne figure pas encore dans la presse. Mais ça ne va pas durer, je vous assure.

— Je suis prêt à en assumer les conséquences, aussi pénibles et humiliantes soient-elles, commandant, affirma Jean-Charles.

Le brigadier Fort était de retour, suivi par Paula et Armand. Il les fit entrer dans le bureau dont il referma aussitôt la porte. Catherine prit tendrement le bras de son compagnon pour l'entraîner vers le salon.

— Courage, mon amour, chuchota-t-elle. Tu as peur pour ton fils, c'est normal, mais il n'est peut-être pas en danger.

— Tant pis s'il lui arrive malheur ! Après tout, on doit payer pour ses fautes, bougonna-t-il. Bastien a choisi une mauvaise voie à ses risques et périls.

— Tais-toi, tu ne le penses pas vraiment.

— Cela dépend des moments, Cathy ! Parle-moi plutôt de Maïa, cette belle enfant innocente. Florian survit en elle, par les liens du sang.

— Tu devrais passer quelques jours chez moi, tant que tu n'as aucune obligation, Jean-Charles. Ainsi tu pourrais voir ta petite-fille et t'en occuper un peu.

— Ce serait avec joie, mais ma présence gênera Audrey, et moi-même, dès que je la verrai, je songerai à ce que Bastien lui a fait subir.

— Je t'en prie, accepte, tu n'es coupable de rien. C'est une personne discrète et sensée, elle n'éprouve pas d'aversion pour toi. Et puis je te parle de deux ou trois jours. Nous pourrons prendre nos repas dans ma chambre, si tu préfères.

Mongenot approuva d'un signe de tête, sans lui donner de réponse définitive.

De son côté, Louis Terrier interrogeait Paula Calder qui gardait les yeux baissés en se tordant les mains sous l'effet d'une angoisse irraisonnée.

— Je vous l'ai déjà dit, quand on m'a posé des questions ce vendredi-là, je n'ai rien vu ni entendu d'anormal, monsieur le commandant, balbutia la cuisinière.

— Je sais, vous étiez aux Halles de Dijon et, à votre retour, vous avez bu un café avec Mme Desmarets. Mais je vous prie de bien réfléchir, au cas où un détail vous reviendrait.

— La seule chose que je peux dire, c'est ça: Nadine a porté le plateau du déjeuner à Monsieur Bastien.

— Il a dû partir peu après, marmonna Terrier. Soit presque à la même heure que la gouvernante.

— Et s'ils s'étaient fixé un rendez-vous au bord de la route, à quelques centaines de mètres d'ici? suggéra le brigadier.

— C'est une éventualité, Mme Desmarets nous a dit que Bastien pouvait sortir par l'arrière du manoir, il y a deux portes de service, et s'il est passé par celle de la buanderie, on ne pouvait pas le voir des cuisines. Vous pouvez nous laisser, madame Calder, je vous remercie.

Paula se leva précipitamment en saluant les deux gendarmes et sortit aussi vite. Le jardinier lui décocha un coup d'œil méprisant qui intrigua le commandant.

— Monsieur Armand Faivre, en charge de l'entretien du parc, dit ce dernier en étudiant sa physionomie. C'est un rude labeur pour un seul homme.

— Il y a deux jeunes gars du coin qui viennent m'aider, trois fois par semaine. Comme je loge sur place, je travaille à mes heures.

— Vendredi 19 avril, je vous avais interrogé rapidement, à propos de la disparition d'Audrey Gendron et du départ de Bastien Mongenot. Vous avez déclaré n'avoir rien remarqué de particulier à l'extérieur du manoir.

— Oui, c'est bien ça, commandant.

— Si nous parlions à présent de la querelle de ce même jour, entre Nadine Meigneux et vous.

— Bah, on en a souvent des disputes, ce n'était pas la première ni la dernière.

— Toujours à cause de votre jalousie ? Cette femme ne s'en est pas cachée, elle est votre maîtresse. Mais vous lui auriez reproché ses relations sexuelles avec Bastien Mongenot… J'insiste sur ce point, car je la soupçonne de l'avoir aidé à quitter le manoir, le lendemain du viol d'Audrey Gendron.

— Hé, attention ! Je ne veux pas être mêlé à ces saletés, moi ! se rebiffa le jardinier. Nadine, j'commence à en avoir ma claque de ses combines. Ben oui, elle couchait avec ce gosse, et elle s'en vantait.

— Selon vous, a-t-elle favorisé d'une façon ou d'une autre son départ ?

Armand Faivre changea soudain d'attitude, après avoir jeté un coup d'œil soucieux du côté de la fenêtre.

— Bon, il vaut mieux que je vous dise tout, lâcha-t-il. La seule chose que j'ai vue vendredi dernier, c'est un taxi qui s'arrêtait en bas de l'allée et le jeune Mongenot a grimpé dedans en quatrième vitesse. Je ne vous l'ai pas dit ce jour-là, parce que Monsieur Bastien, quand il m'a croisé sur la pelouse, il m'a filé un gros billet vert, un de cent euros, pour que je tienne ma langue. À ce moment-là, je ne savais pas encore pour la petite Audrey.

Le cœur de Louis Terrier fit un bond dans sa poitrine. Il avait enfin une information exploitable.

— Le taxi avait-il un logo sur une des portières ? questionna-t-il, fébrile.

— Pour le logo, ça, je n'ai pas remarqué, je rangeais mes sous et après j'ai repris mon travail. Mais c'était une berline blanche

— Bien, vous pouvez disposer, monsieur Faivre. Brigadier, appelez immédiatement Karen, qu'elle lance une recherche auprès de toutes les compagnies de taxi...

Corcelles-les-Monts, même jour, une demi-heure plus tard

Emmanuel était allé promener le leonberg, pendant que Victoire allaitait Maïa dans la voiture, garée devant le portail en fer ouvragé de la maison où Gilles Desmarets avait vécu en solitaire une douzaine d'années.

— Personne n'est venu nettoyer le jardin depuis la mort de grand-père, soupira la jeune femme. Papa aurait pu envoyer quelqu'un du domaine. Il devait avoir d'autres soucis.

La végétation avait envahi les grilles du mur d'enceinte. C'était un fouillis de laurier-cerise, de ronces et de lierre.

— Pourvu qu'il ne fasse pas trop froid pour toi à l'intérieur, mon ange, dit-elle au bébé. Mais tu es bien emmitouflée.

Elle jeta un regard désolé sur les fenêtres aux persiennes closes, sur la façade tapissée de vigne vierge. Les dernières feuilles, d'un rouge brun, s'agitaient au vent. Dès que Maïa eut fini de téter, Victoire la remit dans sa coque, qu'elle détacha du siège arrière. Emmanuel revenait en longeant le bord de la route, escorté par Goliath qui marchait à sa hauteur, sans tirer sur sa laisse. Le vent de novembre faisait danser une boucle blonde sur le front du jeune ingénieur et lissait les poils fauves du grand chien.

— Revoici ton futur parrain, Maïa, chuchota Victoire en déposant un baiser sur le front de sa fille.

Mais un trouble insidieux la fit frissonner, qu'elle avait déjà éprouvé récemment, en embrassant Emmanuel pour lui dire au revoir. Elle eut l'impression de découvrir combien il était séduisant, après avoir été aveuglée par sa volonté de le traiter comme un frère.

— Est-ce que tu es prête? demanda-t-il à travers la vitre entrouverte. Je vais laisser Goliath dans la voiture, plus tard il pourra se balader dans le jardin s'il est bien clôturé.

— Oui, c'est mieux. Si tu pouvais porter la coque, je fermerai ta voiture. Tu ne regrettes pas trop ton pick-up?

— Parfois, sur la piste forestière qui va chez moi. Mais je l'ai revendu un bon prix, et j'ai pu acheter cette berline, beaucoup plus confortable. N'oublie pas les clefs de la maison, recommanda-t-il.

— Elles sont dans ma poche de manteau. Je prends juste le sac à langer du bébé.

— Je reviendrai chercher le panier en libérant mon chien, affirma Emmanuel en se penchant sur Maïa qui lui fit un adorable sourire en coin.

Il fut charmé par l'éclat de ses yeux bleus, ourlés de longs cils bruns.

— Ta fille te ressemble beaucoup, Vicky, nota-t-il.

— Il paraît, mais elle a le front de Florian et le même dessin des sourcils.

L'allusion au père de l'enfant engendra un silence gêné. Victoire le rompit par une remarque anodine sur la rouille qui rongeait la peinture du portail. Bloqué par des branchages et de la terre, celui-ci résista un peu, puis il céda sous la poigne énergique d'Emmanuel.

Ils purent suivre un sentier tracé parmi les hautes herbes jaunies, là où une ligne de pierres plates devait mener au perron, protégé par un auvent. La maison, une construction de la Belle Époque, avait des allures de villa du bord de mer.

— C'est vraiment à l'abandon. Si j'avais su que c'était à ce point-là, j'aurais pris les choses en main. Ce doit être très poussiéreux à l'intérieur, s'inquiéta Victoire.

— On devrait renoncer pour aujourd'hui. Tu me confies les clefs, et quand j'aurai fait le ménage à fond, on reviendra, proposa-t-il.

— Non, tant pis, entrons, nous verrons bien.

Contre toute attente, dès qu'ils furent dans le vestibule, la propreté relative du carrelage et des lambris les étonna. Victoire actionna un interrupteur et le plafonnier s'alluma.

— Il y a encore l'électricité ! s'écria-t-elle.

Ils entrèrent dans le salon situé sur leur droite, où tout était en ordre. La décoration était sobre, mais témoignait d'un bon goût certain. Une série de tableaux rendait hommage aux paysages et aux châteaux de Bourgogne.

— Regarde, Vicky, il y a des bûches dans la cheminée, sur du petit bois. On pourrait faire du feu, il fait frais ici.

— Ce serait merveilleux ! s'enthousiasma-t-elle.

— Je vérifie d'abord l'état du conduit.

— Pendant ce temps, je visite le rez-de-chaussée. Je te confie Maïa, elle s'est endormie.

Avec précaution, Victoire installa la coque au milieu d'un grand canapé en cuir de couleur fauve. Exaltée par ce qui lui apparaissait comme une aventure, elle se rendit dans une pièce faisant sûrement office de salle à manger et de cuisine. Tentée d'ouvrir les volets, elle se contenta de la lumière dorée des lampes.

— Tiens, il y a un papier sur la table, on dirait une page de carnet.

Elle prit la petite feuille où étaient inscrits un nom et un numéro de téléphone.

— Madame Rosalie ? J'appelle...

On décrocha tout de suite. Une voix féminine, mais dotée d'un accent du terroir répéta « allô » trois fois.

— Bonjour, madame, excusez-moi, mais je suis Victoire, la petite-fille de Gilles Desmarets. J'ai eu envie de revenir dans la maison où résidait mon grand-père jusqu'à son décès, et j'ai trouvé vos coordonnées. Je...

La jeune femme ne put rien ajouter, la dénommée Rosalie lui coupant la parole.

— Je fais le ménage deux fois par mois et j'aère chez feu Monsieur Gilles, c'était un accord passé avec lui. Il avait tout prévu, en me versant une grosse somme à l'avance. Pensez donc, c'était une tête, votre grand-père, il avait calculé combien ça coûterait s'il venait à disparaître.

— Et si nous avions mis en vente la maison ?

— Pardi, j'aurais eu du bénéfice, mais ça ne le dérangeait pas. De son vivant, je préparais ses repas et je m'occupais des lessives. Mon mari entretenait le jardin, hélas mon pauvre Hervé est mort depuis deux ans. Avez-vous besoin de moi ?

— Non, ne vous dérangez pas, madame. Je ne vais pas rester très longtemps. Je souhaitais récupérer des photographies et des babioles.

— Il y a des albums photo dans son bureau. Ils sont rangés sur les étagères où Monsieur Gilles avait mis des livres. La prochaine fois, prévenez-moi, mademoiselle. J'ouvrirai tous les volets. Je trouvais bizarre, aussi, que personne ne vienne.

— Nous n'en avons guère eu l'occasion, moi j'étudiais à Paris, et ensuite, vous devez le savoir, mon père a été tué dans un accident et j'ai été paralysée durant de longs mois.

— Oh pardon, mademoiselle ! Bien sûr que je le sais ! C'est vous la jolie danseuse de la famille, bredouilla la femme. Hé oui, il y en a eu des malheurs chez vous.

— En effet, on peut dire ça. Je vous laisse, madame, mais je garde votre numéro de téléphone.

Sa correspondante se répandit en formules de politesse. Intimement bouleversée, Victoire raccrocha. Elle retourna dans le salon où l'accueillit Emmanuel, en lui montrant le feu qui pétillait sous le manteau de la cheminée.

— Le conduit était impeccable, alors je n'ai pas hésité, lui dit-il en souriant. Tu étais en ligne ? Ta mère… Vicky, qu'est-ce qu'il y a ?

Elle lui relata sa discussion avec Madame Rosalie et il comprit son émotion.

— Le souvenir de mon grand-père m'a submergée, avoua-t-elle. Il devait se sentir si seul. Tout le monde l'a abandonné à son chagrin, à son deuil.

— Peut-être qu'il en avait décidé ainsi. Tu étais fillette quand son épouse est morte, tu ignores ses choix de l'époque. Gilles Desmarets s'est isolé de son plein gré et il a dû donner des consignes sur ce point. Nous savons au moins pourquoi l'intérieur de la maison est demeuré propre.

Tout en approuvant d'un signe de tête, Victoire aperçut une porte en bois sombre. Certaine qu'elle donnait sur le bureau dont parlait la femme de ménage, elle tourna la poignée et entrebâilla le battant. Emmanuel la suivit, alarmé par son air triste et son mutisme. Il vit le premier un grand cadre doré qui abritait une photographie de Victoire en danseuse. Vêtue d'un tutu blanc, ses mains fines croisées sur la poitrine, sa chevelure relevée en chignon s'ornait d'un diadème en strass.

— Regarde par là, Vicky, murmura-t-il.

Elle s'était d'abord dirigée vers les étagères où s'alignaient des ouvrages reliés, en quête des albums. Lorsqu'il l'interpella, elle virevolta, puis s'approcha.

— Oh non, grand-père m'a mise à l'honneur… Je me souviens de ce jour-là. C'était lors d'un spectacle de fin d'année où j'avais obtenu le rôle de Giselle. J'avais quatorze ans et j'étais folle de joie.

— Je l'imagine bien en train de t'admirer, assis dans ce fauteuil, hasarda Emmanuel.

— Je crois qu'il était fier de moi, de mes succès. La danse classique le passionnait, je me suis souvent demandé pourquoi… J'avais posé la question à papa, il n'avait pas su me donner d'explications. Pourtant grand-père m'a encouragée dès que j'ai commencé à prendre des cours.

La voix de Victoire vibrait douloureusement. Elle jeta un dernier regard au cadre, avant de s'emparer des albums photo.

— Je voudrais trouver un portrait du petit Thibault, à deux, nous irons plus vite. Tu veux bien m'aider ?

— Avec plaisir, mais on sera mieux dans le salon.

Emmanuel décida d'ouvrir les persiennes sur le jardin noyé de pluie. Installée au coin de la cheminée, Victoire lui indiqua les précisions nécessaires.

— Thibault est mort en 1969, avant ses six ans, donc on doit chercher des clichés assez anciens.

Ils se mirent à l'ouvrage sans plus échanger un mot. Au bout d'une demi-heure, ils relevèrent le nez de leur album respectif.

— J'abandonne. Dans le mien, il y a le mariage de Béatrice et de Gilles, des images de Venise où ils ont dû aller en voyage de noces, ensuite le baptême de Damien, lui en écolier, puis en lycéen, idem pour papa. Les noms et les dates sont marqués en bas des photos. En fait, nous avons en grande partie les mêmes au château, alors j'en connais la plupart. C'est vraiment étrange, on dirait que Thibault n'a jamais existé. Et toi ?

— C'est une sorte de reportage sur les vendanges, avec des groupes en plein travail dans les vignes, ou qui prennent la pose devant les chais. C'est classé par année, jusqu'en 2010 seulement, précisa Emmanuel. J'ai quand même fait bien attention, car il y a des enfants sur les photos de banquet en plein air. Des garçons et des filles, mais plus âgés que Thibault, ils ont environ dix ou douze ans.

— On devrait regarder le troisième album ensemble, tant que Maïa dort encore. Viens près de moi…

Il déplaça sa chaise sans faire de bruit, remué dans chaque fibre de son être par la manière ambiguë dont Victoire avait prononcé ces quatre mots. Il songea qu'un jour lointain, elle l'inviterait ainsi à la rejoindre, mais dans des circonstances très différentes. Cette pensée l'échauffa, cependant il fit de son mieux pour rester impassible.

— Ce sont des photos de moi bébé et petite fille, soupira la jeune femme, à la fois déçue et amusée. Là, je suis sur les genoux de papa. Il était bel homme.

— Qui lui a légué ses cheveux roux ? s'étonna Emmanuel. Gilles Desmarets était très brun, comme toi.

— Ma grand-mère Béatrice aussi ! Sans doute l'héritage génétique d'un lointain ancêtre, répliqua Victoire. Sur toutes les autres photos, je suis en danseuse, à tous les âges. Mais toujours aucune trace de Thibault…

— Pour ma part, j'aimerais prendre le temps de consulter ce dernier album, pour t'admirer sous tous les angles, Vicky, plaisanta-t-il. Mais à condition que cela ne te dérange pas.

— Si ça t'amuse ! Je voudrais monter et fouiller un peu partout. Tu peux surveiller Maïa ?

— Je ne la quitte pas d'un pouce. Et si elle se réveille, j'essaierai de l'amuser pour la faire patienter.

— Merci, tu feras un parrain en or, Emmanuel.

— Oui, quand tu arrêteras une date pour le baptême, la taquina-t-il.

Victoire fut désappointée par la visite de l'étage qui se composait de deux grandes chambres et d'une salle de bains. Le mobilier était sommaire, des lits, des tables de chevet et des armoires vides. Elle eut beau ouvrir des placards d'angle, il n'y avait rien non plus dedans, hormis quelques serviettes éponge.

« Je préfère le rez-de-chaussée, il est plus gai. On se croirait dans un couvent. Pauvre grand-père, s'il couchait ici, ça ne devait guère atténuer son chagrin. »

La chambre mansardée n'avait pas plus d'intérêt. Il ne traînait là aucune caisse, aucun chiffon. Cependant Victoire s'y attarda, afin de réfléchir.

« Voyons, si je souhaitais dissimuler des documents ou des photos, quel endroit je choisirais ? »

Par acquit de conscience, elle tapota du pied sur le parquet grisâtre, sans déceler une cache possible.

« Toujours rien. Et s'il y avait une cave ?… »

Emmanuel la vit traverser le vestibule et se ruer dans la pièce équipée d'un coin cuisine. Il l'entendit ensuite brasser des casseroles et de la vaisselle. N'y tenant plus, il se précipita pour comprendre ce qu'elle faisait.

— Tu fais beaucoup de bruit, Vicky ! Tu vas réveiller Maïa.

— Je suis sûre qu'il y a une cave, pourtant je n'ai pas trouvé de porte. Mais sous ces caisses remplies d'ustensiles, on n'a pas posé de carrelage, mais des planches. C'est peut-être une trappe.

— Si tu y tiens, on déplace tout ce bazar, déclara-t-il en lui souriant. Tu es du genre têtu, n'est-ce pas ?

— Je suis logique ! Mon grand-père n'a pas pu détruire les photos de son premier enfant, rétorqua-t-elle. Il l'a aimé pendant cinq ans, et même cruellement atteint par son décès, il a dû garder des souvenirs de son petit garçon.

— Ne juge pas trop vite, Vicky. Après la mort d'Emma, j'évitais la moindre image d'elle. Quand maman a fait agrandir son portrait pour le placer sur le buffet, j'ai eu envie de l'ôter et de le cacher. J'avais tellement mal de la voir figée sur du papier glacé, ça ravivait ma douleur.

— Tu as sans doute raison, je suis très malheureuse lorsque je contemple une photo de papa. J'ai envie qu'il soit là comme avant, bien vivant.

Il avait dégagé l'assemblage de planches, doté d'un anneau en fer et à présent il soulevait le lourd panneau.

— Toi aussi, tu avais raison, répliqua-t-il. C'était bien une trappe. Il y a un interrupteur sur le côté et une lampe murale, ça y est, j'allume.

— L'escalier est raide, je vais descendre à reculons, annonça Victoire d'un ton fébrile.

Emmanuel la retint par le bras, l'air soucieux.

— Sois très prudente, ne va pas te casser une jambe, Vicky. Tu as suffisamment souffert et tu as la chance de remarcher. Je ferais mieux d'y aller à ta place.

— Non, je t'en prie, je me tiendrai bien. Laisse-moi faire, je suis sûre de trouver quelque chose...

— Je m'incline devant ta volonté farouche, dit-il. Mais fais bien attention, ne stresse pas en te retrouvant dans une cave. Tu me comprends ?

— Tout à fait, et je m'en moque.

Victoire était au milieu des marches et de sa position, elle avait pu faire un premier constat.

— Je n'aurai pas peur, c'est plutôt un sous-sol de quatre mètres sur quatre, le rassura-t-elle. Retourne près de Maïa, s'il te plaît.

Le cœur survolté, elle foula bientôt le sol cimenté. D'un coup d'œil, elle analysa le fouillis qui encombrait l'endroit, où flottait une légère odeur de moisissures. Sur sa gauche, un drap jaunâtre recouvrait une forme évoquant une petite bicyclette. Elle enleva le tissu avec précaution. Un vélo rouge lui apparut, la fourche avant et les deux roues tordues.

— Mon Dieu, ce doit être celui de Thibault. Grand-père l'a gardé toutes ces années. Je suis certaine qu'il a conservé aussi ses jouets et ses photos.

La gorge nouée, Victoire remit le drap, puis elle observa mieux les six caisses rangées contre le mur du fond.

— Du vin, sans doute, marmonna-t-elle, habituée depuis son enfance à voir ce type d'emballage, réservé aux expéditions de leurs crus renommés.

Elle s'en désintéressa pour une valise en cuir de taille moyenne, posée sur une table drapée d'une toile ciré. Elle l'ouvrit en retenant son souffle, tout de suite réjouie de voir un épais dossier cartonné, ainsi que des enveloppes en kraft, protégées de l'humidité par une pochette en plastique. Il y avait aussi une bouteille de vin non débouchée, enveloppée de papier de soie rose, ce qui la surprit un peu.

— Pardonne-moi, grand-père, si je me penche sur ton passé, mais j'ai besoin de savoir, de tout savoir.

Victoire examina d'abord le contenu des enveloppes. Quatre d'entre elles étaient remplies de bordereaux et de factures, la cinquième de photographies.

— Enfin, murmura-t-elle. Un enfant, si c'était lui…

Elle se plaça sous la lampe murale pour mieux étudier le premier cliché qui représentait un garçonnet endimanché, aux cheveux noirs et bouclés. Au dos était écrit : « Thibault, anniversaire de ses trois ans. »

— Il y a plusieurs photos ! Là il monte un poney, là il se tient au cou de sa maman. Comme ma grand-mère Béatrice était jolie !

Plus elle découvrait de facettes de son oncle Thibault, plus elle s'attachait à son visage aux traits réguliers, aux joues rondes. Il avait les yeux bleus et souriait toujours.

— J'emmènerai tout ceci au château, j'en prendrai soin, se promit-elle. Mais qui est-ce ?

Stupéfaite, Victoire scrutait une photo en noir et blanc où figurait une danseuse. Costumée selon le folklore slave, elle se livrait à une élégante arabesque, chaussée de pointes et coiffée de fleurs artificielles et de rubans. Elle la retourna et déchiffra deux mots difficilement lisibles : « Irina, coryphée ». Au même instant, il lui sembla entendre un pleur de bébé.

— Oh non, Maïa, sois patiente ! Emmanuel va te câliner, je regarde juste dans ce dossier et je remonte.

Rien n'avait préparé la jeune femme au choc qu'elle reçut l'instant suivant. Une page presque blanche servait d'en-tête. Elle lut tout bas la phrase écrite à la main.

— « Ma très grande faute » « G.D ». Les initiales de grand-père… Pourquoi dit-il ça ?

Angoissée, Victoire étala d'un geste vif les documents du dossier. Il s'agissait de coupures de journaux, le plus souvent jaunies, qui étaient collées sur des feuilles numérotées. Les gros titres des articles ne laissaient aucun doute. Ils étaient tous en relation avec les crimes sexuels commis dans la région.

— Ils sont classés par année, et ça commence en 1962 !

Maintenant son cœur lui faisait mal, étreint par une terreur sans nom. Certaines coupures affichaient le portrait d'une victime, dont le regard triste lui donnait envie de crier.

— Qu'est-ce que ça signifie ? gémit-elle. Là, l'article a été publié en 2010, quand on a retrouvé le corps de Nadia Grimaud. Non, je suis folle, mon grand-père n'a rien à voir avec ces viols et ces meurtres ! Je dois montrer ce dossier à Emmanuel.

Victoire rassembla les feuilles d'un geste nerveux. Comme la bouteille la gênait, elle la souleva pour la poser par terre. Le papier de soie glissa entre ses doigts et elle lâcha prise. Le fracas la renseigna, ainsi qu'une senteur familière de pinot noir, ce mystérieux cépage né en Bourgogne et à l'origine des plus grands vins rouges de la région.

— Je l'ai cassée, que je suis maladroite !

Elle se pencha sur la flaque pourpre parsemée d'éclats de verre. Du bout des doigts, elle effleura l'étiquette, dont un coin s'était déchiré.

— Domaine Desmarets, année 1967, Cuvée Coryphée, lut-elle dans un souffle oppressé.

— Vicky, ça va ?

Emmanuel descendait l'escalier, alerté par le bruit du verre brisé. Il considéra les dégâts d'un air fataliste.

— Maïa suce son pouce, elle s'est calmée, alors je suis venu aux nouvelles. Tu es toute pâle...

Sans même lui répondre, Victoire se pencha à nouveau, car un reflet métallique avait attiré son attention.

— Ne te coupe pas, recommanda-t-il.

— Une bague, il y avait une bague dans le vin. Je ne l'aurais jamais trouvée si la bouteille n'était pas tombée.

Elle lui montra le bijou, posé au creux de sa paume droite. Il le prit et l'examina de près.

— C'est un rubis, entouré de minuscules diamants, enfin les pierres sont peut-être fausses. L'anneau est en argent, il y a des inscriptions gravées.

— Je t'en prie, tu peux me les lire, Emmanuel ? demanda-t-elle d'une voix sourde.

— Oui, si tu veux ! « Irina et Gilles », c'est tout, Vicky.

— À mon avis, c'est déjà beaucoup… Je vais m'occuper de Maïa. Je ne me sens pas très bien, je dois manquer d'air frais. Rends-moi un dernier service, regarde dans la valise en cuir, là-bas sur la table. J'avais prévu de t'en parler, mais je suis désolée, je n'ai même pas le courage.

— Explique-toi au moins !

— J'ai peur, Emmanuel, lui cria-t-elle. Je crois que mon grand-père Gilles faisait partie de ces monstrueux assassins, ceux qui ont tué ta sœur et tant de jeunes filles…

Abasourdi, il la vit grimper l'escalier, secouée par de gros sanglots.

Le feu se mourait dans la cheminée, réduit à un lit de braises incandescentes. Allongée sur le canapé, son bébé blotti contre elle, Victoire attendait le retour d'Emmanuel, qui était encore dans la cave. Elle avait eu le temps d'allaiter Maïa et de la changer, en s'efforçant de ne penser ni au dossier ni à la bague. Mais ces découvertes l'obsédaient.

— Je n'aurais jamais dû venir ici, mon ange, chuchota-t-elle en contemplant son enfant endormie. Je suis totalement perdue et j'ai du chagrin. Je cherchais la vérité, hélas la vérité m'a poignardée. Qui était cette coryphée ? Irina ? Alors mon grand-père l'a aimée… ?

Emmanuel entra dans le salon à pas mesurés. Il portait le dossier cartonné et l'enveloppe en kraft contenant les photos, mais il déposa le tout sur la table basse.

— Vicky, est-ce que tu vas mieux ? J'ai ramassé les éclats de verre, le vin séchera. Du coup, j'ai lu l'étiquette de la bouteille. Quel est l'échelon pour un coryphée, dans un corps de ballet ?

— D'abord on est quadrille, ce que j'aurais été à l'Opéra sans l'accident, puis coryphée, sujet, première danseuse et enfin, étoile, débita-t-elle d'un ton morne.

— Tout à l'heure, tu disais t'être souvent demandé pourquoi ton grand-père se passionnait pour la danse classique, tu as ta réponse. Il a vécu une histoire d'amour avec cette Irina. Je suppose que c'est elle sur une des photos, dans *Coppélia* peut-être, vu son costume. Quelle coïncidence, tu as baptisé ta chatte siamoise ainsi.

— Ce n'est pas le plus grave !

Victoire se redressa délicatement pour installer Maïa dans sa coque. Elle la couvrit d'un plaid en laine bleu ciel.

— Ses menottes sont un peu froides, on ferait mieux de partir, Emmanuel.

— Et notre goûter ? Vicky, tu t'affoles peut-être à tort. Déjà je vais chercher le panier et lâcher Goliath dans le jardin. On se fera du café et on savourera le pain d'épices que tu as acheté. Cela te fera du bien, à moi aussi, je suis affamé, on s'est juste partagé un sandwich à midi.

— Bon, mais après le goûter, on s'en va vite d'ici. As-tu refermé la trappe ?

— Oui, j'ai tout remis en place et j'ai éteint la lampe de la cave. Quant à la bague, je me suis permis de la laver. Tu veux la regarder ? Elle brille, ce sont sûrement de véritables pierres précieuses.

— Évidemment, un Desmarets peut acheter des bijoux de prix, ironisa-t-elle.

— Tu es vraiment en colère contre ton grand-père !

— À cause de la date sur la bouteille. En 1967, il était marié à Béatrice, donc il l'a trompée. Certes, ce sont des choses qui arrivent et au fond, je m'en moquerais un peu, s'il n'y avait pas cet affreux dossier, avec ces mots : « Ma très grande faute » !

— C'est troublant, cependant pour moi, ça ne prouve rien. N'oublie pas la présomption d'innocence, ma petite sœur.

— Ne m'appelle plus comme ça, protesta Victoire. Serre-moi dans tes bras, je t'en prie, juste pour me consoler.

Comme il hésitait, elle l'étreignit brusquement, en plaquant sa joue sur sa poitrine d'homme.

— Ton cœur bat très fort, Emmanuel.

— Parce que je suis ému, chuchota-t-il à son oreille, avant de l'enlacer à son tour.

Ils n'échangèrent pas de baiser. L'infinie tendresse qu'ils éprouvaient et qui les unissait à cet instant-là leur suffisait…

13
Tergiversations

Gendarmerie de Gevrey-Chambertin,
même jour, mardi 6 novembre 2018

Karen observait le ciel d'un gris bleuâtre, derrière la baie vitrée. Il était plus de 17 heures et elle pourrait bientôt rentrer à Chenôve, dans l'appartement de l'inspecteur Christophe Morisson. Ils vivaient ensemble depuis trois mois et la jeune femme découvrait les joies d'être en couple, malgré les aléas dus à leurs horaires respectifs.

— Tu peux partir, si tu t'ennuies, lui lança le commandant Terrier d'un ton rogue.

— Non, il me reste quarante minutes avant de quitter mon service, je n'ai pas l'intention de vous fausser compagnie plus tôt que prévu, surtout quand vous êtes de si mauvaise humeur.

— Je suis désolé, Karen, mais j'en ai assez. On se fait mener en bateau par les uns et les autres. Nadine Meigneux a juré ses grands dieux qu'elle n'avait pas donné d'argent à Bastien. Mongenot affirme la même chose, puisqu'il craignait que son fils achète de la drogue. D'où sortait ce billet de cent euros ?

— Sûrement des économies de la gouvernante, qui a déclaré garder une jolie somme dans sa chambre du manoir qu'elle occupe depuis des années.

— Et cette somme y est encore, elle m'a montré le coffret et une liasse de billets, mais impossible de prouver qu'elle en a prélevé un ou plusieurs, soupira Terrier. Le jardinier a pu nous mentir, car ce taxi n'en était pas un, ou bien il s'agissait d'un type sans licence, qu'on aura du mal à retrouver.

— Je vous assure, j'ai appelé toutes les compagnies de taxi. Chacune m'a fourni un relevé précis des courses, et aucun chauffeur ne s'est rendu ce vendredi-là au château Mongenot, insista Karen.

Le commandant vida son gobelet de café. Le liquide, amer et froid, le fit grimacer.

— Tant que tu es là, j'ai envie de récapituler les derniers éléments dont on dispose.

— Je vous écoute attentivement, mais d'abord j'ai une question. Qu'est devenu le doberman ? Le vétérinaire refusait de le garder plus longtemps.

— Tu te soucies de ce chien ? Il a été confié à un refuge, où on l'a stérilisé et équipé d'une puce d'identification.

— C'est risqué, imaginez qu'une personne l'adopte et qu'il soit dangereux, si on l'a dressé à l'attaque.

— Cette bête pourrait aussi nous être utile. L'enlèvement de Romane Remond et son décès ont fait les gros titres des médias et il y est question du doberman. Le nom du refuge est paru dans la presse. Une caméra de surveillance a été cachée près de la cage du doberman. Si quelqu'un s'en approche, puis envisage une adoption, il sera filmé. Jusqu'à présent, il n'y a rien de concluant.

— Vous pensez à tout, commandant.

— J'essaie d'appréhender au moins un suspect potentiel, en mesure de parler. Tous ceux qui auraient pu nous livrer des noms ont été tués. J'en reviens à Audrey Gendron. Ce soir, cette pauvre gosse sera confrontée au père de son violeur, puisque Catherine Desmarets a convaincu son compagnon de la suivre chez elle. Il était pourtant réticent.

— Vous considérez vraiment Jean-Charles Mongenot comme innocent ?

— Il semble sincèrement inquiet pour Bastien, honteux aussi, ce qui n'est pas son genre. Je dirais que ce n'est plus le même homme, je le sens à bout de résistance nerveuse. De toute évidence, son fils a intégré l'organisation criminelle. Ces gens ont déjà prouvé qu'ils n'avaient aucune pitié, or Bastien a libéré Audrey, et je doute fort que ce soit avec l'accord de ses complices. Il a pu payer le prix fort.

— Vous croyez qu'il est mort ?

— J'en ai peur, oui, Karen… Si c'est le cas, ils vont l'enterrer quelque part en forêt.

— Ou bien jeter son corps au bord d'un étang, murmura-t-elle. Il n'aurait jamais dû s'enfuir, mais se dénoncer. En prison il serait en sécurité, même condamné à une lourde peine.

— On n'en sait rien, un violeur est souvent mal vu des autres détenus, marmonna Terrier.

Son téléphone sonna au même moment. Il décrocha et, tout de suite, il fronça les sourcils.

— Mademoiselle Desmarets ? Je vous entends très mal ! Qu'est-ce qu'il y a d'important ? Vous pouvez répéter ?…

Les traits tendus par l'agacement, Louis Terrier coupa la communication peu après. Il haussa les épaules en prenant Karen à témoin.

— Le bébé pleurait, Victoire était en voiture avec un homme, qui lui a dit d'attendre. Le réseau était fluctuant, j'ai compris un mot sur deux.

— C'était sûrement Emmanuel Nevers. Il a pris une année sabbatique pour se consacrer pleinement à son grand amour, décréta Karen d'un ton ironique.

— Si tu es encore jalouse, j'en déduis que ton inspecteur ne pèse pas lourd dans la balance, insinua-t-il.

— Je suis heureuse avec Christophe, mais j'aurais voulu être l'unique centre d'intérêt d'Emmanuel, lorsque nous étions ensemble. Le plus pénible, c'est l'attitude de Victoire. Elle ne se rend pas compte de sa chance.

Le commandant hocha la tête. Il désigna l'horloge murale à sa lieutenante.

— Va vite rejoindre Morisson, et passe une bonne soirée, Karen. À demain matin.

Entre Corcelles-les-Monts et Gevrey-Chambertin, même jour, même heure

Emmanuel s'était garé à l'entrée d'un chemin bordé de vignes, afin de pouvoir discuter avec Victoire.

— Je ne roule pas plus loin dans ces conditions, soupira-t-il. Je n'arrive plus à me concentrer sur ma conduite, alors que je suis responsable de ta fille et de toi. Vicky, j'ai jugé bon d'intervenir, car tu t'apprêtais à faire une erreur en parlant du dossier de ton grand-père au commandant Terrier. Accorde-toi un temps de réflexion.

— C'est toi qui te trompes, répliqua-t-elle avec véhémence. Je dois lui remettre ce maudit dossier de toute urgence, que mon grand-père soit mêlé aux crimes ou non. Pourquoi veux-tu m'en empêcher ? Nous sommes à six kilomètres environ de Gevrey, je te demandais juste de faire un détour avant de rentrer au château. Je suis navrée, mais quand un homme écrit : « Ma très grande faute », en préambule de tous ces articles soigneusement découpés et collés dans l'ordre chronologique, il y a de quoi s'inquiéter. Surtout si l'on est la petite-fille de cet homme.

La rumeur de leurs voix intriguait sans doute Maïa qui les écoutait sagement, son pouce dans la bouche. Emmanuel crispa les mains sur le volant, en quête d'arguments pour justifier son opinion.

— Terrier et moi nous avons également constitué un dossier où toutes les victimes étaient répertoriées, dit-il enfin. Certes, nous n'avons pas collectionné les coupures de journaux, mais Gilles Desmarets était d'une autre génération. Ces crimes sexuels se passaient dans sa région natale, peut-être qu'il tentait lui aussi de comprendre la signification de ces meurtres odieux.

— C'est possible, Emmanuel, mais il a signé ces quatre mots lourds de sens, insista Victoire. S'il était innocent, pour quelle raison il les aurait écrits ?

— On devrait se poser la question et y réfléchir, sans tout de suite conclure le pire. Depuis que nous avons quitté sa maison, tu es dans un état de stress déplorable. Vicky, jusqu'à tes quinze ans, tu as côtoyé ton grand-père. Je sais qu'il était renommé pour son honnêteté et son sens de l'honneur, mes parents le respectaient beaucoup. Et si cette très grande faute dont il s'accuse, c'était de n'avoir rien pu faire ?

Cet autre aspect du problème impressionna Victoire. Elle acquiesça d'un faible sourire.

— D'accord, je vais attendre avant de confier le dossier au commandant, admit-elle. Mais il y a la bague et Irina ! C'était une danseuse, et elle a l'air très jeune sur la photo.

— La cuvée baptisée « Coryphée » date de 1967. Nous n'avons pas pensé à ça, Irina a pu être une des victimes, et Gilles Desmarets s'est reproché de ne pas avoir su la protéger, suggéra Emmanuel. Il pouvait aussi faire allusion à son premier fils, le petit Thibault. Toi-même, Vicky, tu as la conviction que cet enfant a été tué, comme d'autres membres de ta famille.

Les pleurs virulents de son bébé mirent fin au débat, mais Victoire se sentait déjà mieux.

— Maïa s'impatiente, je dois la nourrir, dit-elle en sortant de la voiture.

— Eh bien j'irai promener Goliath, tu seras tranquille.

— Merci, Emmanuel, je te remercie pour tout ! Ta présence, tes conseils, ta gentillesse et ta discrétion, déclara-t-elle. Sans oublier notre câlin... J'avais tellement besoin de réconfort.

— Je suis prêt à te cajoler autant de fois qu'il le faudra, lança-t-il en la regardant d'un air sérieux.

— J'en prends note, répondit-elle, de nouveau troublée par le feu énigmatique de ses yeux noirs.

Une heure plus tard, Emmanuel se garait dans la cour d'honneur du château Desmarets. La pluie persistait et il sortit un parapluie de la voiture pour abriter Victoire, qui avait pris Maïa dans ses bras.

— Nous voici de retour au domaine des secrets, murmura-t-elle. Je suis fatiguée, mais bien contente d'être chez moi.

Il l'avait prise par l'épaule et tous deux contemplèrent la façade grise, sur laquelle les hautes fenêtres illuminées se dessinaient, évoquant la chaleur d'un foyer bien-aimé.

— Ta mère nous observe de sa chambre, souffla-t-il à son oreille.

La jeune femme leva la tête pour adresser un sourire de défi à Catherine. Elle aperçut Jean-Charles Mongenot un peu en retrait.

— Je voulais te proposer de rester dîner avec nous, mais maman n'apprécierait pas. Elle déteste l'imprévu.

— Ce n'est pas la peine, tu me connais, je ne serais pas à l'aise. Je préfère rentrer à la maison, mon modeste refuge en pleine forêt, affirma-t-il. Si je t'invitais à déjeuner, très bientôt, avec Anna et Corentin ? Qu'en dis-tu, nous fêterons leurs fiançailles ? Je suis un piètre cuisinier, cependant mon congélateur regorge de plats préparés.

— J'en serais enchantée, car je ne suis jamais allée chez toi. Et je peux venir seule, disons avec Maïa.

Victoire dédia un adorable sourire à Emmanuel, qui sentit son cœur s'affoler. Karl apparut alors sur le perron et tout de suite il accourut, afin de proposer ses services.

— Ah, mademoiselle, il se fait tard, votre mère s'inquiétait, débita le garde du corps tout bas. Qu'est-ce que je peux porter ?

— Le sac à langer, si vous y tenez, Karl, mais il ne fallait pas vous déranger.

— En fait, je dois vous dire qu'il y a eu du grabuge, expliqua-t-il, son rude visage tendu par l'émotion. D'abord le patron est arrivé avec votre mère, ils semblaient détendus tous les deux. Mais ensuite il a reçu un message sur son portable. Je l'ai vu devenir tout blanc… Ils venaient de s'asseoir dans le salon pour boire le thé et je n'étais pas loin. Je n'ai pas osé demander ce qui se passait, mais il y a une dizaine de minutes, une camionnette de transporteur a déboulé. Emilio a réceptionné le colis, qui était au nom de M. Mongenot. Par prudence, je l'ai ouvert dehors, sur la terrasse. Le choc que j'ai reçu ! C'était un morceau de doigt tranché net, une phalange avec l'ongle, et sûrement qu'il appartient à Monsieur Bastien.

— Mon Dieu, quelle horreur ! s'écria Victoire.

— Le commandant Terrier est en route, avec des collègues. D'après lui, il faut vite faire des analyses, pour identifier le doigt avec le sang et l'ADN.

— Je reste un peu avec toi, Vicky, décida Emmanuel.

Très pâle, elle approuva en tremblant nerveusement. Le garde du corps et lui l'escortèrent jusque dans le hall.

Catherine et Jean-Charles l'attendaient, se tenant par la taille pour être plus proches l'un de l'autre.

— Ma chérie, je suppose que tu es au courant, puisque Karl s'est précipité pour te l'annoncer, murmura sa mère.

— Oui, maman. Bonsoir, Jean-Charles, je suis sincèrement désolée, déclara Victoire. Mais gardez espoir, il ne s'agit peut-être pas de votre fils.

— Merci de ta compassion, marmonna-t-il. Est-ce que je peux prendre Maïa un petit peu ?

— Bien sûr, elle dort comme un ange.

Le bébé dans ses bras, Mongenot alla dans le salon où il s'assit sur un des canapés. Victoire et Emmanuel voulurent le rejoindre, mais Catherine s'interposa.

— Monsieur Nevers, c'est très aimable à vous d'avoir raccompagné ma fille, après l'avoir promenée je ne sais où, mais nous aimerions être en famille à présent.

— Ne le congédie pas ainsi, maman ! C'est impoli et puis je suis aussi chez moi ici. Même plus que toi, car le château était à mon père.

— Ne vous querellez pas, je vous en prie, protesta-t-il. Vicky, ta mère a raison, je ferais mieux de partir, étant donné la situation. Bonsoir.

Il sortit aussitôt, mais Victoire le suivit, à la fois furieuse et anxieuse. Quand il déplia son parapluie, elle le prit par le bras pour marcher tout contre lui.

— Maman a été impolie, se plaignit-elle.

— Ne lui en veux pas, sa réaction est normale, vu ce qui s'est produit. Tu récupères ton panier ? Ce sera un souvenir de notre journée à Corcelles-les-Monts.

— Je te le laisse pour notre prochaine expédition. Mais je garde l'enveloppe de photos et le dossier de mon grand-père. Tu m'appelleras en fin de soirée ?

— Envoie-moi un texto dès que tu es en mesure de me parler, et je te téléphonerai aussitôt. Courage, Vicky...

Il se pencha un peu pour l'embrasser sur les deux joues, et elle tourna sciemment la tête. Leurs lèvres s'effleurèrent, ce qui poussa Emmanuel à murmurer une vague excuse.

— C'est ma faute, plaida-t-elle en résistant à l'envie de se jeter à son cou.

À cet instant, dans l'ombre du parapluie noir, Victoire rêvait d'un vrai baiser, afin d'oublier tout ce qui la hantait. Mais le break de la gendarmerie remontait l'allée, avec à son bord Karen Mathis et le commandant Terrier.

Quelque part en Côte d'Or, même jour, même heure

L'esprit confus, la bouche pâteuse, Bastien se réveilla en gémissant. Il savait qu'on lui avait injecté une forte dose de somnifères quelques heures auparavant, mais il ignorait dans quel but.

— J'ai soif, de l'eau, réclama-t-il.

Certain d'être seul dans la chambre où avait été détenue Audrey, il ouvrit les yeux pour regarder la veilleuse murale au-dessus du lit.

— Je vous en apporte, indiqua une voix féminine. Vous n'avez pas le droit à autre chose.

Il reconnut celle que tous ici appelaient Nadège, à l'instar de l'homme qui avait joué les juges la veille.

— Il y a longtemps que vous êtes là ? balbutia-t-il. Pas la peine de me surveiller, je ne suis pas en état de m'enfuir.

La femme au chignon argenté, toujours vêtue de noir, se rapprocha. Elle s'installa à son chevet, lui tendant un grand verre d'eau et en montrant deux comprimés au creux de sa paume gauche.

— Prenez ces analgésiques, mon garçon, dit-elle de sa voix bien timbrée. Nous ne sommes pas si méchants, nous vous évitons de souffrir.

— Souffrir de quoi ? De toute façon, il paraît qu'on va me tuer, alors…

— Et ce jeune homme se permet d'être fataliste, répliqua-t-elle. Vous savez, il y a bien pire que la mort.

— Quoi donc ?

— La torture physique et morale, notamment. Si on vous avait coupé la dernière phalange de votre annulaire sans vous avoir drogué, vous auriez eu très mal, Bastien.

Affolé, il souleva ses avant-bras et il découvrit sa main gauche enveloppée d'un pansement.

— Vous m'avez mutilé ! hurla-t-il, soudain hors de lui. Qui a fait ça ? C'est de la barbarie ! J'ai mal, oui j'ai mal !

— Avalez les cachets, vous ne sentirez plus rien, décréta Nadège. Perdre une phalange, ce n'est pas très grave. Vous auriez pu ne jamais reprendre connaissance.

Terrifié, Bastien passa de la fureur au désespoir. Il éclata en gros sanglots enfantins.

— Nous avons été indulgents, mon garçon, aussi ne nous décevez pas. Les larmes, les jérémiades ne sont pas de mise dans notre organisation. Dites-moi, est-ce que la jeune Audrey pleurait, quand vous l'avez violée pour la deuxième fois, sur ce même lit ? La libérer était louable de votre part, mais prendre votre plaisir juste avant témoignait d'une bassesse répugnante.

Haletant, il se calma peu à peu, persuadé d'être condamné à brève échéance.

— Vous êtes tous des fêlés, jeta-t-il d'un ton méprisant. Des fous dirigés par un vieux dément. Si vous me disiez, Nadège, ce que vous avez fait de mon bout de doigt ?

— Tiens, tiens, on reprend du poil de la bête, ironisa-t-elle avec un sourire moqueur. Eh bien, nous l'avons envoyé à votre père, pour qu'il cède enfin à nos exigences. La prochaine fois, ce sera le pouce…

— Le pouce, non, non.

Il voulut se redresser pour s'en prendre à cette femme qui devait avoir une soixantaine d'années. Pendant quelques secondes, il s'imagina la frappant et la terrassant. Ensuite il s'enfuirait. Pour faire sortir Audrey, un des hommes l'avait aidé, il recommencerait peut-être.

— Mon garçon, je lis dans votre regard des idées contraires à nos règles, déclara la femme qui l'observait. Ici, il ne faut pas désobéir. Au fait, votre complice dans l'évasion insensée de cette pauvre Audrey… Il a été exécuté, ne comptez plus sur lui.

Accablé, Bastien ferma les yeux. Il songea qu'il était en enfer, donnant ainsi raison à Nadine Meigneux, gouvernante des Mongenot et leur maîtresse occasionnelle.

— Papa, pitié, fais vite ce qu'ils veulent, chuchota-t-il du bout des lèvres.

Château Desmarets, même jour, en fin de soirée

Très lasse, Victoire hésitait cependant à se coucher. Il était 23 heures et un silence apaisant régnait dans tout le château. Elle jeta un regard plein de douceur sur sa fille, qui dormait profondément au milieu du grand lit, où un bébé de sa taille paraissait minuscule.

«Je dois donner des nouvelles à Emmanuel, se dit-elle. Je suis sûre qu'il attend.»

Coppélia sauta sur ses genoux à cet instant précis, en quête de caresses. La chatte siamoise, en ronronnant, lui donna de petits coups de tête, afin de la solliciter.

— Tu es adorable, mais laisse-moi envoyer un texto.

Deux minutes plus tard, le jeune ingénieur la rappelait pour lui demander d'emblée si elle allait bien.

— Je suis fatiguée, comme quelqu'un qui a passé des heures à discuter, à rassurer les uns et les autres, répondit-elle. Mamie a pris un somnifère, Jean-Charles aussi. Quant à ma mère, elle était d'une humeur exécrable. Elle a même trouvé l'occasion de me reprocher notre attitude à tous les deux.

— Nous n'avons rien fait de mal.

— Tu me tenais par l'épaule dans la cour et j'ai osé te raccompagner jusqu'à ta voiture. Bien sûr, je me suis rebiffée encore une fois. Mais changeons de sujet, c'est préférable. Karen et le commandant Terrier ont emporté le colis avec le bout de doigt, pour le faire analyser. Avant ils ont interrogé Emilio, le seul qui a vu le livreur et lui a parlé, mais celui-ci travaille pour une société hors de tout soupçon.

— Est-ce que tu connais le contenu du message qu'avait reçu Mongenot un peu plus tôt?

— Oui, Jean-Charles l'a lu à voix haute. On le soumet à un terrible chantage, j'en avais la nausée. S'il ne cède pas, il recevra d'autres morceaux de doigts, puis une oreille, enfin ce genre de menaces abominables. Heureusement Audrey n'a rien entendu, maman lui avait demandé de rester dans sa chambre bien avant l'arrivée des gendarmes. Elle n'a pas dîné avec nous, Colette lui a monté un plateau, avec la consigne de ne rien lui dire. C'est une personne très sensible et je la crois reconnaissante à Bastien de l'avoir relâchée, malgré ce qu'il lui a fait subir auparavant. Mais nous serons obligés de la mettre au courant. Je le ferai demain matin, je lui donne son deuxième cours de danse.

— Mais que réclament les maîtres chanteurs ? s'enquit Emmanuel.

— Une somme d'argent extravagante. Jean-Charles prétend disposer d'environ un dixième. Pour avoir la totalité, il lui faudrait vendre le manoir et une partie de ses vignobles.

— Et il compte le faire ? Cela nécessiterait un certain délai.

— Il m'a semblé déterminé à sauver son fils. Je le plains, il était dans un état pathétique.

Les jeunes gens discutèrent encore de longues minutes, puis Victoire raccrocha, en prétextant qu'elle avait sommeil. C'était un demi-mensonge, car en dépit de son envie de dormir, elle voulait aussi faire des recherches sur Internet.

— Irina, coryphée peut-être vers 1967, murmura-t-elle. Mais dans quel corps de ballet, dans quelle ville précisément ? Si mon grand-père l'a aimée, ce devait être dans notre région. Il a pu la rencontrer à Paris, lors d'un voyage…

De nombreuses suppositions tournaient dans son esprit. Comme pour percer le mystère de cette danseuse, Victoire regardait souvent l'unique photo qu'avait conservée Gilles Desmarets.

— Non, je ne trouve rien, ce n'est pas surprenant, je dispose de trop peu de choses, soupira-t-elle en éteignant son ordinateur. Irina, ce pourrait être un prénom slave, ou il s'agit d'un pseudonyme, par souci d'originalité.

Victoire était déjà en pyjama. Elle s'allongea près de Maïa, sous la faible clarté rose d'une veilleuse.

— Mon ange, tu as l'air si bien, si sereine. Quand tu seras plus grande, je te raconterai toutes les tempêtes qui ont agité et dévasté ta famille. Je voudrais tant un peu de paix, et ne plus avoir peur pour toi. Mais j'ai beaucoup de chance, car je ne suis plus infirme… Je pourrai courir avec toi dans le parc, t'apprendre à faire du vélo.

Ces derniers mots la ramenèrent au portrait de Thibault, cet enfant tué à cinq ans et demi. La gorge nouée par une sourde peine, elle songea à ses deux oncles.

— J'aurais aimé vous connaître, vous chérir, car vous étiez les frères aînés de papa. Mon Dieu, pourquoi tous ces morts ? Je voudrais tellement découvrir qui nous veut autant de mal.

Nerveuse, Victoire se releva. Elle prit l'enveloppe en kraft et en ressortit les photographies. Un vague espoir la tenaillait, comme si elle avait omis un détail, par manque d'attention. Mais là encore, rien de particulier ne lui apparut et, déçue, elle se recoucha près du bébé.

— Irina, une coryphée… Très gracieuse, très jolie ! On dirait un costume pour le ballet *Petrouchka* ou *Coppélia*. J'ai une idée, je devrais demander à Madame Aurélia. Mais non, je suis sotte, elle ne peut pas l'avoir connue, murmura-t-elle avant de s'assoupir enfin.

Gendarmerie de Gevrey-Chambertin,
mercredi 7 novembre 2018, en milieu d'après-midi

Le commandant Terrier recevait Catherine Desmarets et Jean-Charles Mongenot dans son bureau. Ils s'étaient assis en face de lui, avec la même expression navrée.

— Je vous ai demandé de venir pour plusieurs raisons, dit-il d'un ton grave. Un peu de discrétion s'avère indispensable dans certains cas, or chez vous, madame, il y a beaucoup de monde. Tout d'abord, la phalange appartient bien à votre fils, monsieur. C'est celle de l'annulaire gauche. J'ai reçu le résultat des analyses à 14 heures, ce qui m'a poussé à vous convoquer.

— Il n'y a pas de souci, commandant, affirma Catherine. Nous avions prévu d'aller à Dijon.

— Donc ce morceau de doigt est celui de Bastien, articula le viticulteur, devenu livide.

— En effet ! Et ce n'est pas tout : d'importantes traces de drogue ont été relevées dans le sang. Cela laisse supposer qu'il était anesthésié ou endormi pendant la mutilation. Donc il n'a pas dû souffrir. Ce détail d'importance crée un rapport étroit avec le procédé des criminels ayant violé et assassiné toutes les victimes répertoriées.

— Je n'avais aucun doute sur ce point, ce sont les mêmes prédateurs, rétorqua Mongenot.

— Bizarrement, si je me réfère aux éléments en notre possession, ces meurtriers commettent leurs exactions sur des personnes inconscientes, qui décèdent sans avoir éprouvé de douleur. À mon avis, elles ont eu néanmoins le temps d'avoir peur, le témoignage poignant d'Audrey Gendron en atteste.

Le couple approuva d'un signe de tête accablé. Terrier les imita, avant de fixer uniquement Jean-Charles.

— Monsieur, êtes-vous sûr à cent pour cent de la fiabilité de votre garde du corps, Emilio Rossi ? Nous pensons depuis environ deux mois qu'un membre de l'organisation se serait infiltré d'abord chez vous, puis chez madame Desmarets. Depuis quand cet homme est-il à votre service ?

— Je l'ai recruté en septembre 2017, à l'époque où Victoire séjournait en Suisse, dans un centre de rééducation. Son CV était convaincant, et Karl, en qui j'ai toute confiance, a vérifié s'il n'avait pas d'antécédents.

— Vous faites erreur, commandant, intervint Catherine. Je vous assure qu'Emilio est irréprochable. J'apprécie son côté réservé. Karl ne passe pas inaperçu, en comparaison.

— Ce qui ne prouve rien, loin de là, répliqua Terrier. Hier, la lieutenante Mathis, sur mes ordres, est allée interroger votre employée, Colette, ainsi que deux ouvriers qui nettoyaient les chais. D'après leurs réponses, Emilio serait le seul à avoir vu un rôdeur au fond du parc, provoquant ainsi un sentiment de peur, dont ont témoigné Victoire et Mme Élodie Quinot. De même il s'absente parfois en prenant la voiture de Karl. Je vous rappelle qu'il a aussi réceptionné le colis.

Mongenot balaya ces allusions d'un geste de la main. Il se moquait de ces tergiversations, hanté par le sort de son fils.

— Je suppose que l'adresse de l'expéditeur était fausse, dit-il sans tenir compte de la suspicion de Terrier.

— Évidemment, un de nos agents s'y est rendu, il s'agit d'un immeuble vide en cours de démolition. Monsieur Mongenot, j'insiste au sujet d'Emilio Rossi. Imaginez qu'il se soit infiltré dans vos deux familles ! Il serait en mesure de fournir des renseignements sur vos allées et venues, vos discussions.

— Non, c'est impossible ! s'exaspéra celui-ci. Maintenant abordons le vrai problème. Je ne peux pas attendre qu'on m'envoie d'autres doigts de Bastien ou bien qu'on découvre son corps prochainement. Je tiens à verser la somme exigée, mais cela implique qu'on me fixe un rendez-vous, un lieu et une date. Hélas, je n'ai pas reçu de nouveau message.

— Je comprends votre immense désarroi, concéda Terrier d'un ton sincère. Nous avons vérifié le numéro depuis lequel les menaces ont été envoyées, et comme nous nous en doutions, il s'agit malheureusement d'un appareil prépayé qu'on ne pourra pas localiser. Cependant, puisqu'il y a une demande de rançon, on va communiquer de nouveau avec vous. Peut-être aurons-nous plus de chance à ce moment-là.

— Je n'en dors plus, avoua le viticulteur. Vous le savez autant que moi, commandant, une demande de rançon fait espérer le retour de la personne enlevée, mais ces fauves ne me rendront pas mon fils vivant, j'en ai l'intime conviction. Ils ont déjà tué Florian, Bastien mourra lui aussi.

— Dans ce cas, pourquoi tenter de réunir l'argent?

— Parce qu'on ne sait jamais ! Ils pourraient l'épargner, s'ils ont la satisfaction de m'avoir forcé à plier l'échine…

Catherine lança un regard affligé à Louis Terrier. Il aurait voulu débiter de bonnes paroles, cependant il était également très pessimiste quant à l'issue de cet épouvantable chantage.

Dijon, cours de danse d'Aurélia Novak,
même jour, même heure

Sa fille bien installée dans le porte-bébé, Victoire était très émue de franchir la porte du cours de danse. Elle se revit cinq ans plus tôt, adolescente et pleine de rêves de gloire.

« Rien n'a changé ici, à part moi, se dit-elle. Enfin, il y a sans doute de nouveaux élèves. »

De la musique lui parvenait, à travers les lourds rideaux rouges séparant le corridor de la salle de danse. Elle jeta un coup d'œil du côté des vestiaires.

« Le mercredi, ce sont les plus jeunes élèves à cette heure-ci, je ne voudrais pas déranger. »

La mélodie, tirée du ballet *Le Casse-Noisette*, cessa tout à coup. Victoire entendit la voix de la professeure annoncer la fin du cours. Aussitôt une ruée de fillettes en justaucorps roses, bleus ou blancs, déboula par l'ouverture entre les deux pans de rideaux. Il y avait deux garçons, dont l'un la bouscula sans penser à s'excuser.

La jeune femme s'empressa de se glisser dans la salle, où Aurélia s'étirait, debout à la barre. Elle restait très mince, tout en noir, ses cheveux auburn retenus par un turban.

— Bonsoir, madame, je suis venue à l'improviste !

— Vicky, quelle merveilleuse surprise ! Oh, tu as ta petite en plus. Je vais enfin la voir ! Tu m'avais envoyé des photos par mail, mais c'est un peu frustrant.

Elles s'embrassèrent en riant, ce qui réveilla Maïa. Victoire en profita pour détacher le porte-bébé.

— Es-tu pressée, Vicky ? On pourrait boire un thé toutes les deux. Mon Dieu, que ta fille est belle !

— Merci... Vous n'avez pas d'autre cours ?

— Ce soir, après le dîner. Il y aura ton amie Anna, qui progresse vraiment. Vicky, c'est si gentil de me rendre visite et de m'amener Maïa. Chaque fois que je te vois debout, mon cœur bondit de joie. Sais-tu que j'ai prié pour ta guérison, j'allais même allumer des cierges à la cathédrale Sainte-Bénigne.

— Vous ne me l'aviez jamais dit, Aurélia, merci encore...

— Je n'osais pas. Viens, passons à côté. Tu te souviens de mon bureau ? Je t'y avais reçue après avoir voulu te renvoyer, et tu m'avais donné une lettre à lire, une sorte de confession.

— Je n'ai rien oublié, admit Victoire.

Une fois assise sur une chaise tapissée de velours bleu, elle étudia avec un brin de nostalgie le décor qui l'entourait.

— Là aussi, tout est resté pareil, murmura-t-elle. Vos affiches de ballets, la statuette en porcelaine d'une ballerine sur le rebord de la fenêtre, les photos de vous dans *Le Lac des cygnes* et dans *L'Oiseau de feu*. J'aurais voulu assister à vos prestations, je suis sûre que vous étiez merveilleuse.

Occupée à préparer du thé, Aurélia fut pourtant sensible aux notes douloureuses qui avaient vibré dans sa voix.

— Tu regrettes ta carrière brisée, n'est-ce pas, Vicky ? Mais au moins, tu peux danser encore.

— Et même enseigner ce que j'ai appris ! Nous hébergeons une jeune femme en détresse, au château. Je lui ai donné un cours ce matin. C'était son rêve de petite fille. Il faudra venir nous voir et me donner des conseils.

— Ce serait avec joie, mais je ne suis pas très à l'aise là-bas. Je me sens dépassée par le luxe ambiant. Ne sois pas vexée, surtout. Comprends-tu, j'ai grandi dans un appartement de deux pièces cuisine, et ma tante faisait des ménages pour payer le loyer.

— Je suis désolée, Aurélia. Ceci dit, ce n'est pas ma faute si je suis née dans ce milieu de riches viticulteurs. Et j'aime mon château des secrets. Admettez qu'il est beaucoup moins grand et imposant que certains de la région.

— Tu as raison. Alors, dis-moi tout.

Victoire esquissa un sourire, certaine que le commandant Terrier, son compagnon, lui confiait quelques informations.

— Aurélia, vous savez sûrement que je me suis exilée durant un mois, car on nous menaçait, Maïa et moi, hasarda-t-elle. À présent, je serai franche, je suis venue pour le plaisir de vous revoir, mais aussi pour vous montrer la photo d'une danseuse, que j'ai trouvée chez mon grand-père, Gilles Desmarets. Elle s'appelait Irina. Je comptais sur vous pour me dire à quel ballet correspond son costume.

Une moue perplexe sur les lèvres, Aurélia posa la théière sur la table. Elle mit ses lunettes et Victoire lui tendit alors le cliché en noir et blanc de la mystérieuse coryphée.

— Mon Dieu ! balbutia-t-elle. Cette jeune femme ressemble de façon étonnante à ma mère. Je ne l'ai jamais connue, je l'ai seulement vue sur une photo prise sous le même angle, mais en pull à col roulé. Cela m'a fait un choc, vraiment.

— Je suis désolée, Aurélia… J'ignore tout de votre passé, je ne pouvais pas me douter.

— Ce n'est rien, Vicky. Enfin je l'espère…

14

Le mystère de la coryphée

Dijon, cours de danse d'Aurélia Novak,
même jour, mercredi 7 novembre 2018

Sa tasse de thé à la main, Victoire se répétait en son for intérieur les derniers mots d'Aurélia Novak : « Ce n'est rien, enfin je l'espère. »

— Ta petite est sage, peut-être parce qu'elle n'a pas encore faim, fit remarquer celle-ci. Est-ce qu'elle pleure souvent ?

— Si je tarde trop à la nourrir, elle pousse des cris stridents ! Pour l'instant, Maïa vous observe et vous semblez la fasciner.

— Je suis un nouveau visage, alors ce petit ange m'étudie.

— À propos de visage, avez-vous la photo de votre mère ? demanda prudemment Victoire. Nous pourrions comparer les deux ? C'est quand même étrange cette ressemblance…

— Pas vraiment, Vicky, beaucoup de gens ont des traits en commun. Je dois avoir ce portrait quelque part. Mais pourquoi cela t'intéresse à ce point ?

Gênée, la jeune femme chercha une réponse qui justifierait sa démarche. Elle sentait Aurélia nerveuse et craignait de la perturber davantage.

— J'ai sans doute tiré des conclusions hâtives, car Irina était danseuse, coryphée. Et puis son prénom est d'origine slave, comme votre patronyme. En plus, vous avez pratiqué la danse classique et vous l'enseignez.

— Ton raisonnement se tient, accorde-moi quelques minutes. Mais j'ai du mal à croire qu'il puisse s'agir de ma mère. Vers l'âge de dix ans, j'ai posé plein de questions à sa sœur, qui m'a élevée dès ma naissance. Ma tante refusait de répondre, en me traitant de « vilaine curieuse », pour finir par me dire de me tourner vers l'avenir. Elle prétendait qu'on ne gagne rien à connaître le passé, surtout s'il est honteux. J'ai conclu à un abandon, et que j'avais dû être conçue lors d'une aventure d'un soir.

Aurélia s'était levée et elle fouillait un à un les tiroirs d'un meuble ancien, en bois noir. De son côté, Victoire ressassait ce qu'elle venait d'entendre.

— Si votre tante était pauvre, comment avez-vous pu suivre des cours de danse ? s'enquit-elle tout bas.

— Ciel, je me croirais avec Louis ! Il m'a aussi interrogée sur ma jeunesse. Chez lui, c'est une déformation professionnelle, mais toi tu n'as pas prévu d'entrer dans la police, plaisanta Aurélia.

— Excusez-moi, j'ai tendance à être curieuse depuis que j'ai pris une décision pendant mon exil.

— De quelle décision parles-tu, Vicky ?

— Vous devez savoir dans les grandes lignes les nombreuses tragédies qui ont marqué ma famille, ainsi que mon drame personnel. Eh bien, j'en ai assez de tous ces secrets, je tiens à découvrir la vérité, au moins sur la cause de tous ces deuils. Même si c'est dangereux, je souhaite démasquer ceux qui sont responsables de ces crimes.

Une petite enveloppe bleue entre les doigts, Aurélia fixa longuement Victoire. Elle la considéra soudain différemment, car sous sa beauté délicate, on devinait un caractère forgé au feu des épreuves qu'elle avait endurées.

— Tu es allée chez ton grand-père pour cela ?

— Oui, hier ! Je voulais trouver une photo d'un petit garçon, Thibault, tué à cinq ans. Un des deux oncles que j'aurais pu chérir et qui sont morts dans des circonstances douteuses. J'ai appris l'existence de Thibault très récemment, par Jean-Charles Mongenot, le compagnon de ma mère. Personne de ma famille n'était au courant. Et parmi les photos de lui, il y avait Irina, la coryphée.

— Je comprends que tu sois intriguée. Je peux déjà te dire ce que j'ai confié à Louis. Ma tante, qui se nomme Maryla, a toujours prétendu disposer d'un petit héritage. Mais afin de le conserver, elle travaillait sans cesse. Quand je l'ai suppliée de prendre des cours de danse classique, elle a dû piocher dans ses économies. Ensuite j'ai eu une bourse, ce qui m'a permis d'intégrer une école plus prestigieuse. J'ai fini par être admise dans le corps de ballet de l'Opéra national du Rhin, à Strasbourg. Hélas, je me déplaçais à vélo et j'ai fait une mauvaise chute. Une fois rétablie, je ne pouvais plus prétendre à gravir les échelons que tu connais, alors j'ai ouvert ce cours de danse à Dijon, en empruntant de l'argent à une banque. Je loue depuis des années cet endroit, la salle et aussi le petit appartement au-dessus. Je t'y emmènerai un jour.

Touchée par ces confidences, Victoire ne s'étonnait plus, à présent, de la sollicitude que lui avait témoignée Aurélia, en la sachant devenue infirme.

— Hormis ma naissance dans un château et une riche famille, nos destins sont un peu similaires, en ce qui concerne nos carrières de danseuse. Nous avons toutes deux été victimes d'un accident, lui dit-elle.

— Tu as beaucoup plus souffert que moi, Vicky. Tiens, voici l'unique photo de ma mère.

— Comment s'appelait-elle ?

— Aniela...

— Aniela Novak ?

— Oui. Ce serait polonais, paraît-il.

Victoire acquiesça, en prenant le cliché en noir et blanc qu'elle étudia attentivement, avant de le comparer avec celui de la coryphée.

— C'est troublant, déclara-t-elle. Regardez mieux, on dirait vraiment la même personne, jusqu'au grain de beauté sur la joue. Je suis assez physionomiste et je me fie au dessin des sourcils et de la bouche, à l'implantation des cheveux, dont la couleur pourrait être un blond foncé ou un roux.

— D'après ma tante, ma mère était rousse, j'ai donc hérité de cette teinte flamboyante qui m'a valu beaucoup trop de moqueries à l'école.

Maïa choisit ce moment pour lancer un cri aigu. Elle fixait Victoire de ses prunelles très bleues d'un air inquiet.

— Je dois l'allaiter, j'ai un foulard dans mon sac, comme ça ma pudeur est préservée et je ne choque personne.

— Pour ma part, cela ne me dérange pas, c'est un charmant tableau, une maman qui nourrit son bébé. Sois à l'aise, Vicky, pendant ce temps, je compare les photos.

Aurélia s'assit près de la fenêtre et demeura silencieuse, plongée dans l'observation des deux portraits.

— Mon Dieu, tu as vu juste, Vicky ! murmura-t-elle soudain. Ce doit être ma mère. Je n'avais pas fait attention, ce sont les mêmes boucles d'oreilles ! Et je les ai, ces bijoux, ils sont très particuliers, des hirondelles en argent serties de brillants. Excuse-moi, je monte à l'appartement pour téléphoner à ma tante, depuis ma ligne fixe. Elle ne répond pas si c'est un numéro de portable. Elle a quatre-vingt-deux ans, elle s'accoutume mal au progrès.

— Bien sûr, allez-y.

Restée seule, Victoire sentit les battements de son cœur s'accélérer. Elle se perdit en conjectures, car si la jolie Irina était bien la mère d'Aurélia, il lui faudrait évoquer la bague où étaient gravés les noms de la coryphée et de Gilles Desmarets.

Maïa avait tété et elle s'était rendormie dans les bras de sa jeune maman, quand Aurélia réapparut, les joues colorées par l'émotion et les yeux brillants de larmes.

— Vicky, je vais devoir partir pour Strasbourg au plus tard vendredi. Je ne peux pas annuler mes cours de demain, nous répétons le spectacle pour Noël.

— Que se passe-t-il ? Votre tante vous a dit quelque chose ?

— Oui et non ! Mais grâce à toi, j'en saurai peut-être plus sur ma mère. Maryla refusait de m'en dire trop au téléphone, une de ses manies. J'ai pu obtenir une certitude, Irina et Aniela sont la même femme. Je suis secouée, sais-tu, au point de m'accorder un verre de whisky.

— Vous ne savez rien d'autre ?

— Ma tante m'a caché qu'elle était très malade. Je voudrais la ramener ici, malgré l'exiguïté de mon logement. Elle refusera, mais je pense que j'aurais droit à une confession, car elle est persuadée de mourir dans un mois ou deux.

— Je suis désolée pour la santé de votre tante, et pour tout, je vois bien que vous êtes bouleversée, déclara Victoire.

Aurélia lui adressa un sourire indulgent, avant de boire d'un trait le verre d'alcool qu'elle s'était servi.

— Certes, je me souviendrai de ta visite et de cette date. Mais je te remercie, alors ne te fais aucun souci. J'ai grandi et j'ai vécu en me demandant qui était ma mère, si elle était vivante ou morte. Ma tante refusait absolument de me dire ce qui était arrivé à sa sœur, sa cadette d'une dizaine d'années, je crois. Le voile va enfin se lever. Au fond, j'ai souvent réagi comme toi ! J'avais des sautes d'humeur où je ne supportais plus de ne rien savoir et je harcelais Maryla de questions, bien en vain. Alors je m'en allais furieuse, et je ne lui rendais plus visite pendant un an ou deux, parfois davantage.

— Pourquoi votre mère se faisait-elle appeler Irina ?

— C'est son troisième prénom, celui d'une aïeule, hélas cela aussi je l'ignorais.

— La vie est étrange, disons le destin, commenta Victoire. Je vous dois toute la vérité, Aurélia. Je pense que votre mère a eu une liaison avec mon grand-père. Hier, j'étais avec un ami dans sa maison, une sorte de villa à Corcelles-les-Monts, où il habitait seul après le décès de son épouse. Nous avons découvert une trappe et un escalier menant à un sous-sol de taille modeste. Dans une valise, j'ai trouvé les photos que je cherchais, mais il y avait également une bouteille de vin pleine. Je l'ai cassée par maladresse et voici la bague que j'ai ramassée, parmi les éclats de verre.

Elle sortit le bijou de la poche de son pantalon. Aurélia s'en empara d'un air perplexe.

— L'étiquette de la bouteille portait le nom « Coryphée », cuvée 1967, domaine Desmarets. Lisez ce qui est gravé à l'intérieur. Il faudrait la montrer à votre tante.

— Seigneur, il ne manquait plus que ça ! s'écria Aurélia. Mais qu'est-ce que ça signifie ? Je suis née en 1968...

À partir de cet instant-là, le doute s'insinua d'une possible parenté entre elles. Cependant aucune des deux n'osa mettre de mots sur cette éventualité.

— Vicky, si tu m'accompagnais à Strasbourg, ce week-end ? demanda juste Aurélia d'un ton suppliant. C'est une jolie ville, je te ferai visiter. Et ainsi, je ne serai pas seule au retour, après avoir entendu la vérité sur ma naissance. Mieux encore, je te présenterai à ma tante. Sous ses airs bougons, c'est une vieille dame très sensible.

— Bien sûr, j'irai avec vous, répondit Victoire sans hésiter.

Château Desmarets, jeudi 8 novembre 2018

Dans la bibliothèque, Catherine et Victoire, assises face à face, se défiaient en silence, après un échange de propos houleux, bien qu'énoncés à voix basse.

— Nous aurions pu discuter dans le salon, tu profites du sommeil de Maïa pour m'obliger à ne pas crier, Vicky.

— Oui, je le fais exprès, maman, car ça me hérisse quand tu hausses le ton !

— Donc, tu ne reviendras pas sur ta décision, d'un égoïsme désolant, insista Catherine. Nous nageons en plein drame, encore une fois, ta grand-mère et Jean-Charles abusent d'anxiolytiques et de somnifères, mais toi tu veux partir deux jours à Strasbourg, avec ton ancienne professeure de danse.

— Aurélia est mon amie ! Elle m'a soutenue par ses lettres et ses appels téléphoniques pendant toute ma rééducation. On ne peut pas dire la même chose de toi.

— Une amie qui a cinquante ans, c'est ridicule, comme l'est ta relation ambiguë avec Emmanuel. Je te mets en garde parce que je t'aime, Vicky. Les Nevers n'ont jamais roulé sur l'or, ils visent ta fortune et notre position sociale.

Pourtant décidée à garder son calme, Victoire s'insurgea, outrée par ces calomnies.

— Là, je suis écœurée, maman. Janine Nevers est une femme charmante, dévouée et douce. Elle se moque de l'argent, autant que son fils. Qu'est-ce qui te prend ?

— J'espère seulement qu'après un ou deux ans de deuil, tu choisiras un homme de notre milieu, qui t'aidera à maintenir le domaine en état.

Après un regard sur sa fille toujours endormie, Victoire prit sa mère par le coude pour s'enfermer avec elle dans la salle de bains.

— Il est grand temps que tu le saches, dit-elle tout bas, tremblante d'indignation. Si je suis sortie du coma, c'est grâce à Emmanuel, et si je remarche, je lui dois aussi. À sa demande, je suis demeurée discrète sur ce point. Bien sûr, si j'en parle, tu vas encore persifler et te moquer, mais c'est vrai. Son oncle Jean, quand il a appris mon accident, lui a révélé que son arrière-grand-père de Gissey-sur-Ouche était guérisseur. Il pensait qu'Emmanuel avait hérité de ce don et il lui a conseillé d'essayer de me soigner. C'est pour cette raison que mamie l'accueillait à bras ouverts au CHU.

— Oui, je m'en souviens, elle prétendait que tu allais mieux après ses visites, concéda Catherine en soupirant.

— Tout à fait. Pour mes jambes, il les a massées et, peu à peu, j'ai perçu des sensations, si Coppélia grimpait sur mes genoux, ou quand je tentais de poser un pied sur le sol.

— Seigneur, je tombe des nues ! Emmanuel te massait, alors que tu étais fiancée avec Florian !

— Et alors, quelle différence cela pouvait faire ? J'aurais pu être suivie par un kiné de sexe masculin.

— D'accord, admettons, s'entêta sa mère. Je suppose que tu l'as remercié, ton guérisseur. Il a ses entrées ici, c'est suffisant. Enfin réfléchis, Vicky. Tu ne peux pas avoir une relation avec quelqu'un sous le nez de Jean-Charles. Tu devais épouser son fils aîné, et à présent on menace Bastien d'être mutilé sans pitié. Imagine un peu ce qu'il ressentirait.

— Je ne veux rien entendre, maman. D'une part, je n'ai pas de relation avec Emmanuel, et d'autre part, j'aurais dû te le dire bien avant, mais je n'aimais pas vraiment Florian. Pas comme il m'aimait en tout cas, d'une passion forcenée. Sa jalousie maladive me rendait très malheureuse. Je ne regrette rien, car désormais il y a ma petite Maïa, ma raison de vivre et de me battre. Je crois que tu devrais prendre des anxiolytiques toi aussi, cela t'aiderait peut-être à mesurer tes paroles. Alors oui, j'irai à Strasbourg avec Aurélia Novak et tu ne m'empêcheras pas de voir Emmanuel.

Sur ces mots, Victoire se rua hors de la salle de bains, tandis que sa mère éclatait en sanglots nerveux. Accoutumée à ses sautes d'humeur, la jeune femme refusa d'y prêter attention. Elle commença à préparer quelques affaires en prévision de son départ le lendemain.

— Tu n'es qu'une ingrate ! lui décocha Catherine lorsqu'elle la rejoignit. Je me demande bien pourquoi tu m'as demandé de venir ici après le déjeuner.

— Je voulais te montrer quelque chose, maman, mais à peine entrée, tu m'as agressée avec une liste de reproches ! Je tenais à te dire que mardi, j'étais à Corcelles-les-Monts.

J'avais pris les clefs de la maison de grand-père Gilles. J'étais obsédée par l'idée de trouver des photos du petit Thibault, et a priori, s'il en existait, elles ne pouvaient qu'être là-bas.

— Oui, c'est logique, mais encore une fois, Vicky, tu as agi dans mon dos, jusqu'à subtiliser les clefs. À quoi joues-tu ? Je ne t'aurais pas interdit d'y aller.

— Je l'espère ! De quel droit, je suis majeure et cette maison est censée me revenir, répliqua Victoire. Enfin, je n'ai pas envie de me quereller encore. Veux-tu voir le visage de celui qui aurait pu être ton beau-frère, si on ne l'avait pas tué ?

— Alors tu as réussi ! Mais oui, montre-moi les photos, ma chérie. Et puis je suis désolée d'avoir été aussi désagréable. Je subis trop de tensions en ce moment, avec tout ce qui se passe. Ceux qui détiennent Bastien n'ont pas envoyé de nouveau message à Jean-Charles, alors il attend et plus rien d'autre ne semble l'intéresser.

— C'est un peu normal, maman. Je l'admets, nous sommes tous à cran, cependant je ne suis guère utile, à part lorsque je donne des cours de danse à Audrey. Elle est si contente.

— Arthur lui enseigne les échecs. Ils sont dans la salle à manger. J'ai signifié à ton cousin qu'il ne devait en aucun cas se rendre dans la chambre de notre protégée.

Victoire acquiesça d'un sourire, en remettant à sa mère l'enveloppe qui contenait les photographies de Thibault. Elle avait eu soin, auparavant, de ranger celle de la coryphée.

— Mon Dieu, quel beau petit garçon, gémit Catherine. Il avait les cheveux très noirs et les yeux bleus. Pauvre enfant… Quand je pense à Jacques ! Ton père nous a quittés sans savoir que ses parents avaient eu un fils avant son frère Damien.

— C'était un secret de famille, et j'ai la conviction qu'il y a encore d'autres secrets, maman, ici ou ailleurs…

Dès qu'elle fut seule, Victoire téléphona à Emmanuel. Ils s'appelaient au moins deux fois par jour et s'envoyaient aussi des messages. Le jeune ingénieur avait ainsi eu un compte rendu détaillé de sa visite chez Aurélia Novak, et il était averti du projet de week-end à Strasbourg.

— Comment vas-tu depuis ce matin, Vicky ? s'enquit-il. Tu as fait ta valise et celle de Maïa ?

— J'ai presque terminé, mais je suis un peu contrariée. Je n'aurais peut-être pas dû accepter.

— Pourquoi ?

— À cause de maman qui désapprouve totalement ce voyage. Elle est dans un état de nerfs épouvantable et m'a dit des paroles blessantes. Du coup, j'ai l'impression de la laisser en pleine tragédie, sans faire l'effort de la soutenir.

— Tu dois penser à toi et à Aurélia. Comme nous l'avons dit hier soir, il se pourrait qu'elle soit la fille de ton grand-père, née de leur amour, même si c'était une liaison illégitime.

— Ce serait inouï, complètement fabuleux. Emmanuel, je te rappellerai dans la soirée, on frappe. Je t'embrasse...

— Moi aussi, et très fort, Vicky.

Ravie, elle ouvrit sa porte, certaine de voir sa grand-mère, à qui Catherine avait dû s'empresser de montrer le portrait de Thibault. Mais il s'agissait d'Audrey, un timide sourire sur les lèvres.

— Entre, lui proposa Victoire.

— Oh non, je ne veux pas vous déranger. C'est votre cousin qui m'envoie, il voudrait une mallette de jeux. D'après lui, elle se trouve ici, dans la bibliothèque.

— En effet, viens, tu ne m'avais pas encore rendu visite.

Audrey se décida à avancer de quelques pas. Son regard brun se posa sur les innombrables rangées de livres, puis sur la bercelonnette de Maïa, où l'enfant dormait à l'abri d'un voile en tulle. Elle se tourna vers le lit, en partie dissimulé par un paravent en laque noire, orné de motifs fleuris.

— On sent que vous vous plaisez dans cet endroit, nota-t-elle de sa voix fluette. Votre maman m'en parlait, quand elle redécorait le salon du manoir des Mongenot, en me disant tous les aménagements qu'elle avait faits pour vous.

— Et toi, tu apprécies ta chambre ?

— Bien sûr, elle est tellement belle. Mademoiselle, comme nous sommes toutes les deux, je voudrais vous remercier pour les cours de danse et pour votre gentillesse. J'ai déjà écrit un petit mot à chaque personne du château, hier soir, et j'ai distribué mes messages très tôt ce matin, en les glissant sous les portes. Je tenais à leur dire ma gratitude de m'avoir accueillie, car j'ai l'impression de vivre un rêve, surtout quand je suis dans la salle de danse, tout là-haut, avec vous.

— Eh bien, tu devrais vite y monter et te mettre en tenue, il est 11 heures, je te ferai travailler jusqu'à midi et demi. Ce week-end, je m'absente, alors le prochain cours sera lundi, lui précisa Victoire.

— J'attendrai votre retour avec impatience, mademoiselle.

— Je t'en prie, sois moins formelle avec moi, Audrey ! Je me répète sans doute, mais nous avons le même âge et ça me gêne que tu m'appelles mademoiselle. Autre chose, durant ces trois jours, tu peux aller t'entraîner ! Tu sais comment mettre de la musique. Laisse-toi guider par la mélodie, même si tu inventes des figures, on s'en moque, ça te fera du bien à l'âme et au corps.

— Oh merci !

Éperdue de joie, les larmes aux yeux, Audrey l'embrassa sur la joue.

— Que Dieu vous bénisse, chuchota-t-elle.

Victoire lui adressa un grand sourire ému, touchée par les capacités de résilience de la jeune femme qui semblait avoir oublié ce qu'elle avait subi tout récemment. Elle lui remit la mallette de jeux, un modèle qui datait de sa propre enfance.

— Les échecs, c'est trop difficile pour moi, expliqua Audrey. Votre cousin m'a proposé de jouer au backgammon.

— Méfie-toi, Arthur gagne toujours.

— Ce n'est pas grave, tant qu'on s'amuse...

Strasbourg, samedi 10 novembre 2018

Aurélia Novak avait réservé deux chambres dans un hôtel de qualité, au cœur du quartier pittoresque de la Petite France. Elles s'étaient installées la veille, en début de soirée, après un trajet en voiture qui leur avait permis de discuter, sans jamais aborder le sujet le plus important.

— Alors c'est aujourd'hui que nous allons rencontrer votre tante, dit Victoire d'un ton anxieux.

— Oui, elle nous attend à 10 heures, je viens de l'appeler. Je lui ai annoncé que j'étais avec une jeune amie et son bébé.

— Cela ne la gêne pas ?

— Maryla a paru surprise, et par défi j'ai ajouté que tu étais la petite-fille de Gilles Desmarets. Aussitôt elle a changé de ton, en affirmant que tu pouvais venir.

— A priori, le nom de mon grand-père ne lui était pas inconnu, en déduisit Victoire.

— Apparemment. Ce constat n'a fait qu'augmenter mon angoisse, avoua Aurélia. Je dois me préparer à entendre une histoire sûrement pathétique.

Elles prenaient le petit déjeuner ensemble, dans la chambre de la jeune femme, qui venait d'allaiter sa fille.

— Est-ce que vous avez bien dormi toutes les deux ? s'enquit Aurélia. Moi j'ai eu du mal à trouver le sommeil, j'étais trop nerveuse. Et c'est de pire en pire.

— D'abord je me suis beaucoup agitée, mais j'ai fini par me calmer. Avoir Maïa contre moi m'a aidée.

— Ce doit être apaisant, la présence d'un tout petit enfant. Pour ma part, je n'ai jamais eu envie d'être mère. Si j'avais rencontré un homme à ma convenance, j'aurais peut-être tenté l'aventure. Mais j'ai grandi privée de mes parents, aussi je craignais de reproduire le même schéma.

Victoire termina sa tasse de thé au lait. Elle avait grignoté une moitié de croissant, n'ayant aucun appétit.

— Je vais me doucher, Aurélia, je vous confie Maïa. En fait, je ne peux rien avaler. Plus l'heure tourne, plus le stress monte.

— Moi j'ai le cœur qui bat la chamade, Vicky. Nous faisons la paire. J'ai l'impression d'être au bord d'un ravin et que je vais tomber sans rien où me raccrocher.

— Mais si, je suis là... N'ayez pas peur, je vous retiendrai, répliqua gentiment Victoire.

— Et si je t'entraîne dans ma chute ? rétorqua Aurélia, elle aussi en plaisantant un peu.

— Il n'y a pas de danger, j'ai appris qu'on pouvait tout surmonter si l'on s'éloigne de ce genre d'abîme. À ce propos, je ferais mieux de vous parler de quelque chose. J'ai failli vous le dire pendant le voyage, je n'ai pas osé.

— Je t'écoute, autant être avertie.

— Chez mon grand-père, dans la valise où se trouvaient la bouteille de vin et l'enveloppe de photos, il y avait aussi un dossier cartonné, assez épais.

Victoire lui en expliqua le contenu, en quelques mots, avant d'exposer les terribles soupçons qu'elle avait eus.

— Mon ami Emmanuel a réussi à me persuader de ne pas tirer de conclusions hâtives. Ses arguments se tenaient, aussi je n'ai pas remis ce dossier au commandant Terrier. Pourtant c'était la première idée qui m'est venue.

— Louis en aurait sans doute besoin, Vicky. Mon Dieu, tu as dû être très choquée. Cet homme a écrit « Ma très grande faute ». Je comprends ce que tu as éprouvé.

— Maintenant j'ai une autre théorie, fort triste. Irina, votre mère, aurait été une des premières victimes de ces ignobles assassins, et mon grand-père s'est estimé coupable de ne pas avoir pu la sauver.

Aurélia approuva d'un signe de tête. Elle se leva pour déposer un baiser sur le front de la jeune femme.

— Soyons courageuses, Vicky, et ne faisons pas attendre ma pauvre petite tante. Moi aussi je ne t'ai pas tout dit. Maryla est atteinte d'un cancer généralisé. Elle me l'a confié tout à l'heure, au téléphone. Et je lui ai brièvement expliqué ta situation par rapport à Florian Mongenot et au bébé, afin de t'éviter un interrogatoire.

Maryla habitait rue des Tanneurs, dans un logement situé au rez-de-chaussée d'un très vieil immeuble. Aurélia avait guidé Victoire le long du quai Saint-Thomas, au bord de l'Ill. Les anciennes maisons à colombages abondaient, certaines de leurs fenêtres déjà décorées en prévision de Noël, et elles évoquaient sans conteste celles du quartier médiéval de Dijon. La promenade avait endormi Maïa, nichée dans un petit landau de ville très maniable.

— Nous y sommes, indiqua enfin Aurélia d'une voix mal assurée. J'ai les clefs, que j'ai failli oublier. J'aurais obligé ma tante à se lever pour nous ouvrir. Je crois qu'elle reste couchée une partie de la journée.

Si le corridor, sombre et étroit, ne payait pas de mine, le modeste appartement étincelait de propreté et il y régnait un ordre exemplaire, ainsi qu'une douce chaleur.

— Maryla, nous voici.

— Je suis dans la chambre, répondit-on assez faiblement.

Victoire laissa le landau près d'une fenêtre de la salle à manger attenante à une cuisine exiguë. Le cœur survolté, elle suivit Aurélia jusqu'à un lit aux montants de cuivre. L'aspect de Maryla, qui l'accueillait d'un sourire, la désorienta.

— Bonjour, madame, murmura-t-elle.

— Bonjour, mademoiselle. Je suis navrée de vous recevoir en restant allongée, mais j'ai des douleurs un peu partout. Le docteur me donne de quoi les soulager, hélas je n'arrive plus à marcher.

Aurélia, qui avait embrassé sa tante, lui caressa la joue. Elle lissa ensuite les beaux cheveux de neige coupés aux épaules et un peu ondulés.

— Ton amie m'examine, se moqua Maryla. Est-ce qu'elle sait l'âge que j'ai ?

— Mais oui ! Et je vous trouve très jolie, madame, répondit Victoire. Sans vouloir être indiscrète, je me demandais aussi comment vous faites. L'appartement est impeccable, comme ce magnifique corsage brodé que vous portez…

— Quelqu'un vient tous les jours maintenant, une aide ménagère toute jeune et aussi mignonne que vous. Elle m'a coiffée et habillée tôt ce matin. Je ne voulais pas faire honte à ma nièce, pour une fois qu'elle se déplace jusqu'ici.

— Tu exagères, ces deux dernières années, je suis venue souvent, protesta Aurélia.

Les yeux gris-vert de Maryla eurent un éclat malicieux. Elle leur fit signe de s'asseoir sur les chaises paillées disposées de chaque côté du lit.

— Et où est le bébé ? s'inquiéta-t-elle soudain.

— Dans la pièce d'à côté, endormie dans son landau, répondit Victoire.

— Bon, autant causer tout de suite. Aurélia, je t'avais écrit une grande lettre il y a une dizaine d'années, quand on devait m'opérer d'une hernie à l'aine. C'était au cas où je n'aurais pas survécu. L'enveloppe est rangée dans le tiroir de ma table de chevet, tu l'aurais forcément trouvée. Il fallait bien te dire la vérité sur ta naissance. J'espère pouvoir tout te raconter. Et à cette jeunesse, aussi, puisqu'elle est la petite-fille de Gilles Desmarets. Seigneur, c'est une longue histoire bien triste.

— Nous t'écouterons le temps nécessaire, Maryla. Si tu as besoin de quoi que ce soit, dis-le-moi.

— Un peu plus tard, tu me feras un bon thé. Hé, ça donnera soif de parler. Il faut commencer par l'époque où notre père, à ma sœur et moi, est mort de la tuberculose. Nos parents habitaient Paris et ils travaillaient là-bas, après avoir quitté la Pologne très jeunes, juste mariés. Six ans après son décès, notre mère s'est remariée avec un certain Arnold Novak. La pauvre femme, je la revois encore, elle se privait pour nous, mais l'argent manquait. Novak se prétendait riche, très riche, alors elle l'a épousée, pleine de gratitude envers lui.

Maryla se tut un instant, les yeux fermés sur ce passé qu'elle devait faire revivre.

— Ah, nous avions une belle maison, de jolis vêtements et nous mangions à notre faim, mais il a fallu payer le prix au bout de quelques années. J'ai compris la première qui était cet homme, un truand, une crapule et une brute, reprit-elle en fixant Aurélia. Hélas, il était trop tard. Quand notre mère est morte d'une pneumonie, mais aussi des suites de ses coups à lui, j'ai dit à Aniela qu'on devait s'en aller. Il nous restait de la famille à Varsovie du côté paternel, les Kowalski.

— Je t'interromps une minute, Maryla, à l'époque ta sœur s'appelait Aniela, mais pourrais-tu dire Irina, que l'on te suive mieux.

— Si tu veux ! Il y a eu un moment de sa vie où je lui disais Irina, car elle s'était habituée à utiliser ce prénom. Où en étais-je ? Déjà que je mélange un peu les dates... Oui, Irina prenait des cours de danse et elle avait été admise à l'Opéra de Paris. Quand tu m'as dit ce mot, coryphée, j'en ai tremblé des pieds à la tête. Alors bien sûr, elle refusait de quitter notre beau-père, le confort, sa chambre rose. Je suis partie toute seule pour Strasbourg, où j'ai obtenu un travail à la Poste. J'ai pu louer cet appartement, et j'ai fait installer le téléphone. J'étais l'aînée, je voulais rester en contact avec ma sœur qui avait mon numéro.

— Excusez-moi, madame, intervint Victoire. Vous êtes partie à cause de la mort de votre mère ou pour une autre raison ?

— Vous êtes une fine mouche, mademoiselle, soupira la vieille dame. Je fuyais Novak, qui nous avait adoptées, je dois le préciser. Ce bandit me harcelait et il est même parvenu à ses fins, plusieurs fois. J'ai été lâche, je m'en veux encore d'avoir laissé Irina entre ses griffes, car à la fin de l'été 1964, ma sœur a disparu. Elle ne donnait plus de ses nouvelles et quand je me suis décidée à téléphoner chez Novak, il m'a répondu qu'il ignorait où elle était. Il parlait d'une fugue et comme elle avait eu vingt et un ans, il n'avait pas envie de la rechercher.

Aurélia constata que sa tante avait la bouche sèche. Elle alla vite lui chercher de l'eau et la fit boire.

— Je fais du thé tout de suite, Maryla ?

— Non, si je m'arrête trop souvent, je perdrai le fil. Et je dois vous confesser le plus pénible. Cette ordure me mentait, ta mère n'avait pas fugué. J'ai su plus tard qu'il l'avait vendue. Vous entendez ça ? Vendue…

Comme affolée, Maryla agita les mains en respirant par saccades. Victoire en aurait pleuré de compassion, mais elle se dominait, envahie d'un effrayant pressentiment. Aurélia, de son côté, avait pris place au bord du lit pour soutenir sa tante par les épaules.

— Calme-toi, je t'en prie, c'est si loin tout ça, il ne faut plus en souffrir, lui dit-elle tendrement.

— Mais j'en ai souffert chaque jour de ma vie ! J'aurais dû forcer ma petite sœur à me suivre.

— À qui l'avait-il vendue ? Dis-nous, Maryla !

— Je n'ai pas de nom, sinon j'aurais tout raconté à la police. Irina, la veille de sa mort, m'a seulement avoué que c'était à un homme très fortuné, qui se procurait des jolies filles pour satisfaire ses amis lors de parties fines, moyennant finance. Ces malheureuses subissaient tous les outrages possibles. Le nom de ce sale bonhomme, il y en a peut-être un qui le savait, son amant, Gilles Desmarets.

Abasourdie par ces révélations, Victoire retenait son souffle, tout en réalisant qu'elle ne s'était guère trompée. Irina, la belle coryphée, avait été une victime de l'organisation criminelle dont le premier méfait remontait à 1962.

— J'ai bien entendu, ma mère est morte ! Je suis naïve, j'espérais un peu qu'elle était retournée en Pologne et qu'elle vivait encore.

— Jamais je ne te l'aurais cachée si tu avais eu une chance de la revoir, Aurélia, soupira sa tante.

— On l'a tuée, n'est-ce pas ? demanda Victoire.

— Non, mademoiselle. Ma sœur s'est éteinte dans mes bras, d'une hémorragie, après avoir accouché dans une ferme, près d'un village. La pauvre, elle m'avait appelée au secours, car Gilles était en déplacement. Il l'a trouvée agonisante, ils ont eu le temps de s'embrasser. Ensuite il m'a promis de s'occuper de tout, à condition que j'emmène vite la petite... C'était toi, Aurélia. Il était désespéré, comme fou, et il me disait que son pays était trop dangereux pour les jeunes filles. C'était un monsieur qui avait le sens de l'honneur. Il m'a versé un gros capital pour t'élever, mais il refusait de te connaître. J'ai fait tout ce qu'il voulait ! Tu ne devais rien savoir de ta naissance, ni de son existence à lui, ton père. Il redoutait un scandale, pour sûr, comme il était déjà marié.

— Quel sens de l'honneur ! Il s'est montré lâche ! Gilles Desmarets a choisi la facilité, renier son enfant et payer pour cela. Excuse-moi de le critiquer, Vicky, mais il m'a quand même abandonnée, décréta Aurélia.

Victoire n'eut pas le temps de lui répondre, car Maryla saisit le bras de sa nièce et le serra très fort.

— C'était pour te protéger, parce qu'il avait peur pour toi, affirma-t-elle en haussant la voix. Mais il a gardé le garçon.

— Quel garçon, madame ? murmura Victoire.

— Ma sœur a mis au monde des jumeaux ! Le garçon, c'était votre père, mademoiselle. Jacques Desmarets...

15

Un pan du voile

Château Desmarets, samedi 10 novembre 2018,
même jour, même heure

Une heure plus tôt, Karen Mathis et Louis Terrier avaient prévenu Catherine et Jean-Charles de leur visite. Ils se tenaient tous les quatre dans le salon, près de la cheminée. La gravité qui se lisait sur leurs traits soucieux contrastait avec la douce l'atmosphère de la grande pièce, égayée par les flammes vivotant derrière la vitre de l'insert.

Quatre lampes étaient allumées, disposées avec goût sur des meubles d'angle, et dont les abat-jour de couleur ivoire, illuminés, faisaient paraître moins sinistre le ciel nuageux, d'un gris sombre.

— Nous voudrions interroger à nouveau Audrey Gendron, déclara le commandant. Je suppose qu'elle est levée, à plus de 10 heures du matin.

— Sans doute, mais je ne l'ai pas encore vue, car nous avons pris le petit déjeuner dans notre chambre, précisa Catherine.

— Et vous, monsieur Mongenot, toujours pas de message depuis notre appel de tout à l'heure ? questionna Karen.

— Non, et cela devient insupportable, avoua celui-ci. Je n'ai rien reçu depuis mardi. Ces derniers jours m'ont paru un véritable cauchemar.

Son allure générale plaidait pour sa sincérité. Amaigri, le teint cireux, le viticulteur avait tout d'un homme à bout de résistance.

— Pour l'instant, le signalement de Bastien a été diffusé et aucun corps n'a été retrouvé. Si vous n'avez pas reçu de consignes pour la rançon, on peut espérer que votre fils est vivant, avança Terrier d'un ton ferme. Le moindre indice fourni par Audrey pourrait nous aider à localiser Bastien, car nous pensons qu'il est détenu au même endroit que cette jeune femme.

— Comment en être certain ? Ces gens doivent avoir plusieurs planques, hasarda Mongenot. Je vous citerai en exemple le manoir de Blancarçay, que personne ne pensait occupé dans le voisinage. Il y a beaucoup d'autres propriétés à l'abandon, du même style. Avez-vous découvert à qui ce lieu appartenait ?

— Bien sûr, c'était un bien immobilier qui avait été vendu aux enchères, puis racheté par une société fantôme, trancha le commandant.

Pendant leur discussion, Catherine avait adressé un message écrit à Audrey, sa protégée ayant récupéré son téléphone à sa sortie de l'hôpital.

— Est-ce que Victoire est là ? demanda Karen.

— Pourquoi, lieutenante ? Sa présence s'avère-t-elle nécessaire ? Autant vous le préciser si c'est le cas, ma fille est partie en week-end avec Maïa, en compagnie de son ancienne professeure de danse, Mme Aurélia Novak. Elles doivent visiter Strasbourg.

Louis Terrier, qui était au courant de cette escapade sans en connaître la raison, capta le regard surpris de Karen. Il n'avait pas jugé utile de lui en parler, tenant à ne pas mêler sa vie privée à ses activités professionnelles. L'arrivée d'Audrey, ses joues rondes colorées par l'émotion, fit diversion.

— Bonjour, marmonna-t-elle.

Après les salutations d'usage, Catherine conseilla à tous de s'asseoir et ils prirent place autour de la table basse en marbre noir. Colette apparut au même moment, en portant un plateau pour servir le café.

— Voilà, Madame, je n'ai rien oublié. Il y a des biscuits aussi.

Elle fit demi-tour aussitôt et disparut dans le hall. Terrier n'avait pas de temps à perdre. Il expliqua immédiatement à Audrey ce qu'il exigeait d'elle.

— Mademoiselle Gendron, je vais vous demander de faire un gros effort de mémoire, pour nous aider à localiser le lieu de votre détention. J'ai relu votre déposition. Vous parlez d'un dédale de couloirs, que vous avez parcourus, aveuglée par une cagoule noire. Concentrez-vous bien sur ces moments-là. Avez-vous remarqué une odeur particulière, ou entendu un bruit spécial ? C'est très important, je vous assure. Bastien Mongenot est sans doute prisonnier au même endroit. Il doit être jugé et puni par la loi, ce qui sera impossible s'il meurt.

— Je ne sais pas trop, j'étais tellement affolée ! Je ne pouvais pas croire qu'on allait me libérer, je pensais à un mensonge pour que je me tienne tranquille, balbutia Audrey.

— Essayez au moins, insista Karen.

— Je vous en implore, mademoiselle, ajouta Jean-Charles. Je ne pardonnerai jamais à mon fils ce qu'il vous a fait, mais je préfère le savoir en prison de longues années que reposant au cimetière, près de son frère aîné.

— Oui, monsieur, je comprends bien.

Sur ces quelques mots chuchotés, Audrey cacha son visage entre ses mains, après avoir fermé les yeux. Le silence devint absolu, chacun l'observant avec attention.

— Le sol des couloirs était dur, sans doute du carrelage ou du ciment, dit-elle enfin à mi-voix. On sent la différence avec le parquet, j'ai l'habitude, à cause du ménage… Quand ils m'ont mise dans la voiture, je me souviens d'une odeur de peinture fraîche, mais celle qui se nettoie à l'eau. Mme Desmarets en avait acheté de ce genre…

Catherine approuva d'un signe de tête, sans oser le moindre commentaire. Toujours dans la même attitude, les paupières closes, Audrey se tut un instant.

— Ah oui, oui, c'était lointain, pourtant j'en suis certaine, un clocher a sonné plusieurs coups, soit onze soit douze fois ! s'écria-t-elle. Après, je suis désolée, j'ai été droguée. Il y a eu le grondement du moteur et je me suis sentie sombrer…

— Merci, mademoiselle, cette remarque sur un clocher peut s'avérer intéressante, affirma le commandant Terrier. Cela nous indique un village ou une petite ville. Il faut écarter la théorie d'un édifice isolé en pleine campagne.

— Oui, et selon les analyses sanguines d'Audrey, elle a pu dormir environ six ou sept heures sous l'effet des calmants, avant de reprendre conscience non loin de la quatre voies, s'enflamma Karen. Et nous savons désormais grâce aux coups de cloche que Bastien et son complice l'auraient déposée peu de temps après minuit.

— Il faut répertorier les églises dans un large périmètre, en découvrant celles dont les cloches fonctionnent encore, car actuellement, certains se plaignent de ce qu'ils considèrent comme une nuisance et les clochers n'indiquent plus les heures, notamment la nuit. Mademoiselle Gendron, est-ce que vous pourriez identifier la sonnerie, parmi d'autres ? s'enquit Terrier, un peu fébrile.

— Peut-être, commandant. Vous me permettez de remonter dans ma chambre, à présent ?

Elle baissa ses mains et le regarda d'un air très doux. Il eut pour cette timide jeune femme un de ses rares sourires, dont seule Aurélia Novak bénéficiait dans l'intimité.

— Bien sûr, la lieutenante Mathis va vous accompagner.

— Mais oui, allons-y, dit celle-ci, qui savait pourquoi son supérieur l'envoyait à l'étage avec Audrey.

Parvenues sur le palier, elles s'engagèrent dans le couloir, où s'alignaient des doubles portes en bois, peintes d'une teinte ivoire, que décoraient des sculptures rehaussées de doré.

— Audrey, je dois vous poser à nouveau une question un peu gênante, murmura Karen.

— Je vous écoute.

— Vous nous avez précisé que lors du premier viol commis par Bastien Mongenot, il n'avait pas usé d'un préservatif, mais la seconde fois, il en a utilisé un, c'est exact ?

— Tout à fait, et puis il était moins brutal. J'ai pensé qu'il était sobre, ou plus calme, parce que je ne me suis pas débattue comme au manoir. C'était le conseil de la gardienne.

— Je suis désolée de vous obliger à revivre tout cela, c'est que les prélèvements effectués sur vous lorsque vous étiez hospitalisée n'ont rien donné. Mais le fait qu'il ait porté un préservatif explique ces résultats.

Soudain livide, Audrey se mit à trembler convulsivement. Elle luttait au quotidien pour repousser l'odieux traumatisme dont elle souffrait, mais là, ses nerfs lâchaient.

— Je me bats pour chasser cette horreur de mon esprit, hélas j'ai du mal à dormir, et je me sens souillée, avoua-t-elle.

— Vous consultez une psy au moins ? Mme Desmarets s'y était engagée.

— Elle a tenu parole, soyez sans crainte, cependant je n'ai eu qu'une séance pour le moment. En plus, je ne sais pas si ce sera efficace. Heureusement il y a la danse… Victoire me donne des cours et c'est merveilleux. Tout le monde est si gentil pour moi, ça me réconforte vraiment…

— Tant mieux, je suis contente pour vous, admit Karen. Vous êtes entre de bonnes mains ici.

Strasbourg, rue des Tanneurs, même jour, même heure

Aurélia était restée au chevet de sa tante Maryla, tandis que Victoire allaitait son bébé. Maïa s'était réveillée en pleurant de toutes ses forces, juste après l'étonnante nouvelle proférée par la vieille dame. La jolie coryphée avait mis au monde des faux jumeaux, une fille et un garçon.

Le cœur cognant à se rompre, la jeune femme avait eu le meilleur des prétextes pour courir se réfugier dans la pièce voisine, où, assise sur une chaise, elle nourrissait son enfant à l'abri de l'indispensable foulard en soie.

— Je nous prépare du thé, lui dit Aurélia en se dirigeant vers la gazinière. Comment te sens-tu, Vicky ? Je suis désolée, tu dois être aussi sidérée que moi.

— C'est pire encore, je suis comme assommée et je n'arrive pas à rassembler mes idées. Une évidence s'impose, vous êtes la sœur de mon père. Maintenant, je vous trouve des points communs avec lui. Vos cheveux roux, les yeux sombres, le nez... Vous n'avez jamais connu votre frère, pour moi c'est le plus épouvantable dans cette histoire.

— Tu as raison, j'ai seulement rencontré ta mère le jour où elle est venue t'inscrire à mon cours. Le destin se moque bien de nous ! Je vivais à une vingtaine de kilomètres de Jacques Desmarets, je l'ai sans doute croisé, parfois.

En pleine confusion, Victoire étudia la silhouette mince et élégante d'Aurélia, qui cherchait des tasses et du sucre, sans réussir à l'associer encore à son père.

— Papa aurait été si heureux d'avoir une sœur, soupira-t-elle. Il déplorait le décès de Damien, son aîné de quatre ans. Quel dommage ! Si votre tante vous avait dit la vérité plus tôt, vous auriez pu créer des liens.

— On peut l'imaginer, mais c'est trop tard, trancha Aurélia. Maintenant je voudrais tous les détails, j'espère que ma tante en sait davantage. Nous serons vite fixées, elle m'appelle. Mais Vicky, je n'avais pas réalisé, en fait tu es ma nièce !

— Et vous êtes la fille de Gilles Desmarets, donc désormais l'unique héritière avec moi du château et des vignes.

— Pourquoi dis-tu une chose pareille ? Je m'en moque de ce domaine ! De surcroît, je suis une enfant illégitime, qui porte le nom d'un salaud, Arnold Novak !

— Mon père aussi était né illégitime.

— Il y a une différence notable, Jacques a été reconnu par notre père, sinon il n'aurait pas eu ce patronyme honorable.

Victoire avait perçu une douloureuse ironie dans sa voix. Elle concevait l'amertume que devait éprouver Aurélia, ayant été l'enfant mise de côté, condamnée au plus cruel des secrets, celui de ses origines.

— Maïa a fini de téter, je la recouche dans son landau et je la bercerai. Nos discussions l'endormiront, à mon avis, voulut-elle plaisanter.

— Dieu soit loué, cette petite fée ne comprendra rien. Nous arrivons, Maryla, tu vas avoir du thé au lait, bien sucré comme tu l'aimes.

Adossée à trois gros oreillers, Maryla affichait une mine apaisée, ses mains décharnées sagement jointes sur sa poitrine. Elle avait savouré son thé et grignoté un biscuit aux amandes.

— Tu as moins soif ? demanda Aurélia. Auras-tu la force de nous raconter ce qui s'est passé avant le décès de ma mère ?

— J'ignore tant de choses, soupira sa tante. Quand Aniela, enfin Irina, m'a téléphoné, elle avait des contractions et cela l'inquiétait, car la date de l'accouchement était prévue un mois plus tard. Je suis tombée des nues, puisque je ne savais même pas qu'elle était enceinte ! Mais j'ai pris le train pour Besançon sans lui faire la morale ni protester. C'était ma petite sœur, je devais la protéger. Je ne l'avais pas revue depuis deux ans environ.

— Ma mère habitait là-bas ? s'étonna Aurélia.

— Eh oui, Gilles Desmarets avait loué une jolie maison au bord du Doubs, avec un jardinet. Il venait souvent la voir et ils passaient du temps ensemble. Irina n'était guère bavarde, alors elle se confiait au compte-gouttes, si je peux dire. Un docteur que j'avais fait venir l'a auscultée et il a parlé d'une fausse alerte. Ce sont les dernières heures où j'ai pu admirer ma sœur, lui caresser les joues, la rassurer.

— Le médecin a dû déterminer qu'elle attendait des jumeaux ? hasarda Victoire.

— Tout à fait, mademoiselle, par conséquent Irina était encore plus effrayée par la naissance. Peut-être avait-elle eu un pressentiment...

— Pourquoi n'a-t-elle pas été hospitalisée ? Elle ne serait pas morte si elle avait été prise en charge, se révolta Aurélia. Nous aurions pu vivre tous ensemble, même si Gilles était déjà marié.

— Tu n'as pas encore compris, Irina devait se cacher, se récria sa tante. Tout se brouille dans ma pauvre tête, mais l'autre homme, celui qui l'avait achetée une fortune, la cherchait et il l'aurait sûrement tuée s'il la retrouvait. Elle sortait à peine et s'était coloré les cheveux en brun. C'était une sale affaire.

Victoire avait noté l'état d'extrême détresse d'Aurélia, qui avait les larmes aux yeux. Elle décida d'interroger la vieille dame, d'une voix douce et mesurée.

— Comment s'étaient-ils connus, Maryla, votre sœur et mon grand-père ? Ils s'aimaient très fort, et je suis presque certaine que Gilles a dû la voir sur scène, dans un ballet. J'avais cinq ans quand il a décidé que je devais étudier la danse classique. C'était une obsession pour lui ou presque.

Maryla hocha la tête d'un air rêveur. Elle soupira avant de répondre, un vague sourire sur ses lèvres pâles.

— Irina m'a expliqué, toujours la veille de sa mort. Avant d'être vendue comme une marchandise par notre beau-père, elle avait obtenu des petits rôles dans *Petrouchka,* mais aussi dans *Le Casse-Noisette,* à Paris. D'habitude, les coryphées sont un peu en retrait, seulement ma sœur était très douée et on l'a mise en avant. Il paraît que Gilles Desmarets était dans la salle et qu'il est allé la féliciter ensuite. Irina évoquait un vrai coup de foudre, une attirance magique. Dieu m'est témoin, quand elle décrivait cet instant où ils étaient face à face dans une des loges, on aurait dit qu'elle s'illuminait…

Ce fut au tour de Maryla de pleurer sans bruit. Victoire lui prit la main, sous le regard humide d'Aurélia, incapable de dire un mot.

— Dans ce cas, mon grand-père a dû la revoir ?

— Oui, il l'a même invitée à dîner sur les Champs-Élysées deux soirs de suite. Pas longtemps après, comme je vous l'ai dit, Irina a disparu. Et Gilles en est devenu fou de désespoir. Il me téléphonait souvent, en répétant qu'il était prêt à divorcer, pourtant il avait deux fils tout petits.

— Thibault et Damien, qui sont morts l'un à cinq ans, le second à vingt-huit ans, déclara Victoire.

— Bon, qu'on en finisse, tu es épuisée, Maryla, soupira Aurélia.

— Laisse-moi continuer et ne sois pas fâchée ! Si ton père t'avait gardée, tu aurais pu terminer comme ces malheureuses filles, qu'une bande de loups à face humaine violait et tuait. Ta mère a failli être une de leurs victimes, mais Gilles l'a sauvée. Oui, il a pu l'arracher de leurs sales pattes un soir, et il l'a emmenée.

Un immense soulagement envahissait Victoire. Elle avait au moins une précieuse certitude, son grand-père ne faisait pas partie des criminels. Néanmoins elle se demanda aussitôt quelle était la très grande faute qu'il se reprochait…

— Je dormirais bien un petit peu, gémit alors Maryla. Causer de ça m'a fatiguée. Oh, je n'ai plus grand-chose à vous dire. Enfin si, cet homme qui avait acheté ma sœur, selon elle, il n'était pas sain d'esprit. Comment disait Irina, déjà ? Ah oui, un sadique, un malade mental.

— Repose-toi, on veille sur toi, murmura Aurélia d'un ton radouci.

Quelque part en Côte d'Or, même jour, même heure

Sur le qui-vive, Bastien sursauta lorsque la porte s'ouvrit sur Nadège, chargée d'un plateau ovale et d'une mallette de pharmacie.

— Bonjour, mon garçon, dit-elle de sa voix nette. Avez-vous bien dormi ? Je n'ai pas pu venir plus tôt ce matin, pourtant je dois soigner votre doigt, pardon, ce qu'il en reste.

— Stop, attendez, vous n'allez pas m'en couper un autre ? s'affola-t-il. Je vous en prie, je suis sûr que mon père paiera ! Il lui faut juste du temps pour rassembler la somme.

La femme eut un léger rire moqueur, en déposant ce qui l'encombrait.

— Votre petit déjeuner : café au lait et tartines beurrées, et il y a de la confiture. Mangez tranquille, je n'ai pas l'instrument nécessaire à une nouvelle mutilation. Quant à votre père, nous le laissons ruminer ses peurs, voire ses terreurs de perdre un autre fils, le second, le dernier...

— Mon frère, Florian, c'était vous ?

— Bien sûr, mais je n'en dirai pas plus, sinon nous serions obligés de vous tuer sans tarder.

Bastien résista à l'envie de balancer le plateau et son contenu par terre. Mais il n'en fit rien, ayant décidé d'en apprendre plus sur les rouages de l'organisation où il s'était fourvoyé, alléché par la fortune qu'on lui promettait.

— Et Blandine, une fille blonde que je fréquentais, pourquoi l'avoir supprimée ? s'enquit-il à mi-voix.

— Je suis navrée, j'éviterai le piège que vous me tendez, jeune homme. Vous feriez mieux de vous alimenter, je ne répondrai à aucune de vos questions. Soyez content, l'ironie du sort vous accorde un délai d'environ une semaine.

— Pourquoi ? Je ne dors plus, je guette le moment où on va me torturer ou m'exécuter, j'ai le droit de savoir.

— Quelqu'un de chez nous est souffrant, une grippe sans doute.

— Ce ne serait pas ce drôle de type qui jouait au juge l'autre jour ? Hein, allez, dites-le, c'est lui votre chef ?

— Absolument pas, mon garçon. Dépêchez-vous de prendre votre petit déjeuner, que je soigne ce vilain moignon qui vous tient lieu d'annulaire. Comme vous n'avez aucune chance de vous marier, c'est un moindre mal.

Plus lucide que d'ordinaire, sevré par force d'alcool et de drogue, Bastien eut la conviction d'avoir raison. Seule la défection d'un leader pouvait contrecarrer les projets en cours de l'organisation.

— Eh bien, je vais essayer de passer agréablement ma période de sursis, lâcha-t-il. Vous n'auriez pas une jolie fille sous la main ? J'ai des besoins, moi.

— Encore un mot, et je vous injecte de quoi vous taire plusieurs heures, mon garçon. Je peux cependant vous donner un livre ou deux.

— Je déteste lire, alors gardez-les.

Nadège répondit d'un discret haussement d'épaules, tout en jetant un regard lourd de mépris sur le cadet des Mongenot.

Strasbourg, rue des Tanneurs, même jour, même heure

Maryla fut incapable de répondre à d'autres questions ni de donner des détails sur la fin tragique de sa sœur. Alarmée par la soudaine faiblesse de sa tante,

Aurélia appela le médecin qui la suivait et il promit de venir en tout début d'après-midi. Cependant il précisa que la malade aurait dû être hospitalisée depuis plusieurs semaines.

— Le docteur m'a dit que ma tante déclinait très vite. Il ne lui reste peut-être plus beaucoup de temps, confia-t-elle à Victoire. Je devrais rester à ses côtés, je suis sûre qu'elle préférera s'éteindre ici, où une grande partie de sa vie s'est écoulée.

— Ce serait mieux pour vous deux, admit la jeune femme.

— Je dois annuler tous mes cours jusqu'à la fin du mois, ce qui implique de nombreux mails. Tant pis pour le spectacle de Noël.

— À quelle date l'avez-vous fixé ?

— Le vendredi 21 décembre. Les costumes sont prêts, les élèves pratiquement au point. Les plus jeunes interprétaient un extrait du *Casse-Noisette* et les plus âgés un passage du *Lac des cygnes*, à la demande des parents.

— C'est plus important de veiller sur votre tante ! Aurélia, si je m'occupais des répétitions avec l'aide d'Anna… Ce sont deux ballets que je connais très bien.

— Tu as raison, quelle excellente idée ! Je suis si bouleversée par le récit de ma tante et par son état de santé que je n'y aurais pas pensé. Nous allons en discuter, je vais te donner le maximum de conseils et d'indications. Après tout, tu es ma nièce…

Encore une fois, le rappel de leur lien de parenté tellement inattendu les troubla.

— Nous nous habituerons, hasarda Victoire.

— Sans doute ! Hélas, il y a un souci, nous sommes venues avec ma voiture, dont je pourrais avoir besoin. Vicky, je suis désolée, crois-tu pouvoir rentrer en train à Dijon ?

— Avec les affaires du bébé, le landau, ce sera un peu compliqué, mais pas impossible, ou bien je trouverai une solution plus pratique.

Elle se détourna pour dissimuler le sourire qui illuminait son visage, déjà certaine d'avoir un chauffeur le lendemain.

— Quelle solution ? s'inquiéta Aurélia.

— Mon ami Emmanuel viendra sûrement me chercher, si je lui demande.

— Ce beau blond qui te suivait de près, pendant la marche blanche pour Vanessa ? J'avais remarqué son regard sombre, mais très doux, lorsque tu me l'avais présenté.

— Oui, c'est bien lui ! Sa sœur Emma a été tuée quand il avait onze ans et il l'a découverte dans la forêt. Je lui dois beaucoup, un jour je vous raconterai comment nous nous sommes rencontrés. Mais nous devons avant toute chose songer à votre tante. Je n'ai passé que deux heures en compagnie de Maryla, mais j'éprouve une vive affection pour elle.

— Tu as un cœur d'or, Vicky ! Viens là, je voudrais te serrer dans mes bras. Sans toi, je n'aurais jamais rien su du destin de ma mère, enfin peut-être dans cette lettre à ouvrir après le décès de ma tante.

Aurélia étreignit Victoire quelques secondes, en retenant ses larmes. Ensuite elle désigna le landau où dormait Maïa.

— Tu montreras ta fille à Maryla, tout à l'heure. Les vieilles personnes adorent les bébés. Je l'imagine arrivant à Strasbourg avec moi, un nouveau-né sans doute chétif. Je suppose qu'elle a dû m'emmener à l'hôpital. Et comment a-t-elle fait pour déclarer ma naissance ? J'aimerais savoir aussi où est enterrée maman.

Victoire nota la façon tendre dont Aurélia avait prononcé ce dernier mot.

— Nous le saurons plus tard, quand elle se réveillera. J'ai envie de sortir promener Maïa et d'acheter de quoi préparer un bon repas, lui proposa-t-elle.

— Si tu veux, c'est très gentil. Tu me manqueras, quand tu seras rentrée dans ton château des secrets. Je commence à comprendre pourquoi tu le surnommes ainsi.

Entre Strasbourg et Dijon, dimanche 11 novembre 2018

L'autoroute traversait de sombres forêts de grands sapins. Il avait plu auparavant, mais à présent Emmanuel roulait sur une chaussée à peine humide.

— Le Jura n'est pas loin, dit-il en regardant Victoire. J'ai souvent rêvé de visiter cette région, surtout en hiver.

— Tu vas me juger attachée à ma terre de Bourgogne, mais même dans le charmant arrière-pays niçois, je n'avais qu'une idée, revenir chez moi. Je n'ai pas l'âme voyageuse.

— Vicky, si tu es triste, tu peux m'en parler. Aurélia ne t'a pas toujours pas envoyé de message ?

— Non, je souhaite sincèrement que sa tante se rétablisse, au moins quelques jours. C'était affreux de la voir partir pour l'hôpital en ambulance. Maryla semblait morte, je t'assure, même si son docteur sentait son pouls. Je m'en veux, cette pauvre dame a pu faire un grave malaise par ma faute. Je me mets à sa place, c'était forcément une terrible épreuve pour elle de revivre tous ces souvenirs.

— Et si cela l'avait soulagée ? avança Emmanuel.

— Je n'en sais rien. Si j'avais des nouvelles, ça m'aiderait à reconsidérer ma responsabilité. Maryla paraissait un peu fatiguée après notre discussion, mais avant, elle était vive, parfois gaie.

Victoire retint un soupir exaspéré. La veille, de retour dans sa chambre d'hôtel, elle avait téléphoné à Emmanuel afin de tout lui raconter.

— Personnellement, je retiens une chose essentielle, Vicky, tu as pu lever un pan du voile sur le passé de Gilles et d'Irina. Et du coup, tu as maintenant une tante, de surcroît professeure de danse et d'origine polonaise.

— Papa aussi avait des racines dans ce pays-là. Je m'interroge toujours en revanche sur la très grande faute dont s'accusait mon grand-père. Sur ce point-là, je n'ai obtenu aucune réponse. Mais je ne pense qu'à moi. Ce ne sera pas trop dur de faire l'aller-retour dans la journée ?

— Pas du tout, puisque tu m'as offert un délicieux déjeuner sur une terrasse, en surplomb du canal de l'Ill. La choucroute de ce restaurant était très bonne. Dommage, tu as pris un autre plat.

— Pour ne pas rendre mon bébé malade, à cause du chou ! Je me conforme aux conseils de Colette, qui n'a pas eu d'enfants, mais s'y connaît bien.

Emmanuel acquiesça d'un signe de tête, avec un sourire ravi. Il était heureux d'être avec Victoire. Pouvoir l'écouter et la contempler lui suffisait amplement.

— Tu as laissé Goliath à ta maman, nous pourrions dîner chez ton oncle Jeannot ce soir, suggéra-t-elle. Je ne suis pas pressée de me retrouver au château. Comment annoncer mon lien de parenté avec Aurélia ? Sur le plan juridique, ça va créer des problèmes.

— Avant de révéler quoi que ce soit, consulte un avocat, lui recommanda-t-il. À mon humble avis, il faudra établir par un test ADN que c'est vraiment la sœur de ton père. Ceci dit, Aurélia peut aussi refuser de faire partie de ta famille. En tout cas, je ne regrette pas notre expédition à Corcelles-les-Monts.

— J'ai l'impression que c'était il y a un siècle, affirma-t-elle. Mais si j'ai eu droit à certaines réponses, j'ignore encore qui était cet homme dont les divertissements s'achevaient par le viol et le meurtre. Irina lui a été vendue au tout début des années 1960, il doit être vieux, ce monstre !

— S'il est mort, quelqu'un lui a succédé, nota Emmanuel. D'après le récit de Maryla, il s'agit de la même organisation criminelle qui sévit depuis une cinquantaine d'années.

— Pour moi, ça ne fait aucun doute non plus. J'ai hâte de tout expliquer au commandant Terrier.

— S'il n'est pas déjà au courant, Vicky.

Le téléphone de Victoire sonnait. Elle décrocha aussitôt, car c'était Aurélia. Au bout d'une série de « oui » et de « non », elle indiqua leur position sur l'autoroute, puis elle raccrocha sur un chaleureux « Je vous embrasse ».

— Je suis rassurée, Maryla va mieux. À l'hôpital ils l'ont mise sous oxygène et réhydratée. Elle est consciente et m'envoie ses amitiés.

Afin d'exprimer sa joie, Victoire déposa un baiser insistant sur la joue d'Emmanuel. Pris de court, il lui dédia un bref regard passionné, sans songer à dissimuler ses sentiments.

— Pardon, tu conduis et je te perturbe, murmura-t-elle.

Il répondit en lui prenant la main d'un geste tendre. Durant les kilomètres qui suivirent, ils demeurèrent silencieux, tous deux intimidés par les jours à venir, où ils ne sauraient peut-être plus résister aux élans de leur cœur.

Gendarmerie de Gevrey-Chambertin,
même jour, deux heures plus tard

Assis derrière son bureau, le commandant Terrier guettait l'arrivée de Karen et du brigadier Fort, chargés de répertorier chaque église située dans un large périmètre, autour de Gevrey et du domaine des Mongenot. Il se demandait si plusieurs jours seraient nécessaires, puisque tous les clochers ne fonctionnaient pas.

Il vidait son troisième gobelet de café de la journée lorsqu'il reçut un appel d'Aurélia.

— Tu daignes enfin me téléphoner ? s'emporta-t-il aussitôt. Tu ne m'as pas contacté depuis vendredi matin.

— Louis, c'est faux, je t'ai envoyé un message quand nous sommes entrés dans Strasbourg, protesta sa compagne. Et nous n'avons pas eu une minute ensuite.

— Tu aurais pu trouver un moment pour m'appeler, hier soir.

— Je suis désolée. S'il te plaît, ne sois pas en colère.

— Il y a de quoi, Aurélia ! Je ne comprends pas, vous décidez, Victoire et toi, de partir là-bas sous le prétexte de rendre visite à ta tante. En quoi cela intéressait cette jeune femme ?

— Rien ne s'est vraiment déroulé comme prévu, Louis. Ma tante m'avait soigneusement caché qu'elle est condamnée, un cancer généralisé. Elle a fait un grave malaise hier en fin de journée. Heureusement nous étions avec elle. Je suis encore à l'hôpital.

Confus, Terrier se répandit en excuses. Néanmoins, Aurélia lui ayant très peu parlé de la femme qui l'avait élevée, son instinct l'alerta.

— Donc, tu n'as pas fait visiter Strasbourg à Victoire ? insinua-t-il.

— Si, nous nous sommes promenées dans la Petite France, mais tu comprendras très vite pourquoi j'ai emmené Vicky.

— Ah, tu l'appelles Vicky, à présent ?

— Je le fais depuis longtemps. Louis, fais-moi confiance, tu sauras bientôt le but de notre voyage. Je dois raccrocher et remonter voir ma tante, j'étais descendue boire un thé.

— Et Victoire ?

— Emmanuel Nevers la ramène. Il est venu la chercher, car j'étais obligée de rester ici. Je ne pouvais pas laisser Maryla toute seule. Tu verras sûrement Victoire demain matin de bonne heure, elle a beaucoup de choses à te dire. Je t'embrasse, au revoir…

Aurélia avait coupé la communication. Intrigué, Louis Terrier se perdit en conjectures, tout en s'inquiétant pour le moral de sa bien-aimée.

— La pauvre, elle qui n'a aucune famille à part sa tante. Je devrais lui consacrer plus de temps après cette épreuve, se dit-il avec un coup d'œil soucieux vers le ciel gris.

Cinq minutes plus tard, il entendit des portières de voiture claquer sur le parking. Karen et le brigadier frappèrent peu après à sa porte. Il leur cria d'entrer, repris d'une impatience qui vrillait ses nerfs.

— Alors ? demanda-t-il en les observant.

— J'ai pu enregistrer juste quatre sonneries, répliqua la lieutenante d'un air déçu. On attend d'en avoir plus ou on les fait écouter tout de suite à Audrey ?

— Moi, j'ai une courte liste des clochers dont le mécanisme est désactivé, ajouta Fort. On continuera demain.

— J'admets que c'est une tâche fastidieuse, mais on n'a que ça pour l'instant, décréta leur supérieur. Karen, inutile de se déplacer, tu vas appeler Audrey Gendron et lui faire entendre ce que tu as enregistré. La sonorité sera un peu lointaine, un détail susceptible de l'aider.

— Tout de suite, commandant. Je voudrais tant qu'on trouve enfin du concret.

— Alors au travail. Du côté de Jean-Charles Mongenot, je n'ai pas de nouvelles. L'attitude de ceux qui détiennent son fils me surprend. Ils auraient dû se manifester et je suis de plus en plus pessimiste quant au sort de Bastien.

— Vous pensez qu'ils l'ont tué ? s'enquit le brigadier.

— Si ce n'est pas encore fait, cela ne saurait tarder, soupira Louis Terrier, le cœur lourd.

16

Les silences du passé

Gendarmerie de Gevrey-Chambertin,
le lendemain, lundi 12 novembre 2018

Victoire était arrivée dans le bureau du commandant Terrier à 9 heures précises. Ils échangèrent une poignée de main, puis la jeune femme prit place sur une des chaises. Il remarqua tout de suite le grand sac en tissu bariolé qu'elle portait en bandoulière.

— Vous avez pu faire garder votre bébé ? demanda-t-il.

— Oui, ici même, car j'ai confié Maïa à Karen. Nous avons un peu de temps. Pour l'instant ma fille dort dans son landau. Personne ne peut lui faire de mal, elle est entourée de gendarmes, lança Victoire pour détendre l'atmosphère.

— Très bien, je vous écoute, mademoiselle Desmarets. Aurélia a été très vague sur ce qui s'est passé à Strasbourg, elle m'a juste parlé de l'état de santé de sa tante, pour le reste je dois m'en remettre à vous, qui êtes censée m'en dire davantage.

— C'est vrai, je suis là pour ça, commandant. Aurélia n'avait pas envie de vous raconter ce que nous avons appris. J'aurais peut-être dû vous en parler dès mardi dernier, j'ai préféré patienter et surtout réfléchir. Je dois d'abord vous expliquer pourquoi je suis allée à Corcelles-les-Monts, dans la maison où habitait mon grand-père Gilles ces dernières années. Au retour, j'ai essayé de vous joindre, le réseau était mauvais.

— Exact, je m'en souviens. Je me disais aussi que vous aviez l'air nerveuse.

— J'avais de sérieuses raisons de l'être. Tout a commencé lorsque j'étais en Provence.

De manière précise et efficace, Victoire évoqua les notes qu'elle avait prises sur chaque personne de sa famille victime d'accident, assistée en cela par sa grand-mère.

— Il y avait une fausse information sur la mort de Damien, le grand frère de mon père. Mamie m'a affirmé que lui aussi s'était tué sur la route. Pourtant papa m'avait toujours dit qu'il s'agissait d'une crise cardiaque. Et puis il y avait Thibault, le premier né de Béatrice et de Gilles. Je voulais trouver des photos de cet enfant, inhumé à Cluny. Et j'ai réussi, commandant.

Sur ces mots, Victoire sortit de son sac en toile un dossier cartonné assez épais, ainsi qu'une enveloppe en kraft. Elle posa le tout sur le bureau. Terrier fit le geste de s'en saisir, mais elle l'en dissuada d'un « non » murmuré.

— Excusez-moi, mais je n'ai pas terminé. Au milieu des nombreuses photos du petit Thibault, il y avait celle d'une danseuse...

À mi-voix, elle continua son récit, de la valise au fond du sous-sol à la mystérieuse coryphée, de la bague en rubis dans la bouteille de vin, sans oublier les initiales gravées à l'intérieur de l'anneau, qui attestaient d'une histoire d'amour. Enfin elle précisa comment Aurélia avait découvert que Irina était sa mère, dont elle ignorait tout.

— Sa tante lui a confirmé quand elle lui a téléphoné. Nous étions choquées, bien sûr, mais ce n'était rien encore, comparé à la suite, avoua la jeune femme. Aussitôt Aurélia a décidé de partir pour Strasbourg et j'ai accepté de l'accompagner.

Sur sa lancée, elle relata sans omettre un détail le poignant récit de Maryla. Abasourdi par ce qu'il entendait, Louis Terrier tentait déjà d'en tirer des conclusions.

— Voilà, vous savez tout, déclara Victoire. À présent cette charmante vieille dame est hospitalisée.

— Eh bien, je n'étais pas préparé à ce coup de théâtre, marmonna-t-il. Donc vous êtes la nièce de ma compagne, qui est la sœur jumelle de votre père, Jacques Desmarets. Avez-vous prévenu votre mère ?

— Pas encore. Maman était sortie avec Jean-Charles lorsque je suis rentrée au château hier. Et ce matin, ils n'étaient pas levés quand je suis partie. Commandant, maintenant vous pouvez ouvrir le dossier. Mon grand-père a archivé tous les articles se référant aux crimes sexuels commis dans la région, depuis 1962 à 2010. D'abord je l'ai soupçonné et c'était épouvantable de l'imaginer complice de ces monstres. Emmanuel m'a mise en garde, il estimait que mon jugement était précipité.

— Je peux vous comprendre, il y avait de quoi être troublée, surtout à cause de cette très grande faute que Gilles Desmarets se reprochait.

En possession de ces nouveaux éléments, le commandant raisonna à haute voix, en prenant Victoire à témoin :

— De quoi s'accusait-il exactement ? Il avait sauvé Irina, puisqu'ils passaient du temps ensemble, à Besançon, jusqu'à la naissance d'Aurélia et de votre père, en 1968. Peut-être se sentait-il coupable de ne pas avoir été présent au moment de l'accouchement ? D'ailleurs, pourquoi Maryla n'a-t-elle rien fait quand l'hémorragie s'est déclenchée ? Elle aurait dû appeler un médecin ou les secours…

— Irina se cachait, je vous l'ai dit. Elle a pu refuser de partir à la maternité ou de voir un docteur. Nous le saurons sans doute bientôt, comme Maryla va un peu mieux.

— Quelle tragédie ! Aurélia devait être bouleversée, déclara Terrier. Mais restons sur le plan professionnel. Ce récit nous renseigne sur les débuts de l'organisation criminelle. Je me demande quel âge pourrait avoir aujourd'hui l'homme qui avait acheté Irina Novak, comme si c'était un jouet ?

— Nous nous sommes posé la même question, Emmanuel et moi. S'il est encore en vie, il doit avoir environ quatre-vingts ans. Mais il est aussi possible qu'il soit déjà mort et que quelqu'un ait pris sa place.

— Vous êtes allée à Corcelles-les-Monts avec Nevers ?

— Bien sûr, commandant, car il tient lui aussi à découvrir la vérité et à mettre des noms sur les assassins de sa sœur.

— Ainsi il n'a pas renoncé ? Je croyais qu'il avait abandonné ses recherches. Mademoiselle, j'envisage de fouiller à nouveau la maison de votre grand-père, au cas où nous trouverions d'autres indices. Vous n'y voyez pas d'objection ?

— Pas du tout, je vous ai même apporté les clefs. Est-ce que je serai obligée d'être présente ?

— Non, et je vous remercie pour votre aide. J'entends le bébé pleurer.

— Je vais vite m'occuper de ma fille. Au fait, commandant, désormais vous pourrez m'appeler Victoire.

Louis Terrier acquiesça d'un signe de tête en esquissant un léger sourire. Il regarda la jeune femme sortir de son bureau avec une intime satisfaction.

« Aurélia a hérité d'une adorable nièce », se dit-il.

Karen tenait Maïa dans ses bras, lorsque Victoire entra dans la salle voisine. Elle salua le brigadier Fort qui n'était pas là lors de son arrivée.

— Votre petite s'est arrêtée de pleurer, indiqua-t-il.

— Parce qu'elle est entre de bonnes mains ! J'étais sûre que la lieutenante Mathis saurait la calmer.

— J'y suis parvenue, et je te la redonne à regret, mais je dois voir le commandant.

Victoire reprit Maïa avec empressement. Celle-ci la fixa de ses prunelles d'azur, puis la gratifia d'un gazouillis. Mais dès qu'elle la recoucha dans le landau, le bébé protesta d'un cri rageur.

— Sois sage, nous rentrons au château, mon ange.

— Je t'accompagne jusqu'à ta voiture, proposa Karen.

— D'accord, c'est gentil. Dis-moi, où en êtes-vous des enregistrements de sons de cloche ?

— Tu es au courant !

— Audrey me l'a expliqué hier soir, elle est venue me voir dans ma chambre et elle m'a tenu compagnie. C'est vraiment une jeune femme exquise. Elle regrettait de n'avoir reconnu aucune sonnerie.

— En effet, alors on continue, le brigadier et moi. Ceci dit, j'apprécie ce genre de quêtes, on voit du paysage et on visite les églises de la région. Si seulement on obtenait un résultat, afin de situer l'endroit où ils détiennent Bastien Mongenot.

— Ce serait bien, oui. Jean-Charles est persuadé qu'il ne reverra jamais son fils vivant. Zut, il commence à pleuvoir, je ferais mieux de me dépêcher.

Quelques gouttes de pluie marquaient le goudron du parking. Victoire installa Maïa dans sa coque, puis elle replia le landau pour le caler au fond du coffre de sa voiture. Une fois encore, elle apprécia son indépendance et la faculté inouïe de marcher à nouveau.

— Comment va Emmanuel ? lui demanda alors Karen. Vous êtes souvent ensemble depuis qu'il est revenu dans la région.

— Pas assez souvent à mon goût, répliqua Victoire, une nuance de défi dans la voix. Il vient moins au château, car ma mère désapprouve notre amitié, aussi je vais chez son oncle, où je suis accueillie à bras ouverts. Janine et Jean sont tout contents de voir Maïa.

— Tu es sûre qu'il s'agit d'une amitié ?

— Karen, pourquoi ça t'intéresse autant ? Tu es en couple maintenant. Si tu as encore des sentiments pour Emmanuel, je n'y peux rien, mais ce n'est guère honnête de ta part. Au revoir !

— Victoire, pardonne-moi. Je suis stupide, et sois rassurée, j'aime Christophe Morisson. Ce n'est pas vraiment ça le souci. Je te retarde, nous en reparlerons.

— Si tu y tiens, rends-moi visite un jour de congé, répondit Victoire en se mettant au volant.

Domaine Desmarets, même jour

Elle n'était pas très aguerrie comme conductrice. Elle roula donc prudemment jusqu'au domaine Desmarets, l'esprit agité de pensées diverses, dominées par les paroles de Karen.

— Je ne vois pas quel est le souci, murmura-t-elle. Tout le monde se mêle de ma relation avec Emmanuel, c'est agaçant.

Soudain, en remontant l'allée au ralenti, elle se revit qui se jetait contre lui, dans la maison de Corcelles-les-Monts. Le souvenir de ses bras autour d'elle, celui de la tendresse de leur chaste étreinte, lui fit monter une onde de chaleur aux joues.

— Voilà, je ne sais plus où j'en suis, enragea-t-elle.

L'apparition de Karl sur le perron ramena Victoire au moment présent. Elle aperçut aussi une voiture gris métallisé qui lui était inconnue. Le garde du corps, armé d'un parapluie, se rua à sa rencontre.

— Mademoiselle, votre grand-mère est bien malade. Son docteur s'est déplacé depuis Dijon, il est à son chevet, elle a une mauvaise grippe. Madame Catherine vous fait dire d'être prudente. Il ne faudrait pas que vous l'attrapiez ni le bébé.

— Oh, pauvre petite mamie ! Aidez-moi, Karl, je vous prie ! Je porte Maïa, si vous pouviez prendre mon sac à langer et celui en toile. Merci… C'est bizarre, mamie était en forme vendredi.

— La fièvre s'est déclarée hier. Au début, Madame Élodie a pris des antalgiques, mais son état n'a fait qu'empirer.

Tout le reste de la journée, un silence respectueux pesa sur le château. Guy endossa le rôle de garde-malade auprès de sa mère, en recommandant bien aux autres membres de la famille et du personnel de ne pas entrer dans la chambre.

Avec l'annonce de la maladie d'Élodie, personne n'avait prêté attention aux faits et gestes d'Emilio Rossi pendant l'après-midi. Alors qu'il se trouvait à une fenêtre de la chambre de sa compagne, Jean-Charles le vit quitter le château, un gros sac noir sur l'épaule.

— Cathy, regarde un peu, Rossi s'en va, ou plutôt on dirait qu'il prend la fuite.

Elle le rejoignit aussitôt, pour faire le même constat. Tout de suite elle appela le commandant Terrier, déçue de tomber sur son répondeur.

— J'essaie de joindre sa lieutenante ?

— D'abord laisse un message à Terrier. Dis-lui que Rossi a pris la voiture de Karl. Je connais les numéros de plaque par cœur, je te les dicte. Bon sang, il a dû deviner qu'on le surveillait, pesta Mongenot.

— Mon Dieu, je ne peux pas le croire ! Et s'il avait une autre raison de s'en aller ? hasarda Catherine. Interroge Karl, il saura peut-être ce qui se passe…

— J'espère qu'il me donnera une explication banale, mais j'ai la détestable impression d'avoir introduit une ordure sous ton toit, décréta-t-il en sortant de la chambre. Terrier avait sûrement vu juste, en soupçonnant Emilio.

Jean-Charles descendait l'escalier quand il vit Karl grimper les marches quatre à quatre, la mine consternée.

— Patron, alertez les gendarmes, Rossi vient d'enlever le bébé ! J'ai trouvé Mademoiselle Victoire évanouie, une plaie à la tête.

— Quoi ? Comment est-ce possible ? s'exclama le viticulteur. Vite, on prend ma voiture, on va rattraper ce salaud !

Incapable de tenir en place, Catherine avait suivi Jean-Charles. Un cri de pure terreur lui échappa.

— Pitié, allez-y, il ne peut pas être très loin, je m'occupe de Vicky.

Mongenot crut que son cœur ne tiendrait pas le choc. Il revoyait le gros sac noir sur le dos d'Emilio Rossi, ayant compris que Maïa était à l'intérieur. Il se rua sur le perron, talonné par Karl, ce qui leur permit d'assister à l'accident.

— Nom d'un chien, patron, on dirait que c'est l'ingénieur, l'ami de mademoiselle ! Rossi a percuté sa voiture de plein fouet.

Le garde du corps n'avait jamais couru à une telle vitesse. Alertés par le bruit du choc, les employés du domaine se précipitèrent eux aussi dans l'allée.

— Venez, il me faut de l'aide ! leur hurla Karl.

— Oui, le bébé est dans une des voitures ! clama Mongenot. Ma petite-fille, Maïa !

Un peu sonné, maintenu assis par l'airbag qui s'était déclenché, Emmanuel réussit pourtant à sortir de l'habitacle. Il avait entendu le prénom de l'enfant et il éprouvait une peur affreuse. De la fumée s'échappait de son capot, sérieusement endommagé. L'autre véhicule, plus solide, avait subi moins de dégâts. Emmanuel vit Karl qui tentait d'ouvrir la portière du côté conducteur.

— Sors de là, Rossi, espèce de pourriture ! vociférait-il.

Mais Emilio avait actionné la fermeture automatique des portières. Il jeta un regard égaré à son collègue, tandis que des pleurs étouffés s'élevaient de la banquette arrière.

— Où est le bébé ? demanda Jean-Charles d'une voix rauque. Je ne la vois pas... Le fumier, il l'a laissée enfermée dans le sac ! Il faut casser une vitre.

Un des ouvriers s'équipa d'une pierre et commença à cogner sur une des fenêtres arrière. Titubant, Emmanuel s'approcha.

— Vous feriez mieux de vous asseoir, monsieur, lui conseilla un des hommes venus à la rescousse. Vous saignez du nez...

— Plus tard, on doit sauver Maïa, c'est urgent.

Ce qui suivit se déroula à une allure vertigineuse, si bien que les témoins de la scène seraient longs à l'oublier. Soudain Karl cria à tous de se coucher par terre. Certains hésitèrent et d'autres obéirent immédiatement.

Mongenot s'écarta en entraînant Emmanuel à l'abri d'un bosquet de buis.

— Rossi est armé, lui chuchota-t-il. Il est coincé, il va peut-être faire un massacre.

Une détonation éclata, ponctuée par un juron de Karl, puis un bruit de verre brisé se fit entendre.

— Patron, c'est bon, venez, appela ensuite le garde du corps.

Se sachant perdu et ayant failli à sa mission, Emilio Rossi s'était tiré une balle dans la bouche après avoir déverrouillé les portières pour permettre l'accès à l'intérieur de la voiture.

Karl n'avait pas perdu une seconde. Il était déjà en train d'attraper le sac et de faire glisser la fermeture éclair quand Jean-Charles approcha.

— Patron, j'ai le bébé, il respire, il n'a rien ! s'égosilla-t-il.

La bonne nouvelle provoqua des cris de soulagement et de joie incrédule. Jean-Charles s'empara avec une infinie douceur de Maïa. Elle était très rouge, ce qui faisait ressortir le bleu de ses yeux. Prête à pleurer, elle préféra sucer son pouce, après avoir étudié les traits de son grand-père d'un air inquiet.

— Merci mon Dieu, merci, murmura-t-il, l'enfant blotti contre lui.

Il en tremblait de tout son être, soudain affaibli par la force dévastatrice d'une peur rétrospective. Emmanuel le rejoignit pour observer Maïa.

— Nous allons appeler un médecin, pour la petite et pour sa maman, lui dit le viticulteur.

— Vicky a été blessée ? s'affola le jeune homme.

— Sans doute assommée, Cathy a dû la soigner. Je vous remercie, sans vous ce type serait loin, votre arrivée a été providentielle. Puisque vous aviez franchi le portail, Rossi n'a pas pu partir.

— Providentiel, c'est le terme exact, concéda Emmanuel. Je ne devais pas venir aujourd'hui, mais j'ai eu un pressentiment, tellement fort et angoissant que j'ai pris la route, en panique…

Sidéré, Jean-Charles le dévisagea d'un regard chaleureux. Enfin il lui tapota l'épaule.

— Le mal ne triomphe pas toujours, dirait-on. Grâce à Dieu et à des gens comme vous. Rentrons au château, Cathy doit être complètement affolée.

Karl s'avançait vers eux, en chemise et gilet de laine. Ses traits rudes s'illuminèrent en voyant le bébé dans les bras de Mongenot.

— Patron, Colette n'était pas loin, elle était sortie en entendant le coup de feu. Je lui ai dit d'aller vite rassurer Madame Catherine. Heureusement j'avais déjà caché le haut du corps de Rossi avec ma veste, car ce n'était pas beau à voir. Je contacte illico le commandant Terrier.

— Merci, Karl, vous m'avez été d'un précieux secours ! Dites, vous ne me trahirez jamais ? s'inquiéta Jean-Charles.

— Jamais de la vie, patron ! J'étais prêt à mourir pour ce bout de chou.

— Vous êtes un homme de valeur, à l'instar de ce jeune monsieur Nevers, Emmanuel, n'est-ce pas ?

— Oui, c'est ça. Pourrais-je voir Vicky ?

Très pâle, Victoire était couchée sur son lit, des coussins sous la tête. Du sang maculait ses cheveux bruns, Rossi l'ayant frappée au milieu du crâne avec une matraque.

— Le docteur de Gevrey arrive, annonça Colette qui se tordait les mains sous l'effet de l'émotion. Mais vous avez entendu, Maïa va bien, ils l'ont retrouvée vivante !

— Dieu soit loué, répondit Catherine qui tremblait comme une feuille. Si nous pouvions nous douter d'un tel drame !

Audrey était là aussi, au bord des larmes, affligée par l'état inquiétant de la jeune femme qu'elle admirait tant.

— Il faudrait l'hospitaliser, son bébé aussi, hasarda-t-elle tout bas. Ce serait plus prudent, madame.

— Le médecin nous le dira. Il devrait être déjà là ! Colette, vous lui avez précisé que c'était vraiment urgent ? Vicky est inconsciente depuis bientôt vingt minutes.

— Oui, Madame, j'ai insisté.

Au même instant, Arthur apparut dans l'entrebâillement de la porte.

— Tante Cathy, Jean-Charles et Emmanuel sont là, avec le bébé. Ils peuvent entrer ? Ils sont très inquiets pour Victoire !

— Non, pas encore ! Elle n'a pas repris connaissance, mais je vais prendre ma petite Maïa, pour la coucher près de sa maman. Cela leur fera du bien à toutes les deux, j'en suis sûre.

Malgré cette réponse, Emmanuel fit irruption dans la pièce après avoir bousculé Arthur. Il se précipita vers le lit et tout de suite s'agenouilla.

— Vicky, je suis là, tu dois te réveiller, Maïa est sauvée, murmura-t-il en apposant ses paumes sur la plaie.

— Mais qu'est-ce que vous faites ? Emmanuel, sortez d'ici ! s'insurgea Catherine.

Elle ignorait encore ce qui s'était passé en bas de l'allée. Au moment de l'accident, elle essayait de ranimer sa fille, gisant sur le parquet de la bibliothèque, blessée à la tête. Quand la détonation avait retenti, Audrey et elle étaient en train d'allonger Victoire sur son lit.

— Laissez-moi tranquille, madame ! se révolta-t-il. Et allez chercher Maïa, au lieu de vouloir me chasser ! Je dois soigner votre fille…

En dépit de sa colère et de son inquiétude, Catherine se remémora les récentes paroles de Victoire, lorsqu'elle lui avait avoué comment le jeune ingénieur était pour une large part responsable de sa guérison.

— Peu importe, écartez-vous de Vicky ! s'obstina-t-elle, trop affolée pour tolérer sa présence.

— Cathy, je t'en prie, calme-toi, intervint alors Jean-Charles.

Il était entré à son tour, le bébé dans ses bras. Maïa, peut-être sensible à la tension ambiante, se mit à pousser des pleurs véhéments.

— Va vite la poser près de ta fille, conseilla-t-il tout bas en lui confiant l'enfant. Et tu devrais bénir ce jeune homme, au lieu de le rejeter ainsi.

— Madame, regardez, Victoire ouvre les yeux ! s'écria Audrey au même instant.

Emmanuel, lui, appuya son front contre le rebord du lit. Les battements de son cœur affolé ralentirent enfin, mais il avait de la peine à respirer. Il sentit cependant une tendre caresse sur son épaule, ce qui le bouleversa. Victoire avait eu ce geste instinctif, en le découvrant à son chevet.

— Maïa, où est Maïa ? demanda-t-elle, un peu hébétée.

— La voici, ma chérie, répondit Catherine en lui donnant sa fille. Tout va bien, le docteur ne devrait pas tarder.

— J'ai eu tellement peur, maman. Oh, mon ange, j'ai cru que je ne te reverrais jamais.

Elle serra son bébé sur sa poitrine avec un sourire éperdu de bonheur. Au son de sa voix et à son contact, Maïa s'apaisa aussitôt. Emmanuel se redressa pour les contempler, les larmes aux yeux.

— De quoi te souviens-tu, Victoire ? interrogea alors Jean-Charles. Si tu as cru ne jamais revoir ta fille, cela signifie que tu as vu Emilio Rossi la prendre. Enfin, si tu es trop fatiguée ou si tu souffres, tu nous le diras un peu plus tard. Karl a appelé les gendarmes, le commandant te posera des questions lui aussi.

— Je suis capable de parler, même si j'ai encore mal à la tête. Tant que je tiens Maïa contre moi, je peux tout endurer. Emilio me l'a arrachée des bras… Tout s'est passé très vite.

Catherine, Colette et Audrey se rassemblèrent, comme pour faire mieux front au récit qui suivrait. Guy et Arthur s'étaient glissés dans la chambre pour se tenir près de Mongenot. Seul Emmanuel resta où il se trouvait, après s'être assis en tailleur, à même le parquet.

— J'avais allaité Maïa et j'allais la changer quand on a frappé. J'étais distraite, ayant beaucoup de choses à penser, et j'ai ouvert. Emilio est entré, avec un sac noir et tout à coup, il a sorti une petite matraque de sa poche. Il l'a levée d'un geste menaçant, en me disant qu'il tuerait le bébé si je criais. Quand il a voulu me la prendre, je me suis accrochée à lui. Je n'osais pas appeler au secours, j'avais si peur qu'il lui fasse du mal ! C'est là qu'il m'a frappée de toutes ses forces. Après, je ne sais plus...

Ulcéré par l'épreuve qu'avait subie sa nièce, Guy Quinot s'en prit soudain à Jean-Charles. Il le secoua par son col de veston, avec une grimace de mépris.

— C'est votre faute, Mongenot ! Tout va de travers depuis que vous avez jeté votre dévolu sur ma sœur ! Qui a engagé ce bandit pour nous l'envoyer ici ? Vous, toujours vous ! Rien ne me prouve que vous n'êtes pas le chef de tous ces salauds !

— Tu es complètement fou, Guy ! se révolta Catherine en repoussant son frère. Vicky a besoin de repos, alors sors de cette pièce ! Les gendarmes seront vite là, le docteur aussi. Remonte auprès de notre mère, et explique-lui avec tact ce qui est arrivé.

— Je l'accompagne, tante Cathy, déclara Arthur. Je ne crains pas d'attraper la grippe et je ménagerai mamie.

— Et moi je retourne à mes fourneaux, renchérit Colette. Ce soir, mademoiselle, vous aurez un bon potage de légumes et puis de la tarte aux pommes bien sucrée, ça vous requinquera. Viens donc m'aider, Audrey.

— Tout de suite, nous sommes un peu trop nombreux, admit celle-ci.

Victoire fut soulagée de se retrouver avec sa mère, Jean-Charles et Emmanuel.

— Maïa s'est endormie sur moi, s'émerveilla-t-elle tout bas. Maintenant, dites-moi vite comment vous avez pu arrêter Emilio.

— Sans ton ami ici présent, je me demande où serait ta petite à l'heure qu'il est, répondit Mongenot. Je vais tout vous expliquer, à Cathy et toi, car ta mère n'est pas encore au courant... Victoire, j'ai cru en perdre la raison. En plus, ce sale traître avait enfermé Maïa dans le sac de voyage que tu as vu...

— Jean-Charles, dis-nous vite ce qu'a fait Emmanuel, s'impatienta Catherine.

Le viticulteur relata avec précision les circonstances de l'accident qui avait stoppé net la fuite d'Emilio Rossi, puis il évoqua le rôle de Karl, le premier à avoir récupéré le sac dans la voiture.

— Emmanuel, tu as donc eu un pressentiment, comme le jour où j'ai fait une hémorragie, avant d'accoucher, murmura Victoire d'une voix très douce. Comment te remercier ?

— C'est simple, décréta sa mère en approchant du jeune ingénieur. Levez-vous, Emmanuel, je voudrais vous embrasser. Nous vous devons tant, et cela ne date pas d'aujourd'hui.

Sans hésiter, il obtempéra d'un air conciliant. Catherine l'étreignit, avant de se mettre à pleurer.

— Vous serez toujours le bienvenu au château, balbutia-t-elle. Je refuse d'imaginer le calvaire que nous aurions vécu si Maïa avait disparu avec cet homme.

— Moi non plus, madame, je ne peux pas le concevoir, répliqua-t-il. Je suis tellement heureux d'avoir pu empêcher une nouvelle tragédie.

— Mais j'y pense, vous venez d'être victime d'un accident ! Est-ce que vous vous sentez bien ? s'alarma Catherine. Il faudra vous faire examiner par le médecin.

— Maman a raison, on ne sait jamais, renchérit Victoire.

— Oui, je le ferai, concéda-t-il.

Karen et Louis Terrier toquèrent alors à la porte demeurée entrouverte, suivis de près par Colette qui escortait le docteur.

— Donnons la priorité au médecin, si vous le permettez, commandant, décréta Jean-Charles. Nous pouvons déjà nous entretenir dans le salon.

— Bien sûr, concéda celui-ci.

Emmanuel s'éloigna à regret de Victoire pour accompagner le viticulteur, mais elle lui dédia un sourire ébloui qu'il reçut en plein cœur. Seules Catherine et Colette demeurèrent près du lit où la jeune maman souriait aux anges, sa toute petite enfant nichée sur sa poitrine.

Karl devait témoigner et Karen était allée le chercher. La mine grave, le garde du corps observait du perron le va-et-vient de plusieurs gendarmes, à laquelle se mêlait l'équipe scientifique.

— Vous accusez le coup à retardement ? avança-t-elle.

— Eh oui, lieutenante ! Quand même, je travaillais avec Rossi depuis plus d'un an. Je l'avais recruté, alors j'ai l'impression d'avoir été trahi. Je vous assure, ce type me paraissait fiable, sérieux. Bon, il n'était guère causant, mais toujours poli, rien à dire de ce côté-là.

— En fait, le commandant avait raison de se méfier, soupira Karen. Quand je pense que Rossi emmenait Maïa, un bébé… Dans quel but, nous ne le saurons peut-être pas avant longtemps. Votre collègue avait-il son téléphone sur lui quand il s'est suicidé ?

Embarrassé, Karl extirpa l'appareil d'une poche de son pantalon.

— Je l'ai récupéré, lieutenante, je comptais vous le remettre. Pour être honnête, je cherchais un second téléphone. Si Rossi communiquait avec l'extérieur et qu'il recevait des consignes, une chose est sûre, ce n'était pas avec cet appareil-ci. Il n'y a rien de louche, j'ai vérifié.

Karen lui jeta un regard sévère, car elle désapprouvait son initiative. Néanmoins, comme ils entraient dans le salon, elle ne lui fit pas de remarques désobligeantes. Jean-Charles avait déjà relaté de façon concise ce qui s'était passé.

— À quel genre de chef inflexible Rossi devait-il rendre des comptes, pour se tirer une balle dans la bouche, devant tout le monde ? disait le commandant Terrier. Il s'est donné la mort parce qu'il avait échoué.

— En ayant soin de déverrouiller les portières auparavant pour que l'on puisse prendre l'enfant, nota Mongenot.

— Quelque part, ça plaide en sa faveur, hasarda Karen. Au fond, personne n'est vraiment totalement mauvais.

— J'en doute. Celui qui a commandité l'enlèvement de Maïa est un fou, mais assez intelligent et lucide pour manipuler d'une poigne de fer ses hommes de main, protesta Emmanuel. Emilio Rossi aurait pu blesser plus grièvement Victoire ou même la tuer. J'ignore où il voulait emmener le bébé, mais enfermée dans un sac, Maïa aurait pu étouffer.

— En effet, admit Terrier, hors de lui.

Jean-Charles poussa un long soupir. Il était encore sous le choc et il préféra déambuler d'un bout à l'autre du salon.

— La tentative de Rossi parle d'elle-même, lui dit Terrier. Maïa est votre petite-fille, ces gens le savent. Ainsi ils visaient à nouveau votre fortune mais également celle de Mme Desmarets. Ils ont dû penser que votre fils Bastien ne pesait pas assez lourd dans la balance.

— Ou bien ils l'ont exécuté, sans m'accorder une chance de le sauver, rétorqua le viticulteur. Commandant, il faut trouver ces assassins.

— La scientifique est en train d'inspecter la voiture de Rossi. Nous supposons qu'il possédait un second téléphone portable sur lequel il recevait ses ordres, intervint Karen. Si nos hommes le trouvent cela pourrait nous fournir de précieux indices.

— Lieutenante, cette voiture était la mienne ! se récria Karl. Emilio n'en avait pas, alors je la lui prêtais. Il avait accès au double des clefs. Si j'avais compris ce qu'il mijotait, au moins ! Mais non, il n'était ni nerveux ni différent des autres jours.

— Est-ce que vous étiez ensemble, avant qu'il se rende dans la chambre de Victoire ? questionna Karen.

— Non, lieutenante, je me trouvais dans la cuisine, avec Colette et Audrey Gendron, répondit le garde du corps. Elles m'avaient offert du café, au retour de mon inspection des chais et des environs du château.

— Dans ce cas-là, comment avez-vous su que Rossi s'en était pris à Victoire et à Maïa ? lui demanda Mongenot d'un ton sec.

— Nous vous écoutons, ordonna Terrier.

— Je dirai un peu la même chose que M. Nevers, grâce à une sorte d'intuition, se défendit le brave Karl. J'avais bu mon café quand je me suis étonné de ne pas avoir vu Emilio depuis un certain temps. Par acquit de conscience, je suis allé dans la chambre qu'on partage, lui et moi. La pièce est là, au rez-de-chaussée. Il n'y avait plus ses vêtements dans la penderie ni le fameux sac noir qu'il rangeait toujours à côté de son lit. Je me suis dit que ce n'était pas normal, d'autant plus que vous, patron, vous m'aviez recommandé de surveiller Rossi. J'ai couru vers le hall, la porte du salon était grande ouverte, ainsi que celle de la bibliothèque, où il n'y avait pas un bruit. C'est là que j'ai découvert Mademoiselle Victoire le crâne en sang, étendue sur le sol. La petite Maïa avait disparu et...

Le commandant Terrier lui fit signe de se taire, tout en secouant la tête d'un air consterné.

— Je connais la suite, trancha-t-il. Il s'en est vraiment fallu de peu. Rossi aurait sans doute réussi son coup si vous aviez franchi le portail seulement quelques minutes plus tard, Nevers !

— La providence en a décidé autrement, commandant, lui assena Emmanuel en guise de réponse.

Sachez-le, je ne crois plus au hasard. J'ai été averti qu'un grave danger menaçait Vicky et son bébé. C'était pareil quand vos collègues et vous recherchiez ma sœur ! Je sentais qu'elle était morte, personne ne m'écoutait et moi je l'ai retrouvée, mais trop tard, oui, cette fois, il était trop tard !

Ce cri du cœur atteignit Mongenot de plein fouet. Il perçut avec acuité les anciennes souffrances morales du jeune homme et se promit d'en apprendre plus sur son passé.

— Reste calme, lui conseilla Karen. Tu vas inquiéter Victoire.

— Je vous comprends, Nevers, ajouta Louis Terrier. Moi aussi j'espérais retrouver Emma à temps…

Catherine et le médecin sortaient de la bibliothèque, ce qui imposa à tous le silence.

— Est-ce grave, docteur ? interrogea Jean-Charles. Et la petite, elle n'aura pas de séquelles ?

— L'enfant va bien, rassurez-vous. La présence de sa mère est le meilleur des remèdes. Mlle Desmarets semble remise du coup qu'elle a reçu. Je n'ai pas décelé de fracture, mais j'ai prescrit une radio pour demain matin, par précaution. Elle a un bel hématome autour de la plaie. Je lui ai posé des stripes. J'estime que des points de suture ne sont pas indiqués dans son cas. Qui d'autre nécessite une auscultation ?

— Ce jeune homme, répliqua Catherine en désignant Emmanuel. On a percuté sa voiture violemment, l'airbag s'est déclenché.

— Où puis-je vous examiner, monsieur ? s'enquit le médecin. Vous pouvez avoir des côtes fêlées ! Les blessures chaudes sont parfois indolores, mais à froid, le lendemain, ce n'est plus la même chose. Et un choc frontal a souvent des conséquences.

— Je vous remercie, mais ne prenez pas cette peine, je suis solide, docteur, protesta Emmanuel.

— Ce ne sera pas long, insista celui-ci.

— Acceptez, renchérit Catherine. Vicky s'inquiète et elle tient à savoir si vous n'avez rien. Allez dans la salle à manger.

— Si Victoire le souhaite, d'accord...

Sur ces mots, Emmanuel se leva, le teint livide. Ils le virent tous qui vacillait sur ses jambes avant de s'effondrer, victime d'un malaise.

— Et voilà, je m'en doutais, bougonna le médecin, du haut de sa cinquantaine riche d'expériences similaires.

17
Confidences

Château Desmarets, le lendemain,
mardi 13 novembre 2018

C'était le début de l'après-midi. Victoire, assise près de la cheminée du salon, contemplait les petites flammes jaunes qui s'agitaient derrière la vitre de l'insert. Elle tenait Maïa dans ses bras, par un besoin viscéral de la sentir contre elle.

— Ma chérie, tu peux coucher ta fille dans son berceau, juste à côté de toi, lui conseilla Catherine. Nous serons deux à la surveiller.

— N'insiste pas, maman, ça m'est impossible après ce qui s'est passé hier.

— Allons, sois raisonnable, Vicky ! La sécurité est renforcée, le commandant a délégué deux de ses hommes, Karl garde la porte principale, toujours verrouillée.

La jeune femme fit non de la tête d'un air farouche, hantée par le souvenir de l'instant où Emilio Rossi les avait menacées. Les images s'imposaient à son esprit dans une ronde infernale qui la rendait d'une extrême nervosité.

— Maïa, un bébé innocent, était enfermée dans un sac, où elle a dû avoir peur, où elle avait du mal à respirer. Jean-Charles l'a dit, elle était très rouge. Je suis sûre qu'ils vont revenir ici, ces monstres capables de s'en prendre à une toute petite fille qui n'a pas trois mois. Ils tueront tout le monde pour parvenir à leurs fins. Pourquoi ont-ils pris Maïa ? Si tu as la réponse, je t'écoute, maman.

Consternée par l'état de panique de Victoire, Catherine chercha comment la rassurer.

— Eh bien, repars dans l'arrière-pays niçois, ou louons un gîte en Auvergne ou en Bretagne ! Je te rappelle que tu étais censée rester à l'abri jusqu'à début décembre. Et il n'y a pas si longtemps, ma chérie, tu me disais assumer ta décision de revenir au château.

— Je sais, maman, mais je ne pouvais pas imaginer qu'un de leurs complices vivait sous notre toit depuis des mois. Je revois Emilio se pencher sur le landau de Maïa, et me dire que c'était un beau bébé. Pourtant hier, il parlait de la tuer, et il l'aurait fait, j'en suis sûre.

Colette se présenta alors sur le seuil du salon, suivie par Arthur qui portait un plateau.

— Le café, agrémenté de nonettes faites maison, annonça-t-il. Des délices à la confiture d'oranges. Nous les devons à Audrey…

— Ne t'approche pas ! ordonna Victoire à son cousin. Tu es allé dans la chambre de mamie, qui a la grippe.

— Ne t'inquiète pas, Vicky, finalement j'ai laissé mon père s'en occuper, pour ne pas risquer de te contaminer ni ton bébé. Et c'est mieux ainsi, mamie était très fatiguée, elle ne sait encore rien du drame.

— Je lui dirai quand elle se sentira mieux, soupira Catherine. Et n'ennuie pas ta cousine, reste à bonne distance d'elle. Même si la radio faite ce matin n'a révélé ni fracture ni fêlure, tu peux comprendre que Vicky est traumatisée par les événements.

— Pardi, il y a de quoi, renchérit Colette. Et avez-vous des nouvelles de M. Nevers ?

— Emmanuel m'a envoyé un message tout à l'heure, s'empressa de répondre Victoire. Il a bien dormi et il a promis de venir pour le thé. Il doit porter une minerve pendant une semaine.

— Heureusement, hier, ce n'était qu'un malaise vagal, précisa Catherine. Mais nous avons tous été très choqués.

— Enfin, tout est redevenu comme avant, il faudrait plutôt se réjouir de voir Maïa en sécurité, déclara Arthur. Ils ont emporté les deux voitures et l'allée a été nettoyée. Réfléchis, Vicky, le danger est écarté. Ces gens qui nous en veulent ont perdu un pion sur leur échiquier.

— Je me moque de tes discours ! s'écria-t-elle. Ils détiennent toujours Bastien, s'ils ne l'ont pas exécuté sans pitié. Aurais-tu oublié la façon ignoble dont Florian est mort ? Et puis je n'en peux plus de vos regards apitoyés, de vos discussions sans fin.

— Ma chérie, si tu prenais un anxiolytique avec une tasse de lait et une nonette, proposa sa mère. L'angoisse se soigne à l'instar d'une plaie.

— Alors que j'allaite mon bébé ? Non, surtout pas. Je vais faire la seule chose susceptible de m'apaiser. Arthur, dis à Audrey que nous montons à la salle de danse, je te prie, et tu serais gentil de porter le landau de Maïa là-haut. Nous y resterons jusqu'à l'heure du thé. Préviens Karl de la visite d'Emmanuel dans deux ou trois heures. Il pourra lui dire de nous rejoindre.

— À vos ordres, chère cousine ! Et moi, aurais-je le droit d'assister à vos gracieuses évolutions ?

Il avait réussi à la faire sourire, cependant il se heurta à un « non » catégorique.

— Pourquoi, Vicky ?

— Audrey ne serait pas à l'aise si tu l'observais, expliqua-t-elle.

— D'accord, je cours lui donner les consignes, dit-il avec un soupir.

— Arthur a tellement changé, c'est quand même un brave garçon, commenta Catherine dès qu'il sortit de la pièce. Et Anna ? Je trouve qu'elle se fait rare…

Victoire s'était levée et se dirigeait vers la bibliothèque, toujours en cajolant Maïa.

— Corentin l'a emmenée en week-end pour célébrer leurs fiançailles. Ils étaient à Londres, ils ont dû rentrer hier soir.

— Dans ce cas, si tu fixais enfin une date pour le baptême ?

— Je ne veux rien prévoir, maman, la situation ne s'y prête pas. Nous serions peut-être attaqués en pleine cérémonie...

Strasbourg, rue des Tanneurs, même jour

Maryla Novak avait tenu à rentrer chez elle pour s'y éteindre en paix. Installée le plus confortablement possible dans son lit, elle suivait les faits et gestes de sa nièce et de son aide ménagère, en train de déplacer sa télévision.

— J'ai même changé les piles de ta télécommande, lui précisa Aurélia.

— On dirait que tu vas t'en aller, s'inquiéta la vieille dame. Tu as pourtant décidé de rester jusqu'à la fin. Ce ne sera pas long, tu as entendu les docteurs, à l'hôpital. J'espère que tu seras là pour me fermer les yeux.

— Je te le promets, Maryla. Tu m'as élevée, j'aurais pu croire que tu étais ma mère, si tu l'avais souhaité. Mais non, tu tenais à rester ma tante.

— On ne va pas se chamailler maintenant, Aurélia, devant cette gentille demoiselle qui s'occupe si bien de moi. N'est-ce pas, Lætitia ?

— Oui, madame Novak, et pour le goûter, je vous ai acheté des brioches aux graines d'anis.

Très nerveuse, Aurélia sortit dans la rue, pour appeler enfin Victoire. Elle avait appris tôt le matin, par le commandant Terrier, la tentative d'enlèvement de Maïa et depuis elle n'avait pas eu l'occasion de la joindre.

— Vicky, pardonne-moi, soupira-t-elle dès qu'elle entendit la voix de la jeune femme. Louis m'a raconté ce que tu as vécu hier et je voulais prendre de tes nouvelles plus tôt. Mais ma tante a quitté l'hôpital en milieu de matinée, j'ai dû m'occuper du côté administratif et tout était compliqué.

— Ne vous tourmentez pas, moi aussi j'avais l'intention de vous téléphoner, Aurélia. En ce moment, je suis dans ma salle de danse en compagnie d'Audrey, mon élève, et Maïa dort dans son landau. Coppélia, ma chatte siamoise, s'est couchée en boule sur la couverture, près de ses pieds.

— Comment te sens-tu après une telle frayeur ? Et ta blessure, ce n'est pas trop grave ?

— C'est surtout le moral qui est atteint, avoua Victoire. J'en ai fait des cauchemars et depuis j'ai du mal à poser Maïa. Pourtant je l'avais dans mes bras quand cet homme me l'a prise ! Je n'ai pas pu protéger mon enfant !

Des sanglots ponctuèrent ces derniers mots. Aurélia songea qu'une crise de larmes pourrait être bénéfique et différa sa réponse. De la musique lui parvint, celle du ballet *Petrouchka*, ainsi qu'un cri plein de compassion.

— Oh non, mademoiselle, ne pleurez pas !

Elle devina qu'il s'agissait d'Audrey. Peu après, Victoire, sans doute calmée, lui parla de nouveau, d'une voix plus ferme.

— Je viens de danser et j'ai été étonnée de mon aisance. J'ai tenté des sauts, un grand écart, des arabesques. Aurélia, j'avais la sensation d'être comme avant l'accident. Je crois que je peux retrouver presque toutes mes capacités perdues, à force de travail.

— Sois quand même prudente, échauffe-toi bien avant le moindre exercice, Vicky. Je voulais aussi te dire de ne pas te soucier des répétitions pour le spectacle de Noël. Je vais tout annuler, les parents et les élèves comprendront mes raisons qui sont sérieuses et d'ordre familial. Je refuse que tu quittes le château à cause de moi, que tu sois exposée par ma faute.

— Vous êtes sûre, Aurélia ? En fait, je n'y pensais même plus, mais je n'ai qu'une parole. Si Anna m'aide, c'est possible.

— Vraiment, je voudrais que tu te reposes, pour te remettre du choc que tu as subi. Je te rappellerai ce soir… Ma tante va mieux et elle compte me faire quelques confidences. Louis m'a conseillé de l'enregistrer sur mon téléphone. Retourne danser, Vicky. Prends bien soin de toi et de ta petite Maïa.

— Je vous le promets ! Toutes mes amitiés à votre tante. Si seulement elle pouvait guérir !

— J'en doute, mais heureusement elle ne souffre pas grâce à son traitement. À ce soir…

Le cœur lourd, Aurélia raccrocha et rentra dans le couloir où elle s'adossa au mur, les yeux fermés. Des visages défilaient sur l'écran sombre de ses paupières. Le premier était celui de sa mère Irina, fauchée en pleine jeunesse, danseuse comme elle. Ensuite ce fut le sourire lumineux de Victoire, le bleu pur de son regard, ses longs cheveux d'un brun intense.

— Ma nièce, la fille de ce frère que je n'ai jamais croisé ni vu, mon jumeau. Nous aurions pu être tellement heureux si nous avions grandi ensemble.

Elle évoqua aussi certaines de ses élèves, dont Anna et bien sûr Vanessa, cette grande fille blonde, très douée.

— Ce jeu de massacre doit s'arrêter ! Qui est derrière tout ceci, depuis tant d'années ? Que ces criminels laissent Vicky en paix !

Au même moment, son téléphone émit le signal indiquant un message. Aurélia le consulta, un peu surprise, car c'était Victoire, qui lui avait envoyé une photo, et comme en réponse à son amertume, elle découvrit un portrait de Jacques Desmarets, avec en légende : « Votre frère. »

— Alors c'est lui, murmura-t-elle. Il était roux, en effet, mais quelle douceur sur ses traits et quel beau sourire… Je vais vite le montrer à Maryla, c'était son neveu.

Château Desmarets, deux heures plus tard

Un peu lasse, Audrey retardait cependant l'instant de se changer. En collants et justaucorps noirs, elle étudiait son reflet dans le grand miroir mural longé par la barre d'exercice. Elle avait attaché ses cheveux châtains sur la nuque et mis un bandeau vert, que lui avait donné Victoire.

— Est-ce que tu as essayé un de mes costumes de ballet durant mon absence ? lui demanda celle-ci.

— Je n'ai pas osé, ils sont si beaux.

— Tu aurais dû ! En plus nous faisons la même taille.

— Vous êtes plus mince que moi. Oh regardez ! Coppélia a sauté en bas du landau et maintenant elle court comme une folle. J'adore les chats.

— Tout comme moi, mais j'aime beaucoup les chiens aussi. Emmanuel possède un leonberg, Goliath, il est magnifique. Quand on ne le connaît pas, il est impressionnant, alors qu'il est très gentil et câlin. Est-ce que tu l'as déjà vu ? Je perds la notion des jours.

— Non, je m'en souviendrais. Et c'est normal que vous soyez perturbée. Je voudrais tant pouvoir vous aider. La lieutenante Mathis m'a encore fait écouter des sonneries d'église, hélas aucune ne correspond à ce que j'ai entendu.

Victoire approuva distraitement, comme si cela lui était indifférent. Soudain une évidence la frappa.

— Maïa a beaucoup dormi, tu ne trouves pas, dit-elle d'un ton inquiet. Je suis allée vérifier plusieurs fois si elle s'était réveillée, mais non… Pourvu qu'elle ne soit pas malade !

Envahie d'une angoisse irréfléchie, Victoire se précipita vers le landau, mais sa fille était toujours plongée dans un profond sommeil, un infime sourire sur les lèvres.

— Elle n'est pas chaude, donc elle n'a pas de fièvre ! Il faut croire que mon petit ange se plaît ici. Audrey, je viens d'avoir une idée.

— Laquelle, mademoiselle ?

— Si je m'installais là, dans ma salle de danse. Il suffit de monter un lit pour une personne, une table. Il y a un lavabo et des toilettes. Et c'est très bien chauffé, sans oublier le verrou à la porte.

— Pourquoi pas, hasarda Audrey un peu désemparée.

— Si Emilio Rossi a pu s'emparer de Maïa, c'est ma faute. Nous avions des consignes de sécurité, comme de s'enfermer dans nos chambres, moi notamment. Mais hier, je ne l'avais pas fait. Si j'avais mis le verrou ou donné un tour de clef, cet homme n'aurait pas pris mon bébé, tu es d'accord ?

— Oui, peut-être...

— Je suis responsable de mon enfant, son père n'est plus là pour la protéger. Ma faute m'obsède, Audrey. Je revois sans cesse l'instant où il est arrivé. Je n'ai rien pu faire pour ma fille car il menaçait de la tuer.

— Maïa est entourée par sa famille, ils peuvent tous veiller sur elle, mademoiselle ! Et puis il y a Emmanuel, il sera son parrain. Hier, il a su que vous étiez en danger toutes les deux. C'est une chance d'avoir quelqu'un comme lui, je veux dire, qui pressent les mauvaises choses. Alors n'ayez plus peur, je vous en prie.

Un élan d'affection poussa Audrey à prendre Victoire dans ses bras afin de la réconforter. Elle la berça un peu, en lui tapotant le dos.

— Moi aussi j'avais peur quand j'étais prisonnière et que cette femme m'injectait des calmants et me promettait des horreurs. La peur me rendait folle, j'avais envie de mourir. J'ai fini par prier Dieu et la Sainte Vierge, en les implorant de me secourir. Il y a eu une sorte d'étrange petit miracle, car c'est Bastien Mongenot qui m'a libérée. Maintenant je vis dans un château et vous me donnez des cours de danse... Soyez courageuse et forte, peut-être qu'à Noël vous serez tout heureuse, en sécurité. Je suis sûre que Madame Catherine choisit toujours un immense sapin !

— Il touche le plafond du salon, répondit Victoire qui pleurait sans bruit. Merci, Audrey, ce que tu m'as dit me rassure.

— En plus, votre ami Emmanuel vous adore. C'est facile à deviner, rien qu'à la façon dont il vous regarde tout le temps. S'il a fait un malaise hier, c'était sûrement parce qu'il avait eu une terrible frayeur en vous sachant blessée ! Avez-vous des sentiments pour lui ?

— Oui, je crois bien, murmura Victoire. Alors, qu'en penses-tu, j'emménage ici ou je reste au rez-de-chaussée, parmi des centaines de livres ?

On frappa à la porte, ce qui évita à Audrey de répondre. Elle courut se réfugier derrière le paravent, afin de ne pas être vue en tenue de danse. Sa fuite éperdue amusa Victoire qui essuya ses larmes.

— Qui est-ce ? demanda-t-elle à mi-voix.

— C'est moi, Emmanuel, je viens vous dire que Colette servira bientôt le thé. Il y aura des macarons, je suis passé en acheter.

La jeune femme s'empressa d'ouvrir pour se jeter au cou du visiteur. Ravi par cet accueil, il l'étreignit quelques secondes.

— Vicky, es-tu un peu remise ? souffla-t-il à son oreille.

— Oui, je commence à me sentir mieux. Et toi ? Mais, tu n'as pas mis ta minerve ? Et je n'ai pas fait attention…

— Moi, tant que tu es là, que tu me souris, je n'éprouve que de la joie. Même si j'avais des côtes fêlées ou le nez cassé, je ne sentirais pas la douleur. Je plaisante, mais plus sincèrement je vais bien, Vicky.

— Je suis déçue, je croyais que c'était vrai, et ça flattait ma vanité, répliqua-t-elle en riant.

Emmanuel devint grave. Il la fixa de ses yeux sombres, en la tenant par les épaules.

— En fait, c'est la pure vérité, n'en doute pas. Hier, à la seule idée de te savoir blessée, j'avais le vertige et la nausée. J'ai perdu Emma, ma sœur chérie, je ne veux pas te perdre, non, jamais.

— Moi non plus, je veux que tu sois là, souvent, même chaque jour. Tu me manquais déjà.

Victoire le reprit dans ses bras. En se haussant sur ses pointes en satin rose, elle effleura ses lèvres et il ne résista plus. Ce fut leur premier baiser, en ce jour de novembre au parfum de pluie.

Une demi-heure plus tard, Anna se présenta au château, un bouquet de fleurs à la main. Karl la fit entrer aussitôt et la jeune femme le gratifia d'un charmant sourire.

— Est-ce que Vicky va bien ? lui demanda-t-elle tout bas, avant de se rendre dans le salon.

— Vous l'avez prévenue de votre visite, mademoiselle Seron ? s'enquit le garde du corps en guise de réponse.

— Oui, je lui ai envoyé un message, elle m'a dit que je serais la bienvenue pour le thé.

— Autant vous avertir, vous allez être mise à contribution. Mademoiselle Victoire a décidé de prendre ses quartiers dans sa salle de danse. Il faudra monter beaucoup d'affaires là-haut.

— Donc Vicky va mal, conclut Anna. Ce n'est pas étonnant, après ce qu'elle a vécu hier.

Elle se composa une expression joyeuse avant de franchir le seuil du salon. Karl hocha la tête d'un air compatissant. Lui non plus ne se remettait pas de la trahison d'Emilio Rossi ni de son suicide. Jean-Charles descendit l'escalier peu après, une mallette à bout de bras.

— Patron, vous avez besoin de moi ? s'inquiéta-t-il.

— Non, reste ici et veille sur le château. J'ai prévenu Catherine que je m'absentais jusqu'à demain.

— Je ne veux pas être indiscret, mais où allez-vous tout seul ? Si c'est au manoir, je ferai mieux de vous escorter.

— Sois tranquille, Karl, je suis armé, chuchota Mongenot. Et j'espère que toi aussi. Tu seras plus utile ici.

— Patron, faites attention à vous, parce qu'à mon avis, les choses vont se gâter comme Rossi a raté son sale coup.

Si seulement la petite Audrey reconnaissait une des sonneries de cloche…

Les traits tirés, les yeux cernés, le viticulteur lui donna une accolade, ce qui attestait d'un profond désarroi.

— Je pars, Karl, à demain.

Catherine présidait la cérémonie rituelle du thé, entourée par sa fille et Emmanuel. Anna, qui avait été présentée à Audrey, prit place près d'Arthur. Il manquait Élodie et Guy autour de la table ovale, drapée d'une nappe blanche et damassée. Un peu surprise, elle lança un regard interrogateur à Victoire.

— Mamie est grippée, mon oncle passe une partie de ses journées à son chevet, expliqua Victoire, en jetant un regard sur la bercelonnette où Maïa s'était endormie après avoir tété.

— Il y a beaucoup de malades ces temps-ci, je le sais par ma mère, car certains patients ont annulé leurs rendez-vous à cause de la grippe, précisa Anna.

— Est-ce que votre maman est médecin ? lui demanda Audrey.

— Non, dentiste ! Elle me soignait quand j'étais fillette et j'avais très peur de tous ses instruments, même si elle me rassurait.

— Prends un macaron, ceux à la pistache sont excellents, lui proposa Emmanuel.

— Merci, je n'ai jamais goûté ce parfum.

Malgré les efforts de chacun, la conversation languissait, car personne n'osait aborder le sujet qui les obsédait. Catherine décida d'y remédier.

— Anna, puisque tu es là, aide-moi à raisonner Vicky, dit-elle d'un ton aimable. Je comprends qu'elle ne se plaise plus dans la bibliothèque, et je lui ai assez répété de reprendre son ancienne chambre de l'étage. Mais à présent, elle tient à s'installer sous les combles, dans sa salle de danse. Avoue que ce serait un peu ridicule !

— Maman, je ne changerai pas d'avis, affirma Victoire.

— Karl m'avait avertie, avoua Anna. Pour ma part, je trouve que l'idée est amusante et si tu te sens plus en sécurité là-haut, Vicky, je suis prête à t'aider.

— Moi aussi ! s'écria Arthur.

— Ce ne sera pas si compliqué, madame, plaida Emmanuel. Vous n'aurez rien à faire. Nous vous appellerons quand ce sera terminé, que vous jugiez du résultat.

— Dans ce cas je vous abandonne pour passer un peu de temps avec Jean-Charles, annonça Catherine. Il est tellement éprouvé qu'il ne voulait pas nous imposer sa présence.

Toujours élégante, en robe de mohair d'un vert profond, elle secoua ses boucles brunes et les salua d'un sourire mondain.

Quelque part en Côte d'Or, même jour, même heure

Le bruit des talons de Nadège sur le carrelage tira Bastien de sa somnolence. Privé d'alcool et des drogues qu'il avait coutume de prendre, il alternait entre de longues phases de sommeil et des périodes de nervosité qui le rendaient irritable.

— On dort encore ? se moqua-t-elle. Réveillez-vous, mon garçon, je dois désinfecter votre blessure.

— Pas la peine, c'est presque cicatrisé, maugréa-t-il.

— Non, vous faites erreur, la chair du moignon était gonflée ce matin.

— Je m'y perds, moi ! Comment je saurais si c'est le matin ou le soir ?

— Grâce à vos repas, enfin ! Je respecte l'ordre établi par la société, petit déjeuner, déjeuner, dîner.

Il se redressa pour s'adosser au montant du lit. Une courte barbe châtain ombrait ses mâchoires et son menton, tandis qu'une moustache soulignait le dessin de sa lèvre supérieure.

— Vous n'êtes pas beau à voir, fit remarquer Nadège.

— Quelle importance, vous êtes la seule qui vient ici. Je suis là depuis combien de temps ?

— Exactement dix jours.

— Mon père n'a rien fait pour que je sois libéré ?

— Il aurait fallu que nous lui donnions des instructions, mais je vous le redis, nous le laissons se torturer l'âme et le cœur. Savourez votre délai avant l'échéance.

Nadège lui serinait ce refrain à chaque visite. Elle examina son annulaire gauche d'un air soucieux.

— Vous devez avoir une mauvaise constitution, jeune homme, la plaie n'est pas belle. Je vais la nettoyer, ensuite je vous procurerai des antibiotiques.

Les yeux plissés, un rictus haineux sur le visage, Bastien la fixa attentivement, puis il étudia ses vêtements, dont sa veste de tailleur qui avait de grandes poches.

— Comment ça se passe, quand vous entrez ici ? demanda-t-il. Vous avez une clef sur vous ? Je pourrais vous agresser et réussir à sortir…

— Tout est prévu, si l'on enferme un piètre individu de votre genre. Quelqu'un d'armé attend derrière la porte et j'ai sur moi de quoi vous neutraliser en six secondes. Alors ne tentez rien de stupide. De quoi vous plaignez-vous ? Je vous ai fourni de la lecture, des grands classiques, et je vous nourris bien.

— Je vous ai réclamé une fille, n'importe laquelle !

— La chasteté est une vertu, mon garçon, ironisa Nadège.

— Mais je vais crever d'ennui, bouclé ici…

— C'est préférable à d'autres manières de mourir. Bien, à plus tard, vous aurez des médicaments avec le potage.

Bastien eut alors un geste qui la désorienta. Il lui saisit le poignet gauche pour l'empêcher de se lever.

— Restez encore, Nadège, discutons ! Je n'en peux plus d'être seul. Il y avait toujours du monde chez moi, quand j'étais gosse. Je me rappelle, pendant les vendanges, maman invitait tous nos copains et on s'amusait dans le parc en attendant l'heure de participer aux grandes tablées du soir. Parfois on travaillait dans les vignes, Florian et moi.

— Lâchez-moi immédiatement ! ordonna-t-elle. Vos souvenirs ne m'intéressent pas.

— Alors parlez-moi de vous ! Je voudrais bien savoir comment on se retrouve au milieu d'une bande de criminels, et d'où vient tout l'argent que votre chef possède ? Il paie bien, ça, je sais. Mais il n'y a pas beaucoup de vos sous-fifres qui profitent de leur fric, car ils sont tués au moindre faux pas. Et bientôt ce sera mon tour.

Il avait relâché sa prise et Nadège put dégager son poignet, en reculant d'un air outragé.

— Si vous recommencez, on vous attachera à ce lit, jeune idiot.

Elle s'éloigna d'une démarche digne, avec un haussement d'épaules qui témoignait de son profond mépris. Lorsque la porte s'entrouvrit, Bastien aperçut une silhouette masculine malgré la pénombre.

— Je finirai par sortir d'ici, se promit-il.

Strasbourg, rue des Tanneurs,
même jour, deux heures plus tard

Aurélia Novak préparait un bouillon de légumes, l'esprit en effervescence. Sa tante somnolait dans la chambre, mais elle pouvait la surveiller de la cuisine. Le son modéré de la télévision lui parvenait, cependant elle ne prêtait aucune attention à ce qui se disait sur la chaîne régionale.

— Je ne sais pas si Maryla aura la force de me faire d'autres confidences, pensa-t-elle tout haut. Pourtant Louis espère une révélation inespérée.

Le commandant lui avait téléphoné deux fois. La première pour l'informer que la presse relaierait la tentative d'enlèvement de la petite Maïa, sur l'insistance du procureur qui souhaitait faire pression sur les responsables. Il serait fait état du rôle joué par Emilio Rossi et de son suicide.

— Au fond, Gilles Desmarets était peut-être sincère quand il m'a confiée à ma tante. Il voulait me protéger…

Cette pensée la fit sourire rêveusement, autant que le souvenir des mots très tendres que lui avait murmurés Louis Terrier, lors de son deuxième appel.

— Il voudrait qu'on se marie, chuchota-t-elle. Pourquoi pas ? Je porte le nom de l'homme qui a vendu ma mère toute jeune au pire des salauds.

— Aurélia ?

Maryla la réclamait d'une voix faible. Apeurée, elle courut à son chevet. La vieille dame lui tendit une main décharnée.

— Je dois te parler tout de suite, marmonna-t-elle. Je suis si fatiguée, je crains de ne pas passer la nuit. Assieds-toi et écoute.

— Il faudrait mieux manger un bol de potage d'abord, ça te fera du bien.

— On verra comment je me sentirai tout à l'heure.

— Tu veux bien que je t'enregistre, Maryla ? Cela pourrait aider la police.

— Oui, tu peux, ça m'est égal. J'ai honte, Aurélia, parce que j'ai compris mon erreur. J'aurais dû te raconter l'histoire de ta maman il y a longtemps. Quand tu m'as montré la photo de ton frère jumeau, mon cœur s'est brisé. C'était mal de vous séparer, très mal. Vous auriez grandi plus heureux, tous les deux.

— Sûrement, ma petite tante chérie !

— Allons, pas de minauderies, Aurélia, tu n'es plus une gamine. On s'est tellement fâchées, toi et moi, à cause de ton caractère.

— Mais je t'aime, tu es ma seule famille, enfin tu l'étais, car j'ai une nièce désormais.

— Ils ont dit aux informations qu'on a voulu lui prendre son bébé, eh oui, même dans notre région, ils en ont causé. Et toi, tu m'as caché ça.

Désemparée, Aurélia regretta de n'avoir rien dit à Maryla. Elle lui caressa le front.

— Je craignais de te faire de la peine.

— Bah, toute ma vie j'ai été triste, alors un peu plus un peu moins… Ce sont les mêmes malades, j'en suis sûre. Écoute vite. Quand Irina m'a suppliée de venir à Besançon, j'ai tout de suite accepté. Mais dès que je suis arrivée, elle m'a fait jurer de ne pas demander de docteur ni de sage-femme. À force de vivre dans la terreur, elle n'était plus vraiment dans son état normal. Je n'aurais pas dû promettre ni lui obéir. Elle ne serait pas morte si on l'avait hospitalisée.

— Sans doute qu'ils l'auraient sauvée, admit Aurélia, de nouveau terrassée par le chagrin.

— Gilles Desmarets avait décidé de divorcer pour elle et pour l'enfant qu'ils attendaient. C'était un homme d'honneur, il l'aurait fait, mais il avait prévu de partir très loin avec ma sœur et le bébé, soit en Nouvelle-Zélande soit en Amérique du Sud.

— Lui aussi, il avait peur !

— C'est bien pire encore, chuchota Maryla, le souffle court. Le sadique qui avait acheté Irina le menaçait. Ta mère, durant cette nuit interminable où elle se tordait de douleur, s'est confessée, je te l'ai dit. Une fois qu'elles avaient été violées par plusieurs clients, les malheureuses comme ta mère étaient contraintes de participer à un jeu épouvantable, une sorte de chasse où les filles devaient courir pour échapper à ces types. Elles n'avaient en réalité aucune chance, car des chiens étaient également lancés à leur poursuite. Elles ne devaient pas s'en sortir vivantes.

— Mon Dieu, quelle horreur ! gémit Aurélia.

— Gilles avait été invité à une de ces parties d'un drôle de genre, et c'est ce soir-là qu'il a reconnu la jolie coryphée de l'Opéra de Paris. Il n'a pas hésité un seul instant et il l'a sauvée. Mais celui qui menait ces affaires ignobles ne lui a jamais pardonné d'avoir emmené Irina... Gilles voulait le dénoncer à la police, mais il a dû renoncer.

— Comment a-t-il pu laisser continuer ces atrocités ?

— On le faisait chanter ! Il devait se taire, sinon son épouse et ses fils seraient exécutés. Crois-moi, Aurélia, ton père connaissait bien ce fou, cet assassin. Il m'a écrit quand tu avais un an, pour me demander pardon.

Les joues un peu roses, Maryla parlait très vite comme si elle redoutait de manquer de temps.

— Te demander pardon, mais pourquoi ?

— Je lui avais dit que je savais tout sur Irina, que ma sœur s'était confiée à moi. Seigneur ! Elle venait d'expirer dans ses bras et il sanglotait, le malheureux. Il a crié qu'il la vengerait ! Hélas, il n'a pas pu.

— Tu as toujours cette lettre ?

— Non, il m'avait demandé de la brûler. Et je l'ai fait.

— Qu'est-ce qu'elle contenait de si affreux ? Maryla, je t'en prie, respire un peu.

— Gilles Desmarets m'annonçait qu'on avait tué son fils de cinq ans, Thibault, le jour même où il comptait se rendre à la gendarmerie pour tout dévoiler. Il n'en pouvait plus, à cause des viols et des meurtres qui continuaient. Il écrivait que son silence sur l'unique coupable était sa très grande faute. Il faut le comprendre, il avait un autre garçon et puis ton frère, Jacques.

— Maryla, fais une pause de quelques minutes. À ton tour de m'écouter... Gilles Desmarets, mon père donc, est mort à quatre-vingts ans, en 2013. Si cet homme abominable était une de ses relations, il aurait lui aussi un âge respectable aujourd'hui. Pourtant les crimes n'ont pas cessé ! Encore cette année, deux jeunes femmes ont été enlevées. Un autre homme a pris la relève. Tu es certaine de ne pas connaître le nom de celui qui avait acheté ma mère ? Tous les enlèvements et les crimes ont eu lieu en Côte d'Or, il s'agissait peut-être d'un riche propriétaire ou d'un viticulteur ?

— Il faisait payer très cher les clients qui venaient se prêter à ces perversités, c'est tout ce que je sais. Gilles me l'avait écrit, oui… Cet homme amassait une fortune comme ça ! Qu'il soit mort ou encore vivant, son âme est perdue à jamais.

Épuisée, Maryla ferma les yeux. Aurélia lui prit le pouls et songea à appeler un médecin, mais sa tante se ranima.

— Ta maman t'aurait aimée très fort, ma petite, murmura-t-elle. Tu trouveras d'autres jolies photos d'elle dans le tiroir de l'armoire, sous le double-fond. Pardonne-moi, j'aurais dû te dire qui était ton père. Mais j'avais honte, une grande honte. On a abusé de moi aussi, notre beau-père, Arnold Novak. J'ai vécu avec ce fardeau.

— S'il te plaît, Maryla, j'ai encore des questions. Gilles Desmarets savait-il qui j'étais ? Quand j'ai ouvert mon cours de danse à Dijon, il a pu lire mon nom dans la presse… Catherine, la mère de Victoire, a dû lui dire qu'elle inscrivait sa fille chez moi… Et mon prénom, c'est maman ou lui ?

— Ta mère tenait à ce prénom d'Aurélia. Ma petite sœur, que je n'ai pas su protéger. Tiens-moi bien la main, je suis si fatiguée, tellement fatiguée. Je vais dormir un peu, après je prendrai du potage.

— D'accord, je ne te quitte pas, tu as beaucoup parlé, tu as le droit de te reposer.

Maryla eut un léger sourire, en fermant de nouveau les yeux, qui n'ouvriraient plus jamais. Une heure plus tard, elle s'éteignait, pareille à une fragile flamme sur laquelle aurait soufflé le vent du destin.

18

Se souvenir

Gendarmerie de Gevrey-Chambertin,
mercredi 14 novembre 2018

Karen Mathis et Louis Terrier venaient d'écouter pour la deuxième fois l'enregistrement que leur avait envoyé Aurélia Novak. Ils avaient été touchés, sans le montrer, par la voix faible de Maryla, cependant vibrante d'émotion.

— Il faut découvrir qui était cet homme, commandant, déclara la jeune femme d'un ton exalté.

— Facile à dire ! Je t'ai raconté les premières confidences que cette vieille dame a faites à Aurélia et à Victoire. Tu me feras une synthèse de toutes ces infos, je dois m'absenter quarante-huit heures.

— Maintenant, après la tentative d'enlèvement d'un bébé et le suicide de Rossi ? s'insurgea-t-elle.

— Je tiens à assister ma compagne qui va enterrer sa tante. Maryla Novak a servi de mère à Aurélia, et même si elle dissimule son chagrin, je veux être à ses côtés. J'ai l'aval du procureur, car j'en profiterai pour fouiller l'appartement.

— Je comprends, commandant ! Je travaillerai avec le brigadier Fort, on forme une bonne équipe.

— Tu pourras me joindre si nécessaire, Karen. Commence par chercher parmi les riches octogénaires de la région et du milieu viticole. Relève-moi tous leurs patronymes. Ce type était une des relations, amicales ou non, de Gilles Desmarets. Et à ce propos, tu iras aussi à Corcelles-les-Monts. Les clefs de la maison sont dans le premier tiroir du bureau, celui-ci à droite…

— Entendu, commandant. Et pour les clochers ? Audrey ne reconnaît aucune sonnerie, il nous reste encore quelques églises à visiter.

— Fais au mieux, j'ai mon train dans quarante-cinq minutes, je reviendrai avec Aurélia, qui a sa voiture à Strasbourg.

La lieutenante Mathis approuva de nouveau en se levant d'un mouvement souple, presque félin.

— Un dernier café avant le départ ? proposa-t-elle.

— Si tu veux, je ne peux rien avaler d'autre de toute façon, je suis trop stressé.

Elle fut vite de retour avec deux gobelets en carton qu'elle posa sur le bureau de son supérieur.

— Je ne vous retarderai pas, commandant, mais votre avis m'intéresse. Selon vous, dans quel but Emilio Rossi a-t-il tenté d'enlever la petite Maïa ?

— On peut tabler sur une autre demande de rançon. S'en prendre à un bébé aurait eu forcément plus d'impact que de détenir un jeune dévoyé, accro aux drogues et au sexe.

— Bastien Mongenot a quand même été mutilé, nota Karen. Et il est peut-être mort.

— Comment le savoir, bougonna Terrier en regardant l'heure sur la pendule murale. Il faudrait découvrir son corps pour ça, ce n'est pas le cas. Et toi, dis-moi ce que tu en déduis ?

— Je trouve la conduite de Rossi bizarre. J'ai l'intuition qu'il n'avait rien prémédité, et qu'il a reçu l'ordre peu de temps avant d'agir, d'où son manque d'organisation. Si l'on y réfléchit, il avait peu de chance de réussir.

— Je ne suis pas d'accord, Karen ! Il a échoué en raison d'un concours de circonstances, le fameux hasard ou le destin, au choix. Mongenot l'a vu fuir, Karl s'est aperçu de son départ et Nevers a franchi le portail au bon moment.

— Oui, pourtant on lui a dit d'enlever Maïa comme si c'était une mesure prise en urgence ! Quelque chose m'intrigue, que je suis incapable de déterminer.

— Il y a du vrai dans ton ressenti, alors continue à y réfléchir et à chercher la solution.

— Comptez sur moi. Allez-y, commandant, je vous ai retardé. Et transmettez mes condoléances à votre compagne.

— Je n'y manquerai pas. Fais du bon boulot pendant ce temps.

— Bien sûr, marmonna Karen en soupirant.

Restée seule, elle relut la déposition de Karl, puis celle de Jean-Charles Mongenot, en quête d'un indice la confortant dans sa théorie. Elle se levait pour rejoindre le brigadier Fort quand son téléphone sonna. C'était Victoire.

— Karen ? Bonjour, tu as une minute, je voudrais te soumettre une idée.

— Je t'écoute.

— Il s'agit de l'enregistrement où Maryla donne des précisions sur l'histoire de sa sœur Irina. Vous l'avez reçu vous aussi ?

— Ce matin, cependant j'ignorais que tu l'avais également.

— Aurélia me l'a envoyé, puisque ça concerne mon grand-père. Le commandant Terrier t'a appris nos liens de famille ?

— En effet. Tu devais être très surprise en apprenant que c'était ta tante.

— Surprise et ravie, admit Victoire. Je reviens à mon idée. Il faudrait interroger Maurice Desgranges, le retraité qui a provoqué sans le vouloir la mort de Romane, au mois de septembre. Je lui avais rendu visite dans sa chambre, au CHU, et il avait travaillé pour mon grand-père. Il se souvenait très bien de lui. Ce monsieur était tout jeune à l'époque, alors il pourrait avoir croisé cet homme, l'investigateur de tous ces crimes… J'étais prête à contacter Maurice Desgranges moi-même.

— Surtout pas, Victoire, protesta Karen. Laisse-nous faire notre métier et toi, ne sors pas du château, je t'en prie. J'irai aujourd'hui et je te remercie, c'est une bonne piste. Tu sais sans doute que le commandant Terrier est parti pour Strasbourg ?

— Oui, pour soutenir Aurélia. Sa tante sera incinérée après-demain, j'ai fait envoyer des fleurs. Au sujet de ta visite chez M. Desgranges, tu me tiendras au courant ?

— Tout dépendra du résultat. Tu es mêlée de très près à notre enquête, néanmoins le mot d'ordre est de ne plus te mettre en danger. Demain, je vais à Corcelles-les-Monts, chez ton grand-père, je préfère te le dire.

Victoire demeura silencieuse. Elle était partagée entre l'envie de retourner dans la maison où se terrait peut-être encore un secret, et le besoin de veiller sur sa fille, quitte à la surprotéger.

— Pour descendre au sous-sol, il faut ouvrir une trappe dans le coin cuisine, il y a un meuble et des caisses de vaisselle qui gênent, précisa-t-elle à Karen.

— Merci pour le renseignement, ceci dit, j'ai l'habitude de ce genre d'investigation. Je te laisse, Victoire.

— Au revoir.

Victoire jeta un coup d'œil furibond à son téléphone, agacée par les intonations vaguement hautaines de Karen.

— Quelle peste, chuchota-t-elle en caressant Coppélia, couchée en boule sur ses genoux.

— Qui donc ? s'enquit Anna, en justaucorps rose et collants blancs.

— La lieutenante Mathis ! On dirait qu'elle se prend pour le commandant Terrier.

Elles étaient dans un angle de la salle de danse, où la veille, une vaillante équipe avait installé un semblant de chambre. Le lit était placé près d'une fenêtre ronde qui avait vue sur le parc, à l'abri du grand paravent qui servait déjà dans la bibliothèque. Une table ronde, trois chaises Louis XV, ainsi qu'une commode avaient été transportées là par Karl et Arthur.

Quant à Emmanuel et Anna, ils avaient monté la garde-robe de la jeune femme et les affaires du bébé, dont la table à langer.

— Je suis au paradis, ici ! s'extasia Victoire. Je peux écouter de la musique, et danser dès que j'en ai envie.

— Oui, mais Audrey va arriver et nous ne serons plus toutes les deux, fit remarquer Anna. Tu n'as pas fini de me raconter ton expédition à Strasbourg.

— Tu sais l'essentiel, notre chère professeure de danse était la sœur jumelle de papa, donc ma tante. Et je t'ai montré les photos d'Irina, la coryphée, ma véritable grand-mère. Dis-moi, Anna, tu ne serais pas un peu jalouse d'Audrey ?

— Ce serait mesquin et très bas de ma part, après ce qu'elle a vécu, se défendit son amie d'un ton indigné. Ta mère devait beaucoup l'apprécier, pour l'accueillir au château. Vicky, on se voit de moins en moins, et ça me rend triste. Je suis accaparée par Corentin, mes études, mes parents, et en plus tu avais disparu je ne sais où… Même le samedi où tu nous avais invités à dîner, mon fiancé et moi, tu m'as à peine adressé la parole.

— J'apprécie Audrey, qui est une personne très humaine et chaleureuse, mais toi, tu es comme ma sœur, Anna. Nous allons nous échauffer toutes les trois, ensuite nous improviserons sur un passage de *L'Oiseau de feu*, « La ronde des princesses ».

— Toujours Stravinsky !

— Oui, admets que c'est bien choisi. Tu verras, Audrey a un don naturel. Elle est très gracieuse, souple, et surtout, quand elle danse, on la dirait transfigurée, tellement cela la rend heureuse. C'était son rêve de fillette, je ne peux pas la priver de cette joie.

Anna acquiesça tout bas, la mine songeuse, sans oser avouer ce qui la tourmentait vraiment.

— Toi et moi nous serons très souvent ensemble quand nous aurons ouvert notre cours de danse, ajouta Victoire. Ce projet me paraît merveilleux. Tu as reçu le mail où je t'en parlais ?

— Je t'ai même répondu, Vicky, seulement il faut attendre que ces gens qui s'en prennent à ta famille soient arrêtés. On ne peut pas recevoir des élèves dans cette atmosphère d'insécurité permanente.

— Évidemment, mais j'ai le droit de rêver, Anna. Que fait Audrey ? Maïa devrait dormir encore une heure, il faudrait en profiter.

Toutes deux regardèrent en direction de la bercelonnette drapée de tulle blanc.

— Ta fille est adorable, Vicky, murmura son amie. Et zut à la fin, je ferais mieux d'être franche. Corentin souhaite m'épouser et partir vivre au Brésil avec moi. Il a du mal à vendre la propriété de ses parents adoptifs, mais dès que ce sera fait, il voudrait que nous allions habiter làbas. J'en ai très envie, d'abord parce que je l'aime et que je refuse d'être séparée de lui, ensuite ce pays m'a toujours attirée.

— En conclusion, tu ne participeras pas à notre projet, celui dont nous avons tant discuté, en s'imaginant dans le rôle des professeures, déclara Victoire.

— Je suis désolée, crois-moi. Tu auras Audrey…

— Elle mettra des années à atteindre ton niveau. Et ce n'est pas pareil. J'aurais dû m'en douter, mais je croyais naïvement que vous resteriez ici, en Bourgogne.

On frappa à la porte. Anna se leva pour ouvrir, après avoir tourné le verrou et demandé l'identité de la personne, afin de respecter les nouvelles consignes. Elle se trouva nez à nez avec Catherine.

— Maman ? s'étonna Victoire. Que se passe-t-il ?

— Je n'ai aucun signe de Jean-Charles et j'en deviens folle, ma chérie, répondit celle-ci. Hier soir il m'a faussé compagnie en ayant menti à Karl, car je n'étais pas au courant de son départ.

— Tu me l'as dit et redit, maman, soupira la jeune femme.

— Eh bien, je recommence ! J'ai téléphoné au manoir, je suis encore tombée sur cette harpie de Nadine ! Selon elle, Jean-Charles ne s'est pas présenté là-bas, ni hier soir, ni aujourd'hui. Mais elle mentait, j'en ai la conviction. Et j'ai laissé en vain des messages à Jean-Charles. Il ne me donne aucune explication, alors qu'il est déjà 15 heures.

Sur cette dernière précision, Catherine fit les cent pas le long du miroir de la salle de danse.

— J'ai établi un scénario possible, ma chérie, poursuivit-elle. Jean-Charles aurait caché à tout le monde, même aux gendarmes, qu'il était en relation avec ceux qui ont mutilé Bastien. Il va céder à leurs exigences, j'en suis sûre. Si par miracle, il revenait avec son fils, je pourrais respirer, mais là j'ai une boule d'angoisse dans la poitrine.

Alarmée à son tour, Victoire chercha comment réconforter sa mère, mais elle se sentait à bout d'arguments depuis la veille.

— Sois patiente, maman, c'est un homme en acier, tu me l'as assez répété. Il doit avoir de bonnes raisons d'agir ainsi.

— Vicky, Jean-Charles n'est plus en acier ! La mort de Florian l'a gravement ébranlé, même s'il ne le montre pas. Je le connais mieux que personne, là, il est à bout de forces. Ils vont le tuer, comme ils ont tué Jacques. Mon Dieu, je n'en peux plus.

— Courage, maman ! Sais-tu où est Audrey ? Nous l'attendons pour son cours de danse.

— Tant pis, faisons autre chose, suggéra Anna. Ce n'est guère approprié, n'est-ce pas, madame ?

— Tu es gentille, mais ne changez rien à cause de moi, de mon chagrin ! Vicky, tu pourrais avoir un peu de compassion ! s'insurgea Catherine. Jean-Charles a disparu ! Je vais prévenir le commandant Terrier, lui au moins il prendra cela au sérieux.

— Il s'est absenté, appelle Karen, elle saura quoi faire, suggéra Victoire.

Catherine sortit en marmonnant un « oui » affolé. Elle claqua la porte qu'Anna referma à double tour.

— C'est un peu exagéré, nota-t-elle. Le château est bien surveillé, toutes les issues verrouillées. Je conçois à quel point ce qui est arrivé avant-hier t'a marquée et effrayée, mais tu ne risques plus rien.

— Ah oui ? La preuve, Jean-Charles s'est volatilisé. Anna, ils ont envoyé le doigt de Bastien dans un colis ! Emilio Rossi nous espionnait et vraiment, il était insoupçonnable. Je préfère te sembler ridicule, si c'est la condition pour protéger Maïa.

— Tu ne seras jamais ridicule à mes yeux, Vicky, mais tu réagis de façon excessive. Est-ce bien prudent de parcourir plusieurs fois par jour les trois étages, avec ton bébé dans tes bras ? Tu comptes prendre tes repas au rez-de-chaussée, ou vas-tu exiger qu'on te les monte jusqu'ici ?

— Tu m'agaces, je n'y ai pas pensé, j'aviserai.

Anna se pencha sur elle et la cajola quelques minutes.

— Je t'en prie, ne sois pas fâchée contre moi. Corentin est mon homme idéal. Je te dirai une autre banalité, je comprends enfin l'expression « je le suivrai au bout du monde ». À présent, si j'allais voir ce que fait Audrey ? Elle a vraiment du retard.

— Je veux bien, merci. Et excuse-moi, Anna, je suis sous tension, avec l'obsession de démasquer enfin le coupable, car j'ai la certitude qu'il dirige tous les autres. Emilio Rossi aurait sûrement été exécuté pour avoir failli à sa mission, alors il a choisi de se supprimer. Cet homme n'est qu'un tyran, un dictateur sans pitié.

On toqua de nouveau à la porte, des petits coups discrets, ce qui annonçait Audrey. En jean et pull à col roulé, elle avait retenu ses cheveux en arrière grâce au bandeau en velours vert que lui avait donné Victoire et qu'elle considérait désormais comme son talisman.

— Je suis désolée, je m'étais endormie après le déjeuner, expliqua-t-elle. Je n'ai pas l'habitude de manger aussi bien.

— Fais attention, une danseuse doit être mince, lui dit Anna. Va vite enfiler ta tenue.

— Ta silhouette est parfaite, ne te prive pas, Audrey, rectifia Victoire.

— Oh j'oubliais, mademoiselle, votre mère veut que je vous prévienne, M. Mongenot vient de lui téléphoner. Il sera là pour dîner. Une angoisse de moins ! Madame Catherine avait si peur.

Audrey s'éclaira d'un doux sourire et courut vers l'angle de la salle où étaient rangés les costumes.

— Je prépare la sono, indiqua Anna. En avant pour « La ronde des princesses », de Stravinsky.

Victoire abandonna le refuge de son lit, où s'entassaient des coussins bariolés. Elle s'étira, son corps ravissant tout vêtu de blanc, du justaucorps aux collants. Un jupon en mousseline bleu ciel tenait lieu de tutu.

Elle s'élança d'un pas aérien vers la barre et enchaîna les exercices d'échauffement, bientôt imitée par son amie qui s'était mise en noir. Le contraste les amusa et elles échangèrent un clin d'œil complice. Audrey les rejoignit d'un air gêné, dans sa tenue rose fuchsia, intimidée par la présence d'Anna, une danseuse chevronnée.

— Tu as deux professeures, ainsi tu progresseras plus vite, plaisanta celle-ci.

Au bout d'une heure, Maïa se réveilla en gazouillant, mais comme son bébé ne pleurait pas, Victoire s'accorda une série d'entrechats et deux arabesques. Admirative, Audrey ne fit plus un mouvement, pour mieux la contempler.

— Tu es fantastique, s'émerveilla Anna en applaudissant. On dirait que tu n'as jamais cessé de danser. Vicky, tu n'es plus la ballerine de l'ombre, tu dois retourner sur scène, dans la lumière...

Châtillon, même jour, une heure plus tard

Karen avait annoncé sa visite à Maurice Desgranges. Escortée par le brigadier Fort, elle découvrit une petite maison entourée de trois grands jardins potagers, au milieu desquels se dressait un cabanon peint en vert. Ils furent reçus par son épouse, qui semblait inquiète de voir deux gendarmes en uniforme dans sa cuisine. Elle leur fit signe de la suivre, après avoir marmonné un « bonjour » peu amène.

— Mon mari vous attend dans la salle à manger, lâcha-t-elle. C'est par là ! Il souffre encore de sa blessure à l'épaule, alors il a dû abandonner le maraîchage. Bah, en cette saison, il n'y a plus grand-chose à récolter.

— Nous avons juste des renseignements à lui demander, madame, répondit le brigadier.

Le retraité était assis dans un fauteuil, près de la fenêtre. Il les salua sans faire l'effort de se lever. Le teint grisâtre, la bouche pincée, il portait une attelle au bras gauche.

— J'ai été surpris que vous veniez me voir, déclara-t-il tout de suite. Nicole, prépare donc du café !

Sa femme tourna les talons en hochant la tête. Karen s'installa en face de lui, sur une chaise, mais son collègue resta debout.

— Monsieur Desgranges, vous n'avez rien à craindre, comme je l'ai dit à votre épouse, mais vous seriez peut-être à même de nous aider. Lors de votre hospitalisation, en septembre, Victoire Desmarets vous a rendu visite dans votre chambre. Vous vous en souvenez ?

— Ma foi oui… Elle était bien gentille. Je la revois avec son bébé, elle s'était déplacée en fauteuil roulant.

— Ce jour-là, vous lui avez confié avoir travaillé dans votre jeunesse pour son grand-père, Gilles Desmarets. C'est cette période de votre vie qui m'intéresse.

— D'accord ! Alors je n'aurai pas d'ennuis, à cause de la petite jeune fille, Romane ?

— À part la suspension de votre permis de conduire pour une durée indéterminée car vous téléphoniez au volant, je pense que la justice ne vous accablera pas.

— Si je dois purger une peine, je le ferai. Pensez donc, ça me hante toujours, cet accident. Le docteur me fait prendre des calmants, sinon j'ai du mal à dormir.

Maurice Desgranges en tremblait d'émotion. Sa femme apporta du café et sortit des tasses et un sucrier d'un placard.

— Merci, madame, murmura le brigadier Fort.

Toujours taciturne, elle repartit dans la cuisine en jetant des coups d'œil soucieux sur son mari en train de sécher ses larmes.

— Monsieur Desgranges, si vous pouviez nous parler de l'époque où vous étiez employé au domaine Desmarets ? insista Karen d'un ton net.

— Ah oui, c'est vrai, balbutia-t-il. J'avais dix-sept ans, donc ça date d'une cinquantaine d'années. J'étais le plus souvent dans les vignes, bien sûr. La nuit, avec un autre ouvrier agricole, on nous logeait dans une fermette, pas loin du château. J'ai fait six mois, deux ans de suite. Ensuite, il y a eu le service militaire. Mais qu'est-ce que vous voulez savoir au juste ?

— Quels gens fréquentait Gilles Desmarets ? Vous deviez croiser beaucoup de monde pendant les vendanges.

— Pardi, bien sûr qu'il y avait de la main-d'œuvre, des jeunes du pays, comme moi. Les notables, on ne les voyait pas de près.

Karen s'efforçait d'être patiente, confrontée à cet homme usé par une vie de dur labeur et rongé par la culpabilité.

— Monsieur Desmarets n'était pas fier, ça, je m'en souviens. Seulement il paraissait soucieux, je dirais même nerveux à ses heures. Surtout en 1968, la dernière fois que j'ai travaillé pour lui.

— En 1968, vous êtes sûr ?

L'esprit de Karen s'emballa, puisque c'était l'année où Irina Novak avait mis au monde des jumeaux, au mois de novembre. Elle imagina sans peine l'état d'anxiété du riche viticulteur, qui ne pouvait guère se consacrer à sa jeune maîtresse enceinte.

— J'en suis certain, décréta Maurice Desgranges. On en causait dans les vignes. Il avait changé, ça oui.

— Faites un effort, Gilles Desmarets recevait bien des amis ou des confrères ? Le milieu viticole s'y prête.

Le retraité se frotta le menton, qui était hérissé d'un début de barbe poivre et sel.

— Peut-être que j'ai aperçu de temps en temps Édouard Mongenot, et le vieux Colombet, pas Gérard, le fils, qui avait mon âge, non son père. Ils sont tous morts depuis belle lurette !

L'expression familière fit sourire le brigadier, qui laissait la lieutenante Mathis menait l'interrogatoire.

— Édouard Mongenot était le père de Jean-Charles, son fils unique qui est devenu à son tour un des hommes les plus fortunés de la région, précisa Karen.

— Eh oui, c'étaient tous des gens riches. Ils vendaient leurs vins très cher, à une clientèle étrangère souvent. Je suis désolé, je ne peux rien dire de plus, on ne s'approchait pas du château, et même les soirs de banquet, pour fêter la fin des vendanges, on était à une table différente.

— Cherchez bien, monsieur Desgranges, il n'y a pas d'autres noms qui vous reviennent ?

Après un long silence, le retraité cita deux noms de viticulteurs dont les domaines avaient toujours une renommée d'excellence.

— Je me souviens de M. Millerot et d'un certain Pierre Trivien. Chez ces familles-là, les enfants reprennent le flambeau, comme on dit, ajouta-t-il avec un brin d'envie dans la voix. Quand ils sont morts, la relève est assurée, hein, comme pour les Mongenot. Je crois comprendre que vous enquêtez de ce côté-là…

— Je ne peux rien vous dire, monsieur, trancha Karen.

— Bah, ils ont des grosses fortunes, mais ça n'empêche pas qu'il leur arrive malheur, pareil pour nous ! Pauvres ou riches, on n'est pas de taille contre le chagrin et la mort.

— Assurément, commenta enfin le brigadier Fort.

Les deux gendarmes prirent congé, après avoir bu d'un trait leur tasse d'un café tiède et amer.

Château Desmarets, même jour, en fin d'après-midi

Anna venait de partir et Audrey était retournée dans sa chambre. Allongée sur son lit, Maïa endormie à ses côtés, Victoire écoutait la musique de *Giselle*, un de ses ballets préférés.

Le ciel s'assombrissait derrière la fenêtre ronde et le vent agitait la cime des arbres du parc.

— Emmanuel, viens, tu es en retard, murmura-t-elle. Je ne me suis pas changée pour te montrer mes progrès.

Toujours en tenue de danse, l'attente lui devenait insupportable. Son installation sous les combles l'isolait du reste du château, ce qui n'était pas le cas dans la bibliothèque, d'où elle entendait l'écho des conversations et l'arrivée des visiteurs, dès qu'ils entraient dans le salon. Pourtant elle se sentait en sécurité au dernier étage, loin de tout, et c'était le lieu idéal pour recevoir Emmanuel.

« Je voudrais l'embrasser encore, s'avoua-t-elle. Notre baiser m'a laissé une impression étrange de tendresse, de douceur. C'était une communion… »

Victoire se souvenait très bien des baisers de Florian, d'une ardeur virile et parfois impérieuse. Ils éveillaient son désir en l'alanguissant et la rendant faible face à ses exigences d'homme.

Deux coups à la porte de la salle la firent se lever d'un bond.

— C'est moi, Vicky, Emmanuel.

Elle lui ouvrit aussitôt, follement heureuse de le revoir après une séparation de vingt-quatre heures à peine. Cette fois, il avait mis la minerve recommandée par le médecin.

— Je te ramène Coppélia, dit-il. Cette demoiselle était sur le perron, Karl ignore comment elle a pu sortir.

Il posa la chatte siamoise sur le parquet. Tout de suite l'animal courut se coucher à sa place favorite, au bout du lit de Victoire.

— Bonsoir, dit-elle en le prenant par le bras. Entre, je referme à clef.

Emmanuel lui parut distant, si bien qu'elle n'osa pas l'enlacer comme elle l'avait imaginé.

— Jean-Charles Mongenot vient d'arriver. Ta mère et lui sont dans le salon avec Karen, précisa-t-il. Ils voudraient que tu descendes, Vicky.

— Mais pourquoi ?

— Je n'en sais rien. Tu devrais te changer, même si tu es ravissante tout en blanc, avec ce léger jupon. Il doit voleter autour de toi quand tu danses...

Déçue et agacée, Victoire hésita un instant, puis elle se blottit contre lui. Il l'étreignit, sans lui donner le baiser tant espéré.

— Qu'est-ce que tu as ? s'inquiéta-t-elle. On ne s'embrasse pas ce soir, même pas sur les joues.

— Je t'en parlerai plus tard, Vicky. Ce n'est pas vraiment grave, et je te le répète, on t'attend dans le salon.

— Dis-le-moi maintenant, s'il te plaît, ils patienteront.

— Vicky, il y a eu ce baiser, hier. Tu avais fait le premier pas, et je n'ai pas pu résister, parce que je t'aime. Voilà, je ne peux plus te mentir ni jouer au grand frère. Mais je ne voulais pas t'imposer mes sentiments ni t'apitoyer. Nous nous sommes rapprochés dernièrement, et c'était un bonheur inespéré pour moi. Cependant tu as perdu le père de ton enfant il y a moins d'un an. Tu aimais Florian, tu étais fiancée et prête à te marier. J'ai beaucoup souffert à cette époque, j'étais jaloux, furieux. De quel droit, je me le demande encore.

— Si tu m'aimais, c'était naturel, hasarda-t-elle.

— Sans doute… Hélas, Vicky, il faut être deux pour construire une relation sereine et stable. Je mets tes élans de tendresse envers moi sur le compte de ta solitude affective, de ta détresse aussi, car la vie t'a malmenée et cela continue. Je serai ton éternel ami, sur ce point, tu n'as rien à craindre.

Mal à l'aise, Victoire s'écarta de lui, pour analyser ce sage discours qu'il avait prononcé.

— Je suis certain qu'un jour, tu tomberas de nouveau très amoureuse d'un homme. Il te fera oublier Florian et deviendra un père pour Maïa, ajouta Emmanuel, torturé par ses propres paroles. Bien sûr, nous pourrions être ensemble quelques mois, échanger des baisers et même faire l'amour… Mais je serais encore plus malheureux par la suite. J'aurais atteint mon rêve et y renoncer serait trop douloureux.

Muette de réprobation, Victoire s'éloigna de son pas aérien. Elle disparut derrière le paravent où elle ôta sa tenue de danse avec des gestes vifs, trahissant sa nervosité. Vite, elle enfila une robe en lainage bleu, sur des collants de même teinte.

— Quelle idiote je suis, chuchota-t-elle en dénouant son chignon. Et lui aussi c'est un idiot !

La mine boudeuse, elle revint vers Emmanuel, qui admira les ondulations soyeuses de sa longue chevelure brune. Elle lui lança un regard embué de larmes.

— Tu compliques tout, même ce qui est très simple ! s'indigna-t-elle d'un ton exalté.

— Vicky, ne sois pas en colère, ou alors sois honnête. Tu m'as toujours considéré comme un frère, rien d'autre.

— Une situation peut évoluer, insinua-t-elle. Notre baiser d'hier signifiait beaucoup pour moi.

— En es-tu sûre ? Tu avais besoin de réconfort après le choc épouvantable que tu as subi. On avait essayé de te prendre ta fille, qui est devenue ta raison de vivre.

On frappa énergiquement à la porte, ce qui réveilla Maïa.

— Vicky, dépêche-toi ! cria Arthur. La lieutenante Mathis est pressée.

— Dis-lui que j'arrive.

— D'accord, je redescends, répliqua son cousin.

Emmanuel proposa à Victoire de garder son bébé, dans l'espoir de poursuivre leur discussion lorsqu'elle remonterait.

— Si ça ne t'ennuie pas de veiller sur l'enfant de Florian, lui assena-t-elle.

— Ne dis pas de sottises, Vicky !

— Chacun son tour, riposta-t-elle, des sanglots dans la voix. Si Maïa pleure, promène-la dans tes bras. Ah oui, elle adore se regarder dans le miroir. Je fais au plus vite…

Quand Victoire entra enfin dans le salon, elle vit sa mère assise près de Jean-Charles, qui la tenait par les épaules. Le couple occupait une partie du canapé en cuir beige, mais Karen était debout, postée à côté de la cheminée.

— Tu en as mis du temps, lui reprocha Catherine. La lieutenante Mathis doit repartir sans tarder.

— Excusez-moi, j'ignorais qu'il y avait une urgence, déclara-t-elle en saluant Karen.

— Jean-Charles Mongenot m'a priée de venir au plus vite, car il avait une information importante, annonça celle-ci. Mais tu devais être présente, Victoire, vu la situation actuelle. Aussi j'aurais apprécié que tu ne me fasses pas attendre. Enfin, tu es là… Nous vous écoutons, monsieur !

— Je suis allé chez moi, hier, afin d'interroger Nadine, cette fidèle gouvernante en qui j'avais toute confiance, bien à tort. En m'appuyant sur les soupçons du commandant Terrier et ceux de Catherine, je m'étais promis de lui faire avouer ce qu'elle savait. Je préfère taire les méthodes dont j'ai usé, car elles ne sont guère légales. Cependant je n'ai pas fait usage de la violence, je tiens à le dire. Ma démarche a payé, j'ai eu des résultats déroutants, qui je l'espère pourront aider l'enquête à se dénouer.

Le viticulteur se tut un court instant, la bouche sèche. À son expression tourmentée, Victoire devina qu'il était bouleversé.

— Je veux expliquer quelque chose. Nadine, en comprenant que j'allais la menacer si elle ne parlait pas, s'est précipitée vers la cheminée de notre salon, une attitude pour le moins bizarre. Avec une rapidité inouïe, elle a sorti un téléphone portable de petit format d'une poche de son gilet et elle l'a jeté dans le feu. Je n'ai pas pu récupérer l'appareil, les flammes étaient trop puissantes.

— De toute évidence, elle l'a détruit car il aurait pu nous fournir des preuves de son rôle dans l'organisation, enragea Karen.

— J'étais furieux, reprit Mongenot. Je l'ai emmenée jusqu'à mon bureau et je me suis enfermé à clef avec elle. Prise au piège, Nadine s'est métamorphosée. J'avais devant moi une incarnation de la haine à l'état pur. Certain qu'elle savait où était retenu Bastien, je l'ai sommé de me le dire. J'ai su ainsi que ce garçon n'avait aucun lien de parenté avec moi ! D'où mon appel afin que vous veniez ici, lieutenante Mathis. Vous possédez les analyses ADN de… de mon fils, je vais vous fournir un prélèvement de ma salive ou de mes cheveux. Je dois savoir la vérité sur Bastien. J'étais abasourdi, et j'ai pensé qu'elle me débitait une histoire par cruauté, par esprit de vengeance.

Sidérée, Karen dut s'asseoir et prendre le temps d'assimiler la nouvelle. Victoire, également stupéfaite, considéra Jean-Charles avec une réelle compassion.

— Que s'est-il passé ensuite ? demanda Catherine, tout aussi médusée.

— Nadine a nié farouchement toute implication dans cette clique de criminels. Elle a clamé son innocence, en affirmant néanmoins que Bastien, s'il était bien l'enfant de mon épouse Frédérique, avait un autre père, le véritable géniteur de ce jeune crétin. Mais j'ai élevé cet enfant, je l'ai porté à mon cou lorsqu'il était un bébé ! Comment cesserais-je de l'aimer du jour au lendemain ?

— Est-ce qu'elle vous a donné un nom ? s'enquit Karen.

— Non, ce serait trop facile, marmonna Jean-Charles. Oh, j'ai insisté, j'ai exigé l'identité de cet homme. Elle a juste avoué qu'il s'agissait d'un viol. Frédérique, ma douce Frédérique, a été abusée sous mon propre toit peut-être, et Bastien serait né de cet acte ignoble. Si j'en crois Nadine, mon épouse s'était confiée à elle, en la suppliant de garder le secret.

Révoltée, Karen se leva. D'un geste instinctif, elle tapota son arme de service.

— Monsieur Mongenot, le brigadier Fort m'attend dans le break. Nous allons nous rendre chez vous dès que possible afin d'appréhender Nadine Meigneux pour dissimulation de preuves et faux témoignage, si j'ai le feu vert du procureur. Il fallait nous avertir bien avant ! Cette femme a déjà dû disparaître à son tour…

— Pas du tout ! Nadine n'a aucune intention de quitter le manoir. Elle tient à son travail, et moi j'ai eu soin de ne pas la congédier.

— Une minute, Jean-Charles ! s'écria Catherine. Si tu as obligé cette harpie à te parler hier soir, pourquoi rentres-tu si tard ? Qu'est-ce que tu as fait toute la journée ?

— J'en ai profité pour mettre des dossiers en ordre et m'entretenir avec mon maître de chai. Ensuite je suis allé discuter avec Armand. Mon jardinier, en tant qu'amant de Nadine, pouvait savoir quelque chose. Il a été aussi surpris que moi.

— Monsieur, vous êtes persuadé que Nadine ne s'est pas enfuie ? demanda la lieutenante d'un ton sec.

— Allez vérifier, cette femme s'estime innocente et par conséquent, elle s'accroche à sa place de gouvernante. Vous aurez du mal à l'arrêter ou à obtenir une garde à vue. Il n'y a rien contre elle de tangible, hormis ce qu'elle prétend savoir au sujet de ma défunte épouse. Et ce n'est pas un motif sur le plan de la justice.

— Je vais en référer au commandant, il me conseillera sur la conduite à tenir. Un détail m'intrigue. Apparemment Nadine est la seule personne au courant pour le viol de votre épouse et pour Bastien. Cela pourrait prouver qu'elle est en relation avec ceux qui l'ont mutilé dans le but de vous ruiner, si vous cédiez à leur chantage.

— En effet, je n'y avais pas songé, concéda Jean-Charles. Lieutenante, je n'ai plus rien à ajouter et je souffre d'une forte migraine. Faites ce qui vous semble judicieux, et merci d'être venue aussi vite.

Karen s'en alla immédiatement après avoir prélevé de la salive avec le matériel adéquat. Victoire jugea alors préférable de laisser sa mère seule avec Jean-Charles.

— Je suis sincèrement désolée, lui dit-elle. Mais Nadine a pu mentir, pour mieux vous accabler.

— Je te remercie, hélas je crois qu'elle disait la vérité. Les analyses nous renseigneront. Retourne auprès de ton bébé, ma chère enfant. Maïa m'est très précieuse, puisqu'elle devient mon unique héritière.

— Bien sûr, je remonte la voir, elle doit avoir faim. Je l'ai confiée à son futur parrain.

— Emmanuel, n'est-ce pas ? C'est un très bon choix. Les hommes de valeur se font rares, Victoire…

19

Bastien Mongenot

Château Desmarets, mercredi 14 novembre 2018,
même jour, même heure

Lorsqu'elle fut de retour dans la salle de danse, Victoire découvrit Emmanuel qui promenait le bébé dans ses bras, le long du miroir mural. Les gazouillis de sa fille lui parvenaient et elle eut un sourire attendri devant ce spectacle. L'ayant vue entrer, le jeune homme s'avança vers elle.

— Est-ce que Maïa a pleuré ?

— Non, elle s'est réveillée de très bonne humeur. Vicky, je suis navré. J'ai réfléchi et ce que je t'ai dit tout à l'heure était un peu dénué de sens. Enfin, je ne le pensais pas vraiment.

— Je n'aurais pas dû me mettre en colère, mais j'ai hérité ce trait de caractère de ma mère. Je réagis beaucoup trop vite si je suis contrariée.

— C'était ma faute, Vicky !

— Non, j'ai eu tort, répliqua-t-elle.

Ils éclatèrent de rire, se moquant d'eux-mêmes, à nouveau complices et enchantés de l'être. Victoire prit Maïa et déposa un baiser sur son front.

— Ce petit ange doit vivre dans l'harmonie, murmura-t-elle. Je crois qu'ici, tout est paisible. J'ai vite quitté le salon, où l'ambiance était pesante. En fait, Karen était là parce que Jean-Charles voulait lui apprendre une chose étonnante. Il tenait à la présence de maman et à la mienne.

— Pourquoi ?

— Sans doute pour éviter de devoir nous l'annoncer un peu plus tard. C'était terrible pour lui d'en parler, il me faisait beaucoup de peine. Bastien ne serait pas son fils, d'après la gouvernante du manoir. Il serait né d'un viol, dont sa mère Frédérique a gardé le secret. Seule cette femme, Nadine, était au courant. Si tu avais entendu Jean-Charles expliquer qu'il ne pouvait pas cesser d'aimer Bastien, qu'il a choyé bébé, qu'il a vu grandir. Affronter une telle révélation dévasterait n'importe qui.

— En effet, il y a de quoi être touché en plein cœur, admit-il.

— Mais cela prouve aussi qu'un homme est capable d'élever un enfant, même si ce n'est pas le sien. J'exagère un peu, car, durant des années, Jean-Charles pensait que Bastien était son fils. S'il avait su bien plus tôt la vérité, je me demande ce qu'il aurait fait, notamment en connaissant son tempérament orgueilleux et son intransigeance.

Emmanuel caressa la joue de Maïa, qui lui fit un sourire en coin, ses prunelles bleues pétillantes d'une innocente gaîté.

— Vicky, oublie mes propos stupides ! Si tu m'aimais autant que je t'aime, je serais fier d'être un père de substitution pour ce bout de chou.

— Comment peut-on mesurer l'amour ? répondit-elle. J'ignore la profondeur de tes sentiments, et toi tu ne sais rien des miens. Ceci dit, depuis plusieurs jours, tu me manques dès que tu n'es pas à mes côtés et quand tu es près de moi, je suis heureuse. En plus, j'ai souvent envie de te câliner, de me réfugier entre tes bras. Tu me donnes tant, Emmanuel, sans oublier que tu m'as déjà sauvé la vie deux fois et que, grâce à toi, Maïa est là, elle n'a pas disparu.

Victoire alla s'asseoir au bord de son lit, son bébé niché contre sa poitrine.

— C'est peut-être le problème, soupira le jeune ingénieur en les contemplant. J'ai mis sur le compte de la gratitude tes gestes de tendresse, tes élans vers moi et même notre baiser d'hier. Depuis des années, je suis celui qui a promis de t'aider à guérir, qui t'a soutenue et encouragée. Je t'ai tellement respectée, pour mieux te prouver mon amitié… Mais toi tu adorais Florian.

Le cœur serré, elle différa sa réponse, soucieuse de préserver la mémoire du père de Maïa. Afin de se donner une contenance, elle coucha le bébé au milieu des coussins et lui ôta sa gigoteuse en laine blanche.

— Voilà, mon ange, tu es mieux ainsi, n'est-ce pas ?

— Elle est déjà vigoureuse, nota Emmanuel.

— Oui, sa courbe de poids est impeccable. J'ai bientôt rendez-vous chez la pédiatre, à la maternité du CHU de Dijon. Tu pourras m'emmener ?

— Avec joie, Vicky. Je suis à ton entière disposition.

— Emmanuel, le décès brutal de Florian a été une épouvantable épreuve. Anna est la seule à le savoir, mais j'avais prévu de mourir après avoir mis au monde mon enfant. Je me disais que maman et Jean-Charles s'en occuperaient comme s'ils étaient ses parents. Ma décision venait d'une période de dépression, de révolte et de désespoir. Je n'avais plus l'énergie de me battre contre nos ennemis invisibles. Je n'en pouvais plus d'avoir peur, de pleurer papa et aussi Florian. Il était tellement content d'avoir un bébé, pourtant la veille de sa mort, nous avions eu une grave querelle. Je souhaitais rompre car je ne l'aimais pas assez et surtout il me tenait prisonnière de sa passion. Je souffrais trop de sa jalousie, de ses exigences. Alors, bien sûr, à sa mort, je me suis sentie coupable, comme si je l'avais tué… Et puis tout a changé, j'ai chéri mon enfant avant même sa naissance et je l'adore depuis.

Elle se tut un instant, fascinée par les gesticulations de Maïa sur la couette rose. Soudain le bébé poussa un cri aigu, suivi d'un léger rire en grelots.

— Jean-Charles l'a désignée comme son unique héritière, dit tout bas Victoire. Sais-tu qu'il t'apprécie beaucoup ?

— Naturellement, j'ai contribué à sauver sa petite-fille ! J'ai gagné de surcroît les bonnes grâces de ta mère qui me traite avec affection, désormais.

— C'est l'avantage des héros, répliqua-t-elle. Emmanuel, si j'ai provoqué ce baiser, hier, ce n'était pas du tout par gratitude. Je le désirais, et en fait il m'obsède. J'y pensais en t'attendant, j'ai eu l'impression d'une merveilleuse communion…

— Moi aussi, Vicky. Il faudrait peut-être essayer encore ?

Soudain libéré de ses appréhensions, Emmanuel l'enlaça avec délicatesse. Il se pencha et chercha ses lèvres, dont il éprouva le satin doux et tiède.

Plus il l'embrassait, plus elle ressentait une émotion infinie, comme la veille, qui aurait pu la faire pleurer d'un bonheur indescriptible. Il l'entraînait dans un univers lumineux, où leurs âmes et leurs cœurs s'exaltaient, sans l'aiguillon troublant du désir.

Lorsque leurs bouches se séparèrent, ils demeurèrent serrés l'un contre l'autre, éblouis par la prescience d'être destinés à s'aimer, dans un avenir tout proche. Les mots se seraient révélés inutiles et vains, pour décrire ce qui les unissait dorénavant.

Un petit cri inquiet de Maïa mit fin à leur chaste étreinte. Victoire dut s'éloigner d'Emmanuel.

— Cette fois, ma fille est affamée, dit-elle en riant tout bas.

— Je vais m'en aller, tu seras plus tranquille pour la nourrir. Vicky, je reviendrai demain matin. Maman voudrait t'inviter à déjeuner. Si tu es d'accord, je serai là vers 11 heures.

— Oh oui, je suis toujours contente de passer du temps chez Janine et ton oncle Jean. J'habillerai Maïa avec une jolie tenue en laine bleue que ta maman a tricotée…

Emmanuel sortit sans bruit, laissant Victoire euphorique. Elle esquissa un pas de danse, puis deux, avec un sourire rêveur.

— Mon ange, la vie est parfois très belle, chuchota-t-elle à sa fille.

Catherine et Jean-Charles s'étaient retirés dans leur chambre. Le crépuscule déployait ses ombres grises sur le paysage qu'ils regardaient sans le voir vraiment, d'une des fenêtres.

— Je ne sais plus du tout où j'en suis, soupira le viticulteur. Si seulement Nadine avait menti...

— Il y a de fortes chances que ce soit le cas ! Elle voulait t'atteindre et elle a réussi. Cette mégère est capable des pires bassesses, comme de coucher avec Florian adolescent, ensuite avec toi, pour finir par Bastien.

— Tu avais raison, Cathy, j'abritais une créature odieuse et méprisable sous mon toit, et ce depuis de longues années. Je regrette sincèrement d'avoir cédé à ses pitoyables avances. Je ne me cherche pas d'excuses, mais Frédérique refusait toute relation sexuelle.

— Votre gouvernante a joué un rôle très ambigu. Tu m'as souvent dit qu'elle vénérait ton épouse, et je suppose que celle-ci avait entière confiance en Nadine.

— Au point de lui avouer qu'elle avait subi un viol. Si je n'ai pas engendré Bastien, cela signifie que j'étais absent à cette époque ou trop accaparé par mon travail. Seigneur, j'ai hâte d'avoir le résultat des tests ADN.

— Qu'est-ce que cela changera au fond ? L'enfant que tu as élevé, que tu aimes, sera toujours en danger de mort. Tu dois te préparer au pire, mon amour.

Ces deux derniers mots furent un baume sur l'immense détresse de Mongenot.

— Tu m'appelles rarement ainsi, souffla-t-il. Cathy, ma jolie petite Cathy. Si on se reposait un peu avant le dîner... J'ai besoin de me détendre.

— Me voici rassurée, chuchota-t-elle à son oreille. Nous n'avons rien fait depuis des jours.

Jean-Charles la poussa vers le lit où il la fit tomber, en usant de sa rudesse habituelle en matière de sexe. Il devait dominer et prendre les femmes d'autorité et sans les ménager. Catherine y trouvait un plaisir intense, si toutefois il modérait la brutalité innée qui grondait en lui.

Là encore, il retroussa sa robe, comblé de découvrir des bas et un porte-jarretelles, un de ses fantasmes. Il se débarrassa de la petite culotte en soie noire, puis il plongea la tête entre les cuisses de sa compagne. Elle étouffa ses cris d'extase à l'aide d'un oreiller, et lorsqu'il prit possession d'elle, le plaisir les emporta tous les deux.

Gendarmerie de Gevrey-Chambertin,
même jour, deux heures plus tard

Karen effectuait des recherches sur son ordinateur, secondée par le brigadier Fort. Son collègue venait de faire livrer des sandwiches et des sodas, car ils comptaient tous les deux passer la soirée à travailler.

— J'obéis à contrecœur au commandant, déclara-t-elle pour la deuxième fois. Nous aurions dû aller au château Mongenot ce soir même.

— Les ordres sont les ordres, le patron sait sûrement ce qu'il fait. Mais quand tu as téléphoné là-bas, Nadine Meigneux t'a répondu, c'est la preuve qu'elle n'a pas l'intention de plier bagage. En plus, de quoi on l'inculperait ?

— Pour ma part, je l'aurais bien accusé de détournement de mineur, sur la personne de Florian Mongenot, mais les faits datent de onze ans, il y a prescription, répliqua Karen. Bon, on oublie, nous irons quand même demain matin très tôt afin de l'interroger sur cette histoire de viol. J'ai remis l'échantillon de salive de Jean-Charles Mongenot au labo, nous n'avons plus qu'à patienter.

Le brigadier, lui aussi sur son ordinateur, hocha la tête en guise d'assentiment. Il lança une impression, en profitant pour entamer son sandwich.

— Tous ces messieurs que nous a cités Desgranges sont décédés, indiqua-t-il.

— Oui, il faut donc enquêter sur leurs enfants qui, eux, ont la quarantaine ou la cinquantaine. Mais ce sont des notables de la région, qui emploient beaucoup de monde et font vivre le tourisme, précisa Karen. Le commandant m'a bien recommandé d'être prudente et d'agir avec tact.

— Dans ce cas-là, on n'aura aucune chance d'obtenir des renseignements ni d'accéder à leurs comptes bancaires. Ce serait plus simple de trouver où ces gens se cachent. Est-ce qu'on continue d'enregistrer les sonneries de clocher? demanda le brigadier. Il nous reste six églises et une chapelle.

— Nous nous y remettrons demain après-midi. Pour l'instant, je consulte l'état civil du côté Mongenot... Alors, Édouard, le père de Jean-Charles, est né en 1938, de Pierre-Jean Mongenot qui l'a eu sur le tard. Édouard s'est marié en 1960, âgé de vingt-deux ans, avec Élisabeth d'Abbeville, qui en avait dix-sept! Cette dame est morte quand Jean-Charles avait dix ans, en 1972.

— Et le dénommé Édouard?

— Décédé en 2002, des suites d'un AVC. Et concernant sa descendance, nous avons Florian, tué par l'explosion d'une bombe, Bastien détenu on ne sait où et qui ne serait pas de lignée Mongenot. J'étudie les autres familles.

Le silence se fit dans la salle principale de la gendarmerie. Quand le téléphone de Karen sonna, elle sursauta.

— C'est le commandant, dit-elle en décrochant.

En quelques mots, Louis Terrier lui annonça qu'il avait loué une voiture et qu'il rentrerait dans la nuit, afin d'être à pied d'œuvre dès 6 heures du matin.

— Le commandant a changé d'avis, il estime urgent d'interpeller Nadine Meigneux, donc nous irons aux aurores, expliqua Karen à son collègue. Sa compagne l'aurait encouragée à privilégier l'enquête...

Quelque part en Côte d'Or, même soir

À l'heure présumée du dîner, Nadège avait apporté à Bastien, avec le plateau de son repas, un petit ordinateur portable. Elle l'avait posé au bout du lit, d'un air dédaigneux.

— Ce sera pour tromper votre ennui, mon garçon. Ne vous faites pas d'illusion, vous ne pourrez pas surfer sur le Web, mais il y a des films à visionner. De grands classiques français des années 1960.

— Merci, je suis de mieux en mieux traité, ironisa-t-il. Il manque un bon vin de chez nous, des cigarettes et une jolie fille. Au pire, vous pourriez faire l'affaire, madame Nadège !

Il avait lancé ces mots d'un ton moqueur, en insistant sur chaque syllabe. Elle le toisa en souriant.

— Je suis désolée, jeune homme, je n'ai aucun goût pour les jouvenceaux, ou bien il faudrait qu'ils soient séduisants. Que voulez-vous, je ne pratique pas les déviances honteuses de votre gouvernante.

Bastien se redressa sur un coude, tout en prenant une tranche de pain à portée de sa main. Il mordit dedans et mastiqua de manière grossière.

— Quoi, vous connaissez Nadine ?

— Je peux bien vous le dire, oui, car elle est sous nos ordres depuis des années. Hélas, elle n'en fait qu'à sa tête, nous serons obligés de lui rappeler les consignes.

La sobriété avait conféré à Bastien une faculté accrue de réflexion. Silencieux, il envisagea les conséquences de ce nouveau fait. Nadine était finalement une espionne de premier ordre et en bonne place pour informer ses acolytes de tout ce qui se passait au manoir.

— Vous savez donc qu'elle m'accordait des faveurs, quand j'étais cafardeux. Les yeux fermés, je pouvais imaginer une belle nana en pleine action.

La mine offusquée, Nadège prit place sur la chaise installée au chevet du lit. Ce soir-là, elle paraissait disposée à s'attarder.

— Vous êtes un individu répugnant, Bastien !

— Tiens, tiens, vous ne me donnez plus du « mon garçon » ou du « jeune homme » ?

— Cela m'a échappé. Où en étais-je ? Oui, je disais combien vous étiez déplaisant à voir et à entendre. Mais j'ai connu des personnages encore plus vicieux et plus dangereux que vous.

— Comme l'espèce de juge, celui qui a attrapé la grippe, insinua Bastien. S'il pouvait en crever, j'aurais une chance d'être relâché. Vous êtes tous ses esclaves, vous obéissez à ses caprices et ça vous plaît, en plus. Il doit vous payer une fortune, ou alors il vous tient par la menace.

— J'admets que c'est une activité fort bien rémunérée, déclara Nadège. Je n'avais pas prévu de l'exercer aussi longtemps, mais j'ai mis de côté un bon pactole.

— Papa aussi détient des gros capitaux ! Vous l'avez relancé pour la demande de rançon ? J'en ai ma claque de croupir ici, en me répétant qu'on va me couper un autre doigt ou une oreille... ou me tuer.

— Jean-Charles Mongenot espère toujours de nos nouvelles. Mais si nous le relançons, comme vous dites, mon garçon, se ruinera-t-il pour vous ? Il vient d'apprendre que vous n'êtes pas son fils, cela ne joue pas en votre faveur. Que décidera-t-il ?

D'abord incrédule, Bastien haussa les épaules. Cependant un éclat dur dans le regard sombre de la femme l'alarma.

— Comment ça, je ne suis pas son fils ? s'écria-t-il.

— Il n'y a rien d'extraordinaire, mon garçon. Quelqu'un s'est amusé avec votre gentille maman au cours d'une absence de son mari. Un jeu un peu brutal, vous me comprenez ? Ce jeu que vous avez imposé à Audrey Gendron.

Cette fois, Bastien ne douta plus, il était né d'un viol. Le visage bien-aimé de sa mère lui apparut et il étouffa un sanglot de désespoir.

Château Mongenot, le lendemain matin,
jeudi 15 novembre 2018

Karen se souviendrait longtemps que ce matin-là, il n'y avait plus un seul nuage et que le soleil de l'automne égayait la campagne. Elle se reverrait souvent en train de regarder l'heure à la montre en or un peu démodée héritée de sa grand-mère. Parfois aussi la jeune lieutenante évoquerait le ciel d'un bleu pâle, sur lequel se détachaient les dernières feuilles écarlates d'un sycomore, dans le parc s'étendant autour du manoir aux toitures d'ardoise.

Ces images qui devaient tant la marquer avaient précédé la sinistre découverte qu'ils venaient de faire, le commandant Terrier et elle. Ils s'étaient décidés à entrer dans le hall, car personne n'avait répondu aux coups frappés à l'élégante double porte dont un des battants était entrebâillé.

Tout de suite, ils avaient vu deux corps ensanglantés, qui gisaient sur le carrelage noir et blanc. D'abord stupéfaits, ils furent vite glacés d'horreur.

— La gouvernante et le jardinier, murmura Karen, révulsée. On les a massacrés…

— Oui, une vraie boucherie, répondit Terrier.

Il se pencha sur les corps afin de vérifier s'ils étaient morts depuis longtemps.

— On les a tués il y a moins d'une heure. Appelle du renfort, on doit chercher s'il y a d'autres victimes.

Sous tension, en communiquant par gestes, ils explorèrent les pièces du rez-de-chaussée, où il faisait sombre, les persiennes étant coffrées.

— On va dans la cuisine, après on montera, indiqua tout bas le commandant.

Il passa le premier et faillit buter contre Paula Calder, la cuisinière, qui était allongée face contre terre, au milieu d'une flaque de sang.

— On l'a poignardée, mais elle est vivante, j'ai senti son pouls, le renseigna Karen.

La porte-fenêtre, réservée aux livraisons, et qui ouvrait sur l'arrière du manoir, était grande ouverte. De là, on voyait une autre partie du parc, traversée par un chemin gravillonné.

— Ils ont dû entrer et repartir par ici, enragea Terrier. On les a manqués de peu.

— Les renforts sont en route, commandant. Je demande une ambulance pour la blessée.

— Oui, et reste à ses côtés, je vais visiter les chambres.

Karen faillit lui conseiller d'attendre leurs collègues, afin de ne pas s'aventurer seul dans les étages. Cependant elle se contenta d'approuver, avant de consacrer toute son attention sur la cuisinière, toujours inconsciente.

— Tenez bon, madame, lui dit-elle sans espoir d'être entendue. On va vous soigner, vous devez vivre. Accrochez-vous !

Louis Terrier fut de retour une dizaine de minutes plus tard. Il était livide et les traits crispés par une sourde colère. Les paroles qu'il débita d'une voix rauque firent écho à la sirène d'une ambulance.

— Il n'y a personne là-haut. Jean-Charles Mongenot aurait sûrement été tué lui aussi, s'il avait été là. Cette fois encore, les criminels attaquent de front et au grand jour.

— Commandant, il faut exiger une meilleure protection pour Victoire et sa famille, déclara Karen d'un ton anxieux.

— Oui, je m'en charge. Toi, préviens Jean-Charles Mongenot, il doit être chez Catherine Desmarets. Dis-leur ce qui s'est passé et aussi que personne ne doit sortir du château.

— Très bien, je vais le faire, mais vous devriez aller chercher l'équipe du SMUR. Ils ont dû se garer de l'autre côté.

Elle était obsédée par l'image des corps ensanglantés de la gouvernante et du jardinier, dont les visages exprimaient l'effroi qu'ils avaient ressenti avant de mourir. Dès que Terrier s'éloigna, elle étouffa un sanglot horrifié.

— Nous ne serons jamais les plus forts, balbutia-t-elle. Jamais. Nous avons affaire à des fous furieux.

Le médecin du SMUR fit irruption. Après l'avoir saluée d'un signe de tête, il examina Paula Calder.

— On peut la sauver, affirma-t-il. On l'emmène !

Bientôt Karen se retrouva seule dans la grande cuisine, où elle était toujours agenouillée près de la flaque de sang. Le brigadier Fort déboula, venu avec d'autres gendarmes.

— Relevez-vous, lieutenante, conseilla-t-il. Je vous aide ?

— Non, merci, ça ira ! Je sors deux minutes pour téléphoner chez les Desmarets, l'air frais me fera du bien.

Jean-Charles Mongenot décrocha immédiatement. À chaque communication de la lieutenante ou du commandant Terrier, il s'attendait à apprendre le décès de Bastien.

— Vous avez trouvé son corps, déclara-t-il sans laisser parler Karen. Ne prenez pas de pincettes, je me suis préparé au pire.

— Il ne s'agit pas de votre fils, monsieur !

Elle lui exposa sobrement la sinistre découverte qu'ils avaient faite, en arrivant au manoir. Catherine sortait de la salle de bains, en peignoir, les cheveux humides, lorsqu'elle entendit Jean-Charles pousser une exclamation :

— Quoi ? Nadine et Armand sont morts ?

Il se tut un moment, en hochant la tête. Affolée, Catherine l'interrogeait d'un regard insistant.

— Paula a été emmenée à l'hôpital, lui murmura-t-il.

— Le commandant est formel, redoublez de prudence, dites-le à Mme Desmarets, personne ne doit sortir du château pour l'instant, déclara Karen. Nous allons renforcer votre protection.

— Je suppose que ma présence s'avère nécessaire sur les lieux, répliqua le viticulteur. Ce sont mes employés et mon domicile.

— Monsieur, si vous aviez été chez vous, avec Mme Desmarets, je pense que vous auriez été tués tous les deux.

Ce n'était plus la voix un peu grave de Karen, mais celle de Louis Terrier, sonore et éraillée.

— J'enverrai quelqu'un vous chercher, tenez-vous prêt, monsieur Mongenot, ajouta-t-il.

— D'accord, je ne bouge pas d'ici.

Le commandant avait déjà raccroché. Secoué par cette nouvelle tragédie, Jean-Charles prit Catherine dans ses bras pour l'étreindre avec passion.

— Heureusement que tu ne venais plus au manoir et que tu m'as persuadé de dormir ici, avec toi, dit-il tout bas. Il paraît que c'était une véritable boucherie. Nadine, Paula et Armand ont été attaqués à l'arme blanche, des couteaux ou bien des machettes, l'autopsie le déterminera. Je suis peut-être en cause, puisque j'ai voulu soutirer des informations à Nadine. Ils ont dû savoir qu'elle m'avait parlé de Bastien.

— Tu n'es coupable de rien, Jean-Charles !

— Va savoir, marmonna-t-il. Depuis des années, j'ai régné sur le commerce de crus d'excellence, j'ai acquis la réputation d'un homme froid et redoutable en affaires. On m'enviait, on me calomniait souvent. Mais je n'y pouvais rien si j'avais hérité de la fortune amassée par mon père et mon grand-père avant lui… Au fond, cela a forgé mon caractère, en acier selon les rumeurs. Je ne suis plus ainsi, Cathy. Maintenant je voudrais juste vivre près de toi, en paix, voir grandir Maïa.

— Et que feras-tu si Bastien revient sain et sauf ? Il ignore tout des circonstances de sa naissance, hasarda-t-elle.

— S'il réapparaît, il ira en prison, mais je le soutiendrai, car j'ai élevé et aimé cet enfant. Mes sentiments paternels ne vont pas s'effacer d'un claquement de doigts.

— Je pense à Paula, ta cuisinière… C'est une femme très sympathique, j'espère qu'elle est hors de danger.

— Moi aussi ! Seigneur, je ne parviens pas à imaginer Nadine et Armand gisant dans leur sang, au milieu du hall.

— Tais-toi, c'est abominable, gémit Catherine.

Ils restèrent enlacés, comme pour mieux affronter l'horreur de ces crimes. Mais des coups à la porte de la chambre les firent se séparer.

— Maman, je peux entrer ?

— Oui, ma chérie, répondit sa mère.

Victoire murmura un « bonjour », puis elle leur montra son téléphone, avec une expression pathétique.

— Karen m'a envoyé un message vocal, afin de me donner les consignes du commandant et leur raison. Je ne connaissais pas ces personnes, mais c'est vraiment épouvantable. Jean-Charles, je suis désolé, vous devez être très choqué.

— Je tiendrai le coup, Victoire, car ta mère, toi et ta petite, vous êtes là et en sécurité. Le manoir n'était pas gardé, les assassins ont dû entrer et tuer ceux qu'ils croisaient. Ici, il y a Karl, qui est armé, et deux agents en faction, relayés toutes les six heures. Peut-être aussi que j'étais visé, moi seul, comme pour cette maudite bombe posée dans ma voiture. Mais ce jour-là, je l'ai prêtée à Florian.

Sa voix tremblait un peu. Catherine le prit par le bras pour l'entraîner hors de la pièce.

— Nous allons boire un bon café, décida-t-elle. Vicky, as-tu pris ton petit déjeuner ?

— Oui, très tôt ce matin. Emmanuel vient me chercher à 11 heures, sa maman m'a invitée.

— Préviens-le vite que tu ne peux pas quitter le château ! Si tu lui dis pourquoi, il comprendra, déclara Jean-Charles.

— Je n'ai pas le choix, hélas, admit Victoire. Ces monstres veulent nous faire vivre dans la terreur. Je vous laisse, je remonte dans la salle de danse. Audrey surveille Maïa…

Le commandant Terrier et son brigadier se présentèrent au château peu de temps avant midi. La mine sombre, Karl les accueillit et les escorta jusqu'au salon, où Catherine et Jean-Charles les attendaient, ayant été avertis de leur visite.

— Nous venons vous chercher, monsieur Mongenot, annonça Louis Terrier. Les corps de Nadine Meigneux et d'Armand Faivre sont à la morgue. Quant à Paula Calder, elle a été opérée avec succès, son pronostic vital n'est plus engagé. Dès qu'elle sera en mesure de parler, nous en saurons plus sur ce qui s'est passé ce matin.

— Je suis prêt, répondit le viticulteur. Où m'emmenez-vous en premier lieu ?

— D'abord chez vous, au manoir, car il faut prendre certaines dispositions avec vos employés agricoles et votre maître de chai. La lieutenante Mathis se trouve là-bas et elle les interroge, secondée par un de mes hommes. Mais je voudrais votre avis. Regardez, la scientifique, qui est toujours sur place, a relevé quelque chose. Ils viennent de m'envoyer cette photo.

Jean-Charles s'avança et il observa l'image que Terrier venait d'afficher sur l'écran de son téléphone.

— Excusez-moi, commandant, je ne vois rien de particulier, ce sont des traces de sang sur le carrelage.

— Il y a une lettre écrite avec du sang, un « P » majuscule que l'on doit sans conteste à Nadine Meigneux, au vu de l'emplacement de son corps. Regardez mieux !

Catherine, qui s'était approchée, jeta un coup d'œil sur la photo. Elle distingua vite la lettre.

— C'est vrai, il y a un « P », Jean-Charles. Qu'est-ce que ça signifie ?

Mongenot finit par voir lui aussi l'ultime message de sa gouvernante. Il eut une moue perplexe tout en réfléchissant.

— Vous n'avez aucune idée ? insista Terrier.

— Non, je suis navré ! S'il s'agit de l'initiale d'un prénom, cela ne correspond à personne de ma famille. Enfin, il y a bien mon grand-père, Pierre-Jean Mongenot, mais il est mort quand j'étais adolescent.

— À mon avis, Nadine Meigneux a consacré son dernier souffle de vie à laisser un message, mais elle n'a pas pu le terminer. Il vous était peut-être adressé, après la révélation qu'elle vous a faite.

— Vous pensez qu'elle voulait me donner l'identité du vrai père de Bastien ?

— C'est probable, néanmoins rien ne permet de l'affirmer. Cela dit, elle devait connaître le nom de l'agresseur de votre défunte épouse.

— Sans doute, mais je n'aurais jamais dû la menacer, elle serait encore vivante... J'ai suivi mon impulsion et j'ai agi en dépit du bon sens. Je suis certain que ce massacre s'est produit par ma faute. Ils ont su que Nadine m'avait parlé du viol de Frédérique.

— Ce n'est pas prouvé, monsieur Mongenot, il peut y avoir un autre motif. Je vous rappelle que tous ceux en lien avec cette organisation criminelle finissent très mal. Allons-y, nous en discuterons pendant le trajet.

Très digne, Catherine reçut de son compagnon un léger baiser sur les lèvres. En le suivant des yeux tandis qu'il sortait du salon, elle eut la peur soudaine de ne jamais le revoir. Cinq minutes plus tard, elle s'élança dans l'escalier. Il lui semblait monter vers l'asile le plus sûr du château, la salle de danse où elle retrouverait sa fille et la précieuse innocence de Maïa.

Quelque part en Côte d'Or, même jour, même heure

Tout endolori, Bastien jeta un regard haineux à la menotte qui ceignait son poignet droit. On l'avait attaché aux montants en cuivre du lit, pour le punir de son indiscipline. Auparavant il avait reçu une volée de coups, décochés avec méthode par deux robustes individus.

— Voilà ce que l'on récolte à faire le malin, soupira Nadège. En plus, vous serez à la diète.

Elle venait d'entrer, en apportant seulement une carafe d'eau. Il dut se servir lui-même de sa main libre, après quoi il but avidement.

— N'importe qui dans ma situation aurait essayé de s'enfuir ! hurla-t-il en jetant le gobelet vide contre le mur.

— Avez-vous remarqué que toute la vaisselle est en plastique ? Du verre brisé peut devenir une arme, soit pour mettre fin à ses jours, soit pour blesser quelqu'un, ajouta Nadège.

— Taisez-vous, je n'en peux plus de vos discours !

— C'est pour cela que vous m'avez agressée ce matin, mon garçon ? J'ai une ecchymose sur le visage et je souffre de l'épaule.

— Et alors, je m'en fiche ! J'ai tenté ma chance.

— Un conseil, ne faites plus l'imbécile, jeune homme. Il y a des choses impardonnables, que nous faisons payer très cher. Votre chère gouvernante ne dirait pas le contraire, si elle pouvait encore articuler.

Inquiet, Bastien la dévisagea sans oser comprendre. Nadège s'empressa de lui fournir des précisions.

— Il faut savoir se taire dans certains cas. Hier, je vous ai appris cette triste nouvelle, comme quoi Jean-Charles Mongenot n'était pas votre papa. Mais Nadine lui avait dit également ! Tout le monde peut commettre des erreurs, néanmoins il y a des conséquences. Votre vieille maîtresse épisodique se repose enfin, dans un tiroir de la morgue. Elle n'est pas seule, son jardinier l'a suivie en enfer.

— Vous les avez tués ? s'égosilla Bastien.

— Pas moi, je n'ai jamais eu de sang sur les mains !

— Alors je vais y passer aussi, c'est ça ! Pourquoi attendre, qu'on en finisse. Je préfère tout arrêter maintenant. Et puis, même si je sortais d'ici par miracle, j'irai en prison pendant des années. À tout prendre, autant crever !

— Un mot de plus et je vous fais bâillonner. Non, vous aurez droit à une petite piqûre, pour être un peu plus sage.

Bastien poussa une clameur de colère, en s'agitant sur le lit. Il avait cru réussir à maîtriser cette femme d'une soixantaine d'années, au moment où elle lui apportait du café, mais dès qu'elle avait crié, deux hommes s'étaient rués à son secours.

— Je deviens fou, enfermé entre ces quatre murs ! hurla-t-il encore. Je ne fais que penser à ma mère ! Comment pouvait-elle m'aimer, hein ? Je suis sûr qu'elle faisait semblant… Oui, bien sûr, elle préférait Florian. Ayez pitié, dites-moi pourquoi on me garde ici, pourquoi je ne suis pas encore mort ?

Nadège haussa les épaules en se levant de la chaise où elle s'installait à chacune de ses visites.

— Si vous vous comportiez correctement, mon garçon, vous pourriez éviter la prison et disposer d'une fortune. Je n'ai pas le droit d'en dire plus, mais réfléchissez un peu à votre avenir. Devenez un bon élément ! Vous étiez pourtant en bonne voie, et il a fallu ce stupide élan de compassion, envers la jolie Audrey Gendron. Un faux pas extrêmement décevant.

— Mais je n'aurais jamais pu la tuer, gémit-il. Jamais…

— Tant pis pour vous, jeune homme.

En pleine confusion, Bastien ferma les yeux, les mâchoires crispées par la rage et le chagrin. Il n'avait plus rien à quoi se raccrocher et il n'eut plus qu'une envie, mourir enfin.

20

Tant de questions…

Château Desmarets, jeudi 15 novembre 2018,
même jour, deux heures plus tard

Catherine ne se lassait pas d'admirer les évolutions aériennes de Victoire, sur la musique du *Lac des cygnes.* Vêtue d'un tutu blanc mi-long, un diadème orné de plumes et de strass sur ses cheveux sombres, elle s'offrait tout entière à la danse.

— Quand je pense que ma fille était admise dans le corps de ballet de l'Opéra de Paris, murmura-t-elle à Audrey.

Leur protégée, en justaucorps et collants noirs, était tout aussi fascinée par le talent de cette toute jeune femme à la silhouette de rêve.

— C'est vraiment dommage qu'elle ait dû renoncer, madame, soupira-t-elle. Victoire serait devenue célèbre, j'en suis sûre.

— Regarde, son arabesque est parfaite, comment croire qu'il y a moins d'un an, Vicky se déplaçait en fauteuil roulant, insista Catherine.

— Elle pourrait peut-être intégrer une compagnie de ballets ?

— Nous avons consulté un spécialiste, dès qu'elle a marché de nouveau. Il a été formel, ma fille ne pouvait pas prendre le risque de pratiquer de façon professionnelle la danse classique, qui est une discipline exigeante.

Je parle beaucoup, Audrey, pour ne pas penser au reste… Ici, nous devons nous concentrer sur l'art, la poésie, et sur ma petite Maïa.

— Je comprends, madame, c'est tellement horrible ce qui s'est passé au manoir.

— Oui, n'est-ce pas ? Et Jean-Charles devait se rendre là-bas. J'ai eu un mauvais pressentiment, Audrey, quand il est parti avec le commandant Terrier. Alors je suis très nerveuse.

— N'ayez pas peur, M. Mongenot reviendra vite. Oh, le bébé se met à pleurer.

Victoire avait entendu aussi les cris plaintifs de Maïa. Elle baissa le son de la chaîne hi-fi pour vite prendre son enfant et la câliner.

— Je suis là, mon ange ! Fais-moi un joli sourire…

Réconfortée par sa voix et son contact, Maïa se calma. Les larmes aux yeux, Catherine les contempla en silence.

— Maman, Audrey, vous n'êtes pas descendues déjeuner, fit remarquer Victoire. Il est plus de 13 heures.

— C'était tellement merveilleux de te voir danser, ma chérie ! Et puis je n'ai pas d'appétit. Toi, tu n'as rien mangé non plus, il me semble, nota sa mère.

— J'avais monté des fruits et du pain complet. Nous pouvons partager ! D'abord, je dois allaiter Maïa. Prends-la, maman, je vais me changer.

Quelqu'un frappa à la porte, tandis que la voix d'Arthur leur parvenait.

— Colette vous attend pour le deuxième service, mesdames, dont je fais partie, disait-il. Et j'ai une bonne nouvelle, mamie se sent beaucoup mieux !

— Merci, je suis rassurée sur ce point, lui répondit sa tante en déverrouillant la porte. Audrey, tu peux descendre déjeuner, je préfère rester avec Vicky.

— Oui, madame, je me changerai dans ma chambre, je ne peux pas aller à table en tenue de danse.

Ce n'était pas l'avis d'Arthur qui apprécia discrètement les formes harmonieuses de la jeune femme. Il tourna vite la tête, tout en dévalant trois marches d'un pas rapide. Dès qu'il entendit Catherine refermer la porte, il s'arrêta et se retourna.

— Je suis ravi de manger en ta compagnie, Audrey, avoua-t-il tout bas. Nous serons en tête à tête.

— Vous êtes si gentil, monsieur, balbutia-t-elle. Je vous rejoindrai une fois que je serai rhabillée.

— Je t'en supplie, ne m'appelle pas monsieur et on se tutoie. Nous sommes tous égaux.

— Pas tout à fait. Depuis mes seize ans, j'ai cumulé les petits emplois, mais j'ai surtout été employée de maison. Mme Desmarets a eu la bonté de m'héberger, je tiens à montrer mon respect et ma gratitude à tous ceux qui habitent le château.

— Dans ce cas, considère-moi comme un membre à part de la famille, proposa Arthur. Sais-tu pourquoi ?

Ils étaient arrivés sur le palier du premier étage. Audrey voulait s'éloigner en direction de sa chambre, mais elle songea qu'il serait impoli de ne pas écouter les explications du jeune homme. Elle l'observa mieux, attendrie par ses boucles d'un blond foncé, le plus souvent mal coiffées et son regard bleu-gris où se lisait une jovialité un peu forcée.

— Dites-moi, Arthur, murmura-t-elle.

— C'est super, tu as prononcé mon prénom ! s'extasia-t-il. Oui, je suis à part, car j'ai touché le fond, il n'y a pas si longtemps. Je veux que tu le saches, comme ça, tu n'auras plus l'idée de me respecter. Je me droguais, je piquais de l'argent à ma belle-mère, et pour assouvir mon vice, j'ai quasiment vendu ma cousine ! Je suis responsable de ce qu'elle a vécu, il y a cinq ans. Quand je l'ai compris, je me suis détesté, méprisé, et j'ai essayé de me suicider. Voilà, tu connais l'essentiel. Mais Vicky m'a pardonné, parce que c'est une cousine en or, une fille formidable… Grâce à elle, je ne dévierai plus du droit chemin.

Abasourdie, Audrey acquiesça d'un air embarrassé, en le dévisageant avec attention.

— Je n'aurais jamais cru ça de vous, de toi, Arthur, dit-elle. Tu es courageux de me l'avouer, rien ne t'y obligeait. Tu as gagné, je ferai des efforts, au moins vis-à-vis de toi.

Il répondit d'un timide sourire, puis il la laissa pour descendre jusqu'au rez-de-chaussée. Un sentiment très doux, qui lui était étranger, poignait son cœur.

— Audrey, Audrey, fredonna-t-il, sans comprendre encore qu'il était tombé amoureux pour la première fois de sa jeune vie.

Catherine et Victoire se partageaient les fruits, des pommes et des oranges, toutes deux assises à la table sur laquelle était ouvert un ordinateur portable, voisinant avec des piles de livres.

— Ta petite s'est déjà rendormie, ma chérie. Tu n'étais pas aussi facile, au même âge.

— Comment le sais-tu, maman, puisque j'avais une nurse et que tu ne m'as pas allaitée ?

— Je venais te voir au moins trois fois par jour, Vicky. Mais j'avais tort. Je l'ai su lorsque tu as appelé ta nounou « maman ». Ce jour-là, j'ai congédié cette pauvre femme. Ensuite une autre nurse l'a remplacée, moins câline, plus sévère. Tu devais la craindre, car quand tu me voyais, tu pleurais pour que je te prenne dans mes bras. Jacques m'a accablée de reproches à cette époque. Finalement, j'ai payé cher mes erreurs.

— N'en parlons plus, c'est du passé, protesta Victoire. Dans nos familles, enrichies par le commerce du vin, on s'attachait à des valeurs démodées. Vous m'aimiez malgré tout, c'est la seule chose importante.

— Le « malgré tout » est de trop, ma chérie. Nous t'aimions de manière maladroite, guindée, ridicule. N'oublie jamais que ton père s'est sacrifié pour te protéger, le soir de cet affreux accident.

— Comment je pourrais l'oublier, maman ? Décidément, en effet, tu es d'une rare maladresse.

— Pardonne-moi, Vicky... Attends une seconde, et si c'était le mot qu'a voulu écrire Nadine avec son sang, « pardon » ? Cela correspondrait bien à un ultime message, se sachant à l'agonie.

— Pourquoi pas, mais si je me fie à ce que tu me racontais sur cette femme, ça ne lui ressemblerait pas.

— Mais si, elle demandait pardon à Jean-Charles, pour lui avoir dissimulé le drame de Frédérique. Pardon à nous tous, si elle était liée à ces criminels.

— Non, il faudrait chercher d'autres mots, maman, hasarda Victoire. Moi je songe à « punition »...

Son téléphone sonnait. C'était Emmanuel et elle se réfugia derrière un des paravents pour lui répondre.

— Tu es dans le hall, Karl t'a fait entrer, chuchota-t-elle, déjà exaltée à la perspective de le revoir. Monte vite, je suis avec maman, mais je vais lui dire de nous laisser.

Catherine se montra conciliante, allant jusqu'à adresser à sa fille un sourire malicieux.

— Soyez sages, tous les deux, insinua-t-elle.

— Et toi, rends visite à mamie. Tu me diras si son état s'est vraiment amélioré.

— Je comptais le faire, à plus tard, ma chérie.

Emmanuel croisa Catherine sur le palier du second étage. Ils échangèrent une poignée de mains et quelques mots de politesse, avant de poursuivre chacun leur chemin.

Victoire était restée sur le seuil de la salle de danse, pour guetter l'apparition du jeune homme. Il gravit les dernières marches sans la quitter des yeux, l'esprit et le cœur en fête. En longue robe blanche, sa chevelure brune dénouée sur ses épaules, elle lui tendait déjà les bras.

— Tu es venu quand même, murmura Victoire en l'enlaçant.

— Rien ne pouvait m'en empêcher, répliqua-t-il.

— Viens, enfermons-nous dans mon petit paradis. Maïa dort bien, nous avons une heure ou deux sans être dérangés.

Elle s'écarta de lui pendant qu'il ôtait sa veste en tweed. Rieur, en pull beige à col roulé et en jean noir, Emmanuel jeta un coup d'œil autour d'eux.

— Je cherchais Coppélia, expliqua-t-il. Tu l'as bien installée, cette demoiselle dispose d'un coussin moelleux.

— Oui, mais elle se couche dessus uniquement si je le mets près de la fenêtre ronde. Son instinct de chat la pousse à épier tous les oiseaux qui passent. Tu n'as pas emmené Goliath ?

— Je l'ai confié à ma mère, ça la rassure après ce qui s'est passé chez les Mongenot. Et puis tu l'imagines sur ce beau parquet ciré ?

Emmanuel l'attira contre lui d'un geste délicat, comme s'il n'osait pas croire qu'il en avait le droit. Victoire appuya sa joue là où battait son cœur d'homme, à un rythme très rapide. Elle devina qu'il était ému et en fut attendrie.

— Tu dois t'habituer à m'avoir tout près de toi, car c'est mon refuge de prédilection, souffla-t-elle.

Il demeura silencieux, en embrassant son front, ses joues, et enfin ses lèvres, pour un baiser léger et furtif.

— Sais-tu danser la valse ? demanda alors Victoire.

— Bien sûr, ma sœur m'avait enseigné plusieurs danses de salon, notamment le tango. J'étais assez grand à dix ans, nous formions un couple presque assorti. Mais la musique va réveiller ta fille !

— Pas si le son est modéré, et parfois j'ai l'impression qu'elle dort mieux lorsqu'il y a un peu de bruit. Que dirais-tu de *La Valse de l'Empereur*, de Johann Strauss fils ? Je l'ai dansée avec papa, le soir où il est mort en me sauvant la vie. Ce n'est pas un souvenir douloureux pour moi, loin de là. Je me dis qu'il a été heureux durant ses derniers instants sur terre. Je lui rends hommage, en quelque sorte. Et s'il nous voit danser cette valse, il se réjouira, parce qu'il t'aimait beaucoup, Emmanuel. Qui ne t'apprécierait pas ?...

Sur ces mots, Victoire se mit en quête du morceau. Lorsque les premiers accords résonnèrent dans la salle, elle alluma le grand lustre aux pampilles de cristal. Bientôt ils dansèrent sous sa lumière dorée, tous les deux en parfaite harmonie, emportés par la mélodie, jouée par un orchestre à cordes.

— Nous refusons le malheur et la mort, murmura-t-elle après un regard sur le couple qu'ils formaient, dans le miroir.

— Nous célébrons le bonheur et la vie, répliqua-t-il.

Ils se berçaient sans doute d'illusions et en étaient conscients, mais la valse les délivrait de leurs angoisses et de leurs chagrins. Infiniment complices, ils se souriaient avec tendresse, certains que plus rien ne les séparerait.

Gendarmerie de Gevrey-Chambertin,
même jour, une heure plus tard

Assis à son bureau, Louis Terrier espérait recevoir un appel d'Aurélia Novak. Il était désolé de l'avoir laissée seule à Strasbourg, tout en se répétant qu'il avait eu raison de suivre son instinct, comme le prouvait la tuerie perpétrée au manoir. Il décida de prendre les devants et lui écrivit un message. Quand il le relut, ses mots lui parurent ternes et dénués de sens, si bien qu'il l'effaça.

— Bah, de toute manière, elle m'en voudra un peu, je ferai de mon mieux pour me rattraper, marmonna-t-il.

Sans réfléchir, il traçait des lettres sur une feuille blanche. Soudain il constata qu'il s'agissait de « P » majuscule.

— Si c'était un hasard ? Et qu'est-ce qu'ils font, à la morgue… ?

Il avait chargé Karen et le brigadier Fort d'accompagner Jean-Charles Mongenot, qui avait insisté pour voir les corps de Nadine Meigneux et d'Armand Faivre.

— À sa place, je ne remettrais plus les pieds au manoir et je le vendrais le plus vite possible, bougonna-t-il. Si les médias s'emparent de l'info, les ventes du domaine Mongenot vont chuter. C'est quand même bizarre de s'en être pris à Armand Faivre et Paula Calder. Nadine a sûrement été éliminée car elle était trop bavarde, mais pourquoi tuer le jardinier et la cuisinière ? Peut-être ne s'attendait-il pas à les trouver là. Heureusement il n'y avait encore aucun ouvrier agricole. Quant au maître de chai, il est arrivé comme tous les jours vers 9 heures...

Perdu dans ses cogitations, le commandant Terrier termina son gobelet de café. Le liquide était froid et il grimaça.

— Quelle sale journée !

Il était d'une humeur de dogue quand ses collègues revinrent enfin avec Jean-Charles Mongenot. Ce dernier avait le teint blafard et un pli amer sur les lèvres.

— Vous disiez vrai, commandant, ces malheureux ont été massacrés, concéda-t-il. Mais quelque chose m'a marqué... C'est à propos de Nadine. En fait, même si j'ai eu des relations avec cette femme, je ne l'avais jamais vue entièrement nue. Serait-il possible de prélever son ADN ?

— Si vous me donnez une raison valable, je téléphonerai au légiste, rétorqua Terrier. Nous attendons toujours les résultats en ce qui concerne votre fils.

Jean-Charles dut s'asseoir. Terrassé par un affreux soupçon, il en avait la bouche sèche. Karen lui tendit un gobelet d'eau.

— Merci beaucoup, lâcha-t-il. Lieutenante, si vous pouviez exposer ce qui m'inquiète.

— Bien sûr ! En fait, Nadine Meigneux présentait une caractéristique osseuse assez rare, au niveau du plexus, et monsieur Mongenot a la même.

— Mon père et Florian également, précisa le viticulteur.

— Vous en déduisez que votre gouvernante serait de votre famille ? s'étonna le commandant. Votre demi-sœur peut-être ? Nadine Meigneux est née en 1963. Vous étiez alors très jeune, mais souvenez-vous du personnel domestique de cette époque : il y a eu une multitude d'enfants illégitimes, conçus par abus de pouvoir d'un patron. De nos jours et depuis des siècles.

— Je sais bien, commandant, admit le viticulteur.

— Vous devez posséder des dossiers ou des registres datant de votre enfance, avança Karen.

— Peut-être dans le grenier...

— Est-ce que vous vous rappelez dans quelles circonstances Nadine Meigneux a eu la place de gouvernante ? demanda-t-elle du même ton véhément.

— C'était après la naissance de Florian, quelques mois avant celle de Bastien. Mon père était encore vivant, mais déjà malade. Frédérique s'occupait de recruter nos employés de maison. Nadine a dû postuler, avec de bonnes références. J'avais tant de travail avec l'exploitation, le commerce de nos vins, je ne me souciais pas de tout ceci.

Oppressé, Jean-Charles secoua la tête. Cette fois, ce fut le brigadier qui lui redonna de l'eau fraîche.

— Les analyses ADN nous éclaireront sur vos doutes, monsieur Mongenot, trancha le commandant. Et nous allons consulter les registres d'état civil pour obtenir le nom des parents déclarés de Nadine Meigneux. Avec un peu de chance, le nom de sa mère apparaîtra dans vos archives. En attendant, vous devriez rentrer au château Desmarets et prendre un peu de repos.

— Si Nadine se révélait être ma demi-sœur, j'aurais commis un inceste, décréta le viticulteur d'un ton las. Mes fils aussi. Je suppose que vous concevez l'état d'esprit dans lequel je suis.

Il se leva et ajusta sa cravate, en lissant ses courts cheveux argentés.

— On récolte ce que l'on sème, dit-on ! Je comprends mieux ce dicton, maintenant, ajouta-t-il. Lieutenante Mathis, auriez-vous l'obligeance de me rendre un petit service ?

— Tout dépend de ce que je dois faire, monsieur !

— Simplement prévenir Catherine. Elle ne doit pas m'attendre ce soir, j'irai à l'hôtel. Pour être honnête, je n'ai pas le courage de lui parler ni d'entendre sa voix.

— Dans ce cas, comptez sur moi, répondit Karen.

— Au revoir, et merci beaucoup. Je vous laisse carte blanche pour fouiller le manoir de fond en comble.

Jean-Charles Mongenot les salua et sortit. Le commandant fronça les sourcils, son regard brun rivé sur son téléphone.

— Quelle histoire de fous, jeta-t-il entre ses dents.

Château Desmarets, vendredi 16 novembre 2018

Les traits encore marqués par la maladie, Élodie Quinot trônait à la grande table de la salle à manger, un foulard de soie autour du cou. Colette lui avait préparé un copieux petit déjeuner et demeurait derrière sa chaise, afin de faire l'éloge de ses préparations.

— Vous avez un œuf à la coque, j'ai beurré le pain grillé, et il y a aussi votre régal, des pancakes au sirop d'érable. Ah, du jus d'orange, je viens de le presser, et votre thé à la bergamote.

— Merci, c'est très gentil, mais je n'ai aucun appétit !

— Il faut te forcer, mamie, déclara Arthur. Mais ne t'inquiète pas, je finirai ce que tu ne peux pas avaler.

— Ne lui dis pas ça, fiston, sinon ta grand-mère fera exprès d'en laisser, protesta son père.

— Guy, parle moins fort, j'ai une affreuse migraine, gémit Catherine. En fait, je n'ai presque pas dormi cette nuit. Je vous le redis, il va arriver malheur à Jean-Charles, je le sens.

Son frère lui tapota affectueusement le dos, en proposant d'aller chercher de l'aspirine.

— J'en ai déjà pris, Guy, ne te dérange pas.

— Comme je suis au courant des derniers événements, je préconise de rester optimistes, décréta alors Élodie. Je me fie à mon expérience, mes enfants ! Lorsque tout se précipite, et ces affreux meurtres perpétrés au manoir en sont la preuve, cela peut annoncer la fin du cauchemar. Quand l'orage se déchaîne, nous savons tous que le calme et le soleil reviendront.

— J'en doute fort, mamie, je crois que nous devons nous préparer à bien pire encore, commenta Victoire, qui était descendue de son refuge et tenait Maïa endormie au creux de son bras gauche.

Assise entre Catherine et Arthur, Audrey les écoutait sans se mêler au débat. Elle aurait tellement voulu les aider ou leur promettre que tout irait bien. Cependant les paroles d'Élodie avaient trouvé un écho dans son âme sensible.

— Si la lieutenante Mathis enregistre d'autres sonneries de clocher, je pourrai peut-être en reconnaître une, osa-t-elle dire d'une petite voix timide.

— Rien n'est moins sûr, Audrey, répliqua Guy. Je suis désolé, mais pour moi, tous les clochers sonnent de la même façon. Ce serait une chance inouïe de pouvoir faire la différence.

— Je ne suis pas d'accord, papa, affirma Arthur. J'ai fait des recherches sur Internet, et il y a des variantes.

Avec un gros soupir, Catherine se servit une seconde tasse de café. Elle espérait recevoir un appel de Jean-Charles, ou bien un message, et elle fixait son téléphone portable d'un air anxieux.

— Hier soir, j'ai contacté une partie des hôtels de la région, avoua-t-elle soudain d'un ton amer. Ils n'avaient aucun client du nom de Mongenot. Et s'il avait mis fin à ses jours… ?

— Allons donc, ce n'est pas le genre d'homme à se suicider, Cathy, lui dit Élodie. Il aura eu besoin de solitude, voilà tout. Essayons d'avoir une conversation agréable. Vicky, j'ai su que tu voyais beaucoup Emmanuel Nevers ! Est-ce sérieux ?

— Ma vie privée ne regarde personne, mamie !

— Bien dit, cousine, la félicita Arthur.

— J'ajouterai juste que sans lui, Maïa aurait disparu et même je ne serais sans doute pas là, avec vous, insista Victoire.

— Ne te fâche pas, ma chérie, j'ai l'impression de m'être absentée des semaines et non pas cinq ou six jours, se défendit Élodie. De surcroît, j'ai toujours apprécié la famille Nevers, ce qui n'était pas le cas de Cathy, encore récemment. Pourtant Paulin Nevers a sauvé Jacques, qui sans lui aurait connu une mort atroce, prisonnier de sa voiture en feu.

La remarque de sa grand-mère interpella Victoire. Elle se souvint de la fête de Noël donnée cinq ans auparavant pour les employés du domaine Desmarets. Elle revit son père qui lui présentait Janine, en expliquant que son mari l'avait sorti des flammes, après un accident sur une petite route, au milieu des vignes.

— Je n'y ai jamais pensé, mamie, plaida-t-elle tout haut. Et Paulin s'est tué peu après, en faisant une terrible chute dans un de nos chais. En fait, ça signifie que papa aussi devait mourir, après Thibault, Damien… Le dernier fils vivant de Gilles Desmarets.

— Et de ta grand-mère Béatrice, une femme au grand cœur, renchérit Élodie.

— Béatrice n'était pas la vraie mère de papa, révéla Victoire sans réfléchir aux conséquences.

— Qu'est-ce que tu racontes ? s'indigna Catherine. Ma pauvre chérie, tu nages en pleine confusion. Déjà Bastien ne serait pas l'enfant de Jean-Charles, et à présent tu nous assènes une ineptie !

— Je devais bien vous le dire un jour ou l'autre, mais je l'ai appris récemment, d'où mon voyage à Strasbourg, avec Aurélia Novak, la sœur jumelle de papa.

— De mieux en mieux ! s'écria son oncle Guy. Tu parles de ton ancienne professeure de danse, là !

— La mère de ces jumeaux s'appelait Irina, elle était coryphée à l'Opéra de Paris. Elle a été aussi une des premières victimes des prédateurs sexuels qui sévissent toujours…

Un profond silence se fit dans la pièce. Victoire raconta tout ce qu'elle savait, en évoquant au cours de son récit la tante Maryla qui avait gardé farouchement durant des années le secret sur la liaison passionnée d'Irina et de Gilles.

Lorsqu'elle se tut, les questions fusèrent, dans un ensemble discordant. Seule Audrey n'en posa pas, puisque cela ne la concernait en rien. De la cuisine, Colette avait tout entendu, postée derrière la porte de communication restée entrebâillée.

— Doux Jésus, chuchota-t-elle. En voilà une affaire…

Catherine déclara quelque chose de similaire, mais d'un ton beaucoup plus dur.

— Seigneur, cette affaire devra être soumise à notre notaire, je n'ai pas l'intention d'être lésée ! Je suppose que Mme Novak exigera des droits sur nos propriétés. Vicky, tant que nous y sommes, donne-moi le coup de grâce !

— Tout le monde n'est pas comme toi, maman ! s'insurgea la jeune femme. Aurélia se moque éperdument du château, des vignes, et même de la maison de Corcelles-les-Monts, qui appartenait en propre à son père, car tu dois l'admettre, Gilles Desmarets l'a conçue, puis abandonnée.

— En offrant un certain capital à cette Maryla, rappela Élodie, tout de suite solidaire de Catherine.

— Un mystère demeure, pourquoi Béatrice Desmarets a-t-elle accepté d'élever le fils de la maîtresse de son mari ? avança Guy Quinot avec une moue perplexe.

— Nous ne le saurons sans doute jamais, soupira Victoire. Pas une fois, Maryla n'a cité Béatrice, comme si elle-même ignorait son existence, ou du moins n'en tenait aucun compte. Je dirais en conclusion que notre château n'a pas le monopole des secrets.

— Ne fais pas d'ironie, par pitié, se récria Catherine. Nous ne sommes sûrement pas la seule famille à dissimuler des éléments pénibles du passé et…

L'irruption de Colette, larmoyante, l'empêcha de poursuivre. Ils se tournèrent tous vers elle, qui triturait son tablier d'un geste nerveux.

— Moi, je sais pourquoi, balbutia-t-elle. Toute jeune, je servais déjà Madame Béatrice, et je l'ai suivie ici, quand elle s'est mariée. J'ai vu naître Thibault, puis Damien. Mais une nuit, comme je dormais au même endroit que de nos jours, le bruit d'une voiture m'a réveillée. Une heure avant, le téléphone avait sonné, à l'étage, et Madame avait répondu.

— Venez-en au fait, Colette ! s'impatienta Élodie.

— Pour résumer, Monsieur Gilles est arrivé dans le hall, un bébé dans les bras. Madame Béatrice les a accueillis avec son beau sourire. Ils avaient dû se mettre d'accord. Le lendemain, ils m'ont convoquée dans le salon.

— Une minute, Colette, intervint Catherine. Qu'une épouse charitable consente à prendre sous son aile un enfant né d'une autre femme, c'est envisageable. Cependant Béatrice n'était pas enceinte, or elle devait recevoir, être invitée, mener une vie mondaine. Certaines personnes ont dû s'étonner de la voir avec un nouveau-né !

— Excusez-moi, vous ne savez pas du tout comment était Madame Béatrice. À l'époque, elle sortait très rarement et se consacrait à ses petits. Thibault allait sur ses cinq ans et Damien trois ans et demi. En plus, elle était un peu corpulente, ce qui ne gâchait pas sa beauté. Et puis, Monsieur Gilles s'absentait très souvent, alors elle passait ses journées au château et s'occupait avec la lecture, la couture, le dessin.

Catherine se leva si brusquement qu'elle renversa sa chaise. L'index pointé en direction de Colette, elle laissa sa colère et sa rancune exploser.

— Que caches-tu encore ? hurla-t-elle. Tu es congédiée, Colette, je refuse que tu passes un jour de plus au château, sous mon toit ! J'avais toute confiance en toi, et tu m'as trahie. Il fallait nous parler de Thibault, ce pauvre petit inhumé à l'autre bout du département… Et Jacques avait le droit d'être au courant, pour sa parenté avec Aurélia Novak aussi !

— Mais Madame, ça, je ne l'ai jamais su ! s'affola Colette avant d'éclater en sanglots pitoyables. Ce bébé, je me doutais que Monsieur Gilles l'avait eu avec une femme de ses relations, c'est tout.

— Peu importe, je te mets dehors ! s'égosilla Catherine. Et sans lettre de recommandation !

Sur cette invective, elle quitta la salle à manger, dont elle claqua violemment la porte.

— Je suis de l'avis de ma fille, annonça Élodie. Et je comprends sa colère.

Victoire se leva à son tour. D'abord elle confia Maïa à Audrey, ensuite elle s'empressa de consoler Colette.

— Ne pleure pas, tu n'iras nulle part, lui dit-elle en la serrant dans ses bras. Ma mère reviendra sur sa décision, et même si elle ne changeait pas d'avis, tu resteras avec nous. Je suis chez moi également.

— Vous êtes bien mignonne et toute gentille, mademoiselle, mais c'est Madame Catherine qui verse mes gages, répondit Colette en reniflant.

— J'aurai de l'argent moi aussi, si je fais valoir mes droits, précisa Victoire. J'ai prévu de vendre la maison de Corcelles-les-Monts, dont je suis l'unique héritière.

— Tu ne l'es plus, ma chérie, rectifia sa grand-mère. A priori, Aurélia Novak sera en première ligne, dès qu'elle aura prouvé son lien de parenté avec les Desmarets.

— Mamie, pourrais-tu me soutenir ? Tu souhaites vraiment le départ de Colette ?

— Mais non, et Cathy frôlait la crise de nerfs. Je connais ma fille, elle s'emporte vite, il ne faut pas s'alarmer. Il suffirait que son cher Jean-Charles réapparaisse et tout irait pour le mieux.

Sidérée par la scène qui venait d'avoir lieu, Audrey berçait Maïa, qui la scrutait de ses innocentes prunelles d'azur. Arthur se pencha sur le bébé d'un air amusé.

— Au moins, ma nièce est bel et bien la fille de ses parents, murmura-t-il.

— Ne plaisantez pas sur des sujets aussi graves, lui reprocha-t-elle.

— Je préfère rire de tout, sinon je ne serais pas de bonne compagnie, Audrey.

Un bruit de moteur, suivi d'un crissement de pneus, retentit dans la cour d'honneur. Guy se précipita vers une des fenêtres.

— Ma sœur s'en va ! Vicky, nous avons reçu des consignes strictes, notamment celle de ne pas sortir du château. Dans son état, Cathy pourrait avoir un accident ou se jeter dans un piège.

Karl entra au même instant, la mine confuse. Il s'adressa tout de suite à Victoire.

— Je suis désolé, mademoiselle, je n'ai pas pu retenir votre mère. Le patron lui a téléphoné pour qu'elle le rejoigne au cimetière de Gevrey. Il paraît que la lieutenante Mathis est d'accord.

— Merci, Karl, nous étions très inquiets, répondit Élodie. Je remonte dans ma chambre ! Guy, tu m'accompagnes, je te prie ?

— Pourquoi Jean-Charles est-il allé au cimetière ? se demanda tout bas Victoire.

Elle s'interrogea en vain, tout en reprenant sa fille des bras d'Audrey. D'un pas dansant, elle s'approcha de Colette, qui était toujours immobile sur le seuil de la cuisine.

— Regarde ce petit ange, et fais-lui un sourire. Ne crains rien, maman était malheureuse et en plus, je lui ai causé un gros choc, en dévoilant qui était vraiment Aurélia Novak.

— Mais j'ai honte, mademoiselle ! Quand même, je me suis tue tout ce temps-là. Madame Catherine avait de quoi être furieuse. Et vous devriez l'être aussi. Je n'ai jamais répondu à toutes les questions que vous me posiez. Mais j'avais promis à Madame Béatrice de garder le secret. Une promesse, c'est sacré, alors je m'y tenais.

— J'espère qu'un jour, il n'y aura plus aucun secret entre nous tous. Colette, à midi je déjeunerai dans la salle de danse. J'ai invité Anna, vous nous préparerez un repas léger pour trois, car Audrey sera avec nous…

— Avec plaisir, mademoiselle.

Cimetière de Gevrey-Chambertin,
même jour, un quart d'heure plus tard

Jean-Charles semblait perdu dans de tristes songeries lorsque Catherine l'aperçut. Les bras croisés sur sa poitrine, il était debout devant le monument funéraire qui abritait les défunts de sa famille.

« Dieu soit loué, il est là, bien vivant », se dit-elle.

Un vent froid soufflait sur le cimetière, et malgré le ciel bleu et le soleil, elle frissonna. Mongenot avait dû entendre le bruit de ses pas sur les gravillons, car il se retourna.

— Cathy, appela-t-il.

Elle marcha plus vite, sanglée dans l'imperméable gris qu'elle avait mis sur sa robe en laine noire. Ses boucles en désordre, le visage sans fards, il lui trouva un air de jeunesse émouvant.

— J'étais folle de peur ! cria-t-elle.

Il la reçut contre lui, toute tremblante, au bord des larmes. Ils échangèrent un baiser passionné.

— Je pensais que je ne te reverrais jamais, mon amour ! Je n'ai pas pu dormir, sans toi à mes côtés, avoua Catherine.

— Dis-le encore, supplia-t-il.

— Mon amour, souffla-t-elle, ayant deviné ce qu'il souhaitait. Tu es mon amour désormais, aussi je refuse de te perdre.

— Moi non plus je n'ai pas fermé l'œil de la nuit, Cathy. Je suis venu ici à 7 heures, ce matin, pour parler à mon père, pour songer à ma mère. Je l'adorais, sais-tu ? C'était une femme si délicate, si fragile. Élisabeth d'Abbeville, mariée à un homme qu'elle n'aimait pas, mon père.

— Je l'ignorais, Jean-Charles.

— Il y a des sujets qu'on évite, afin de panser ses blessures, celles du cœur. Maman était triste, tellement triste. Elle a succombé à une embolie pulmonaire, mais du haut de mes dix ans, j'ai pensé qu'elle était morte de chagrin. Et l'histoire s'est répétée, on m'a sommé d'épouser Frédérique, dont la dot se constituait de fabuleux cépages, de précieuses parcelles de vignoble. Ces unions arrangeaient tout le monde, sauf les intéressés. J'étais amoureux de toi, Cathy, je le suis toujours…

— Oublions le passé, Jean-Charles. Maintenant nous sommes ensemble et je t'aime. Si seulement nous pouvions nous envoler pour les États-Unis, nous retrouver rien que nous deux, comme cet été, mais c'est impossible.

— Peut-être l'an prochain.

— Ce serait merveilleux ! Ceci dit, je me contenterai aussi d'habiter tout simplement avec toi une maison sans souvenirs, toute neuve, sans le poids des secrets et des deuils. Je ne pourrai plus dormir au manoir, et tu n'es pas à ton aise au château.

Jean-Charles eut un rire teinté de dérision. Il désigna de la main le monument funéraire, en pierres grises, surmonté d'une croix ornée de sculptures.

— Avant ton arrivée, j'ai donc parlé à mon père ! J'ignore si Édouard Mongenot m'a écouté, mais cela m'a soulagé.

— Que lui as-tu dit ?

— Je peux te le répéter : « Père, j'ai suivi tes ordres et tes conseils, j'ai fait fructifier ton ouvrage, ton domaine ! J'ai gagné beaucoup d'argent, et je vais enfin partager l'existence de la femme que j'ai toujours aimée, Catherine. Ne m'en veux pas, je compte vendre le manoir, que tu te plaisais à surnommer le château Mongenot. Repose en paix, mon cher père. »

Touchée, Catherine se blottit de nouveau contre Jean-Charles.

— Que tu sois d'accord ou non, déclara-t-elle, j'ai l'intention d'acheter une jolie demeure que j'ai vue sur Internet. Elle est dans mes prix, puisque grâce à toi, j'ai touché à mon capital, celui de la vente du manoir de Cluny. Je m'y installerai très bientôt.

— Pourquoi cette décision, tellement soudaine ?

— Je ne suis plus une Desmarets. Si nous nous marions, je porterai ton nom. Je laisse tout à Victoire, qui s'estime plus légitime que moi, la veuve de son père. Et il y a une autre raison, j'ai cru en perdre la tête.

— Explique-toi, Cathy.

— Oui, mais pas ici, au milieu des tombes. Il fait froid et c'est sinistre. À ce propos, pourquoi m'as-tu demandé de te rejoindre au cimetière ?

— Ne te moque pas, je voulais te présenter à ma mère. Je ne suis guère croyant, néanmoins je me disais qu'elle ne t'a pas connue et qu'il était temps d'y remédier.

— Je comprends, mon amour… Mon Dieu, tu es si pâle, tu as l'air si fatigué.

— Depuis que tu es là, je me sens mieux. Je t'emmène à mon hôtel, j'ai réservé la chambre jusqu'à demain, le jour fatidique où le commandant Terrier me communiquera les résultats des tests ADN…

21

Le venin des aveux

Château Desmarets, même jour,
vendredi 16 novembre 2018

Anna, Audrey et Victoire avaient fini de déjeuner. La chaîne hi-fi diffusait un concerto de Brahms, presque en sourdine, car Maïa venait de s'endormir. Les trois jeunes femmes, assises autour de la table ovale, commençaient à échanger des confidences sur le thème éternel des relations amoureuses.

— Je suis sûre de moi, Corentin est l'homme que j'attendais, un peu le prince charmant des histoires ! Ne vous moquez pas, je suis sincère, murmura Anna.

— Pourquoi se moquerait-on ? Quand j'étais fillette et que je lisais certains contes de fées, ça me faisait rêver, avoua Audrey. Mon petit ami, celui dont je vous ai parlé, Victoire, était très gentil, mais je ne m'imaginais pas vivre des années avec lui. Maintenant, je me demande si je pourrai avoir quelqu'un après ce qui m'est arrivé.

Sa voix en tremblait, comme chaque fois qu'elle se remémorait la brutalité de Bastien Mongenot. Il avait abusé de son corps sous la menace d'un couteau et l'image l'obsédait.

— Heureusement, tu es quand même à l'aise avec mon cousin et vis-à-vis d'Emmanuel, lui fit remarquer Victoire.

— Oui, ils sont sympathiques et très corrects. Arthur essaie souvent de me distraire ou de me faire rire. Il s'est montré très franc aussi, en me confessant ses erreurs passées.

— J'ai l'impression qu'il a beaucoup d'affection pour toi, insinua Anna.

— Peut-être, hasarda Audrey tout bas en rougissant.

Attendrie par sa réaction, Victoire s'abstint de donner son avis sur le sujet, Arthur lui ayant confié la veille qu'il pensait être amoureux de leur protégée. De son côté, elle hésitait à évoquer les sentiments que lui inspirait Emmanuel, d'abord par pudeur, et surtout s'estimant incapable de les définir. C'était sans compter sur Anna.

— Et toi, Vicky, où en es-tu ? demanda-t-elle.

— Mon amour pour Maïa prend toute la place, je me poserai des questions plus tard.

— Tu n'éprouves toujours qu'une chaleureuse amitié pour Emmanuel ? Il paraît qu'il vient fréquemment ici et que ta mère l'apprécie à sa juste valeur ! Je sais tout, car votre garde du corps joue un peu les concierges, à ses heures, plaisanta son amie.

— J'avais l'intention de t'en parler, Anna, alors oui, j'aime Emmanuel, je l'aime et j'en suis heureuse. Je l'ai compris il n'y a pas longtemps. Mais ce que je ressens pour lui est différent de ce que j'éprouvais envers Florian, déclara Victoire avec un sourire rêveur.

— Explique-nous !

— C'est difficile à dire ! Une chose est sûre, il me manque sans cesse, j'ai besoin qu'il soit près de moi. Il m'offre beaucoup de tendresse, sans chercher au-delà. Je lui fais confiance, jamais il n'oserait se conduire comme Florian, qui manifestait son désir de manière très virile. Et même trop virile. Bien sûr, j'étais troublée et je lui cédais, car je n'avais guère d'expérience.

— Mais vous étiez quand même amoureuse de lui, n'est-ce pas ? l'interrogea Audrey. Votre maman m'a raconté que vous deviez vous marier, et puis il y avait la promesse du bébé...

Par respect pour la mémoire de Florian, Victoire évita de préciser dans quelles circonstances avait été conçue Maïa.

— Je croyais être amoureuse, Audrey. Je le répète, mes sentiments pour Emmanuel sont profonds, ils viennent de mon cœur et de mon âme. Et puis nous sommes très complices, c'est important. Je pense même que nous étions destinés l'un à l'autre, sinon serait-il mystérieusement averti, lorsque je suis en danger ? Je trouve ça extraordinaire d'être liés ainsi, tous les deux. Bon, je n'en dirai pas plus, j'en ai les larmes aux yeux.

— Vicky, je suis tellement contente ! s'écria Anna.

— Moi aussi, renchérit Audrey.

— Vous êtes adorables, mais vous feriez mieux de vous mettre en tenue, leur dit-elle en riant. Nous devons nous exercer et danser ! Aujourd'hui, ce sera sur la musique du ballet *Giselle.*

Les jeunes femmes approuvèrent, en courant se changer derrière le grand paravent qui isolait l'angle servant de vestiaire.

Victoire resta, elle, près de son lit, sur lequel était posé le merveilleux tutu qu'elle l'avait porté le jour où elle avait révélé et prouvé sa guérison à sa famille réunie dans le salon. Elle avait commandé cette tenue un an plus tôt, fascinée par sa beauté et ses couleurs.

— Je ne l'avais jamais remis, depuis le mois d'avril, se dit-elle tout bas.

Son corps gracieux une fois revêtu de ce fabuleux costume, elle déploya la large corolle du jupon en tulle, teinté de reflets roses et dorées. D'un geste délicat, elle effleura son bustier serti de sequins brillants. Un collant aux nuances d'aurore complétait l'ensemble. Vite, elle natta ses cheveux et les releva en chignon, pour les orner du diadème en strass qu'elle affectionnait.

Songeuse, elle observa le mur tapissé de miroirs, en revoyant le couple qu'ils formaient, Emmanuel et elle, en train de valser dans les bras l'un de l'autre, dans une parfaite harmonie. Au moment de se dire au revoir, ils s'étaient embrassés longuement et tendrement.

— Pourvu qu'il revienne vite, chuchota-t-elle.

Prête la première, Anna courut dans sa direction pour la prendre par la taille.

— À qui penses-tu, Vicky? s'enquit-elle tout bas. Tu avais un air bizarre.

— Je me souviens de plusieurs baisers, c'est tout, avec l'envie d'en recevoir des nouveaux, pour ressentir un étrange bonheur!

— Ceux d'Emmanuel?

— Oui!

— Vicky, pourquoi tu ne m'as rien dit? Tu aurais pu me téléphoner pour m'en parler, comme avant...

— Depuis que tu es fiancée, tu passes une partie de tes journées et toutes les nuits avec Corentin, alors je n'ose pas t'appeler, de crainte de vous déranger. Emmanuel m'aime, il me l'a dit.

— Quelle surprise, se moqua gentiment Anna. Mais Vicky, il t'aime à la folie et ça date de longtemps. Tu l'ignorais vraiment ou tu ne voulais pas t'en rendre compte?

— Avec tout ce qui s'est passé cette année, le stress constant, mon séjour en Provence, j'ai suivi en priorité deux objectifs, les plus importants pour moi, veiller sur mon bébé et découvrir l'origine du mal, de tous ces crimes sexuels et des meurtres qui ont endeuillé ma famille. Mais dès mon retour, Emmanuel était là, et quand nous sommes allés ensemble à Corcelles-les-Monts, dans la maison de mon grand-père, il y a eu comme une évidence, je l'aimais. Anna, je l'aime tant...

Audrey, en tenue de danse, les attendait à la barre, afin de ne pas se montrer indiscrète. Elle faisait déjà les exercices d'échauffement, d'un air très sérieux.

— Allons rejoindre mon élève, murmura Victoire en souriant. Je suis si heureuse de pouvoir danser, moi qui me désespérais il y a un an, à la même époque... et aussi enseigner les bases de mon art à une charmante élève.

— Il faudra que tu sois plus autoritaire, quand tu auras lancé tes cours. Madame Aurélia te servira d'exemple !

— J'ai même l'intention de lui demander de nombreux conseils ! Je ne pouvais pas rêver mieux comme tante !

— Comme tante ? Vicky, j'ai manqué quelque chose ?

— Oh, je suis désolée, Anna ! Je voulais te l'annoncer pendant le repas, mais je n'ai pas eu l'occasion. Mais tu l'apprends juste quelques heures après tout le monde. C'est si compliqué...

Grâce à un résumé bien ordonné, Victoire expliqua ses liens de parenté avec Aurélia Novak. Médusée, Anna se contenta d'approuver en silence.

— Si tu restes dormir ce soir, je te raconterai tout en détail, dit-elle en s'élançant vers la barre, en une suite d'entrechats aériens. Revêtue du somptueux tutu rose, dont les sequins brillaient sous la clarté du lustre, elle se donna dès lors tout entière à sa passion, la danse.

Château Mongenot, même jour, deux heures plus tard

Karen et Louis Terrier fouillaient méthodiquement l'immense grenier du manoir. Depuis plus d'une heure, ils brassaient des caisses remplies de vaisselle, des malles garnies de linge de maison, tout en déplaçant du mobilier en mauvais état.

— J'ai tenu à faire moi-même ce sale boulot, j'aurais dû laisser ma place au brigadier Fort, pesta à haute voix le commandant. C'est un amateur de brocante, il aurait été comblé.

— De toute façon, il n'y a rien d'intéressant pour nous. Je n'ai pas trouvé le moindre registre ayant un rapport avec le personnel des années 1960. Pour être précise, je ne vois aucun document administratif dans ce bazar, se plaignit Karen.

— Nous savons grâce aux registres d'état civil que Nadine Meigneux est née en 1963. Elle a été reconnue à ce moment-là seulement par sa mère, Lucienne Gajan. Et en 1965, Roger Mazo s'est marié avec Lucienne et a légitimé Nadine. Celle-ci a épousé Paul Meigneux très jeune. Comme elle nous l'a dit, son mari est mort quand elle avait une trentaine d'années. Et c'est à ce moment-là qu'elle a été engagée par les Mongenot. Sa mère et son beau-père sont eux décédés en 2003 à six mois d'intervalle. Maintenant, je voudrais savoir si Lucienne Gajan a travaillé ici !

— Pourquoi ce serait forcément une de leurs employées ? Le père de Jean-Charles Mongenot pouvait avoir une liaison en ville, ou dans un village des alentours. Sa maîtresse est tombée enceinte de ses œuvres, il n'a pas reconnu l'enfant. Une fois adulte, Nadine a découvert ses liens de parenté avec les Mongenot et s'est présentée ici. Dans quel but précis ? Nous ne le saurons sans doute jamais.

Un peu lasse d'inhaler de la poussière, Karen décida d'ouvrir la fenêtre d'un des chiens-assis du toit. Elle respira l'air frais avec soulagement.

— C'est bon, j'ai ce qu'on cherchait ! lui cria Terrier. Viens voir, j'ai la liste du personnel de chaque année, à dater de 1958, les gages versés, les fonctions, jardiniers, cuisinières, lingères et même des couturières.

La lieutenante le rejoignit au plus vite. Il lui tendit un épais cahier relié, de grande taille, dont la couverture, jadis rouge, avait viré au rose jaunâtre, comme les pages intérieures.

— J'ai ouvert ce meuble à tiroirs, expliqua-t-il. Il était fermé à clef, mais j'ai pu forcer la serrure à l'aide de mon canif. Retiens ça, Karen, il faut toujours être équipé.

— Au moins, ça vous a mis de bonne humeur, nota-t-elle.

— Il m'en faut peu, je l'admets. Mais surtout, Aurélia rentre demain de Strasbourg, j'espère avoir ma soirée pour la réconforter.

D'un tempérament taciturne et réservé, son supérieur lui parlait rarement de sa vie privée. Agréablement surprise, Karen s'enhardit à le questionner :

— Aurélia ne vous tient pas rigueur de l'avoir laissée seule ? Vous auriez dû être à ses côtés pour les obsèques de sa tante.

— Mais non, c'est elle qui m'a conseillé de rentrer. J'étais tellement préoccupé par l'enquête, je devais la perturber. Ceci dit, ce ne sont que des suppositions, car elle ne m'a pas appelé ni envoyé de message ! L'incinération devait avoir lieu aujourd'hui, en milieu de matinée. Cela a dû être pénible pour elle, il n'y avait personne pour y assister, enfin peut-être l'aide-ménagère de Maryla…

Soudain une idée traversa l'esprit de Karen, pareille à un flash affolant.

— Commandant, même si Aurélia vous en veut, c'est étonnant qu'elle ne vous donne aucune nouvelle, dit-elle d'un ton alarmé. N'oubliez pas, c'est la fille de Gilles Desmarets.

— Qu'insinues-tu ? C'était un secret bien gardé, révélé il y a moins d'une semaine. Qui aurait pu renseigner ces fichus criminels sur sa véritable identité ?

Après avoir protesté, Louis Terrier céda à l'angoisse. Il prit son téléphone et tenta de joindre sa compagne.

— C'est encore sa messagerie, enragea-t-il, devenu livide.

— J'appelle Victoire, elle en saura peut-être plus si Aurélia l'a contactée.

— D'accord.

Pour tromper son anxiété, il étudia le registre du personnel, en quête de la dénommée Lucienne Gajan. Cependant, quand Karen activa le haut-parleur pour lui permettre d'écouter la communication, il se figea, sur le qui-vive.

— Bonjour, Victoire ! Je suis avec le commandant Terrier et nous voudrions savoir si Aurélia Novak t'a envoyé un texto ou si tu l'as eue en ligne ?

— Bonjour… Non, pas depuis hier midi, mais je lui ai écrit un long mail. Je n'ai pas encore eu de réponse, je pense que c'est normal, vu les circonstances. Elle devait avoir beaucoup de choses à gérer.

— Qui est au courant pour vos liens de parenté ?

— Je l'ai dit ce matin à ma famille, mais Emmanuel a été le premier à le savoir. Qu'est-ce qui se passe, Karen ?

— C'était une simple vérification, nous allons nous renseigner auprès du service des pompes funèbres de Strasbourg. Je te remercie… Tout est calme au château ?

— Oui, il n'y a rien à signaler.

— Au revoir, Victoire.

La lieutenante raccrocha et scruta les traits crispés de Louis Terrier. Il lui tendit le registre et alluma son propre téléphone.

— Continue à chercher, je te prie, j'ai le numéro du crématorium où se passait la cérémonie.

Il s'éloigna à l'autre bout du grenier pour appeler. Le cœur serré, Karen ne pouvait pas s'empêcher de guetter sa réaction, tandis qu'il discutait avec son interlocuteur. Elle le vit se voûter, comme sous le poids d'un fardeau intolérable.

— Aurélia était bien présente avant l'incinération, déclara-t-il en revenant vers la lieutenante. Mais un homme est venu et elle l'a suivi. Ils sont partis dans une berline noire.

— Peut-être un notaire, commandant ! Je suis sûre que vous aurez de ses nouvelles avant ce soir. Excusez-moi, j'ai pensé au pire et je vous ai inquiété.

Terrier hocha la tête avec un vague sourire, cependant un doute effrayant continuait à l'oppresser.

— Alors ce registre, dit-il d'un ton neutre.

Karen et lui se penchèrent sur les patronymes inscrits à l'encre violette sur du papier jauni.

— La voici, Lucienne Gajan ! s'écria soudain le commandant. Engagée en 1961 comme femme de chambre, et congédiée un an plus tard pour mauvaise conduite.

— Évidemment, la malheureuse devait être enceinte du maître des lieux et elle a été obligée de s'en aller ! s'indigna Karen. Je me demande combien de jeunes domestiques, jadis, ont subi le même sort…

— Édouard Mongenot a dû la dédommager, mais cela ne nous dit pas pourquoi Nadine s'est introduite par la suite dans cette famille. Un besoin de venger sa mère, ou celui d'approcher son demi-frère Jean-Charles ? hasarda Terrier.

— Il y a une autre théorie, Nadine Meigneux a pu apprendre tardivement de qui elle était la fille. Aurait-elle vraiment eu des relations incestueuses en toute connaissance de cause ?

— Vu le personnage, ça ne me surprendrait pas, Karen. On s'en va, j'ai assez brassé de vieilleries. On emporte ce registre-là, j'enverrai un de nos agents récupérer toutes les paperasses contenues dans ces tiroirs. Tiens, tant que j'y pense, appelle le CHU, pour savoir si Paula Calder a repris conscience. Son témoignage sera précieux.

Louis Terrier essayait de se concentrer sur cette laborieuse enquête qui le taraudait, néanmoins il était obsédé par le silence incompréhensible d'Aurélia.

À peine étaient-ils entrés dans la gendarmerie que le brigadier Fort surgit devant eux. Il était très pâle et leur décocha un regard affolé.

— Patron, nous avons reçu un appel de nos collègues de Dijon, eux-mêmes alertés par les pompiers de Colmar qui ont découvert une femme inanimée, dans une voiture accidentée, sur une départementale. C'est votre amie, Mme Novak.

— Bon sang, Fort, il fallait me téléphoner aussitôt ! vociféra Terrier.

— Je viens de l'apprendre, patron. Comme Mme Novak réside à Dijon, la brigade de Colmar s'est renseignée sur les proches, et le capitaine Vergnaud, de Dijon, qui savait pour vous deux, nous a appelés.

— Lui non plus, il n'a pas daigné me prévenir directement ! Où est-elle ? Est-ce que c'est grave ? Où l'ont-ils hospitalisée ? Je dois aller la voir. Dis-moi, Fort !

— Ils l'ont emmenée à Colmar, patron.

Fébrile, Louis Terrier fonça dans son bureau où il prit sa parka et les clefs de sa voiture. Il repassa près d'eux sans un mot, un masque de fureur désespérée sur le visage.

— Soyez prudent, commandant, ne conduisez pas trop vite, supplia Karen. Je m'occupe de tout, ici.

— Je te fais confiance, marmonna-t-il en sortant d'un pas rapide. Vous aussi, restez vigilants.

Le brigadier, du haut de ses quarante-deux ans, lança un coup d'œil soucieux à sa jeune collègue.

— Le patron va s'en vouloir d'avoir privilégié son travail au lieu de soutenir son amie, dit-il à mi-voix. Mme Novak a dû prendre la route sitôt les obsèques terminées. Il suffit d'être fatigué ou d'avoir mal dormi, et c'est l'accident. Enfin en ce qui concerne les personnes ordinaires, je ne parle pas de la famille Desmarets. Eux, c'est différent, on voulait camoufler leur assassinat.

— Vous avez raison, brigadier, il ne fait pas bon être un des Desmarets de Gevrey-Chambertin, ces temps-ci, répliqua Karen sobrement. Je vais boire un café, et téléphoner à Victoire…

Quelque part en Côte d'Or,
même jour, deux heures plus tard

Bastien frictionnait son poignet cerclé de rouge. Furieux d'avoir été menotté à plusieurs reprises, il s'était beaucoup débattu, en poussant des cris de rage. Lorsque Nadège entra, avec sa mallette de pharmacie et une bouteille d'eau, il la reçut avec une série d'insultes.

— Ne soyez pas grossier, mon garçon ! On vous a détaché vers midi, il me semble. Vous avez pu vous doucher et changer de vêtements. Ceux que l'on a mis à votre disposition sont-ils de la bonne taille ?

— Je m'en fiche, ils sont propres, maugréa-t-il.

Il régnait toujours dans la pièce sans fenêtre un clair-obscur dispensé par une veilleuse. Cette lampe murale restait allumée jour et nuit, même si Bastien avait perdu la notion des changements de lumière extérieure. Pour lui, il faisait sombre et l'air sentait le renfermé.

— Qu'est-ce que vous comptez faire ? Me soigner ? Mon doigt cicatrise, disons mon moignon de doigt.

— Je veux passer de la pommade sur votre poignet, répondit-elle d'un ton inhabituel, dénué d'ironie.

Intrigué, Bastien la dévisagea attentivement, ce qu'il évitait de faire le plus souvent. Nadège avait un large hématome à gauche du front, une lèvre fendue et une ecchymose sur le menton.

— On vous a flanqué une correction à vous aussi ? s'enquit-il avec jubilation. Ne me racontez pas que vous êtes tombée ou cognée quelque part, ça ne prendra pas.

— J'ai été punie, à la suite d'une fâcheuse gestion de mes attributions. C'est la règle ici.

— Bah, l'erreur est humaine, paraît-il.

— Dans certains cas, il faut éviter de commettre des fautes susceptibles de bloquer les rouages d'une organisation bien rodée, cela depuis des années, déclara-t-elle.

— Quoi ? Vous avez échoué à assassiner quelqu'un ?

— Peut-être, mais je ne peux rien vous dire, même si je suis là afin de vous fournir des explications sur un autre plan. Je viens d'en recevoir l'ordre. Considérez notre entretien comme un test.

— Avec quel résultat, Nadège ?

— Je l'ignore encore. Je dois vous parler, au cas où un incident se produirait.

Elle poussa un long soupir de lassitude, en s'asseyant près du lit. Pour Bastien, ses visites brisaient l'ennui de ces heures interminables où il se retrouvait seul avec lui-même, aussi il se montra conciliant.

— Je suis prêt à écouter, admit-il. En fait, ce lieu ressemble à une cellule de prison. J'ai eu le temps de réfléchir et je ferais mieux, en effet, d'avoir un comportement exemplaire, si jamais je souhaite obtenir une remise de peine.

— Vous avez le courage de plaisanter, je vous félicite !

— Apparemment je suis de meilleure humeur que vous. On dirait que je deviens fataliste. Au fond, je ne me fais plus d'illusions. Vous et moi, nous sommes condamnés, je le devine à votre expression pathétique. En plus, si vous avez le droit de me faire des aveux, c'est sûrement notre arrêt de mort à tous les deux.

— Le mien, oui, mais pas le vôtre, jeune homme.

Perplexe, Bastien but une longue gorgée d'eau, après avoir ouvert la bouteille que lui avait donnée Nadège. Il ne comprenait rien à ses allégations, mais tout lui devenait indifférent. Seule la curiosité le stimulait un peu.

— Alors, j'attends, insista-t-il, en appui sur un coude.

— Déjà, comme vous devez le supposer, nous avons fait exécuter votre petite amie Blandine, ainsi que sa mère, Mélinda. Je les appelle de leurs faux prénoms, c'est plus pratique.

— Pourquoi les avoir tuées ? Mélinda, je m'en contrefiche, mais Blandine me plaisait. Je suis sûr qu'elle vous obéissait, quand elle m'a drogué pour prendre ces maudites photos compromettantes !

— Certaines personnes tueraient père et mère pour de grosses sommes d'argent. Vous ne pesiez pas lourd dans la balance, d'autant plus que sa génitrice l'exhortait au vice et à l'avidité. Nous avons regretté de perdre Mélinda. Un brillant sujet ! Elle avait réussi à éliminer Corinne Quinot et épouser le veuf, cet imbécile de Guy Quinot. Figurez-vous que Mélinda se travestissait en homme quand elle jouait les chauffards. C'était un élément de premier ordre, qui nous renseignait sur les faits et gestes des Desmarets, en exigeant par ailleurs une exorbitante rétribution. Il fallait la supprimer, ainsi que sa fille, elles en savaient trop. Les femmes peuvent bavarder et trahir par étourderie.

— Ce sont les Desmarets que vous avez dans le collimateur, n'est-ce pas ? décréta Bastien. Pourquoi cette famille et pas une autre ? Mon frère devait se marier avec Victoire.

— La mort de Florian n'était pas programmée. Je vous le répète, il y a des aléas. Comment prévoir que votre soi-disant père prêterait sa voiture ce matin-là à son fils unique ?

— Pas la peine de me rappeler que je n'ai jamais été un Mongenot !

Ramené à sa hantise, Bastien s'allongea sur le dos, les mains sur ses yeux. Il cherchait sans cesse qui pouvait avoir violé sa mère, avec l'espoir irrationnel de retrouver le coupable afin de l'anéantir.

— Je ne fais que commencer, et vous en avez déjà assez, jeune homme ?

— Non, allez-y ! Vous devez répondre à ma question, pourquoi les Desmarets ?

— Des rancunes dissimulées, à la suite d'actes déplorables. Si l'on pouvait interroger les défunts, ils en sauraient davantage que moi. Si je continuais sous la forme d'une histoire, mon garçon ?

— Arrêtez ça, bon sang, appelez-moi Bastien, ce sera plus simple.

— D'accord, je ferai ainsi. Maintenant imaginez notre région avant la Seconde Guerre mondiale. Les dirigeants de nos exploitations viticoles sont mobilisés, comme leurs ouvriers et leurs maîtres de chai. Cependant certains demeurent en bonne place, pour mener à bien les vendanges, à l'exemple de Léonard Desmarets, dont le fils Gilles est âgé de six ans au début du conflit. Sans doute par un malheureux hasard, ce même Gilles, à la Libération, sur la foi d'un témoignage douteux, dénonce une jeune voisine pour collaboration avec l'ennemi. Mais elle était innocente et les brutes du comité d'épuration l'ont rouée de coups et violée, jusqu'à l'agonie. Quelqu'un a été témoin de cette barbarie, un homme qu'on retenait de force car il voulait la défendre.

Bastien se représenta la scène. Il garda le silence, marqué par ce sinistre récit. Nadège secoua la tête d'un air navré.

— Léonard Desmarets, consterné et furieux, a sévèrement puni son fils, à l'ancienne mode, le fouet et le cagibi noir. Sa mère, très pieuse, en a conçu une répulsion pour son rejeton.

— Mais c'était un gosse, il devait voir onze ou douze ans ! s'écria Bastien. On lui a débité des mensonges, il a cru bien faire. Peut-être même qu'on l'a poussé à dénoncer cette fille !

— Nul ne l'a jamais su, hélas quoi qu'il en soit la faute lui incombait. Gilles Desmarets est tombé malade peu après, il ne s'alimentait plus et faisait des cauchemars, sûrement ce que l'on nommerait aujourd'hui un traumatisme psychologique.

— Et alors, quel est le rapport ? D'ailleurs, qui vous a raconté ça ?

— Peu importe, il s'agit là de l'origine du problème. J'ai assez parlé, je reviendrai à l'heure de votre dîner, Bastien…

Château Desmarets, même jour, même heure

Emmanuel serrait Victoire dans ses bras. Blottie contre lui, elle réprimait des sanglots d'angoisse et d'exaspération. Dès qu'il était entré dans la salle de danse, elle avait couru vers lui comme s'il représentait le seul refuge possible.

— Merci d'être venu aussi vite, j'avais besoin de toi, même si Anna devait dormir ici ce soir. Mais après l'appel de Karen, j'ai eu tellement peur. Aurélia est ma tante, la sœur de papa, que j'adorais. Ils ont voulu la tuer, j'en suis sûre.

— Tu peux m'appeler n'importe quand, à n'importe quelle heure, je viendrai, Vicky. Calme-toi, je t'en prie. On n'a pas encore de preuve formelle.

— Tu sais bien que ces monstres provoquent ce genre d'accident. Ils ont failli tuer maman et mamie, l'hiver dernier. Le commandant Terrier l'a dit, c'est leur mode opératoire. Je n'en peux plus, Emmanuel.

— Tu es à bout de nerfs, Vicky. Et si je restais cette nuit? En compagnie d'Anna et de moi, tu serais bien entourée. Arthur m'aidera à monter deux matelas et de la literie. Ne pleure plus, tu auras vite des nouvelles d'Aurélia. Il y a environ deux heures et demi d'autoroute, entre Dijon et Colmar. Le commandant sera sous peu à l'hôpital. Il t'appellera.

Ils étaient dans la salle de danse, presque sous le lustre en cristal qui avait éclairé leur valse de la veille.

— Si Aurélia va bien, ce sera amusant de vous avoir là, comme si vous campiez, balbutia Victoire. Mais elle a pu mourir, toute seule, loin de moi et de l'homme qu'elle aime ! J'en ai mal au cœur, je peux à peine respirer.

Il la berça tendrement, en déposant de légers baisers sur son front et ses joues.

— Je suis certain que tu reverras ta tante bientôt ! N'aie pas peur, tu es à l'abri, ta petite fille dort tranquillement et Coppélia fait des acrobaties en donnant des coups de patte à son reflet dans le miroir. Toi et moi, nous connaissons la douleur du deuil, mais je veux espérer que nous pourrons enfin être heureux dans un avenir proche.

— As-tu un pressentiment dans ce sens ? murmura-t-elle.

— Une intuition... J'aimerais te promettre que tout sera fini avant Noël et que nous fêterons le baptême de Maïa près du grand sapin que ta mère et toi, vous décorez si joliment. Mais ce serait présomptueux de ma part, Vicky.

— Peu importe, ça me console de t'entendre en parler, dit-elle en l'étreignant de toutes ses forces. Emmanuel, j'ai beaucoup pensé à toi ces derniers jours. Je voudrais te demander pardon, car j'ai dû te faire beaucoup souffrir.

— Pas du tout, tu m'as réconcilié avec la vie.

— Sois sincère, tu étais malheureux à cause de Florian ! Le jour de nos fiançailles, j'ai entrevu mon erreur, mais j'ai refusé de l'admettre. Tu n'avais pas voulu assister au déjeuner en notre honneur, et ton absence me contrariait. Au fond, je réagissais en gamine égoïste. Je m'obstinais à nier tes sentiments et les miens. Je me souviens de ta colère, quand tu as su que j'étais enceinte.

— Vicky, c'est du passé ! À quoi bon te torturer ? Tu étais très malheureuse, persuadée de ne plus jamais danser, et Florian te promettait monts et merveilles. Je suis responsable également. Qu'est-ce qui m'obligeait à jouer les grands frères, je pouvais te dire combien je t'aimais, même si tu m'avais repoussé avec gentillesse, telle que je te connais. Par fierté ou par orgueil, je respectais tes choix. Je crois aussi que j'avais peur de te perdre. Je préférais rester ton ami durant des années, pour ne pas être séparé de toi.

Touchée, Victoire s'écarta de lui et le fixa d'un regard incisif, avant de protester d'une voix douce :

— Dans ce cas, pourquoi as-tu quitté notre Bourgogne pour travailler à Fontainebleau ? Pendant des mois, tu communiquais avec Anna, on ne se téléphonait jamais. Je me disais que tu allais rencontrer la femme idéale là-bas, et que je ne te reverrai pas…

— En conclusion, nous avons été tous les deux un peu stupides, hasarda Emmanuel en l'enlaçant.

— Oui, tu as raison ! Oh, j'ai un appel… C'est le commandant Terrier.

— Victoire, je serai bref, je veux juste vous rassurer, déclara celui-ci. Aurélia n'a rien de grave. Un bras cassé, des contusions mais elle est hors de danger. Je vous recontacte dès qu'elle se réveille. Au revoir.

— Au revoir, et merci beaucoup, commandant. Je m'inquiétais tant, je suis soulagée. Mais… Il a déjà raccroché !

Emmanuel la prit par la taille et la souleva, en la faisant tournoyer en l'air. Elle éclata de rire, puis tendit les bras, comme pour s'envoler. Lorsqu'il la reposa, elle se jeta à son cou, ivre de joie.

— J'en étais certain, Vicky, déclara-t-il. Les forces mauvaises sont en train de décliner, as-tu remarqué ? Ces criminels vont d'échec en échec, malgré l'horrible massacre perpétré chez M. Mongenot. Tu m'as dit que Nadine faisait partie de cette clique de monstres, elle a dû payer très cher une erreur. Mais ils n'ont pas pu te prendre Maïa ni tuer Aurélia, si ce sont eux qui ont causé son accident. Et ils ont perdu des complices, des hommes de main.

— Oui, on pourrait raisonner ainsi, se dire qu'ils ne sont plus aussi puissants ! Hélas, ils détiennent Bastien, vivant ou mort. Tant pis, je ne veux plus y penser. Il faut préparer vos lits et commander un repas pour trois à Colette. Maman et Jean-Charles ne sont pas de retour, sinon Karl te l'aurait précisé.

— On laisse Audrey de côté ?

— Ce serait indélicat, mais si Audrey dîne avec nous, Arthur la suivra. Mon cousin est amoureux.

— Je m'occupe de tout, Vicky.

Quelque part en Côte d'Or, deux heures plus tard

Assis en tailleur sur le lit, Bastien avait ressassé les paroles de Nadège. Il se posait beaucoup de questions, sans trouver de réponses. Le visage marqué par les coups qu'il avait reçus la veille, affamé aussi, il s'interrogeait à voix basse, confronté à des images d'un passé qui ne le concernait pas, du moins le croyait-il.

— Cette sale histoire, à la Libération, ça a dû entraîner des vengeances à retardement, des représailles. Il faut être tordu pour s'acharner sur un type qui n'était qu'un gamin à l'époque de sa faute. Est-ce que j'aurais fait pareil, moi? Bah, il y a des chances…

Il se balança d'avant en arrière, puis de gauche à droite, les mains nouées entre ses jambes repliées. Le plus pénible, c'était d'imaginer le viol de sa mère. Maintenant qu'il savait la vérité sur Jean-Charles, il vouait tout son amour filial à la douce Frédérique.

— Maman, comment tu faisais pour m'embrasser et me câliner le soir? Je devais te dégoûter, te rappeler ce que tu avais enduré. Si je tenais ce salaud… Hélas, j'en suis un aussi, j'ai fait à Audrey ce qu'on t'a fait, maman. Au moins, je l'ai sauvée in extremis. Je ne sais pas où elle est, mais elle n'est pas morte.

Les lèvres pincées, les dents serrées, Bastien étouffa un sanglot de chagrin. Il faisait le bilan de ses derniers mois et il en aurait vomi.

— J'espère que tu n'as rien vu et rien su, maman! À New York, je me suis prostitué pour acheter de la drogue, et j'ai craché à la figure de papa quand il m'a conduit à l'hôpital psychiatrique. Papa, devient-on le père d'un enfant si on l'élève sans connaître ses véritables origines…? Qu'est-ce qu'il a pensé en apprenant que je n'étais pas son fils?

Le déclic de la serrure le fit taire. Nadège apparut et la porte, comme toujours, fut refermée derrière elle. Bastien étudia sa façon de marcher, la crispation de ses traits, qui indiquaient une souffrance physique. Elle n'avait pas de plateau, mais un panier couvert d'un torchon à carreaux blancs et rouges.

— Vous m'emmenez pique-niquer? la défia-t-il.

— Non, c'est plus facile pour moi, ils m'ont brisé deux doigts. Je vous ai mis des œufs durs et du fromage, avec du pain.

— Super, ça va me changer du ragoût de sanglier qu'on me sert depuis trois repas.

— C'était un menu de chasseur! Vous devriez devenir un chasseur et ne plus être une proie… Excusez-moi, je dois m'asseoir. La fureur et la haine sont à leur comble ce soir.

Il attrapa le panier pour vite mordre dans une tranche de pain. Nadège le regarda d'un air mélancolique.

— Mon pauvre garçon, vous avez été une proie dès la naissance. On m'a chargée de vous le faire comprendre. Votre mère faisait l'effort de vous aimer, votre père, ignorant tout, avait quand même une préférence instinctive pour votre frère. Florian était un bel homme, un brillant étudiant, moins attiré par l'alcool, la drogue et les femmes que vous. Cependant, les filles se moquaient de vous, quand vous étiez un adolescent boutonneux, alors vous couchiez avec les plus laides, en les menaçant.

— Stop, vous noircissez le tableau ! s'insurgea-t-il. D'abord, je n'avais plus d'acné à dix-sept ans, ensuite j'ai eu de très jolies nanas dans mon lit ou au fond du parc, sans les brutaliser.

— Certaines comptaient peut-être se faire épouser, afin de jouir de la fortune des Mongenot ! Et Ingrid Keller ?

— Eh bien quoi, Ingrid...

— Cette adorable junkie est mentionnée sur la longue liste des victimes de notre organisation, pourtant nous ne l'avions pas sélectionnée. Trop riche, avec des parents influents, et ayant offert ses faveurs à de nombreux partenaires. Savez-vous ce qui lui est arrivé ? Cette belle blonde a fini sommairement ensevelie dans la forêt de Châtillon. Pourquoi là-bas ?

— Je n'en sais rien ! Fichez-moi la paix avec Ingrid...

— Une overdose fatale, qui sème la panique parmi sa bande de camarades, eux aussi dans un état second. Vous y étiez, nous le savons, car il y a longtemps que vous êtes surveillé. Je peux vous montrer les photographies.

Sidéré, Bastien demeura silencieux durant plusieurs minutes. C'était inutile de nier, néanmoins il s'obstina.

— Vous mentez, et en plus vous me coupez l'appétit.

— Passez aux aveux, soupira Nadège.

— Oui, j'y étais. Quand on a compris qu'elle était morte, on a eu peur de finir en prison si on alertait les pompiers ou les flics, alors j'ai proposé de l'enterrer en pleine forêt. On a fait au plus vite. Moi je répétais aux autres qu'on ne serait pas soupçonnés, parce qu'on prendrait Ingrid pour une des victimes des criminels qui avaient déjà tué tant de filles dans la région. C'était un cauchemar de transporter son corps, de la déshabiller et de la recouvrir de terre et de pierres. C'est pour ça que j'ai sauvé Audrey, dites-le au malade qui vous commande.

— N'ayez crainte, je lui dirai. Mais je suis très fatiguée, ce sera suffisant pour aujourd'hui. Bonne nuit.

Nadège partie, ce fut de nouveau le silence, la pénombre et la solitude qui pesèrent sur l'âme et le cœur de Bastien. Il s'y ajoutait un élément cruel : la lucidité.

22

Aurélia Novak

Hôpital de Colmar, samedi 17 novembre 2018

Il était 6 heures du matin quand Aurélia sortit enfin d'un profond sommeil. Le commandant Terrier n'avait pas quitté son chevet depuis son arrivée, la veille. Dès qu'il la vit ouvrir les yeux, il sonna pour appeler une infirmière.

— Louis, c'est toi… Tu es là.

— Oui, j'ai passé la nuit ici.

— Dans ce fauteuil ?

— Il est très confortable, j'ai même dormi une heure ou deux. Aurélia, je n'ai jamais eu aussi peur de toute ma vie, dit-il d'un ton passionné. Déjà je m'en voulais de t'avoir laissée seule à Strasbourg, mais depuis hier soir, c'est bien pire, je me débats contre mes remords. Heureusement tu es vivante. Sinon je ne me le serais jamais pardonné.

Il prit la main qu'elle lui tendait entre les siennes et se pencha pour embrasser ses doigts.

— J'ai cru que j'allais mourir, avoua-t-elle d'une voix faible. Mon bras me fait souffrir… Ah, j'ai un plâtre !

— Une fracture nette de l'humérus gauche, on ne t'a pas posé de broche. C'est un moindre mal, tu pourras danser encore ! Si tu souffres, on va te redonner des analgésiques.

Une infirmière entra d'un pas décidé, avec un sourire de soulagement en voyant la patiente la saluer d'un signe de tête.

— Pourriez-vous sortir, monsieur ? demanda-t-elle en prenant tout de suite le pouls d'Aurélia.

— Est-ce vraiment nécessaire ? répliqua-t-il.

— Oui, monsieur, mais ce ne sera pas long. Un médecin passera un peu plus tard avec le résultat des analyses.

Louis Terrier se leva à regret pour déambuler dans le couloir. Il consulta son téléphone, puis il se posta près d'une baie vitrée afin de joindre Karen.

— Non, il est trop tôt, se dit-il. J'appellerai dans une heure ou deux.

Il songeait aux tests ADN censés établir ou non un lien de parenté entre Jean-Charles Mongenot et Bastien. La recherche concernant Nadine Meigneux ne serait pas disponible avant le lundi suivant.

— Qu'on en finisse, bon sang, bougonna-t-il. Il fallait que la femme que j'aime soit une Desmarets ! Nous ne serons jamais en paix si je ne démantèle pas ce réseau de criminels.

— Monsieur, vous pouvez retourner auprès de votre compagne, lui indiqua l'infirmière en s'arrêtant près de lui.

— Merci, comment va-t-elle ?

— Hormis le bras fracturé et les contusions, les constantes de Mme Novak sont bonnes. Elle doit juste éliminer la dose de sédatifs qu'elle avait dû consommer. Le docteur fera le point, il ne devrait pas tarder.

Sans daigner répondre, le commandant retourna s'asseoir près du lit où Aurélia s'était redressée, le haut du corps surélevé par ses oreillers.

— Tant qu'il n'y a personne, dis-moi vite ce qui s'est passé. Les médecins pensent que tu avais pris des calmants avant de te mettre au volant, je me doute que tu n'es pas responsable…

— Je vais essayer de tout te raconter dans l'ordre, Louis. J'étais au crématorium, ils avaient emporté le cercueil de Maryla pour l'incinération. J'avais l'intention d'aller boire un café. On m'avait dit que je pourrais disposer de l'urne en début d'après-midi. Et il y a eu cet homme, d'allure élégante, très bien éduqué qui est venu se présenter. Il disait être le propriétaire de l'immeuble de la rue des Tanneurs, et m'a tenu un discours comme quoi ma tante avait été sa locataire depuis des années, et auparavant celle de son père. Je ne me suis pas méfiée lorsqu'il m'a demandé de visiter l'appartement, dans lequel il voulait faire des travaux de rénovation. Tout semblait normal, ordinaire… Oh j'ai soif.

Il lui servit de l'eau qu'elle but d'un trait, avant de reprendre son récit.

— Nous avons pris chacun notre voiture et je l'ai suivi.

— Pourtant l'employé du crématorium que j'ai eu hier au téléphone prétendait que tu étais montée avec cet homme.

— Il a dû se tromper, ou bien croire qu'on venait me chercher. Le parking du cimetière est assez loin du bâtiment…

— D'accord, mais je me suis affolé, comme il l'avait formulé ainsi.

Le cœur lourd, le commandant étreignit de nouveau la main d'Aurélia, en la dévisageant d'un regard éperdu.

— Nous nous sommes retrouvés rue des Tanneurs. Le propriétaire était déjà garé et sorti de sa voiture et j'ai été surprise, car il m'a fait signe de mettre ma voiture devant l'entrée de l'immeuble, ce qui est interdit à cette heure-là. Le temps que je me gare et que je récupère mon sac à main, il m'avait précédée dans l'appartement et dès que je suis entrée, il a sorti un revolver, une petite arme. Il a pointé le canon dans mes côtes. Au début, je n'ai rien compris, Louis, ensuite j'ai pensé à Victoire, à la tentative d'enlèvement de son bébé, et à tous ces gens tués dans son entourage. Je me suis dit que c'était mon tour. J'étais incapable de prononcer un mot, je n'ai pu qu'obéir. Mon Dieu, j'éprouvais une terreur que je n'avais jamais connue, qui paralysait toutes mes capacités, mentales et physiques.

— Pleure si tu en as envie, Aurélia, ne te retiens pas, dit-il avec tendresse. Je suis désolé, tu en trembles, mais je dois savoir.

— Ne t'inquiète pas, ça va mieux ! Je suis vivante, c'est le plus important. À dater d'aujourd'hui, j'apprécierai la moindre petite joie et chaque instant du quotidien. Bon, je continue. Sous la menace de son arme, il m'a forcée à monter dans ma voiture.

— Je t'interromps, car je viens d'avoir une idée ! Combien de temps as-tu mis à le rejoindre dans le couloir, depuis l'endroit où tu étais garée ?

— Une dizaine de minutes à peine.

— Je crois savoir ce qu'il a fait en t'attendant. Il y avait sans doute un micro-enregistreur placé chez ta tante. Ce type a dû le récupérer. La fuite sur ton lien familial avec les Desmarets vient de là. Est-ce que cet homme t'a parlé ?

— Juste des ordres murmurés, en me conseillant de ne rien tenter, sinon il tirait. Je me sentais dédoublée, incapable de la moindre réaction. Il s'est mis au volant et nous sommes partis. Sur l'autoroute, il roulait à une vitesse insensée. Il m'avait menottée, en cachant mes poignets sous mon écharpe. Tu sais ce que j'espérais ? Un contrôle de police, pour être sauvée. C'était dérisoire, mais je priais pour ça. À mi-chemin entre Strasbourg et Colmar, il a emprunté une départementale et il s'est arrêté. Sa berline noire nous avait suivis, conduite par un autre homme, un complice. Et c'est là qu'ils m'ont fait avaler des gélules, en me faisant boire de l'alcool. Ensuite le faux propriétaire m'a arraché une poignée de cheveux, avant de m'obliger à me mettre au volant. Je me sentais confuse, et j'avais envie de dormir. Leur mélange faisait son effet.

Terrassée par l'émotion, Aurélia se rejeta en arrière sur ses oreillers, en fermant les yeux.

— Repose-toi un peu, recommanda Terrier. Ils avaient besoin de bulbes de tes cheveux, cela prouve qu'ils voulaient être sûrs de ta parenté avec Gilles Desmarets. Dans le doute, ils n'avaient peut-être pas la consigne de te tuer.

— De toute façon, je serais morte, Louis, sans un réflexe de survie, se défendit Aurélia en le regardant à nouveau d'un air tragique.

— Dis-moi, je t'écoute.

— Eh bien, j'ai commencé à rouler, parce qu'ils me l'avaient ordonné. Oui, je devais rouler vite et sans m'arrêter, droit devant moi. Eux, ils ont fait demi-tour, je les ai vus s'éloigner dans mon rétroviseur. Je me demandais pourquoi ils ne m'avaient pas exécutée, je cherchais où était le piège, parce que je doutais d'avoir autant de chance ! Je n'avais plus qu'une idée, trouver un lieu d'où je pourrais t'appeler, car ils m'avaient pris mon téléphone. Tout ceci a traversé mon esprit durant quelques secondes. Soudain un voile noir m'a brouillé la vue, j'étais en train de m'évanouir ou de m'endormir pour de bon. Je me souviens avoir freiné pour me garer, la pédale ne répondait plus, alors j'ai relâché l'accélérateur et j'ai braqué vers la droite, en visant un champ labouré entre deux zones boisées. Après je ne sais plus, mais en me réveillant, tu étais là, et j'avais survécu.

— J'en suis infiniment heureux, Aurélia. Tu as eu beaucoup de courage et un bon réflexe, surtout dans l'état où tu étais… Je voudrais me rendre sur l'endroit exact de ton accident, mais je ne veux pas te laisser. Il faudra prouver ce que tu viens de me raconter, établir un portrait-robot de l'homme qui t'a enlevée. Qui sait, cela nous permettra peut-être de l'identifier. Je vais dans le couloir appeler le procureur, que je rencontre mes collègues d'ici et…

— Louis, je ne suis plus en danger, tu peux t'absenter, coupa Aurélia en lui souriant. Si on avait dû me tuer, ce serait fait. Et si c'était possible, j'aimerais me retrouver au plus vite chez moi, à Dijon. Je suis prête à leur signer une décharge pour m'en aller, je déteste les hôpitaux.

— Tiens bon jusqu'à demain. Tu dois faire une déposition au plus vite. Autre chose, la ligne fixe de ta chambre fonctionne, alors tu pourrais rassurer Victoire de vive voix. Je lui ai donné des nouvelles tard hier soir, mais elle s'inquiétait beaucoup.

— Ma nièce… Mon unique famille désormais, puisque ma chère Maryla est réduite en cendres.

Gendarmerie de Gevrey-Chambertin,
même jour, quatre heures plus tard

Assise à son bureau, Karen avait lancé l'impression des résultats que le laboratoire de la police scientifique lui avait envoyés. Le brigadier Fort se tenait à ses côtés, prêt à la seconder. Elle lui avait relaté ce qui était vraiment arrivé à Aurélia Novak.

— J'ai tout envoyé au commandant par mail, il m'a téléphoné aussitôt, précisa-t-elle. Bastien serait finalement bien le fils de Mongenot.

— Nadine Meigneux aurait menti pour semer la pagaille ?

— Sans doute, mais plus j'étudie la conclusion du labo, plus quelque chose me chiffonne. Le lien biologique est établi, mais la correspondance entre eux pourrait être plus élevée.

— Vous avez convoqué M. Mongenot, lieutenante ?

— Oui, il sera là dans une vingtaine de minutes. Avec tout ça, nous avons délaissé nos visites aux six dernières églises.

— Je pourrai m'en charger cet après-midi, proposa le brigadier. Quand je pense à Mme Novak, qui a failli mourir, ça me met en rogne et dans ce cas-là, je dois agir, être sur le terrain.

— Je vous comprends. Quant au commandant, à sa voix je l'ai senti sur des charbons ardents. En principe, il sera de retour ce soir. La voiture de sa compagne va être ramenée ici, dans nos services, afin d'être passée au peigne fin. Décidément, ces gens ont des méthodes bizarres.

Karen consulta encore une fois les résultats, avant de glisser les feuilles dans une chemise cartonnée.

— Il nous manque l'analyse ADN de Nadine Meigneux, dit-elle tout bas. Là encore, M. Mongenot a pu se tromper, et cette femme n'est peut-être pas sa demi-sœur.

— Si vous voulez mon avis, lieutenante, il y en a des secrets honteux, dans ces familles de notables, et même dans toutes les familles. Tenez, moi, j'ai su le jour de mes quinze ans que mon père avait été adopté par mes grands-parents. J'en étais secoué, je vous assure.

— C'est normal, brigadier. Excusez-moi, je vais me chercher un café. Je vous en offre un ?

— Volontiers, ce sera le deuxième, mais j'en ai bien besoin.

Catherine et Jean-Charles se présentèrent dix minutes plus tard. Le viticulteur avait meilleure mine, après une bonne nuit de sommeil. Karen les accueillit, sanglée dans son uniforme impeccable, ses frisettes dorées attachées sur la nuque.

— Bonjour ! Le commandant a dû s'absenter, il m'a demandé de le remplacer. Nous irons dans son bureau.

— Avez-vous les résultats ? s'enquit tout de suite Mongenot.

— Oui, ils sont arrivés ce matin. Je vais vous les transmettre, asseyez-vous.

Très discrète, ce qui n'était pas dans ses habitudes, Catherine se désolait d'avoir quitté le château sans maquillage.

— Seriez-vous souffrante, madame Desmarets ? hasarda Karen, surprise par son apparence.

— Je me porte très bien ! Nous traversons des moments difficiles, je suis juste épuisée et sur les nerfs.

— C'est compréhensible, en effet. Bien, monsieur Mongenot, les résultats attestent que Bastien partage votre ADN.

Le viticulteur poussa un soupir de satisfaction, en prenant la main de Catherine, elle aussi soulagée. Tous deux jetèrent un bref regard sur les documents que leur tendait Karen.

— Donc Bastien est mon fils, et sa mère n'a pas été abusée sexuellement. J'en déduis que Nadine a inventé cette histoire pour m'atteindre en plein cœur. Un coup de maître, car je ne m'en remettais pas.

— Nous saurons ce qu'il en est au sujet de Nadine Meigneux lundi au plus tard, affirma Karen. Quant à votre fils, il n'y a rien de nouveau ? Vous n'avez toujours pas été contacté par ceux qui le détiennent ?

— Hélas non, je vous avertirai immédiatement si l'on m'envoie une autre demande de rançon. Le doute me ronge et je crains de ne jamais revoir Bastien vivant. L'incertitude est une épreuve fort douloureuse.

— C'est sûrement le but de leur silence, décréta Catherine. Ils te torturent par cruauté, pour te rendre malade, j'en suis persuadée ! Et vous lieutenante ?

— En effet, il est fort possible que ce soit le cas, répondit Karen. Monsieur Mongenot, votre manoir est sous scellé depuis hier. Je vous déconseille d'y retourner, d'autres investigations sont prévues. Vous pouvez néanmoins aller sur place si c'est nécessaire à votre exploitation.

Jean-Charles approuva d'un signe de tête, puis il regarda Catherine avec un sourire attristé.

— Lieutenante, ce week-end a lieu la Fête des Grands vins de Bourgogne, à Beaune. Mon maître de chai se trouve déjà là-bas, mais je me suis engagé à faire acte de présence demain samedi et la matinée de dimanche. Vous n'y voyez pas d'objection ?

— A priori, non, cependant je préfère avertir le commandant Terrier, qu'il donne son aval. Vous seriez une cible de choix, parmi la foule des visiteurs.

— Vous me faites peur, lieutenante. Pourtant j'ai la ferme intention d'accompagner Jean-Charles, annonça Catherine.

— Je vais en discuter avec mon supérieur et je vous tiendrai au courant. Surtout restez joignables, l'un comme l'autre.

— Nous rentrons au château Desmarets, et nous y serons jusqu'à demain matin, expliqua Mongenot. J'aimerais quand même avoir une réponse avant ce soir.

— Bien sûr, monsieur.

— Je vous remercie, lieutenante, j'ai un poids en moins sur les épaules ajouta-t-il.

Il prit Catherine par le bras et ils quittèrent le bureau en échangeant quelques mots à voix basse, tandis que Karen essayait de joindre Louis Terrier. Elle dut lui laisser un message, ses yeux verts rivés sur la conclusion du laboratoire, écrite en rouge : « Lien biologique certifié en raison du partage d'ADN. »

— Au tour de Nadine Meigneux, maintenant, murmura-t-elle, toujours perplexe quant à la formulation du résultat.

Château Desmarets, même jour, même heure

Depuis dix minutes, Victoire était en communication avec Aurélia qui lui avait raconté en détail les circonstances de son accident. La chatte siamoise couchée sur ses genoux, la jeune femme donna enfin son opinion.

— C'était vraiment une étrange initiative de leur part, alors qu'ils n'avaient pas encore la preuve que vous êtes la sœur jumelle de mon père !

— Excuse-moi, Vicky, Louis m'avait dit de t'appeler bien plus tôt, mais je me suis endormie. Un vrai bon sommeil, pas cette sorte de léthargie que leurs cachets avaient provoquée.

— Aurélia, je suis tellement désolée pour vous ! Si je n'avais pas eu l'idée d'aller à Corcelles-les-Monts, vous n'auriez pas vécu ce cauchemar, mais nous n'aurions rien su ni l'une ni l'autre de notre parenté.

— Est-ce que tu regrettes ? Je suis heureuse d'avoir une nièce, et que ce soit toi, Vicky. Ce devait être le prix à payer.

— Le regretter, oh non ! Je ne voudrais pas revenir en arrière. Vous ferez partie de ma vie, de celle de Maïa. À ce propos, il me semble évident de vous inviter ici pour votre convalescence. Il y a des patrouilles de gendarmerie et un garde du corps armé. Vous aurez la chambre d'angle, qui est une des plus lumineuses.

— Tu es adorable, mais je ne me vois pas logée au château. De même je n'imagine pas Louis me rejoignant quelques heures le soir ou bien la nuit. Je serai mieux chez moi, dans mon petit appartement, dont la porte est difficile à trouver. Et fais-moi plaisir, Vicky ! J'ai failli mourir pour avoir du sang Desmarets dans mes veines, tu es ma nièce, alors arrête de me vouvoyer.

— Je vous promets de faire un effort, mais de vive voix, quand nous nous reverrons, Aurélia. Et votre spectacle de Noël ?

— Tu as raison d'en parler ! Un bras cassé n'empêche pas de donner des cours et d'orchestrer les répétitions. Je le maintiens, d'autant plus que je n'ai pas encore annulé auprès de mes élèves. Je me suis consacrée entièrement à Maryla.

— Non, je vous en prie, annulez-le, ce serait trop dangereux de paraître en public, on peut vous agresser encore. Avec vos cheveux, ils auront la preuve que vous êtes la fille de Gilles Desmarets. Il ne faudra pas sortir de chez vous, ou j'insiste, venir ici.

— Nous en reparlerons, Vicky ! Je raccroche, Louis est de retour. Ne t'inquiète pas.

Victoire considéra d'un air dépité son téléphone. Coppélia se redressa brusquement en ronronnant.

— Au moins, je lui ai proposé, murmura-t-elle à l'animal dont les prunelles bleu turquoise la fixaient.

Elle la caressa un peu, avant de se lever et d'aller se pencher sur Maïa, nichée entre les draps brodés de sa bercelonnette.

— Dors, mon ange… Hier soir, c'est Emmanuel qui t'a bercée. Nous étions si bien, tous ensemble. Même Arthur a campé là, dans ma salle de danse, mon petit paradis.

Rêveuse, elle évoqua les douces images de la soirée de la veille, qui les avait réunis sous les combles de son château des secrets.

— Anna, Audrey, mon cousin, toi et moi, Maïa, sans oublier Emmanuel. Il revient tout à l'heure, avec sa maman, Janine, cette gentille dame qui t'a tricoté une ravissante layette, chuchota Victoire.

Comme pour chasser ses craintes et renforcer son courage et sa joie, elle s'élança sur le parquet brillant, pour danser encore, danser toujours, même pieds nus et juste vêtue d'un peignoir en satin bleu.

Quelque part en Côte d'Or, même jour, même heure

Envahi d'une singulière compassion pour Nadège, Bastien avait partagé avec elle sa dose de café, contenue dans un pichet en plastique. Ils tenaient chacun un verre du même matériau.

— Vous disiez vrai, il n'y a rien pouvant se casser et servir d'arme de fortune, déclara-t-il d'un ton morose. Ni d'objets en métal, que l'on pourrait affûter. J'ai vu ça dans des films où les gens sont en prison.

— Soyons logiques, vous séjournez ici dans des conditions similaires, répondit-elle d'une voix changée.

Transformé par tous ces jours de détention et d'isolement, Bastien pouvait désormais percevoir les états d'âme de Nadège. Ce matin-là, il la sentait soucieuse et accablée de chagrin.

— Vous auriez dû apporter des cigarettes, si ce sont nos dernières heures.

— Je n'ai jamais fumé, mon garçon. Voyez-vous, je travaille depuis longtemps pour quelqu'un qui prétendait m'apprécier. Je recevais beaucoup de compliments de sa part, des marques d'attention aussi, et cela m'encourageait à être de plus en plus performante.

— C'était quoi, votre travail ? Dites-le-moi, je ne sortirai pas vivant d'ici.

— J'assumais les fonctions d'une secrétaire. J'ai été engagée en 1976, à dix-huit ans. Aujourd'hui j'en ai soixante.

— Vraiment ? Vous faites plus jeune, même avec vos marques de coups ! Je parie que vous étiez une jolie fille.

— Sans doute et j'avais le profil idéal. Blonde, sans famille, et vierge. Je devais figurer parmi les victimes, dont la sélection était à l'époque assurée par un homme.

— Nadège, c'était quoi cette sélection ? Vous choisissiez des candidates à la mort dans quel but ?

Elle haussa les épaules en sirotant son café. Ses yeux clairs se voilèrent un peu. Bastien insista, sincèrement désireux de tout savoir.

— Le but initial de l'instigateur des chasses était d'amasser le maximum d'argent, afin d'accroître sa fortune.

— Des chasses ? Bon sang, c'est un drôle de terme !

— Le monde est plein de prédateurs humains, aux penchants odieux. Des clients payaient des sommes folles pour le plaisir de traquer leur proie en forêt, avec ou sans chiens à leur trousse. Une fois celle-ci capturée, ils en faisaient ce qu'ils voulaient. Mais la règle ne changeait pas, le viol et la mort avaient lieu après une forte injection d'un produit qui les plongeait dans une totale inconscience et les tuait en douceur.

— C'était le sort réservé à Audrey ! Mais ça n'a pas de sens. Pourquoi programmer ce genre d'assassinats ?

— Vous poserez la question à celui qui en avait décidé ainsi dès le début. Moi, j'ai accepté les choses, sans m'interroger. Je préférais cette alternative. Ces filles mouraient sans souffrir, ignorant qu'on avait abusé de leurs jeunes corps. Elles avaient juste connu la peur, une peur à en ébranler leur esprit.

Bastien hocha la tête, en méditant sur ces informations. Sans être aussi documenté que le commandant Terrier et Emmanuel, il savait que les premiers crimes remontaient aux années 1960.

— Au fait, comment vous avez réussi à y échapper ?

— En étant plus rusée que les autres. Ces malheureuses se croyaient destinées à la gloire, elles rêvaient d'être actrices ou mannequins. D'abord il fallait répondre à une annonce par une lettre et un CV détaillé. Pour éviter des ennuis, le recrutement écartait celles qui avaient une famille aisée ou étaient encore mineures. Quant à moi, je cherchais un emploi stable et lors de l'entretien, je l'ai tout de suite précisé. La chance m'a souri, je plaisais à un des hommes de main. Il m'a obtenue en échange d'une corvée déplaisante et j'ai vite prouvé mes aptitudes dans divers domaines. On m'a fait signer un contrat d'obéissance absolue, qui me garantissait des gages importants. Mais je n'entrerai pas dans les détails.

Sceptique, Bastien reposa son verre vide. Il observa Nadège dont les mains se nouaient et se dénouaient.

— C'est pour quand ? demanda-t-il tout bas.

— De quoi parlez-vous ?

— Votre exécution, bien sûr. Et la mienne ?

— Une affaire d'heures ou de jours, répliqua-t-elle. Même si vous repreniez le flambeau, je suis jugée inutile et surtout, coupable de trop d'échecs.

— Lesquels ?

— Je n'ai pas le droit d'évoquer les derniers incidents, Bastien. Et cela ne servirait à rien. Tous ces faux pas tendent à prouver que nous finirons par perdre la partie.

— Ce ne serait pas un mal ! Et franchement, vous arrivez à dormir avec toutes ces morts sur la conscience ?

— Il existe suffisamment de remèdes pour trouver le sommeil, nous avons une pharmacie bien garnie. Ceci dit, je n'ai jamais tué personne. Même vis-à-vis d'Audrey, je me suis montrée assez bienfaisante.

— Si vous le dites ! Pour ma part, je me suis rendu compte, privé d'alcool et de mes drogues habituelles, combien c'est douloureux de ruminer ses actes les plus bas. J'ai découvert la honte, au point d'accepter mon sort. La mort ou la prison, ça m'est égal.

Nadège sursauta, en lui jetant un regard alarmé. Elle fit mine de se relever, puis demeura sur sa chaise.

— Vous devez repasser en jugement ce soir, Bastien, alors ne leur dites pas des choses pareilles !

Soudain, à bout de patience et d'incompréhension, il poussa un cri rauque, en abandonnant sa position alanguie pour s'asseoir au bord du lit.

— Je dirai ce que je veux à ce malade mental ! Si je dois lui mentir et jouer je ne sais quel rôle, en contrepartie, j'exige de vraies explications. Peut-être que je pourrai sauver votre peau ?

— Vous êtes si jeune, Bastien, vous devez vivre ! Que puis-je dire encore ? Je vous ai exposé la genèse de ces crimes, datant de la fin de la dernière guerre. Ensuite il y a eu Irina, la belle Irina, cheveux couleur d'aurore, un corps de déesse. C'était une danseuse de l'Opéra de Paris, enfin une modeste coryphée. Aucun homme ne lui résistait. Ils la voulaient tous, mais un seul la possédait, il l'avait achetée un prix extraordinaire.

— Celui qui avait été témoin du viol et du meurtre de cette fille à la Libération, hasarda Bastien.

— Félicitations, c'est bien cela, oui. Figurez-vous qu'une fois encore, Gilles Desmarets, devenu adulte, s'en est mêlé. Il avait été invité à une des soirées très spéciales données pour des clients fortunés. Je vous raconte ce que l'on m'a confié. Par malheur, Irina et lui se connaissaient, ils étaient même très amoureux l'un de l'autre, cela datait d'une rencontre à Paris.

— Qu'est-ce qui s'est passé ?

— Celui que je nommerai le propriétaire d'Irina, malgré sa passion pour elle, s'était décidé à la prêter, excusez le terme, à un gros client venu de l'étranger. Jamais il ne l'aurait sacrifiée, paraît-il. Cependant Desmarets, qui avait beaucoup bu, a cru comprendre le contraire et j'ignore comment, il a pu emmener Irina, certain de lui sauver la vie.

— Un brave type, en somme, déclara Bastien.

— Plutôt un idiot qui allait payer le prix fort son acte d'amour. Non seulement il avait pris Irina, mais malade de remords de ne pas dénoncer ce genre de soirées, il a menacé de tout révéler à la police.

— Une seconde, Nadège, il y avait déjà eu des victimes à cette époque ?

— Quelques-unes, j'ai pu les comptabiliser une dizaine d'années plus tard, lorsque je suis devenue la secrétaire de l'organisation. J'en reviens à Gilles Desmarets, les dés étaient jetés pour lui. Le jour même où il a promis de tout raconter, à la police donc, mais aussi à la presse, son fils de cinq ans a été tué. Ce pauvre bout de chou faisait du vélo pas loin du château de sa famille. Une voiture l'a fauché.

Bastien éprouva tout à coup un indicible écœurement. Il s'étonna aussi de l'attitude de Gilles Desmarets.

— C'était stupide d'annoncer ses intentions à ces gens.

— D'après ce que m'ont dit des personnes de confiance, Desmarets subissait déjà un chantage depuis qu'il avait enlevé Irina et la cachait. Cet homme si respectable dans le pays, marié et père de famille, risquait de tout perdre, sa position sociale, son épouse, sa renommée. On possédait des photos de lui, fin saoul, recevant une certaine faveur sexuelle, prises au tout début de cette soirée fatidique, avant l'entrée en scène de la belle Irina.

— Je suppose qu'après le meurtre de son gamin, il s'est tu pour longtemps, soupira Bastien.

— Oui, et chaque fois qu'il cédait aux remords, à une légitime culpabilité, il recevait un douloureux avertissement, comme le décès de son deuxième fils, Damien. J'étais dans la place, lorsque notre dirigeant a décidé de supprimer ce beau garçon, encore célibataire.

Fébrile, exaltée par tous ces souvenirs qu'elle pouvait enfin dévoiler, Nadège se fit intarissable.

— Plus tard, j'ai dû gérer la mort de Jacques Desmarets, le seul fils encore vivant, toujours par accident de voiture. Il aurait brûlé vif, mais un de ses employés l'a tiré d'affaire, Paulin Nevers. Ce courageux sauveteur a lui aussi payé le prix. Un de nos hommes, infiltré dans la maintenance des chais, l'a poussé du haut d'une cuve. Au fond, ça n'en finissait jamais. Vous avez raison, Bastien, j'aurais dû apporter des cigarettes, je suis tout émue de remuer le passé.

— Allez-y, alors ! Je ne bouge pas de là.

— Non, tant pis, peut-être un peu plus tard.

— C'est bizarre, Nadège, je n'avais jamais entendu parler de toutes ces tragédies. Mais il est vrai que je ne m'intéressais pas à l'actualité ni à ce qui arrivait dans la région. Mes parents ne regardaient pas la télévision. En plus, Florian et moi, nous étions pensionnaires. Mon frère bossait dur, mais j'étais moins acharné à étudier. J'ai commencé très tôt à fumer, à boire, à me droguer. Et les filles et le sexe sont devenus ma seule obsession.

— Nous le savions, ce qui faisait de vous un élément à suivre de près.

— Mais qui êtes-vous ? Pas vous, j'ai compris votre rôle. Je veux parler des autres, de votre fichu dirigeant ? Aussi, dites-moi qui est mon vrai père, même si c'est un salaud.

— Je n'ai pas le droit, Bastien. Est-ce si important ? Je dois vous laisser, nous avons beaucoup discuté, ce sera bientôt l'heure de votre repas de midi, dit-elle en se levant.

Survolté par tout ce qu'il venait d'entendre, Bastien saisit Nadège par le poignet, mais sans lui faire mal. C'était un geste presque amical, et elle s'en étonna.

— Bah, je crois savoir qui m'a engendré, sûrement ce taré qui s'était acheté une danseuse. S'il avait l'âge de Gilles Desmarets, de toute façon, il doit être mort. Écoutez-moi ! Si on s'enfuyait tous les deux, proposa-t-il tout bas. Je suis sûr que vous pouvez aller à l'extérieur sans problème. Il faut forcément acheter de la nourriture, des médicaments. J'irai me rendre, je n'ai pas envie d'être en cavale, et on me protégera. Comme ça, ils ne vous feront pas de mal, vous aurez la vie sauve.

Il guetta sa réponse, le souffle court. Mais elle le considéra d'un air navré.

— Autant vous l'avouer, mon garçon, s'il y a quelqu'un qui ne risque rien, c'est bien vous. Il vaut mieux que vous restiez là. Je vous dis à plus tard, je vous fournirai des vêtements plus élégants. Je vous prie de me lâcher, à présent.

— S'il vous plaît, je suis dans le brouillard, avec toutes vos histoires affreuses. Au moins, je ne me suis pas ennuyé pendant ce temps. Continuez un peu ! Qu'est-ce que vous manigancez, en ce moment ?

À la grande surprise de Bastien, Nadège reprit place sur la chaise. Elle effleura sa lèvre blessée du bout de l'index, avant de formuler une singulière réponse.

— D'accord, je vous en dis davantage, si vous me promettez de bien vous comporter ce soir, lors de votre jugement. Je vous le répète, il n'y aura pas de sanction, mais un sermon et une offre à ne pas dédaigner.

— C'est promis !

— Le mot d'ordre, depuis des années, était d'éliminer les membres de la famille Desmarets. Que vous les fréquentiez peu ou beaucoup, vous devez savoir qu'ils n'étaient plus nombreux récemment. Jacques Desmarets a suivi ses frères dans la tombe, mais il y avait sa fille Victoire, et sa petite Maïa.

— Hé, c'est ma nièce, l'enfant de Florian ! N'y touchez pas !

— Rassurez-vous, la tentative d'enlèvement a été ordonnée au dernier moment et sans préparation sérieuse. Le bébé et sa mère n'ont rien. Mais en surveillant Victoire, nous avons découvert un scoop, comme disent les journalistes. Gilles Desmarets et sa belle Irina avaient eu des jumeaux, Jacques, un rouquin comme sa véritable mère, et une certaine Aurélia Novak.

— L'ancienne prof de danse de Victoire ? Nom d'un chien, je ne peux pas le croire… Eh, dites donc Nadège, vous avez un formidable réseau de surveillance. Alors maintenant, vous devez supprimer Aurélia Novak ?

— Nous lui avons adressé une mise en garde. Pour l'instant, la situation est au point mort. Cette fois, je m'en vais, Bastien.

Il la suivit des yeux pendant qu'elle demandait l'ouverture de la porte. Comme bien souvent, il aperçut une silhouette d'homme vêtu de noir. À la fois dégoûté et fasciné par les révélations de Nadège, il eut soudain une idée.

— Je vais faire semblant d'accepter tout ce qu'on m'offrira ce soir. Si je prends le contrôle de cette bande de fous, je pourrai sortir indemne de ce piège. Après, je verrai quel chemin suivre, le bon ou le mauvais…

23

Confrontations

Quelque part en Côte d'Or, même jour, le soir,
vendredi 16 novembre 2018

Nadège, toute vêtue de noir, avait apporté un potage et un fruit à Bastien. Elle sortit ensuite de la poche de sa veste de tailleur trois cigarettes dont il s'empara avec un léger cri de surprise.

— Ce sont celles des condamnés ? hasarda-t-il.

— Si fumer vous détend, j'ai eu l'autorisation de vous en fournir. Mangez vite, il faut vous doucher et enfiler le costume que je vous ai donné à l'heure du goûter. C'est dommage, vous avez encore le visage marqué par les coups.

— Je ne suis pas le seul, rétorqua-t-il en lui lançant un regard presque amical. Alors le grand moment approche, celui de la confrontation ?

— En effet, j'en suis anxieuse à votre place. Sans doute que j'ai fini par m'attacher à vous, malgré vos insultes et vos vices.

— Vous avez un sacré culot de me faire la morale ! s'indigna-t-il. Moi, je n'ai pas collaboré de plein gré à des meurtres ni géré des exécutions. En plus, certains étaient des gens que vous connaissiez bien, vos collègues en fin de compte. Mais quelque chose m'étonne, Nadège, comment votre maudite organisation a pu, durant des années, s'aliéner les services d'autant de types prêts à obéir aveuglément ?

Elle lui tourna le dos, avant de tirer la chaise à l'écart, pour s'asseoir un peu à distance.

— Quoi, vous avez peur de moi ? s'étonna Bastien.

— Je suis juste prudente, afin de ne pas commettre d'erreurs. Depuis ce matin, j'ai des idées dangereuses en tête. C'est votre faute ! D'une part, j'ai réfléchi à mes crimes, même si je ne faisais que les programmer, d'autre part j'ai eu le malheur de m'imaginer libre, loin d'ici, le plus loin possible. Grâce à mes économies, qui représentent une petite fortune, je pourrais vivre enfin... Avoir un chat, notamment, je n'ai jamais pu.

— Un chat ! Il y en a un peu partout, ça ne coûte rien. Si je comprends bien, je vous ai presque convaincue de m'aider. Je suis sans doute un mauvais sujet, d'accord, mais si je vous promets qu'on s'enfuit ensemble, je tiendrai parole. On décidera après cette fichue confrontation, d'accord ?

— Avez-vous peur d'être à nouveau en face de cet homme, celui qui prend le rôle d'un juge ?

— Je n'en mène pas large, mais au moins je sortirai de cette pièce. Si vous saviez combien je voudrais revoir le ciel, le soleil, même la pluie...

— L'océan, dit tout bas Nadège. Je ne l'ai vu qu'en film, jamais en vrai. Dépêchez-vous, il ne faut pas être en retard. Il y a des gens de nature très impatiente et très sévère. Tout pourrait virer au désastre en les contrariant.

Très inquiet, Bastien eut du mal à finir son bol de potage, mais il s'empressa de fumer une cigarette.

— À votre avis, qu'est-ce que je dois faire ? demanda-t-il.

— D'abord écouter ce qu'il vous dira, bien écouter. Ensuite répondre à ses questions. Montrez-vous très poli, tout en étant insolent si vous en avez envie. Ne soyez pas servile, ni geignard, ce qu'il déteste.

Il assimila ses recommandations d'un air sérieux. Nadège eut alors un sourire attendri qu'il ne vit pas, ayant posé les yeux sur sa main mutilée.

— Pourquoi êtes-vous si sûre que je ne serai pas exécuté ? s'enquit-il tout bas.

— Les monstres ont peut-être un cœur, même s'ils n'ont pas d'âme, répliqua-t-elle.

— Vous le traitez de monstre ? Bon sang, ça ne me rassure pas ! Vous feriez mieux de me donner du courage !

— Comment appeler autrement un individu capable d'ordonner tant de morts ? Je n'arrête pas d'y penser, par votre faute, je vous l'ai déjà dit. Jamais il n'a tué lui-même, il s'est contenté de planifier les crimes, pour s'en repaître après. Allons, trêve de bavardages, rendez-vous présentable. Il reste à peine quinze minutes.

La gorge nouée, Bastien se leva et passa dans le cabinet de toilette. Il alluma le néon et scruta son reflet dans le miroir. Ce n'était pas la première fois qu'il le faisait, cependant son image lui parut différente. Une barbe châtain couvrait son menton et ses mâchoires et une fine moustache suivait le dessin de sa lèvre supérieure.

— Qu'est-ce que j'ai ? murmura-t-il.

Son regard exprimait une réelle terreur et du désespoir, au point qu'il hésitait à se reconnaître sous l'aspect de ce jeune homme ravagé par la frayeur.

— Si ce type devine dans quel état de panique je suis, il n'aura aucune pitié.

Avec des gestes brusques, il se dénuda, à l'exception d'un caleçon que lui avait fourni Nadège la veille. Il sortit ainsi du réduit pour enfiler la chemise blanche et le costume noir.

— Je dois mettre la cravate aussi ?

— Bien sûr, et vous avez oublié de vous coiffer, nota-t-elle. Un coup de brosse suffira.

— Je ne sais pas faire les nœuds de cravate, c'était Nadine qui s'en chargeait, ou ma mère, parfois.

— Venez par ici, mon pauvre garçon, soupira-t-elle.

Elle se leva à son tour et lui fit signe d'approcher. Bastien la dépassait d'une demi-tête et il se pencha un peu tandis qu'elle arrangeait au mieux la cravate en soie d'un rouge foncé. Ce fut un instant insolite, où ils se dévisagèrent en silence.

— Voilà, vous avez meilleure allure, ce soir. Et si je ne vous revois jamais, je reviens sur mes moqueries. Non, vous n'êtes pas vilain du tout, mais j'avais la consigne de vous tourmenter et de vous humilier.

— Dans ce cas, je vous félicite, j'ai marché à fond dans votre stratagème, Nadège.

La bouche pincée, elle lui désigna la porte d'un geste las. Deux minutes plus tard, ils longeaient un couloir, escortés par un homme armé, dont les traits étaient masqués à l'aide d'une cagoule noire.

Château Desmarets, même jour, même heure

C'était l'heure du dîner, dans la salle à manger brillamment éclairée. Catherine avait insisté pour avoir à table tous les résidents du château. Réconciliée avec Colette, elle lui avait même proposé de participer au repas.

— Non, Madame, ma place est en cuisine, avait répondu son employée. Je tiens à servir les bons plats que j'ai préparés.

Ils étaient sept réunis devant la vaisselle liserée d'or, les verres en cristal et les couverts en argenterie. Élodie présidait, bien qu'encore fatiguée, assise entre son fils Guy et son petit-fils Arthur, ce dernier enchanté d'avoir Audrey près de lui. Catherine et Jean-Charles leur faisaient face. Victoire se trouvait à côté du viticulteur, avec en guise de voisin le landau anglais où dormait Maïa.

— En tout, nous sommes donc huit, puisque mon arrière-petite-fille se trouve dans la pièce, fit remarquer Élodie. Je profite de cette occasion pour vous dire que j'ai renoncé à mon séjour sur le littoral méditerranéen. J'irai à Menton l'année prochaine, si le Seigneur me prête vie… Pour être sincère, j'ai cru être emportée par cette terrible grippe.

— Mais tu t'es rétablie très vite, maman, nota Guy. On pouvait craindre le pire, pour une personne de ton âge.

— Merci de me rappeler que je ne suis plus toute jeune, mon cher fils ! Il faut surtout louer notre docteur, qui m'a prescrit un traitement efficace.

— Je suis ravie que tu restes ici, mamie ! s'écria Victoire. Je n'ai pas voulu te contrarier, mais j'étais triste que tu partes.

— C'est peut-être la raison qui te pousse à retarder sans cesse le baptême de Maïa, insinua Élodie.

— Pas du tout, je respecte juste les mesures de sécurité du commandant Terrier. Nous serions tous exposés, pendant une cérémonie à l'église.

— Tu as raison, Victoire, affirma Jean-Charles. Le baptême n'est pas urgent. Bien, puisque nous sommes tous là, je tiens à vous confier l'essentiel de ce qui m'a tourmenté récemment.

De sa voix grave et sonore, Mongenot évoqua les meurtres de Nadine et du jardinier, tout en révélant les calomnies de sa gouvernante au sujet de Bastien.

— Ce garçon n'était guère apprécié ici, ce qui est fort compréhensible, conclut-il. En dépit de ses crimes, dont je vous demande encore pardon, Audrey, il demeure mon fils et s'il n'a jamais pu se conduire de façon correcte, j'en suis sûrement le principal responsable.

Les joues en feu, Audrey se contenta d'acquiescer d'un discret signe de tête. Malgré la bonne volonté évidente de Jean-Charles, elle avait l'impression qu'on étalait son statut de victime, au mépris de sa pudeur et de son amour-propre.

— Est-ce que ce serait encore votre fils s'il avait tué une jeune femme innocente, devenue une proie de ses déviances ? lui assena Arthur.

— Quel manque de tact ! lui reprocha Catherine.

— Laisse, ton neveu pose une bonne question, concéda Mongenot. Non, je suis catégorique, dans ce cas-là, je l'aurais renié.

— Pourtant, le viol est jugé aux assises, comme les assassinats, ajouta Guy d'un air dédaigneux.

— Je vous en prie, essayons d'avoir des conversations anodines, qui ne blessent personne, protesta Victoire. Si le débat se poursuit, je remonte dans la salle de danse, en emmenant Audrey et Maïa.

Colette fit irruption à point nommé, chargée d'une lourde soupière en porcelaine.

— Velouté de potiron à la crème, relevé d'un coulis de tomates fait maison, s'écria-t-elle.

— Merci, c'est de saison, débita Catherine distraitement.

La dégustation du potage ramena un calme relatif. Guy et Arthur décochaient des coups d'œil hautains à Jean-Charles, qui évitait de les regarder. Lorsque Colette apporta les entrées froides, en l'occurrence des œufs en gelée sur un lit de cresson, Élodie poussa un soupir déçu.

— Je déteste la gelée !

— Tu n'as qu'à manger que le cresson, lui conseilla Guy.

— Je suis désolée, Madame ! J'avais oublié, je vous donne du pâté en croûte, mais il est un peu tiède, balbutia Colette.

À cet instant précis, et chacun s'en souviendrait longtemps, on frappa à la porte de la pièce, qui s'entrouvrit sur la face tannée de Karl. Le garde du corps semblait extrêmement gêné. Il s'adressa à Victoire, en la fixant droit dans les yeux.

— Le commandant Terrier est là avec une dame qui prétend être votre tante, mademoiselle. Il souhaite vous parler.

— Mais faites-les entrer, Karl !

— La dame ne voudrait pas déranger, elle préfère attendre dans le hall.

— Je viens tout de suite !

Elle se leva aussitôt, tout en se tournant vers Catherine, qui déjà arborait une expression ulcérée.

— Maman, il a dû se passer quelque chose, dit-elle tout bas. Je t'en prie, ne fais pas d'esclandre. J'avais proposé à Aurélia de se faire sa convalescence ici, dans la bibliothèque.

— Naturellement, rétorqua sa mère d'un ton acerbe.

Victoire découvrit Aurélia assise sur un des sièges en velours du hall, son bras gauche plâtré. Elle avait le teint cireux et les paupières meurtries.

— Je croyais que vous quittiez l'hôpital de Colmar seulement demain, dit-elle en l'embrassant. Bonsoir, commandant.

— Bonsoir, je suis désolé de débarquer ainsi, sans avoir téléphoné ! Je devais craindre un refus, lâcha Terrier.

— Un refus d'accueillir ma tante, mon amie ? s'insurgea Victoire. Je l'avais invitée à séjourner ici.

— Je ne voulais pas venir, Louis ne m'a pas laissé le choix, gémit Aurélia.

— Je vous explique pourquoi nous sommes là, reprit celui-ci. Ma compagne ne supportant le milieu hospitalier, elle a signé une décharge pour sortir à midi. Je l'ai ramenée à Dijon, chez elle, où j'avais prévu de rester cette nuit. Mais son domicile a été vandalisé !

— Oh Vicky, si tu avais vu le tableau ! Mes statuettes de danseuse brisées, mes affiches déchirées. Ils sont même montés dans mon petit appartement, et tout a été fouillé, cassé, piétiné. Je ne fais que pleurer, pourtant ce n'est pas mon genre, précisa Aurélia. Je ne pouvais pas dormir là-bas. Demain j'irai à l'hôtel…

— Il n'en est pas question, vous dormirez dans mon ancienne chambre du rez-de-chaussée, où il y a tout le confort, indiqua Victoire. Avez-vous dîné tous les deux ?

— Non, mais je ne vais pas m'attarder, répondit Louis Terrier. Si Aurélia est en sécurité, cela me suffit.

— Je ne manquerais pas à mes devoirs d'hospitalité, commandant. Nous sommes à table, il suffit d'ajouter deux couverts. Ensuite vous pourrez vous allonger et vous détendre, ma chère petite tante !

— Ne m'appelle pas ainsi, Vicky, j'ai eu le malheur de dire ça à Maryla, et elle m'a interdit de jouer les gamines.

— Je voulais vous montrer mon affection ! Allez, venez à table.

— C'est vrai que je suis affamée, mais je pourrais sans doute prendre un repas dans ta fameuse bibliothèque. J'imagine que ta mère n'apprécie pas mon intrusion, à une heure pareille.

— Je suis chez moi, maman n'a rien à redire ! Karl, ce serait aimable de porter le sac de Mme Novak dans mon ancienne chambre.

— Bien sûr, mademoiselle !

— Et cet homme, il ne mange pas avec vous ? s'étonna Aurélia.

— Ne vous faites pas de bile, j'ai cassé la croûte en cuisine, avant tout le beau monde, s'esclaffa le garde du corps.

— Louis, je n'ai jamais fréquenté le beau monde, à part certains parents d'élèves de la haute société dijonnaise, et ils ne m'invitaient pas chez eux.

Déterminée, Victoire ouvrit la porte qui communiquait avec la salle à manger. Elle aida Aurélia à se relever, en la tenant par son bras valide. Pourtant peu désireux, lui aussi, de se mêler à la famille Desmarets, le commandant Terrier fut contraint de les suivre. Il songea qu'au mieux, il soutiendrait sa compagne durant l'épreuve.

— Nous avons deux convives, maman, annonça la jeune femme. Arthur, préviens Colette, qu'elle réchauffe le velouté de potiron.

— Oui, cousine, j'y cours.

— Asseyez-vous, Aurélia, proposa poliment Élodie, qui l'avait déjà rencontrée.

— Commandant, prenez place, renchérit Jean-Charles.

Il y eut alors un échange de « bonsoirs » plus ou moins chaleureux, auquel Catherine mit fin.

— Que nous vaut cet honneur, madame Novak ? ironisa-t-elle avec un sourire pincé. Je constate que vous êtes blessée !

Victoire s'empressa de répondre, afin d'éviter cette peine à sa tante.

— Maman, Aurélia a été victime d'un accident, provoqué par ceux qui ont décidé d'éradiquer les Desmarets. J'emploie ce mot sciemment, car c'est vraiment le cas. Je n'ai pas eu l'occasion ni le temps de vous en parler, j'avais l'intention de le faire ce soir. Ma tante était hospitalisée à Colmar, mais en rentrant à son domicile de Dijon, elle l'a découvert vandalisé. Le commandant, qui est son compagnon, a estimé judicieux de la conduire au château, comme je l'avais souhaité. Tout à l'heure, je l'installerai dans la bibliothèque.

— Et moi je m'en irai, j'ai du travail en retard, ajouta Terrier. Je tiens à vous remercier, madame Desmarets et vous, Victoire, de veiller sur Aurélia, qui est très éprouvée.

— Mais c'est un plaisir, répondit Catherine. Et comme me l'a signifié ma fille plusieurs fois, Mme Novak est chez elle sous ce toit.

— Excusez-moi, le seul endroit où je suis chez moi, c'est mon appartement de Dijon, en surplomb de la verrière de ma salle de danse, déclara Aurélia. Louis pense que sous l'Occupation, des Juifs ont dû s'y cacher, car l'accès était dissimulé derrière du papier peint. C'est petit et fort modeste, mais j'y suis heureuse, tel un oiseau dans son nid.

— Quelle charmante comparaison, lui dit Guy en la gratifiant d'un sourire. Et je suis enchanté de faire votre connaissance. Une chose me frappe... Votre ressemblance avec Jacques, votre frère jumeau. N'est-ce pas, Cathy ?

Jean-Charles, un peu inquiet quant à la réponse, étreignit les doigts de Catherine, afin de l'incliner à l'amabilité.

— Je n'ai pas fait attention, Guy, murmura-t-elle. De plus, ce n'est guère convenable de dévisager une personne.

— Pourtant c'est évident, renchérit Élodie. Il suffit de voir la couleur des cheveux, le nez, le dessin des sourcils. Mon pauvre gendre, parti bien trop tôt, aurait été comblé de vous rencontrer, madame… Mais vous devez comprendre notre embarras, et malgré votre prédilection pour votre logement haut perché, il faudra que nous consultions un notaire.

— Mamie, nous aborderons le sujet un autre jour, et je me demande en quoi tu es concernée ! s'insurgea Victoire. Je vais perdre patience, à la fin !

Par chance, Colette rapporta la soupière, d'où s'élevait une vapeur odorante. Elle servit copieusement Aurélia, en la couvant d'un regard affectueux. La suite du repas se déroula dans une ambiance assez paisible.

— Je suis émue de vous voir en vrai, madame Novak, déclara Audrey au moment du dessert. Victoire m'a tellement parlé de vous, en tant que professeure de danse surtout. Quand elle me donne un cours, il est presque toujours question de vos méthodes, de vos conseils.

— Je me doutais que vous étiez son élève, répondit gentiment Aurélia. Vicky vous trouve très gracieuse, ce qui est important en danse classique.

Très sensible, Audrey s'empourpra et remercia tout bas, sans bien savoir pourquoi.

— Je n'y crois pas, s'étonna Louis Terrier en contemplant son assiette. Des profiteroles au chocolat !

— Mais oui, commandant, je fais tout moi-même, la pâte à choux, la glace à la vanille, se vanta Colette.

— Eh bien, je vous félicite, je n'en ai pas mangé depuis des années, avoua-t-il.

— C'est moi qui ai eu l'idée, car Audrey m'a confié adorer ça, fanfaronna Arthur.

— Tu avais promis de ne pas le dire, se désola celle-ci. Je suis navrée, si quelqu'un n'aime pas ça.

Son exclamation sema un courant de bonne humeur. Jean-Charles éprouva alors une douce sensation de bien-être. Il songea qu'il n'avait jamais connu une telle animation dans sa famille. Malgré les piques des uns, les boutades des autres, on souriait aussi, on échangeait des plaisanteries.

— Il y a entre ces murs une sorte de magie, dit-il tout bas à Catherine. J'ai l'impression d'être un intrus, cependant je ne changerais de place pour rien au monde, notamment ce soir.

— Tant mieux, répliqua-t-elle en l'embrassant sur la joue.

Louis Terrier, témoin de leur aparté, détourna vite les yeux. Il se promit de raconter à Karen son premier dîner sous le toit du château Desmarets.

— C'était un excellent repas et je vous remercie tous pour votre accueil, dit Aurélia en souriant. Mais je suis très fatiguée. Vicky, je voudrais m'allonger. Ce sont les antidouleurs qui m'assomment.

— Votre bras vous fait souffrir ? s'inquiéta Guy, fasciné par cette jolie femme aux allures désinvoltes.

— Un peu !

— Viens vite avec moi ! s'écria Victoire, sans se rendre compte qu'elle avait enfin abandonné le vouvoiement dont Aurélia se plaignait.

— Je prends congé moi aussi, leur dit Terrier. Encore merci…

Quelque part en Côte d'Or, même soir, une heure plus tôt

Rien n'avait changé, la confrontation avait lieu dans la même salle circulaire, aux murs en pierre. La clarté aveuglante de plusieurs lampes auréolait le fauteuil dans lequel l'homme était assis, sur une estrade en bois, qui évoquait celle utilisée dans les écoles.

Bastien ne pouvait pas distinguer ses traits, à cause de ce contre-jour soigneusement étudié. Il devina pourtant qu'il portait un chapeau.

— Revoilà ce garçon trop sentimental, dit l'inconnu.

Lui, il voyait très bien le visage blafard de Bastien, la marque des coups reçus et son regard affolé, car malgré tous ses efforts, le jeune homme cédait à la panique.

— As-tu réfléchi durant ces derniers jours ? demanda-t-il. Nadège m'a fait des rapports réguliers de ton comportement. C'était bien de l'agresser, en sachant que tu ne gagnerais pas la partie. Mais tu aurais dû réussir, quitte à lui tordre le cou au plus vite, avant qu'on vienne te remettre les idées en place. Sinon, tu dois être stupide pour espérer t'enfuir ! As-tu perdu ta langue, réponds !

— Je connais les lieux, alors j'ai tenté ma chance, marmonna Bastien.

— Plus fort, je n'entends pas ! protesta l'homme.

— J'en avais assez d'être enfermé, hurla-t-il.

— Très bien, mais baisse d'un ton.

— Il faudrait savoir !

Ranimé par une sourde colère, Bastien suivit enfin les conseils de Nadège. On voulait faire de lui un chef, il devait montrer qu'il en était capable.

— J'en avais assez d'être dans la pénombre, de m'ennuyer sans aucune de mes distractions favorites ! Sans fumer ni boire, sans une fille dans mon lit.

— Tu pouvais t'amuser avec une jolie fille, tu l'as libérée. Mais passons, je voudrais ton avis sur tout ce que t'a appris notre chère Nadège.

— C'était intéressant, parfois un peu répugnant ! Ceci dit je ne suis pas un enfant de chœur…

À la grande surprise de Bastien, l'inconnu éclata de rire. Quand il reprit son souffle, une quinte de toux le secoua.

— Les vestiges d'une mauvaise grippe, commenta-t-il d'une voix rauque. Reprenons ! Moi, j'ai été un véritable enfant de chœur, à un âge bien tendre, cet âge où l'on croit en un Dieu d'amour et de miséricorde. La vie s'est chargée de me faire comprendre qu'il n'y avait rien de bon sur cette terre.

— Surtout quand on décide de tuer un maximum de gens innocents, rétorqua Bastien.

Avec cette réplique, il provoqua un nouvel éclat de rire du singulier personnage. C'était un rire froid, dénué de réelle gaîté, qui s'achevait sur une sorte de cri étouffé.

Un malaise indéfinissable s'empara de Bastien. Il baissa un peu la tête pour ne plus être ébloui par les lampes. Lorsque sa vision fut meilleure, il observa ceux qui l'entouraient. Trois sbires cagoulés sur sa droite, deux autres sur sa gauche. Nadège se tenait près de l'estrade, assise sur un tabouret.

— Il n'y a pas d'innocents, mon garçon, trancha l'homme. Offre une forte somme d'argent à un brave type qui n'a pas un sou vaillant, il deviendra un assassin. Tous ceux que j'ai eus à mon service pendant des années étaient ainsi. Pas un pour reculer au moment de tuer, pas un pour songer au salut de son âme. Cela dit, tu en as été informé, j'ai horreur d'imposer une souffrance physique, qui de surcroît ne m'apporte aucune satisfaction.

— Oui, je suis au courant, puisque vous préférez la torture mentale ! Nadège m'a expliqué ça aussi. Audrey a vécu des jours dans la terreur de mourir ou de subir des clients, et mon père attend désespérément de savoir si je suis mort ou vivant. Enfin celui qui m'a pris pour son fils dès ma naissance. Mais je le connais, envoyez-lui une autre demande de rançon, il la paiera, parce qu'il m'aime malgré tout. Il n'est pas comme vous !

Un silence pesant ponctua le cri du cœur de Bastien. Debout, les bras ballants, il montait en lui une haine féroce contre cet inconnu immobile dans son fauteuil.

— Que veux-tu dire par là ? interrogea celui-ci d'un ton dur.

— C'est quelqu'un de bien, je le sais.

De nouveau le silence s'instaura, dans lequel résonnaient, bien que ténues, les respirations de tous.

— Ramenez ce jeune crétin dans sa chambre, il n'est pas prêt, ordonna l'homme. Il ne le sera peut-être jamais, néanmoins je lui accorderai une ultime chance.

Gendarmerie de Gevrey-Chambertin,
même soir, deux heures plus tard

La lieutenante Mathis fut surprise de voir arriver son supérieur, qui lui avait téléphoné pour annoncer qu'il viendrait seulement le lendemain. Elle le reçut d'un sourire hésitant, car il semblait soucieux.

— Bonsoir, Karen, on peut se préparer pour une nuit blanche, lui dit-il. Alors, ta visite au CHU ? Paula Calder t'a appris quelque chose d'intéressant ?

— Je transcrivais sa déposition, commandant ! Il y a un problème ?

— Des sagouins sont entrés chez Aurélia et ont dévasté son bureau et son appartement. Ils cherchaient sans doute quelque chose, quoi je l'ignore et ma compagne aussi.

— Je suis désolée pour elle, je sais à quel point découvrir son domicile vandalisé est traumatisant. Bien sûr, il ne s'agit pas d'un simple cambriolage, après ce qui s'est passé à Strasbourg, c'est une nouvelle agression contre Mme Novak.

— Évidemment, mais ils savaient qu'il n'y aurait personne, nous étions censés rester à Colmar, indiqua Terrier. C'est une volonté sadique d'effrayer Aurélia. Du coup, je l'ai conduite au château Desmarets pour la savoir en sécurité. Victoire l'avait invitée à y séjourner, en essuyant un refus catégorique.

— Je suis rassurée, votre compagne ne risque rien là-bas, affirma Karen.

— Oui, j'en suis persuadé… Demain matin, une équipe ira procéder à des relevés d'empreinte, même si je suppose que les coupables ont pris leurs précautions. Mais parle-moi plutôt de Paula, la cuisinière du manoir…

— Vous serez déçu, commandant. Cette dame se souvient qu'on a frappé à la porte principale. Nadine, qui buvait un café avec elle et Armand, s'est levée pour aller ouvrir. Elle aurait dit : « Pourvu que ce ne soient pas les gendarmes ! » Aussitôt le jardinier l'a suivie. Paula Calder a entendu des bruits bizarres en provenance du hall. Au moment où elle a voulu savoir ce qui se passait, un homme vêtu de noir, cagoulé, lui a barré le passage et tout de suite, il l'a poignardée à deux reprises. Elle a perdu connaissance et s'est réveillée au CHU. Fin du témoignage.

Louis Terrier hocha la tête en demeurant silencieux quelques minutes. Il attira une chaise et prit place en face de Karen, qui regardait l'écran de son ordinateur.

— J'en déduis que Nadine craignait surtout notre visite, à la suite de l'interrogatoire musclé de son employeur. Si elle était un membre de l'organisation criminelle, elle ne se méfiait pas et elle a dû être stupéfaite, confrontée à eux. Cela prouverait qu'elle avait commis une faute, à l'instar d'Emilio Rossi, de Régis Garin et d'autres types de leur réseau. Sur ce, je vais me chercher un café ! Tu en veux un ?

— Non, merci, je suis déjà sur les nerfs, commandant.

— Je reviens et tu m'expliques pourquoi, répliqua-t-il.

Pendant sa courte absence, Karen sortit d'une chemise en carton les résultats des tests ADN, dont la formulation la dérangeait encore. Elle les relut, avant de les poser en évidence sur son bureau, avec la déposition de Paula Calder, qu'elle venait d'imprimer. Louis Terrier la trouva en train de grignoter un biscuit d'un air absorbé.

— Tu avais faim ?

— Oh non, j'ai mangé un sandwich tout à l'heure. Et vous ?

— Figure-toi qu'Aurélia et moi, nous avons dîné au château, sous la mine réprobatrice de Catherine Desmarets et les sourires mondains d'Élodie Quinot. L'ambiance était tendue, mais peu à peu, ça s'est arrangé. Je ne te dis pas le menu, tu m'envierais. Victoire m'a épaté une fois de plus, en s'imposant comme maîtresse des lieux. Passons, qu'est-ce qui te tracasse ?

Karen lui tendit la feuille où figuraient les conclusions du laboratoire de la police scientifique.

— Relisez bien, commandant ! Il est noté « lien biologique certifié en raison du partage d'ADN ». J'ai essayé de joindre celui qui a signé le rapport, il était parti en week-end.

— Tu estimes que le pourcentage devrait être plus élevé entre Jean-Charles et Bastien, c'est ça ?

— Exactement, j'ai consulté des sites sur Internet, ce résultat correspondrait à une parenté, en effet, mais pas forcément celle d'un père et de son enfant. Il faudrait l'ADN de la mère de Bastien, cependant nous ne pouvons pas demander une exhumation pour un doute de ce genre.

— Néanmoins, c'est une piste à explorer. Sait-on jamais, avec tous ces secrets de famille, Mongenot a pu ignorer l'existence d'un frère ou d'un cousin germain, celui qui aurait abusé de sa femme.

— Ou bien un oncle ! J'ai vérifié à nouveau et en vain l'état civil de Jean-Charles, qui était fils unique.

Ils continuèrent à discuter à mi-voix, en attendant le brigadier Fort, de service ce soir-là, et qui devait rapporter les derniers enregistrements de sons de cloche.

Château Desmarets, même soir

Allongée sous une couette fleurie, Aurélia étudiait le décor qui l'entourait. Elle avait déjà admiré les innombrables livres de la bibliothèque, dont les rayonnages occupaient deux des murs.

— Est-ce que tu es bien installée ? demanda Victoire. As-tu remarqué, depuis plus d'une heure, j'ai réussi à te tutoyer.

— J'en suis soulagée, et oui, je ne pouvais pas être mieux que dans ce grand lit. Je crois même que je n'ai jamais eu un matelas aussi confortable. Ce n'était pas par manque d'argent, mais les détails pratiques m'ont toujours agacée.

— Bien dormir n'est pas un détail, rectifia la jeune femme.

— Tu me comprends ! J'utilise la vaisselle que j'ai achetée il y a vingt ans. Vicky, je te remercie pour tout... Tes adorables attentions, ton dévouement, ton humour et la tendresse que tu me témoignes.

— Eh bien, je te le dis en confidence, j'ai beaucoup de tendresse à offrir, et ça date de mon enfance. Mes parents n'appréciaient pas les effusions, les câlins. Enfin, papa se montrait plus affectueux, mais si maman n'était pas là.

Un sourire ironique plissa les joues pâles d'Aurélia, qui se remémora l'accueil réfrigérant de Catherine.

— Ta mère m'a paru d'un tempérament très dur, si on la compare à toi, nota-t-elle. Si tu savais combien j'aurais aimé grandir avec mon frère. J'ai rêvé de lui, à l'hôpital. Il me tendait la main, mais je ne pouvais pas avancer...

— C'est significatif, admit Victoire.

Elle était assise dans le fauteuil en cuir rouge de son père. Du bout des doigts, elle caressait les accoudoirs un peu élimés.

— Petite fille, je voyais souvent papa dans ce siège, qui était plus pimpant à l'époque. Il venait lire ici, c'était son refuge.

— Parle-moi de Jacques, de mon jumeau, j'ignore tout de lui, soupira Aurélia.

— D'abord, tu devrais boire ta tisane de camomille. Je l'ai sucrée avec du miel qui vient des ruches de Jeannot, l'oncle d'Emmanuel.

— Ah, le fameux Emmanuel ! Ta voix change dès que tu prononces son prénom.

— Vraiment ? Tant mieux, ce n'est pas un secret, je l'aime. Mais c'est un amour sincère et profond, qui durera longtemps, je le ressens ainsi. Excuse-moi, tu veux un portrait de mon cher petit papa.

— Oui, s'il te plaît, je finirai ma tisane en t'écoutant, Vicky.

— Par où commencer ? Jacques Desmarets était très apprécié par tout son personnel. Il vouait une vraie passion à sa terre de Bourgogne, à ses vignobles, ainsi qu'à ce château, précisa Victoire.

— Je voudrais plutôt connaître ses goûts, ses manies !

— Mon grand-père Gilles adorait les cigares, mais papa ne fumait pas, il détestait l'odeur du tabac. Sur le plan de la nourriture, je l'ai vu se régaler de repas très simples, des soupes de légumes, du fromage et du pain complet. Je crois qu'il était allergique aux fruits à coque, du style pistache et noisette.

— Moi aussi !

Mais un sanglot succéda à cette exclamation de surprise. Aurélia se mit à pleurer, terrassée par le chagrin. Victoire bondit de son siège et courut la prendre dans ses bras.

— Je suis désolée, Vicky, j'ai vécu tranquille durant des années, sans être agressée ni même angoissée. La danse était ma passion, comme toi, et mon existence de professeure me comblait. J'aimais programmer des spectacles, choisir un ballet et ses costumes. Bien sûr, la disparition et le décès de Vanessa avaient déjà changé la donne. Mais à présent, en quelques jours, une tempête a éclaté, me secouant rudement. Maryla est morte, alors que je venais de savoir la vérité sur ma naissance, sur mes parents. Et tel un point d'orgue, on a essayé de me tuer, en simulant un accident de voiture, avant de dévaster mon chez-moi, où j'ai été si heureuse avec Louis depuis que nous sommes ensemble. C'est trop, beaucoup trop. Je ne suis pas aussi forte que toi.

Attendrie, Victoire lissa de l'index les mèches auburn de sa tante. Elle déposa ensuite un baiser sur sa joue.

— Je n'étais pas forte, à quinze ans, Aurélia ! Ni même ce soir d'août où papa s'est sacrifié pour me sauver. Mais je le suis devenue, d'épreuves en épreuves, avec le fragile espoir de vivre enfin en paix, auprès de tous ceux que j'aime. Toi aussi, tu es courageuse, je le sais. Ne pleure plus, tu es à l'abri, dans mon château des secrets…

24

Père et fils

Quelque part en Côte d'Or, même soir,
samedi 17 novembre 2018

Lorsque l'homme aux manières de juge avait ordonné de reconduire Bastien dans sa chambre, tout de suite deux solides gardes s'étaient approchés. Nadège s'était levée de son tabouret, afin de suivre le mouvement.

— Non, ne me touchez pas ! leur cria-t-il en montrant les poings. Je suis peut-être un jeune crétin, mais je me sens prêt à reprendre le flambeau !

D'un geste impérieux, l'inconnu fit signe d'attendre à ses sbires. Ils s'immobilisèrent immédiatement.

— Tu m'intéresses, là, insinua-t-il.

Soudain il ôta son chapeau, dévoilant un crâne rasé sur lequel la clarté des lampes se reflétait.

— Auras-tu l'envergure nécessaire, Bastien ? Mon œuvre doit se perpétuer, et les revenus qu'elle procure sont inimaginables.

— Il suffit de continuer à recruter des jeunes idiotes en leur faisant miroiter un brillant avenir dans la mode ou le cinéma, c'est ça ? Ensuite on en fait ce qu'on veut ! Mais Audrey n'a pas répondu à une annonce, elle avait un emploi au manoir, chez mon père. Et Romane Remond ?

— Nous n'avons plus le site idéal de Blancarçay, nous avons dû procéder différemment, expliqua Nadège à mi-voix.

— Encore un mot, et c'en est fini de toi, pauvre sotte ! hurla l'homme. Je m'entretiens avec ce garçon, je suis le seul en droit de lui répondre.

— Pardon, je ne dirai plus rien, souffla-t-elle.

— Reprenons, Bastien ! Te crois-tu capable de gérer cette fructueuse entreprise, de mener à bien les divertissements qu'apprécient tant nos clients, demanda l'inconnu.

— Autant que vous, si au début, j'ai de l'aide, celle de Nadège notamment. Et à une condition, j'exige le nom de l'homme qui a violé ma mère, l'identité de mon vrai père. Ce ne serait pas vous par hasard ? Si c'est le cas, je ne m'étonnerai plus d'être un dégénéré, candidat à la drogue et accro au sexe !

— Ta question est pertinente…

Le cœur cognant à se rompre, Bastien prenait de l'aisance dans son rôle. Il avait compris ce qu'il fallait faire, en l'occurrence être le plus insolent possible, ne pas courber l'échine par peur de mourir.

— Alors, répondez ! s'égosilla-t-il.

— Je le ferai dans une sphère plus intime, quand je serai persuadé de tes capacités. Je te rappelle que tu n'as pas pu te charger de la mort d'Audrey, un gibier de choix.

— Et vous ? J'aimerais savoir si vous auriez pu lui injecter la dose létale de drogue, après l'avoir vendue à un de vos clients ! Franchement, c'est facile de planifier une mort à distance, mais beaucoup moins d'assister à un crime affreux. Je parie que c'était vous, le jeune gars qui a vu une fille innocente être violée et rouée de coups, jusqu'à la tuer, pendant l'épuration. Et ça vous aura détraqué le cerveau !

— De mieux en mieux, tu commences à me plaire. Tu as de l'énergie, de la haine et tu sais frapper où cela fait mal.

Libéré de toute appréhension, ivre de pouvoir insulter et cracher sa révolte, Bastien se déchaîna.

— Oui, vous êtes un détraqué, un sale pervers comme moi ! s'exclama-t-il. Tout le monde m'entend, ça ne vous gêne pas ? Ou bien vous avez prévu d'exécuter vos serviteurs, pour en trouver d'autres qui seront à mes ordres !

— Perspicace en plus, rétorqua l'homme.

Il brandit alors un fusil de chasse à canon scié, qu'il avait dû dissimuler sous un pan de son manteau. Alarmé, Bastien recula de trois pas.

— Ne crains rien, c'est juste une précaution. J'ai eu affaire à des traîtres par le passé, ceux-là pourraient bien décider de m'anéantir. Ensuite ils arracheraient à Nadège le code de mon coffre-fort. À l'intérieur s'entassent des lingots d'or.

— Ce n'est pas pratique à écouler, moi je veux de l'argent, des espèces.

— Tu auras tout ce que tu désires, Bastien Mongenot, si tu continues sur cette voie. Et de belles filles pas farouches, bien sûr.

— Je ne suis pas un Mongenot ! Vous devez être le salaud qui a abusé de maman.

Cette fois, l'homme fut pris d'un fou rire effrayant, qui le faisait hoqueter.

— Ce gamin a le don de m'amuser ! Steph, je suis fatigué, emmène-le, je n'ai plus confiance en Nadège ! Le garçon mérite un bon vin de chez nous, je le reverrai demain matin, à l'aube et sans témoin. J'ai dit, c'est ainsi, dépêche-toi, s'égosilla-t-il.

Pétrifié, Bastien se répéta en son for intérieur ces quelques mots qui titillaient sa mémoire : « J'ai dit, c'est ainsi, dépêche-toi. »

Il se mit à trembler, pour un peu ses jambes l'auraient lâché. La bouche sèche, il eut une vision fugace d'un matin d'automne, où Florian avait tenté de le protéger d'une volée de coups.

— Non, mais non, chuchota-t-il du bout des lèvres en précédant le dénommé Steph dans le couloir. C'est strictement impossible…

Bastien eut droit à une bouteille de vin blanc, issu du domaine Mongenot, ce qui lui arracha une grimace ironique. On lui avait apporté débouchée, si bien qu'il ingéra contre son gré un sédatif. Il n'eut pas le temps de réfléchir à l'épouvantable soupçon qui avait germé dans son esprit, un peu plus tôt.

Quelques heures plus tard, quand on vint le chercher, il gisait en costume et cravate en travers de son lit, les bras en croix. Les deux gardes, le visage découvert, eurent du mal à le réveiller.

— Vous êtes attendu, venez vite, conseilla l'un d'eux.

— Ouais, ouais, j'arrive ! Pourquoi ce n'est pas Nadège qui s'occupe de moi ? Elle est morte ?

— Pas encore, monsieur Bastien !

— Quoi, tu m'as tabassé l'autre jour, maintenant tu me donnes du « monsieur » ? Attends, je passe dans le cabinet de toilette, je n'ai pas les idées claires…

Bastien s'aspergea le visage d'eau froide, ce qui l'aida à se souvenir de son trouble de la veille, proche du malaise.

— C'est ce rire, un rire froid, hargneux, sans joie, et puis ces mots…

— Faites vite, lui cria un des hommes.

— Une minute, un besoin pressant, et puis je peux bien le faire attendre ! Tant pis s'il n'est pas content.

Lorsque Bastien sortit, en s'essuyant les mains à l'aide d'une serviette-éponge, il entendit la voix de Nadège derrière la porte qui avait été refermée et verrouillée.

— Il y a un changement de programme, Steph, Théo, ouvrez ! Il faut retarder l'entrevue de ce matin, Bastien doit prendre son petit déjeuner.

— Encore une de ses lubies, soupira l'un.

— Du coup, nous aussi on peut manger un morceau, maugréa le second.

Nadège entra, un petit plateau rond à la main. Comme Steph la frôlait, elle le retint par le coude pour lui chuchoter quelque chose à l'oreille.

— Ah d'accord, murmura-t-il. C'est compris !

Lui et son comparse sortirent. Très pâle, Nadège servit une tasse de café à Bastien. Elle lui adressa un regard empli de tristesse.

— Je tenais à vous dire adieu, mon garçon. Ne vous vexez pas, cette fois, je vous appelle ainsi par affection. Tout à l'heure, devant lui, ayez du cran, défiez-le comme hier soir. Et si je ne meurs pas sur le coup, tenez-moi la main, promettez-le.

— Quand même, ils ne vont pas vous exécuter !

— Si, devant vous… J'ai des cigarettes, on peut en fumer une ensemble.

— C'est de la folie, Nadège, ce type est taré ! Vous ne pouvez pas accepter d'être tuée pour des erreurs dont vous n'êtes pas responsable, à mon avis.

— C'est vrai, un destin contraire s'en est mêlé. Ne vous souciez pas de moi, Bastien, je vais payer mes crimes. Toutes ces malheureuses jeunes filles ! Je leur souriais, je les rassurais parfois, mais je les envoyais à la mort, à la souillure. Les autres, les recruteurs comme Régis Garin, ou les clients mauvais payeurs, comme celui qui a violé Victoire Desmarets, suivant des plans bien établis, je me moquais de les faire tuer.

— Quoi, Victoire a été violée ? Quand… ? Florian ne m'en a jamais parlé. Je savais juste que son père et elle avaient été victimes d'un accident, causé par un chauffard.

— Eh bien, on peut dire que vous ne vous intéressiez pas beaucoup à votre entourage ! J'avoue que l'affaire initiale n'a pas été ébruitée dans la presse, car le commandant Terrier y a veillé lorsque cette jeune femme a témoigné, des années plus tard. Oh, la liste des défunts est longue, chez les Desmarets…

Accablé, Bastien s'assit sur une des chaises et fuma en silence. Nadège l'imita, en s'appuyant au mur.

— Je n'aime pas Victoire, lui dit-il. Elle m'a toujours méprisé, mais mon frère l'adorait. Ils allaient se marier et j'ai une nièce, leur fille, Maïa.

— Qui sait ? En vous attirant les bonnes grâces de notre dirigeant, en le secondant, vous pourrez peut-être le convaincre de les épargner, la mère et l'enfant… Au fait, je vous remercie, hier soir, vous avez sollicité mon assistance, si vous preniez la relève. C'était gentil, sachant ce qui me menaçait. Alors, votre promesse ?

Bastien se leva et éteignit son mégot sous son talon. Il toisa Nadège d'un air perspicace.

— Vous avez ma parole, même si elle ne vaut pas grand-chose. Mais je vais tenter de vous sauver, déclara-t-il. Soyez gentille à votre tour, dites-moi qui est cet homme et si c'est lui mon vrai père !

— Ne me demandez pas ça, je vous en prie. De toute façon, il va sûrement vous le dire lui-même, il en a tellement envie. Bien, autant en finir, c'est l'heure.

La salle ronde paraissait déserte et il y faisait très sombre, malgré la veilleuse murale. Les lampes n'étaient pas encore allumées et le fauteuil était vide. Impressionné par le silence, Bastien songea à un piège, dans lequel Nadège l'aurait entraîné. Il la revit soufflant quelques mots à l'oreille de Steph.

— Qu'est-ce qui se passe ? s'inquiéta-t-il tout bas. Où sont vos collègues, et l'homme ? À propos, quel âge a-t-il ?

— Il n'est pas de première jeunesse, mais taisez-vous, le voilà.

Malgré la pénombre, Bastien put mieux étudier la haute silhouette de l'inconnu, coiffé de son chapeau, qui prenait place sur l'estrade, tandis que trois des gardes se postaient devant lui. Une fois encore, il crut avoir une hallucination.

— As-tu bien dormi, mon garçon ?

— Oui, puisque le vin était drogué ! Au moins je n'ai pensé à rien, ça m'a changé des autres nuits.

— J'en suis content. Ce matin, je t'accorde une dernière chance, et tu dois me prouver ta loyauté. Nadège doit payer ses fautes, c'est à toi de l'exécuter. Si tu refuses ou que tu n'y parviens pas, demain je me débarrasse de ton encombrante personne. Désolé, Bastien je ne tolère pas les lâches, qui de plus sont susceptibles de me trahir. Écoute-moi bien, le seul moyen de sauver ta peau, c'est de tuer cet élément inutile.

— Vieux timbré ! hurla Bastien. J'ignore qui vous êtes, et franchement, je n'ai pas envie de le savoir. Hier soir, j'ai eu un doute, mais non, ça ne tient pas la route... Je ne tirerai pas sur Nadine et je me fiche de mourir.

— Tant pis pour toi !

L'homme leva la main et l'abaissa d'un geste mesuré. Une détonation éclata, assourdissante. Aussitôt Nadège vacilla sur ses jambes, une tache sanglante sur son corsage. Elle s'écroula brusquement sur le côté, avec une plainte.

— Vous êtes tous fous ! cria Bastien, terrifié.

Pourtant il se souvint de sa promesse et s'agenouilla pour la prendre contre lui. Elle cligna des yeux en réussissant à lui sourire.

— Si vous sortez vivant d'ici, ne m'oubliez pas, articula-t-elle péniblement. Ne dites rien, ne bougez pas.

Il se penchait un peu plus, afin de la réconforter, quand il la vit prendre un objet dans la poche de sa veste de tailleur, pour le glisser dans une des poches de son costume.

— Bonne chance, Bastien, chuchota-t-elle avec une brusque détente de tout le corps.

— Stop, ça suffit, ordonna l'homme. Quelle scène ridicule, digne d'un mauvais film ! Steph, Théo, reconduisez ce jeune imbécile dans sa chambre. Jusqu'à demain, il n'aura aucune nourriture, j'ai dit !

Secoué de frissons d'horreur, Bastien se laissa emmener sans protester. Il aspirait à se retrouver enfermé, à l'écart de toute cette mascarade et du corps inerte de Nadège. Lorsqu'il put s'asseoir au bord de son lit, bien seul dans la pièce sans fenêtre, il plongea la main dans la poche de son veston.

— Un téléphone, elle m'a donné un téléphone...

Château Desmarets, dimanche 18 novembre 2018

Victoire s'était levée tôt pour apporter son petit déjeuner à Aurélia. Elle le préparait en cuisine, sous l'œil vigilant de Colette.

— Quand même, Madame a raison, ça me fait bizarre de te voir avec ta petite dans le dos, comme une bohémienne. Ton porte-bébé, en plus, il est trop bariolé.

— Pitié, Colette, ne dis pas ça toi aussi, se désola la jeune femme. Je refuse de laisser Maïa toute seule, alors je l'emmène partout. Et elle dort bien mieux ainsi. Le mouvement la berce, et mon contact la rassure. Combien de fois je devrai nous justifier ? Aurélia approuve cette méthode.

— Excusez-moi, mademoiselle, je ne vous ferai plus de remarque à l'avenir.

— Merci ! Personne n'est descendu ?

— Non, vous êtes la première, enfin après ce brave Karl qui casse la croûte à 6 heures. Si vous ajoutiez un œuf à la coque à votre plateau ? Il y a du thé, des toasts, ma confiture de prunes, mais rien de salé.

— Bonne idée, Colette, et un jus d'orange aussi.

Le bébé lança un léger cri, ce qui poussa Victoire à aller marcher dans la salle à manger. D'ici peu, elle y verrait un signe du destin…

— Tu viens de téter, mon ange, sois sage, chantonna-t-elle.

Elle entendit alors des pas rapides dans l'escalier, et la voix de Jean-Charles. D'abord elle supposa qu'il s'adressait à Karl, en faction dans le hall, mais la suite la détrompa, tout en lui causant un choc.

— Bastien, c'est toi ? disait-il d'un ton incrédule.

Tout de suite intriguée, Victoire se rapprocha de la porte de communication. Ce n'était pas dans ses habitudes d'être indiscrète, mais au regard de la situation, elle se permit d'écouter, sans se manifester, afin de ne pas gêner le viticulteur.

— Où es-tu, fiston ? Parle plus fort, je t'en prie ? Quoi, tu ne peux pas... Le village de Vermond[1], d'accord, l'ancien château. Quoi ? Mais non, tu t'es trompé, c'est impossible.

Il y eut un silence. Le cœur cognant à grands coups, Victoire se répétait ces informations.

— Si tu as vu juste, ça expliquerait bien des choses ! Bastien, j'arrive. Non, je ne préviens pas la police. Au cas où tu aies raison, on me laissera entrer. Courage, mon fils. Je raccroche...

— Patron, qu'est-ce qui se passe ? interrogea Karl tout bas. Vous savez où est Bastien ?

— Oui, à vingt minutes de route, je ne peux pas remonter prendre mon revolver, donne-moi le tien, Karl, et ne discute pas.

— Je ferai mieux de vous accompagner, patron ! Vous ne vous rendez pas compte... Et si c'était encore un piège, hein ? On a pu forcer votre fils à dire ça, pour que vous vous jetiez dans la gueule du loup !

— Ne t'en mêle pas, Karl, je dois absolument régler le problème seul ! Pas un mot à Cathy ni à Victoire, encore moins aux gendarmes ! Vite, ton arme et des balles.

— Bonne chance, patron, marmonna le garde du corps. Je referme derrière vous.

Abasourdie, Victoire demeura un court instant indécise, puis elle tira le battant et se montra à Karl.

— J'étais là, tout près, j'ai entendu. Jean-Charles a perdu la tête, affirma t elle tout bas. J'alerte le commandant Terrier, que vous soyez d'accord ou non !

— Mais j'suis d'accord, mademoiselle, balbutia-t-il. Le patron, il va se faire tuer.

— Non, il faut empêcher ça, je ne veux plus de deuils, plus de morts violentes. Vermond, je connais ce village, quand j'avais dix ans, nous avons dansé là-bas, en plein

1. Lieu fictif.

été, devant une chapelle. Je vais téléphoner dans le salon, si ma mère descend, ne lui dis rien.

Le bruit d'une voiture qui démarrait dans la cour d'honneur signifia à Victoire le départ du viticulteur. Elle se demandait si elle aurait pu le retenir, quand le commandant Terrier répondit.

— Oui, Victoire ! Qu'est-ce qu'il y a, c'est Aurélia ?

— Pas du tout, c'est une urgence ! Bastien a pu appeler son père. J'ignore ce qu'il lui a dit, mais Jean-Charles est parti aussitôt, en prenant l'arme de Karl et des balles. Il va au village de Vermond. Vous pouvez peut-être le rattraper ou du moins, arriver là-bas peu de temps après lui.

— Bien, je prépare l'opération, il me faut des renforts !

— Attendez, j'écoutais sans me montrer, or Jean-Charles a dit qu'on le laisserait entrer si Bastien avait vu juste, enfin quelque chose comme ça. Et il a recommandé à Karl de ne pas vous contacter.

Terrier lança une série de jurons qui, dans d'autres circonstances, aurait fait sourire Victoire.

— J'aurais voulu le suivre, ou partir dans sa voiture, mais j'ai mon bébé et je ne peux pas me mettre en danger.

— Surtout pas, restez au château, c'est un ordre, cria le commandant. Je ne vais pas rater une telle occasion d'arrêter enfin ces malades.

— Faites attention, commandant, et ramenez Jean-Charles et son fils bien vivants.

— Je ferai de mon mieux !

La communication était coupée. Victoire envoya aussitôt un message à Emmanuel :

> *Je t'en prie, viens me chercher tout de suite, je voudrais aller au village de Vermond. Je t'expliquerai quand tu seras là.*

Après avoir eu le procureur en ligne, le commandant Terrier devait mettre en place un dispositif conséquent, ce qui lui ferait perdre du temps. Il décida de se rendre sur place au plus vite, avec le brigadier Fort, confiant à Karen l'opération en cours.

— Tu ne perds pas une minute, lui dit-il en enfilant son gilet pare-balles et en vérifiant son arme de service.

— Pourquoi je ne viens pas avec vous ? s'insurgea-t-elle. Si c'est par prudence, je proteste, je suis capable de gérer le stress.

— Ne complique pas les choses, tu es lieutenante, alors tu remplis la fonction que je te donne ! En principe, vous devriez arriver un quart d'heure à peine après moi. Mets tout en place, sans oublier le drone pour survoler les lieux.

— Très bien, commandant, allez-y, je ne veux pas vous retarder, répondit Karen.

Elle faillit lui dire de ne pas prendre de risques, mais certaine d'être rabrouée, elle se contenta de le penser.

Château de Vermond, même jour,
vingt-cinq minutes plus tard

L'homme s'était installé dans un large fauteuil en cuir, le dos calé par un coussin. Il savourait son petit déjeuner, toujours composé d'œufs brouillés, de jambon grillé et de trois tasses de café très fort. Quand on frappa à la porte de sa chambre, il lâcha un « entrez » agacé.

— Monsieur, on a de la visite, lui annonça le dénommé Steph, recruté au début du printemps. Vous n'entendez rien ? Ça cogne à la porte principale, et pas doucement. Théo a regardé le visiophone, c'est un type tout seul, un grand gaillard d'une cinquantaine d'années.

— A-t-il décliné son identité ?

— Oui, il dit s'appeler Jean-Charles Mongenot et qu'il veut vous parler !

— Comment a-t-il su où nous sommes ? Assure-toi avec Théo et Vincent qu'il n'y a pas de mouvements suspects dans les alentours. Si tout est calme, ouvrez-lui et conduisez-le dans la crypte, sans allumer les lampes, vous le ferez seulement lorsque je serai prêt à apparaître. Il patientera, je n'ai pas fini de manger.

— Et pour Bastien, on fait quoi ?

— Vous attendez mes ordres ! Laissez-le ruminer, il doit se dire qu'il n'en a plus pour longtemps. J'imagine combien il a peur, ce freluquet. Dépêche-toi, Steph !

Avec un soupir de contrariété, l'homme s'interrogea encore une fois.

— Qui m'a trahi ? Quelqu'un lui aura fourni cette adresse ! Et si c'était Nadège, se sachant condamnée... Allez savoir ce qui se passe dans l'esprit d'une vieille fille aigrie ? Je vais tous les tuer, en douceur. Au repas de midi, d'abord un sédatif, ensuite la traditionnelle petite piqûre.

Soudain furieux, il se leva et balaya de la main son assiette, sa tasse et la corbeille de pain. D'un geste brusque, il lança la cafetière en porcelaine contre un des murs.

— Il y a de quoi me couper l'appétit, toujours par sa faute !

Sa respiration se fit saccadée, en accord avec la rage froide qui le dominait. Il mit son grand manteau noir, son chapeau, orné d'une plume de faisan, et s'équipa d'une canne dont le pommeau représentait une tête de sanglier.

Dans la pénombre que la veilleuse murale nuançait d'une faible luminosité verdâtre, Jean-Charles étudiait l'endroit où un individu cagoulé de noir l'avait introduit, en lui demandant de ne pas bouger et d'attendre.

— Une salle presque ronde, de vieux murs, je reconnais cette odeur de sable et de pierre, marmonna-t-il. Une cave ou une sorte de crypte. Où est Bastien ? Ils ont dû l'enfermer ici, dans le sous-sol.

Tendu à l'extrême, il se remémora l'emplacement de ce modeste château, situé près du village, non loin de la route départementale. Afin de garder son sang-froid, il tirait des conclusions à voix basse.

— Je n'étais jamais venu dans ce coin ! Il y a une chapelle toute proche, si la cloche sonne encore, Audrey a pu l'entendre, en effet… Bah, c'est une demeure cossue, elle ne mérite pas le nom de château ou de manoir. Mon Dieu, pourvu que Bastien se soit trompé ! Ils ont pu le droguer, il aura eu une hallucination.

La porte voûtée s'ouvrit et il se tut pour scruter l'homme qui franchissait le seuil. Immédiatement la rampe de lampes s'alluma, aveuglante, mais cela lui avait suffi. Le cœur pris de folie, la bouche sèche sous l'effet d'une émotion incontrôlable, Jean-Charles devina la silhouette masculine, qui s'asseyait dans un fauteuil, sur une estrade. Aucun garde ne l'avait escorté.

— Alors, tu es venu, pauvre jean-foutre ! s'exclama-t-il. Qui m'a trahi ? Qui ?

— Bastien m'a téléphoné tout à l'heure, en m'indiquant le village et ce lieu ! Oui, je suis là.

— Avez-vous alerté la police ?

— Non, père ! C'est une affaire de famille, dirait-on. Père, je sais que c'est vous. Bastien a eu des soupçons, mais il n'a pas vécu des années sous votre tyrannie. Moi j'aurais reconnu votre voix parmi cent autres, votre stature.

— J'admets que tu es plus intelligent que ton petit frère, ce n'est pas difficile. L'unique intérêt de mon rejeton est sa propension à la débauche, au sexe, au vice.

Atteint de plein fouet par ces paroles, Jean-Charles serra les poings, tout en avançant vers l'estrade.

— Comment avez-vous réussi ce tour de passe-passe, père ? Vous êtes officiellement décédé depuis plus de quinze ans ! Il y a quelques jours, j'étais au cimetière, avec cette joie en moi de vous savoir mort, décomposé dans votre cercueil.

— Ce n'est pas mon corps qui a pourri entre des planches de chêne, mais celui d'une épave humaine.

Je lui ai épargné la fosse commune… Tu en es témoin, Édouard Mongenot est vivant, là, en face de toi.

L'homme actionna une télécommande, qu'il devait avoir dans la poche de son manteau. Les lumières qui l'auréolaient baissèrent d'intensité.

— Regarde, Jean-Charles, je ne me suis jamais séparé de cette canne ! T'évoque-t-elle de cuisants souvenirs ? Je suis encore assez fort pour te briser le dos.

Maintenant, le viticulteur distinguait mieux les traits de son père, étonnamment lisses et figés pour un homme de son âge.

— Assez fort, ce n'est pas prouvé, rétorqua-t-il. Si je compte bien, vous avez quatre-vingts ans !

— La médecine et la chirurgie esthétique font de petits miracles. Ma santé est excellente, je ne suis jamais malade, car je mène l'existence qui me plaît, débita Édouard Mongenot avec un rire moqueur.

— Alors c'était vous, soupira Jean-Charles. Toutes ces jeunes filles sacrifiées à votre démence, la liste noire des deuils chez les Desmarets, mon ami Gérard Colombet, et Florian, votre petit-fils.

— Une navrante erreur dont tu es responsable ! Je n'avais pas l'intention de supprimer Florian, tu étais visé. Et je vais te dire pourquoi.

— D'abord je veux savoir si Bastien est de moi ou de vous ?

— Toujours aussi impatient et exigeant ! Je t'ai tout dit à ce sujet il y a quelques minutes. Oui, j'ai abusé de ta jolie et jeune épouse, si fragile, si douce. Tu avais des aventures extraconjugales, Frédérique se désolait, elle rêvait d'un deuxième enfant, je lui ai donné, après trois séances dans sa chambre, qu'elle n'a jamais dû oublier. Quand le bébé est né, elle voulait tout t'avouer, mais je l'ai menacée de te faire mourir d'un accident de la route, comme les autres. Cette idiote t'aimait, elle s'est tue, rongée par son triste secret. Mais je ne te supportais plus, ni toi, mon fils unique, ni tous ces gens qui grouillaient sur notre domaine. C'est ce qui m'a décidé à simuler mon décès, pour être libre et me consacrer à mon œuvre. L'argent achète tout, la complaisance d'un médecin, d'un employé des pompes funèbres. J'avais déjà cette organisation vouée au crime, que j'ai créée en 1962. L'année de ta venue au monde !

Profondément horrifié, suffoqué par la haine, Jean-Charles guettait le meilleur moment pour sortir le revolver de Karl, dont le chargeur était plein.

— Inutile de me toiser avec tant de dédain, tu ne sortiras pas vivant d'ici. Bastien pourrait me servir, je l'épargnerai, et puis il est de mon sang.

— Moi aussi, cependant je devais être déchiqueté par une bombe !

— C'était normal, tu contrecarrais mes plans ! Déjà tu avais anéanti tous mes efforts, en rendant invalides les contrats que Jacques Desmarets avait signés. Je me moquais bien de récupérer ses vignes, non il devait souffrir, trembler pour la vie de sa fille et de sa femme, en se sachant ruiné, en étant humilié de perdre son château et sa réputation. Et quand j'ai su que tu fréquentais Catherine Quinot, celle qui nous avait déshonorés en rompant vos fiançailles, j'ai jugé que tu étais un élément indésirable. Un traître qui se dévouait à la veuve Desmarets !

— Père, vous avez fait de mon enfance un cauchemar, même un enfer ! Vous étiez une brute, un barbare, à la chasse comme au sein de votre famille. Dès l'âge de six ans, j'ai appris à vous fuir, à vous haïr ! Vous m'obligiez à égorger les bêtes épuisées que vous aviez traquées, et cet acte me révulsait. Oh oui, je me souviens des coups de canne, de la brûlure du fouet. J'étais tellement soulagé à vos obsèques, et tout était faux. À présent, je veux voir Bastien, mon fils, car un homme qui élève un enfant devient son père, même s'il est en fait son grand frère.

— Jean-Charles, derrière cette porte, j'ai six hommes dévoués, non pas à ma cause, mais si bien payés qu'ils m'obéiront sans hésiter. Je vais leur crier de me rejoindre, puis de ramener Bastien, qui pourra contempler ton cadavre.

— Rien n'est joué encore, et j'ai des questions, c'était vous aussi le piège qui s'est refermé sur Victoire, en 2013 ? Elle devait mourir également ?

— Tous les Desmarets, même la petite Maïa. C'est dommage, ma secrétaire, Nadège, a raconté beaucoup de choses à ton jeune frère, mais tu n'auras pas le loisir de les apprendre.

— On verra... Dites-moi, pourquoi Jacques a-t-il vécu jusqu'à ses quarante-cinq ans ? Que signifie ce sursis entre le décès de son frère Damien et l'accident où il est mort ? Auriez-vous eu une faiblesse, parce qu'il était le fils d'Irina Novak ?

— Une faiblesse, moi ? s'égosilla Édouard Mongenot, ce qui lui provoqua une quinte de toux.

Il reprit son souffle, en brandissant sa canne, un sourire amer sur les lèvres.

— Non, c'était un sursis, car Gilles Desmarets avait payé ce qu'il fallait pour protéger son bâtard. Je le tenais à la gorge, mon ancien rival et mon ennemi juré.

Submergé par la fureur, Jean-Charles sortit le revolver et le braqua sur son père.

— Je vais vous tuer, afin de venger tous ceux que vous avez éliminés, blessés, ou humiliés ! hurla-t-il.

D'abord désorienté, le vieil homme héla de toutes ses forces ses sbires, qu'il savait prêts à agir. Mais lorsque la porte s'ouvrit à la volée, il vit entrer le commandant Terrier, suivi par des gendarmes en tenue d'attaque. Ils pointaient tous leurs armes sur lui.

Frappé de stupeur, Édouard Mongenot était devenu livide. Il n'avait pas envisagé un instant la moindre défaite.

— Tu m'as menti, bien sûr, espèce de vaurien ! s'écria-t-il en jetant sa canne sur son fils, qui l'esquiva sans peine.

Louis Terrier marcha vers l'estrade et s'arrêta pour étudier les traits hautains de l'individu au chapeau noir.

— Mais je le reconnais, c'est votre père, dit-il à Jean-Charles d'un ton sidéré. Je le croyais mort depuis longtemps.

— Ce n'était pas le cas, commandant ! Qui vous a averti et donné l'adresse ?

— Victoire, pour vous sauver la vie et dans l'espoir de mettre fin à tous ces crimes. Elle souhaitait tant démasquer celui qui orchestrait ce jeu de massacre, cette jeune femme n'a pas hésité une seconde et je ne l'en remercierai jamais assez.

Le brigadier Fort et deux de ses collègues avaient menotté Édouard Mongenot qui se murait dans le silence.

— Le périmètre est sécurisé, les hommes de main de ce psychopathe sont neutralisés, précisa Terrier.

— Il faut retrouver Bastien, à présent, déclara Jean-Charles. Il doit être enfermé à ce niveau, en sous-sol, Audrey a parlé d'un long couloir.

À cet instant précis, quelqu'un se précipita dans la crypte, en bousculant ceux qui voulaient s'interposer.

— Papa ! Je suis là ! Un gendarme m'a libéré !

Bastien se jeta dans les bras de Jean-Charles qui l'étreignit avec un soulagement indicible. La scène eut le don d'irriter Édouard Mongenot.

— Qu'on m'emmène loin de ces crétins, ordonna-t-il. Ils me donnent la nausée !

Toujours sous l'effet d'une intense stupeur, le commandant Terrier s'approcha de lui et le toisa. Il avait sous les yeux l'assassin par procuration de la belle Emma Nevers, la sœur d'Emmanuel, une jeune femme qu'il avait sincèrement aimée. Il la revit en train de danser, en robe fleurie, ses cheveux blonds au vent. Puis défilèrent dans son esprit les visages de Romane, de Vanessa, de toutes ces victimes dont il observait si souvent les photographies. En dernier, ce fut Aurélia sur son lit d'hôpital et il crispa les doigts sur son arme.

— Je suis vraiment désolé de ne pas pouvoir vous tirer une balle dans le crâne, lui dit-il à mi-voix. Je dois vous interroger et vous remettre à la justice. Allez, on embarque tout le monde ! Brigadier, passez les menottes à Bastien Mongenot, inculpé de viol aggravé.

— Accordez-nous cinq minutes, commandant, protesta Jean-Charles.

— Non, papa, tu viendras me voir en prison, affirma Bastien. On discutera tous les deux… Et je dois témoigner. Ne t'inquiète pas, je m'y étais préparé. Je suis tellement heureux, tout est terminé.

— Je comprends, alors vas-y. Tu es vivant, et je sens que tu as changé, fiston ! C'est le plus important pour moi…

Emmanuel se gara près d'un des véhicules de la gendarmerie. Ils avaient été retardés par Catherine, qui, avertie de l'initiative de son compagnon, voulait les suivre. Guy et Karl avaient réussi à l'en dissuader.

Ravagée par l'angoisse, Victoire patienta quelques minutes avant de descendre de la voiture.

— Les gendarmes sont là en nombre, je crois qu'il n'y a plus de danger, murmura-t-elle. Je prends Maïa dans mes bras.

— Il vaudrait mieux la laisser dans sa coque, Vicky, elle dort bien. Et puis on ne sait jamais.

— Je préfère la tenir contre moi.

Il la sentait si nerveuse qu'il évita de la contrarier. Tout en étudiant soigneusement les environs, ils avancèrent enfin vers la demeure cossue que ses anciens propriétaires et les gens du village appelaient le château.

— Tu as vu ? La chapelle n'est pas loin, fit remarquer Victoire.

— Oui, j'ignore si Karen et le brigadier se sont renseignés sur cet édifice-là, répliqua Emmanuel. Excuse-moi, Vicky, de te poser encore une fois la question, mais pourquoi tenais-tu autant à venir ici ? Tu pouvais attendre chez toi, en sécurité !

— Je voulais être sur place, pour voir les assassins de près, et m'assurer qu'ils ne pourraient plus nuire. Il y a une autre raison, je saurai tout de suite si Jean-Charles va bien et si Bastien a survécu. Maman est au courant, alors je serai en mesure de lui annoncer une bonne ou une mauvaise nouvelle.

— Regarde, la porte principale s'ouvre ! s'écria Emmanuel. Je vois le commandant Terrier. Karen aussi. Et Bastien, qui a des menottes.

— Dieu merci, ils sont vivants, chuchota Victoire.

Le souffle court, elle serra plus fort son bébé sur sa poitrine, à l'abri d'une cape en feutrine brune, dont le col en fausse fourrure mordorée faisait ressortir la pureté de son teint de porcelaine.

— Jean-Charles nous a vus, il me fait signe, dit-elle d'une voix vibrante de soulagement.

— Allons-y, proposa Emmanuel en entourant ses épaules d'un bras protecteur.

Des curieux les rejoignirent, arrêtés par le cordon jaune mis en place par les gendarmes. C'étaient des habitants du village, tout surpris par ce déploiement des forces de l'ordre.

— Vous deviez rester chez vous, Victoire, lui reprocha Louis Terrier en l'apercevant. Mais c'est terminé, grâce à vous !

Éperdue de joie, la jeune femme approuva d'un signe de tête. Soudain elle croisa le regard gris et haineux d'un vieil homme de haute taille, les poignets menottés, coiffé d'un chapeau noir et vêtu d'un long manteau de même couleur. Le personnage, dont les traits ivoirins demeuraient impassibles, s'immobilisa pour la fixer avec intérêt, ce qui ralentit l'avancée du groupe.

— Qui est-ce ? demanda-t-elle à Karen, chargée de tenir les badauds à distance.

— Édouard Mongenot, le père de Jean-Charles et celui de Bastien. Je comprends mieux les résultats des tests ADN… Je te présente le chef suprême de l'organisation criminelle, débita très vite et tout bas la lieutenante.

— Comme tous ces imbéciles, vous me pensiez mort depuis longtemps, mademoiselle Victoire Desmarets ! clama celui-ci. Quel dommage, vous m'avez échappée plusieurs fois ! Sans doute le destin…

— Sans doute, oui, répondit-elle en le défiant de ses grands yeux bleus. Mais aujourd'hui, j'ai contribué à votre arrestation et j'en suis très heureuse. Vous ne ferez plus de mal à personne.

Le commandant Terrier mit fin à ce dialogue, en donnant l'ordre de faire avancer Édouard Mongenot. Très pâle, Victoire se réfugia dans les bras d'Emmanuel.

— J'ai froid, cet ignoble vieillard me fait horreur, avoua-t-elle dans un souffle. Réchauffe-moi…

— Vicky, c'est fini, chuchota-t-il à son oreille. Ne tremble pas, il ne paiera jamais assez, surtout à son âge, cependant nous pourrons être en paix, désormais.

Il l'enlaça en la câlinant, indifférent à l'agitation ambiante, aux commentaires, aux éclats de voix. Un court instant, il contempla les nuages d'un blanc laiteux qui voilaient au gré du vent un timide soleil d'automne.

— Maintenant, nous n'avons plus à avoir peur, Vicky, ajouta-t-il. Aie confiance, tout est terminé, plus de verrous, de serrures et de clefs à tourner, mais la vie, la liberté et notre amour…

25

Les cœurs apaisés

Château Desmarets, cinq jours plus tard,
vendredi 23 novembre 2018

En cette fin de matinée, le soleil brillait sur les toitures colorées du château. La femme de ménage profitait du beau temps et de la fraîcheur pour aérer toutes les chambres. Colette, tout en écoutant la radio, avait ouvert en grand la porte-fenêtre des cuisines et balayait la partie dallée qui s'étendait le long du mur extérieur.

Victoire constata en traversant le salon désert que là aussi, les hautes fenêtres à meneaux laissaient entrer le vent vif de l'automne. Elle passa dans la bibliothèque, où Aurélia surveillait la petite Maïa, endormie dans son landau.

— Tu es prête, nous partons faire le tour du parc, Vicky ?

— Oui, c'est le jour idéal, car la météo annonce de la pluie pour demain. Ensuite je t'emmène à Dijon. La répétition du spectacle est à 15 heures, c'est ça ?

— Tout à fait, mais je préfère arriver plus tôt. On s'achètera de quoi grignoter là-bas. Vraiment, Emmanuel, ton cousin et Audrey ont fait un travail formidable en remettant mon appartement et mon bureau en ordre. Ton amoureux a même réussi à recoller mes statuettes.

— Mon amoureux, répéta rêveusement Victoire. J'adore quand tu l'appelles comme ça. Je n'arrive pas encore à croire que nous sommes ensemble et que nous pouvons vivre sans avoir peur, sans se cacher.

— Tu vas vite t'habituer, Vicky ! As-tu des informations sur ce monstrueux Édouard Mongenot ?

— Non, mais le commandant nous rendra visite quand tous les interrogatoires seront terminés. Selon Karen Mathis, qui m'a téléphoné hier, Édouard Mongenot serait très malade du cœur, et il aurait un cancer inopérable. Il s'affaiblit de jour en jour. J'espère qu'il tiendra jusqu'à son procès, auquel je compte assister.

— Ce sera remuer beaucoup de boue et de bassesses, Vicky. Personnellement, cela me rendrait malade de suivre ce genre de débats. Nous devons aller de l'avant... S'il te plaît, tu veux bien m'aider, ce n'est pas pratique d'enfiler un gilet avec ce plâtre.

— Mais oui, en effet tu ne peux pas y arriver toute seule ! Aurélia, si Louis t'avait confié des choses, tu me les dirais ?

— C'est mal le connaître, il ne lâchera rien.

On toqua au battant de la porte entrouverte et Catherine fit son apparition, en tailleur de tweed beige, plantée sur ses hauts talons.

— Bonjour, dit-elle d'un ton enjoué. Je reviens à l'instant du gîte que nous avons loué. C'est un endroit isolé et idyllique, au bord d'un étang.

— Mais Karl est toujours avec vous ? s'inquiéta Victoire.

— Évidemment, au cas où un illuminé voudrait s'en prendre à Jean-Charles. Les médias s'en sont donné à cœur joie dès que des renseignements ont filtré. S'il y a des lettres de menace, elles s'empileront au manoir. Et en fin de la semaine prochaine, j'aurai les clefs de ma nouvelle maison. Je suis tout excitée à l'idée de l'aménager ! s'enflamma sa mère. Adieu ce vieux château Desmarets, je me sentirai vraiment chez moi, pour la première fois peut-être... Revenons à des banalités. Vous avez bonne mine, Aurélia, et toi aussi, Vicky, tu es resplendissante.

— Merci, maman. Alors tu n'as aucun regret, je deviens la maîtresse des lieux, plaisanta Victoire.

— Parfois il faut repartir de zéro ! Sincèrement, je n'étais pas très à l'aise d'accueillir Jean-Charles ici, à cause du souvenir de ton père. Sans toutes ces tragédies, je serais allée habiter définitivement au manoir.

Catherine déambulait de long en large, en effleurant du bout des doigts les rayonnages de livres.

— Ce sont des moments très pénibles pour Jean-Charles, déclara-t-elle. Il prend de graves décisions, dont celle de se mettre au vert, comme il dit, et d'abandonner sa profession. Demain midi, il voit un acheteur sérieux pour son domaine viticole, qui garderait le maître de chai et tout le personnel. Comme le nom de Mongenot aura longtemps mauvaise presse, il baptisera les prochaines cuvées de cette année différemment. Nous avons pensé aux vins des princesses de Bourgogne, le terme de « duc » étant déjà utilisé. Les princesses, ce sont Maïa et toi, ma chérie.

— Merci, maman, c'est gentil, admit Victoire.

— Mais Catherine, votre compagnon s'est expliqué dans une conférence de presse, il n'est coupable de rien, plaida Aurélia.

— Un fils, ou un frère violeur, un père psychopathe à l'origine de plusieurs dizaines de crimes, sa réputation est entachée à jamais. Dieu soit loué, dans son malheur, Jean-Charles a eu la confirmation que Nadine, son affreuse gouvernante, n'était pas sa demi-sœur, ce qu'il a cru en raison d'une particularité osseuse assez rare. Mais ils n'ont pas d'ADN en commun et cela l'a rassuré, sur un plan personnel. À présent, il souhaite se retirer des affaires et réapprendre à vivre dans la sérénité. Bien sûr, Vicky, tu seras toujours notre invitée de prédilection, avec Maïa, qui doit connaître son grand-père.

— N'oublie pas Emmanuel, maman. Nous nous marions l'an prochain, au printemps.

— J'aurais du mal à le faire, j'ai su par Colette qu'il a dormi ici chaque nuit.

— Dans une de nos chambres d'amis, précisa Victoire.

— Peu importe, cela ne me concerne pas. Et vous, Aurélia ? J'ai l'impression que vous vous accoutumez à la vie de château ?

— J'ai passé un agréable séjour ici, mais je regagne mon domicile aujourd'hui même. Tout a été rangé, nettoyé, réparé, par une jeune équipe dynamique. Il n'y a plus de danger, aussi je vais retrouver mon petit nid. Louis pourra enfin dormir près de moi.

— Cela n'aurait choqué personne s'il s'était glissé dans cette pièce tard le soir, plaisanta Catherine.

— Si j'avais su, je l'aurais fait, madame, dit une voix grave dans son dos.

Elle se retourna et se trouva nez à nez avec le commandant Terrier, derrière lequel se tenait Karen Mathis, en blouson de cuir et jean noir.

— Louis ! s'écria Aurélia. Quelle bonne surprise !

— Je suis venu sans m'annoncer, je vous prie de m'excuser, expliqua-t-il en adressant un sourire discret à sa compagne. En fait, je tenais à vous apprendre de vive voix le décès d'Édouard Mongenot.

— Ah, il est mort ! Allons en discuter au salon, nous serons plus tranquilles, proposa Catherine, saisie par la nouvelle.

— Cet homme est vraiment mort ? Mais comment ? demanda Victoire. Donc il n'y aura pas de procès…

— Un arrêt du cœur, pendant l'interrogatoire de ce matin, à 9 h 5 précises, répondit Terrier. Ces derniers mots ont été : « Je n'ai aucun remords, mais je regrette d'avoir perdu la partie. » Et là, il s'est renversé en arrière, livide, bouche bée. J'ai appelé un médecin, qui n'a pu que constater le décès.

Ils s'installèrent autour de la table basse, en s'asseyant sur les canapés. Colette, qui n'était jamais bien loin et surveillait les faits et gestes de chacun, s'empressa d'aller faire du café.

— Franchement, je n'en pouvais plus d'écouter ce vieillard au regard haineux, leur confia le commandant. C'était déjà une épreuve d'être confronté à son visage figé par la chirurgie esthétique. Il me défiait sans cesse, pendant que j'avais droit à la liste de ses exactions. Mais j'ai appris beaucoup de choses grâce à Bastien, à qui une certaine Nadège, dont nous avons découvert le corps dimanche, avait raconté l'essentiel. Tout est consigné, enregistré et j'en ai eu froid dans le dos. J'avais prévu une expertise psychologique pour Édouard Mongenot, j'ai été pris de court.

— Soit c'est un sociopathe, soit un psychopathe, décréta Karen. Son profil est très particulier, d'où son manque total d'empathie et de remords. On peut noter une certaine lâcheté également dans sa façon de commanditer des viols suivis de meurtres, sans agir lui-même.

— En effet, d'après sa déposition, il n'a jamais tué personne de ses mains, insista le commandant Terrier.

— Quand même, c'était un chasseur acharné dans sa jeunesse, et d'après Jean-Charles, qui m'a beaucoup parlé de son père, il se délectait de voir le gibier agoniser et si cela peinait l'enfant qu'il était alors, Édouard Mongenot lui ordonnait d'égorger la bête pour abréger ses souffrances, relata Catherine. Pierre-Jean Mongenot, le père d'Édouard, était alcoolique et violent. Il le brutalisait et le maltraitait, ce qui a pu causer de gros dégâts à son psychisme.

— Quelle sombre hérédité pour ma fille ! s'alarma Victoire.

— Ne t'inquiète pas, ma chérie, la rassura sa mère. Ta petite ne sera jamais ainsi, élevée dans l'amour et la tendresse.

— Mais pourquoi en vouloir autant à notre famille, le savez-vous, commandant ?

Victoire avait posé cette question d'une voix sourde, encore impressionnée par ce qu'elle venait d'entendre. Elle revoyait Florian en colère, si prompt à la contrariété, si possessif, et se promit de choyer Maïa, en lui offrant une éducation attentive, au cas où le sang Mongenot affecterait l'équilibre de son enfant.

— L'origine de cette haine remonte loin, répondit Louis Terrier d'un ton amical. Je l'ai appris par Bastien, une affaire de dénonciation à la Libération. Votre grand-père Gilles, âgé de douze ans, aurait dénoncé une jeune fille innocente, poussé par un des ouvriers du domaine, qui voulait sûrement se venger d'elle. Des brutes du comité d'épuration ont torturé et violée cette malheureuse, avant de la tuer. Édouard Mongenot se trouvait là, avec son précepteur, car à l'époque les deux familles se fréquentaient régulièrement. Il avait environ sept ans, et il a été témoin de la scène. Les deux gamins en sont restés marqués, Gilles malade de honte et de regrets, tandis que le second aurait fait alors sa première expérience de plaisir sadique.

— Je ne comprends pas bien, murmura Aurélia.

— Nadège a raconté cette sinistre anecdote à Bastien, mais dans sa version, Édouard Mongenot était horrifié et voulait s'interposer malgré son très jeune âge. Il a démenti lui-même ce point précis, soupira le commandant. Ce jour-là, il a rêvé de revivre de pareils moments, qui l'avaient rendu fébrile et avaient éveillé ses sens d'enfant... Le parcours de cet individu est vraiment singulier ! Il avait l'art de la dissimulation, car jusqu'à sa fausse mort, cet homme avait certes une réputation de tyran domestique, mais il paradait dans les foires aux vins, menait une vie mondaine, sachant être aimable et amusant.

— Comme il était très riche, en 1962, lui est venu l'idée de proposer à certains de ses clients une chasse spéciale, reprit Karen avec véhémence. Il avait tout organisé, il faisait enlever des filles sans famille, en quête d'un emploi lucratif.

Colette arrivait avec un plateau bien garni. Outre le café et les tasses, elle avait apporté des biscuits à la cannelle.

— Mais où sont les autres ? s'étonna soudain Catherine, après avoir remercié son employée d'un sourire.

— Arthur a emmené Audrey jusqu'à la fermette, rendre visite à Anna et Corentin, déclara Victoire. Mamie et oncle Guy sont partis à Dijon, ils comptent déjeuner là-bas.

Louis Terrier avala une gorgée de café, coupé de lait froid. Il serait bientôt en congé pour trois jours et n'avait qu'une envie, les passer auprès d'Aurélia.

— Je vous résume le résultat des interrogatoires, car vous êtes les plus concernées, vous madame et vous, Victoire. Nous avons trouvé dans le château de Vermont, acheté par un des membres de l'organisation en 2016, tous les documents nécessaires, ceux que nous n'avions pas trouvés dans le manoir de Blancarçay. À ce propos, je me permets une digression, c'était le carillon de la chapelle de ce village qu'Audrey a entendu, nous l'avons vérifié.

— Nous n'avions pas eu le temps de faire les chapelles, hélas, indiqua Karen.

— Le principal, ce sont ces documents très détaillés, de véritables registres du crime, décréta le commandant Terrier. Je pourrai désormais établir la liste exacte des victimes, il y en a eu une par an jusqu'en 1999, puis deux, après cette date. Au total soixante-seize jeunes femmes assassinées. Le cas d'Ingrid Keller était différent, Bastien Mongenot a tout avoué. Elle a succombé à une overdose et ils l'ont ensevelie, pour faire croire à un nouveau meurtre. J'ai le projet de faire publier les noms des victimes, au cas où des parents éloignés les identifieraient. Ajoutons les hommes de main, les membres de votre famille. Une véritable hécatombe là aussi, déclenchée par la liaison passionnée entre Irina Novak et Gilles Desmarets.

— Tu estimes que ma mère a contribué à ce désastre ? s'attrista Aurélia.

— Indirectement et sans le vouloir. Édouard Mongenot n'a pas cherché à le nier, il était tombé fou amoureux d'Irina. Mais se découvrir des sentiments pour une femme le dérangeait. Il en avait honte et craignait de devenir faible, par sa faute. Le soir où il a décidé de la sacrifier, lors d'une des premières soirées qu'il proposait à de richissimes clients, il avait tenu à inviter Gilles Desmarets, qui faisait partie de son cercle d'amis, malgré l'incident tragique à la fin de la guerre. La suite est simple, Gilles a reconnu Irina, qu'il adorait, et l'a emmenée pour la sauver, en la cachant jusqu'à ta naissance. Ensuite, ayant découvert la nature perverse et meurtrière des agissements d'Édouard Mongenot, il l'a menacé de le dénoncer s'il n'arrêtait pas très vite. La riposte n'a pas tardé, c'était la mort du petit Thibault Desmarets. Et cela a continué ! Comme me l'a dit Édouard Mongenot, il gagnait beaucoup d'argent tout en prenant son plaisir sadique... Nous avons découvert un coffre rempli de lingots d'or et d'espèces. Une fortune qui reviendra en principe à son fils, après la fin des procédures juridiques.

— Jean-Charles n'en veut pas, affirma Catherine. Il a prévu de faire des dons à plusieurs organismes caritatifs, et, si c'est possible, de verser des compensations aux familles endeuillées.

— Je comprends et j'approuve sa décision, répondit le commandant.

Il continua à raconter ce qu'il savait. Karen renchérissait souvent, mais Victoire dut s'absenter, ayant entendu sa fille pleurer.

Elle prit Maïa dans son landau et la berça sur son cœur.

— Tout va bien, mon ange ! Je crois que nous ne ferons pas le tour du parc aujourd'hui, mais je suis contente que tu te sois réveillée, j'en avais assez d'écouter toutes ces abominations...

Son bébé la fixait de ses prunelles bleues, aux cils bruns. Réconfortée par la voix douce de sa mère, elle laissa fleurir un sourire sur son ravissant minois au teint rose.

— Petit ange, quel joli sourire ! Maïa, je vais me consacrer à toi, à tous ceux que j'aime, et tenter d'oublier ces années noires. Le monde de l'enfance est tellement beau et merveilleux, du moins s'il est protégé. Nous serons heureuses, je te le promets, même si on parlera encore longtemps de celui nous a fait tant de mal. Je veux penser que ton grand-père Jacques nous contemple et veille sur nous, du Ciel. Et j'ai hâte d'être à Noël, pour que tu admires les lumières du sapin.

Un gazouillis joyeux fit écho à ces derniers mots. Ravie, Victoire embrassa le front de sa fille.

— Je te le dis en confidence, mon petit ange, je crois que je t'ai trouvé un papa très gentil, que j'aime tendrement et qui t'aime déjà. Il viendra ce soir, tu le connais un peu, il s'appelle Emmanuel. Lui et moi, nous sommes des âmes sœurs, j'en suis persuadée, nous étions destinés l'un à l'autre...

Salle des fêtes de Gevrey-Chambertin,
samedi 15 décembre 2018

Une douce atmosphère d'insouciance présidait au spectacle de danse d'Aurélia Novak. La salle était pleine, animée par des parents impatients d'admirer les exploits de leurs enfants. Il y avait aussi des amateurs de ballets et des invités. Un sapin de Noël de grande taille trônait à droite de la scène, décoré en rouge et or.

Au premier rang se trouvaient Catherine et Élodie, Guy et Arthur, tous très élégants. Leur plus proche voisin était Corentin Colombet, assis près de Mme Seron, la mère d'Anna, elle-même à côté de son mari.

Dans la région, on respirait enfin et on réapprenait à vivre sans trembler. Il n'y aurait plus de victimes, même si l'on ne pourrait jamais éradiquer le crime et les agressions sexuelles de la société humaine. C'était ce que pensait Louis Terrier, debout dans un angle de la salle en compagnie de Karen Mathis, tous deux en tenue civile. En passant devant eux, Colette les complimenta.

— On vous reconnaît à peine, commandant, vous êtes bien chic ce soir, et vous lieutenante, vous êtes superbe dans cette robe. Bon, je me dépêche, M. Nevers m'a gardé une place près de sa maman.

Ils la remercièrent, puis ils échangèrent un sourire, tous deux satisfaits d'être là.

— Je ne sais pas si vous ressentez la même chose que moi, commandant, chuchota Karen, mais j'ai du mal à croire que tout est vraiment fini. Je reste sur le qui-vive, comme s'il y avait encore du danger.

— J'éprouve un peu ça : même si je me répète que l'enquête est bouclée en me réveillant le matin, j'ai des doutes et je dois récapituler tous les éléments. Allons nous asseoir, Karen, et profitons de la soirée.

Dans les coulisses, Aurélia, secondée par Audrey, vérifiait les tenues des plus jeunes élèves, dont les costumes ne devaient présenter aucun défaut, ni les gêner dans leurs évolutions. La professeure avait désormais une attelle, qui succédait au plâtre qui l'avait tant gênée.

Cinq minutes plus tard, le spectacle commença par un extrait du *Casse-Noisette*, qu'interprétait la classe des plus petits parmi laquelle se trouvaient deux garçons. Tous exécutèrent avec brio le passage du ballet, répété avec assiduité ces derniers jours.

Assis lui aussi au premier rang, Emmanuel adressa un sourire à sa mère. Ce soir, Janine gardait la petite Maïa et était flattée de la confiance qu'on lui accordait. Le jeune ingénieur avait fait lui aussi des efforts d'élégance, vêtu d'un costume en velours noir, sur une chemise blanche, le tout agrémenté d'une écharpe en soie beige, que lui avait offerte Victoire. Ses cheveux blonds avaient un peu poussé et ondulaient sur la nuque.

Il attirait l'attention de certaines jeunes femmes, mais il ne s'en apercevait pas, les yeux rivés sur les rideaux rouges qui venaient de se refermer sur un morceau de *Petrouchka*, réservé aux élèves un peu plus âgés.

— C'est le tour des adultes, maintenant, indiqua Janine, son programme à la main, il y aura Anna, l'amie de Vicky.

— Oui, mais après un intermède !

Emmanuel réservait une surprise à sa mère, qui tenait Maïa dans ses bras, en espérant qu'elle ne pleurerait pas, mais la musique et l'ambiance festive semblaient ravir le bébé.

Toujours dans les coulisses, encouragée par Audrey et Anna, Victoire achevait de se préparer. Ses mains tremblaient tant qu'elle ne parvenait pas à mettre son diadème orné de plumes blanches et de sequins argentés.

— J'ai le trac, un trac affreux, se plaignit-elle.

— Allons, c'est une petite salle, nous ne sommes pas à l'Opéra, la rassura Aurélia qui venait la chercher.

— Peut-être, mais il y a tous les gens que j'aime dans la salle !

— Et pas ici ? Merci pour nous, Vicky, plaisanta Anna. Laisse-moi te coiffer, même si tu ne m'aimes pas !

Son amie avait réussi à la faire sourire, cependant l'instant suivant, Victoire murmura d'une voix tendue :

— Et si je n'y arrivais pas ?

— Tu y arriveras ! Tu as beaucoup répété depuis quinze jours et tu vas éblouir tous les spectateurs. Tu connais parfaitement ta chorégraphie, lui dit Aurélia.

— Allez courage, ça va être à toi, donne le meilleur, l'exhorta Anna, en tutu blanc, car elle allait danser sur un autre passage du *Lac des cygnes*, en compagnie d'autres élèves de son âge.

— Je ferai en sorte de ne pas vous décevoir, hasarda Victoire.

Peu après, les lumières de la scène s'éteignirent brusquement et il y eut un grand silence. Surpris par l'obscurité presque totale, le public s'interrogeait. Janine jeta un regard inquiet à son fils, mais Emmanuel la rassura.

— Il n'y a rien de grave, maman, ne t'inquiète pas. Tout va bien !

Ces trois mots étaient devenus le leitmotiv de la famille Desmarets et du cercle de ses amis. Ils envisageaient plus sereinement l'avenir, certains que dorénavant tout irait bien puisque l'épouvantable organisation criminelle n'existait plus. Son instigateur était mort et tous les autres membres en prison pour de longues années, comme Bastien qui attendait son procès et les visites de Jean-Charles, fidèle à son rôle de père.

Dès que la musique retentit de nouveau, les rideaux rouges s'écartèrent doucement et les projecteurs illuminèrent la scène et le décor de nuances roses.

Une mince silhouette d'une grâce infinie s'avança sur ses pointes, sublime dans un large tutu blanc qui frôlait ses mollets. Ses bras fuselés esquissaient des mouvements pareils à des battements d'ailes, et soudain la danseuse coiffée d'un diadème scintillant s'élança en sauts aériens, ponctués d'une parfaite arabesque. La musique de Tchaïkovski et elle ne faisaient qu'un, dans un accord d'une rare harmonie. Légère, transportée par une joie qui sublimait chacun de ses entrechats et des gestes, Victoire renouait avec sa passion, en suscitant dans le public une vive émotion et une véritable fascination.

— Mon Dieu ! C'est notre Vicky, chuchota Janine.

— Oui, maman, la plus adorable des ballerines, répliqua tout bas Emmanuel.

Des rumeurs parcouraient les rangées de spectateurs, et Catherine en entendit quelques-unes, juste dans son dos. Elle ne daigna pas se retourner, trop heureuse de revoir sa fille sur une scène.

— On dirait la petite Victoire Desmarets, je croyais qu'elle était infirme !

— Pourtant je l'ai vue en fauteuil roulant l'an dernier ! Elle est guérie, de toute évidence…

Emmanuel avait les larmes aux yeux devant la beauté ineffable de Victoire dans son costume de cygne. Il songeait à toutes les fois où il l'avait comparée à cet oiseau blessé et son cœur débordait de joie, en la voyant s'envoler de nouveau.

Il percevait aussi, avec acuité, qu'elle dansait de toute son âme et de tout son cœur, peut-être pour exprimer sa foi en l'avenir et en l'amour.

Lorsque la jeune femme termina sa prestation par une révérence, on lui dédia un tonnerre d'applaudissements. Elle se redressa avec un doux sourire, pour accueillir une des petites élèves qui lui apportait un micro.

— Merci d'être venus aussi nombreux, déclara-t-elle de sa voix mélodieuse. Le spectacle va continuer, mais ce soir je voudrais rendre hommage à Irina, ma grand-mère paternelle que je n'ai pas connue. Elle était coryphée à l'Opéra de Paris dans les années 1960, et elle a été victime d'un destin tragique comme tant d'autres jeunes femmes dans notre région de Bourgogne. C'était la maman d'Aurélia Novak, mon ancienne professeure de danse, en qui j'ai trouvé la plus charmante et la plus formidable des tantes.

Il y eut d'abord un silence incrédule puis une nouvelle salve d'applaudissements s'éleva. Certains crièrent en demandant un rappel, mais Victoire disparut derrière un des rideaux rouges, car c'était bientôt le tour des plus grandes élèves dont Anna.

— Tu as été merveilleuse, Vicky, lui dit Audrey en l'accueillant dans les coulisses. Jamais je ne danserai comme toi mais tu m'as déjà beaucoup appris.

— Merci de m'avoir soutenue ! Ne te décourage pas, l'année prochaine tu seras peut-être sur scène et tu danseras, avec des pointes.

Fébrile et émue, Victoire embrassa Audrey en riant.

— Va vite admirer Anna, maintenant, lui murmura-t-elle.

Le spectacle achevé, Aurélia convia ses élèves et tous les spectateurs au goûter qu'elle avait organisé, sur le thème de Noël. Il y avait des pains d'épice tranchés, des nonnettes, des macarons et une impressionnante quantité de jus de fruits.

Surpris de ne pas voir Victoire parmi la foule, Emmanuel la chercha en coulisses. Il la découvrit en train de se changer. Elle n'avait plus qu'à enfiler un pull à col roulé en laine angora blanche, ayant déjà mis une large jupe en velours bleu nuit.

— Vicky, tu as été éblouissante, lui dit-il tout bas. Je te contemplais et je me disais que j'étais l'homme le plus chanceux de la terre, de t'avoir rencontrée et aimée. Aussi je ne pouvais plus attendre, je devais te serrer dans mes bras, pour être sûr que je ne rêvais pas, que tu m'aimais toi aussi.

— Mais oui je t'aime ! C'est pour toi que je dansais ! Pourtant avant d'entrer sur scène, j'avais tellement peur ! Mais ensuite quelle ivresse, quel enchantement !

Ils échangèrent un baiser, avant de se sourire, les yeux dans les yeux, main dans la main.

— Nous avons le devoir d'être heureux, en mémoire de toutes les victimes dont la vie a été fauchée par la folie d'un seul homme, dit gravement Emmanuel. Vicky, bientôt ce sera le baptême de Maïa, que je chéris déjà, et dans quelques jours nous fêterons Noël, dans ton château des secrets.

Château Desmarets, dimanche 23 décembre 2018

Par la fenêtre ronde que ne voilait aucun rideau, la clarté argentée de la pleine lune inondait la salle de danse. Couchés dans les bras l'un de l'autre, un jeune couple d'amants savourait le silence de la nuit.

— Je ne me suis jamais sentie aussi bien, avoua tout bas Victoire. C'était une des plus belles journées de ma vie. Il y a eu le baptême de Maïa, dans l'église de Gevrey si joliment décorée. Et tu étais là, à mes côtés. Quand nous avons admiré la crèche ensemble, j'ai remercié Dieu de t'avoir mis sur mon chemin. Emmanuel, mon amour, sans toi, je serais peut-être morte à quinze ans, ou un peu plus tard.

— Cela ne pouvait pas arriver, Vicky. Ce soir du mois d'août où je t'ai rencontrée, je pensais croiser des braconniers de ma connaissance, mais j'espérais surtout surprendre les criminels qui avaient tué ma sœur. Je le dis en confidence, j'avais le fusil de chasse de mon père en bandoulière, et chargé.

Impressionnée par cet aveu, Victoire se blottit davantage contre lui. Elle suivit du bout des doigts la ligne de son profil, en s'attardant sur ses lèvres. Cette bouche au dessin sensuel l'avait si bien embrassée, sur chaque parcelle de son corps. Dans les bras d'Emmanuel, sous ses baisers, elle avait découvert le pouvoir magique d'un amour réciproque et sincère. Tout son être s'était exalté, jusqu'à l'aboutissement d'un plaisir subtil, qui l'avait emmenée dans un mystérieux paradis.

— Tu étais armé, murmura-t-elle. Mais tu n'aurais pas tiré sans être certain qu'il s'agissait de ces assassins.

— Non, bien sûr, c'était plutôt pour me défendre... J'avais entendu des chiens aboyer, et aperçu un 4 × 4 une heure plus tôt, reprit Emmanuel. Je me dirigeais dans cette direction lorsque tu m'es apparue. Il y avait un peu de lune, mais j'ai allumé une petite lampe de poche... Tu étais échevelée, en larmes, toute ton attitude trahissait une frayeur sans nom. Je n'ai jamais oublié ta robe rouge, à fleurs blanches, reboutonnée de travers, tes jambes écorchées.

— Ma robe rouge, répéta Victoire en s'écartant un peu de lui. Mais je ne comprends pas, sur les photos prises au moment de mon viol, j'étais quasiment nue, à l'exception de mon soutien-gorge, je crois... Qui m'a remis ma robe et ma culotte ? Je me souviens m'être enfuie, grâce à mon grand-père Gilles, rien d'autre ! Quelqu'un m'a forcément aidée ! Ce n'est pas un détail, je devrais m'en souvenir...

— Une personne compatissante, hasarda-t-il. Comme Audrey qui a accepté de garder Maïa pour la nuit.

— Ne me taquine pas, Emmanuel, dit-elle en l'embrassant. Je voudrais m'en souvenir !

— Alors essaie de revenir en arrière, Vicky. Ce sera sans doute douloureux, mais tu es forte à présent et je suis là, près de toi.

Elle tourna un peu la tête pour observer le grand sapin de Noël qu'ils avaient installé ensemble deux jours plus tôt. En riant gentiment, Aurélia, invitée à le voir, avait dit que c'était le frère jumeau de l'arbre dressé dans le salon du château.

Victoire fixa d'un air éperdu les guirlandes scintillantes et les boules de verre, seulement éclairées par la lune, puis elle eut un sourire dédié à l'étoile dorée à la cime du sapin. Le lustre aussi s'ornait d'une guirlande argentée et Audrey l'avait aidée à accrocher autour de la porte des branches de houx et des rubans en satin rouge. Toutes ces décorations avaient fasciné Maïa, qui s'endormait en les admirant de ses yeux d'azur.

— Tant pis, soupira Victoire. Pourquoi chercher à savoir, nous sommes tellement heureux.

À ce moment précis, une image traversa son esprit. Une femme au chignon gris l'entraînait et la poussait vers la galerie souterraine, qui lui avait permis de fuir. Mais l'inconnue l'avait déjà rhabillée…

— Je sais, c'était Nadège ! Il y a deux semaines, le commandant Terrier m'a montré sa photographie. C'était la gardienne dont nous parlait Audrey, celle qui a permis d'arrêter Édouard Mongenot.

— Cela prouve que cette femme n'était pas profondément mauvaise, malgré le rôle qu'elle a joué durant des années. Il lui est arrivé d'avoir pitié. J'ai su par Jean-Charles, qui s'entretient souvent avec Bastien, que Nadège s'était repentie, la veille de sa mort. Ne parlons plus de tout ceci, ma Vicky. Je reviens à ce soir où je t'ai emmenée, toute tremblante dans ta robe rouge. Ton regard si bleu m'a ébranlé l'âme, ta fragilité et ta beauté également, et je suis tombé amoureux, ce que j'ai très vite admis, même si tu te méfiais de moi, au début... Je n'osais pas te montrer mes sentiments, par la suite.

— Mais tu as su m'apprivoiser, me protéger, me choyer et me guérir de toutes mes blessures. Et maintenant tu es le parrain officiel de Maïa.

— Son parrain et je souhaite être le meilleur des papas pour elle. Quand je l'aurais adoptée légalement, tu veux vraiment qu'elle porte mon nom de famille ?

— Oui, c'est joli, Nevers ! Nous rendrons ainsi hommage à ton père, qui a sauvé la vie du mien, à ta sœur... Et c'est plus honorable que Mongenot, moins risqué que Desmarets.

Victoire ponctua ces mots d'un léger rire plein de douceur.

Emmanuel l'enlaça et lui donna un baiser. Il prit le temps de la contempler avant de répondre. La lumière de la pleine lune nacrait sa peau délicate, dont il avait pu savourer le satin tiède et parfumé.

— Tu es si belle, Vicky, chuchota-t-il. Je n'oublierai jamais cette nuit, la date de nos noces secrètes, célébrées dans ce lit.

Ils avaient fait l'amour pour la première fois, sans pudeur ni crainte d'aucune sorte, partageant des instants de griserie et d'extase qui les avaient emportés très loin, dans un univers de tendresse et de joie, où leurs jeunes corps en fête avaient vibré à l'unisson de leurs cœurs apaisés...

Épilogue

Victoire et Emmanuel se sont mariés au mois d'avril 2019. Anna Seron et Corentin Colombet étaient leurs témoins à la mairie de Gevrey-Chambertin. Quant à la cérémonie religieuse, elle eut lieu l'après-midi entre les murs de l'église Saint-Aignan, où avaient été célébrés les baptêmes, les noces et les obsèques de la famille Desmarets.

Très amoureux, le jeune couple, même s'il désirait avoir un deuxième enfant un jour, tenait à profiter l'un de l'autre, en veillant sur la petite Maïa.

Il y avait foule pour célébrer les noces de l'héritière du « château des secrets », sans oublier Karen Mathis et Aurélia Novak au bras du commandant Louis Terrier.

Jean-Charles Mongenot avait gentiment décliné l'invitation, malgré la déception de Catherine. Il faudrait beaucoup de temps avant de le revoir se mêler à ses concitoyens, cependant il ne s'en plaignait pas, découvrant les joies de la lecture et des longues promenades au bras de sa compagne.

La douce Audrey demeura auprès de Victoire, comme élève du cours de danse que la jeune femme ouvrit six mois après son mariage, mais aussi en tant que future épouse d'Arthur Quinot.

En grand-mère et arrière-grand-mère comblée, Élodie décida de finir sa vie au château, mais son fils Guy partit habiter à Dijon, où il géra une épicerie fine, où se vendaient notamment les meilleurs crus de Bourgogne, la terre natale de Victoire, où elle avait perdu ses ailes de ballerine, pour les retrouver grâce à l'amour d'Emmanuel.

Table des matières

De la même auteure

La saga de Val-Jalbert

I. *L'Enfant des neiges*, Chicoutimi, Éditions JCL, 2008 ; *L'Orpheline des neiges*, Paris, Calmann-Lévy, 2010
II. *Le Rossignol de Val-Jalbert*, Chicoutimi, Éditions JCL, 2009 ; Paris, Calmann-Lévy, 2011
III. *Les Soupirs du vent*, Chicoutimi, Éditions JCL, 2010 ; Paris, Calmann-Lévy, 2013
IV. *Les Marionnettes du destin*, Chicoutimi, Éditions JCL, 2011 ; Paris, Calmann-Lévy, 2014
V. *Les Portes du passé*, Chicoutimi, Éditions JCL, 2012 ; Paris, Calmann-Lévy, 2015
VI. *L'Ange du lac*, Chicoutimi, Éditions JCL, 2013 ; Paris, Calmann-Lévy, 2016

La saga du Moulin du loup

I. *Le Moulin du loup*, Chicoutimi, Éditions JCL, 2008 ; Paris, Les Presses de la Cité, 2008
II. *Le Chemin des falaises*, Chicoutimi, Éditions JCL, 2009 ; Paris, Les Presses de la Cité, 2009
III. *Les Tristes Noces*, Chicoutimi, Éditions JCL, 2008 ; Paris, Les Presses de la Cité, 2010
IV. *La Grotte aux fées*, Chicoutimi, Éditions JCL, 2009 ; Paris, Les Presses de la Cité, 2011
V. *Les Ravages de la passion*, Chicoutimi, Éditions JCL, 2010 ; Paris, Les Presses de la Cité, 2012
VI. *Les Occupants du domaine*, Chicoutimi, Éditions JCL, 2012 ; Paris, Les Presses de la Cité, 2013

La saga d'Angélina

I. *Angélina. Les Mains de la vie*, Chicoutimi, Éditions JCL, 2011 ; Paris, Calmann-Lévy, 2013, 2019

II. *Angélina. Le Temps des délivrances*, Chicoutimi, Éditions JCL, 2013 ; Paris, Calmann-Lévy, 2014, 2019
III. *Angélina. Le Souffle de l'aurore*, Chicoutimi, Éditions JCL, 2015 ; *La Force de l'aurore*, Paris, Calmann-Lévy, 2015, 2019

La saga des Bories
I. *L'Orpheline du Bois des Loups*, Chicoutimi, Éditions JCL, 2002 ; Paris, Les Presses de la Cité, 2003
II. *La Demoiselle des Bories*, Chicoutimi, Éditions JCL, 2006 ; Paris, Les Presses de la Cité, 2006

La saga du lac Saint-Jean
I. *Le Scandale des eaux folles*, Chicoutimi, Éditions JCL, 2014 ; Paris, Calmann-Lévy, 2016
II. *Les Sortilèges du lac*, Chicoutimi, Éditions JCL, 2015 ; Paris, Calmann-Lévy, 2017

La saga de Faymoreau
I. *La Galerie des jalousies*, Chicoutimi, Éditions JCL, 2015 ; Paris, Calmann-Lévy, 2017
II. *La Galerie des jalousies*, Chicoutimi, Éditions JCL, 2016 ; Paris, Calmann-Lévy, 2017
III. *La Galerie des jalousies*, Paris, Calmann-Lévy, 2017

La saga d'Abigaël
Saison 1
I. *Abigaël, messagère des anges*, Chicoutimi, Éditions JCL, 2017 ; Paris, Calmann-Lévy, 2018
II. *Abigaël, messagère des anges*, Chicoutimi, Éditions JCL, 2017 ; Paris, Calmann-Lévy, 2018
III. *Abigaël, messagère des anges*, Chicoutimi, Éditions JCL, 2017 ; Paris, Calmann-Lévy, 2018
IV. *Abigaël, messagère des anges*, Paris, Calmann-Lévy, 2018
V. *Abigaël, messagère des anges*, Paris, Calmann-Lévy, 2018
VI. *Abigaël, messagère des anges*, Paris, Calmann-Lévy, 2018

Saison 2
I. *Abigaël, Les Voix du passé*, Paris, Calmann-Lévy, 2022
II. *Abigaël ou la Force du destin*, Paris, Calmann-Lévy, 2022
III. *Abigaël ou le Secret des anges*, Paris, Calmann-Lévy, 2022

La saga de l'orpheline de Manhattan

I. *L'Orpheline de Manhattan*, Paris, Calmann-Lévy, 2018
II. *Les Lumières de Broadway*, Paris, Calmann-Lévy, 2018
III. *Les Larmes de l'Hudson*, Paris, Calmann-Lévy, 2019

La saga de Lara

I. *La Ronde des soupçons*, Paris, Calmann-Lévy, 2020
II. *La Valse des suspects*, Paris, Calmann-Léyy, 2020
III. *La Danse macabre*, Paris, Calmann-Lévy, 2020

Le Mystère Soline

I. *Au-delà du temps*, Paris, Calmann-Lévy, 2021
II. *Le Vallon des loups*, Paris, Calmann-Lévy, 2021
III. *Un chalet sous la neige*, Paris, Calmann-Lévy, 2021

Le Château des secrets

I. *Le Rêve brisé*, Paris, Calmann-Lévy, 2023
II. *La Ballerine de L'ombre*, Paris, Calmann-Lévy, 2023

Les enquêtes de Maud Delage

VOLUME I

1. *Du sang sous les collines*, Chicoutimi, Éditions JCL, 2012 ; Paris, Calmann-Lévy, 2021
2. *Un circuit explosif*, Chicoutimi, Éditions JCL, 2012 ; Paris, Calmann-Lévy, 2021

VOLUME II

1. *Les Croix de la pleine lune*, Chicoutimi, Éditions JCL, 2013 ; Paris, Calmann-Lévy, 2022
2. *Drame à Bouteville*, Chicoutimi, Éditions JCL, 2013 ; Paris, Calmann-Lévy, 2022

VOLUME III

1. *Cognac, un festival meurtrier*, Chicoutimi, Éditions JCL, 2013 ; Paris, Calmann-Lévy, 2023
2. *Vent de terreur sur Baignes*, Chicoutimi, Éditions JCL, 2013 ; Paris, Calmann-Lévy, 2023

VOLUME IV

1. *L'Enfant mystère des terres confolentaises*, Chicoutimi, Éditions JCL, 2013
2. *Maud sur les chemins de l'étrange*, Chicoutimi, Éditions JCL, 2013
3. *Nuits à haut risque*, Chicoutimi, Éditions JCL, 2013

Livres hors série

L'Amour écorché, Chicoutimi, Éditions JCL, 2003 ; Paris, Calmann-Lévy, 2020

Le Chant de l'océan, Chicoutimi, Éditions JCL, 2004 ; Paris, Les Presses de la Cité, 2007

Les Enfants du Pas du Loup, Chicoutimi, Éditions JCL, 2004 ; Paris, Les Presses de la Cité, 2005

Le Refuge aux roses, Chicoutimi, Éditions JCL, 2005 ; Paris, L'Archipel, 2005 ; Paris, Calmann-Lévy, 2018

Le Val de l'espoir, Chicoutimi, Éditions JCL, 2007 ; Paris, Calmann-Lévy, 2016

Le Cachot de Hautefaille, Chicoutimi, Éditions JCL, 2009 ; Paris, Calmann-Lévy, 2019

Les Fiancés du Rhin, Chicoutimi, Éditions JCL, 2009 ; Paris, Calmann-Lévy, 2019

Les Amants du presbytère, Chicoutimi, Éditions JCL, 2015 ; Paris, Calmann-Lévy, 2017

Abigaël, messagère des anges, Chicoutimi, Éditions JCL, 2017

Amélia, un cœur en exil, Paris, Calmann-Lévy, 2017

Astrid, la reine bien-aimée, Chicoutimi, Éditions JCL, 2017 ; Paris, Calmann-Lévy, 2019

Les Feux de Noël, Paris, Calmann-Lévy, 2020

Flashez ce code
et rejoignez sur Facebook
Les Amis de Marie-Bernadette Dupuy
(le seul vrai groupe)

Photocomposition Soft Office

Achevé d'imprimer en octobre 2023
par CPI BRODARD & TAUPIN (72200 La Flèche)
pour le compte des Éditions Calmann-Lévy
21, rue du Montparnasse, 75006 Paris

PAPIER CERTIFIÉ

CALMANN LEVY s'engage pour l'environnement en réduisant l'empreinte carbone de ses livres. Celle de cet exemplaire est de :
820 g éq. CO_2
Rendez-vous sur www.calmann-levy-durable.fr

N° d'éditeur : 1181747/04
N° d'imprimeur : 3055159
Dépôt légal : octobre 2023
Imprimé en France.